한국문학의 이해
한국어문학의 심화와 확산

서울대학교 한국어문학연구소 편

한국문학의 이해

한국어문학의 심화와 확산

역락

머리말

이 책은 교육부 및 한국학중앙연구원 한국학진흥사업단이 주관한 'K학술확산연구소사업' 일환으로 서울대학교 한국어문학연구소가 기획·출간하였다. 서울대학교 한국어문학연구소는 '한국어문학의 심화와 확산'이라는 목표를 내걸고, 한국학 연구 및 교육에 이바지할 수 있는 양질의 교육 영상을 제작하여 K-MOOC에 탑재하고 있다. 한국어문학 연구의 중요한 발신지라고 할 수 있는 서울대학교 국어국문학과의 강의가 전세계 한국학 학습자들에게 보다 가까이 다가갈 수 있게 된 것이다. 연구소는 이들 강의를 풍부하게 이해할 수 있게 도울 참고서로서 '한국문학의 이해', '한국어학의 이해' 두 권을 기획하였고, 그 가운데 문학편이 먼저 독자를 만나게 되었다.

『한국문학의 이해』는 고전문학에서 현대문학까지 문학사의 흐름을 간결하고 수월하게 파악할 수 있도록 엮었다. 1부 한국고전문학은 고전시가, 한문학, 고전소설, 구비문학 등으로 유형화하여 각 갈래의 발생과 특징 및 문학사적 의의를 살피고 대표적 작품을 감상할 수 있도록 구성했다. 고전문학에 대한 이해가 부족한 경우에도 가급적 쉽고 흥미롭게 읽을 수 있도록 기초적 이론에 관한 설명을 충실하게 담았으며, 고전문학의 문예미를 느낄 수 있는 작품은 물론 현대에도 여전히 음미할 가치가 있지만 잘 알려지지 않은 작품들까지 풍부하게 수록했다. 이를 통해 한국고전문학의 유구한 역사와 미학적 성취를 만나볼 수 있을 것이다.

2부 현대문학은 시, 소설, 극, 비평 등 갈래 구분에 기초하여 각 갈래의 문학사적 사건과 쟁점을 드러내는 글로 구성했다. 이는 근대 문명의 유입과 국권의 상실, 해방과 전쟁, 그리고 산업화시대를 거쳐 2000년대에 이르기까지 한국현대사의 질곡 속에서 펼쳐진 현대문학을 주요 작가와 작품을 통해 만나볼 수 있게 한다. 나아가 V장 한국문학의 세계사적 교류에서는 동아시아의 지평에서 한국학으로서 한국문학의 특징을 보여준다. 한국현대문학이 중국, 일본 등 인접 국가들과의 긴밀한 영향 관계 속에서 전개되었음을 확인함은 물론 한국문학이 그린 격동기 동아시아 민중의 삶을 살필 수 있다.

『한국문학의 이해』는 문학사의 전환점이 되는 사건과 주요 장르를 다양한 문학 작품을 예시로 설명하여, 문학사적 지식뿐 아니라 한국문학의 아름다움까지 독자에게 전하고자 노력하였다. 또한, 최근 한국문학의 관심사, 예컨대 고전의 문화 콘텐츠로의 변용, 동아시아적 지평에서 한국문학의 위상 등의 문제의식을 반영하여 한국문학의 시간과 공간을 확장해 보고자 하였다. 한국문학사의 흐름을 한눈에 개괄할 수 있도록 구성된 이 책이 한국문학의 입문자에게 좋은 길잡이가 될 수 있기를 기대한다.

차례

1부 고전문학

I. 고전시가

향가의 세계 _서철원   15

속요의 정서 _서철원   23

시조 문학의 흐름 1 _조해숙   32

   ー발생기와 발전기의 시조

시조 문학의 흐름 2 _조해숙   40

   ー변환기의 시조

가사의 특성과 변모 _조해숙   48

근대전환기 전통 시가 _조해숙   56

II. 한문학

삼국과 고려의 한시 _이종묵   67

조선 전기의 한시 _이종묵   76

조선 후기의 한시 _이종묵   85

한문산문 1 _김대중   94

   ー거주 공간에 부친 기문

한문산문 2 _김대중   100

   ー죽음을 가정하여 '나'를 돌아보다

한문산문 3 _김대중   108

   ー인물군상의 탐색

III. 고전소설

삼국과 고려의 서사문학 _정길수   119

조선의 전기소설 _정길수   126

조선의 장편소설 _정길수   135

조선의 야담 _김지윤   145

영웅소설 _채윤미   152

가문소설 _유인선   158

소설의 생산과 유통 _정병설   165

IV. 구비문학

한국의 창세신화 _조현설   175

한국의 건국신화 _조현설   183

한국의 민담 _나수호   191

한국의 전설 _나수호   199

구비문학의 자료와 연구방법 _나수호   207

V. 한국 고전문학과 문화교류

삼국유사와 한국문화 _서철원   219

삼국유사와 문화콘텐츠의 기반 _서철원   227

한국 신화와 유라시아 신화 _조현설   235

한국 문인과 중국 문인의 교류 _이종묵   243

중국과 일본에의 시선 _김대중   252
　　－『해유록』과 『열하일기』

동아시아 여성의 자기 탐색과 한글 산문 _조혜진   262

2부 현대문학

Ⅰ. 현대시

한국 현대시의 원천이 되는 토착적 미학 _홍승진   273

방정환과 윤석중의 '어린이주의'와 동시 _홍승진   283

1930년대 한국시 속 언어 실험의 가치 _홍승진   292

일제 말기의 시적 저항은 '무엇'이 아니라 '어떻게'이다 _홍승진   300

시와 혁명이 한 몸을 이루려 한 1960년대 _홍승진   308

Ⅱ. 현대소설

신소설과 근대 동아시아의 사상 _김종욱   321

한국문학의 근대 이행과 이광수 _방민호   329

일제강점기 페미니즘 문학의 두 양상 _손유경   341

1920년대 소설에 나타난 계급화한 고통과 동정 _손유경   349

1930년대 모더니즘 문학과 새로운 '현실'의 발견 _김종욱   357

일제말기 '사소설'의 의미 _방민호   367

한국 전후의 이데올로기 문제와 아프레게르 _나보령   378

월남문학의 세 유형 _방민호   389

산업화 시대 성장서사의 의미 _손유경   400

노년소설과 여성 _손유경   409

1990년대 한국소설의 마이너리티와 그 양상들 _노태훈   417

Ⅲ. 극/영화

신연극의 전개 _양승국   431

프롤레타리아 연극운동의 전개 _양승국   440

1930년대 극예술연구회의 신극운동 _양승국   451

한국영화 100년의 역사 _양승국   459

세계로 나아가는 한국영화 _양승국   472

Ⅳ. 비평

리얼리즘 문학담론과 발자크 _김종욱   487

김기림 비평의 문명비평론적 성격 _방민호   500

전후 문학 비평과 프랑스 실존주의 _김종욱   511

1970년대 민족문학론과 제삼세계 문학론의 위상 _김종욱   519

Ⅴ. 한국문학의 세계사적 교류

근대 동아시아 문화권의 재편과 번역 _김종욱   531

상하이 임시정부와 한국문학 _김종욱   541

귀환의 여로와 식민주의 의식의 극복 _김종욱   550

국가의 형성과 재일 조선인 디아스포라 _김종욱   558

1부

고전문학

I

고전시가

향가의 세계

서철원

명칭과 범위

신라의 시가를 대개 '향가(鄕歌)'라고 부른다. '향(鄕)'이라는 말을 통해 중국의 한시와 구별되는 우리 시가를 가리킨 것으로 보았다. 한때는 이 '향'이 지닌 '시골'이라는 말뜻에 폄하의 의미가 있는 것으로 생각하기도 했다. 그래서 그 대안으로 '신라 시가', '신라가요' 등의 명칭이 제기되기도 하였다. 그러나 '시골'이라는 말은 꼭 폄하라기보다 우리 지역, 고장(local)을 뜻하는 것이기도 하고, 또 역사적 장르의 명칭으로서 오랜 기간 정착해 온 전통을 존중하여 이제는 다른 입장을 잘 내세우지 않는다.

남아있는 신라 향가는 모두 『삼국유사』에만 실려 있는데, 이 책은 본래 향가 작품집이 아닌 주술·종교 중심의 역사서였다. 물론 주술·종교는 삼국과 신라 시대에 비중이 매우 큰 정신문화이다. 그러나 『삼국유사』에 나오는 현존 향가에 본래 향가의 모든 요소가 포함되었다고 단정하기는 어렵다. 현존하는 향가에는 애정 주제가 거의 없고 여성 화자의 역할도 잘 나타나지 않는 데다가, 경주 이외 지역문화의 모습도 뚜렷이 보이지 않는다. 이는 향가에 애정, 여성, 지역적 요소가 본래 빈약해서가 아니라 『삼국유사』라는 문헌의 성격 때문에 빚어진 결과로 보는 편이 자연스럽다.

하위 갈래와 형식

흔히 향가에는 4구체, 8구체와 10구체라는 세 종류의 하위 갈래가 있다고 한다. 이 가운데 10구체라는 명칭은 처음부터 따로 있지 않았고, 8구체 향가 가운데 감탄어구와 짧은 문장이 더 붙은 것들이 있다는 설명을 통해 부연된 것이다.

그런데 여기서 8구체에 속하는 향가는 <모죽지랑가>와 <처용가> 두 편뿐이다. 따라서 10구체와는 구별되는 지역 문학의 산물로 여겨지기도 했다. 이는 <처용가>의 처용이 울산 출신 또는 울산에서 도래한 인물이라는 점을 근거로 한다. 그러나 <처용가>는 현존 향가 가운데 유일하게 『삼국유사』 원전에서 행 구분을 하지 않았다. 이 때문에 다른 향가와는 양식적으로 구별되었던 것처럼 여겨지기도 한다. 또한 <모죽지랑가>는 첫 2개 행이 사라졌을 가능성도 제기되었다.

따라서 이제는 8구체 향가의 실존 가능성이 그리 높아 보이지 않는다. 그렇다면 짧은 향가와 그보다는 다소 긴 향가라는 두 계열이 남는 셈인데, 이 가운데 짧은 것을 민요계 향가, 다소 긴 것을 사뇌가계 향가로 구분하기도 한다. 사뇌가계 향가는 『삼국유사』 원전에서 '찬기파랑사뇌가(讚耆婆郎詞腦歌)' 등의 사례와 같이 10구체 향가 가운데 일부에 '-사뇌가'라는 명칭을 붙여 부른 것에서 유래했다. 『삼국유사』 원전에 따르면 10구체 향가의 행 구분이 반드시 10행으로 된 것만은 아니었기 때문에, 숫자를 붙여 부르기보다 사뇌가계 향가라고 하는 편이 더 적절하다. 이에 비해 현존하는 짧은 향가가 모두 민요에 연원을 두었는지는 분명치 않고, <풍요>와 다른 향가는 한 문장의 길이가 아예 다르다. 따라서 짧은 향가에 대한 총칭으로 민요계 향가라는 용어가 타당할지는 더 생각해 볼 필요 또한 있다.

향가의 형식적 특징에 대한 기록은 두 가지가 있다. 첫째는 앞서 말한 『삼국유사』의 유리이사금 <도솔가>의 '차사사뇌격'이라는 표현이며, 둘째는 고려 초기의 향가 <보현십원가(普賢十願歌)>가 실려 있는 『균여전(均如傳)』에 나오는 '삼구육명(三句六名)'이다.

먼저 '차사사뇌격'은 '차사'와 '사뇌격'의 합성어로 본다. 여기서 '차사'는 감탄사 즉 10구체를 기준으로 9행째의 첫 부분에 있는 '아야(阿耶)', '아사(阿邪)', '후구(後句)' 등의 표현을 뜻한다. 반면에 '사뇌'라는 말의 뜻은 확실치 않다. 문헌에 따라 '사뇌'에 해당하는 한자가 조금씩 달라지는 점을 보면 사라진 고유어 '사뇌'의 음차(音借)일 가능성이 있다. 따라서 동쪽을 뜻하는 고유어 '시너'와의 유사성, 무가의 일종인 '시나위'와의 관계 등이 더 추정되기도 했다.

다음으로 '삼구육명'은 『균여전』에서 <보현십원가>를 한역하면서 '한시는 중국어를 엮어 **5언, 7자**로 짓고, 향가는 우리말을 배치하여 **3구, 6명**으로 다듬는다.(詩構唐辭, 磨琢於五言七字. 歌排鄕語, 切磋於三句六名)'고 했던 서술에서 비롯되었다. 한시와 향가의 차이점을 대구의 방식으로 뚜렷이 보여주고 있지만, '3구 6명'이 대체 무엇인지 알 수 없다. 그러나 고유어 시가의 형식적 자질에 대한 체계적인 논평이었기 때문에, 그 실질에 대한 논쟁이 긴 시간 동안 이루어졌다. 여기서 그 논쟁의 기나긴 여정을 모두 살필 겨를은 없지만, 그 가운데 통설은 10구체 향가를 '4행-4행-2행'으로 나누어 그것을 3구라 보고, 3구가 다시 각각 둘로 나뉘어 6명이 된다는 것이다.

1구	1명	1·2행
	2명	3·4행

2구	3명	5·6행
	4명	7·8행

3구	5명	차사(감탄어구)
	6명	9·10행

　　논자에 따라 위의 '5명'의 자리에 차사와 9행을 모두 포함하기도 하는데, 그렇게 하면 1명이 2개의 행으로 구성되는 일관성이 깨진다. 이 통설이 폭넓은 지지를 얻은 이유는 시조의 형식인 '삼장육구(三章六句)'를 연상시키기 때문이다. 시조의 3장 6구를 향가의 3구 6명과 상통하는 것으로 볼 수 있다면, 시조의 기원을 향가에서 찾을 수도 있고 우리 시가의 형식적 전개를 일원화하여 설명하기에도 유용하다. 따라서 이 통설은 그 논리적 타당성과는 별개로 매력적이었다. 시조 가곡창(歌曲唱)의 기원을 향가에서 찾으려는 희망 역시 향가와 시조의 형식 원리가 같으리라는 전제를 지키고 있다.

향가의 현실적 효과와 정서적 표현

　　대개의 향가에는 관련 기록이 붙어 있다. 향가의 창작과 전승에 관련된 기록을 통해 우리는 해당 작품이 그 당시에 어떤 효과를 어떻게 거두었는지 알게 된다. 특히 해독이 난해한 일부 향가는 관련 기록이 결정적인 이해의 단서를 마련해 준다.

향가는 관련 기록에서 주술성, 종교성과 정치성 등의 목적과 그에 상응하는 효과를 거둔 것으로 나타난다. 이와는 대조적으로 몇몇 향가는 현실적 효과보다는 정서의 표현 자체를 목적으로 우선하기도 했다. 이렇게 현실적 효과와 정서적 표현이라는 두 가지 성취를 함께 거둔 점에 향가의 미학적 특질이 있다.

목적	작품명	작자명	효과	시기
주술성 (7편)	혜성가 (彗星歌)	융(融)	혜성의 소멸	7C 무렵
	서동요 (薯童謠)	서동 (薯童)	미인 선화공주와의 혼인	7C 무렵
	원가 (怨歌)	신충 (信忠)	잣나무의 생사를 좌우 / 작자의 관직을 결정	8C 전반
	도솔가 (兜率歌)	월명 (月明)	두 개의 태양 가운데 하나를 소멸시킴	8C 중반
	도천수관음가 (禱千手觀音歌)	희명 (希明)	눈먼 아이의 눈을 뜨게 함	8C 중반
	처용가 (處容歌)	처용 (處容)	역귀를 퇴치함	9C 후반
	도이장가 (悼二將歌)	예종 (睿宗)	충신의 혼령을 소환함	11~12C
종교성 (4편)	풍요 (風謠)	남녀들	공덕을 닦음 (왕생의 기반을 닦음)	7C 후반
	원왕생가 (願往生歌)	광덕 (廣德)	서방 정토에 왕생함	7C 후반
	우적가 (遇賊歌)	영재 (永才)	도적 60인을 설득, 참회하게 함	9C 후반
	보현십원가 (普賢十願歌)	균여 (均如)	어려운 경전의 역할을 대신함	10C 전반

정치성 (1편)		안민가 (安民歌)	충담 (忠談)	임금, 신하와 백성이 각자의 역할에 충실해야 한다는 덕목 제시	8C 중반
정서 표현	애정 (1편)	헌화가 (獻花歌)	소 끌던 노인	수로부인에게 꽃을 꺾어주는 마음 표현	8C 전반
	쇠락· 소멸 (3편)	모죽지랑가 (慕竹旨郎歌)	득오 (得烏)	죽지랑의 쇠락에 대한 안타까움과 앞으로의 각오 표현	7C 후반
		제망매가 (祭亡妹歌)	월명 (月明)	누이의 요절에 대한 슬픔과 재회를 기약하는 마음 표현	8C 중반
		찬기파랑가 (讚耆婆郎歌)	충담 (忠談)	기파랑의 뜻과 상징에 대한 자신의 마음 표현	8C 중반

주술, 종교, 정치 등의 영역에 걸친 향가의 현실적 효과는 모든 시기에 걸쳐 큰 비중을 지니고 있었다. 그러나 또 한편으로는 <모죽지랑가>를 비롯하여 <제망매가>, <찬기파랑가> 등과 같은 정서적 표현을 중시했던 계열 또한 존재했다. 정작 『삼국유사』 편찬자는 정서적 표현보다 죽지랑 관련 서사와 <도솔가>, <안민가>의 효과를 더욱 중요하게 생각했지만, 그러면서도 이들 작품을 빠뜨리지 않고 나란히 실어주었다. 그 덕분에 우리는 <제망매가>가 도달한 서정성의 깊이와, 두 편의 향가가 전해주는 뛰어난 인품을 갖춘 화랑의 형상을 접할 수 있게 되었다.

향가의 사례: <제망매가>

生死 길흔   생사(生死) 길은

이에 이샤매 머믓그리고   예 있으매 머믓거리고,

나는 가ᄂ다 말ㅅ도   나는 간다는 말도

몯다 니르고 가느닛고	몯다 이르고 어찌 갑니까.
어느 ᄀᆞᆯ 이른 ᄇᆞᄅᆞ매	어느 가을 이른 바람에
이에 뎌에 ᄠᅳ러딜 닙ᄀᆞᆮ	이에 저에 떨어질 잎처럼,
ᄒᆞᄃᆞᆫ 가지라 나고	한 가지에 나고
가논 곧 모ᄃᆞ론뎌	가는 곳 모르온저.
아야 彌陀刹아 맛보올 나	아아, 미타찰(彌陀刹)에서 만날 나
道 닷가 기드리고다	도(道) 닦아 기다리겠노라.

－제망매가, 김완진 역

<제망매가>는 '생사 길'로 시작하여 '미타찰'에서 끝맺고 있다. '생사 길'이 누이가 요절하여 나와 사별한 지금 이곳의 시·공간을 이루는 길이라면, '미타찰'은 누이와 내가 다시 만날 수 있는 머나먼 미래의 어느 시·공간이다. 그리고 그 사이에 나뭇가지와 나뭇잎으로 누이와 나의 인연과 사별을 비유하였다. 이 비유는 나뭇가지와 나뭇잎에 부모·자식을 빗댄 것 자체로도 의미가 있지만, "한 가지에 나고 / 가는 곳 모르온저"라는 말을 통해 화자가 겪은 경험을 모든 존재의 보편적인 상황으로 일반화하고 있다.

'미타찰'은 종교를 통한 아픔의 승화 또는 초월로 해석되었다. 그런데 여기엔 시간적 모순이 있다고도 보았다. 먼저 죽은 것은 누이인데, 나중에 죽을 화자가 먼저 미타찰에 가서 누이를 기다린다. 혹자는 누이가 여자라서 윤회를 더 해야 하는 탓이라고 했다. 누군가가 여자는 음심(淫心)의 대상이라 죄악의 근원이기에, 남자로 다시 한번 태어나야 윤회에서 벗어난다고 보았기 때문일지도 모른다. 그렇다면 화자는 승려니까 누이보다 먼저 윤회를 벗어나 정토로 가서 기다릴 것이다. 하지만 그런 풀이보다는 누이가 여성이어서라기보다 갑작스러운 죽음 탓에 해탈할 만한 소양을 갖추지 못해 윤회를 더 겪게 되었다고 생각해 보자.

―― 더 읽어보기

박노준, 『향가』(교양 한국문화사 4), 열화당, 1982.
신재홍, 『향가 서정 여행』, 월인, 2016.
이재선, 『향가의 이해』, 한국학술정보, 2003.

속요의 정서

서철원

속요의 명칭과 특징

속요는 주로 고려 후기에 창작되었으리라는 점이 인정되어 고려속요라고
도 부르지만, 실은 한글로 남아있으므로 주로 조선 시대에 기록으로 남고
향유되었다. 고려 당시의 기록물로는 한시의 형태로 된 소악부(小樂府)라는
것들이 있고, 문인들이 국한문 혼용의 방식으로 창작한 경기체가 양식도
있다. 이들을 모두 합쳐 고려가요 혹은 고려 시가라 부르며, 속요는 그 일부지
만 고유어 시가이므로 더 중요하게 평가되곤 한다.

사상적 배경과 종교적 인식이 짙었던 향가와는 달리, 속요는 사랑, 이별,
그리움 등 보편적 정서에 맞닿아 있고, 음악적 요소의 비중이 컸다. 향가는
악보가 하나도 남지 않았지만, 일부 속요는 악보가 남아있어 노래로 부를 수
있다. 또한 여성 화자를 중심으로 진폭이 크거나 단일하게 집약시키기 어려운
정서를 표현하고 있어, 향가에 비하면 한결 입체적이다. 아무래도 향가는 주로
『삼국유사』라는 단일 문헌에 남아있지만, 속요는 목적이 각각 다른 세 권의
악서류(樂書類)에 골고루 남아있으므로 이렇게 입체적인 양식이 된 것 같다.

그중에『악학궤범(樂學軌範)』은 음악학 전체를 고려하여 공연에서 갖추어야 할 안무나 복장, 악기의 속성까지 상세히 정리했고,『악장가사(樂章歌詞)』는 제목처럼 가사, 그러니까 노랫말 위주로 적었다. 반면에『시용향악보(時用鄕樂譜)』는 역시 제목 그대로 악보를 우선하고 노랫말은 생략할 때가 많았다. 그래도 속요를 노래로 부를 수 있게 된 선『시용향악보』가 악보를 남겨준 덕분이며, 다른 책에서는 소홀히 했던 무가 관련 정보도 보충해 주고 있다. 속요가 후대의 고전시가 양식(경기체가, 악장, 시조, 가사)의 음악적 모태가 된다는 사실 역시 이들 문헌의 정보와 악보를 근거로 하였다. 이렇듯 목적의식이 서로 다른 문헌에 수록되어, 속요는 다채로운 형식과 정서의 굴곡과 편차를 보여주고 있다.

속요의 장르와 유형

초창기 연구에서는 '속요=민요'로 파악하는 관점이 있었고, 일부 교과서에는 여전히 이런 관점이 서술되곤 한다. 그러나 속요의 소재적 기원 가운데 민요의 비중이 상당했다고는 할 수도 있지만, 속요는 궁중에서 기녀들이 공연한 궁중 문화였음에 유의해야 한다.

그보다는 속요라 불리는 작품군을, 과연 하나의 역사적 장르를 형성하는 친족집단으로 보아도 좋을지 고민할 필요가 있다. 고려속요란 현존하는 고려가요 중 소악부와 경기체가를 제외한 국문 시가에 대한 편의적 지칭이었으며, 실제로는 형태, 기원, 작자층, 성격을 달리하는 작품들의 군집이다. 고려에서 조선에 이르는 궁중악이라는 공통의 귀착점을 지녔다고는 해도, 그 기원의 다양성을 무시할 수는 없다.

속요가 수록된 문헌들은 모두 조선 시대 궁중악의 종합 정리 과정에서 이루어진 산물이었다. 따라서 적어도 다음과 같이 두 차례 이상의 개작을 거쳤다.

① 고려 시대에 광범하게 존재하였던 민간 시가 중에서 궁중악에 흡수된 일부분.
② 고려 시대(특히 13,14세기)의 궁중음악문화 속에서 개작 또는 창작된 가악 텍스트. / 1차 개작
③ ①,②를 거친 작품들이 조선 초기의 유교적 검열을 통과하여 살아남은 작품군. / 2차 개작

이런 특징에 주목하여 속요를 '고려궁지 출토품(高麗宮址 出土品)'이라 비유 적으로 부르기도 했다. 따라서 민요의 속성을 유지한 부분이 큰 유형도 있었 고, 개작과 검열을 거쳐 내용과 맥락이 다소 달라지기도 했다. 아니면 개인적 창작이나 무속적 연원 등 바탕이 다른 작품들도 섞여 있었다.

따라서 이런 다양성을 고려하여 속요의 하위 유형을 세분한다면 대략 다음 과 같을 것이다.

① <사모곡(思母曲)>, <상저가(相杵歌)>, <정읍사(井邑詞)>, <가시리> 부류: 태평성대의 송가(頌歌)라는 '이전가치(移轉價値)' 때문에 궁중 악가(樂歌) 로 편입되기는 했으나, 민요적 속성을 비교적 충실하게 유지하고 있음.
② <삼장(三藏)>, <사룡(蛇龍)>, <쌍화점(雙花店)>, <만전춘별사(滿殿春別 詞)>, <서경별곡(西京別曲)> 부류: 민요적 기원과 거리가 멀거나, 민간 가요를 원천으로 하되 궁중 연행을 위해 텍스트에 대한 현지한 윤색, 개편이 이루어짐(다른 속요에 비해 텍스트 개편·연행 과정이 기록으로 남았음).

③ <처용가(處容歌)> 부류: 희곡적 짜임과 무가의 성격을 함께 지님.

④ <성황반(城隍飯)>, <삼성대왕(三城大王)>, <대국(大國)> 등 무가.

⑤ <무애(無㝵)>, <관음찬(觀音讚)> 등 불교계 가요.

-이상은 김흥규, 「고려속요의 장르적 다원성」,

『욕망과 형식의 시학』(태학사, 1999)에 따름.

이밖에 <정과정>처럼 개인 창작시가 속요에 들어가기도 했는데, ② 부류에 포함할 수 있을 것이다. 게다가 ② 부류의 <삼장>(<쌍화점> 2연과 내용이 같음) 역시 다음 기록에 보이듯 개인들의 창작물이기도 하다.

〈삼장〉과 〈사룡〉은 고려 충렬왕(재위 1274~1308) 시절, 기악(妓樂)과 여색 (女色)으로 왕의 비위를 잘 맞추던 오기, 김원상, 석천보, 석천경 등 4인이 지었다. 충렬왕이 워낙 이런 소인배들과 놀기 좋아해서, 기존의 궁녀만으로는 부족 했다. 그러므로 전국 각지의 아름답고 재능 있는 관기(官妓)들을 뽑아 궁중 소속으로 바꾸더니, 비단옷을 입히고 말총갓을 씌워, 남장(男粧) 별대를 만들었다. 〈삼장〉과 〈사룡〉을 가르치고 배우게 하여, 소인배들과 밤낮으로 노래하고 춤추며 음란하게 놀았다. 임금과 신하 간의 예절도 더는 없이, 공연하고 상 주는 비용도 다 적기 어려울 정도로 많았다.

-『고려사』 권 71, 악지2 속악(俗樂)

이 기록은 짤막하지만, 전국 각지의 기녀들이 궁중에 모여 각자 출신 지역의 민요를 궁중 음악의 레퍼토리로 삼고 애정 문제가 속요의 주제가 되어갔던 과정을 분명히 보여주고 있다. 이런 음악과 문학의 파급력은 대단해서, 이황이 <도산십이곡>을 지을 때도 사람들이 건전하고 윤리적인 작품들보다 <쌍화점>을 여전히 좋아한다는 점을 비판하기도 했다.

속요의 다층성 – 궁중 문화이자 시정 문화

속요는 궁중 문화의 일부였지만, 그 담당층이었던 기녀들이 전국 각지에서 모였으므로 시정 문화에 바탕을 두기도 했다. <사모곡>이나 <상저가>처럼 농촌의 생활을 다룬 것들도 있었지만, 애정을 소재로 한 많은 작품은 시정의 도시 민요에서 이루어졌을 것이다.

속요의 궁중 문화적 요소는 특히 <쌍화점>과 <한림별곡(翰林別曲)> 사이의 형식과 향유 방식의 유사성을 통해 제기되었다. 이는 궁중 또는 상층 귀족의 유흥적 연희 공간에서 가창했다는 공통성에 유의한 관점이다. 반면에 시정 문화적 요소 역시 <쌍화점>을 통해 주목받았는데, 이는 해당 작품을 문란한 성 세태가 만연한 원 간섭기 고려의 자화상(만두가게, 절, 우물터, 술집)으로 파악한 데 따른 것이다. 이는 개경과 서경 등 번성한 도시의 상업적 면모와 시정적, 유흥적 공간의 형성을 보여주는 단면이기도 하다.

속요는 삼국 시대 민요에 비하면 노동의 현장으로부터 멀어지는 대신, 세련된 3음보 율격으로 드높은 서정성을 담아내는 방향으로 시적·음악적 세계를 개척해 나간 것이었다.

속요의 '애정' 역시 백제가요에서처럼 부부간의 애정을 노래하기보다는, 도시 유흥공간에서 이루어지는 남녀 간의 애정에 가까웠다. 이와 같은 정서의 '울림'[共鳴] 덕분에 남녀상열지사라는 비난에도 불구하고 전승이 지속되었고, 여전히 속요가 가요로 재창작될 수 있는 동력이 생겼다.

속요의 형성과 전승

속요는 종전의 향가와 정서적, 형식적으로 차이가 꽤 있다. 따라서 그 유래를 외국의 음악과 궁중 문화의 수용에서 찾기도 했다. 송(宋)과 원(元) 산곡(散曲)의 영향이나 유교적 제의(祭儀)의 도입 및 대악서(大樂署) 설치에 유의해야 한다는 관점이 그것이다. 따라서 이런 영향과 수용이 가장 컸던 원 간섭기에 비중을 두고 있다.

속요의 전승 과정은 후대의 역사적 장르의 형식적 모태 역할을 했다고 할 수 있다. 속요의 가창 방식인 진작(眞勺)이 시조창의 선행 방식인 가곡(歌曲)에 직접 연결된다는 것이다. 실상 속요는 궁중의 목적 문학이기도 하므로 그 자체가 악장이라 할 수 있다. 시정적, 도시적 애정 정서는 시조와 사설시조 및 잡가 등에서 꽤 비중을 지닌 것이기도 하며, 속요의 노랫말을 교화론적 입장에서 개작, 검열하는 과정에서 교훈 시가의 여러 수사방식이 발현되기도 했다. 그렇게 보면 음악적으로나 문학적으로나 속요는 이후 여러 시가 양식의 어머니가 되었으며, 속요의 여성 화자는 이후 문학사에서 여성 주체의 성장과 활동에 크게 이바지했다. <정과정>에서 화자가 자신을 여성으로 설정했던 전통이 이후 충신연주지사 모티프를 지닌 작품에 줄곧 나타나는 현상까지 포함해서 그러하다.

그러나 국왕을 찬양하는 여성 화자의 전통에도 불구하고, 세종 이후로 속요는 가사의 비속함 탓에 비판받았고(詞俚不載), 세종은 여악(女樂) 자체를 심하게 배격하기도 했다. 이후 성종은 음악적 요소뿐만 아니라 문학적 요소까지 아울러 '남녀가 즐기는 노래(男女相悅之詞)'라며 더욱 강경하게 대했다. 연산군 때 잠깐 여악이 회복되긴 했지만, 그가 반정으로 쫓겨난지라 중종 이후로 더욱 위축된다.

속요의 지위가 공식적으로 추락한 원인은 우리말 노래의 지위 변화, 교화론의 고착, 음악에 대한 인식 변화 등 여러 요인이 있었을 것이다. 그러나 공식적으로 궁중에서 퇴출당했을망정, 『양금신보(洋琴新譜)』(양덕수, 1610), 『대악후보(大樂後譜)』(서명응, 1759:영조) 등 사대부 저작 문헌 다수에 꾸준히 수록된 것으로 미루어 보아 개인적 향유 공간에서의 비중은 전혀 줄어들지 않았다. 조선 후기에 여러 가창 양식이 출현, 성장하며 속요는 이들의 자양분이 되어주었다. 새로운 속요 작품이 나오지는 않았지만, 직업적 음악인들의 레퍼토리로서 문화사적 소임을 다했다.

속요의 감상: <가시리>

가시리 가시리잇고 나눈.	가시려 가시렵니까?
부리고 가시리잇고 나눈.	버리고 가시렵니까?
위 증즐가 大平盛代(대평성대).	위 증즐가 태평성대.
날러는 엇디 살라 후고	나더러는 어찌 살라고
부리고 가시리잇고 나눈.	버리고 가시렵니까?
위 증즐가 大平盛代.	위 증즐가 태평성대.
잡스와 두어리마ᄂᆞ눈.	잡아 두고 싶지만,
선후면 아니 올세라.	서운하면 안 돌아올까 봐
위 증즐가 大平盛代.	위 증즐가 태평성대.
셜온님 보내ᄋᆞᆸ노니 나눈.	서러운 님 보내드리나니,
가시ᄂᆞᆫ 둣 도셔 오쇼셔 나눈.	가시는 듯 다시 오소서.
위 증즐가 大平盛代.	위 증즐가 태평성대.

―<귀호곡(歸乎曲)>(속칭 <가시리>), 『악장가사』 / 『시용향악보』

"위 증즐가 태평성대"라는 후렴구는 본문의 슬픈 이별과는 어울리지 않는다. 그냥 후렴구를 적당히 대충 넣었다고 생각할 수 있지만, 다른 속요에 흔히 보이듯 그냥 무의미한 말만 넣거나, 악기 소리만 넣지도 않았다. 하필 "태평성대"라는 의미 있는 말을 집어넣었다. 어찌 보면 이별과 관계없이 태평하게 흘러가는 세상, 그리고 그런 세상의 일원으로 변함없이 일상을 보내는 나 자신, 그 부조리가 이별을 더욱 사무치게 한다. 그런 점에서 이 후렴구는 본문의 분위기와 앞뒤가 맞지 않는다기보다, 오히려 그 비극성을 반어적으로 더 잘 보여주는 듯하다.

첫째와 둘째 연을 보면 화자는 버림받았지만, 잡지 않겠다고 한다. 셋째 연에서는 내가 잡으면 임께서 서운할 테니까, 그래서 넷째 연에서 서러워하는 당신을 고이 보내드린다고 했다. 이런 표현 때문에 〈가시리〉의 화자는 수동적이다, 소극적이다, 여성적이다, 한국적이다 등등의 평을 들었다. 그러나 여기에는 두 가지 맹점이 있다.

첫째, 서운하고 서러운 것은, 사실은 임이 아니라 화자 자신이다. 그렇지만 자신이 서운하고 서럽다고는 하지 않았다. 그 대신 당신이 그럴 거라 했다. 당신이 그럴 거라는 '믿음'을 보여준다. 헤어질 때는 아름다웠던 추억도 다 부질없다는 생각이 절로 들 텐데, 이 사람은 과거 우리의 사랑이 진심이었다면, 떠나는 당신도 나 못지않게 서운하고 서러우리라 믿고 있다. 그래서 자신의 마음이 얼마나 괴로운지는 "태평성대" 따위 반어적인 후렴구에 맡겨 놓고, 당신 마음을 알고 믿으니 잡지 않겠다고 한다. 이런 마음을 소극적, 수동적이라 할 수 있을까? 여성적, 한국적이라 하려면 여성적, 한국적이라는 말에 대한 선입견도 바꾸어야 한다.

둘째, 마지막에 "가시는 듯 다시 오소서."라고는 했지만, 그래도 돌아오지 않으리라는 걸 화자가 모르지는 않았을 것이다. 마지막 이별도 곱고 아름답게, 싸우지 않고 당신 마음 믿으며 보내겠다며 기다림 이상의 어떤 미련이나 집착은 보여주지 않았다. 떠난 사랑이 돌아오면 행복할까? 큰 충격을 경험한 사람은 결코 예전으로 돌아갈 수 없는 법이다. 요컨대 〈가시리〉의 여성 화자는 결단코 약하지 않다. 배신한 사람의 마음이 자신과 다르지 않다고 믿고, 영원히 그리워하겠다는 사람은 누구보다 강한 사람처럼 느껴진다.

─── 더 읽어보기

이영태,『고려속요와 기녀』, 경인문화사, 2004.

윤성현 글, 원혜영 그림,『가려 뽑은 고려 노래』, 현암사, 2011.

허남춘,『황조가에서 청산별곡 너머』, 보고사, 2010.

시조 문학의 흐름 1
-발생기와 발전기의 시조

조해숙

시조의 발생과 형성 시기

한국문학사에서 시조가 언제 처음으로 나타났으며, 그 모습이 어떠했는가에 대해서는 분명한 결론이 나지 않았다. 학자마다 다기한 견해를 제기해 시조 연구가 1세기 이상 진행된 오늘날까지도 논란의 여지가 존재하는 것이다. 조선 후기에 편찬된 가집에는 고구려 을파소(乙巴素), 백제 성충(成忠), 신라 설총(薛聰)을 작가로 삼는 시조 작품이 실려 있어서 이 기록을 따른다면 시조의 역사는 삼국시대까지 소급될 수도 있다.

하지만 현재까지 제시된 공통된 쟁점을 중심으로 살필 때, 시조 형성 시기에 관해서는 크게 고려 말 형성론과 16세기 형성론이 대립하고 있다고 볼 수 있다. 이 두 견해의 대립은, 초기 작가들의 신빙성 여부를 역사적 정황론에 의거해 판단할 것인가, 아니면 실증적 증거물에 의거해 판단할 것인가 하는 자료에 대한 연구자들의 해석 태도와 직결되어 있다. 고려 말 형성론이 주로 전자의 입장이라면, 16세기 형성론은 후자의 입장이라고 할 수 있다.

15세기 이전 작가나 시조 작품들은 가집 외에 다른 어떤 문헌 기록도 발견되지 않은 상태이므로 그 신빙성을 객관적으로 입증하기가 어려운 것이 사실이다. 바로 이런 이유로 인해 그 이전 작가와 작품을 위작(僞作)으로 보면서 입증 가능한 객관적 증거를 중심으로 16세기 형성론을 주장하는 것이다. 반면 고려 말 형성론은 가집 수록 초기 작가와 작품에 대한 기록의 신빙성을 비판적으로 수용해, 극히 숫자가 미미한 14세기 이전 것은 제외하더라도 적어도 14~15세기에 걸친 30여 명 작가의 작품들은 그 실재성을 부정하기 어렵다고 본다. 이 주장에는 14세기는 신흥사대부층이 새로운 정치세력으로 급부상한 시기로서 이들이 곧 시조의 중심 형성층으로 지속해 나간 역사적 정황이 배경으로 작용한다.

결국 두 주장 모두 일리가 있으나, 논리적 개연성에 초점을 맞춘다면 고려 말 형성론이 널리 통설로 인정되는 편이다. 16세기 형성론이 추구하는 실증주의적 방법론은, 자료의 보존과 계승이 부실하고 수집 정리조차 어려운 14세기 이전 실태에 비추어 볼 때 현실성이 부족한 접근 태도이다. 또 새로운 자료가 발견될 가능성도 여전히 상존하므로 보다 유연한 입론 태도가 요청되는 것이다. 반면, 고려 말 형성론은 14세기 시조 형성의 중심층이라 할 수 있는 사대부층이 조선조 시조 발전을 주도하는 계층으로 이어진다는 점에서도 논리적 개연성을 지닌다.

고려 말, 조선 초 발생기 시조의 작품세계

발생기 시조는 작품세계 면에서 크게 두 가지 대조적 경향을 보인다. 현실정치의 좌절을 노래하는 경향의 시조와 현실정치의 꿈을 노래하는 경향의 시조가 그것이다. 이 두 가지 작품세계에 관해 작가 및 작품을 예로 들면서 간단히 살펴보기로 한다.

현실정치의 좌절을 노래한 시조는 역사적 시기에 따라 세분화할 수 있다. 우선 고려 말 신흥사대부들의 시조로서, 혼란스러운 정치현실을 풍자하거나 비판한 이존오, 이색의 작품이 대표적이다.

> 백설이 잦아진 골에 구름이 험하구나
> 반가운 매화는 어느 곳에 피었는고
> 석양에 홀로 서 있어 갈 곳 몰라 하노라

이 작품은 이색의 시조로, 매화로 상징되는 정치적 이상 실현에 대한 기대가 간신배의 농간으로 좌절되는 안타까운 현실에 대한 감정을 석양 무렵 구름이 험한 산 앞에 선 시적자아의 심정으로 풍자, 탄식하고 있다.

다음으로, 고려 멸망 후 옛 왕조를 회고하면서 감회를 토로하는 고려 유신들의 시조가 있는데, 원천석과 길재의 '회고가' 류가 대표적이다.

> ㉠ 흥망이 유수하니 만월대도 추초(秋草)로다
> 오백년 왕업이 목적(牧笛)에 부쳤으니
> 석양에 지나는 객이 눈물겨워 하노라

> ㉡ 선인교 나린 물이 자하동에 흐르나니
> 반천년 왕업이 물소리 뿐이로다
> 아이야 고국흥망을 물어 무엇하리오

㉠은 끝까지 절의를 굽히지 않은 고려 유신 원천석의 시조로, 옛 왕조를 회고하는 연민의 감정을 드러내고 있다. ㉡ 역시 얼핏 이와 유사한 회고가처럼 보이나, 이 작품의 작가는 조선 건국 과정에서 주도적 역할을 한 정도전이

다. 흥미로운 점은, 고려 왕조를 돌아보는 회한의 감정은 두 작품 모두 유사하지만, 결국 ⓒ의 종장은 현실론적 경세 이념을 중시하는 방향으로 노래의 마무리를 삼아 엇갈린 내면세계를 표출하고 있다.

마지막으로, 세조의 왕위 찬탈에 항거한 조선 초기 관인층 사대부들의 시조들도 정치적 좌절을 노래한 작품들이다. '절의가'라 불리는 작품의 대표 작가로는 성삼문, 박팽년, 이개, 유응부 등이다.

> 가마귀 눈비 맞아 희는 듯 검노매라
> 야광명월이 밤인들 어두우랴
> 임 향한 일편단심이야 고칠 줄이 있으랴

박팽년의 이 시조는 사육신의 절의가를 대표하는데, 이것이 고려 말 이방원의 회유를 거부하고 절의를 지킨 정몽주의 유명한 '단심가'의 영향 아래 창작된 것임은 두 노래의 동일한 종장을 통해 짐작할 수 있다.

한편, 발생기 시조의 또 다른 경향인 현실정치의 꿈을 노래한 시조는 조선 초 관인층 사대부 시조에서 뚜렷하게 발견된다. 이들 작품은 유교적 정치 이상을 품고 경세의 이상을 실현하려는 즐거움, 충족감, 자신감이 중심을 이룬다. 맹사성의 <강호사시가>를 비롯해, 최영, 김종서, 남이 등 무인들이 남긴 '호기가(豪氣歌)' 작품들도 이에 해당한다.

김종서의 다음 작품은 무인으로서 득의에 넘친 기상과 호기로움을 두드러지게 드러낸다.

> 삭풍(朔風)은 나무 끝에 불고 명월은 눈 속에 찬데
> 만리 변성(邊城)에 일장검 짚고 서서
> 긴 파람 큰 한 소리에 거칠 것이 없어라

이상 발생기 시조들은 가집 이외에 관련 기록이 남아 있지 않아 구체적인 향유 방식은 물론 그 실재성을 확신하기 어렵다. 다만 최근 들어 이 시기 관련 기록들이 조금씩 확인되고 있으므로, 시조의 발생 정황과 향유 모습에 관심을 두고 많은 주변 연구가 거듭 이루어질 필요가 있다.

조선 중기 시조 발전기의 다양한 모습

조선 시대 역사에서 1592년 임진왜란과 불과 수십 년 뒤 병자호란이 사회·문화적으로 끼친 영향은 상당한 것이었다. 그러나 실제 문학적 현상으로 그 같은 변화가 반영되는 데는 오랜 기간이 소요되어, 이전 문학과의 격차가 두드러지는 것은 18세기 문학에 이르러서이다. 따라서 16~17세기 시조를 조선 중기로 묶어 시조문학의 발전기로 삼아 그 문학적 현상과 특징을 살펴보고자 한다.

왕조 교체의 혼란한 정치 현실을 반영했던 전대 시조에 비한다면, 조선 중기 시조에서는 사대부들의 수기치인(修己治人)이라는 이상이 투영됨으로써 유가적 세계관이 잘 나타난다. 조선 중기 시조의 발전을 주도한 중심 향유층은 사림파이다. 사림파는 15세기 후반부터 서서히 정계에 부상해 16세기 후반 정신문화를 이끄는 중심세력으로 부상했으며 사대부 시조 작품세계에 큰 영향을 끼친 수기치인의 이상 또한 이들이 내세운 것이다.

시조가 사림파의 애호를 받게 된 것은 당대 음악문화의 판도가 변한 사실과도 관련이 깊다. 이전부터 관인층 사대부들이 즐겨 향유한 음악은 왕실음악이었는데 이는 16세기까지도 여전했다. 하지만 왕실음악은 사림파의 음악적 취향과는 맞지 않았으므로 개인 심성을 기르는 데 도움이 되는 자신들의 음악을 필요로 하게 되었고, 시조음악 대엽곡이 바로 이것에 부합했다. 현전하는 악보집에 의거하면 이 대엽곡 역시 왕실음악이었던 것이 분명한데, 아마도 사림들이 자신들의 취향에 맞는 대엽곡을 선호하게 되면서 독자적인 음악문화를 점차 형성해 간 것으로 짐작된다. 16세기 중반부터 사림들이 대엽곡에 얹어 부르는 시조를 창작하는 것이 본격화되면서, 김구, 송순, 이현보, 주세붕 등 시조 작가가 나왔고, 16세기 후반에 이황, 정철, 이이, 권호문 등의 작품으로 시조문학의 꽃을 피울 수 있게 되었다.

조선 중기 사대부의 정신세계를 집약적으로 표출해 사림 문학의 전형성을 가장 잘 드러낸 것은 강호시조다. 강호시조는 16세기 중반 이미 양식이 확립되었음이 이별의 <장육당육가>, 이현보의 <어부단가>, 송순의 <면앙정단가> 등 대표작품을 통해 확인된다. 이들 강호시조에 나타난 자연인식은, 부정적 현실과 대척점에 놓인 조화로운 자연공간의 설정, 조화로운 자연과 자아의 합일 지향, 조화로운 사회 실현의 갈망이라는 세 가지 기본적 인식 틀을 지닌다. 작품에 따라 세 가지 가운데 어느 쪽으로 시인의 관심이 기울어지는가의 정도 차이는 있지만, 자연에서 누리는 즐거움이 감각적 쾌락으로 빠지는 경우는 없고, 자연에서 발견한 의미를 사회로 확장하려는 의식이 결여된 경우도 없다. 그런 점에서 강호시조를 흔히 현실과 동떨어진 은일의 노래와 동일시하는 것은 그 본질과는 거리가 먼 피상적 견해에 그친다. 오히려 사대부 지식인으로서의 치열한 고뇌가 자연에의 관심 혹은 강호시조에 대한 관심으로 커져 나간 것이라 이해할 수 있다.

조선 중기 사대부시조로 교훈시조와 우국시조 또한 주목할 만하다. 교훈시조는 사대부들의 경세의식이 직접 투영된 유형으로서, 이 역시 16세기 중반 이미 양식이 확립되어, 주세붕의 <오륜가>, 송순의 <오륜가>, 이황의 <도산십이곡>이 나왔다. 교훈시조 창작의 동기나 궁극적 목적은 조화로운 인간사회의 구현이란 점에서 동일하지만, 구체적 창작 목적이나 노래의 활용은 작품마다 다르다. 목민관으로 임지에 부임해 백성들의 윤리의식을 일깨우려는 목적에서 창작한 정철의 <훈민가> 같은 작품이 있고, 향촌에 거주하면서 학동(學童)이나 집안 자녀에게 도덕심을 깨우쳐주기 위한 고응척의 <대학장구>, 김상용의 <훈계자손가> 같은 작품도 있다. 이들은 교화 대상이나 교화의 덕목 면에서 차이가 있으나, 교화의 내용을 일반에 널리 확대 적용하려는 시조의 풍교적 기능을 적극 활용한 점에서는 동일하다.

한편, 이 시기 사대부가 우국시조를 집중 창작한 것은 임진왜란과 병자호란의 경험 때문이다. 양대 전란의 충격과 치욕이 컸던 탓에 우국시조는 이전 시기 '호기가'류 시조들과는 달리, 국가의 안위를 지키지 못한 울분과 슬픔의 토로가 주조를 이루는 것이 특징이다. 정광천의 <술회가> 6수, 이덕일의 <우국가> 28수, 이정환의 <비가> 10수 등이 모두 이러한 정조를 지닌다. 병자호란 관련 우국시조는 단시조로 더 많이 창작되었는데, 봉림대군(효종)의 시조 6수, 홍봉한과 김상헌의 시조가 대표적이다.

끝으로 조선 중기 시조 발전기 양상을 논할 때 빼놓을 수 없는 것은 바로 기녀시조다. 이 시기 기녀시인은 10여 명, 작품 수도 15수 내외여서 사대부시조에 비한다면 양적으로는 미미하다. 하지만 사대부시조에서 맛볼 수 없는 순수한 서정적 정취와 예술성을 발휘해 시조의 미적 가능성을 최대한 구현했다는 점, 시조를 창작한 기녀시인 가운데 황진이, 홍랑, 한우, 이매창(계랑), 매화 등 걸출한 대표 시인이 대부분 이 시기 인물이라는 점도 주목할 부분이다.

맺음말

이상에서 시조의 형성 과정 논의, 발생기 작품의 특징, 시조의 중심 향유층, 그리고 시조 발전기인 조선 중기 시조의 다양한 모습에 관해 작품을 통해 알아보았다. 대체로 시조는 고려 말에 생겨나 사대부들이 중심이 되어 창작과 향유를 이끌었으며, 발생 초기에 회고가와 절의가가, 발전기에는 자연과 규범 내지 사회 현실을 배경으로 한 시조가 나타났다. 발전기에는 기녀 시인이 가세해 서정적 정취를 표출해 시조의 미적 수준을 높였다.

이러한 시조의 향유층 및 내적 특성은 일관되게 유지되지 않고 조선 후기 급격한 사회 문화의 변화에 기대어 전환을 겪는다. '時調(시조)'의 말뜻 그대로 '지금의 노래'라는 점에서 시조가 시대 변화에 따른 변모를 보이는 것은 당연한 일이기도 하다. 시조의 흐름 후속 논의에서 조선 후기 시조의 양상과 특성에 대해 계속 살펴보기로 하자.

───── 더 읽어보기

김대행, 『시조유형론』, 이화여자대학교출판부, 1986.
김흥규, 「강호자연과 정치현실」, 『세계의 문학』, 민음사, 1981년 봄.
성기옥, 「고산시가에 나타난 자연인식의 기본틀」, 『고산연구』 창간호, 1987.
성기옥 외, 『고전시가론』, 한국방송통신대학교출판부, 2006.

시조 문학의 흐름 2
-변환기의 시조

조해숙

조선 후기 가객의 등장과 시조 향유층의 변화

16~17세기 조선 중기 시조의 성격은 17세기 말부터 사회적 변화의 모습을 반영하기 시작해 18세기에 이르면 뚜렷한 문학적 변화를 보이게 된다. 가장 먼저 눈에 띄는 변화라면 시조 향유층의 재편 현상을 꼽을 수 있다. 조선 중기까지 시조 향유층이 기녀시인의 참여는 있었지만 그 중심은 단연 사대부들이었다면, 조선 후기에 이르러서는 가객이 등장하며 중간층이 새로운 시조 향유층으로 부상한 것이다. 이로 인해 전대와는 다른 판도의 변화가 나타나게 되었다.

가객이 등장한 것은 17세기 말 숙종 대부터 도시 상업 문화의 발달과 중간층의 사회적 부상과 관련된다. 장현, 탁주한, 박상건, 김유기 등 초기 가객들이 이에 해당한다. 이들은 모두 가곡 명창으로 이름난 중간층 신분인데, 경제적 부를 축적한 여유 덕분에 개인 취미 활동으로 시조에 심취한 가객도 있고, 가곡에 정통한 전문 예인으로 직업적 활동을 한 가객도 존재한다. 초기 가객의 이러한 두 성향은 18세기 들어와 가객시인 집단과 가객명창 집단으로 각각 분화, 발전하는 바탕이 되었다.

가객시인 집단은, 18세기에 부의 축적과 상관없이 문화적으로 성장한 중간층 지식인들이 시조를 자신들의 예술적 교양물로서 애호하며 창작하는 일종의 동호인 집단이라 할 수 있다. 여기에는 가곡 명창뿐 아니라 거문고 명인, 위항시인 등 다방면의 중간층 예술인들이 참여했는데, 초기에는 위항시인들이 주도하다가 18세기 중반 김천택, 김수장, 김우규, 박문욱, 한유신 등 가창력과 시적 재능을 겸비한 뛰어난 가객들이 나타나면서 이들이 주도권을 행사하게 된 것으로 짐작된다. 이와 함께 이차상, 박후웅, 이세춘 등 가창만을 전문으로 삼는 가객명창 집단이 등장한 것도 바로 이때부터다.

18세기에 들어서 보편화한 가객시인 또는 가객명창 집단은 조선 후기 시조 판도를 전적으로 변화시킨 중요한 변수다. 이는 단순히 시조 향유층의 확대에 그치는 것이 아니라, 시조의 성격 변화를 주도하는 중심 향유층이 가객층이 되었음을 의미한다. 이들에 의해 18세기 이후 시조음악의 변화가 일어나고, 가곡 중심의 연행문화가 형성되었으며, 시조사의 커다란 성과라 할 일련의 가집 편찬 작업이 시도되었다. 중간층 가객의 등장은 가곡 향유층의 범위를 사대부 일반은 물론 가객들 자신의 계층으로까지 확대시켰으며, 이를 통해 가집 편찬은 물론 가곡 분화를 통한 다양한 레퍼토리의 확보로 가곡 수용층의 취향을 만족시킬 연행의 기틀을 마련하는 것이 가능해졌다.

가객의 등장과 이로 인한 시조 문화 재편 과정은 순수하게 가객이 주도한 결과로만 해석할 수 없다. 가곡의 향유가 개인 취향 차원을 넘어 사회적 수요로 커진 결과이며, 가곡이 노래문화의 중심부를 차지하며 대중화해 가객의 수요를 불러온 까닭이라 하겠다. 임·병 양란의 피폐화 이후 시행된 각종 조치들이 유통구조의 변화와 상품 경제의 발달을 가져와 도시 소비문화 발달로 이어지며 마침내 전통 향촌문화에 대비되는 도시 소비문화를 새로이 형성한 것이 그러한 현상의 배경으로 작용했다. 도시 소비문화에 익숙한 서울 및 수도권 중심 사대부들−경화사족층−은 일부 중간층 부호와 함께 가곡문화의 중요한 수요층이 되었고, 특히 권력과 부를 독점 세습한 벌열가문이나 종실의 일부 왕족은 고급 향유자를 넘어 가객 후원자요 육성자 역할을 담당해 가곡문화 발전의 중요한 원동력이 되어 주었다.

연시조의 위축과 사설시조의 성행

이처럼 도시문화를 배경으로 한 시조의 음악성 강화는 시조 내부에서도 변화를 가져왔다. 17세기까지도 널리 성행한 연시조가 급격히 위축되는 반면 사설시조의 창작과 연행이 활발해졌으며, 내용 면에서도 유교적 규범이나 이념성이 탈색되는 경향이 나타났다. 연시조는 본래 여러 연이 중첩되는 형식적 특성 때문에 가곡의 음악적 편제에 어울리지 않는 양식이었는데, 18세기 이후 좀더 빠른 삭대엽계 가곡 음악이 성행하고 악곡들을 계열화한 한바탕 형식이 정착하게 되면서 연시조의 입지는 줄어들 수밖에 없었다. 서울 및 수도권의 경화사족이나 가객들의 창작 시조에서 단시조 작품이 압도적인 이유도 이와 연결되어 있다. 이 시기 연시조를 창작한 작가로는 권섭, 이세보, 안민영 등에 불과한데, 이 또한 상당한 기간 향촌생활을 경험했다든지, 음악적 제약을 극복하려는 동기에서 비롯한 것이어서 그 창작을 일반적 경향으로 다루기는 어렵다.

이 시기 사설시조가 성행한 배경 또한 도시문화의 번성과 시조 음악의 발달과 직접 관련된다. 사설시조는 형태상 종장은 평시조와 비슷한 틀을 유지하되, 초·중장 혹은 그 일부가 4음보 율격 구조에서 현저히 이탈해 장형화한 구조를 지닌 작품을 일컫는다. 사설시조의 기원이나 발생에 관해서는, 평시조의 파격 내지 변형으로 생겨난 것이 아니라 이전부터 존속한 민간

가요로부터 나왔다고 보는 견해와, 사설시조가 평시조와 비슷한 시기에 평행적 보완 관계를 지니면서 성립해 조선 전기 동안은 양반들이 주로 창작·향유하다가 18세기 이후 중인층 이하 향유층이 참여하면서 창작과 연행의 범위가 확대되었다고 보는 주장이 있다. 이런 쟁점에도 불구하고 조선 후기가 사설시조의 가장 활발한 융성기라는 점, 그리고 사설시조 성행의 중심에 중인을 포함한 평민층의 역할이 컸다는 점에는 의문의 여지가 없다.

사설시조가 성행한 시기는 이를 얹어 부르는 악곡들이 정통 가곡으로 편입되기 시작한 18세기 중반부터다. 18세기 중반 무렵 편찬된 『해동가요』 계열과 『청구영언(가람본)』 등의 가집에 사설시조 관련 악곡이 정식으로 편입되었고, 이후 파생곡을 낳으면서 가곡 한바탕에서도 큰 비중을 차지하는 등 음악적 발전에 힘입어 사설시조의 창작과 연행도 활성화한 것으로 보인다. 이 과정에서 특히 주목할 만한 인물은 김수장이다. 그는 『해동가요』의 수정·보완 작업을 통해 사설시조 악곡을 가집에 편입시키는가 하면, 직접 40여 수의 사설시조를 창작함으로써 창작과 연행의 기반을 다졌다.

대부분의 사설시조는 작가 미상인 상태로 전해지므로 중심 작가층을 명확히 하기 어려우나, 김수장을 비롯한 가객 작가들이 있고 사설시조 악곡의 편입을 주도한 것 역시 그들이므로 그 중심 작가층은 중간층 가객이라고 여겨진다. 중간층 가객의 사설시조는 이전 사대부시조의 전통적 엄숙주의를 벗어나, 천기(天氣), 자연성을 강조하는 자유분방한 분위기와 도시적 감성을 띤 새로운 유흥 양식을 창출하고자 했다.

㉠
간나이들이 여러 층이더라
송골매도 같고 줄에 앉은 제비도 같고 백화원리(百花園裡)에 두루미도 같고 녹수파란(綠水波瀾)에 비오리도 같고 땅에 퍽 앉은 소리개도 같고 썩은 등걸에

부엉이도 같네

그래도 다 각각 임의 사랑이니 개일색(皆一色)인가 하노라

ⓛ

나모도 바위 돌도 없는 뫼에 내게 쫓긴 까투리 안과

대천 바다 한가운데 일천석 실은 배에 노도 잃고 닷도 잃고 용총도 끊(어지)고 돛대도 꺾(어지)고 키도 빠지고 바람 불어 물결치고 안개 뒤섞여 잦아진 날에 갈 길은 천리만리 남았는데 사면이 검어어둑 저물어 천지적막 가치노을 떴는데 수적 만난 도사공(都沙工)의 안과

엊그제 임 여읜 내 안이야 어디다 비교하리오

ⓞ은 김수장의 작품으로 중간층 가객 시조의 경향을 그대로 보여준다. ⓛ은 작자 미상의 작품으로, 조선 후기 사설시조의 새로운 관심사와 미적 특질을 더욱 뚜렷이 드러낸다. 평시조의 균형성을 탈피한 이질적 형태 속에 평민적 익살이나 풍자, 분방한 체험을 표현함으로써 '범속한 현실 공간 속에 살아가는 갑남을녀의 욕망과 행태'를 포착해 보여주는 것이다. 또 이러한 특질을 표현하는 작품 속 일상적 어휘나 어법, 하찮고 속된 사물의 언어들은 구체적 생동감과 진솔한 정감을 불어넣고 있다.

향촌사족의 시조와 기녀시조의 행방

도시 소비문화를 배경으로 한 경화사족이나 가객의 시조 경향과는 달리 향촌사족들의 작품세계는 여전히 조선 중기 시조의 문학 전통을 지속하는 면모가 더 강했다. 이러한 대조적 양상은 첫째, 단시조 중심의 도시 지식인들

의 시조 창작과는 달리, 향촌 지식인들은 여전히 연시조 중심의 시조 창작을 보이는 점, 둘째, 전형적인 강호시조나 교훈시조 작품을 창작하면서 전대의 이념 지향적 성향을 강하게 지니는 점에서 확인할 수 있다.

그 원인은 18세기부터 급속히 진행된 도시/향촌의 문화적 분화 현상에서 찾을 수 있다. 시조의 연행문화 역시 전문연주자나 가곡 한바탕 형식의 가곡 연창 방식을 통한 도시의 가곡 향유방식과는 달리, 향촌에서는 소박한 가곡 연행 방식에 따라 시조를 창작, 향유하는 전통이 그대로 남아 있었다. 연시조의 창작 전통이 여전한 까닭, 도시에서 성행한 사설시조가 거의 창작되지 않은 이유도 향촌의 이러한 연행문화와 직접 관련되어 있다.

한편, 향촌 지식인들의 관직 진출 기회가 차단되어 서울과의 문화적 공유가 줄어든 사실 또한 작품 경향의 차이가 나타나는 원인이 되었다. 벼슬에 나아간 향촌 출신 사대부들이 서울-향촌 간 문화적 소통 역할을 담당했던 전통적 통로를 상실하고, 사대부로서 지녀야 할 기본 소양조차 갖추기 힘든 경제적 위기로 내몰리면서 향촌사족들은 전통적 가치관에 기댄 유가적인 이념 강화를 시조의 중심 경향으로 선택할 수밖에 없었다.

이 같은 전반적 경향 속에서 향촌사회가 처한 위기 현실을 새로운 방향에서 극복하려는 시도도 있어 주목된다. 18세기 후반 위백규의 연시조 <농가 구장>이 바로 그 예이다.

도롱이에 호미 걸고 뿔 곱은 검은 소 몰고
고동풀 뜯(어)먹이며 물가에 내려갈 제
어디서 품진 벗님 함께 가자 하는고

땀은 듣는 대로 듣고 볕은 쬘 대로 쬔다
청풍에 옷깃 열고 긴파람 흘리불 제

어디서 길가는 손님네 아는 듯이 머무는고

행기에 보리밥이요 사발에 콩잎채라
내 밥 많을새요 네 반찬 적을새라
먹은 뒤 한숨 잠 경이야 네오 내오 다를쏘냐

　　전체 9수 중 아침에 농사일 나가 일하며 참을 나누는 장면을 그린 세 수다. 이 작품은 한가로이 전원생활의 여유를 즐기는 사대부의 강호시조 작품과는 전혀 다르게, 향촌 지식인이 자영농으로 이전해 가는 단계의 적극적 현실참여 노래다. 목적으로만 보자면 교훈시조에 더 가깝다고도 하겠는데, 일상의 생활을 직접 끌어들여 작품에 구체성과 활력을 부여했다는 점에서 새로운 형태의 교훈시조 방식이라는 의의가 있다.

　　한편, 조선 중기 중요한 시적 성취를 이룬 기녀시조도 조선 후기에 와서 다른 길을 걸었다. 이 시기 기녀시인의 숫자는 15, 16명으로 중기에 비해 늘어나고 작품 수 또한 많아졌다. 애정시조를 중심으로 하며 이별의 상황에서 임과의 결합을 원하는 그리움을 토로하고 있다는 점에서는 중기 시조와 유사한 면이 있다. 하지만 조선 후기 기녀시조는 주인공의 태도 면에서 중기와 사뭇 달라진다.

　　다양하고 발랄한 애정 양상과 적극적인 쌍방적 사랑의 감성이 인상적이던 조선 중기 기녀시조와 달리, 이 시기 기녀시조에서는 일방적인 기다림과 체념의 정조가 압도적 우세를 보인다. 이런 현상은 기녀시조가 그들만의 당당함을 잃고 대남성적 감성 틀에 순응하고 만 한계라거나, 감성이 매너리즘화한 퇴행적 면모라고도 비판받을 수 있다. 하지만 그런 경향을 초래한 원인은 기녀 자신에 있다기보다는, 기녀를 포함한 조선 후기 여성의 사회문화적 지위 하락이라는 사회사적 배경과 깊이 연관되어 있다. 조선 시대 여성의 사회사 연구와 더불어, 사회적 소수자로서 당대 기녀시인들에게 노래란 과연 무엇이었는가를 규명하는 총체적인 논의가 필요하다.

맺음말

이상에서 우리는 조선 중기를 지나 18~19세기에 이르러 시조가 이룩한 전환의 면모를 가객의 등장으로 인한 향유층의 재편, 사설시조라는 이질적 형태 노래의 성행 모습을 통해 살폈다. 또 향촌사족들의 시조가 중기의 경향을 지속하면서도 새로운 모색을 보인 양상과 그 원인에 대해 고찰하고, 기녀 시조의 후기적 양상도 진단했다. 발생기와 발전기 시조의 양상을 다룬 논의에 이어 이번 후기 시조의 면모를 통해 조선 시대 가장 중요한 역할을 한 대표 시가인 시조의 흐름을 대강 이해할 수 있게 되었다.

20세기에 들어서도 시조를 비롯한 전통 시가는 형태와 주제의 변용을 보이면서 여전히 살아남아 문학 양식으로서 시대적 대응이라는 역할을 감당해 냈다. 이 점에 대해서는 '근대전환기의 전통 시가' 항목에서 가사 등 다른 시가 갈래의 모습과 함께 고찰해 보기로 한다.

────── 더 읽어보기

권두환, 「조선후기 시조가단 연구」, 서울대학교대학원 박사학위논문, 1985.
김흥규, 『사설시조의 세계─범속한 삶의 만인보』, 세창출판사, 2015.
성기옥 외, 『고전시가론』, 한국방송통신대학교출판부, 2006.
심재완, 『시조의 문헌적 연구』, 세종문화사, 1972.

가사의 특성과 변모

조해숙

가사의 개념과 발생 시기

가사는 시조와 더불어 조선 시대 시가 문학을 대표하는 장르다. 가사문학은 한국에서만 볼 수 있는 독특한 문학 형태로, 초기에는 주로 양반 사대부들에 의해 창작, 향유되었으나 후기로 가면서 작자층이 확대되어 서민이나 여성들도 작가로 참여해 그들의 일상과 애환을 가사로 표출하게 되었다. 이후 개화기에 이르기까지 꾸준히 작품이 창작되어 그 시대적 사명을 감당해 내기도 했다.

가사는 국문으로 'ㄱᄉ', '가ᄉ'라고 기록되기도 하고, 한문으로는 '歌辭' 혹은 '歌詞'로 쓰이기도 했다. 때로 '장가(長歌)'로 표기된 곳도 있는데, 이는 시조를 '단가(短歌)'라고 부른 것과 대비적으로 지칭한 것으로 보인다. 이처럼 문헌상에 나타난 명칭들은 우리가 현재 일반적으로 말하는 가사문학 즉, 3·4조 혹은 4·4조를 기본으로 하는 4음보 율격을 제한 없이 계속할 수 있는 특정한 문학 장르를 특정해 가리킨 것은 아니다. 즉 가사문학이 창작되고 향유되던 당시 사람들은 '가사'라는 용어를 현재와 같은 특정 갈래 개념으로 제한해 사용한 것이 아니라, 시조와 가사 혹은 사설시조 등 노래로 부를 수 있는 시가를 서로 다른 형태로 창작하고 즐기면서도 '가사'라는 하나의 명칭 속에 모두 포함해 지칭한 것으로 이해된다.

가사의 개념에 대해서도 연구자마다 조금씩 다른 견해를 내놓았다. 이들 다양한 견해를 종합해 가사에 대한 개념을 정의한다면, 가사는 대체로 '3·4 조 내지 4·4조의 기본 율격을 바탕으로 한 4음보격을 취하는 율문 형식'의 장르로, 시조보다 자유로운 형식의 시가문학이라고 할 수 있다. 가사에 대한 개념을 규정하기가 어려운 것은, 후기로 가면서 여러 계층이 향유하게 되었으며 음악으로 노래 불리기도 했다는 점, 4음보의 정형성을 기본으로 하면서도 파격 형태가 종종 발견되는 점, 전기에는 대체로 100행 내외의 길이를 보이며 마지막 행은 시조 종장과 유사한 형태를 갖춘 작품도 있지만, 후기 가사는 수천 행에 달하는 장편 기행가사가 출현하기도 하고 월령체 형식을 띤 연가사(連歌辭) 형태도 나타나는 점 등 가사가 복합적인 면을 보이기 때문이다.

가사가 언제 어떻게 생겨나게 되었는지 또한 명확한 결론을 내리기 어렵다. 가사문학의 기원에 관해서는 고려장가(혹은 경기체가) 기원설과 시조기원설, 그리고 민요기원설 등이 유력한 견해로 제기되어 있다. 고려장가(경기체가) 기원설은, 고려장가가 소멸한 시기와 가사문학의 출현시기가 가깝고 둘 다 향유층이 양반 사대부층으로 동일한 것을 근거로, 고려장가(경기체가)의 분장체가 사라지면서 고려조 경기체가가 수행하던 구실을 이어받아 발전시킨 장르가 가사라고 본 것이다. 시조기원설은 가사의 각 행이 시조의 초·중장처럼 4음보 1행이며, 일부 가사의 마지막 행은 시조의 종장과 같다는 것에 근거를 두고 있다. 민요기원설은 한국 시가의 모든 형식은 민요에 근거를 두었다고 보는 논의에서, 여음이 없는 긴 형식 노래를 가사의 기원으로 보는 견해다. 이들은 모두 나름의 근거를 제시하면서 일면 타당성을 지니지만 각각의 문제점 또한 여전히 있으므로 앞으로도 이에 대한 면밀한 검토가 필요하다.

가사의 발생시기에 대해서도 여러 주장이 제기되었는데, 현재 고려말 나옹화상의 <서왕가>를 효시로 보는 고려 말 발생설과, 정극인이 지은 <상춘곡>을 최초 작품으로 받아들이는 조선 초 발생설이 대표적으로 거론되고 있다. 두 가지 주장 가운데 이두문자로 표기한 나옹화상의 <승원가>가 발굴, 소개된 이후부터는 고려말엽 발생설이 더욱 설득력을 얻고 있지만, 두 작품 모두 당대에 기록된 것이 아니라서 첫 작품으로 인정하기에 의구심도 남아 있다.

가사의 장르적 특성

가사는 그 명칭에서 알 수 있듯이 '시(詩)'로서의 문학성과 '가(歌)'로서의 음악성을 공유한 장형시가다. 운문문학의 일종이면서도 극히 다양한 내용을 폭넓게 수용하고 있는 까닭에 장르적 성격 파악이 어려운 독특한 문학 형태인 것이다. 실제로 가사 내에는 <상춘곡>, <사미인곡>처럼 정감이 풍부한 서정적 노래가 있는가 하면, <일동장유가>나 <만언사>와 같이 실제 사실과 체험을 기술하는 데 치중한 작품도 있고, <오륜가>, <권선지로가> 같은 작품들은 이념이나 교훈을 널리 펴기 위한 성격을 지니며,『초당문답가』내 <우부가>와 <용부가>, <백발가> 등 전체가 서사적 짜임새를 갖추고 각 편이 이어지는 서사성이 강한 작품, 그리고 <속미인곡>에서 보듯 대화체로 이루어진 작품까지 매우 다양한 성격의 작품들이 존재한다.

따라서 가사를 규정하는 장르적 요건은 '4음보격 연속체 율문'이라는 극히 단순한 형식적 제한이 전부다. 그 외 주제나 소재, 표현방식, 길이, 구성 등에 관한 제약은 따로 둘 수 없으므로, 4음보로 된 장편 연속체 시가는 모두 가사에 포함될 수 있다. 이처럼 가사는 시조에 비해 형식적 조건이 느슨하고 길이의 제약도 없어 사대부에서 평민, 여성 작가에 이르기까지 다양한 계층이 참여해 자신들의 문제를 여러 가지 방식으로 담아낼 수 있는 장점을 갖추었다. 반면 그만큼 복잡한 주제구현 방식이나 작가군의 특성은, 가사의 장르적 성격을 어떻게 규정할 것인가에 대한 거듭된 논란을 불러일으키기도 했다.

지금까지 가사의 장르적 성격에 대해서는 시가, 수필, 교술 장르로 가사를 규정하거나 복합장르로 보는 등의 논의가 차례로 제기되어 왔다. 이들 주장은 각기 근거로 삼을 만한 작품이 있고 한계 역시 존재하지만, 그 가운데서 가장 우세한 것은 가사의 장르적 복합성과 역사적 유동성을 인정하면서도 기본적으로 시가로서의 속성을 인정해야 한다는 견해이다. 가사가 시조와 마찬가지로 가창으로 불렸다는 사실을 중시해 시가 문학에 속하는 것으로 보아야 하며, 초기에는 서정, 서사, 교술이 혼효된 성격의 가사가 나타났으나 후기로 가면서 서정성의 극대화, 서사성의 극대화, 교술성의 극대화라는 극단화 방향으로 장르적 변모를 겪게 되었다는 주장 등이 여기에 속한다. 이에 따르면 모든 가사는 서정적 서정, 서사적 서정, 교술적 서정으로 나타난다는 것이다. 이와 더불어, 가사는 우리말 진술 방식의 가능한 모든 유형을 실험할 수 있었던 한국 국문 문학의 가장 전략적 항목으로 작자의 주제적 정시가 우세한 극적 양식, 작자와 작중 인물 간의 극적 재현을 실현하는 극적 양식, 작자와 작중 인물의 이중적 시점을 교체해 가는 서사적 양식, 작자의 비공개적인 사적 시점을 견지하는 서정적 양식이 모두 나타난다고 하여 가사의 장르적 복합성을 주장한 논의 또한 가사의 장르 성격 규정에서 주목할 만한 논의다.

결국 가사의 장르 문제는, 현재까지 전해지는 풍부하고 다양한 가사 작품을 수용해 그 성격을 최대한 설명하고자 한 노력의 결과라 할 수 있다. 최근의 동향은 가사의 장르적 성격을 서정, 교술, 혹은 복합성으로 설명하는 쪽으로

관심이 모아지고 있으며, 그러한 장르성을 이해하고 설득할 만한 작품의
분석과 발굴에 관한 논의가 활발한 편이다.

가사의 작품세계와 그 변모

고려 말 나옹화상의 <서왕가>에서 비롯한 것으로 보이는 가사문학은 정극
인의 <상춘곡>에서 정제된 형식을 보인 이래 조선 사대부들을 중심으로 많
은 작품이 창작, 향유되었다. 그들은 한시와 시조를 통해 서정의 표현을 추구
하는 한편, 유연하고 포용적인 가사를 빌려 와 일상의 체험과 흥취를 효과적
으로 노래했다. 송순, 백광홍, 정철, 박인로 등 뛰어난 가사 작가들이 나타났
으며, 허난설헌이라는 여성 작가의 등장도 주목할 만하다. 한편, 지역적으로
는 호남지역에 집중된 점이 특징적이다. 그 성격은 조선 사대부들의 생활양
식과 사상을 반영한 강호가사와 기행가사, 유배가사, 교훈가사가 중심을 이
루고 있다.

이 시기 가사작품의 형식과 율격의 특성은, '3·4조의 상승리듬'을 주조로
하고 있어 조선 후기 작품들의 주조를 이루는 '4·4조의 수평리듬'과 대조를
이룬다. 가사의 한 행은 두 개의 구(句)로 구성되는데, 전기 가사에서 1구
구성은 3·4조뿐 아니라 2·3조나 2·4조까지 앞이 뒤보다 가벼운 상승리듬
특성을 보인다. 이는 가사의 중심 창작·향유층이 이러한 전후 비중 차이에서
오는 율격의 쾌감을 즐겼기 때문이라고 이해할 수 있고, 또 가사 마지막
행이 시조 종장과 같은 형식을 취하는 작품이 이 시기에 많은 점도 같은
이유로 설명할 수 있다.

가사의 길이는 대개 100행 내외여서 후기 가사에 비해 짧은 편이다. 기행
가사라도 전기가사인 정철의 <관동별곡>이 풍경을 바라보며 느끼는 감정이

주를 이루는 반면, 후기 <일동장유가>는 사실을 충실하고 분명히 기술하는 데 치중하는 것을 떠올리면 이러한 대비가 분명해진다. 또 가사의 4음보 연속체를 기준으로 삼을 때, 초기 가사에서 율격 일탈에 의한 편구(片句) 현상이 잦다는 점도 지적할 만하다. 율격 일탈에 의한 편구 현상은 특히 시상을 전환할 때 주로 발견되는데, 이는 초기 가사의 시형이 아직 연장체(聯章體)와 연속체(連續體)의 중간적 면모를 보이는 과도기적 성격을 지니는 데서 비롯한 것으로 이해된다. 정철의 가사작품 이후로는 편구 현상이 드물게 나타나 가사 시형이 연속체로 정착해 가는 모습을 보인다.

다음 <매창월가>와 <관동별곡>의 일부를 통해 형식적 진행 과정을 확인할 수 있다.

ㄱ 매창(梅窓)에 달이 뜨니 매창(梅窓)의 경(景)이로다
　매(梅)는 어떠한 매(梅)고
　임처사(林處士) 서호(西湖)에 빙기옥혼(氷肌玉魂)과
　맥맥청소(脈脈淸宵)에 음영(吟詠)하던 매화(梅花)로다
　창(窓)은 어떠한 창(窓)고
　도정절선생(陶靖節先生) 녹주갈건(漉酒葛巾)하고
　무현금(無絃琴) 짚으며 슬슬청풍(瑟瑟淸風)에
　비기었던 창(窓)이로다

ㄴ 천년(千年) 노룡(老龍)이 굽이굽이 서려 있어
　주야(晝夜)에 흘러내어 창해(滄海)에 이었으니
　풍운(風雲)을 언제 얻어 삼일우(三日雨)를 내릴 것인가
　음애(陰崖)에 시든 풀을 다 살려 내어스라

조선 후기로 가면서 전대의 사대부 작가뿐 아니라 서민층이나 여성들도 작자층으로 참여해 가사의 성격이 변모해 갔다. 이러한 가사의 변화에는 임병양란으로 인한 사회문화적 변화가 중요한 요인으로 작용했다. 시조와 나란히 사대부의 시가문학 양식으로 존재한 가사는, 전란 이후 서민의 자각과 사대부의 인식 변화로 현실의 문제를 본격적으로 다루면서, 국가와 백성의 어려움을 드러내고 사회의 모순을 고발하는 작품, 곤궁한 사대부의 모습과 생활의 실상을 보여주는 작품이 등장한다.

달 없는 황혼에 허위허위 달려가서
굳이 닫은 문밖에 아득히 혼자 서서
큰 기침 아함이를 양구(良久)토록 하온 후에
어화 그 뉘신고 염치없는 내옵노라
초경(初更)도 거읜데 그 어찌 와 계신고
연년(年年)에 이러하기 구차한 줄 알건마는
소 없는 궁가(窮家)에 헤염 많아 왔삽노라

박인로가 지은 <누항사> 일부분이다. 사대부 신분이지만 전란 후 궁핍한 사정 때문에 농사일에 뛰어들게 되고 밭을 갈 소조차 없어 빌리러 가는 처지를 일상의 어휘를 대폭 활용해 절실하게 묘사하고 있다. 정철의 가사에서 보인 미화된 표현 대신 실감을 확보하는 방식으로 후기 가사의 새로운 길을 보인 셈이다. 이처럼 이념적 당위와 현실과의 거리를 두고 깊이 고민한 사대부의 작품은 전원의 생활이나 유배, 기행을 소재로 한 가사들에서 거듭 확인할 수 있다.

후기 가사의 새롭고 달라진 모습은 이 밖에도 먼 사행(使行)에서 목격한 경이로운 경험을 수천 구에 이르는 긴 형식으로 기록하기도 하고, 여성이

딸에게 건네는 규범적 내용이나 여성의 일상과 풍류를 담은 작품들까지 광범위하게 나타난다. 이러한 작품들이 창작되고 활발히 향유됨으로써 가사는 이제 단순히 정서를 표출하는 문학 양식에 그치지 않고 모두의 삶에 필요한 도구로서 기능하기도 했다.

맺음말

지금까지 조선시대 시조와 쌍벽을 이루는 시가 문학인 가사의 개념과 발생 시기, 장르적 성격에 대해 검토하고 그 성격이 전후기에 달라진 과정에 대해서도 살펴보았다. 발생기에 가사는 종교적 내용을 포교하는 데서 비롯해 초기의 과도기 형식을 거쳐 사대부의 중심 시가문학으로 정착해 갔으며 전란 이후 사회문화적 혼란과 자각이 나타나면서 점차 그 성격이 변화하게 되었다. 이에 따라 후기 가사는 작자층, 형식과 율격, 주제와 소재 등 전반적인 변모를 겪게 된 것이다.

19세기 말부터 20세기 초 근대전환기에 가사는 또 다른 성격 변화를 겪는데, 이 시기 가사의 성격에 관해서는 '근대전환기 전통시가' 항목에서 따로 다루기로 한다.

───── 더 읽어보기

김병국, 「가사의 장르적 성격과 문학성」, 『한국고전문학의 비평적 이해』, 서울대학교출판부, 1995.
김학성, 「가사의 장르성격 재론」, 『한국시가문학연구』, 신구문화사, 1983.
염은열 외, 『문학교육을 위한 고전시가작품론』, 사회평론아카데미, 2019.
정병욱, 『한국고전시가론』, 신구문화사, 1984.

근대전환기 전통 시가

조해숙

개념 및 시대적 특성

이 글에서 다루는 근대전환기 전통 시가란 한국문학사에서 19세기 말부터 20세기 초에 이르는 근대로의 전환기에 생산, 향유된 전통 시가 양식의 국문 시가 작품들을 일컫는다. 역사적 격변기에 해당하는 이 시기는 흔히 '개화기' 라 불리면서 한국 문학 내부에서도 전통문학 양식과 신문학 양식의 충돌과 갈등, 조정과 습합이 넘나들던 전환의 시간에 해당한다. 이 시기를 일컫는 용어는 개화기 외에 세부적 시기의 성격을 반영해 저항기, 애국계몽기, 근대 계몽기 등이 있고 구체적 시기 또한 다양하다. 여기서는 문화적 변동의 계기 가 된 대한제국기 이후 근대문학 양식이 본격화한 1918년 이전까지를 전부 포함해 문학적 변화를 반영한 용어 '근대전환기'를 사용한다.

이러한 문학적 전환기에 나타난 여러 문학적 양상과 시도들에 관해서는 한국문학 연구사에서 여러 각도에서 다양한 논의가 있었으나, 아직 충분한 연구와 평가가 이루어지지는 못했다. 그것은 이 시기에 생산된 새로운 근대 문학 양식들에 관심이 집중되었던 탓이 크다. 따라서 근대 이전 양식을 여전히 고수한 전통 시가 작품들은 미적 성취가 덜하고 양식적 참신성마저 떨어진 문학적 저평가 대상으로 오랫동안 인식되어 왔다.

여기서는 근대 이전 대표적 전통 시가 양식이었던 가사와 시조의 경우를 통해 근대전환기 전통 시가의 모습을 구체적으로 살펴보려고 한다. 가사와 시조는 이 시기에 향유의 범위를 확대하고 신문이나 잡지 같은 매체에 얹혀 활발하게 생산, 유통되었음이 창작 경향과 작품 편수로 증명된다. 각 갈래 고유의 전형성에서는 이탈하면서도 오히려 변화하는 시대적 요청에 걸맞은 새로운 주제나 형태를 취하면서 지속적으로 꾸준히 생산된 것이다.

전통 시가가 근대전환기에 생산, 유통되는 과정에서 맞닥뜨린 새롭고 중요한 변화의 큰 흐름은 다음 몇 가지로 요약할 수 있다.

첫째, 매체의 등장과 향유 조건으로 인한 전통 시가의 큰 변화다. 전통적으로 시조와 가사가 향유되어 온 방식은 동질적인 집단 내에서 창작과 수용이 이루어지는 상호작용을 전제로 한 것이었는데, 20세기를 전후해 등장한 일간지나 잡지 매체에 실린 시조와 가사는 전통 시가의 소통 방식과는 확연히 다른 향유 양상을 가져왔다.

둘째, 이러한 소통 방식의 변화는 전통 시가의 독자와 청자 변화를 이끌었다. 오래도록 부르거나 읊고 듣는 방식이었던 전통 시가가 글자로 읽히면서 대중을 향한 일방적인 전달 방식을 갖추게 된 것이다. 여전히 음악적 속성을 반영한 표지와 형식을 단 경우가 있지만, 비동질적인 대상을 향한 일방적 전언의 형태를 띠게 됨으로써 작품의 안팎에 커다란 변화를 불러왔다.

셋째, 장소와 공간적 특성에 반영된 문제도 짚어볼 만하다. 작품 소통과 관련해 이 시기는 상업도시화한 서울과 변화하는 향촌의 대비가 뚜렷하다. 18세기 이후에 벌어진 시조의 음악적 번성이나 영남지방을 근거지로 한 규방 가사의 발전은 이미 익숙한 구도여서, 19세기 이후 시조는 서울을 소통의 근거지로 삼고 가사는 향촌 현실을 반영할 법하다. 하지만 19세기 후반까지도 향촌을 근간으로 한 시조는 여전히 생산되었고 서울 도시의 번화함을 다룬 특정한 부류의 가사 작품 역시 존재한다.

넷째, 주제와 의식면의 새로운 경향이다. 주로 가사 작품에서 윤리보다는 세태가 강조되면서 희화화, 허구화한 양상이 눈에 띄며, 시조의 경우 시사적 요소를 개입시키며 문명과 개화라는 새 의식을 표면화하는 작품들이 나타났다. 이 점은 곧 장르의 변화 모색 과정과 연결되어, 한국 문학 내부에서 자국어를 의식한 근대적 문학 언어가 중시되고 서구로부터 유입된 문학 형식을 바탕으로 새로운 장르체계를 갖추어 나가게 된다. 한문학 대 국문문학의 대비적 구도 역시 그 결과의 하나인데, 이는 시가 양식에서 특히 두드러져 중세적 이념과 근대적 의식이 동시에 구현되면서 그것을 효과적으로 수행하도록 하는 방식이 모두 실험되었다.

이상에서 살펴본 근대전환기 전통 시가의 전반적 특성을 가사문학과 시조문학 각 경우에서 19세기 말에서 20세기 초기까지 널리 유행하면서 독자층을 확보한 작품을 대상으로 삼아 고찰하고자 한다.

가사의 구성 방식과 여성 인물

이전 가사와 비교할 때 근대전환기 가사가 지닌 특징적 국면은 작품 구성 방식과 새로운 인물의 등장, 그리고 이로 인한 주제 변화 및 향유 방식 변화를 통해 잘 드러난다. 이러한 특징이 구현된 대표적 모습을, 가사의 양식적 속성을 유지하면서도 여러 작품이 하나의 제목 아래 편집된 『초당문답가』, 다양한 이본을 생산하면서 향유 공간을 넓혀간 '복선화음가' 계열 가사, 그리고 조선후기 여성 인물 형상이 두드러진 작품을 대상으로 살펴보자.

『초당문답가』는 여러 편의 작품이 실린 일종의 가사 모음집으로, 서로 다른 성격의 작품이 함께 수록되어 있다. 이 작품집은 19세기 중반쯤에 이미 형성되어 전파되기 시작해, 19세기 후반에는 소설류나 단가류와 함께 인기 있는 향유물로 자리 잡았으며, 20세기에 들어와 이 같은 대중적 영향력을 감지한 출판업자들에 의해 상업적 독서물로서 활자화되어 출간된 것으로 생각된다.

『초당문답가』는 널리 유행하면서 여러 편의 이본이 생산되었는데, 이들은 전체적으로 문답구조를 띠며 각각 15편 내외의 가사 작품을 체계적으로 배열하였다. 시어 및 표현의 특징은, 한 작가에 의한 일회적 기록이 아닌 탓에 필사 과정에서의 착종이 자주 나타나며, 일상적이고 친근한 생활어의 구사, 한시나 시조 등 인접 문학 양식에 등장하는 구절들의 인용, 나열과 반복의 기법 등을 통한 구체적이고 생생한 표현 등에서 찾을 수 있다.

작품의 전체 구성방식이나 시어 및 표현상의 특징을 종합해 볼 때, 『초당문답가』는 한 작가에 의한 일회적·일관된 창작물이라기보다, 이미 존재하는 작품들이 일종의 구성작가 내지 편집자에 의해 문답구조의 방식으로 재배열된 작품집이라 할 수 있다. 『초당문답가』를 생산하고 수용한 담당층은, 당시 가장 인기 있던 갈래인 가사라는 양식을 택해, 근대적 요소들을 반영함으로써 가사의 문학적 대응을 이룩해 나갔다고 하겠다.

'복선화음가' 계열 가사는 19세기 이후 여성들에게 널리 향유되면서 다수의 이본을 생산한 변형된 계녀가사의 하나다. 작품의 의도와 향유층의 의식을 고려할 때 '복선화음가' 계열 가사는 규범적 계녀가를 삽입한 '계녀(중심)형'과, 시적 화자의 일생 부분을 확대한 '전기(중심)형'으로 분류되는데, 두 유형의 서술 구조를 바탕으로 분석해보면 각각의 유형은 '복선화음(福善禍淫)'이라는 전체 주제를 향유층의 성향에 맞추어 한쪽은 '복선'을, 다른 한쪽은 '화음'을 더 강조하면서 이본을 재생산해 간 것으로 보인다. 이 점은 향유층 및 가사의 전파와 관련한 이 시기 가사의 새로운 면모라 할 수 있다.

'복선화음가' 계열 가사는 여성 인물의 성격이나 '부'와 '가난'에 대한 인식 면에서 근대 이전 가사와 구별되는 뚜렷한 점을 보인다. 규범적이고 이상적인 여성상과는 거리가 있는 인간형을 등장시키고, 화자는 객관적 관찰자 시점에서 인물과의 거리를 조절하면서 여성의 주체되기를 실현하고 있으며, 여성들은 경제 주체로서 '부'를 향한 열망을 드러내는 한편으로 '가난'과 고통이라는 경험을 공유하면서 강한 연대 의식을 보여주는 것이다. 이처럼 여러 측면에서의 여성의 긍정적 역할을 파악하는 일은 근대적 양식으로서 가사가 대중성을 확보하는 이유를 설명하기 위해 긴요하다.

마지막으로, 이 시기 가사가 새롭고 다양한 인물을 작품 속에 반영하면서 특히 여성의 목소리와 구체적 형상을 담게 된 특징을 지적할 수 있다. <용부가>, <복선화음가>, <덴동어미화전가>, <노처녀가>, <신가전> 등에 나타난 여성 인물들이 주목되는 것이다. 본격 서사 문학 속의 인물형과 비교할 때 이들 가사 작품 내 여성들은, 각각 결혼과 관련된 어려움과 위기를 경험하고, 이를 적극적인 의지와 행동을 통해 변화시키려는 모습을 보이며, 마침내 징벌이나 보상에 이르는 결말을 맞이한다. 이를 통해 당대 가사 향유층인 여성들은 부와 노동 등 현실적 요소에 대해 양면적인 태도를 보이면서 공동체 내에서의 안정과 정착이라는 또 다른 현실적 욕망을 드러내기도 한다. 나아가 독립적 삶의 책임을 강조하는, 경험적 운명론이자 분수론을 새로운 가치관으로 형성하기에 이른다.

이상 새로운 구성 방식과 전달 방식을 지향하거나 여성 인물을 형상화한 가사 작품들의 존재는, 전통적 시가 양식이 고정된 틀에 머무르지 않고 현실 사회가 요구하는 변화에 대응해 간 점에서 의미를 지닌다. 이런 점에서 전환기 가사는 한국시가사 내에서 근대적 전환이라는 문학 양식의 변화를 구성과 주제, 인물이라는 실제적 사례로 증명한 문제적 현상이라 평가할 만하다.

시조의 소통 방식과 주제 변화

한국 근대문학의 형성 단계에서 전통 양식의 시조는 현대시조로 전환되기까지 몇 차례 굴절과 변모를 겪는다. 첫 시기는, 1896년 『독립신문』에 작품을 발표한 이후 20세기 초 『대한매일신보』나 『대한민보』를 중심으로 한 신문 매체에 계몽지식인이 주축이 되어 저항성, 계몽성, 시사성을 내용으로 삼는 창작 시조를 활발히 생산하게 된 때이다. 다음 시기는, 1910년대 일제 강점이 현실화한 이후 신문 대신 잡지를 통해 한시문 소양이 풍부한 편집인들에 의한 창작 시조와 시조평이 발표되고 일부 문학지에 실험적 형식과 내용의 시조가 발표된 시기다.

이렇게 유지되던 전통 시조는 1920년대 중반 시조 부흥 논의를 전후해 창작 방법론 및 창작 활동의 활성화, 시조 시형에 대한 탐구, 시조에 관한 학문적 성찰을 계기로 시조다움과 조선적인 것에 관한 문예비평 논쟁까지 이어지며 이른바 국민문학으로서의 기반을 마련하게 된다. 이후 1930년대에는 이병기와 안확 등을 비롯한 시조론의 성과가 축적되고 본격적인 시조문예지가 등장하면서 시조는 일종의 정전화의 길로 들어서게 되었다.

20세기 초 신문 매체를 통해 발표된 시조는 양식 내부의 변화를 모색함으로써 소통 과정의 획기적 변화를 감당하고자 했다. 대중성의 기반을 확보하기 위해 시조창의 형식을 빌려 작품을 창작하고, 잘 알려진 한시나 고시조뿐만 아니라 당대 작품까지도 차용·변용한 작품을 생산했다. 또 일간지에 싣는 작품으로서의 특징을 살려 시사성을 견지한 작품이나 일상적 사건에 대한 평론적 성격을 지닌 작품도 내놓아 독자 일반을 향해 친숙하게 다가가려는 노력을 보여준다. 이러한 시사성과 현실 인식은 곧 신문 수록 시조의 담당층이 공유했던 시대 의식으로 작용해 시조가 계속 창작될 근거로 작용했다.

신문 수록 시조의 형식적 특성은 담당층이 그 갈래 특성을 여전히 노래로 인식하고 있었음을 보여준다. 실제로 잡지 수록 시조들에서 음악적 곡조명을 함께 표기하기도 하고, 신문 『만세보』에 일종의 가집 성격을 띤 「해동영언」이 실리기도 했다. 신문 시조들은 종장 제1음보의 성격과 제2음보의 변화와 함께, 구성 방식 면에서 근대전환기 시가다운 대응 양상을 보이면서도, 시조의 내적 문법을 비교적 충실히 따르고자 한 것으로 보인다.

시조의 근대적 전환 과정에서 1910년대 시조는 가사, 잡가, 민요 등 여타 전통 시가 양식과 마찬가지로 모색과 변모를 거듭하게 된다. 이 시기 시조 담당층은 고시조선을 마련하고, 이론적 접근을 시도하며, 새로운 시조의 창작을 통해 시대적 대응 노선을 다각화했다. 1910년대 시조들은 도교적 성향, 한시와 고사의 빈번한 노출, 시조평의 수반이라는 특성을 지니는 반면, 신문 시조와 달리 구호적 리듬과 정형성에 강제되지 않고 형식 면의 자유로움을 실험하면서 새로운 전환을 사설시조 형식에 얹어 실험했다는 점에서 독특하다.

이상 근대전환기 시조는 전통적 가창물에서 독립된 문학 양식으로 정착되어 가는 과도기적 모습을 보여준다. 음악적 표지를 여전히 의식하면서도, 작품 제목 및 시조평, 해제 등을 수반하고, 한시와 나란히 혹은 별개의 수록란을 내세운 점 등에서 그러하다. 이미 '국시(國詩)'의 지위를 부여받으면서 음악으로서의 시조와 문학으로서의 시조 사이에서 경계를 오갔던 시조는, 1910년대에 들어와 문화 일반의 한 기능을 담당하는 '新文(신문)'으로 호명되면서 그 역할과 형식을 새롭게 요청받았다. 1910년대 후반까지도 시조는 음악과 연관되어 있었으며 그 문학 양식으로서의 명칭도 통일되지 않았다. 시조에서 보이는 전환기 시가의 이 같은 문제점은 가사, 잡가, 민요 등 다른 전통 시가 양식들 역시 유사하게 감당해야만 할 과제이기도 했다.

맺음말

지금까지 근대전환기 전통 시가의 역할과 실제를 살피기 위해 시대적 특성과 용어 개념을 이해하고, 당시 가사와 시조 작품 분석을 통해 전환기 문학 내부에서 전통 시가가 거둔 역할과 위상에 대해 논의했다. 이 시기 전통 시가는 애국계몽기의 폭발적 활력을 거쳐, 일제 강점의 현실을 수용하고 나름의 역할을 모색하는 가운데 문학의 시대적 역할을 감당하고자 부단히 변화해 온 의의를 인정할 만하다. 1919년 이후 시조는 일부 성격 조정은 있었으나 신문학 양식으로 전환하며 1920년대로 전통 시가의 역할을 넘겨주었다. 반면 가사는 비록 중앙의 매체 중심 기록물에서는 위축되며 급격한 퇴조 현상을 보였으나, 오랜 창작·향유의 경험을 바탕으로 향촌 문화의 향유 시가 현장에서는 꾸준히 이어졌다.

한편, 19세기 말 20세기 초에 크게 번성한 갈래로 잡가를 들 수 있다. 가사, 시조가 전형성에서 멀어지며 역사적 의미를 재구성해 가는 상황과 함께, 새롭고 활력있는 시가를 요청하는 시대적 요구에 잡가가 부응할 수 있었기 때문이다. 다양하고 세련된 악곡을 바탕으로 기존 시가 양식들의 중요 부분을 수용해 새롭게 개편해 가는 방식으로 향유층의 폭이 넓어지고 연희자의 지위 또한 상승하게 된 것이 잡가 융성의 이유로 작용했다. 이상에서 확인되듯이 일제 강점기 내내 전통 시가는 한국인들에게 유력한 문화적 표현의 통로 구실을 해 온 것이다.

───── 더 읽어보기

김영철,『한국 개화기 시가 연구』, 새문사, 2004.
박애경,『한국 고전시가의 근대적 변전과정 연구』, 소명출판, 2008.

조해숙, 『전환기의 시가문학』, 서울대학교출판문화원, 2022.
최동원, 「개화기시조고」, 『고시조론고』, 삼영사, 1990.

Ⅱ

한문학

삼국과 고려의 한시

이종묵

한시의 형식과 한국한시의 성격

한국 한시는 기본적으로 중국 한시를 배운 데서 출발하므로, 그 갈래 역시 중국 한시와 다르지 않다. 중국 한시는 북방의 노래를 모은 『시경(詩經)』에서 비롯하였으며 당(唐)에 이르러 그 형식이 갖추어졌다. 한시는 형식에 따라 고시(古詩)와 근체시(近體詩)로 크게 나누는데, 이와 별도로 노래를 지향하는 악부시(樂府詩)를 따로 분류하기도 한다.

근체시는 그 길이에 따라 절구(絶句)와 율시(律詩), 배율(排律)이 있으며, 이들은 다시 오언(五言)과 칠언(七言)으로 각기 구분된다. 절구는 기(起), 승(承), 전(轉), 결(結) 4구로 구성된다. 율시는 수련(首聯), 함련(頷聯), 경련(頸聯), 미련(尾聯) 4연으로 구성되며 각 연은 2구로 이루어진다. 또 배율은 율시를 확장한 것으로 5연 이상으로 이루어지는 장편이다. 절구나 율시의 경우, 드물기는 하지만 육언(六言)으로 된 예도 있다.

고시는 고체시(古體詩), 고체(古體), 고풍(古風)이라고도 하는데 근체시의 상대적 개념으로 명명된 것이다. 시기적으로 근체시가 성립되었던 당대(唐代)

이전의 한시는 모두 고시인데, 대개 근체시로 변화하는 시기의 것이므로 근체시와 부분적으로 닮아 있는 것이 많다. 이에 비해 근체시 성립 이후에도 중국이나 한국에서 고시가 많이 제작되었는데 이러한 작품은 의도적으로 근체시와 전혀 다른 방식을 택한다. 오언이나 칠언으로 된 것은 각기 오언고시, 칠언고시라 하여 고시의 주류를 형성하고 있지만 잡체(雜體)처럼 글자 수가 일정하게 고정되지 않아도 된다. 같은 글자가 반복되어도 무방하며 근체시의 엄격한 율격을 따르지 않는다.

악부는 원래 한대(漢代)에 민간의 노래를 채집하고 새로운 노래를 제작하던 관청의 이름인데, 후대에는 이 악부에서 채집한 노래뿐만 아니라 이를 모의하여 비슷한 양식으로 제작한 한시도 악부시, 혹은 악부라고 부르게 되었다. 사(詞)라는 양식도 있는데 장단구(長短句), 시여(詩餘)라고도 하며 악부와 혼용되기도 하지만, 사패(詞牌)라고 하는 틀에 따라 자수(字數)와 평측에 엄격한 제한이 따른다. 남조(南朝)와 수(隋), 당(唐)을 거쳐 송(宋)에서 크게 번창한 사는 고려의 이제현(李齊賢)과 조선의 일부 문인들에 의하여 제작된 바 있지만 크게 활성화되지는 못했다.

한국은 물론 동아시아에서 한시는 지식인에게 필수적인 교양의 하나였다. 천재적 재능을 타고난 경우 예닐곱 살부터 시를 제작할 수 있었고 그렇게 시작된 문필 생활은 생을 마치는 순간까지 일기를 쓰듯이 다양한 글쓰기로 이어졌다. 기쁨과 슬픔, 분노와 즐거움 등 생활에서 느끼는 개인의 정감을 시와 산문으로 남겼다. 혼자 있으면서도 시를 짓고 길을 나서서도 시를 지었다. 사람을 만나거나 헤어질 때도 시를 지었다. 남들의 애경사가 있으면 시를 지어 보내었다. 다른 사람과의 교제에서도 시문은 지식인에게 필수적인 교양의 하나였다. 그뿐 아니라 과거시험에서 시와 산문은 가장 중요한 과목의 하나였고 또 벼슬길에 나아가서도 끊임없이 시를 지어야 했다. 더욱이 성리학을 이념으로 삼은 조선의 선비들에게 시는 마음을 수양하기 위한 한 방편이었다. 또 정치의 득실을 증언하고 민간의 풍속을 기록하는 것이 문학의 사명이라는 고대 이래의 문학 관념에 따라 사회 문제에 대해서도 시를 지었다.

이로 인해 한국 한시가 다루고 있는 주제는 삼라만상을 포괄하고 있다고 할 만하다. 때로는 맑은 마음으로 아름다운 자연을 형상화하기도 하고, 인간의 삶과 세상 이치에 대한 통찰을 논리적으로 개진하기도 한다. 지나간 역사를 회고하거나 역사의 잘잘못을 따지기도 하고, 부조리한 정치와 사회 현실을 보고 비분강개를 발산하기도 한다. 사랑에 대한 자신의 경험이나 추체험을 시에 담아내고 삶과 죽음, 우정에 대한 인식과 감정을 토로하기도 한다. 명승지의 누정이나 사찰을 노래한 제영시(題詠詩), 철학적 이치를 노래한 철리시(哲理詩), 역사의 현장에서 무상감을 노래한 회고시(懷古詩), 역사를 포폄한 영사시(詠史詩), 남녀의 사랑을 노래한 염정시(艶情詩), 죽음을 애도한 만사(輓詞) 등으로 무척 다양하거니와 제각기 확립된 전통적인 작시(作詩)의 틀에 작가의 개성을 더하여 다채로운 한시를 창작하였다.

이처럼 한국 한시는 전통 시대 양반 계층에게 생활의 일부요 필수 교양이었기에, 시문을 짓지 못하면 식자(識者)로서 행세할 수 없었다. 한문 표현능력이 교양인의 척도로 자리매김하면서 한국 한시는 양반의 전유물로 그치지 않았다. 일부 여성이나 평민, 천민조차 한문 창작 능력을 기르기 위해 각고의 노력을 기울였고, 이러한 노력은 조선 후기 한문학 담당층이 양반을 넘어 중인계층, 하층민, 여성으로 더욱 확대되는 결과를 낳았다.

삼국시대와 남북국시대의 한시

이러한 보편적인 한시의 성격을 전제로 하여 한국 한시의 흐름을 살펴보기로 한다. 한국 한시의 흐름은 중국 한시의 흐름과 일정하게 연결된다. 첫째 시기는 한시가 창작되기 시작하는 삼국시대인데 중국에서는 당나라 초기에 근체시가 정착하는 시기까지라 할 수 있다. 6세기 중후반 고구려 승려 정법사(定法師)가 중국에서 외로운 돌에 자신을 비유하여 읊은 「외로운 바위를 읊다(詠孤石)」, 612년 고구려 을지문덕의 「수나라 장수 우중문에게 주다(遺隋將于仲文)」, 그리고 650년 진덕여왕(眞德女王)이 당나라에 보낸 「태평송(致唐太平頌)」, 신라 출신의 여성으로 당의 곽원진(郭元振)에게 시집간 설씨(薛氏)의 「반속요(反俗謠)」 등이 『삼국사기』나 중국 문헌에 산견되는데 뛰어난 솜씨를 보여준 것으로 평가되지만 아직 본격적인 작가의 배출로 보기는 어렵다.

남북국시대 통일신라에 들어서는 723년에서 727년에 걸쳐 인도 여행을 기록한 혜초(惠超)의 『왕오천축국전(往五天竺國傳)』에 5수의 한시가 수록되어 있으며, 8세기 후반의 승려 김지장(金地藏)이 중국에서 지은 「산을 내려가는 동자를 보내며(送童子下山)」 역시 중국 한시사에서 기림을 받고 있다. 그리고 발해의 문인이 일본으로 사신 가서 지은 758년 무렵 양태사(楊泰師)의 「밤에 다듬이 소리를 듣고(夜聽擣衣詩)」, 814년 왕효렴(王孝廉)의 「달을 보고 고향을 생각하며(和坂領客 對月思鄕之作)」 등 몇 편의 작품이 더 전한다.

발해와 함께 통일신라의 문인들도 중국에 유학하여 활동하면서 한국 한시가 크게 발전하였다. 특히 한국 한시사의 비조(鼻祖)로 평가되는 최치원(崔致遠)은 문집을 남긴 최초의 한국 한시 작가다. 최치원은 그의 중국인 벗 고운(顧雲)이 "열두 살 때 배를 타고 바다를 건너와, 문장이 중국을 감동시켰네(十二乘船過海來 文章感動中華國)"라 하였거니와 이규보(李奎報)는 『당서(唐書)』에 그의 이름이 오를 만하지만 그렇게 되지 못한 것이 중국인의 편협한 시각 때문이라 한 바 있다. 「가을 밤 비 내리는데(秋夜雨中)」가 크게 알려져 있거니와, 중국에서 제작한 그의 「윤주 자화사 상방에 올라(登潤州慈和寺上房)」는 고려 초기 박인범(朴仁範)의 「경주의 용삭사에 쓰다(題涇州龍朔寺)」, 박인량(朴寅亮)의 「사주 구산사에 쓰다(題泗川龜山寺)」와 함께 송대(宋代)의 문헌에 소개될 정도의 명작으로 평가되었다. 최치원, 박인범 외에 최광유(崔匡裕)의 명성도 높았는데 과거에 오르지 못한 실의를 담아낸 「장안의 봄날(長安春日有感)」이 대표작으로 평가된다. 최치원이 탈춤이나 가면극 등을 소재로 한 「향악잡영(鄕樂雜詠)」도 문학사에서 주목받고 있으며, 중국 강남을 체험하고 지은 「강남녀(江南女)」는 왕태사의 「밤에 다듬이 소리를 듣고」와 함께 한국 악부시의 선구로 알려져 있다.

고려시대의 한시

고려 전기의 시인으로는 박인범의 명성이 높은데 「송으로 사신 가면서 사주의 구산사를 지나며(使宋過泗州龜山寺)」가 대표작이다. 1080년 송나라에 사신으로 갔는데 중국인들이 그의 시를 높게 평가하여 함께 갔던 김근(金覲)의 시와 함께 『소화집(小華集)』이라는 이름으로 시집을 간행한 바 있다.

고려 중기에는 김부식(金富軾)과 정지상(鄭知常)이 나란히 명성이 높았는데 김부식의 「감로사에서 혜원의 시에 차운하다(甘露寺次惠遠韻)」, 정지상의 「임을 보내며(送人)」가 후세의 기림을 받았다. 김부식은 『삼국사기(三國史記)』를 편찬하여 역사가로서 높은 지위를 차지하고 있거니와 그 한시의 호방함도 칭상을 받았다. 이에 비하여 정지상은 여성적인 정감의 한시를 즐겨 제작하였으며 그 배경도 평양 일대가 많다. 김부식이 개성의 감로사(甘露寺)에서 지은 시, 정지상이 변산의 소래사(蘇來寺)에서 지은 시 등, 이 시기까지 사찰제영시(寺刹題詠詩)가 높은 평가를 받은 것도 주목할 만하다.

이 무렵까지의 한시는 대개 시의 모범을 당시(唐詩)로 삼았는데 고려 중엽 무렵부터 소식(蘇軾)으로 대표되는 송시(宋詩)를 배우기 시작하였다. 고려 중기에는 이인로(李仁老)와 이규보(李奎報)가 문단의 우이(牛耳)를 다투었다. 이인로는 창작에 있어 수사적 단련을 중시하였는데 특히 「산에 살면서(山居)」라는 작품이 그 세련된 솜씨를 높이 인정받았다. 이에 비하여 이규보는 답습과 모의를 부정하면서 자신만의 새로운 시를 쓸 것을 주장하였으며, 「우물의 달을 읊다(詠井中月)」와 같은 기발한 발상의 시를 창작하였다. 특히 고구려 건국신화를 장편의 서사시로 제작한 「동명왕편(東明王篇)」은 문학사에 높은 위치를 점하고 있다. 비록 후대 편집된 것이기는 하지만 『백운소설(白雲小說)』에 실려 있는 시화(詩話)는 이규보의 문집에 대부분 실려 있다는 점에서 가치를 지니며, 이인로의 『파한집(破閑集)』과 함께 한국 비평사를 연 업적으로 평가된다.

비슷한 시기 이인로와 죽림고회(竹林高會)를 이끈 임춘(林椿), 「한림별곡(翰林別曲)」에서 '진한림(陳翰林)'으로 칭도된 진화(陳澕)도 한국한시사에서 빠뜨릴 수 없는 시인이며, 불우한 문인 김극기(金克己)는 『삼한시귀감(三韓詩龜鑑)』 등 이 시기 한시선집에서 이규보와 함께 가장 많은 작품이 선발될 정도로 뛰어난 시인이었다. 임춘의 「장난삼아 성주 사또에게 주다(戱贈星州倅)」가 시화에 거듭 인용되었으며, 진화의 「야보(野步)」도 맑고 고운 시풍을 자랑한 명편이다. 김극기의 「전가사시(田家四時)」는 당시 농촌 풍경을 실경처럼 그렸다 하여 높은 평가를 받았고 「고원역(高原驛)」은 고단한 시인의 마음을 수준 높게 그려낸 작품으로 평가된다.

한국 한시는 고려 후기 원(元)을 통하여 성리학을 수용하면서 새로운 국면을 맞았다. 이전의 시가 개인의 서정을 중심으로 한 전형적인 음풍농월에 가까웠다면 고려 말에 성리학의 세례를 받은 문인들은 시가 사회적으로는 백성의 삶을 반영하여야 하고 또 개인적으로는 심성의 수양에 기여하여야 한다는 목적론을 주창하였다.

자연과 인생에 대한 성찰의 깊이를 보여주는 이제현(李齊賢)의 「산중의 눈 오는 밤(山中雪夜)」이 학자풍의 시를 열었다는 평가를 받았다. 그가 제작한

「소악부(小樂府)」는 풍속을 살핀다는 성리학적 목적론에 부합하는 것이기도 하다. 「소악부」는 당시 민간에 유행하던 노래를 칠언절구로 번역한 작품으로, 그의 벗 민사평(閔思平) 역시 소악부를 제작한 바 있다. 시화와 잡록을 겸하고 있는 『역옹패설(櫟翁稗說)』도 그 시대의 문화사를 증언한 중요한 저술이다. 이제현은 서촉(西蜀)과 강남(江南) 등 중국의 여러 곳을 여행하면서, 역사의 현장에서 역사적 사건과 인물을 포폄한 영사시(詠史詩)를 남겨 주목받았는데, 한 세대 위의 문인 이곡(李穀) 역시 영사시의 발전에 상당한 기여를 하였다. 그의 「도중에 비를 피하면서 느낌이 있어서(途中避雨有感)」는 관풍(觀風)의 시학을 시현한 작품으로 알려져 있다. 또 최자(崔滋)의 『보한집(補閑集)』은 한시 비평사에서 빠뜨릴 수 없는 귀중한 자산이거니와 악부풍의 「남제류(南堤柳)」가 대표작으로 일컬어진다.

고려와 조선 왕조가 교체되던 시기 이색(李穡)과 그 후학 혹은 문하인 정몽주(鄭夢周), 이숭인(李崇仁), 김구용(金九容), 정도전(鄭道傳) 등이 시로 일세를 울렸다. 특히 이색의 「부벽루(浮碧樓)」는 정지상의 「임을 보내며」와 함께 조선시대에 중국 사신에게까지 과시할 만한 작품으로 고평을 받았다. 정몽주는 호방하고 웅장한 시풍을 과시하였고 이숭인은 단정하고 청신한 시로 일세를 울렸다. 정몽주는 중국과 일본에 사신으로 오가면서 얻은 해외 체험을 한편으로는 호탕하게, 한편으로는 낭만적으로 형상화한 바 있다. 깊이 있는 학자의 시를 보여준 「춘흥(春興)」, 명의 수도 남경으로 오가면서 지은 악부풍의 「강남곡(江南曲)」과 「정부원(征婦怨)」, 일본 사행에서 지은 「홍무 정사년 일본으로 사신가서(洪武丁巳奉使日本)」 등이 한시사에서 주목되는 작품이며, 「정주에서 중양절 한 재상의 명을 받아 짓다(定州重九韓相命賦)」는 그의 호방한 시풍을 대표한다. 운남(雲南)으로 유배가다 중도에 생을 마감한 김구용의 시도 삶의 고초와 달리 맑고 고와 높은 평가를 받았다. 「배가 급하여(帆急)」는 유배객의 고단함보다는 시인의 맑은 흥을 느낄 수 있는 뛰어난 작품이다.

이색의 문하에서 출발하여 조선 건국의 주역이 된 정도전과 권근(權近)은 조선의 문학을 연 인물로 평가된다. 이숭인의 「신설(新雪)」이 보여준 단아함에 대비되어, 정도전의 시는 「철령(鐵嶺)」에서처럼 호탕한 맛을 장점으로 하였다. 이숭인과 정도전이 나란히 중국 사행길에 지은 「오호도(嗚呼島)」는 스승 이색의 상반된 평가로 인해 이들이 반목하게 되는 계기가 된 시로 알려져 있다. 권근은 명 태조와 대면하고 그의 시에 차운한 「응제시(應製詩)」를 제작함으로써 조선의 문운이 성대함을 과시한 바 있다.

맺음말

최치원의 문집 『계원필경(桂苑筆耕)』 이후 고려 전기 문인의 문집은 임춘, 이규보의 것을 제외하면 문집이 전하지 않거나 후대에 편찬되었다. 고려 후기에 이르면 이제현, 이승휴(李承休), 안축(安軸), 정포(鄭誧), 이제현, 민사평, 최해(崔瀣), 이곡, 이색, 정도전, 정몽주, 김구용, 권근 등 큰 대가의 문집이 전하여 이들 작품의 전모를 볼 수 있게 한다. 이 때문에 문집이 전하지 않는 작가의 한시는 고려 말 조운흘(趙云仡)이 엮은 『삼한시귀감』, 조선 초기 국가 사업으로 편찬된 『동문선(東文選)』과 『동국여지승람(東國輿地勝覽)』 등을 참조하여야 한다. 한편 고려시대에는 충지(沖止), 천인(天因), 원감(圓鑑), 천책(天頙), 굉연(宏然) 등 시에 뛰어난 승려도 제법 많았음을 기억할 필요가 있다.

이러한 자료를 통해 볼 때 삼국시대에서부터 본향인 중국과 나란히 한시사 발전에 일정한 기여를 해 왔음을 알 수 있다. 그리고 통일신라시대 당나라 시풍이 유행하였고 고려 중기에 송나라 시풍으로 변화하다가, 고려 말 성리학의 수입과 함께 한시의 깊이와 높이가 더욱 심화한 사실도 확인할 수 있다.

───── 더 읽어보기

민병수, 『한국한시사』, 태학사, 1996.
민병수, 『한국한시대강1·2』, 태학사, 2013.
이종묵, 『우리 한시를 읽다』, 돌베개, 2009.

조선 전기의 한시

이종묵

조선초기의 한시

고려 말 조선 초의 격변기가 지난 후 명실상부하게 조선시대의 문인으로 꼽을 수 있는 사람은 하위지(河緯地), 박팽년(朴彭年), 성삼문(成三問) 등 집현전(集賢殿) 학사들로부터 시작하지만, 왕성한 작품을 남기기 전 젊은 나이에 수양대군(首陽大君)의 정변에 희생되어 버렸다. 관각(館閣)의 변계량(卞季良), 김수온(金守溫), 양성지(梁誠之) 등이 시학의 발전과 관련한 문물제도 정비에 큰 힘을 쏟았다.

이후 15세기의 관각 문인은 서거정(徐居正), 성현(成俔) 등이 있고, 이른바 '경상도 선비당'을 이끈 김종직(金宗直)이 등장하면서 사림(士林) 문학의 장을 열었으며, '심유적불(心儒跡佛)'로 일컬어지는 김시습(金時習), 생육신의 한 사람인 남효온(南孝溫) 등이 방외인(方外人) 문학을 이끌었다. 권근의 외손자이면서 재야의 유방선(柳方善)에게 시를 배워 대가(大家)의 반열에 오른 서거정은 「여름날 즉흥적으로 짓다(夏日卽事)」, 「봄날(春日)」에서 보여준 화려함과 여유로움으로 관각 문학의 전형을 확립하였거니와, 국가사업의 일환으로 『동문선』을 편찬하여 삼국시대에서부터 조선 초기에 이르는 한국 한문학의 성과를 집성하였으며, 본격적인 시화서 『동인시화(東人詩話)』를 편찬한 것도 한국 시화사에서 기림을 받고 있다. 성현은 고악부에 뛰어나 한국문학사에 드문 악부시집 『풍아록(風雅錄)』을 남겼으며, 『용재총화(慵齋叢話)』는 잡록이 중심을 이루지만 날카로운 한시 비평이 시화사에서 의미가 크다. 그의 형 성간(成侃) 역시 「나홍곡(囉嗊曲)」 등과 같은 고악부에 능하였다.

사림과 영남학파의 종조로 평가되는 김종직은 '박이부정(博而不精)'으로 평가된 서거정의 『동문선』과 달리 '정이불박(精而不博)'으로 평가되는 엄중하고 단아한 미감을 가진 한국 한시를 엄선하여 『청구풍아(靑丘風雅)』를 편찬하였거니와 그의 한시 역시 「제천정의 시에 차운하다(次濟川亭韻)」에서 보듯 학자풍의 깊이 있는 미학적 성취를 이루었다. 또 신라의 몇몇 역사적 사건을 서문으로 요약하고 그 역사의 현장에서 불렸음직한 노래를 대신 지은 「동도악부(東都樂府)」는 한국 영사악부(詠史樂府)의 첫머리를 장식하였다. 또 시로 쓴 소설이라 할 만한 『금오신화(金鰲新話)』의 저자 김시습은 방외인(方外人) 문학의 시조가 되었다. 「무제(無題)」, 「산길을 가면서(山行卽事)」 등은 세속을 초탈한 멋이 한껏 발휘되어 있다. 『금오신화』에 삽입되어 있는 한시는 뛰어난 시인이라야 전기소설을 쓸 수 있음을 확인시켜 준다.

조선전기 한문학 담당층을 관각 혹은 관료, 사림, 방외의 틀로 설명하는 것은 송(宋)의 구양수(歐陽脩)가 산림의 문학과 관각의 문학으로 나눈 논리를 서거정이 발전시킨 것이다. 서거정은 관각의 시, 초야의 시, 승려의 시로 나누었다. 서거정은 관각의 시가 가장 뛰어나다고 하면서 신분이 높을수록 시의 성취도 높다고 하였다. 제왕학(帝王學)의 교과서인 『대학연의(大學衍義)』에서 군왕이 시를 짓는 것을 금기시하였음에도 성종과 그 아들 연산군은 많은 시를 남겼다. 또 월산대군(月山大君)이나 부림군(富林君)처럼 왕실의 공자 중에도 시에 능하여 시집을 남긴 예도 나타났다. 이러한 전통에서 군왕의 시는 조선 후기 숙종, 영조, 정조, 익종(翼宗)으로 추존된 효명세자(孝明世子), 순조 등이 문집 혹은 군왕의 시를 모은 『열성어제(列聖御製)』에 다수의 시를 남겼다.

16세기의 한시

16세기 무렵 조선의 문단은 소식(蘇軾)의 시풍이 주류를 이루면서도 황정견(黃庭堅)과 진사도(陳師道) 등의 이른바 강서시파(江西詩派)의 시를 배우려는 움직임이 일어났는데 특히 박은(朴誾)과 이행(李荇) 등의 작품은 당시 잦은 사화(士禍)로 인한 비극적인 세계관과 어우러져 높은 성과를 거두었다. 한국 문학사에서 가장 절친한 벗으로 사돈이 된 박은과 이행은 정조(正祖)로부터 역대 최고의 시인으로 평가되었으며 함께 개성의 천마산(天磨山)을 유람하면서 지은 박은의 「복령사(福靈寺)」, 그리고 훗날 이를 추억하고 지은 이행의 「천마록 뒤에 쓰다(題天磨錄後)」는 후대 큰 기림을 받았다.

박상(朴祥), 정사룡(鄭士龍), 노수신(盧守愼), 황정욱(黃廷彧), 최립(崔岦) 등도 중국의 강서시를 배워 자연스러운 감정의 유로보다 시상의 안배와 자구의 단련에 힘을 쏟아 개성적인 작품을 생산하였으며 이들의 율시는 조선 최고의 솜씨로 평가받았다. 특히 정사룡, 노수신, 황정욱은 그들의 호, 호음(湖陰), 소재(穌齋), 지천(芝川)에서 한 자씩 따서 '호소지(湖穌芝)'로 나란히 일컬어졌다. 정사룡은 남곤(南袞)과 이행을 이어, 소세양(蘇世讓) 등과 함께 사림의 공격에 맞서 시학의 실용을 강조하여 '사림파'에 대비되는 '사장파(詞章派)'로 분류된다. 또 두보와 『논어』를 바탕으로 한 노수신의 시는 조선적인 한시가 나아갈 바를 제시한 것으로 평가할 수 있다.

그러나 이들의 시가 난삽한 데다 흥감이 부족한 단점을 보였기에 당시(唐

詩)를 배우려는 움직임이 16세기 후반부터 강하게 일어났다. 기묘명현(己卯名賢)으로 불행한 최후를 맞았던 이주(李胄)와 기준(奇遵) 등은 시대에 앞서 당시풍을 지향한 것으로 알려져 있다. 이를 이어 박순(朴淳), 임억령(林億齡), 김인후(金麟厚) 등 이름난 시인이 등장하면서 '호소지'로 대표되는 송시풍과 차이가 뚜렷한 청신한 시풍을 과시한 바 있다. 박순의 「조처사의 시골집을 찾아가면서(訪曹處士山居)」는 마지막 구절의 '숙조지(宿鳥知)'라는 표현이 유명해 박순의 별명이 '숙조지선생(宿鳥知先生)'이 되었다고 하거니와 후대의 시화집에 거듭 회자되었다.

이를 이어 당시를 배워 최고의 성취를 이룬 시인은 삼당시인(三唐詩人)으로 불리는 백광훈(白光勳), 최경창(崔慶昌), 이달(李達)이며, 이순인(李純仁)도 삼당시인과 나란하였다. 이순인의 「송운장에게 보내는 시(贈宋雲長)」, 최경창의 「대은암(大隱巖)」, 백광훈의 「홍경사(弘慶寺)」, 이달의 「불일암(佛日庵)」 등은 짧지만 당풍의 맑고 흥거운 특징을 잘 보여준다. 다만 일부 작품에서는 너무 당시와 비슷해 보이려 하다 보니 시상의 편폭이 좁고 단순하다는 약점을 드러내기도 하였다. 김창협(金昌協)은 송시를 배우던 선조 이전에는 격조가 부드럽지 못하고 음률이 거칠지만 질박하고 꾸미지 않아 일가(一家)를 이루었는데, 선조 이후에는 당시를 배우는 자들이 많아지고, 또 왕세정(王世貞), 이반룡(李攀龍) 등 복고파(復古派) 시가 들어오면서 모방을 일삼아 시가 한결같아졌으며, 이 때문에 선조 이전의 시에서 개성을 볼 수 있지만, 그 이후의 시에서는 개성을 볼 수 없다고 하였고, 허균은 『국조시산』에서 삼당시인의 시를 매우 많이 선발하고서도 한두 편 읽을 때는 좋지만 몇 편 이상 읽어나가면 지겹다고 한계를 밝힌 바 있다.

박순, 김인후, 임억령, 백광훈, 최경창과 함께 임제(林悌), 정철(鄭澈), 고경명(高敬命) 등이 호남 시맥을 크게 열어 호남의 시학이 영남의 '도학'과 대비되는 계기를 마련하였다는 점도 주목할 만하다. 임제는 『수성지(愁城誌)』, 『원생몽유록(元生夢遊錄)」등 문학사에 길이 남을 소설을 지었으며, 황진이의 무덤에서 지었다는 시조도 유명하거니와 「대동강의 노래(浿江歌)」에서 보듯 낭만적인 노래 스타일의 시를 짓는 데 능하였다. 시조와 가사의 제일대가로 알려진 정철은 짧은 절구에 능하였는데 작중 화자의 대화를 직접 인용하여 오언절구의 새로운 경지를 열었다고 할 만한데 「산사에서 밤에 읊조리다(山寺夜吟)」등에서 이를 확인할 수 있다. 의병장으로도 이름을 떨친 고경명은 「고기잡이배 그림(漁舟圖)」에서 그림에 붙인 제화시에서 그림으로 그리지 못한 뜻을 어떻게 시로 말하는지를 잘 보여주었다.

목릉성세의 한시

이를 이어 임진왜란을 전후한 시기 한시사가 큰 성황을 이루었는데 선조(宣祖)의 능호(陵號)를 따서 이 시기를 목릉성세(穆陵盛世)라 부른다. 권필(權韠), 이안눌(李安訥)이 최고의 시인 반열에 올랐는데 삼당시인의 유약한 시풍을 극복한 것으로 알려져 있다. 권필은 시로 읽는 소설 『주생전(周生傳)』의 작가이기도 하거니와 당시를 배워 최고의 경지에 오른 것으로 평가되었다. 권필의 당대 사족의 위선과 가식을 풍자한 「충주석(忠州石)」이 세인의 입에 오르내렸다. 권필의 「송강의 묘를 지나며 느낌이 있어서(過松江墓有感)」와 이안눌의 「용산 달밤에 가기가 고 연성 정 상공의 사미인곡을 부르는 것을 듣고 바로 시를 읊어 조지세 형제에게 주다(龍山月夜聞歌姬唱故寅城鄭相公思美人曲率爾口占示趙持世昆季)」도 절창으로 칭송을 받았다.

이들과 친분이 두터웠던 허균(許筠)은 그의 높은 감식안을 바탕으로 조선 전기 한시사를 정리했다고 평가되는 시선집 『국조시산(國朝詩刪)』을 편찬하였고, 『성수시화(惺叟詩話)』와 『학산초담(鶴山樵談)』에서는 조선 전기 대표작들에 대한 수준 높은 실제 비평을 선보였다. 비슷한 시기 이수광(李睟光)은 『지봉유설(芝峯類說)』을 편찬하였는데 시화(詩話)가 중요한 부분을 차지하고 있어 이 역시 비평사의 중요한 저작으로 다루어지고 있다.

조선은 유학을 국가의 이념으로 택하였고 이에 따라 문학이 도를 실어 나르는 그릇이라는 뜻의 재도지기(載道之器), 혹은 문학이 도를 관통하고 있는 관도지기(貫道之器)라는 효용론적 문학관이 주도하였다. 재도지기는 문학이 도학의 수단이라는 뜻이므로 수단으로서 문학의 효용을 인정하는 데 비해 관도지기는 도학에 의해 문학이 저절로 결정된다고 보아 문학 자체가 부정되기까지 한다. 이러한 문학관은 관념으로 존재하였고 한시사의 흐름과는 일정한 거리가 있었지만, 서경덕(徐敬德), 이언적(李彦迪), 이황(李滉), 조식(曺植), 이이(李珥) 등으로 대표되는 성리학자의 개성적인 시풍이 존재한 것도 사실이다. 특히 서경덕의 「유물(有物)」, 이언적의 「무위(無爲)」, 이황의 「경렴정(景濂亭)」, 조식의 「천왕봉(天王峰)」, 이이의 「산중(山中)」 등이 이른바 성리학적 세계관을 바탕으로 하고 있는 염락풍(濂洛風)의 한시로 주목받았다.

조선 전기의 마지막은 임진왜란이다. 엄청난 상흔을 남긴 임진왜란은 한국 한시에서 전쟁이라는 소재의 확장을 이루었다. 이호민(李好閔)이 압록강까지 도망간 절망의 시기에 관군의 분발과 의병의 봉기, 명나라의 원군에 힘입어 도성을 수복한다는 소식을 듣고 지은 「용만의 행재소에서 삼도의 병사들이 한양으로 진격한다는 말을 듣고(龍灣行在聞下三道兵進攻漢城)」, 이안눌이 동래부사로 내려가 동래성 전투의 참상을 그린 「사월십오일(四月十五日)」 등은 임진왜란을 소재로 한 작품 중에서는 가장 빼어난 것으로 평가되었다.

선조(宣祖)는 보위에서 임진왜란에서 정유재란으로 이어지는 전란을 겪은 무능한 군주로 폄하되지만 오히려 이 시기에 걸출한 문인이 많이 배출되었다. 앞서 본 황정욱, 이호민, 허균, 권필, 이안눌, 이수광 외에 문장으로도 이름을 떨쳐 한문사대가(漢文四大家)로 일컬어진 신흠(申欽), 이정귀(李廷龜), 장유(張維), 이식(李植) 등도 모두 이 시기의 명가들이다. 특히 신위는 고악부(古樂府)에 능하였고 『계곡만필(谿谷漫筆)』의 저자 장유는 『문선(文選)』 스타일의 오언고시에 능하였다. 청 문인과의 교유의 단초를 연 김상헌(金尙憲)도 목릉성세의 영광을 조선 후기 한시사로 이어준 중요한 작가다.

한시 담당층의 확대와 여성 한시

목릉성세의 성황은 한시 담당층의 확대와도 관련이 있다고 할 수 있다. 어무적(魚無迹), 백대붕(白大鵬), 유희경(劉希慶) 등은 노비라는 천한 신분임에도 타고난 자질을 바탕으로 뛰어난 시인으로서의 명성을 얻었다. 어무적의 「유민탄(流民歎)」은 유리걸식하는 백성의 삶을 그리면서 위정자의 무능을 풍자한 작품으로 특기할 만하다. 백대붕이 전함사(典艦司) 노비 시절 중양절에 지은 「구일(九日)」이 후대 높은 평가를 받았다. 또 상례(喪禮)에 밝아 이로 입신한 유희경은 창덕궁 곁에 침류대(枕流臺)를 경영하면서 당대 최고 문인들과 교유하는 영예를 누렸다.

여성 시인의 등장도 의미가 크다. 뚜렷한 시인으로서 명성을 날린 작가로는 요절한 천재시인 허난설헌(許蘭雪軒), 규방의 제일대가로 평가된 조원(趙瑗)의 첩 이옥봉(李玉峰), 부안의 기녀 시인 이매창(李梅窓) 등을 꼽을 수 있다. 각기 양반가의 부인과 첩, 기녀 신분을 대표하는 시인이다.

먼저 허난설헌은 허균의 누이인데 중국에서 시집까지 간행되었거니와 남녀를 통틀어 중국에서 가장 많이 알려진 시인이었다. 27세에 요절하였는데 그 시참(詩讖)이 된 「꿈에 광상산을 유람하고(夢遊廣桑山)」를 위시하여 「궁사(宮詞)」, 「강남곡(江南曲)」 등 당시를 지향한 명편을 많이 남겼다. 이옥봉은 스스로 뛰어난 시인의 아내가 되고자 하여 조원의 첩이 되었지만, 시에 능하다는 것 때문에 오히려 소박을 받았던 불운의 여성이다. 그럼에도 그의 시는 허난설헌의 것과 함께 중국의 시선집에 두루 실릴 정도로 뛰어났다. 소박을 받은 후 남편을 그리워하여 지은 「운강에게 주다(贈雲江)」는 절절한 마음을 민가풍으로 노래하여 후대 시화에 거듭 회자되었다. 그리고 부안의 기녀 이매창은 이름이 계생(桂生)으로 아전의 딸인데, 유희경, 허균 등과 로맨스를 남겼다. 「취한 객에게 주다(贈醉客)」는 취객을 거절하는 재치가 있는 작품이거니와 율시에도 두루 능하였다. 지금 부안에 그의 이름으로 된 공원까지 조성되어 있다.

시인으로서 이름을 크게 날리지는 못하였지만 신순일(申純一)의 처 설봉이씨(雪峯李氏)는 『설봉유고(雪峯遺藁)』라는 시집까지 남겼다. 또 박연폭포, 서경덕과 함께 송도삼절(松都三絶)로 일컬어진 개성 출신의 기녀 황진이(黃眞伊)도 시조와 함께 뛰어난 한시를 남겼는데, 그의 작품인지 의심스럽기는 하지만 「초승달을 읊다(詠初月)」가 후대 인구에 회자되었고, 「박연을 읊조리다(詠朴淵)」를 보면 남성 작가에 못지않은 시재를 지녔음을 확인할 수 있다. 유희춘(柳希春)의 아내 송덕봉(宋德峰), 이이의 모친 신사임당(申師任堂) 등도 한시사에서 기억할 만한 여성 작가다. 송덕봉은 여성으로는 드물게 이름 종개(鍾介), 자 성중(成仲), 호 덕봉이 모두 알려져 있는데 남편 유희춘의 『미암일기(眉巖日記)』에 이들 부부가 주고받은 시가 나란히 실려 있어 '부부 수창시'의 한 전형을 마련하였다. 적소에 있는 남편을 찾아가면서 지은 「종성으로 가던 도중에(鍾城行道中)」가 '성정(性情)의 바름'에서 나온 작품으로 높은 평가를 받았다. 조선 여성의 전범이 된 신사임당의 시로는 「대관령을 넘다가 친정을 바라보다(踰大關嶺望親庭)」가 널리 알려져 있다.

맺음말

고려 후기 이래 주도적인 지위를 차지한 송나라 시풍이 조선 전기까지 주류를 형성하였는데 특히 16세기에는 소식과 함께 황정견, 진사도의 시학이 조선에 들어와 큰 반향을 일으켰다. 이러한 시단의 풍상 속에서도 당나라 시풍을 지향하는 문인들이 간헐적으로 등장하였고, 16세기 후반부터는 오히려 문단의 주도적인 흐름으로 자리하였다. 조선 전기와 후기를 구획하는 임진왜란을 전후한 시기, 전쟁의 참상 체험이 한시사의 폭을 더욱 넓게 하였다. 이와 함께 양반이 아닌 중인 출신의 작가가 등장하며, 특히 걸출한 여성 작가가 배출된 것도 한시사에서 특기할 만하다.

───── 더 읽어보기

민병수, 『한국한시사』, 태학사, 1996.
민병수, 『한국한시대강2』, 태학사, 2013.
이종묵, 『우리 한시를 읽다』, 돌베개, 2009.
이종묵, 『이야기가 있는 여성의 한시』, 서울대출판부, 2024.

조선 후기의 한시

이종묵

복고풍 한시의 등장과 반발

16세기 후반부터 일기 시작한 당시풍 한시 창작 열풍은 후배 문인들에 의해 더욱 적극적으로 계승되었다. 이들은 명대 복고파의 주장을 따라 한시의 최고 전범(典範)을 당시(唐詩), 그 가운데서도 두보(杜甫)로 대표되는 성당(盛唐)의 시로 설정하고 전범에 대한 학습을 통해 시 창작의 수준을 제고할 수 있다는 주장을 폈으며, 나아가 성당의 시를 거슬러 올라 한위(漢魏)의 고시(古詩)로까지 전범을 소급시켜 불변의 창작 원리인 법(法)을 체득하고자 하였다. 정두경(鄭斗卿)과 이민구(李敏求) 등이 그 대표적인 문인으로 평가받았다. 특히 정두경은 가행체(歌行體)의 고시에 능하였지만 의고적 색채가 강하여 앞사람의 그림자를 좇는다는 비판을 받기도 하였다.

이들의 창작론은 17세기 후반에 이르러 다시 비판에 직면하였다. 전범에 대한 학습은 결국 수사(修辭) 차원의 모방에 그치고 말았고, 그 결과 작가의 정신과 개성이 사라진 천편일률(千篇一律)의 한시만이 창작되고 있다는 것이 비판의 골자였다. 복고적 문학론에 일침을 가하고 한시 창작의 새로운 방향을 모색한 인물은 17세기 후반에서 18세기 전반에 활동한 김창흡(金昌翕)과 그의 문인들이었다. 김창흡은 껍질이 아닌 고대 시의 참된 마음을 배워야 한다며 진시(眞詩)를 주장하였고 그의 주장은 당시 문단에 커다란 반향을 일으켰다. 김창흡이 제작한 400수에 가까운 연작시 「갈역잡영(葛驛雜詠)」은 그의 시론이 실현된 작품으로 조선의 산하, 조선민의 삶, 자신의 일상이 작위적 수사를 배제한 채 자연스럽고 사실적으로 그려져 있다. 김창흡의 문인이었던 이병연(李秉淵)은 그의 시와 정선(鄭敾)의 그림을 보면 금강산을 갈 필요가 없다는 평가를 받은 바 있는데, 이 또한 조선의 산수를 진실하게 사생하고자 한 노력의 결과였다.

위항인과 서얼 문학의 성황

위항(委巷)의 시인 홍세태(洪世泰)도 김창흡의 영향권에 있었다. 홍세태는 위항문학의 새로운 시대를 연 작가로 평가된다. 그 이전에 어무적, 유희경 등 천민 출신의 시인이 간간이 배출되었지만 홍세태는 '진시'의 논리로 위항 한시의 가치를 옹호하고 자신의 문학적 재능을 통해 빼어난 후배 위항시인들을 견인하면서 위항인을 조선후기 한시사의 새로운 주역으로 부상시켰다. 그는 『해동유주(海東遺珠)』, 『육가잡영(六家雜詠)』 등을 편찬하여 위항인의 시를 정리하고, 시사(詩社)를 열어 후대 위항문학의 전범을 만들었다. 특히 1737년 채팽윤(蔡彭胤)이 간행한 『소대풍요(昭代風謠)』는 위항인의 한시를 선발한 책자다. 이를 이어 60년 간격으로 『풍요속선(風謠續選)』과 『풍요삼선(風謠三選)』 등이 차례로 편찬되었으며, 갑오경장으로 계급제가 폐지된 이후에는 장지연(張志淵)이 『대동시선(大東詩選)』을 편찬하여, 위항인뿐만 아니라 제왕부터 천민, 여성과 무명씨의 작품까지 한국 한시사를 총정리한 바 있다.

18세기 말부터 위항인들은 사대부보다 더욱 한시 활동을 적극적으로 개진하였다. 천수경(千壽慶), 장혼(張混), 박윤묵(朴允默) 등이 중심이 된 옥계시사(玉溪詩社) 혹은 송석원시사(松石園詩社)를 통해 활발한 문학 활동을 개진하여 사대부들조차 부러워할 정도의 성황을 이루었으며, 시사(詩社)를 중심으로 한 위항인의 한시 활동은 20세기 접어들 무렵까지 활발하게 계승되었다.

그리고 위항인들의 활발한 창작활동은 19세기 초반 조수삼(趙秀三), 이상적(李尙迪), 변종운(卞鍾運), 정지윤(鄭芝潤) 등 걸출한 시인의 출현으로 이어졌다. 특히 중국을 오간 조수삼, 이상적 등과, 일본에 다녀온 이언진(李彦瑱)은 해외의 인사들과 교유하면서 한중 혹은 한일 문화 교류에 큰 기여를 한 것으로 알려져 있다. 조수삼이 민간의 다양한 인물들의 일화를 소개하고 절구로 노래한 「추재기이(秋齋紀異)」, 일본과 오키나와, 베트남, 러시아 등 다양한 나라의 풍물을 절구로 지은 「외이죽지사(外夷竹枝詞)」 등이 문학사적 가치가 큰 것으로 평가되고 있다. 또 이언진이 민간의 풍물을 새로운 시각으로 노래한 육언절구 연작시 「호동거실(衚衕居室)」도 큰 주목을 받고 있다.

18세기 한국 한시사의 다채로움은 서얼 시인의 등장에서도 확인할 수 있다. 이덕무(李德懋), 박제가(朴齊家), 유득공(柳得恭) 등 검서관(檢書官) 출신의 문인들은 문학과 학문으로 명성이 높았는데, 이들의 시와 사대부인 이서구(李書九)의 시를 함께 선발하여 편찬한 공동시집 『한객건연집(韓客巾衍集)』은 중국에서 간행되어 큰 반향을 일으킨 바 있다. 이 네 사람을 후사가(後四家)라 하여 이 시기 최고의 시인으로 꼽는데, 특히 감각적인 시풍이 돋보이는 것으로 평가된다. 박제가의 「수주객사(愁州客詞)」 연작시는 함경도 종성 지역의 민물과 풍속을 담은 것이 주를 이루면서 당시 핍박받던 민중의 삶을 짧지만 인상적으로 담아내었다. 또 유득공은 「이십일도회고시(二十一都懷古詩)」를 지어 한국사의 중요 공간을 한시에 담아 조선의 한시를 중국에까지 알리는 데 큰 기여를 하였다. 이덕무는 「농부의 집에 쓰다(題田舍)」에서 보여준 솜씨로 후사가 가운데서도 가장 감각에 뛰어난 시인으로 평가받았다. 이서구는 후사가의 일원이지만 명문가의 후손으로, 산수의 흥취를 맑게 그려내는 데 일가를 이루었다.

그 외에도 신유한(申維翰), 성대중(成大中)과 성해응(成海應) 부자, 이봉환(李鳳煥)과 이명오(李明五), 이만용(李晚用)의 삼대, 그밖에 이인상(李麟祥), 원중거(元重擧), 남옥(南玉) 등은 번듯한 양반 신분은 아니었지만, 문학뿐만 아니라 학문과 예술에서도 큰 성취를 이룬 것으로 평가된다. 이봉환은 서얼을 비유한 초림체(椒林體)를 구사한 것으로 알려져 있는데, 그의 시는 상당히 비틀려 있다. 또 신유한이 일본에 통신사(通信史)로 갔을 때 오사카 지역의 번화한 술집을 묘사한 「일본죽지사(日本竹枝詞)」는 한국 한시의 새로움을 개척한 것으로 평가된다. 신유한과 부부 같다는 평을 받은 최성대(崔成大)도 「산유화녀가(山有花女歌)」에서 여성 정감을 낭만적으로 노래하는 데 일가를 이루었음을 확인할 수 있다.

18세기 한시의 다채로움

18세기 양반 사족들 중에도 뛰어난 시인이 나오지 않은 것은 아니다. 허목(許穆)의 고학(古學)을 추숭하며 현실 문제를 시에 담는 특성을 지닌 남인 시단을 이끈 강박(姜樸)과 오광운(吳光運), 채제공(蔡濟恭), 그리고 조선 후기 대표적인 한시 선집 『기아(箕雅)』를 편찬하고 「호곡시화(壺谷詩話)」를 저술한 남용익(南龍翼), 『서포만필(西浦漫筆)』을 통해 조선 후기 새로운 문학론을 개진한 김만중(金萬重) 등도 한시사와 한시비평사에서 중요한 지위를 차지한다. 천성으로 아둔하였지만 당풍의 시를 구가한 김득신(金得臣)의 『종남총지(終南叢志)』도 기억할 만하며, 『시화총림(詩話叢林)』으로 한국시화사를, 『소화시평(小華詩評)』

으로 한국한시사를 정리하였으며 『시평보유(詩評補遺)』로 자신의 시대 한시를 비평한 홍만종(洪萬鍾)의 위업도 길이 남을 것이다.

이와 함께 박지원(朴趾源)의 산문과 함께 시가 한 시대를 대표한다는 평을 받은 이광려(李匡呂)의 「매화(梅)」가 역대 매화를 소재로 한 시 가운데 압권으로 칭송받았다. 또 평양을 위시한 평안도의 풍물을 낭만적으로 묘사한 108수의 「관서악부(關西樂府)」로 시명(詩名)을 울린 신광수(申光洙), 포의(布衣)의 문형(文衡)으로 참신하면서도 훈훈한 시풍을 과시한 이용휴(李用休)의 명성이 높다. 이용휴는 「신광수를 연천사또로 보내면서(送申使君之任漣川)」, 「김조윤이 문주사또로 가는 것을 전송하며(送金擢卿朝潤之任文州)」 등에서 보듯 오언절구에 목민관의 임무를 인상적으로 담은 시를 남겼거니와, 「느낌이 있어(有感)」에서 볼 수 있는 당대의 농촌을 감각적인 시풍에 담는 데도 능하였고 「이우상의 만사(李虞裳挽)」에서처럼 파격적인 만사를 다수 남겼다. 신광수(申光洙)의 「협곡에서 본 것(峽口所見)」은 이용휴의 작품에서처럼 18세기 농촌의 풍경을 풍속화처럼 그려보였다. 『병세제언록(幷世諸彦錄)』의 작가 이규상(李奎象) 역시 농촌과 어촌의 풍경을 풍속화처럼 그려내었는데 「농가의 노래(田家行)」, 「시골의 노래(村謠)」, 「인천의 노래(仁州謠)」 등이 그의 대표작으로 꼽힌다.

구한말의 뛰어난 역사가이면서 작가이기도 한 김택영(金澤榮)은 신위(申緯)의 시집에 서문을 쓰면서 18세기 가장 뛰어난 시인이었던 이용휴와 이가환(李家煥) 부자, 이덕무, 유득공, 이서구 등의 시세계를 포괄하여 어떤 이는 기궤(奇詭)를 주로 하고 어떤 이는 첨신(尖新)을 주로 한다고 하였다. 기궤나 첨신은 그 어감이 다소 다르기는 하지만 기발한 아이디어를 바탕으로 참신한 느낌이 드는 시를 지었다는 뜻이다. 또 박지원이 이덕무의 문집에 쓴 「영처고의 서문(嬰處稿序)」에서 그가 조선 사람이어서 산천과 언어와 노래가 중국과 다르므로 조선의 노래, 곧 조선풍을 노래하였다고 하였고, 정약용(丁若鏞)은 「송파에서 주고받은 시(松坡酬酢)」에서 "나는 바로 조선 사람인지라, 즐겨 조선의 시를 짓노라(我是朝鮮人, 甘作朝鮮詩)"라 선언한 바 있다. 이러한 지적처럼 18세기에 이르면 정통적인 당풍이나 송풍의 한시를 구사하면서도 가히 조선 풍 혹은 조선시라 할 만한 작품들이 쏟아져 나왔다.

이러한 스타일의 한시는 주로 여성 정감을 민요풍으로 노래한 작품에서 큰 성과를 거두었다. 『이언(俚諺)』으로 조선적인 한시의 가능성을 보여준 이옥(李鈺), 그리운 여인 연희(蓮姬)의 추억과 유배지에서의 체험을 낭만적인 연작시로 노래한 「사유악부(思牖樂府)」의 저자 김려(金鑢) 등의 한시가 문학사의 금자탑이라 할 만하다. 이안중(李安仲)의 「월절변곡(月節變曲)」도 유사한 스타일의 한시로 주목된다.

조선적인 한시는 이와 함께 중국 고대 악부의 정신을 계승하되 조선의 풍속을 소재로 한 일련의 기속악부 혹은 죽지사(竹枝詞)로도 발달하였다. 신광수의 「관서악부(關西樂府)」, 신유한(申維翰)의 「금관죽지사(金官竹枝詞)」, 홍양호(洪良浩)의 「북새잡요(北塞雜謠)」, 박규수(朴珪壽)의 「강양죽지사(江陽竹枝詞)」 등은 변방의 다양한 풍물과 역사를 절구에 담아내는 '조선죽지사'의 전형을 보여준다고 할 수 있다.

조선의 역사를 소재로 한 영사악부의 왕성한 창작도 주목할 만하다. 조선 초기 김종직의 「동도악부」에서 처음 나타났고 조선 중기 심광세(沈光世)의 「해동악부(海東樂府)」에서 다시 선보인 이래 영사악부는 이익(李瀷)의 「해동악부」, 이광사(李匡師)의 「동국악부(東國樂府)」, 신유한의 「영남악부(嶺南樂府)」, 이학규의 「해동악부」, 이유원(李裕元)의 「해동악부」 등으로 이어졌다.

조선 말기의 한시

19세기에는 시서화(詩書畵) 삼절(三絶)로 이름이 높은 신위(申緯)가 이 시기 최고의 시인으로 군림하였는데 「박연(朴淵)」은 정통 한시와는 맛이 다른 '변조(變調)'로 흘렀다는 평가를 받았거니와, 이제현이 마련한 소악부의 전통을 다시 이어 시조를 칠언절구의 형식으로 재창작하였다. 박종선(朴宗善)과 이학규(李學逵) 등도 상당한 양의 소악부를 남겼다. 이 시기 한시의 새로움을 위해 민요, 시조 등이 중요한 소재가 되고 있음을 확인시켜 준다.

조선을 대표하는 학자이면서도 시를 통해 당대 현실을 풍자하는 데 탁월한 솜씨를 보인 정약용, 박학(博學)을 바탕으로 청의 문인들과 교유한 김정희(金正喜) 등은 19세기 전반기 학자를 겸한 시인으로 꼽을 수 있다. 특히 정약용의 「애절양(哀絶陽)」, 「탐진어가(耽津漁歌)」, 「탐진농가(耽津農歌)」, 「탐진촌요(耽津村謠)」, 「장기농가(長鬐農歌)」 등은 기속악부에 리얼리즘 정신을 담아낸 것으로 평가된다.

이들을 이어 한말(韓末)에는 강위(姜瑋), 이건창(李建昌), 김택영(金澤榮), 황현(黃玹)이 대표적인 문인으로 활약하였는데, 이들을 한말(韓末)의 사대가(四大家)라 일컫는다. 개항론자로 알려진 강위는 우울한 당시의 분위기를 반영한 비분과 강개의 시를 남겼다. 이건창은 강위의 시제자로 강화학파(江華學派)를 계승한 학문과 함께 정치한 논리의 산문과 평담함의 미학을 과시한 바 있다. 또 황현은 강한 기골을 바탕으로 날카로운 시대 비평을 담은 시를 많이 남겼거니와 특히 순절(殉節)하며 남긴 「절명시(絶命詩)」는 한국 한시사의 대미를 더욱 빛나게 장식하였다. 김택영은 황현과 달리 중국으로 망명하여 문화 사업에 종사하였지만 「의병장 안중근이 나라의 원수를 갚은 일을 듣고서(聞義兵將安重根報國讐事)」 등은 이 시기 우국 한시의 대표로 꼽을 수 있다.

조선 전기를 이어 조선 후기에 다양한 여성 한시 작가가 배출된 것도 한국 한시사에서 놓칠 수 없다. 임성주(任聖周)의 누이 윤지당(允摯堂) 임씨(任氏), 『의유당관북유람일기(意幽堂關北遊覽日記)』 혹은 『의유당일기(意幽堂日記)』의 저자로 알려진 의유당(意幽堂) 남씨(南氏), 신광수의 누이 부용당(芙蓉堂) 신씨(申

氏), 여성용 백과사전인 『규합총서(閨閤叢書)』와 『청규박물지(淸閨博物志)』를 남겼고 여성 한시까지 소개한 빙허각(憑虛閣) 이씨(李氏), 아우 행당동자(杏堂童子) 김경림(金景霖)과 나란히 요절한 김자념(金子念), 홍석주(洪奭周) 형제의 모친인 서영수각(徐令壽閣)과 그 딸 유한당(幽閒堂) 홍씨(洪氏), 며느리 숙선옹주(淑善翁主), 대구 출신의 여성 학자 정정당(情靜堂) 황씨(黃氏), 남편과 같은 동네에서 같은 해, 같은 달에 태어난 삼의당(三宜堂) 김씨(金氏), 윤광연(尹光演)의 아내 강정일당(姜靜一堂), 현달하지 못한 집안이지만 나름의 성취를 이룬 정일헌(貞一軒) 남씨(南氏)와 청한당(淸閒堂) 김씨(金氏) 등도 문집을 남겼거니와 한시에도 제법 능하였다. 특히 김성달(金盛達)의 처 연안이씨(延安李氏)와 부실 울산이씨(蔚山李氏) 등의 시가 가족 시집 『연주집(聯珠集)』 등에 실려 있는데 특히 한자를 모르면서 시를 지은 울산이씨의 시가 높은 평가를 받았다. 여기에 더하여 그의 네 딸도 모두 시에 능하였는데 송요화(宋堯和)의 처 호연재(浩然齋) 김씨(金氏)는 『호연재유고(浩然齋遺稿)』 외에 한글로 번역된 한시집 『증조고시고(曾祖姑詩稿)』를 남겼다.

취선(翠仙), 설창(雪窓), 설죽(雪竹) 등 여러 이름으로 불리는 권래(權來)의 시청비(侍廳婢)가 시집 『설죽시(雪竹詩)』를 남겼고, 특히 19세기에는 운초여사(雲楚女史)의 기림을 받은 부용(芙蓉), 금원 교서(錦園校書) 금앵(錦鶯) 등 기녀에서 첩실이 된 여성들도 시집을 남겼다. 이들은 한강변 오강루(五江樓) 등에서 사대부들과 시회를 함께 갖는 새로운 풍속도를 만들기도 하였다. 이들과 같은 시기 박죽서(朴竹西)의 명성도 높았다. 20세기 전후한 시기 대구의 기녀 서기옥(徐其玉), 김해의 기녀 강담운(姜澹雲)도 시에 뛰어나 각기 문집을 남겼다. 이들 외에도 『풍요속선』, 『대동시선』 등에 시를 남긴 여성도 상당하였으며, 중인이나 평민 출신의 여성 중에는 한시에 대한 소양을 키워, 문학에 능한 남편을 구하고자 한 예도 많았으니, 여성에서 한시가 상당 정도 교양으로 작용했음도 확인할 수 있다.

맺음말

조선 후기 한시사는 복고풍의 등장과 함께 시작하지만 바로 한국적인 한시에 대한 고민이 심화하였다. 조선풍, 혹은 조선시 창작에 대한 논의가 일어났고, 이에 따라 조선 현실과 조선적인 정감을 바탕으로 한 민요풍의 한시나 여성 정감의 한시가 크게 증가하였다. 또 양반층에서부터 중인과 여성에 이르기까지 한시 담당층이 크게 확대하였다. 조선 말기에도 조선의 국운은 크게 쇠미해졌지만 시단은 오히려 가장 성황을 이루었다.

─── 더 읽어보기

민병수, 『한국한시사』, 태학사, 1996.
안대회, 『18세기 한국한시사 연구』, 1999.
이종묵, 『우리 한시를 읽다』, 돌베개, 2009.
이종묵, 『이야기가 있는 여성의 한시』, 서울대출판부, 2024.

한문산문 1
-거주 공간에 부친 기문

김대중

거주 공간에 의미를 부여한다는 것

집은 사람이 사는 곳이다. 단순한 건축물, 재산이 아니라 '거주' 공간이다. 따라서 집에 대해 생각하는 것은 삶 혹은 '살아감'에 대해 생각하는 것이 된다. 가옥이 물리적 구성물이되 '집'은 그 이상이듯이, 인간의 '살아감'도 생물학적 자기 보존으로부터 출발하되 그것을 초과하는 '의미'와 '가치'를 지향한다.

전근대 한반도의 작가들은 집, 방, 서재 등의 거주 공간에 이름을 붙이고 그 의미를 밝힌 글을 지속적으로 창작해 왔다. '거주 공간으로서의 집'에 대한 사유를 이어간 것이다. 그 글은 장르적으로는 '기문(記文)'에 속한다. 거주 공간의 이름은 주로 '무슨 당(堂)', '무슨 실(室)', '무슨 재(齋)', '무슨 와(窩)' 같은 형태를 띤다. 거주 공간의 이름을 자신의 호로 삼는 경우도 적지 않았는데 이를 '당호(堂號)'라고 한다. 인간과 공간이 일체화되고 삶과 공간이 일체화된 것이다.

일반적으로 거주 공간에 부친 글의 내용은 거주 공간의 조성 경위와 특징,

거주 공간의 이름에 담긴 의미 등으로 구성된다. 작가가 자신의 생활공간에 이름을 붙인 뒤에 직접 글을 짓기도 하고, 다른 사람의 생활공간에 대해 글을 지어주기도 한다. 후자의 경우에는 거주 공간에서 생활하는 사람의 사람됨에 대한 서술, 그 사람에게 하는 당부의 말 같은 것이 글에 포함되기도 한다. 그럼 지금부터 조선 시대의 작품 몇 편을 살펴보기로 한다.

인간의 유한성에 대한 통찰―「기재기」

신흠(申欽, 1566~1628)의 「기재기(寄齋記)」는 박동량(朴東亮, 1569~1635)의 기재(寄齋)에 부친 글이다. 1617년에 신흠과 박동량은 유배형에 처해졌는데, 신흠은 춘천으로 유배 가서 자신의 거처를 '여암(旅菴)'이라고 했고, 박동량은 아산으로 유배 가서 자신의 거처를 '기재'라고 했다. '여암'은 '나그네가 부쳐 사는 곳'이란 뜻이고 '기재'도 '부쳐 사는 곳'이란 뜻이므로 사실상 그 의미가 같다.

「기재기」에서 신흠은 '부쳐 산다'라는 뜻의 '기(寄)' 자(字)를 핵심어로 삼아 삶과 죽음에 대해 사유한다.

'기(寄)'는 붙여 산다는 뜻이니, 있기도 하고 없기도 하여 오고 감이 일정하지 않은 것이다. 사람이 하늘과 땅 사이에 있는 것은 참으로 있는 것인가? 참으로 없는 것인가? 아직 태어나기 전을 기준으로 보면 원래 없는 것이고, 이미 태어난 뒤를 기준으로 보면 전적으로 있는 것이며, 죽음에 이르고 나면 또 '없음'으로 돌아가는 것이다. 만약 그렇다면 사람이 태어나서 사는 것은 있음과 없음 사이에 부쳐 있는 셈이다.

―신흠, 「기재기」

신흠은 인간 존재를 탄생 전과 후, 죽음 이후의 세 단계로 나누어 사고하여, 인간의 삶이란 '있음과 없음 사이에 부쳐 있는 것'이라고 말한다. 이런 사유를 토대로 신흠은 이렇게 말한다.

> 　　대우(大禹)가 말하기를 "산다는 것은 부쳐 있는 것이고 죽는다는 것은 돌아가는 것이다"라고 했으니, 참으로 삶이란 내 소유가 아니라 하늘과 땅이 몸뚱아리를 잠시 맡겨놓은 것이다. (…) 부쳐 있는 게 오더라도 부쳐 있을 데가 없는 듯이 여기고, 부쳐 있던 것이 가더라도 그것이 원래 없었던 것임을 알아서, 외물(外物)이 나에게 부쳐 있을지언정 나는 외물에 부쳐 있지 않고, 육신이 마음에 부쳐 있을지언정 마음은 육신에 부쳐 있지 않다면, 어느 곳인들 부쳐 있지 못하겠는가?
>
> 　　풀은 무성해졌다 해서 봄에게 감사해하지 않고, 나무는 잎이 졌다 해서 가을을 원망하지 않는다. 내 삶을 잘 사는 것이 내 죽음을 잘 맞이하는 길이다. 부쳐 있음에 잘 처한다면 그 돌아감도 잘할 것이다.
>
> 　　　　　　　　　　　　　　　　　　　　　　　　　　－신흠, 「기재기」

　　통념적으로 인간은 삶을 원하고 죽음을 원치 않는다. 생사(生死)뿐 아니라 영욕(榮辱), 화복(禍福), 이해(利害) 등에 대해서도 마찬가지 태도를 취하는 것이 일반적이다. 하지만 따지고 보면 이렇게 인간이 욕망하는 것들 중에 영원불멸의 것은 없다. 이 사실을 망각하고 집착하면 인간의 삶은 그에 구속되어 부자유해진다. 인간 존재의 유한성을 자각할 때 그런 부자유 상태로부터 벗어날 수 있다. 따라서 '부쳐 있음에 잘 처하는 것'은 단순한 수동적인 체념과 다르다. 오히려 인간 존재의 한계를 수용하고 자각할 때 진정한 자유로움이 가능해진다는 것이다. 이런 생각을 압축한 구절이 바로 "풀은 무성해졌다 해서 봄에게 감사해하지 않고, 나무는 잎이 졌다 해서 가을을 원망하지 않는다"이다. 한국 고전문학사에서 두고두고 회자될 만한 명구(名句)가 아닌가 한다.

'나'의 자각 ─ 「아암기」

이용휴(李用休, 1708~1782)의 「아암기(我菴記)」는 이 처사(李處士)라는 인물의 아암(我菴)에 부친 글이다. '나'라는 뜻의 '아(我)' 자(字)를 집 이름으로 삼은 것부터가 일단 특이하다. 이에 상응하게 이용휴도 '나'란 존재에 대한 탐색으로 글을 시작한다.

> 나와 남을 마주 세우면, 나는 친하고 남은 소원하다. 나와 물(物: 나 이외의 존재 일반)을 마주 세우면, 나는 귀하고 물은 천하다. 그런데 세상에서는 도리어 친한 자가 소원한 자의 말을 듣고, 귀한 것이 천한 것의 부림을 받는다. 왜 그런가? 욕망이 그 밝음을 가리고, 습관이 그 참됨을 물들였기 때문이다. 이에 호오(好惡)·희노(喜怒)와 행동거지가 모두 다른 사람을 따르다 보니 스스로 주인 되지 못하는 바가 있게 된다. 심지어는 웃는 얼굴로 저들의 노리개로 자신을 바쳐 정신과 생각, 땀구멍과 뼈마디 중에 하나도 나에게 속한 것이 없게 되니 부끄러워할 만하다.
> ─ 이용휴, 「아암기」

'나'에 대한 예민한 자의식을 보여준다고 할 만하다. '나'와 '남'을 비교하면 누구나 '나'가 더 소중하고 우선적이라고 생각하겠지만, 실제 인간의 삶은 '나'가 아닌 존재에 의해 좌우되고 그런 존재의 눈치를 보는 것에서 벗어나지 못하는 경우가 적지 않다. 따지고 보면 '나'의 생각, '나'의 목소리, '나'의 욕망이라고 생각했던 것도 실은 타자의 생각, 타자의 목소리, 타자의 욕망인 경우가 많다. 참된 '나'가 상실된 것이다. 그렇게 상실되기 전 참된 '나'의 본래적 상태를 이용휴는 '밝음'과 '참됨'으로 개념화하고 참된 '나'를 상실하게 하는 요인으로 욕망과 습관을 꼽는다.

이런 논의를 토대로 이용휴는 인용문에 이어지는 대목에서 '아암'의 주인이 처사에 대해 언급한다. 그에 따르면 이 처사는 겉치레에 신경 쓰지 않고 외물에 대한 욕심이 없으며, 나무 천 그루를 손수 심고 가꾸는 등 자급자족적으로 생활하는 인물이라고 한다. 따라서 '아암'이라는 집 이름은 통상적으로 사람들이 선망하는 부귀영달 같은 것을 도외시하고 생계 해결과 일상생활을 자립적으로 해나가는 삶의 태도를 표명한 것이 된다.

흔히 이용휴는 양명학적 사유를 토대로 개아(個我)의 각성을 보여준 작가로 언급된다. 하지만 그런 사상적 측면 외에도 조선 후기 사회 내의 구체적인 사회경제적 맥락에 대한 고려도 필요하다. 「아암기」를 보면, 사대부가 관료 진출 같은 것에 집착하지 않고 자기 힘으로 생계를 해결하며 생활하는 '자립 경제'에의 지향이 곧 참된 '나'의 자각을 가능케 했다는 것을 확인할 수 있다. '나'가 '나' 스스로 '나'를 돌볼 때 비로소 참된 '나'로 살 수 있다는 것이다.

현대적 의의

신흠의 「기재기」와 이용휴의 「아암기」외에도 한국 고전 문학사에는 거주 공간에 부친 기문의 명작이 적지 않다. 지금의 통념으로 문학 작품이란 것은 일반인과 구분되는 전문 작가가 창작하여 상업 출판을 통해 유통된다. 하지만 거주 공간에 부친 기문은 일상생활에 밀착되어 있다. 그러면서도 사상적 깊이를 갖는다. 이는 사람이 집에서 산다는 것을 사상 과제로 삼은 결과라고 할 수 있다. 따라서 문학사적 측면에서뿐 아니라 현재적 맥락에서도 거주 공간에 부친 기문의 의의를 새롭게 발견할 수 있다.

현대 한국 사회에서 집은 본원적 의미에서의 '거주 공간'이기 이전에 '재산'으로 취급되는 면이 크다. 이는 정치 경제의 문제이자 도시공학의 문제이기도 하지만 궁극적으로는 '인간의 삶의 가치'가 걸려 있는 만큼 인문학의 문제이기도 하다. 그렇다면 거주 공간에 부친 기문은 거주에 대한 인문학적 감수성과 사유를 새로운 차원에서 회복하기 위한 자산이 될 수 있을 법하다. 물론 거주 문제를 둘러싼 사회경제적 맥락을 도외시한다면 '인간적 가치를 실현하는 거주'라는 것이 낭만화되거나 유한계급의 라이프스타일로 변질될 수 있다는 것도 잊지 말아야 할 것이다.

─── 더 읽어보기

신흠, 김수진 편역, 『풀이 되고 나무가 되고 강물이 되어』, 돌베개, 2006.
이용휴, 박동욱·송혁기 엮음, 『나를 찾아가는 길』, 돌베개, 2014.
박동욱, 『기이한 나의 집』, 글항아리, 2021.
박희병, 「신흠의 학문과 사상」, 『한국의 생태사상』, 돌베개, 1999.

한문산문 2
-죽음을 가정하여 '나'를 돌아보다

김대중

묘지명과 자찬묘지명

인간은 누구나 죽는다. 하지만 이 자명한 사실을 있는 그대로 받아들이는 것은 그리 쉬운 일이 아니다. 나와 유의미한 연관을 맺은 사람의 죽음은 큰 슬픔, 상실감 등을 동반하는 것이 일반적이다. 그러니 나 자신의 죽음을 직시하고 받아들이는 것은 어떨지 굳이 말하지 않아도 될 듯하다.

한국 고전문학사는 이런 죽음의 문제를 직시하는 데 도움이 되는 문화 형태를 유지하고 발전시켜 왔다. 묘비명(墓碑銘)과 묘지명(墓誌銘) 같은 것이 그에 해당한다. 이 둘은 모두 죽은 사람의 행적을 기록하여 후세에 전하는 것을 목적으로 한다. 묘비는 무덤 근처에 세우는 것이고 묘지는 무덤 속에 넣는 것이다.

일반적으로 묘비명과 묘지명은 망자의 신원 정보와 행적 등을 정리한 산문 부분과 망자를 칭송하고 추모하는 운문 부분으로 구성된다. 전자를 '서(序)' 라고 하고 후자를 '명(銘)'이라고 한다. 묘비명과 묘지명은 주로 망자의 행적을 정리한 행장(行狀)을 토대로 작성되며 사회적으로 명망 있는 사람에게 의뢰하는 것이 일반적이다.

묘지명 중에서도 아주 특별한 성격을 갖는 것으로 자찬묘지명을 꼽을 수 있다. 자찬묘지명은 제삼자가 아니라 자기 자신이 자신의 죽음을 가정하여 자신의 묘지명을 직접 지은 것이다(묘비명과 묘지명은 구분되지만 서로 통하는 점이 있고 통상적으로 직접 지은 묘비명과 묘지명을 모두 '자찬묘지명'으로 통칭하므로, 여기서는 자신이 직접 지은 자신의 묘비명과 묘지명 모두를 '자찬묘지명'이라고 부르기로 한다).

자찬묘지명의 성립 요인은 여러 가지로 설명할 수 있다. 기본적으로 묘지명은 망자의 미덕을 후세에 전하는 것을 목적으로 하므로 한 인간을 실제 이상으로 과도하게 미화할 위험이 높으며, 상투적이고 천편일률적인 데로 흐를 위험도 높다. 따라서 이런 문제점을 해결하기 위해 자찬묘지명에 관심을 가질 수 있다. 그러나 보다 더 근원적으로 중요한 것은 자신의 죽음을 직면하고 죽음의 시점으로 소급하여 자신의 삶 전체를 돌아보고자 하는 마음, 자신의 삶을 성찰하고 자신의 죽음을 준비하고자 하는 마음이다. 자찬묘지명은 이런 성찰적 자세를 담지한 장르이다. 그럼 지금부터 몇몇 작품을 살펴보기로 한다.

자유인의 달관 – 조운흘

조운흘(趙云仡, 1332~1404)은 여말선초의 인물이다. 공민왕 때 과거에 급제한 후 관직 생활을 하긴 했지만 벼슬에 큰 뜻이 있었던 것 같지는 않다. 승려와 교유하고, 해진 옷과 떨어진 짚신 차림으로 일꾼들과 노고를 함께하는 등 사상적인 측면에서 자유분방하고 유연하며 실천적인 측면에서 민중 친화적이었던 듯하다. 문학사에서는 『삼한시귀감(三韓詩龜鑑)』이라는 시선집을 만든 인물로 기억되기도 한다. 그의 자찬묘지명은 『고려사』, 『해동역사』,

『신증동국여지승람』 같은 문헌에 수록되어 전하는데 다음과 같다.

> 공자는 행단(杏壇) 위에 있었고
> 석가는 쌍수(雙樹: 사라수沙羅樹) 아래 있었지.
> 고금의 성인과 현인 중에
> 어찌 독존(獨存)한 자가 있겠는가.
> 쯧쯧, 인생사 끝났구나.

'행단'과 '쌍수'는 각각 공자와 석가가 가르침을 설파한 곳이다. 공자와 석가는 모두 성인으로 추앙받는 존재이다. 하지만 이런 존재도 죽음 앞에서는 예외가 될 수 없었다. 인간의 죽음은 자연스러운 섭리이므로 자연스럽게 받아들이면 그만이라는 것, 이것이 아마 조운흘이 하고 싶었던 말이었던 듯하다. 생사에 대한 이런 달관의 태도는 앞서 간단히 언급한 그의 사상적·실천적 지향과 표리를 이룬다. 아울러 공자와 석가를 병치시킨 것에서는 조선조 유학자에게서는 찾아보기 어려운 사상적 자유로움을 느낄 수 있다.

우주의 눈으로 본 나 — 서유구

서유구(徐有榘, 1764~1845)는 조선 후기 실학자로 『임원경제지(林園經濟志)』를 편찬한 인물이다. 그는 79세 되던 해인 1842년에 「오비거사 생광자표(五費居士生壙自表)」를 지었다. '오비거사(五費居士)'는 '다섯 가지로 인생을 허비한 사람'이란 뜻이다. 서유구 말년의 호이기도 하다. '생광(生壙)'은 생전에 미리 마련해둔 묘소를 뜻한다. '자표(自表)'는 '자신이 직접 지은 자신의 묘표(墓表)'란 뜻이다. '묘표'는 '묘비'보다 크기도 더 작고 내용도 더 소략하다.

「오비거사 생광자표」는 이렇게 시작한다.

> 풍석자(楓石子: 서유구)가 부인 송씨의 묘소를 단주(湍州) 백학산(白鶴山) 서쪽 선영(先塋) 아래로 옮기고 나서 그 오른쪽을 비워두어 앞으로 자신이 묻힐 곳으로 삼았다.
>
> 그러자 어떤 사람이 이렇게 조언했다. "옛날 사람 중에도 그렇게 한 예(例)가 있는데, 그대는 어째서 스스로 묘지(墓誌)를 짓지 않으십니까?"
>
> 풍석자가 말했다. "아! 내가 무엇을 기록하겠는가? 내가 옛날 숙제(叔弟) 붕래(朋來: 서유락)에게 보낸 답장에 '세 가지 허비'의 설이 있었네. (…)"
>
> ― 서유구, 「오비거사 생광자표」

서유구가 자찬묘지명을 짓게 된 배경이 간결하게 서술되어 있다. 묘지명은 '기록'에 그 목적이 있다. 따라서 망자의 행적이 기록하여 전할 가치가 있다는 것을 전제로 한다. 서유구는 이 '기록할 가치'를 스스로 문제 삼으면서 '세 가지 허비의 설'이라는 것을 언급한다. 그 설은 1806년에 동생 서유락(徐有樂, 1772~1830)에게 보낸 편지에 보인다. 서유구는 정조 때 전성기를 구가한 소론 명문 경화사족 출신이다. 그는 1790년에 과거시험에 급제한 후 국왕의 신임을 받는 신진 관료로 활동했다. 그러다 정조 사후 정국이 급변하자 그 여파로 그의 숙부 서형수(徐瀅修, 1749~1824)가 유배형에 처해졌는데 서유구도 위협을 느껴 벼슬을 그만두고 17년이라는 긴 세월 동안 파주 일대를 전전하며 재야 인사로 지내야 했다.

재야 시절에 서유구는 자신의 삶을 돌아보면서 자신의 삶이 세 가지 허비로 점철되었다고 「서유락에게 보낸 편지」에서 말한 바 있다. 젊은 시절에 공부한 것이 첫 번째 허비이다. 1790년 과거 급제 전까지의 시기에 해당한다. 국왕 정조를 보좌하여 각종 편찬 사업에 종사한 것이 두 번째 허비이다.

급제 이후 1806년에 몰락하기 전까지이다. 집안이 몰락한 이후로 주경야독의 생활을 이어가며 농학을 연구한 것이 세 번째 허비이다.

그런데 서유구는 「오비거사 생광자표」에서 '세 가지 허비' 뒤에 '두 가지 허비'가 추가되었다고 말한다. 서유구는 긴 재야 생활을 이어가다가 1823년에 복권되어 두루 요식을 거친 뒤에 1839년에 봉조하(奉朝賀)로 은퇴했다. 이것이 새로 추가된 첫 번째 허비이다. 그리고 서유구는 은퇴 이후 필생의 역작 『임원경제지』를 완성하는 데 박차를 가하고 있었다. 이것이 새로 추가된 두 번째 허비이다.

서유구는 자신의 인생을 다섯 가지 국면으로 정리하여 자신의 삶 전체가 '허비'로 점철되었다고 한 셈이다. 이를 두고 단지 그가 생에 대한 겸손한 태도를 취했다고 하는 것만으로는 부족한 것 같다. 말년에 접어들면서 자신의 죽음을 준비한다는 것은 과연 어떤 것일까? 노년이 되면 자신이 평생에 걸쳐 결국 무엇을 남겨놓았는지 그리고 앞으로 무엇을 남겨놓을 것인지에 대한 고민이 깊어진다고 한다. 그리고 삶의 무의미함에 대한 상념도 깊어진다고 한다. 그렇다면 서유구가 자신의 삶이 '허비'일 뿐이라고 한 것은 그가 느낀 그대로를 토로한 것일 가능성이 높지 않은가 한다. 그는 「오비거사 생광자표」 후반부에서 이렇게 말한다.

이렇게 허비가 다섯에까지 이르러 남아 있는 게 거의 없네. 살아서는 다른 사람에게 도움 되는 게 없었고, 죽어서는 후대에 알려질 게 없으니, 살아 있을 때에는 새장 속의 새처럼 하는 일 없이 숨만 쉬었을 뿐이고, 죽고 나서는 풀이나 나무처럼 썩어 없어질 뿐일세. 이러고서 뭔가를 이루었다고 할 수 있는가? 그럼 모든 사람이 이룬 셈이지. 이러고서 뭔가를 이루었다고 할 수 없는가? 이룬 게 없는 사람이 또 무슨 말로 기록해 잊히지 않게 한단 말인가?

아! 인생살이가 원래 이처럼 허비인 것인가? 아니면 허비는 잠깐이고 거두어들이기는 오래하는 사람 또한 있는가? 훌륭한 글을 남기거나 훌륭한 공을 세워서 우뚝하게 불후의 경지에 서 있는 사람으로 말하면, 그 정신과 기백이 틀림없이 천 세(世) 백 세 뒤에까지 명성을 옹호할 수 있을 것이니, 이것은 하루아침에 갑자기 얻을 수 없다네. 나는 어려서는 어리석었고 장성해서는 근심 속에 살았고 늙어서는 정신이 흐릿하니, 처음부터 끝까지 돌이켜보면 육신과 더불어 사라지지 않을 것을 찾아본들 결국 거기에 근접한 것도 찾을 수 없네. 그런데도 오히려 80년간 몽땅 허비해 버린 여생을 가지고 뻔뻔하게 붓을 잡고 편석(片石)을 빌려 문식(文飾)할 뿐, 내 인생이 텅텅 비어 아무것도 없다는 것을 스스로 알지 못한다면 잘못 아니겠나?

— 서유구, 「오비거사 생광자표」

삶과 죽음에 대한 달관이 느껴진다기보다는 자신의 삶이 후대에 남길 만한 가치가 없다는 반성, 절망, 자괴감이 강하다. 서유구의 이런 자기 응시는 아이러니를 동반한다. 「오비거사 생광자표」에서 삶에 대한 술회는 어째서 자찬묘지명을 짓지 않느냐는 혹자의 질문에 대한 대답의 형식을 취한다. 서유구는 자신의 삶이 어째서 기록할 가치가 없는지를 매우 체계적이고 구체적으로 대답함으로써 자신의 삶을 기록으로 남기고 있는 셈이다. 이것이 이 작품의 구성상의 아이러니이다. 이는 삶에 대한 서유구의 복잡한 심리와 표리를 이룬다.

「오비거사 생광자표」의 명(銘)은 다음과 같다.

원·회·운·세(元會運世) 12만 9천 6백 년에, 아득한 나의 삶은 겨우 1천 6백 2십 분의 1이니, 초라하기 짝이 없구나. 70하고 9년을 이미 허비하여, 또 허공을 지나가는 새랑 다를 바 없으니, 남은 날을 다 살지 않아도 하상(下殤)과 차이가 있을까 없을까? 옹기관에 벽돌을 두르면 됐지 명(銘)이 무슨 소용이랴? 아!

깊숙한 유실(幽室)에서 우리 선왕부(先王父)와 선군자(先君子)를 따르리라.

　　　　　　　　　　　　　　　　　　ㅡ서유구, 「오비거사 생광자표」

　'원(元)'은 우주가 생겨나 소멸하는 주기로, 1원은 12회(會)이고 1회는 30운(運)이며 1운은 12세(世)이고 1세는 30년이다. 따라서 1원은 129,600년이 된다. '원회운세'라는 개념은 우주라는 것도 생멸하는 유한한 물건에 불과하다는 자연철학적 사고를 반영한 것이다. 이런 거대한 우주적 시간 속에 놓고 보면 인간은 참으로 미미한 존재에 불과하다. 서유구가 이 작품을 지었을 때 한 살 더하여 80세였다고 쳐도 80년은 1원의 1,620분의 1에 불과하다. 이런 극단적인 시간적 대비를 통해 서유구는 자신의 삶이 얼마나 보잘것없는 것인지를 부각하고 있다.

인접 장르

　자찬묘지명은 묘지명의 한 형태이므로 일단 묘비명 및 묘지명 등과 연관을 맺는다. 하지만 그보다 더 중요한 것은 삶의 회고와 자기 응시를 담지한 다른 장르들과의 연관일 것이다. 자기 삶의 회고를 담은 장르로 일단 편지를 들 수 있다. 서유구가 「오비거사 생광자표」에서 동생에게 보낸 편지를 인용한 데서 편지와 자찬묘지명의 상호 연관성이 잘 드러난다. 삶의 술회를 담은 편지의 또 다른 예로 김시습(金時習, 1435~1493)의 「양양부사 유자한에게 올려 속내를 토로한 편지(上柳襄陽陳情書)」를 들 수 있다. 자전(自傳) 또한 자신의 삶을 자신이 정리하여 기록한 것이다. 자신의 초상화에 부친 화상찬의 경우, 자찬묘지명과 달리 '기록'으로서의 성격은 약하지만, 자기 응시를 보여준다는 점에서 자찬묘지명과 비교할 만한 점이 있다.

────── 더 읽어보기

김대중, 『풍석 서유구 산문 연구』, 돌베개, 2018.
심경호, 『내면기행』, 이가서, 2009.

한문산문 3
-인물군상의 탐색

김대중

인물전의 기원과 종류

인물전(人物傳)은 인간의 삶을 기록한 것이다. 사관(史官)의 역사 기록으로부터 출발하여 일반 문인 지식인으로 그 작가층이 확대되면서 인물전은 고전 산문의 주요 장르로 자리 잡게 되었다. 사마천(司馬遷)의 『사기(史記)』 열전이 인물전의 효시로 일컬어진다. 사마천은 이릉(李陵) 사건으로 궁형(宮刑)에 처해진, '살아서 치욕을 당한 사람'이다. 그가 세상의 횡포에 맞서 자신의 신념을 고수한 비극적 인물에 각별히 주목한 것은, 이런 삶의 굴곡이 인간과 사회에의 응시로 투영된 결과일 것이다. 요컨대 인물전은 인간과 사회와 역사에 대한 심도 있는 탐색을 수행하기 위한 장르로 출발했다.

인물전은 일단 '사실의 기록'이라는 성격을 갖는다. 하지만 인물전의 서술은 무미건조한 사실의 나열과 전혀 다르다. 입전 인물의 핵심을 인상적으로 보여주는 에피소드를 포착하여 인물 형상에 생동감을 불어넣는 것을 중시하기 때문이다. 따라서 인물전은 기록적 성격과 서사적 성격을 동시에 갖고 있는바 역사철학과 문예미학이 교차하는 지점에서 성립한다고 할 수 있다.

인물전은 주로 한 사람을 대상으로 삼지만, 주제적으로 하나로 묶을 수 있는 여러 사람을 함께 다룰 수도 있다. 이를 '합전(合傳)'이라고 한다. 일반적으로 인물전은 입전 인물의 행적 같은 것에 따라 분류한다. 그런 분류법에 따르면 고승전, 신선전, 충신전, 열녀전, 유협전, 기녀전, 의원전, 예인전, 충노전 등 다양한 유형의 인물전이 있다. 최근에는 대상 인물의 신분과 사회경제적 존재 방식에 주목하여 '하층민전'이라는 새로운 범주를 제안한 연구가 나온 바 있다.

한국 고전문학사에서 명작으로 꼽히는 인물전을 몇 가지 예시해보면, 신선전의 예로 허균(許筠, 1569~1618)의 「남궁선생전(南宮先生傳)」을 들 수 있고, 예인전의 예로 유득공(柳得恭, 1748~1807)의 「유우춘전(柳遇春傳)」과 조희룡(趙熙龍, 1789~1866)의 「최북전(崔北傳)」 등을 들 수 있고, 의원전의 예로 정약용(丁若鏞, 1762~1836)의 「몽수전(蒙叟傳)」을 들 수 있다.

이 밖에도 중요한 작품이 여전히 많은데, 지금부터는 일단 「육신전(六臣傳)」과 「장복선전(張福先傳)」을 구체적으로 살펴보기로 한다.

불의에 굴하지 않은 절의의 존재─「육신전」

남효온(南孝溫, 1454~1492)의 「육신전」은 사육신을 입전한 작품이다. 따라서 세조의 왕위 찬탈에 대한 문학적 대응이라는 성격을 갖는다. 「육신전」은 <박팽년전>으로 시작하여 <유응부전>으로 마무리된다. <박팽년전>에는 박팽년의 행적뿐 아니라 단종 복위의 모의 시작 단계부터 결국 실패하기까지의 과정이 서술되어 있다. 따라서 <박팽년전>은 위치로 보나 내용으로 보나 「육신전」 전체의 서문 역할을 겸한다고 할 수 있다.

특히 주목되는 것은 <박팽년전>에 서술된 거사 당일의 의견 대립이다.

신중을 기하기 위해 거사를 잠정 중단하자는 성삼문·박팽년의 의견과 이번 기회를 놓치지 말고 결단을 내려야 한다는 유응부의 의견이 대립한 것이다. 그리고 목숨을 걸고 절의를 지키는 고귀한 인간상과 동지를 배신하고 개인의 안위를 도모하는 비열한 인간상이 대비되는 것도 주목을 요한다.

<박팽년전>에서 보이는 이런 긴장 구도는 여러 서술을 거쳐 <유응부전>에 이르면서 극점에 도달한다. 다음은 단종 복위가 실패로 돌아간 뒤에 유응부가 세조의 신문을 받는 장면이다.

병자년(1456)의 일이 발각되어 대궐 뜰로 잡혀 왔다.

임금이 물었다.

"네가 하려는 게 뭐였느냐?"

유응부가 대답했다.

"중국 사신을 청해 연회하던 날에 일척(一尺) 검으로 그대를 폐위하고 원래 임금을 복위시키려 했는데, 불행히도 간사한 자가 누설해 버렸으니 내가 다시 무얼 하겠소? 그대는 속히 나를 죽이시오."

광묘(光廟: 세조)는 분노하여 꾸짖었다.

"너는 상왕(上王)을 명분 삼아 종묘사직을 도모하려 한 게지."

그러고는 무사에게 명하여 살가죽을 벗기고 사건과 관련된 사실을 추궁하게 했다.

유응부는 굴복하지 않고 성삼문 등을 돌아보며 말했다.

"서생과는 일을 꾀할 게 못 된다고 사람들이 그러더니 과연 그렇다. 지난번 사신을 청해 연회하던 날에 내가 한 번 칼을 뽑으려 했더니만 만전의 계책이 아니라며 너희들이 굳이 저지하더니 오늘의 화를 불러들이고 말았구나. 너희들은 사람이면서 꾀가 없으니 짐승과 뭐가 다르냐?"

그리고 임금에게 말했다.

"만약 이번 사건과 관련된 사실 말고 다른 걸 듣고 싶으면 저 머저리 유자들에게 물어보시오."

그리고 즉시 입을 다물고 묵묵부답이었다.

임금은 더욱 분노하여 달군 쇠를 가져다가 배 아래에 놓으라고 명했다. 기름과 불이 함께 지글거렸으나 유응부는 안색이 변하지 않았다. 그는 쇠가 식기를 천천히 기다렸다가 쇠를 가져다 땅에 내던지며 말했다.

"이 쇠가 식었구나. 다시 달궈 와라."

그는 끝내 죄를 인정하지 않고 죽었다.

— 남효온, 「육신전」

유응부의 당당함과 고귀함은 일단 끔찍한 고문의 극한 상황과 대비되어 강조된다. 그리고 함께 일을 도모했으나 결국 화를 자초한 사대부 지식인의 우유부단하고 유약한 모습과 대비된다. 또한 왕위 찬탈에 성공했으면서도 폭력적인 방법으로는 도저히 유응부를 굴복시키지 못하기에 자기 마음에 내재한 불안감과 열등감을 더 폭력적인 방향으로 분출하는 세조의 모습과 대비되기도 한다. 이런 삼중의 대비 속에서 유응부의 말과 행동이 매우 강렬하게 부각된다.

민간적 질서와 상호부조의 세계 – 「장복선전」

이옥(李鈺, 1760~1815)의 「장복선전」은 평양감영의 아전 장복선을 입전한 작품이다. 장복선은 은고(銀庫)의 은 이천 냥을 축낸 것이 발각되어 사형당하게 되었는데 실은 그가 사리사욕을 채우기 위해 공금을 착복한 것이 아니라 도움을 필요로 하는 서민들을 구제하기 위해 쓴 것이었다. 이에 평양 사람들이 사형 당일에 적극적인 구명 운동을 펼친 결과, 장복선은 석방되기에 이르렀다.

『목민심서』 같은 책에서 아전은 지방 행정 조직의 말단에 위치하여 사리사욕을 위해 농간을 부리고 백성을 침탈하는 존재로 비판된다. 이와 달리 「장복선전」의 장복선은 아전이면서도 자신의 불이익을 감수하면서까지 어려운 사람을 기꺼이 돕고 그 일을 숨기는 존재로 칭송받는다. 이런 존재를 '유협(遊俠)'이라고 한다. 법과 국가 제도의 권위에 구애되지 않는 존재, 신의를 중시하는 자기 입법적 행동 규범에 입각하여 자율적으로 움직이는 존재, 자신의 생사안위를 돌보지 않고 약자를 돕는 데 발 벗고 나서는 존재, 자신의 공로를 드러내는 것을 수치로 여기는 존재, 이런 존재가 유협이다.

요컨대 유협은 국가 기구에 의해 온전히 포획되지 않는 민간 질서의 담당자이다. 민간 질서의 핵심은 국가 기구에 의해 동원되지 않고 민인이 자발적인 역량을 발휘하여 상호협력과 상호부조를 해 나가는 것, 호혜적 관계망을 스스로 형성하는 데 있다. 장복선으로 대변되는 유협적 인간상과 그에 호응한 평양 사람들의 집단적 움직임은 조선 후기 사회에 여전히 살아 있었던 민간 질서의 한 면을 잘 보여준다.

　　이튿날 아침에 정패(旌牌)를 벌여 놓고 장복선을 뜰에 꿇리고 장차 사형을 집행하려 했다. 평양 사람들이 뛰어다니며 알렸다.

　　"오늘 장복선이 죽는다!"

　　노인과 어린아이, 그리고 부녀자들이 빙 둘러싸고 지켜보는데 심지어 눈물을 흘리는 사람도 있었다. 기녀 백여 명이 모두 머리를 틀어올리고 비단 치마를 걷어 올려 뜰 아래 줄지어 꿇어앉아 서로 화답하며 노래했다.

　　저 사람 살리소서 저 사람 살리소서

장복선 살려줍사 만 번을 비나이다.

미동(美洞) 대감 채상서님

저 장복선을 살리소서.

장복선이 살아난다면

이번 참에 정승에 오르시리.

정승을 못하셔도

전판(剪板) 모양 비단 댕기

작은 도령 얻으셔서 슬하에 두시리다.

저 사람 살리소서 저 사람 살리소서

비나이다 비나이다

장복선을 살려주어 명대로 살게 하소서.

노래가 끝나기도 전에 대열 중에 있던 장교(將校)가 커다란 버들상자를 땅에 던지며 여러 사람에게 말했다.

"오늘은 장복선이 죽는 날입니다. 살리고 싶은 분은 여기에 은을 추렴하시오!"

관서 지방은 본래 은이 많고 풍속이 사치스러운지라 은으로 장식을 하지 않은 사람이 거의 없었다. 이에 은장도나 은잠, 부녀자의 은가락지, 은비녀, 은노리개 등이 분분하게 쌓이는 게 마치 눈이 내리는 듯했다. 잠깐 사이에 너댓 상자를 채웠는데 아전이 달아보니 은이 벌써 천여 냥이 되었다.

채상서는 백성의 소원을 따르고 또 그 사람됨을 기특하게 여겨 석방을 명하고, 은 오백 냥을 내어서 도와주었다. 이튿날로 관의 장부가 채워졌음을 알려왔다.

─이옥, 「장복선전」

애초에 사람들이 구명 운동에 나서겠다는 목적의식하에 사형장에 모였던 것은 아니다. 하지만 평양 사람들이 안타까워하면서도 그저 지켜볼 뿐 아무것도 할 수 없었던 단계, 기녀가 노래를 통해 형집행 책임자에게 하소연하는 단계, '은 추렴'이라는 구체적인 행동의 계기가 마련된 단계 등을 거침으로써 평양 사람들의 집단 행동이 매우 자연스럽게 조직되고 유효한 결실을 맺기에 이르렀다. 이 점에서 「장복선전」은 장복선이라는 유협적 존재를 기록한 작품인 동시에 그런 유협적 존재를 가능케 한 민간 질서의 작동 방식을 생생하게 증언한 작품이라고 할 수 있다.

인물전과 인접 장르

인물전은 기록성과 서사성을 동시에 지니므로 일단 소설과 연관성을 가질 수 있다. 기본적으로 사실의 기록인 인물전과 허구적 서사물인 소설은 구분되지만 그 둘 사이의 '장르 운동'을 유연하게 볼 필요가 있다. 그 밖에 인물의 행적에 대한 기록이라는 점에서 인물전은 비지(碑誌) 및 행장(行狀)과도 연관성을 가질 수 있다. 물론 글의 성격이나 양식적 특징은 서로 다르다. 행장은 비지의 기초 자료로 활용될 때가 많고 비지는 죽은 자에 대한 애도의 성격을 갖기도 하기 때문이다.

그런데 이런 장르론적 상호 연관성 못지않게 중요한 것은 인물전의 기저에 놓인 역사철학적 물음이다. 이 지점까지 파고 들어가서, 인물전이 놓인 다양한 맥락과 상호 연결 고리를 파악하는 것이 중요하다.

──── 더 읽어보기

남효온, 박대현 옮김, 『국역 추강집』, 민족문화추진회, 2007.

이옥, 실시학사 고전문학연구회, 『완역 이옥전집』, 휴머니스트, 2009.

박희병, 『한국고전인물전연구』, 한길사, 1992.

김대중, 「조선후기 민인의 하부정치」, 『한국한문학연구』 81, 한국한문학회, 2021.

Ⅲ

고전소설

삼국과 고려의 서사문학

정길수

서사문학의 개념과 초기 소설

'서사(敍事)'는 사건의 전개 과정을 서술한다는 뜻이다. '서사문학'이란 일련의 사건을 말이나 글로 전달하는 문학 양식을 말한다. 아리스토텔레스의 『시학』에서 "때로는 서술체로, 때로는 작중인물이 되어 말한다"라고 한 것이 바로 '서사'를 두고 한 규정이니, 쉽게 생각해 보자면 서사란 누군가(서술자)가 누군가(주인공)의 일을 누군가(독자, 또는 청자)에게 말하는 '이야기'에 다름 아니다.

'서사문학'의 중심 장르는 설화와 소설이다. 설화의 역사는 어느 나라, 어느 민족이든 그 언어의 생성 발달과 함께 진행된바 그 연원이 매우 깊은데, 한국의 경우 설화문학의 보고(寶庫)인 『삼국사기(三國史記)』와 『삼국유사(三國遺事)』에 삼국과 남북국시대 신라의 설화가 다수 전하여 그 시대의 생활상과 인식을 짐작해 볼 수 있다. 현재 온전한 책으로 전하지 않으나 수록 작품이 여러 책에 흩어져 전하는 『수이전(殊異傳)』도 특기할 만하다. 이 책들에 실린 설화가 하나의 뿌리가 되어 초기 소설이 탄생했다. 신라 말 고려 초에 창작된

것으로 추정되는 「최치원(崔致遠)」·「조신전(調信傳)」 등이 초기 소설의 대표작
이다.

『삼국사기』의 설화와 소설

『삼국사기』는 고려 인종(仁宗)·의종(毅宗) 때의 문신·학자요 고려 전기를
대표하는 문장가인 김부식(金富軾, 1075~1151)이 지은 정사(正史)이다. 유교적
합리주의에 입각하여 사실 위주로 역사를 서술한 점이 특징이다. 『삼국사기』
중에서도 열전(列傳)의 서술이 빼어난데, 열전에는 을지문덕과 김유신 같은
삼국의 명장을 비롯하여 명신(名臣)과 충의지사는 물론 미천한 신분의 인물도
다수 포함되었다. 설화를 소재로 해서 창작한 작품도 상당한 비중을 차지하
며, 특히 「온달」 같은 작품은 질박하면서도 박진감 있는 김부식 문장의 대표
작으로 꼽혀 왔다.

『삼국사기』에 수록된 대표적인 설화로 「구토지설」(龜兔之說: 거북이와 토끼
의 이야기)과 「화왕계」(花王戒: 꽃들의 왕 모란에게 한 경계警戒)가 있다. 「구토지
설」은 고구려에 구원병을 청하러 갔다가 옥에 갇힌 김춘추(金春秋)가 고구려
신하에게 들은 이야기가 「김유신 열전」에 삽입된 것으로, 훗날 「토끼전」(「별
주부전」)의 바탕이 되었다. 「화왕계」는 당대의 학자 설총(薛聰)이 신문왕(神文
王)에게 들려주는 이야기 형식으로 수록되었는데, 설화와 한문학 분야 모두에
서 중시되는 작품이다. 「구토지설」과 「화왕계」 모두 인간이 아닌 동식물을
등장시켜 인간 사회의 일을 빗대어 교훈을 주는 우언 형식의 설화에 해당한
다.

『삼국사기』 열전에 수록된 「도미」와 「박제상」도 널리 알려진 작품이다.
특히 「도미」는 동시대의 설화는 물론 어떤 초기 소설보다도 심각한 갈등구조

를 지니고 있다. 백제의 평민 도미의 아내가 아름답고 절개가 있다는 소문을 듣고 백제의 개루왕(蓋婁王, 재위 128~166년)이 그 덕성을 시험한다는 명목 아래 유혹하려다가 실패하자 도미의 두 눈을 뽑고 도미의 아내를 강제로 능욕하려 했으나 도미의 아내가 끝내 굴하지 않았다는 이야기다. 국가 권력의 횡포와 그로 인한 민중의 참상을 고발한 데 이어 도미 부부가 천신만고 끝에 도착한 망명지 고구려에서도 결국 근근이 목숨을 부지하며 살다 생을 마쳤다는 작품의 결말이 큰 여운을 남긴다.

「온달」과 「설씨녀」는 초기 소설의 자취를 엿볼 수 있는 작품들이다. 「온달」은 서사의 중심이 남녀의 결연 과정에 있어서 인물의 공과(功過)를 평가하는 데 초점을 두는 전(傳)의 일반적인 속성에서 벗어나 있다. 설화로부터 형성된 초기 소설 형태의 원작이 역사 편찬의 자료로 채택되면서 다소의 수정을 거쳐 열전에 포함된 것이 아닐까 한다. 이 작품에는 민중적 정서와 상상력이 강하게 투영되어 있다. 공주와 바보의 사랑이라는 소재, 세상에서 가장 천한 존재로 멸시받던 인물이 사실은 영웅의 자질을 품고 있었다는 설정, 그 과정에서 남성을 이끌어 주는 한편 '동명왕 신화'처럼 명마(名馬)를 조련해 내는 여성의 역할 등이 그에 해당한다.

「설씨녀」는 삼국시대 말기의 신라를 배경으로 삼아 국방의 의무를 직접 몸으로 담당해야 했던 서민들의 고통을 드러내는 가운데 남녀 애정 관계에서의 '신의'를 강조한, 흥미로운 작품이다. 이 작품 또한 남녀의 결연 과정이 서사의 중심을 이루고 있어 열전에 앞선 원작이 존재했을 것으로 추정된다. 설씨녀와 정혼한 가실(嘉實)이 변경으로 떠나면서 자신이 기르던 말을 설씨에게 맡기는 장면이 나중의 사건 전개와 연관을 가진 복선으로 보여 명마를 활용한 극적인 전개가 기대되지만 후반부에 이에 관한 서술이 전혀 없기 때문이다.

『삼국유사』의 설화와 소설

『삼국유사』는 고려 후기의 승려 일연(一然, 1206~1289)이 몽골의 침략을 당한 국가 존망의 위기에 민족 주체의 역사 흐름을 되짚기 위해 편찬한 책이다. 『삼국유사』는 역사서이면서 설화집이다. 정사(正史)의 체제를 의식하지 않고 역사상 의미 있는 사적을 망라하고자 하는 의도에서 서두의 「단군신화」로부터 신이한 내용의 설화, 불교적 색채가 강한 설화를 대폭 포함하여 설화집이라 해도 좋을 만큼 방대한 이야기를 있는 그대로 수록했다. 『삼국유사』의 이러한 구성은 결과적으로 『삼국사기』의 유교적 합리주의와 대조되는 역사 이해의 관점을 보여주었다. 향가 「서동요(薯童謠)」가 들어 있는 「무왕(武王)」, 「헌화가(獻花歌)」가 들어 있는 「수로부인(水路夫人)」 외에 「만파식적」, 「거타지」, 「남백월이성 노힐부득 달달박박」 등 흥미로운 이야기가 가득하다. 초기 소설사를 구성하는 데 핵심을 이루는 작품도 실려 있는데, 「조신전」과 「호원(虎願: 호랑이의 소원)」이 대표작이다.

『삼국유사』의 「낙산의 두 성인 관음, 정취와 조신(洛山二大聖觀音正趣調信)」에 포함된 「조신전」은 작자 미상의 작품이다. 일연이 글 뒤에 쓴 논평 첫머리에 "이 전(傳)을 읽고 나서 책을 덮고 더듬어 생각해 보니"(讀此傳, 掩卷而追繹之)라는 구절이 있어 작품의 원제목은 「조신전」으로 추정되고, 일연이 타인의 작품을 그대로 옮긴 것임을 알 수 있다. 작품의 첫 구절이 "옛날 경주가 서울이던 시절"인바, 고려 전기에 창작된 것으로 추정된다.

「조신전」은 '꿈'을 통해 '깨달음'에 이르는 구도를 취했다. 비슷한 구도의 이른 시기 작품으로는 중국 당나라 때의 「침중기(枕中記)」가 있다. 「침중기」의 주인공은 꿈속의 현실에서 한때 부귀영화를 누리지만 종국에는 가장 큰 고통과 불행에 직면하게 된다. 반면 「조신전」의 경우 꿈속의 현실은 사랑이 찾아온 한순간의 기쁨이 있을 뿐 일생이 극한의 고통으로 가득하다. 이 작품들의 주인공은 꿈속에서 궁극적으로 극한의 고통에 도달할 수밖에 없는 현실을 겪은 뒤 꿈에서 깨어 인생무상을 깨닫는다.

꿈과 현실을 넘나들며 인생의 가치를 묻는 「조신전」의 주제는 대단히 매력적이다. '꿈'을 통한 '깨달음'이라는 점에서 『구운몽』과 견주어볼 만한데, 조신이 고통으로 가득한 현실로부터 인생무상의 깨달음에 도달했다면 양소유는 부귀영화의 절정에서 느끼는 인생의 덧없음이라는 문제를 제기했다. 이광수(李光洙, 1892~1950)가 「조신전」에 윤색을 가해 1947년에 발표한 중편소설 「꿈」도 원작에 비해 조역 캐릭터를 확장하고 갈등을 첨예하게 전개시킨 흥미로운 작품이다. 현실세계와 가상세계를 넘나드는 오늘날의 과학소설이나 영화·드라마도 「조신전」과 『구운몽』의 연장선상에서 그 의미를 반추해 볼 수 있다.

「호원」은 『삼국유사』에 「김현감호(金現感虎: 김현이 호랑이를 감동시키다)」라는 제목으로 실려 있다. 한편 권문해(權文海, 1534~1591)의 『대동운부군옥(大東韻府群玉)』에서는 「호원(虎願)」이라는 제목으로 그 내용을 축약해 싣고, 작품 출전을 『수이전(殊異傳)』이라 밝혔다. 『수이전』에 실린 원작의 제목은 호원사(虎願寺)를 뜻하면서 동시에 '호랑이 처녀의 비원(悲願)'을 뜻하는 「호원」으로 추정된다. 일연은 김현의 정성스런 탑돌이에 부처가 감응하여 호랑이 처녀를 통해 복을 준 것이라는 관점에서 이 작품을 이해한바, 『삼국유사』에서 흔히 보이는 네 글자 제목을 새로 붙인 것으로 보인다. 이 작품은 인간과 호랑이의 사랑이라는 허황된 이야기처럼 보이지만, 상층 남성과 하층 여성 간의 비극적인 사랑을 우의한 작품으로도 읽을 수 있다. 그렇게 보면 남녀의 자유로운 사랑이 결국 신분 차이를 넘어서지 못하고 여주인공의 희생으로 마무리되는 셈이어서, 호랑이 처녀의 마지막 말이 주는 울림이 더욱 크게 느껴진다.

『수이전』의 설화와 소설

『신라수이전(新羅殊異傳: 신라의 기이한 이야기)』이라고도 불리는 『수이전』은 신라시대에 만들어진 설화집이다. 고려시대에 박인량(朴寅亮, ?~1096)·김척명(金陟明) 등이 증보(增補)한 것으로 추정되지만 온전한 모습의 책이 전하지 않아 원저자를 알 수 없다. 『대동운부군옥』에서 『수이전』의 편찬자를 최치원(崔致遠, 857~?)이라 밝혔는데, 믿을 만한 다른 자료가 나올 때까지는 이 기록을 존중해야 할 것으로 본다. 다만 최치원이 편찬한 『수이전』 수록 작품이 모두 그의 창작인지 확실치 않고, 후대의 증보 과정에서 어떤 작품이 추가되었는지 분명치 않은바, 『수이전』을 출전으로 밝힌 작품의 작자를 모두 최치원으로 단정할 수는 없다. 『수이전』 수록 작품은 현재 14편, 중복을 피하면 12편이 확인되는데, 「김현감호」와 「원광법사전(圓光法師傳)」은 『삼국유사』에, 「탈해(脫解)」와 「선덕왕(善德王)」은 조선 성종 때 노사신(盧思愼, 1427~1498)·서거정(徐居正, 1420~1488) 등이 왕명을 받아 편찬한 『삼국사절요(三國史節要)』에, 「영오 세오(迎烏細烏)」는 서거정의 『필원잡기(筆苑雜記)』에, 「최치원」과 「보개(寶開)」는 성종 때의 문신 성임(成任, 1421~1484)이 편찬한 『태평통재(太平通載)』에, 「호원」·「수삽석남(首揷石枏: 머리에 꽂은 석남 꽃가지)」·「노옹화구(老翁化狗: 개로 변신한 노인)」·「죽통미녀(竹筒美女)」·「화귀(火鬼)」·「선녀홍대(仙女紅袋)」의 6편은 『대동운부군옥』에, 「석아도전(釋阿道傳)」은 각훈(覺訓)의 『해동고승전(海東高僧傳)』에 수록되어 있다. 『대동운부군옥』에 수록된 「호원」과 「선녀홍대」는 각각 「김현감호」와 「최치원」의 축약에 해당하는바, 백과사전 성격의 『대동운부군옥』 수록 작품들은 모두 원작의 축약 형태로 추정된다. 한편 『해동고승전』에 실린 「석아도전」은 출전을 "박인량의 『수이전』"으로 명시했다.

초기 소설 관련 논의에서 가장 큰 주목을 받은 작품은 「최치원」이다. 「최치원」의 작자는 신라 말 고려 초의 문인일 것으로 짐작되나, 누구인지 알수 없다. 최치원이 남산(南山) 청량사(清凉寺) 등지에 심은 모란이 지금도 남아 있다는 작품 말미의 기록으로 미루어 최치원의 시대로부터 그리 멀지 않은 때의 인물이 아닐까 한다.

「최치원」은 중국 문헌에 전하는 '쌍녀분(雙女墳) 설화'를 대폭 확장한 작품이다. '쌍녀분 설화'에서는 최치원이 요절한 두 자매의 무덤에 우연히 갔다가 시를 지어 조문하자 그날 밤 두 자매가 나타나 감사하며 자신들이 요절하게 된 사연을 말한 뒤 함께 이야기를 나누다 새벽에 떠났다는 내용이 매우 간략하게 기록되어 있다. 이에 비해 「최치원」은 주인공에 개성을 부여하고 대화 장면을 확장하며 세부 묘사를 충실히 하고 여러 편의 시를 삽입하는 한편 고독한 주인공의 면모와 함께 '짧은 만남과 긴 이별'이라는 애정소설의 기본 구도에 부합하는 설정을 취함으로써 '쌍녀분 설화'와는 전혀 다른 차원의 작품이 되었다. 기존의 설화와 구별되는 초기 소설의 면모가 뚜렷한바, 한국 고전소설의 초기 대표작으로 거듭 주목되었다. 「최치원」·「조신전」·「호원」 등의 초기 소설 대표작에서 설정한 구도와 이들 작품에서 제기한 문제의식은 『금오신화』로부터 『구운몽』에 이르는 조선의 명작소설에 이르러 그 폭과 깊이를 더하게 된다.

───── 더 읽어보기

『삼국사기』, 김아리 편역, 돌베개, 2012.
『삼국유사』, 서철원 번역·해설, 아르테, 2022.
『노힐부득과 달달박박』, 박희병·정길수 편역, 돌베개, 2013.
박희병, 『한국 전기소설의 미학』, 돌베개, 1997.

조선의 전기소설

정길수

'전기'의 개념

　'전기(傳奇)'는 중국 당나라 때 성립한 한문 단편소설 형식이다. 후대 중국의 백화소설(白話小說)과 구별하는 의미에서 '문언(文言) 단편소설'이라 부르기도 한다. 이덕무(李德懋)를 비롯한 조선 후기의 문인들이 오늘날의 '소설' 개념에 근접한 작품들을 '전기'라 통칭한 바 있고, 선학들의 연구에서도 "초현실적이요 비인간적이며 비과학적인 환몽(幻夢)의 세계, 신선의 세계, 천상의 세계, 명부(冥府)의 세계, 용궁의 세계"(김기동, 『이조시대소설론』, 정연사, 1959)를 표현한 소설로 규정한 바 있으나, 이렇게 보면 '전기'가 조선의 한문소설과 한글소설을 모두 포괄하는 개념, 나아가 서구의 '로망스(romance)'와 상통하는 중세 소설 일반을 가리키는 말로 확대될 수 있어 본래의 개념으로부터 멀어진다.

　'전기'는 기이함을 전한다는 뜻이다. '전기'의 근원은 「이와전(李娃傳)」과 「앵앵전(鶯鶯傳)」 등 당대전기(唐代傳奇)의 명편(名篇)들에 있다. 그런데 이 두 작품은 오로지 현실성에 바탕을 두고 있는바, '초현실성'으로 전기 일반을 특징지을 수 없다. 기이함[奇]은 초현실의 영역에도 있지만 현실의 영역에서도 얼마든 존재한다. 기녀와 선비의 사랑을 제재로 삼아 「춘향전」의 스토리와도 유사한 면이 있는 「이와전」 역시 기이한, 또는 신기한 이야기라는 반응을 얻어내기에 부족함이 없다.

당나라 때 '전기'라는 명칭으로 묶인 작품들 중 당대 최고의 문인들이 자신의 문장력과 시작 능력을 남김없이 발휘해 창작한 작품은 후대 소설에 전혀 손색이 없다고 할 만하다. 반면 설화보다 확대된 규모이되 단편소설이라 하기에는 분량상, 구도상 미흡한 것으로 평가되는 작품도 적지않게 발견된다. 후자에 초점을 두어 '전기'를 '설화와 소설의 중간 형태'로 규정하는 견해도 있다. 그러나 전자에 속하는 다수의 명편에 무게중심을 두는 입장에서는 '전기소설(傳奇小說)'이라는 명칭을 붙여 이들 작품에서 소설사의 출발점을 찾았다. 14세기에서 16세기 전반 사이에 중국·한국·베트남에서 각각 전기소설집 『전등신화(剪燈新話)』·『금오신화』·『전기만록(傳奇漫錄)』이 이루어진 데서 확인되듯, '전기소설'은 당나라 때로 한정되지 않고 중세 동아시아 한문문화권에서 보편적으로 성장 발전한 역사적 문학 장르다.

초기 전기소설과 『금오신화』

당나라 전기의 대표작들을 초기 소설로 간주할 때 동아시아 단편소설의 발생은 7~8세기경까지 올려 삽을 수 있다. 한국 고전소설은 신라 말 고려 초에 성립되었다. 「최치원」·「조신전」·「호원」 등 신라·고려시대에 창작된 한문 단편소설이 모두 초기 소설의 대표작이자 '전기소설'의 초기작이다. 면면히 이어 온 전기소설의 전통은 매월당 김시습의 『금오신화』에 이르러 활짝 꽃을 피웠다.

『금오신화』는 한국 고전소설의 걸작으로 꼽히는 한문 단편소설 다섯 편을 묶은 소설집이다. 이 작품들은 30대 중반 무렵의 김시습이 자신의 역량을 최대한 발휘하여 세상에 대한 분노와 슬픔을 담아 만든 것으로 생각된다. 그렇다고 해서 작품 전반이 어두운 분위기에 싸여 있거나 진지한 문제 제기로 일관하고 있는 것은 아니다. 작품의 요소요소마다 아기자기한 재미가 있고 전체적인 서사 전개 또한 흥미진진하다. 진지한 메시지도 있지만 소설 특유의 재미와 높은 예술적 완성도도 동시에 지니고 있다.

현재 전하는 『금오신화』에는 모두 5편의 작품이 수록되어 있는데, 「만복사저포기(萬福寺樗蒲記: 만복사에서 저포 놀음을 한 일을 기록한 글)」·「이생규장전(李生窺墻傳: 이생이 담장 너머를 엿본 이야기)」·「취유부벽정기(醉遊浮碧亭記: 술에 취해 부벽정에 노닌 기록)」·「남염부주지(南炎浮洲志: 남염부주에 다녀온 기록)」·「용궁부연록(龍宮赴宴錄: 용궁의 잔치에 다녀온 기록)」이 그것이다. 다섯 편 모두 김시습의 빼어난 시와 문장으로 뚜렷한 주제의식을 드러내는 한편 옛사람의 시와 고사가 본문 사이사이에 절묘하게 삽입되어 글 읽는 묘미가 대단하다. 특히 애정전기(愛情傳奇: 청춘 남녀의 사랑을 제재로 삼은 전기소설)의 대표작 「만복사저포기」와 「이생규장전」이 오늘날까지 애독되고 있다. 「남염부주지」도 사상소설의 측면에서 거듭 주목된 작품이다.

「만복사저포기」는 주인공 양생(梁生)이 부처님과 저포(주사위를 던져 말을 옮기는, 윷놀이 비슷한 놀이) 내기를 해서 배필을 맞는다는 발상이 흥미롭고, 양생과 여인이 『시경』의 시 구절을 이용하여 주고받는 재치 넘치는 대화도 일품이다. 이 작품은 짧은 만남의 기쁨 뒤에 찾아오는 이별의 슬픔이 긴 여운을 남긴다. 「이생규장전」 역시 「만복사저포기」와 마찬가지로 생(生)에 대한 작가의 인식 태도를 잘 보여준다. 인간의 삶이란 만남과 이별, 기쁨과 슬픔의 교차라는 것이며, 기쁨이 미처 다하기도 전에 문득 슬픔이 닥쳐오게 마련이고, 그러한 운명 앞에 인간은 무력한 존재일 뿐이라는, 비극적인 세계

인식을 작품의 기저에 깔고 있다. 두 작품 모두 비극적 애정소설이다. 우리 고전소설사에서 비극적 애정소설은 「최치원」으로부터 시작해서 조선 후기에 이르기까지 지속적으로 창작되며 많은 명편을 남겼다. 이 계열의 작품 중 「만복사저포기」와 「이생규장전」은 17세기의 「운영전(雲英傳)」과 함께 손꼽히는 걸작에 속한다. 비극적 애정전기의 명편들은 표면상으로는 청춘 남녀의 사랑 이야기를 다루고 있을 뿐이지만 그 과정에서 제기되는 문제의 범위는 항상 제재의 범위를 뛰어넘는다. 이들 작품에서 애정 장애는 주인공들의 순수한 애정만으로는 극복할 수 없을 정도로 강고하고 심각한 것이다. 온갖 시련에 굴하지 않고 자신들의 순수한 애정을 성취해내려는 주인공의 내면을 읽는 독자는 삶의 진정한 가치에 대해 반성하게 되며, 끝내 장애를 극복하지 못하고 좌절하는 주인공의 마지막 모습에서 무엇이 이들의 순수한 사랑을 가로막고 있는지 진지하게 되묻게 된다.

「남염부주지」는 김시습의 철학사상을 반영하고 있는, 일종의 사상소설이다. 김시습 산문의 대표작 「태극설(太極說)」에서 전개한 이(理)와 기(氣)에 관한 생각, 「신귀설(神鬼說)」에서 피력한 귀신론(鬼神論)이 염라대왕과 선비의 문답 속에 흥미롭게 녹아들어 있다. 또한 이 작품은 세조(世祖)의 왕위 찬탈과 전제정치에 대한 우의적인 비판도 담고 있다. 김시습은 전제군주(專制君主)에 반대하고 어진 정치를 강조했던, 당시의 가장 대표적인 지식인이었는데, 그의 이런 면모가 이 작품에도 투영되어 있다.

17세기 전기소설

임진왜란을 전후한 시기 전기소설이 또 한 번 진전된 면모를 보인다. 16세기 말부터 17세기 초 사이에 연이어 창작된 「주생전(周生傳)」·「운영전」·「최척전(崔陟傳)」이 이 시대를 대표하는 작품이다.

「주생전」은 권필(權韠, 1569~1612)이 임진왜란 중인 1593년에 창작했다. 권필은 당대 최고의 시인이었던바, 작품 곳곳에 뛰어난 한시와 사(詞)를 배치했다. 「주생전」은 「앵앵전」을 비롯한 중국의 애정전기를 도처에서 패러디하는 등 동아시아 애정소설의 전통을 잘 따르고 있는 작품이다. 반면에 남녀의 삼각관계를 스토리 전개의 주요한 계기로 삼고 있는 점이 독특한데, 이를 통해 우리 애정소설이 견지해 오던 일대일의 남녀관계라는 일반적인 틀을 허물고 새로운 작품 세계를 만들어냈다.

「주생전」은 앞선 시기의 단편소설에 비해 분량이 꽤 확장되어 있다. 전반부에 놓인 주생과 배도의 사랑, 후반부에 놓인 주생과 선화의 사랑이 결합된 결과 작품의 길이가 중편 분량으로 늘어났다. 이후 「운영전」과 「최척전」 등 작품 분량이 확대된 중편 애정소설이 속속 등장하는데, 이들 작품은 모두 양적 확대에 따른 주목할 만한 질적 변모를 보여준다. 세부묘사가 강화되고 인물 성격이 좀 더 구체적으로 제시되며 주인공 외의 보조적 인물이 주요하게 등장하는 점 등을 그 변모 내용으로 들 수 있는데, 「주생전」이 이러한 변화를 선도하는 역할을 했다.

「운영전」은 한국 고전소설을 대표하는 걸작의 하나이지만 작자와 창작시기가 아직 분명히 밝혀지지 않았다. 동시기 「주생전」과 「최척전」의 작자가 당대에 손꼽히는 문인인 점에서 볼 때 역시 당대의 유명 문인의 손에서 나온 작품이 아닐까 하는데, 현재 성로(成輅, 1550~1615) 창작설이 제기되어 있다. 작품 속의 '몽유자(夢遊者)' 유영(柳泳)이 운영을 만난 때가 1601년(선조 34)으로 명시된 점, 「운영전」 서두의 폐허가 된 서울 풍경 묘사로 미루어 1601년, 임진왜란 종전으로부터 멀지 않은 시기에 창작된 것으로 추정할 수 있다.

「운영전」은 김진사와 운영의 이루지 못한 사랑을 근간으로 삼아 궁녀로 대표되는, 억압된 여성의 꿈과 슬픔을 담아냈는데, 그 문제의식과 표현의 수준이 대단히 높다. 인물에 대한 접근도 매우 복합적이어서 조역에 해당하는 자란 등의 궁녀들에 대한 세심한 성격화가 돋보이며, 남녀 주인공의 사랑을 가로막는 안평대군(安平大君)에 대해서도 단순히 악인이라고만 평가할 수 없도록 그 나름의 성격 부여가 이루어져 있다.

근대소설을 방불게 하는 중층 액자구조, 여성의 이야기를 여성의 목소리로 말하게 한 발상, 등장인물이 읊조리는 시와 스토리 전개 간의 긴밀한 연관, 작품 도처에 보이는 풍성한 세부묘사 등의 측면에서도 「운영전」은 단연 빼어난 성취를 보여준다. 거시적으로 볼 때, 이 작품은 중세적 예교(禮敎)의 억압에 반대하면서 '인간 감정의 해방'을 긍정하는 방향으로 나아가고 있던 당대 동아시아 문예의 전반적 흐름을 대담하면서도 탁월하게 반영하고 있다. 「운영전」은 이처럼, 작품의 흥미와 메시지 양면에서 우리 고전소설의 최고봉이라는 『금오신화』와 『구운몽』에 손색이 없는 걸작이다.

「최척전」은 조위한(趙緯韓, 1567~1649)이 1621년에 지은 작품이다. 이 작품은 조선, 중국, 일본, 베트남의 동아시아 네 나라를 작품의 무대로 삼고 있는 점부터 매우 이채롭다. 30년 가까운 기간 동안 한 가족이 두 차례의 전란을 겪으며 여러 나라로 흩어져 있다가 천신만고 끝에 재회하는 과정이 매우 흥미롭게 서술되었다. 전반부에서 최척과 옥영이 혼인에 이르는 과정은 그 자체 한 편의 훌륭한 애정전기이고, 옥영의 활약이 돋보이는 작품의 후반부는 이 작품의 제목을 「옥영전」이라 부르고 싶게 한다. 박진감 있는 전개 속에 정유재란(丁酉再亂: 1597년 일본의 제2차 침공)으로 각각 중국과 일본에 떨어져 있던 부부가 베트남에서 상봉하는 대목, 20년 가까이 서로의 생사를 모르던 아버지와 아들이 이역 땅에서 서로의 존재를 확인하는 대목, 옥영이 기지를 발휘해 온갖 위기를 넘고 중국에서 조선으로 돌아오는 대목 등 극적인 장면이 가득하며, 인물이나 주변 정경의 묘사도 빼어나다.

전기소설사의 종장(終章)

17세기 초까지 한국 소설사의 주류는 전기소설, 그중에서도 애정전기였다. 『금오신화』로부터 「운영전」에 이르는 예술성 높은 작품들이 그 대표적 사례다. 17세기 후반 이후 장편소설이 등장하여 큰 인기를 얻고 그밖에 「숙향전」·「임진록」·「박씨전」·「소대성전」 등 다양한 갈래의 한글 중단편소설, 한문소설이지만 전기소설과는 다른 계통의 야담계소설(野譚系小說)이 연이어 등장하면서 우리 소설사에서 전기소설이 차지하는 비중은 줄어들었다. 그러나 당대(唐代) 이래 애정전기와 함께 전기 형식을 대표하던 호협전기(豪俠傳奇)에 해당하는 작품들이 면면히 이어지는 한편 이옥(李鈺, 1760~1815)의 「심생전(沈生傳)」과 같은 애정전기 소품도 창작되었다. 애정전기의 전통은 19세기 통속소설로 이어져 기혼남녀의 사랑을 다룬 「절화기담(折花奇談: 꽃을 꺾은 기이한 이야기)」과 「포의교집(布衣交集: 포의의 사귐)」 같은 한문 중편소설 속에 여전히 흔적을 남겼다.

호협전기의 대표작으로는 일본인 노승의 회고 형식을 빌려 임진왜란의 상흔을 드러낸 신광수(申光洙, 1712~1775)의 「검승전(劍僧傳)」, 여성 검객을 주인공으로 삼아 변화무쌍한 검술 묘사와 함께 복수 테마를 형상화한 안석경(安錫儆, 1718~1774)의 「검녀(劍女)」, 속세의 인물이 산중에서 길을 잃고 헤매다가 은둔하고 있던 검협(劍俠)을 우연히 만나 그 신묘한 재주를 엿본다는 설정을 취한 김조순(金祖淳, 1765~1832)의 「오대검협전(五臺劍俠傳)」, 16세기 말에 실제 존재했던 인물 '장도령'을 주인공으로 삼아 경복궁에 아지트를 둔 소년 협객들의 활약을 그린 김려(金鑢)의 「장생전(蔣生傳)」을 꼽을 수 있다. 이들 작품은 '검협전(劍俠傳)'이라 불러도 좋은데, 조선의 검협전은 임진왜란 이후 형성된 검술에 대한 관심이 이야기 형식을 갖추면서 탄생한 것으로 보인다. 모두 짤막한 단편이지만 한국 무협소설의 연원에 해당하는 작품들이다.

「심생전」은 「최치원」·『금오신화』·「운영전」으로 이어지는 비극적 애정전기의 전통을 잘 계승한 작품이다. 짧은 작품이지만 절제된 필치로 두 남녀의 만남과 헤어짐을 솜씨 있게 그려냈다. 함축적이고 시적인 필치로 여주인공의 내면과 깊은 고민의 과정을 생생하고 운치있게 그려낸 점이 돋보인다.

「절화기담」은 1809년(순조 9)에 창작된 한문소설이다. 이 작품은 당시까지 한국 고전소설에서 찾아보기 힘들었던 기혼남녀의 사랑을 핵심 제재로 삼았다. 20세의 선비 이생(李生)과 17세의 여종 순매의 사랑을 제재로 삼아 화려하고 감성적인 애정전기의 문체를 구사하는 한편, 작품 곳곳에 시를 삽입하여 서정성을 높였다. 이 작품의 새로움은 남녀 주인공이 기혼 남녀라는 데 있다. 사랑을 갈망하는 여주인공의 진정(眞情)이 뚜렷하게 부각되어 있음에도, 제목에서부터 드러나 있듯 기혼 남녀의 불륜을 통속적인 흥미 소재로 삼은 서사 전개가 두드러진다. 이로써 청춘 남녀의 비극적인 사랑을 통해 사랑 너머의 더 큰 문제를 환기해 왔던 애정전기 형식에 균열이 일어났다.

「절화기담」에서 제기한 문제를 극단 가까이 밀고 나간 작품이 「포의교집」이다. 이 작품은 1864년부터 1866년까지의 서울 죽동 일대를 배경으로 삼아 가난한 선비 이생과 절세미인 초옥의 사랑을 그렸다. 「절화기담」에 비해 한층 서사의 폭을 넓혀 서울의 풍속을 현실감 있게 그려내는 한편 인상적인 여성 캐릭터를 창조하여 새로운 시각에서 '사랑'의 문제를 제기한 점이 특징이다. 「포의교집」의 작가는 불륜 앞에 당당한 초옥의 태도를 이해하기 어려웠던바, 초옥의 마음을 제대로 포착하지 못한 채 작품을 마무리하고 말았지만, 서사의 긴장을 풀지 않으면서 초옥을 생동하는 인물로 형상화하며 작품의 절정에서 문제를 폭발시킨 뒤 훗날의 짧은 만남과 후일담을 덧붙여 여운을 남긴 점이 뛰어나다. 오늘날에도 답하기 어려운 '사랑의 윤리' 문제를 제기하며 초옥이 남긴 여운만으로도 한국 한문소설사의 마지막 장을 장식한 작품의 하나로 기록될 가치가 있다.

───── 더 읽어보기

『금오신화』, 심경호 옮김, 홍익출판사, 2000.

『사랑의 죽음』, 박희병·정길수 편역, 돌베개, 2007.

『포의교집, 초옥 이야기』, 박희병·정길수 교감·역주, 돌베개, 2019.

한국고소설학회 편, 『한국 고소설 강의』, 돌베개, 2019.

조선의 장편소설

정길수

장편소설의 개념

'장편소설'과 '단편소설'이라는 용어는 서구 근대소설의 창작과 비평·연구에서 온 말이다. 영미문학에서 말하는 '노블(novel)'과 '쇼트 스토리(short story)'가 곧 '장편소설'과 '단편소설'에 대응된다. 양자의 차이가 일견 분명해 보이지만 실은 각각을 명확하게 규정하는 일이 쉽지 않다. 분량상의 경계를 확정하기도 간단치 않고, 작품의 질적인 측면 또는 내용의 측면에서 구분하기도 만만치 않다. 장편소설과 단편소설의 중간 위치에 놓이는 '중편소설' 범주까지 등장하면 혼란은 더욱 가중된다.

1930년대 비평가 겸 영문학자 최재서(崔載瑞, 1908~1964)는 영국의 사례에 비추어 단편소설은 대략 한글 4만 8천 자(200자 원고지 기준 240매), 중편소설은 10만 자(500매) 안팎, 장편소설은 24만 자(1,200매) 정도의 분량을 표준으로 삼았다. 『율리시즈』처럼 96만 자(4,800매)를 넘는 소설은 '초장편소설'이라고 했다. 최재서가 내세운 기준은 오늘날의 관행과도 큰 차이가 없어 보인다. 오늘날에는 단편소설의 경우 대략 200자 원고지 100매 안팎, 중편소설

300매~500매, 장편소설의 경우 1,000매 이상 정도로 통용되므로, 단편소설의 기준 분량이 적어졌다는 점 외에는 큰 차이를 발견할 수 없다. '대하소설'이라 불리는 '초장편소설'도 존재하지만, 대다수의 장편소설은 여전히 단행본 한두 권의 분량으로 출판된다. 이 자의적인 구분이 적어도 지난 100여 년 가까이 통용되어 소설의 작자·독자·유통자의 의식 속에, 전문적인 독자라 할 수 있는 비평가와 연구자의 의식 속에 관습처럼 남아 일종의 '불문율'로 기능하고 있다.

고전 장편소설의 출발점

중국 고전장편소설의 역사는 『삼국지연의(三國志演義)』로부터 시작된다. 『삼국지연의』의 핵심 '이야기'는 이미 널리 알려져 있었으나 오늘날 널리 읽히고 있는 『삼국지연의』와 유사한 형태의 '소설'은 명나라 초인 14세기에 창작된 것으로 추정된다. 현재 전하는 가장 이른 시기의 출판본이 1522년 간행본인 것으로 보아 늦어도 16세기부터는 널리 읽혔을 것이다. 일본은 더 오랜 연원을 지녔다. 일본 문학의 최고봉이라는 찬사를 받기도 하는 『겐지모노가타리(源氏物語)』가 11세기 초에 창작되었다. 한국 고전소설사에 장편소설이 등장한 시기는 17세기 후반이다. 서포(西浦) 김만중(金萬重, 1637~1692)의 『구운몽(九雲夢)』, 작자 미상의 『창선감의록(倡善感義錄)』, 작자 미상의 『소현성록』 연작이 연이어 등장하면서 당대까지의 모든 소설 전통을 의식하는 가운데 창안을 더하여 장편소설의 다양한 형식을 선보였다. 이웃 두 나라에 비해 출발은 늦었지만 압축 성장 과정에서 새 길을 찾았다. 장편소설 세 작품이 대중의 호응을 얻으면서 전기소설이 이끌던 상층 지식인 중심의 소설사 흐름이 차츰 한글소설·장편소설 쪽으로 무게중심을 옮기며 독자층을 넓혀 갔다.

『구운몽』은 김만중이 1687년부터 1688년 사이에 평안도 선천에서 창작한 작품이다. 김만중은 노론(老論) 계열을 대표하는 관료로서 장희빈 일가를 혹독히 비판하다가 51세 때인 1687년(숙종 13) 9월 14일 유배형 처분을 받았다. 김만중은 유배지인 선천에서 어머니의 근심을 위로하기 위해 『구운몽』을 지어 보냈다. 『구운몽』의 최초 독자인 해평 윤씨(1617~1689)는 대단한 학식을 가진 여성이었다. 김만중 형제는 어린 시절 다른 스승 없이 어머니에게 『사략(史略)』과 당시(唐詩) 등을 배웠다.

『구운몽』은 17세기 후반에 창작된 이래로 20세기 초에 이르기까지 한문본과 한글본이 동시에 널리 읽히면서 후대의 소설에 지대한 영향을 끼쳤다. 사대부가 여성들은 물론이고 국왕 영조(英祖) 또한 신하들과의 대화 중에 몇 차례나 『구운몽』을 언급하며 작자가 누구인지 묻고 "진정한 문장가의 솜씨"(眞文章手)라고 칭찬했고, 「춘향전」의 주요 이본 중 앞선 시기의 작품인 「남원고사(南原古詞)」의 곳곳에서 『구운몽』의 등장인물과 주요 서사가 언급될 정도로 『구운몽』의 인기는 대단했다.

『구운몽』은 이야기 안에 이야기를 담는 '액자 소설'의 형식을 취했다. '참된 본성'을 지닌 청년 승려 성진(性眞)과 그 스승 육관대사(六觀大師)의 '외부 이야기'가 이 세상에 '잠시 노닐러 온' 양소유(楊少遊)와 여덟 여성의 '내부 이야기'를 감싸 안은 구조다. 외부 이야기의 주인공 성진이 꿈속에서 내부 이야기의 주인공 양소유가 되어 다채로운 세상 체험을 한 뒤 꿈에서 깨어나 깨달음에 이르는 구조를 취했는데, '외부'와 '내부'가 이성적이라 할 만큼 긴밀하게 잘 얽혀 있다. 내부 이야기에 양소유의 세계 체험이 존재하기에 성진의 깨달음은 깊이를 더하고, 외부 이야기에 성진의 지향점이 존재하므로 양소유의 반성이 시작되었다.

다채로운 매력을 가진 양소유를 중심에 두고 보면 『구운몽』의 내부 이야기는 양소유가 여덟 여인을 차례로 만나며 부귀영화를 누리는 편력 형식에 해당한다. 여주인공을 중심에 두고 보면 『구운몽』은 여덟 여성 각각을 주인 공으로 한 여덟 편의 전기소설을 솜씨 있게 엮은 작품이다. 각각의 단편소설에 공통적으로 포함된 요소는 남주인공 양소유뿐인데, 양소유는 개별 단편의 서로 다른 주인공과 스토리를 매개하는 도구에 해당한다. 『구운몽』은 여러 편의 단편소설을 결합해서 장편소설의 형식에 이른 셈인데, 이와 같은 '장편화' 방식은 16~17세기 유럽의 '기사(騎士) 소설'이나 '피카레스크 소설'에서도 확인된다.

『구운몽』의 여덟 여성 중 핵심은 정경패와 난양공주다. 정경패가 비록 몇 대에 걸쳐 재상을 배출한 가문의 무남독녀라고는 하나 그 존귀함이 『구운몽』의 최고 존엄인 황태후의 외동딸 난양공주에 비할 바는 아니다. 그러나 『구운몽』에서 양소유의 정실부인 두 사람 중 제1부인의 지위는 정경패가 차지했다. 『구운몽』에서 세상의 중심은 사대부다. 양소유가 천하제일의 남자로서 천하제일의 여성들을 독점하다시피 한 것도, 황제의 아우 월왕(越王)과의 세력 대결에서 승리한 것도, 황제 이상의 예술인 집단을 거느렸던 것도 같은 맥락이다.

『구운몽』에는 김만중이 꿈꾼 사대부 중심 사회가 잘 구현되어 있다. 웃음과 교양이 가득한 『구운몽』의 세계에서는 슬픔을 안고 살던 모든 존재가 위로 받고 신명나게 한데 어울린다. 갈등은 없고 화락(和樂)만 가득한 세계다. 정경패와 난양공주는 하층의 여섯 여성을 평등한 존재로 인정하지만 여섯 여성은 상하의 위계를 넘어서지 않는다. 상층은 항상 상대를 배려하고, 하층은 자신의 '본분'을 지키는 것이 『구운몽』에서 제안한 '조화로운 공존'의 형식이다. 상층의 지배 이데올로기와 인간은 근원적으로 평등한 존재라는, 그 시대로서는 충분히 진보적인 생각 또한 공존하고 있다.

『구운몽』은 결코 이데올로기의 반영 차원에서 분석적으로 읽어야만 할 작품은 아니다. 그 주제의 깊이와 서사의 흥미는 물론 치밀한 구조, 인물의 개성적인 형상화, 충실한 세부 묘사, 등장인물의 재기발랄한 대화를 비롯하여 작품 도처에 배어 있는 교양미, 기존의 소설 전통에 대한 교묘한 변용의 재미 등 고전 장편소설의 전범이 될 만한 요소를 두루 갖추었다. 이 점에서도 『구운몽』은 『육포단(肉蒲團)』과 『호색일대남(好色一代男)』 등 17세기 중국과 일본의 소설 대표작과 견주어 전혀 손색이 없다. 동아시아 고전소설의 절정에 해당하는 작품으로 한국 고전 장편소설의 역사가 시작되었다.

고전 장편소설 형식의 완성

『창선감의록』은 『구운몽』에 뒤이어 나온 초기 장편소설이다. 작자와 창작 시기가 모두 확실치 않은데, 가장 유력하게 지목되어 온 인물은 졸수재(拙修齋) 조성기(趙聖期, 1638~1689)이지만 확정하기는 어렵다. 『구운몽』과 「남정기(南征記: 사씨남정기)」의 영향을 받아 성립했고 『소현성록』을 비롯한 후대의 한글 장편소설에 큰 영향을 끼친 점이 인정되므로 17세기 말에서 18세기 초 사이에 창작된 것으로 추정된다.

『창선감의록』은 가정 내 갈등, 정치 대립, 애정 장애의 문제를 정교하게 얽어 만든 작품이다. 세 가지 대립 구도를 솜씨 있게 결합한 점이 놀라운데, 우선 16세기 명나라의 실존 인물을 대거 등장시키는 한편 역사적 배경을 철저하게 재구성함으로써 사실성을 크게 강화하고, 애정 장애의 저변에서 정치적 대립이 서사를 이끌어가게 함으로써 사건 전개에 박진감을 더했다. 다시 여기에 가정 내 갈등과 그 해결 과정을 주요 제재로 삼는 '가문소설(家門小說)'의 형식이 정치적 대립을 다루는 역사소설의 형식과 결합하면서 한층 일관되고 첨예한 갈등 구조가 만들어졌다. 가정 갈등의 특정 측면을 조명하면서 정치 대립을 배경으로 삼는 방식은 「남정기」에서 이미 시도된 것이었으나, 『창선감의록』에 이르러 가정 갈등의 면모가 한층 다채로워지고 정치적 대립 또한 더욱 구체적 형태를 갖추었다. 후대의 다수 장편소설이 『창선감의록』의 예를 따라 역사상의 한 시기를 작품 배경으로 설정하고 허구적 인물인 주인공의 활동 반경에 조역(助役)에 해당하는 실존 인물과 실제 사건을 적절히 배치하는 방식을 거듭 채택한 점에서 우리 고전장편소설의 창작방법이 확립되는 데 큰 영향을 끼쳤다.

『구운몽』이 양소유와 여덟 여성의 이야기를 하나하나 이어 붙이는 형식을 취한 반면 『창선감의록』은 작자의 주도면밀한 구상 아래 다수의 주인공이 저마다 주도하는 스토리를 나란히 펼치되 복합적인 설계를 통해 갈등을 중첩시키고 통합하며 최소한의 서사 분량으로 짜임새 있게 스토리를 전개했다. 아울러 등장인물 개개인의 시간과 동선까지 정밀하게 계산한 서술, 복잡하게 늘어놓은 갈등을 극단까지 전개한 뒤 한 치의 착종도 없이 해소한 마무리, 악인의 음모와 그에 대한 대응을 중심으로 짠 흥미로운 플롯, 자연스럽게 삽입된 본격 군담의 디테일과 박진감, 생동감 넘치는 캐릭터 형상화 등은 후대 장편소설들도 뛰어넘었다고 하기 어려운 『창선감의록』의 빛나는 성취에 해당한다.

『소현성록』은 18세기 이래로 성행한 대하소설의 선구적 작품이다. 후대 장편소설에 큰 영향을 미쳤으나 지금까지 작자도 밝혀지지 않았고, 1692년 이전에 필사되었다는 정황 기록만 남아 있어 정확한 창작 시기도 알 수 없다. 『구운몽』과 『창선감의록』이 한문으로 창작되었거나 창작 직후부터 한문에서 한글로, 혹은 한글에서 한문으로 옮겨진 반면 『소현성록』은 창작 이래 오직 한글 표기로만 전승되었다. 『구운몽』과 『창선감의록』이 한문소설의 전통에 바탕을 두고 당대 최고 수준의 작가적 기량을 발휘한 작품이라면 『소현성록』은 이들 작품과 전혀 다른 계통에 서서 새로운 소설 전통을 만들었다.

『소현성록』은 '본전(本傳)'과 '별전(別傳)'으로 이루어져 있다. 별전은 『소씨삼대록』이라는 독립된 제목을 지녔다. 소경(蘇京), 곧 소현성이라는 인물의 일대기에 초점을 맞춘 것이 '본전'이고, 소운성을 비롯해 소경의 아들 세대 이야기가 '별전' 『소씨삼대록』이다.

『소현성록』은 중국 송나라 초기를 시대적 배경으로 삼았다. 처사의 아들로 태어난 주인공 소현성이 승상의 지위에 오르고 가문을 다시 일으키는 성공담이 작품의 골간을 이룬다. 본전에서는 역사상의 실존 인물을 일부 등장시켰으나 실제 역사와 허구적 서사가 긴밀한 연관을 맺고 있지는 않다. '요괴 퇴치 이야기' 등 몇 가지 흥미 요소가 삽입되지만 작품의 대부분을 차지하는 것은 한 가족의 일상사, 소소한 일상 대화이다. 작가는 능숙한 서사 전개를 통해 이야기 자체로부터 흥미를 이끌어내는 기량은 크게 돋보이지 않지만, 섬세하고 아기자기한 분위기 묘사를 통해 독자를 미소 짓게 하는 데 상당한 재주를 지녔다.

본전의 뒷이야기에 해당하는 별전 『소씨삼대록』은 송나라 인종(仁宗) 때의 황후 폐위 사건을 활용해 하나의 에피소드를 만들어낸 점에서 실제의 역사 전개 위에 허구적 서사를 구축했다고 할 수 있는 측면이 있다. 본전에 비해 다양한 갈등 요소를 넣어 서사의 흥미를 강화했으나, 가정 내의 소소한 일상 대화를 곳곳에 배치하는 등 『소씨삼대록』의 초점 또한 일상의 재현에 맞춰져 있다.

본전과 『소씨삼대록』은 연작 관계에 있다. 본전 속에 『소씨삼대록』의 전개를 미리 암시하는 내용, 『소씨삼대록』과 호응하는 내용이 삽입되어 있어 본전과 『소씨삼대록』의 작자가 동일하다고 보는 견해도 있으나, 별개의 작자가 창작했을 가능성을 배제할 수 없다. 본전과 『소씨삼대록』은 가치 지향과 작품의 주안점, 창작 의식 및 창작 방법에서 큰 차이를 보이기 때문이다.

본전과 『소씨삼대록』의 큰 차이는 우선 각각의 남주인공 소현성과 소운성이 상반된 성격을 가졌다는 데 있다. 소현성은 전형적인 문인이자 금욕적인 도덕군자인 반면 그 아들인 소운성은 무인 기질의 호걸남아이다. 본전에서는 술과 여색에 대한 반복적인 경계를 통해 '금욕'을 남성의 주요 덕목으로 내세웠다. 반면 『소씨삼대록』의 소운성은 욕망을 제어하지 못하고 매우 충동적이며 폭력성까지 자주 드러내지만 인물을 보는 작가의 시각이 부정적이지 않다. 두 작품의 대조적인 면이 그밖에도 더 있어서 동일한 작가가 『소씨삼대록』을 통해 본전과 다른 방향의 작품을 선보였다기보다는, 본전의 인물 설정과 서사 전개에 불만을 가진 별도의 작가가 『소씨삼대록』을 통해 새로운 설정과 전개를 시험했다고 추정하는 쪽이 좀 더 타당해 보인다.

『소현성록』은 서사 전개의 재미를 추구하기보다는 소소한 일상을 느긋하게 묘사하여 있는 그대로의 삶을 재현하는 데 주안점을 두었다. 이 점이 후대의 한글 대하소설에 큰 영향을 끼쳤다. 후대 장편소설에 끼친 또 하나의 중요한 영향은 별전 『소씨삼대록』을 통해 '삼대록(三代錄) 형식'을 확장한 점이다. 『소현성록』 본전과 『소씨삼대록』은 모두 할아버지-아버지-아들 삼대의 역사를 다루는 삼대록 형식을 취했다. 『구운몽』과 『창선감의록』도 3대의 인물이 등장하지만 2세대 인물(양소유와 화진)에 초점을 맞추어 작품을 전개한 반면, 4대에 걸친 가족을 다루는 『소씨삼대록』은 본전의 3세대 인물을 중심으로 하되 1세대와 2세대 인물의 비중을 크게 높이면서 4세대 인물까지 일부 조명했다. 『소현성록』의 본전과 별전을 통합해서 보면 4대에 걸친 인물 중 3대의 인물이 고른 조명을 받은 셈인데, 이로써 17세기 장편소설에 공통적인 삼대록의 기본 구도가 『소현성록』 연작에 이르러 완성되었다. 나아가 『소현성록』 연작은 한 가문의 자손이 대를 거듭하는 설정을 취하는 연작이 이어지면서 서사 세계를 무한히 확장할 수 있는 가능성을 처음 보여주었다. 여러 주인공이 등장하되 주인공 한 사람이 이끄는 하나의 서사를 완전히 마무리한 뒤 또 다른 주인공이 이끄는 다음 서사가 이어지는 단순한 형식이 도입되면서 적극적인 독자들이 속편 창작에 손쉽게 나설 수 있는 방법이 만들어졌다.

『소현성록』 본전으로부터 『소씨삼대록』과 같은 다음 세대 주인공 중심의 속편이 창작되는 한편 본전과 별전의 조역(助役) 인물을 주인공으로 삼은 '파생작(派生作: spin-off)'도 존재했다. 『한씨삼대록』・『설씨이대록』・『옥환빙(玉環聘)』・『영이록(靈異錄)』 등의 작품이 그 사례다. 새로운 세대를 주인공으로 삼은 속편이 『소현성록』의 세계를 종(縱)으로 확대한다면 기존의 조역을 주인공으로 삼은 파생작은 『소현성록』의 세계를 횡(橫)으로 확대한 셈이다. 본전을 시작점으로 삼아 본전의 작자, 또는 적극적인 독자들에 의해 무수한 별전이 창작되면 본전과 별전의 총합은 실제 인간사회의 축소판이라 할 만큼 거대한 가상세계를 이루게 된다. 무한대로 확장 가능한 개방적 구조를 지닌 『소현성록』 연작이 그 가능성을 처음 현실화했다.

『소현성록』은 18세기 이후 소설사에서 주류적 위치를 차지한 한글 대하소설의 기본 형식을 제시한바, 형식의 측면에서 후대 장편소설의 형성에 지대한 영향을 미쳤다. 『소현성록』의 연작 방식이 후대의 한글 장편소설로 실제 이어져 크게 유행했는데, 『현씨양웅쌍린기』–『명주기봉』–『명주옥연기합록』 연작, 『유효공선행록』–『유씨삼대록』 연작, 『명주보월빙』–『윤하정삼문취록』 연작 등이 대표적이다. 『명주보월빙』과 『윤하정삼문취록』은 합하면 200책이 넘어서 박경리의 『토지』와 비슷한 분량이다. 연작은 아니지만 단일 작품으로 최대 장편인 『완월회맹연(玩月會盟宴)』 180책이 양반가 여성에 의해 창작되기도 했다. 이들 한글 장편소설이 상층 여성 독자를 중심으로 대단한 인기를 얻으면서 도서 대여점에 해당하는 '세책가(貰冊家)'가 서울에 여러 곳 생겨났다.

────── 더 읽어보기

『구운몽』, 정길수 옮김, 돌베개, 2017.

『창선감의록』, 이지영 옮김, 문학동네, 2010.

『소현성록』, 지연숙 옮김, 문학동네, 2015.

『현대역 완월회맹연』, 완월회맹연 번역연구모임 옮김, 휴머니스트, 2022.

한국고소설학회 편, 『한국 고소설 강의』, 돌베개, 2019.

조선의 야담

김지윤

야담의 장르적 특징

야담(野談)은 시정에 유포된 이야기를 어떤 작가가 한문으로 기록한 서사물을 말한다. 조선 후기인 17세기에 출현하여 19세기까지 활발하게 창작되었다. 야담은 구연과 기록이라는 두 단계의 과정을 거쳐 만들어진다. 시정의 이야기판에서 누군가의 색다른 경험이 한 편의 이야기로 구성되어 구연이 되면, 어떤 작가가 이 이야기를 직접 듣거나 제3자를 통해 전해들은 뒤 한문으로 기록을 해야 야담이 완성된다. 작가는 야담을 쓸 때 들은 이야기를 충실하게 기록하기도 했지만, 각색하거나 묘사를 자세히 하여 재미있는 서사물로 창작하기도 했다. 그래서 야담에는 소설이라 부를 수 있을 만큼 흥미로운 이야기들이 많다.

야담 작가는 대개 한문을 자유롭게 구사할 수 있는 사대부 계층이었다. 그러나 야담의 소재는 사대부의 일상에 국한되지 않았다. 이야기판에서 구연된 이야기 중에는 백성의 삶을 소재로 한 것이 많았고, 따라서 야담에는 조선 후기 백성의 세상에 대한 인식이 반영되어 있다. 야담은 상층과 하층의 교류를 보여주는 문학 장르라는 특징을 갖는다.

또 하나 주목할 것은 '야담'이라는 장르 명칭이 한국 문학사에만 존재한다는 사실이다. 동아시아 문학사를 살펴보면, 구전(口傳)되는 이야기를 한문으로 기록한 단편 서사 장르로 설화(說話)·지괴(志怪)·소화(笑話) 등이 있다. 야담은 이 장르들과 성격을 공유하지만, 한국 문학으로서의 자기 정체성을 확연히 가지고 있다. 야담에는 조선식 한문 표현, 조선의 속담, 조선의 구어가 많이 보인다.

조선 후기에는 야담 작품을 모아 편찬한 야담집이 여러 편 만들어졌다. 17세기 초에 나온 유몽인의 『어우야담』이 야담이라는 명칭을 쓴 최초의 작품집이다. 18세기에 나온 야담집으로는 임방의 『천예록』, 임매의 『잡기고담』, 노명흠의 『동패낙송』, 신돈복의 『학산한언』 등이 있다. 19세기에는 야담이 더욱 성행하여 작자 미상의 『청구야담』, 이희평의 『계서잡록』, 이현기의 『기리총화』, 이원명의 『동야휘집』 등 방대한 규모의 야담집들이 등장하였다. 이 중에서도 『청구야담』은 290여 편의 이야기를 담고 있어 내용이 풍부하고, 문예성 또한 뛰어나 조선의 대표적 야담집으로 꼽힌다.

조선 후기 사회 현실과 야담

야담에는 조선 후기 사회의 현실과 당시를 살아가던 사람들의 현실 인식이 대폭 반영되어 있다. 17세기 후반부터 조선 사회는 크게 변화해 갔다. 변화의 원인은 상품화폐 경제가 발달한 데 있었다. 상품화폐 경제의 발달로 농민층이 분해되고, 중인층과 평민층에서 신흥 부자가 등장하기 시작했으며, 나아가 신분 질서가 흔들렸다.

가난한 농민들이 농사지을 땅을 잃고 유랑민으로 전락한 경우가 많았는데,

유랑민 중에는 도적의 무리에 들어간 자들이 있었다. 반면 넓은 토지를 경작하여 부농이 된 농민도 나타났고, 상업을 통해 부를 축적한 이들도 생겨났다. 부를 가진 피지배층은 신분 상승에 대한 욕망을 품었다. 돈으로 양반 신분을 산 평민이 있었고, 갖은 수단을 동원해 천민 신분을 벗어난 노비가 있었다. 경제력을 잃고 몰락한 양반들도 나타났다. 벼슬을 하지 못해 궁핍해진 양반이 직접 생산 현장에 뛰어들어 경제 활동을 하기도 했다.

이러한 사회 변동 속에서 사람들의 사회에 대한 인식 또한 달라졌는데, 야담은 사회의 변화와 그에 따른 인식의 변화를 반영한다. 야담에는 다양한 상층 인물과 하층 인물이 등장하고, 이를 통해 이전과 달라진 세상이 다채롭게 그려진다. 물론 야담 작품 가운데는 주인공이 도술을 부리거나 이상향을 방문하는 등 환상적인 이야기도 있다. 그러나 이 글에서는 조선 후기의 사회 현실을 반영한 야담 작품과 인간에 대한 새로운 인식을 반영한 야담 작품을 소개한다.

야담 작품 소개

첫째로 상품화폐 경제의 발달과 그로 인한 사회 변화를 보여주는 야담 「광작(廣作)」을 소개한다. 이 작품은 『동패낙송』에 수록되어 있다.

여주에 허씨 삼형제가 살았다. 이들은 양반 신분으로 글공부를 했지만 과거에 합격하지 못했다. 집안이 몹시 가난했고 부모마저 일찍 돌아가셔서, 삼형제는 먹고 살 방도를 모색하지 않을 수 없었다. 이때 둘째 허공이 형제들에게 이런 제안을 한다.

　　"우리 삼형제가 모두 글공부에만 매달리다간 춥고 굶주려 죽기에 딱 알맞소.

내 어쨌거나 10년 기한하고 결단코 목숨을 걸고 치산(治産)을 하여 우리 집안을
구해보겠소.”

—「광작」, 이우성·임형택 편역, 『이조한문단편집』 1

허공은 양반이었지만 글공부를 포기하고 경제 활동에 뛰어들기로 한다.
우선 허공은 아내가 가지고 있던 패물을 팔아 밑천을 마련해 면화를 사들였
다. 또한 몸소 베를 짜고 대자리도 엮으며 생산 활동을 했다. 그렇게 모은
돈으로 논과 밭을 산 허공은, 마을 농부에게서 농사법을 배워 직접 농사를
짓고 밭에 담배를 심어 비싼 값에 팔았다. 허공의 부에 대한 의지는 남달랐다.
그는 양반이었지만 신분이 주는 위엄을 버리고 생산 활동에 뛰어들어 부를
쌓았다. 10년간 귀리죽만 먹으면서 성실하게 노력한 끝에 허공은 갑부가
되었다.

이 야담은 조선 후기 몰락 양반의 등장과 그들의 궁핍한 현실, 그리고
대규모 농업을 바탕으로 부를 이룬 신흥 부자의 등장을 보여준다.

둘째로 노비의 신분 상승 과정을 그린 「옛 종 막동」이라는 야담을 소개한
다. 이 작품은 『청구야담』에 수록되어 있다.

송씨 가문 사람들은 양반이었지만 대대로 벼슬을 하지 못해 생활이 몹시
궁핍했다. 게다가 장손이 일찍 죽고 청상과부와 어린 아들 송생만이 남아
가문이 거의 몰락한 지경이었다. 이때 집안의 대소사를 맡아서 처리하던
젊은 노비 막동마저 도망을 쳤다. 30여 년 후 송생은 가난을 견디다 못해
친지에게 신세를 의탁하고자 길을 떠난다. 송생은 강원도 고성에 이르러
우연히 갑부 최승지의 집에 들어갔다. 그런데 최승지는 다른 사람들 눈을
피해 송생에게 절을 하고 죄를 고한다. 최승지는 바로 도망쳤던 노비 막동이
었다.

"소인은 댁의 옛 종 막동이올시다. 상전의 두터운 은혜를 입고도 모르게 도주하였으니 첫째 죄요, 마님이 홀로 가문을 지키며 수족처럼 대하시던 터에 뜻을 받들지 못하고 영영 저버리고 말았으니 둘째 죄요, 성씨를 모칭(冒稱)하고 세상을 속여 외람되게 벼슬을 하였으니 셋째 죄요, 몸이 이미 영달하고서도 옛 상전댁에 소식을 통하지 않았으니 넷째 죄요, 이곳에 왕림하신 서방님을 감히 동등하게 대했으니 다섯째 죄입니다. 이런 다섯 가지 죄목을 짊어지고 어떻게 세상에 얼굴을 들고 다니리까? 서방님이 소인을 질책하시고 매질하시어 쌓인 죄의 만에 하나라도 씻도록 하여주옵소서."

―「옛 종 막동」, 이우성·임형택 편역, 『이조한문단편집』 2

조선 시대에 주인과 노비의 관계는 임금과 신하의 관계, 부모와 자식의 관계나 다름없는 것으로 여겨졌다. 옛날의 종 막동이 잘못을 비는데 송생은 막동을 탓하지 않는다. 이미 지나간 일을 들춰내 얼굴 붉힐 필요가 없지 않겠냐고 말한다. 이에 막동은 자신이 노비에서 양반으로 신분을 바꾸고 최씨 성을 모칭하여 벼슬까지 하게 된 내력을 이야기한다.

막동은 30여 년 전 송씨 가문이 다시 일어설 가망이 없다고 판단하여 도망쳤다. 더 이상 노비라는 천한 신세로 살지 않겠다는 큰 뜻을 품은 것이다. 막동은 거짓으로 최씨 양반 행세를 했다. 서울에서 돈을 모아 경기도 포천의 영평으로 낙향한 뒤, 글을 읽고 양반의 행실을 하며 빈민에게 재물을 나누어 주어 명망을 얻었다. 또한 협객들을 동원해 변장시킨 뒤 자신이 권세가들과 인연이 있는 것처럼 꾸미기도 했다.

막동은 자신의 실체가 탄로 날 것을 염려해 강원도 철원으로 이사한다. 철원에서도 영평에 살 때와 똑같이 행동하여 마을 사람들로부터 양반 대우를 받았으며, 무관(武官)의 딸을 아내로 맞아 자식을 낳았다. 그렇지만 막동은 자신의 실체를 철저히 숨기기 위해 다시 회양으로 이사하고 또 고성으로 이사했다. 고성에 이르러 막동은 엄연한 최씨 양반이 되었다. 명경과(明經科)에 합격하여 동부승지 벼슬을 하게 된 것이다. 막동의 아들 또한 성균관에서 공부를 하고, 벼슬에 올랐다. 이제 막동의 집안은 누가 보아도 어엿한 양반 가문이다. 막동의 신분 상승과 부의 축적은 주도면밀함을 바탕으로 이루어진 것이었다.

하지만 막동은 늘 옛 주인이었던 송씨 가문에 미안한 마음을 품고 있었다. 그러던 차에 우연히 송생을 만난 것이다. 막동은 송생에게 큰 재물을 선사했다. 여기에는 조건이 있었는데, 다른 사람들 앞에서는 조카 행세를 해 달라는 부탁이었다. 송생은 막동의 부탁을 들어준다. 송생은 양반의 위신을 내세우기보다는 재물이라는 실리를 챙기며 현재의 막동이 가진 힘과 부를 인정하는 모습을 보여준다.

마지막으로 여성의 사랑에 대한 욕망을 긍정하는 야담을 소개한다. 임매의 『잡기고담』에 실려 있는 「환처(宦妻)」라는 작품이다. 주인공인 평민 여성은 어려서 부모를 잃고 외숙모에 의해 내시에게 시집간다. 내시는 밤마다 아내를 성적으로 희롱했으나, 아내는 남편이 내시인 까닭에 자신의 성적 욕망을 채울 수 없었다. 여성의 괴로움은 날로 심해져 갔다.

> '아무리 화려한 비단이불에 맛있는 음식이 넘쳐난들 내게 무슨 상관이 있을까. 허름한 집에서 진짜 대장부와 함께 반 폭의 베 이불을 덮고 쓴 나물이나마 먹는다면, 이야말로 인생의 지극한 낙이 아닌가. (…) 한번 사람으로 태어나 이렇게 백 년을 살아간들 무슨 낙이 있겠는가. 비록 발각되어 죽임을 당한들 이런 집에서 생으로 말라 죽는 것보다 어찌 통쾌하지 않으랴.'
> ─「환처」, 임형택, 『한문서사의 영토』2

여성은 내시가 대궐에 들어가 숙직하는 날 탈출을 감행한다. 그리고 길을 가다 첫 번째로 만나는 남성에게 몸을 의탁하리라 결심한다. 그녀가 처음 만난 남성은 중이었다. 그녀는 뒤를 계속 따라가다가 중의 손목을 잡고 부부가 되자고 말한다. 중은 당황했지만 이내 그녀의 마음을 받아들인다. 사실이 중은 집안이 가난한 탓에 먹고 살 방법을 마련하기 위해 절로 들어간 것이었다. 부부가 된 두 사람은 수십 년을 해로했다. 「환처」는 현실을 탈출해 스스로 행복과 사랑을 찾아 떠나는 평민 여성의 모습을 보여주고 있다.

맺음말

조선 후기 사회의 변동 양상과 조선 후기 사람들의 삶을 보여주는 야담을 몇 편 감상하였다. 야담의 전성기는 18세기 후반에서 19세기 중반이었다. 19세기 후반이 되면 야담은 활기를 잃고 쇠퇴 국면에 접어든다. 현실을 반영한 새로운 야담이 더는 활발하게 창작되지 못한 것이다.

그렇지만 오늘을 살아가는 우리에게 야담은 퍽 친숙한 이야기다. 야담 속의 서사가 조선 시대를 배경으로 한 수많은 드라마와 영화에서 모티프로 활용되고 있기에 그러하다. 다시 말해 야담은 재창작되기를 기다리는 이야기들의 보고라고 할 수 있다.

───── 더 읽어보기

이우성·임형택 편역, 『이조한문단편집』 1~3, 창비, 2018.
임형택, 『한문서사의 영토』 1·2, 태학사, 2012.
이강옥 옮김, 『청구야담』 상·하, 문학동네, 2019.
박희병, 「야담의 성행과 『청구야담』」, 『한국고전문학사 강의』 3, 돌베개, 2023.

영웅소설

갈래의 개관

영웅소설은 조선후기에 대중적 인기를 누린 대표적인 소설 유형으로, 전근대 시기 한글소설의 주류를 차지한다. 영웅소설은 '영웅의 일생'이라는 서사 구조를 지닌 소설로 정의되고 한편으로는 군담이 중요한 소재로 다루어지기 때문에 군담소설로 지칭되기도 한다. 영웅소설은 영웅의 일생 구조가 작품마다 공통되는 만큼 유형적 성격이 강하다. 영웅의 일생 구조는 다음의 단락들이 결합된 형태를 띤다.

(가) 고귀한 혈통을 지니고 태어났다.
(나) 비정상적으로 잉태되었거나 출생했다.
(다) 범인과는 다른 탁월한 능력을 타고났다.
(라) 어려서 기아가 되어 죽을 고비에 이르렀다.
(마) 구출, 양육자를 만나서 죽을 고비에서 벗어났다.
(바) 자라서 다시 위기에 부딪쳤다.

(사) 위기를 투쟁으로 극복해서 승리자가 되었다.

갈래의 기원

영웅의 일생 구조는 고대 신화에서부터 발견된다. 특히 주몽 신화는 영웅의 일생 구조에 정확히 부합한다. 주몽은 하늘 신의 아들인 해모수와 물의 신의 딸인 유화의 아들로, 알에서 태어난다. 유화가 낳은 알은 버려졌지만 온갖 동물들이 그 알을 보호해 주었다. 주몽은 태어난 지 몇 달 만에 말을 하고 그 나라에서 활을 가장 잘 쏘았다. 그래서 그 나라 왕자들의 시기를 받았고 이에 도망을 치다가 강에 가로막힌다. 이때 초월적 힘의 도움으로 강을 건넌 뒤 다른 지역에 나라를 세우고 왕이 되었다.

이렇듯 신화에서부터 나타난 영웅의 일생 구조는 『홍길동전』에 이르러 소설 양식으로 구현되었다고 할 수 있다. 한편 무당이 부르는 신에 관한 노래인 서사무가에도 영웅의 일생 구조가 나타난다. 일례로 『바리데기』의 주인공 바리공주는 왕의 딸로 용꿈을 꾸고 태어났고 하나를 들으면 열을 알았다. 하지만 일곱째로 태어난 딸이라서 버림을 받았고 이에 초월적 존재들이 양육해 살아났다. 이후 부모가 죽을병에 걸리자 약을 구하기 위해 숱한 시험을 통과해야 했지만 약을 구해와 부모를 살리고 무신(巫神)이 되었다.

이상과 같이 고대 신화, 서사 무가, 고전소설에 이르기까지 서로 다른 서사 양식이 공통된 서사구조를 보여준다는 점에서 영웅의 일생 구조는 우리의 서사문학이 통시적으로 연속되어 있음을 알게 해준다.

갈래의 하위 유형

대표적인 영웅소설 작품에는 『홍길동전』, 『소대성전』, 『장풍운전』, 『유충렬전』, 『조웅전』이 있다. 이 가운데 『홍길동전』은 17세기 초반에 출현했고, 나머지 작품들은 18~19세기에 출현한 것으로 추정된다. 특히 18~19세기 소설사에 등장한 영웅소설을 후기 영웅소설 또는 통속적 창작 영웅소설로, 『홍길동전』을 비롯하여 17세기 전후로 출현한 『최고운전』, 『전우치전』 등을 초기 영웅소설 또는 민중적 역사 영웅소설로 대별할 수 있다.

초기 영웅소설에 속하는 작품들의 주인공은 역사적으로 실재했으면서 민중들 사이에서 구전되던 인물 전설이 소설화된 형태를 보이며, 주인공이 지닌 탁월한 능력이 당대의 지배 질서에서 용납되지 못하는 양상이 두드러진다. 반면 후기 영웅소설에 속하는 작품들은 허구적 주인공이 당대의 지배 질서를 긍정하면서 개인의 욕망을 성취하려는 양상이 두드러진다.

대표 작가 및 작품—『홍길동전』

영웅소설의 기준이 되는 작품으로 평가되는 『홍길동전』은 허균에 의해 창작되었다. 허균은 명문가 출신으로 조선 중기 당대에 문학적 재능으로 이름을 떨쳤다. 당시의 주류 학문 사상인 유학 외에 불교, 도교 등 다양한 사상을 섭렵하는 개방적인 가치관을 지녔을 뿐 아니라, 특히 당시의 편협한 인재 등용 문제를 비판하는 시각을 한문 산문 양식으로 여러 편 보여주었다. 「유재론(遺才論: 인재를 버리는 것에 대해 논함)」이 그러한 문제의식을 논설문의 형태로 보여주었다면 「손곡산인전(蓀谷山人傳)」은 서얼 신분이던 허균의 스승 손곡 이달(李達, 1539~1612)을 주인공으로 하여 뛰어난 능력을 지녔지만 신분의 제약으로 인해 능력을 펼칠 기회를 얻지 못하는 문제를 인물전의 양식으로 다루었다. 그러한 문제의식이 서얼 차별 문제를 직접적으로 제기하는 『홍길동전』과 같은 한글소설 양식으로 확장된 것으로 볼 수 있다.

줄거리 소개

조선 세종대왕 시절 홍판서는 청룡이 날아드는 태몽을 꾸고 시비인 춘섬과의 사이에서 홍길동을 낳았다. 이로써 서자로 태어난 홍길동은 능력이 뛰어나 독학으로 도술까지 부리게 된다. 하지만 신분의 한계로 인해 가족에게 천대를 받고 급기야 자객에게 죽임을 당할 위기에 처한다. 이에 홍길동은 도술로 자객을 죽이고 가출한 다음, 도적의 두목이 되어 무리를 이끌고 조선에서 가장 큰 절이었던 해인사의 재물을 탈취한다. 이후 자신들을 활빈당이라고 부르며, 당대 부패한 권력의 상징인 함경감영의 재물을 탈취하여 백성을 구제한다. 이에 나라에서 홍길동을 체포하려 하지만 도술을 써서 관원들을 능멸한다. 하지만 자신으로 인해 아버지와 형이 고난을 당하자 일부러 잡혀간다. 그러다가 도술로 손쉽게 탈출하고 병조판서의 벼슬을 요구한다. 마침내 왕이 병조판서를 제수하여 그를 달래자 결국 길동은 조선을 떠나 율도국을 정복하고 왕이 되었다.

작품 해석 및 주제

홍길동은 탁월한 재주를 지녔으나 반쪽짜리 양반인 서자라는 신분적 한계로 인해 인간적으로 대우받지 못하고 능력을 발휘할 기회가 차단된 사회 제도에 불만을 품고 도적의 지도자가 된다. 그런 후 백성을 수탈하는 지배층을 고발하면서 동시에 자신의 능력을 펼쳐 보인다. 이러한 과정을 통해 신분에 관계없이 능력을 인정받지만 끝내 조선사회를 떠나는 결말을 보인다.

이러한 줄거리를 통해 『홍길동전』은 당시 사회 모순 중 하나인 적서차별의 문제를 주제의 차원으로 구현하였다는 점에서 사회소설적 성격을 지닌다. 다만 문제 제기의 심각성에 비해 문제에 대응하는 결말 방식에 대해서는 서로 다른 해석이 가능한데, 병조판서를 제수 받고 조선을 떠나 율도국의 왕이 되고 또 왕이 되어서는 조선과 사대 관계를 맺는 등의 설정을 현실 타협적인 자세로 보아 작품의 한계로 보는 입장이 있다. 반면 조선을 떠나는 행위는 조선의 현실에서는 모순이 해결될 수 없다는 냉철한 현실 직시로 해석될 수 있어 이 작품이 문제의식을 철저하게 견지해나갔다고 보는 입장이 있다.

영웅소설의 문학사적 의의

17세기를 기점으로 조선 후기는 소설의 시대를 맞이한다. 이 시기는 구체적으로 한글소설의 시대이며 가문소설, 영웅소설, 판소리계 소설이 소설 유형의 주류를 차지하게 된다. 이 가운데 가문소설은 상층을 중심으로 향유되었다면 영웅소설과 판소리계 소설은 상대적으로 하층에 의해 향유되었다. 특히 영웅소설은 보다 많은 계층에 의해 애독된 그 시기 대중문학으로 볼 수 있다. 조선후기 소설 가운데 상업적 목적을 위해 인쇄된 출판물을 방각본 소설이라고 하는데 방각본으로 출간된 횟수가 많은 순서대로 나열하면 『조웅전』, 『소대성전』, 『장풍운전』, 『홍길동전』, 『금방울전』, 『유충렬전』 등의 순이다. 방각본 출간 횟수는 해당 작품이 광범위하게 읽혔음을 증빙한다. 이 가운데 『조웅전』, 『소대성전』, 『장풍운전』, 『홍길동전』, 『유충렬전』은 대표적인 영웅소설 작품이라는 점에서 고전소설사에서 영웅소설의 양적 비중을 짐작할 수 있다.

한편 영웅소설의 광범위한 유행은 19세기 소설사에 크게 두 가지 방향으로 영향을 끼쳤던 것으로 보인다. 먼저 여성영웅소설의 유행이다. 영웅소설은 남성주인공의 서사를 중심으로 삼는데 여성주인공의 서사를 중심으로 다루는 여성영웅소설이 동시기에 중요한 소설 유형으로 자리 잡게 되는 것은 남성영웅소설의 인기와 연관되었을 가능성이 있다. 물론 남성영웅소설과 여성영웅소설은 문제의식이 다르다. 하지만 남성영웅소설 가운데 남녀 주인공을 내세우는 작품들에서 여주인공의 서사는 여성영웅소설과 유사한 형태를 보이기 때문이다. 여성영웅소설의 서사는 남장 모티프와 과거 급제 혹은 전쟁 참여와 같은 남성적 역할 수행을 공통 요소로 다룬다는 점에서, 남성영웅소설과 마찬가지로 강한 유형성을 보여준다.

다음으로 영웅소설의 유행으로 인해 19세기에는 하나의 소설 유형으로 규정되기 어려운 복합적인 구성을 가진 작품들이 두드러진다. 이를테면 『장화홍련전』으로 대표되는 계모와 전실 소생의 갈등을 중심 사건으로 다루는 계모형 가정소설이 후대로 갈수록 영웅소설 유형과 결합되면서 소설 유형이 모호해진다. 전대에 출현한 작품들과 달리 전처소생으로 남성주인공의 설정이 빈번해지고, 계모와의 갈등으로 발생한 문제를 해결하는 서사가 영웅의 일생 구조를 띠고 있어 군담이 문제 해결의 결정적 기능을 하는 등 가정소설 유형과 영웅소설 유형이 착종되는 양상을 보이는 것이다. 조선후기 소설이 대부분 영웅소설 유형으로 인식되는 것은 이처럼 특정한 소설 유형이 영웅소설 유형과 우선적인 결합을 추구하던 경향 때문으로 이해할 수 있다.

───── 더 읽어보기

박일용, 『영웅소설의 소설사적 변주』, 월인, 2003.
조동일, 「영웅소설 작품구조의 시대적 성격」, 『한국소설의 이론』, 지식산업사, 2012.

가문소설

유인선

가문소설이란

'가문소설'은 가문의 번영과 창달을 주요 주제로 삼는 조선 후기의 고전소설을 일컫는다. 주로 한글로 창작되었으며,『구운몽』,『사씨남정기』,『창선 감의록』등 장편소설들과 함께 17세기 중후반에 발생하여 19세기에 이르기까지 큰 인기를 얻었다. 가문소설은 대체로 상층 가문 구성원들을 둘러싼 다양한 사건과 갈등을 다루는데, '계후갈등'과 '부부갈등'이 대표적이다. '계후갈등'은 가문의 계승과 그에 따른 권리를 중심으로 형제간에 일어나는 다툼을 다루며, '부부갈등'은 남녀의 결연과정에서 발생하는 부부간 또는 처첩간의 갈등을 그린다. 가문소설은 주인공 가문이 이러한 갈등 해결 과정 속에서 가문구성원들의 내적 결속을 다지고 외적 팽창을 도모하여 가문의 번영과 창달을 이룬다는 특징을 지닌다.

가문소설의 주 작자층은 해박한 역사적 지식과 문학적 소양을 갖춘 문인층으로 상정할 수 있으며, 여성 작가의 존재 가능성도 무시할 수 없다. 가문소설의 주 향유층이 상층 여성이었다는 점, 여성의 삶과 고난에 관심을 기울인 내용이 다수 포함되어 있다는 점은 여성 작가의 창작 가능성을 뒷받침한다. 또한 18세기에 이광사(李匡師, 1705~1777)의 집안사람들이 함께 소설을 창작했다는 기록을 통해, 가문소설의 '공동창작' 가능성도 고려해 볼 수 있다.

조선후기의 소설은 여성 독자들과 상당히 강한 친연성을 보이는데, 특히 가문소설의 경우 상층 여성 독자와 매우 밀접한 관계를 지닌다. 가문소설은 주로 유려한 한글 문체를 선보이는 동시에 사회·역사·문화 등에 대한 지식을 바탕으로 깊이 있는 내용을 다룬다는 점에서 상층 여성들의 '교양서'로 기능하기도 했다. 상층 여성들이 가문소설을 통해 각종 서간(書簡) 양식 및 중국의 역사와 전고 등 기본적인 소양을 익혔다는 점에서 당대의 가문소설은 '오락물' 이상의 의미를 지닌 독서물이었음을 알 수 있다.

가문소설은 상층의 향유물로서 기득권을 옹호하고 충(忠)·효(孝)·열(烈)로 대표되는 유교 윤리를 중시하는 등 보수적인 면모를 보이는 동시에 당대 사회의 다양한 모순을 포착한다. 이는 가문소설의 대표적인 갈등인 '계후갈등'과 '부부갈등'을 통해 확인할 수 있다. 계후갈등을 다룬 경우, 가부장적 이념을 강화하고 적장자 중심의 종통을 확립하고자 하는 보수적인 경향을 보인다. 반면 부부갈등을 다룬 경우, 가부장제의 모순 속에서 고통받는 여성들의 현실과 내면 심리를 곡진하게 묘사하여 가부장제에 대한 비판적인 인식을 환기한다.

가문소설은 주로 '삼대록(三代錄) 구조'의 연작 형태로 창작되었는데, 『유효공선행록』·『유씨삼대록』 연작처럼 후편에 '○○삼대록'이라는 제목을 내세우는 경우가 많다. 삼대록 구조는 주인공 가문의 3대에 걸친 인물들의 활약상 위주로 서사가 전개되며, 그 과정에서 두세 가문과의 혼인을 다룸으로써 등장인물을 확대하고 국가와 가문, 개인 사이의 복합적인 갈등과 해결 과정을 다룬다. 연작의 전편에서는 주인공 가문의 한 세대를 중심으로 하여 가문 완성의 기반을 마련하며, 후편에서는 이미 마련된 기반 위에서 해당

가문의 자손들이 번영과 창달을 구현하는 형태로 서사가 진행되는 것이 특징이다.

가문소설의 작품 세계

『소현성록』

『소현성록』은 17세기 후반에 창작된 것으로 추정되는 작자 미상의 작품이다. 비교적 이른 시기에 창작된 작품으로서 이후에 창작된 다른 작품에도 많은 영향을 주었다. 권섭(權燮, 1671~1759)이 남긴 집안 분재기(分財記)에 따르면, 그의 어머니인 용인 이씨(1652~1712)가 필사한 『소현성록』을 집안의 장자(長子)가 상속하도록 했다고 한다. 용인 이씨의 생몰연대를 고려할 때 『소현성록』은 17세기 후반에 필사될 것으로 볼 수 있으며, 창작시기 역시 이 무렵인 것으로 볼 수 있다.

『소현성록』은 본전과 별전인 『소씨삼대록』으로 구성되어 있는데, 합해서 '『소현성록』'이라 부르기도 하고 '『소현성록』 연작'이라 부르기도 한다. 『소현성록』 본전은 '소현성'의 출생담으로 시작해 그와 세 부인[화씨, 석씨, 여씨]의 혼인 및 부부갈등, 처첩갈등을 중점적으로 다룬다. 유복자(遺腹子)로 태어난 소현성은 아버지의 부재 속에서 성장하며, 어머니의 엄한 가르침 아래 점차 가문의 질서와 안정을 확립해가는 가장으로서의 면모를 갖춘다. 이러한 모습은 주로 소현성이 부인들 사이의 갈등을 해결하는 과정을 통해 그는 화씨, 석씨, 여씨와 차례로 혼인한 후 석씨에 대한 화씨의 투기를 제어하고, 사랑을 차지하기 위해 석씨와 화씨를 모해하는 여씨의 음모를 밝히면서 가부장제에 입각한 가문의 질서를 확립해 나간다. 『소현성록』 본전은 어린 가장

[소현성]이 성장하면서 가장으로서의 능력을 갖춰 가문의 질서를 확립하고, 가문의 기반을 구축하는 과정을 보여준다고 할 수 있다.

한편 별전인 『소씨삼대록』에서는 소현성의 자녀들[10자 5녀]에 대한 서사가 진행되며, 특히 소현성의 셋째 아들인 '소운성'이 중심인물로 부각된다. 소운성의 탄생과 혼인, 부부갈등[명현공주와의 갈등담], 공적(功績) 등이 서사의 절반 이상을 차지한다. 소운성은 작중에서 왕으로 봉해지는 유일한 인물로서 가문의 번영을 이끌며, 소현성이 죽은 후 가장의 자리를 물려받고 소씨 가문의 상징적인 인물로 거듭난다.

『소현성록』은 올바른 가부장의 태도와 치가(治家) 방법, 여성이 지켜야 할 덕목[婦德] 등 교훈적인 측면을 강조함으로써 17세기 상층사대부의 보수적인 의식을 보여주는 작품이라 할 수 있다.

『유씨삼대록』

『유씨삼대록』은 18세기 전반에 창작된 것으로 추정되는 작자 미상의 작품이다. 『유효공선행록』의 후편으로서 상층 중심의 품격 높은 취향을 잘 보여주는 작품으로 평가된다. 유숙기(兪肅基, 1696~1752)의 『제망실묘문(祭亡室墓文)』, 박지원(朴趾源, 1737~1805)의 『연암집』, 혜경궁 홍씨(惠慶宮 洪氏, 1735~1815)의 『한중록』 등에 언급된 바 있는데, 이처럼 여러 문헌에 기록된 점을 미루어 볼 때 당대에 널리 사랑받은 작품이라는 것을 알 수 있다.

전편인 『유효공선행록』이 가문의 계승권을 둘러싼 형제갈등, 즉 계후갈등을 통해 '적장자 중심의 종통 계승' 문제를 다루었다면, 후편인 『유씨삼대록』은 각 세대들의 다양한 부부갈등을 형상화하는 가운데 가문의 창달 과정을 다룬다. 『유씨삼대록』의 경우, 정실과 부실, 혹은 남편과 아내 사이의 갈등이 상당수를 차지한다. 『유씨삼대록』의 초반부에는 '남편이 후실을 사랑하여 정실을 모해하는 이야기', '계시조모가 손자 부부 사이에 관여하며 구박하는 이야기'가 주를 이루며, 중반부에는 '강한 기질로 인해 남편과 대립하는 아내를 다스리는 이야기'가 다루어진다. 후반부에는 초반부 등장인물의 자손 세대 이야기가 이어지는데, '집안에서 인정받지 못하고 갈등을 빚던 아내가 끝내 시가를 모해하고 역모에 연루되는 이야기'가 다루어진다. 부부갈등이 가문의 위기를 초래하지만 그 해결 과정을 통해 가문이 안정화되며 이전보다 공고한 번영의 기반을 다지는 것으로 묘사된다.

『유씨삼대록』은 다양한 부부갈등을 그리는 가운데, 이러한 부부갈등이 가문의 질서유지 및 화합을 무너뜨릴 경우 가장이 적극적으로 개입하여 문제를 해결하고자 하는 모습을 보인다. 이는 부부갈등이 단순히 부부만의 문제로 그치는 것이 아니라 가문의 안정과 유지, 번영과 직결되는 문제로 다루어졌음을 의미한다고 볼 수 있다.

『완월회맹연』

『완월회맹연』은 18세기에 안겸제(安兼濟)의 모친인 전주 이씨(1694~1743)가 창작한 작품으로, 현존하는 조선후기 최장편 고전소설이기도 하다(이본으로 180권 180책의 한국학중앙연구원 낙선재본과 180권 90책의 서울대 규장각본 등이 전한다). '완월회맹연'이라는 제목은 '달밤에 모여 굳게 약속[盟約]하며 잔치를 벌인다'는 뜻이다. 작품의 초반부에 정씨 가문의 사람들이 집안의 큰 어른인 정한의 생일을 기념하기 위해 달밤에 완월대(玩月臺)에 올라 잔치를 벌이며, 정씨 가문의 종통과 자식들의 혼사를 결정하고 굳게 약속하는 대목이 나오며, 이후 온갖 역경 속에서도 이러한 약속들을 지켜나가는 과정이 다루어진다. 『완월회맹연』의 내용은 '정인성-소교완-정인중'을 중심으로 한 계후갈등, '정인광-장헌-장성완'을 중심으로 한 '옹서갈등'이 핵심적으로 부각된다.

'정인성–소교완–정인중'을 중심으로 한 계후갈등은 계모인 소교완이 친아들인 정인중 대신 가문의 종통으로 정해진 정인성을 모해함으로써 발생한다. 본래 정인성은 정잠의 첫째 부인인 양씨가 아들을 낳지 못해 양자로 들인 인물로, 정잠의 조카이기도 하다. 정잠의 두 번째 부인이 된 소교완은 자신의 친아들을 후계자로 만들기 위해 정인성의 목숨을 위협하는 등 온갖 음모를 꾸미고, 이로 인해 정씨 가문은 한바탕 큰 소란을 겪는다. 소교완은 자신의 악행이 탄로난 후에도 끝까지 완고한 모습을 보이지만, 정인성의 지극한 효성에 감화되어 모자 사이를 회복하고 정씨 가문도 안정을 되찾는다.

한편 '정인광–장헌–장성완'을 중심으로 한 '옹서갈등'은 정인광이 소인배인 장인 장헌을 경멸하고 아내[장성완]까지 박대하면서 벌어진다. 장헌은 딸인 장성완을 정인광과 약혼시키지만 정씨 가문이 위기에 처하자 이를 번복하고, 권력가에 딸을 시집보내려 한다. 장성완은 아버지의 뜻에 저항하고 신의를 지켜 정인광과 혼인하지만, 자신의 아버지를 멸시하는 남편[정인광]과 갈등을 빚고 괴로워한다. 결국 이들의 갈등은 장헌이 자신의 지난 잘못을 반성하고 군자로 거듭남으로써 해결된다.

『완월회맹연』은 다양한 사건들을 통해 당대의 지배 이념을 표방하면서도 가부장제 아래서 겪는 여성들의 고충을 섬세하게 다루는 동시에 남성들 역시 가부장제의 희생양이 될 수 있음을 보여준다. 또한 작품에 나타나는 옹서갈등은 정치적 갈등과 긴밀히 맞물려 나타나는데, 이는 17세기 중엽부터 18세기 초반에 이르기까지 격심했던 당쟁을 지켜본 작가들의 견해가 소설적으로 형상화된 것이라고도 볼 수 있을 것이다.

맺음말

가문소설은 17세기 중후반부터 19세기에 이르기까지 큰 인기를 누리는 가운데 조선후기 소설의 확산을 주도했다는 점에서 그 의의를 인정할 수 있다. 조선은 임진왜란·병자호란 이후 사회적 질서를 정비하고 유교적 이념을 강화하는 한편 가부장적 질서를 공고히 하고자 하였는데, 이는 가문소설에서 가문의 안정과 번영을 위해 가문구성원들이 내적 결속을 다지고 외적 팽창을 도모하는 형태로 나타난다. 가문소설은 '충·효·열'로 대표되는 당대 지배 이념을 중시하는 등 보수적인 면모를 보이는 동시에 가부장제의 모순을 비판적으로 다루는 등 양면적인 성격을 보인다. 이 외에도 가문소설은 사회·역사·문화 등에 대한 해박한 지식을 바탕으로 깊이 있는 내용을 다룬 독서물이었다는 점에서 그 의의를 인정할 수 있을 것이다.

───── 더 읽어보기

임형택, 「17세기 규방소설의 성립과 『창선감의록』」, 『동방학지』 57, 연세대학교 국학연구원, 1988.
이주영, 「한국 고전소설의 독자」, 『한국 고전소설의 세계』, 돌베개, 2005.
정병설, 『한국고전문학수업』, 서울대학교출판문화원, 2019.
한길연, 『조선후기 대하소설의 다층적 세계』, 소명출판, 2009.
한국고소설학회, 『한국고소설강의』, 돌베개, 2019.

소설의 생산과 유통

정병설

한국소설의 성장

소설은 이야기에서 비롯되었다. 이야기는 처음에는 구전으로 전승되었고 문자가 만들어지면서 기록으로 정착하였다. 설화의 후대적 변모라 할 소설은 필사 기록으로 시작하였으나 곧 독자가 크게 늘어나면서 출판으로 나아가게 되었다. 세계 어느 나라나 소설은 근대의 장르였고, 도시의 장르였으며, 또 여성의 장르였다. 소설은 산업과 도시의 성장과 함께 했고 종전의 문학 영역에서 소외되었던 여성을 중요한 문학의 향유층으로 끌어들였다.

한국소설의 출발을 나말여초의 『수이전』 소재 「최치원전」으로 잡든, 조선전기의 『금오신화』에서 잡든, 소설의 본격적인 성행은 17세기 후반까지 기다려야 했다. 중간에 16세기 초에 『설공찬전』이 한글로 번역되어 널리 읽혔다는 기록이 있지만 아직 소설 작품이 쏟아져 나오며 향유되던 시기는 아니었다. 17세기 후반에 『구운몽』, 『사씨남정기』, 『소현성록』 등 장편소설까지 등장하면서 본격적인 소설의 시대로 진입하였고, 18세기에 들어서면서 서울을 중심으로 세책집으로 불리는 소설을 주 영업 품목으로 삼은 도서대여점이 영업을 시작했으며, 1725년 전라도 나주에서 한문본『구운몽』이 출판되면서 소설은 극성기에 접어들었다.

소설 향유의 내외적 상황

고전소설은 사용 문자에 따라서 한문소설과 한글소설로 나눌 수 있다. 소설에 사용된 한문과 한글은 철저히 배타적이어서 한문소설에는 일절 한글이 없고 한글소설 역시 한문이 전혀 없다. 한문과 한글의 문자사용층이 배타적인 것이 소설에 그대로 적용되었다고 할 수 있다. 한문은 상층 남성의 문자라 할 수 있고 한글은 주로 상층 여성의 문자다. 하층의 남녀는 모두 문자 사용과는 거리가 있었으나 굳이 말하자면 한글이 훨씬 가까웠다. 한문은 국정 수행의 공식적인 글이나 격이 높은 문학의 창작에 사용되었고, 한글은 비공식적인 글, 곧 편지나 노래 가사, 소설 정도에나 사용되었다. 사정이 이렇다 보니 당연히 상층 남성을 주 향유층으로 삼은 소설은 한문으로 창작되어 전해졌으나 독자가 제한적이다 보니 출판된 것은 거의 없었고, 한글소설은 여성과 하층을 중심으로 널리 향유되었으며 19세기 이후부터 출판이 상당한 비중을 차지하였다.

소설사에서 외적인 요소로서 중국소설 역시 중요하게 고려해야 한다. 고려시대에 이미『태평광기』,『서유기』등 중국 서사 작품이 수입되어 읽혔고, 『전등신화』는 상당히 널리 읽혔을 뿐만 아니라『금오신화』의 창작에도 중대한 영향을 끼쳤다. 16세기 이후에는『삼국지연의』,『서유기』,『수호지』등 많은 중국 장편소설이 수입되어 읽혔는데 특히『삼국지연의』는 17세기 후반 제주도에서 간행되기도 했다. 중국소설의 수입과 향유는 한국소설사의 성장에 중요한 동력 가운데 하나였다.

서적 및 출판 통제와 소설의 성장

소설이 세계사에서 중요한 역할을 하게 된 전기는 출판과의 만남이다. 출판을 통해 소설 장르가 문학의 핵심적 영역에 자리 잡을 수 있었고, 거꾸로 출판은 소설을 만나 급격히 성장하여 문화의 핵심 분야가 될 수 있었다. 한국소설의 출판은 18세기 초에야 시작되었고 그것도 한글소설은 18세기 말에야 나왔으며 19세기 중반 이후 급격히 성장했다는 사실은 주변 일본, 중국은 물론 유럽 여러 나라와 비교해도 매우 늦은 일이었다. 도대체 왜 한국에서 소설 출판의 성장이 늦었고 저조했는지는 여러 가지 원인을 들 수 있겠으나 핵심은 서적과 출판의 통제 정책 때문이라 말할 수 있다.

조선은 유교 이념에 따른 엄격한 서적 통제 정책을 시행했다. 서적 통제를 위한 체계적인 검열 제도 같은 것은 없었으나 서적을 통제할 수 있는 법규는 존재했다. 정도(正道)가 아닌 이단 사상이나 정부가 판단할 때 요망한 내용을 담은 책을 처벌하는 법 조항이 있었는데 이는 검열과 같은 사전 조치가 아니라 사후적으로 작동하는 것이었다. 가장 널리 알려진 서적 통제는 서학 곧 천주교 서적에 대한 것이다. 천주교를 사학(邪學)으로 규정함에 따라 천주교 서적을 금서로 두는 것은 자연스러운 과정이었다. 조선 정부의 관리들이 천주교 신자를 색출하여 심문할 때 무엇보다 먼저 물어보는 것이 천주교 서적을 가지고 있느냐는 것이었다. 서적 통제는 서학서 외에 『정감록』과 같은 비기 등에도 적용되었으니 이런 종교적 이념적 서적 외에 문학 작품도 예외가 아니었다.

중종 때 『설공찬전』은 소설이 금서가 된 한 사례다. 이 작품의 줄거리는 전체가 알려져 있지는 않으나 현전하는 앞부분을 보면 주인공이 죽어 그 영혼이 다른 사람의 몸으로 들어간다는 내용이 있다. 『중종실록』을 보면 불교적 윤회로 해석될 수 있는 부분이 있다며 이 책의 유통을 막고 작가인 채수를 벌해야 한다고 했다. 당시는 불교를 아주 엄격히 금하고 있지도 않았는데도 이 정도 내용의 소설에 대해 엄중한 처벌을 요구하는 목소리가 나왔던 것이다.

조선의 서적 통제는 이처럼 예견할 수 없는 사후적인 것일 뿐만 아니라 처벌의 강도도 무척 높았다. 영조 때 중국의 역사서인『명기집략』옥사는 이 책에 한두 줄 조선 왕통에 대해 부정적인 내용이 있다고 해서 그것을 수입하고 유통하고 소장한 사람을 처벌한 사건이다. 조사 과정에서 고문 등으로 죽거나 처벌을 받아 사망한 사람이 백 명에 이를 정도였으니 그 가혹함을 알 수 있다. 차라리 당대의 유럽처럼 사전 검열이라도 있었다면 검열 과정에서 어느 정도 출판의 수위를 조정하겠지만 책이 유통되고 널리 퍼진 다음에 특정 부분을 문제 삼아 엄한 처벌을 내리는 상황에서는 창작과 출판 그리고 유통 활동이 극히 위축되지 않을 수 없었다.

소설 성장에 걸림돌이 된 주요한 원인 중에 서적 통제와 함께 문제가 되는 것이 출판 통제다. 조선에서는 조정의 허가를 받지 않은 사적인 출판 곧 사인(私印)은 원칙적으로 불법이었다. 대표적인 출판 통제의 사례로 조보를 들 수 있으니, 조보는 지금으로 말하면 일종의 관보로 정부 관리의 승진 등 인사 관련 사안을 비롯하여 많은 사람이 관심을 가질 만한 정보를 담고 있어서 일반의 수요가 적지 않았다. 수요가 많았으니 당연히 출판을 하자는 의견이 계속 대두했으나 한 번도 출판이 되지 못했다. 조정의 중요한 정보가 중국에 흘러가서 외교 문제가 생길 것을 우려한 것이다.『선조실록』1578년 2월 1일 조 기사를 보면 조보를 사인하는 것을 금지한 기사가 있는데 이를 보아도 사사로운 출판이 원칙적으로 통제되고 있음을 알 수 있다. 이런 관점에서 보면『열하일기』,『택리지』와 같은 조선 후기 인기 서적이 왜 당대에 출판되지 못했는지도 짐작할 수 있다. 19세기에 이르러 허가받지 않은 것으로 보이는 개인 문집의 출간이 활발해지는데 이는 국정의 혼란과 맞물린 것으로 이해해야 할 것이다. 정부의 허락을 받지 않고도 출판을 할 수 있었던 것으로는 과거 시험의 대상이 된 유교 관련서나 의학서 등의 실용서를 들 수 있고, 불교 서적 등도 일정하게는 출판 허가의 사각지대에 있었다고 할 수 있다. 엄중한 통제가 약간 느슨한 시점에 소설도 출판의 영역에 진입할 수 있었다고 볼 수 있다. 이처럼 서적과 출판의 통제가 자의적이면서 동시에 엄중히 집행되는 상황이었으니 소설 출판의 성장이 더딘 것은 당연한 결과라 할 수 있다. 조선 소설의 더디고 저조한 성장에는 경제적 요인보다 정치적 요인이 더욱 강력하게 작용하였다고 할 수 있다.

소설 유통의 특징

통제에도 불구하고 소설의 시대로 진입하는 세계사적 변화를 막을 수는 없었다. 17세기 후반부터 급격히 성장하기 시작한 소설은 유통의 변화를 요구했으니 18세기 초반에 서울을 중심으로 세책집이 크게 늘어나기 시작했고, 『구운몽』의 출판에 이어 18세기 후반부터 특히 19세기 초반부터 한글소설이 본격적으로 출판되기 시작했다. 소설 출판은 거의 다량의 책을 인쇄하기에 가장 경제적인 목판본으로 이루어졌는데 특이하게도 서울과 전주의 두 지역과 그 인근에서만 출판되었다. 목판본 소설은 시장에 팔기 위해 찍었다는 점에서 학계에서 방각본으로 부르고 있는데, 지명을 따라서 서울에서 찍은 것은 경판, 전주에서 찍은 것은 완판이라고 부른다. 이 둘은 외양부터 큰 차이가 있는데, 경판은 대체로 한 책당 이삼십장 내외로 분량이 작고 글씨체도 대개 흘림체이며 종이는 저급한 황지 등에 많이 찍었고, 완판은 분량이 삼십 장도 있지만 그보다 훨씬 많은 팔십 장이 넘는 것이 있다. 분량이 일정치 않은 특징이 있다. 그리고 필체는 흘림체도 있지만 완판 특유의 반듯한 한글 해서체가 적지 않으며 종이는 중상급의 저지(楮紙)를 많이 사용했다.

이처럼 소설의 출판이 영 없지는 않았지만 전반적으로 조선시대 소설 유통의 특징을 말하라면 필사본이 중심이라는 점부터 지적하지 않을 수 없다. 출판의 성장이 더뎠던 만큼 필사본의 지위가 공고했던 것이다. 특히 분량이 방대하여 높은 비용을 들여야 하기에 쉬 출판을 결심하기 어려운 장편소설의 경우에는 대부분 필사본으로 유통할 수밖에 없었고, 넘쳐나는 장편소설의 수요는 세책으로 감당할 수밖에 없었다. 세책집은 주 영업 품목이 소설이었고 소설 중에서도 출판으로 갈 수 없었던 장편소설이 중심이었다. 흥미롭게도 세책집이 있었던 서울에서 출판된 경판소설은 장편의 수요를 충족할 수단이 있었기 때문인지 몰라도 대체로 분량이 짧았고 장편의 수요를 감당할 세책집이 없었던 전주 지역의 완판소설은 같은 작품이라도 분량이 긴 이본으로 출판되었다. 분량이 긴 작품으로 문학적 표현 등에 대한 수요를 충족하려고 했던 것으로 추정할 수 있다.

맺음말

한국고전소설은 한문소설과 한글소설을 모두 포함하여 대략 천 종 내외의 작품이 남아 있다. 전하지 않는 것도 적지 않으리라 추정하며 한 종에 백 책이 넘는 장편이 여럿이니 소설 전체의 수량으로 치면 상당히 방대하다고 말할 수 있다. 조선 후기 한반도에 유통된 소설책의 총수는 짐작조차 하기 쉽지 않지만, 적어도 수십만 책 이상이었으리라 추산한다. 20세기에 들어와서는 서양의 인쇄기술이 수입되어 활자본 소설이 간행되기 시작했는데, 1935년 서적도매상조합의 조사에 따르면 한 해 동안 『춘향전』이 7만 권, 『심청전』이 6만 권, 『홍길동전』이 4만 5천 권이 팔렸다고 한다. 1년간 판매부수가 이 정도라면 전국에 얼마나 많은 소설이 유통되고 있었을지 짐작할 수 있다. 이때로부터 수십 년을 거슬러 올라간 조선 말기의 상황은 이보다 훨씬 적은 수라 하더라도, 소설 유통과 관련된 기록, 소설 목록, 20세기 세책집에 대한 조사, 방각소설의 판수 등을 가지고 추론할 때 족히 수십만 책은 말할 수 있는 것이다. 다만 당시는 책이 귀한 시대라 주변 사람들과 소설책을 돌려 읽거나 세책집을 통한 향유가 적지 않았으므로 한 책 당 독서의 숫자는 지금보다 훨씬 높았다고 볼 수 있다. 19세기까지 전 조선의 인구가 채 이천만 명이 되지 않았고 수십만 책의 소설이 독서계에서 차지하는 비중은 지금보다 훨씬 높았다고 말할 수 있으니 소설의 영향력은 결코 무시할 수 없는 수준이라 할 수 있다.

요컨대 이런 규모의 소설이 전국적으로 유통된다는 것은 소설을 통해 하나의 독립된 독서공동체가 형성되었음을 뜻한다. 소설은 유교, 불교 등의 이념 및 종교와 함께 한반도를 사상으로 또 정서로 하나로 결속시키는 중요한 계기였다. 또한 소설이 시장이나 보따리 상인에 의해 유통되는 경로 곧 유통 망은 근대 초기 새로운 사상과 정보가 전해질 때 그것이 전달되는 길이 되었으니, 한반도는 이미 잘 깔려 있는 소설의 유통망 위에서 근대 서양의 새로운 사상이 순식간에 전해질 수 있었다. 소설은 내용적으로도 근대를 지향하는 부분이 있었지만 그 유통의 형식은 더욱 강하게 근대를 추동하는 강력한 힘으로 작용했다 할 수 있다.

───── 더 읽어보기

이민희, 『18세기의 세책사; 소설 읽기의 시작과 유행』, 문학동네, 2023.
이윤석, 『조선시대 상업출판; 서민의 독서, 지식과 오락의 대중화』, 민속원, 2016.
정병설, 『조선시대 소설의 생산과 유통』, 서울대학교출판문화원, 2016.

IV

구비문학

한국의 창세신화

조현설

한국신화의 분류와 창세신화

한국 창세신화를 이해하기 위해서는 먼저 한국신화를 분류해 볼 필요가 있다. 기준에 따라 분류 방식은 다양할 수 있는데 대체로 다음과 같이 분류된다. 전승 집단의 범위에 따라 시조신화·마을신화·건국신화·종교신화 등으로, 전승 방식에 따라 구전신화와 문헌신화로 분류한다. 형성 시기를 기준으로 삼으면 원시·고대·중세·근대, 그리고 현대 신화로 나눌 수 있고, 내용을 기준으로 삼아 창조신화, 영웅신화, 문화기원신화 등으로 분류하기도 한다. 창세신화는 신화의 내용을 바탕으로 삼아 설정한 개념이다.

창세신화는 우주가 어떻게 만들어졌으며, 신과 인간은 어떻게 탄생했는지, 지상의 만물은 또 어떻게 생성되었는지를 이야기한다. 그런데 한국 창세신화는 두 가지 특징을 지니고 있다. 하나는 문자로 기록되어 전하지 않고, 구전으로 전승된다는 것이다. 국가 사회 이전부터 시작되어 현재까지도 지속되고 있는 굿에서 무당이 구연하는 신의 본풀이 안에 한국 창세신화는 보존되어 있다. 다른 하나는 신들의 결혼을 통해 신이 탄생하는 것이 아니라 신과 인간의 결혼으로 태어나거나 인간으로 태어나 고난을 거쳐 신으로 재탄생한다는 것이다. 두 형식 가운데서는 후자의 비중이 더 높다.

창세가와 천지왕본풀이

창세신화를 문헌에 처음 기록한 이는 근대 학자인 손진태이다. 그는 1923년 함경도 함흥의 무당 김쌍돌이로부터 <창세가>를 채록하여 1930년 도쿄에서 출간된 『조선신가유편』에 발표한다. 한국 창세신화는 현재도 굿에서 구연되고 있으므로 지난 100여 년간 상당한 자료가 조사되어 있으나 가장 이른 시기에 기록된 김쌍돌이구연본 <창세가>가 한국 창세신화의 기본 텍스트이다. <창세가>에는 한국 창세신화의 핵심적인 신화소인 천지개벽, 일월조정, 물불의 기원, 인간창조, 인세차지경쟁 화소가 나타나 있을 뿐만 아니라 이승과 저승이라는 한국신화의 이원적 공간과 그 세계인식이 잘 형상화되어 있기 때문이다.

<창세가>에는 천지만물을 혼자 창조하는 전능한 신이 나타나지 않는다. <창세가>에는 창세신 미륵님이 먼저 등장한다. "하늘과 땅이 생길 적에 미륵님이 탄생"했다고 했으니 천지의 생성과 미륵님의 탄생은 동시에 일어난 사건이다. 다시 말하면 천지가 바로 미륵님이다. 그런데 <창세가>는 이를 미륵님의 천지개벽 행위로 형상화한다. 솥뚜껑처럼 둥근 하늘과 네모난 땅의 사방에 구리기둥을 세워 천지가 다시 합쳐지지 않도록 분리했다고 노래한다. 한국을 비롯한 동아시아의 우주관인 천원지방(天圓地方)이 이렇게 표현된 것이다. 미륵님은 아무것도 없는 데서 천지를 만든 것이 아니라 이미 있었으나 분리되어 있지 않던 천지를 개벽한 창조신이다.

미륵님의 다음 창조행위는 일월조정이다. 천지가 열렸으나 불안정한 상태

였다. 이를 조정하기 위해 미륵님이 나선다. 미륵님은 해와 달을 하나씩 떼어내어 북두칠성을 비롯한 크고 작은 별을 만든다. 해와 달을 떼어낼 능력이 있는 창조신이라면 커도 보통 큰 신이 아니다. 제주도에서 전승되는 창세신화 <천지왕본풀이>의 일월조정은 약간 다르다. 역시 하늘에 해와 달이 두 개씩 떠올랐는데 너무 춥거나 너무 더웠다는 감각적 표현이 붙어 있다. 더구나 제주도 신화에서 일월조정의 주체는 창세신의 쌍둥이 아들 대별왕과 소별왕이다. 창세신 천지왕의 명을 받은 두 아들이 거대한 활로 해와 달을 하나씩 쏘아 떨어뜨린다. 한국 창세신화에는 두 유형의 해와 달 조정 방식이 있다.

다음으로 미륵님은 물과 불을 찾아 나선다. 창세신인데 물과 불을 만들지 않고 대지에서 찾는다. 찾을 때도 다른 존재들의 조력을 받는다. 먼저 물과 불의 근원을 실토하라고 풀메뚜기를 위협한다. 풀메뚜기는 풀개구리에게, 풀개구리는 생쥐에게 답을 떠넘긴다. 생쥐는 물불의 근원을 알려주면 뭘 주겠느냐며 협상을 시도한다. 미륵님은 생쥐한테 천하의 뒤주를 주겠다고 한다. 그때 생쥐가 알려준 답은 한 손에는 차돌, 다른 손에는 쇠를 들고 치면 불이 생긴다는 것이고, 산속에 들어가면 샘물이 솔솔 솟아난다는 것이다. 지극히 자연스러운 발견의 과정을 서술하고 있는 셈인데 그 과정에서 창세신이 동물들의 협력을 구한다는 것은 미륵님이 전능한 존재가 아니라는 뜻이다.

천지일월성신이 제 자리를 찾아 질서가 이룩되고, 생존의 토대인 물과 불도 확보했으니 이제 인간이 있어야 한다. <창세가>의 인류창조행위는 좀 특이한데 미륵님이 금쟁반과 은쟁반을 두 손에 들고 하늘에 기원을 한다. 그러자 하늘에서 금벌레 다섯, 은벌레 다섯 나리가 금쟁반과 은쟁반에 각각 떨어진다. 이 벌레들이 점점 자라나 금벌레는 남자가 되고, 은벌레는 여자가 된다. 금과 은은 해와 달, 다시 말하면 양(陽)과 음(陰)을 상징한다. 이렇게 하여 최초의 인류 다섯 쌍이 창조된다. 음양오행설(陰陽五行說)을 반영한 인류 창조 과정이다.

미륵님의 창세과정을 이해하는 데 『오운력년기(五運歷年記)』 등에 기록되어 있는 반고(盤古)의 창세 과정이 참고가 된다. 반고의 천지개벽과 인류창조 과정은 중국 남방 소수민족의 신화를 기록한 것인데 여기서는 알과 같은 혼돈의 상태에서 태어난 반고가 매일 자라 하늘을 밀어 올려 천지가 개벽한다. 그 후 반고의 신체가 우주만물로 변형되는데 반고의 몸에 붙어 있던 벌레들이 바람이 불자 떨어지면서 인류로 변형되었다고 한다. 벌레가 인간으로 변신했다는 신화적 발상이 같다. 반고신화나 미륵님의 창세신화에는 인류가 만물 가운데 가장 귀하다는 관념이 없다.

<창세가>의 마지막 신화소는 인세차지경쟁이다. 인간세상을 누가 다스릴 것인가를 두고 신들이 경쟁하는 이야기다. 미륵님이 홀로 인류까지 창조했는데 누구와 경쟁한다는 것인가? 미륵님이 창조한 최초의 세계는 태평했다고 한다. 그런데 석가님이 등장하여 미륵님이 다스리는 태평한 세상을 빼앗으려고 한다. 미륵님과 석가님의 위계가 분명하다면 미륵님이 석가님의 시비걸기에 대해 무시하면 그만이다. 그러나 미륵님은 석가님의 제안을 받아들여 세계의 운명을 두고 내기에 돌입한다. 도대체 석가님은 누구인가?

이 질문에 대한 답을 얻으려면 다른 창세신화와 비교해 봐야 한다. 함흥에서 굿을 하다가 월남한 강춘옥 무녀가 1960년대에 구연한 <셍굿>에 따르면 석가님도 창세신이다. 그는 씹던 고기를 하늘과 땅, 물에 뱉는 방식으로 날짐승과 들짐승, 그리고 물고기를 창조한다. 같은 계열의 창세신화인 제주도 <천지왕본풀이>에 등장하는 쌍둥이 창세신 대별왕과 소별왕은 인간세상의 치리권을 두고 경쟁한다. 미륵과 석가라는 불교 이름을 걷어 내고 보면 함흥의 <창세가>와 제주도의 <천지왕본풀이>는 닮은 신화다. 따라서 제주도의 소별왕에 해당하는 함흥의 석가님은 미륵님과 쌍둥이 창세신으로 봐야 한다. 사실 이들 쌍둥이 창세신은 유라시아 지역에 널리 전승되고 있는 쌍둥이 창세신 월겐-에를릭과 같은 계통이다.

이들 쌍둥이 창세신들의 내기 종목에 계통에 대한 실마리가 있다. 미륵님과 석가님은 세 가지 내기를 한다. 첫째 종목은 미륵님은 금병, 석가님은 은병에 줄을 달아 동해에 내렸다가 끌어올릴 때 누구의 줄이 끊어지지 않는가, 둘째 종목은 여름에 함흥의 성천강을 누가 얼게 할 수 있는가 하는 것이다. 병을 드리웠다 올리는 행위는 바다에서 죽은 넋을 건져 올리는 굿 행위의 반영이다. 여름에 강물을 얼게 만드는 소지 행위도 굿의 주술과 관계가 있다. 두 가지 내기는 굿 의례의 반영이면서 인간의 영혼과 자연의 변화를 제어할 수 있는 창세신의 권능을 시험하는 것이다. 당연하게도 태평한 세상을 창조한 미륵님이 내기에서 승리한다.

그런데 정작 중요한 것은 셋째 종목이다. 석가님이 포기하지 않고 마지막으로 자면서 꽃을 피우는 내기를 하자고 제안한다. 이 내기가 중요한 것은 쌍둥이 창세신의 인세차지경쟁 신화소가 등장하는 중앙아시아 지역의 윌겐과 에를릭 신화, 몽골의 마이다르 보르항과 샥지투브 보르항 신화, 그리고 중국과 오키나와, 제주도 신화의 인세차지경쟁담에 이르기까지 이 종목이 빠지지 않기 때문이다. 이 마지막 내기에 승리하는 쪽은 자는 체 반쯤 눈을 뜨고 있다가 깊은 잠을 자면서 미륵님이 피운 꽃을 훔쳐내 자기 것이라고 우긴 석가님이다. 인류의 운명을 두고 벌어진 태초의 내기에서 부정을 저지른 신이 이겼다는 것이 한국 창세신화의 결말이다.

이 결말에 따라 세계는 둘로 구획된다. 꽃피우기 내기에서 이긴 석가님이 인간세상, 곧 이승을 차지한다. 이승을 석가님에게 내어 준 미륵님은 "축축하고 더러운 석가야/ 네 세월이 될라치면/ 문마다 솟대 서고/ 네 세월이 될라치면/ 가문마다 기생 나고/ 가문마다 과부 나고…"라는 예언을 남기고 저승으로 떠난다. 신화의 주요 기능의 하나가 세계의 현존을 설명하는 것인데 <창세가>는 태초에 일어난 석가님의 사기 때문에 온갖 나쁜 일들이 이 세상에 들어왔다고 설명하고 있다. 이 설명의 배후에는 석가님이 다스리는 동안에는 세상이 태평할 수 없다는 메시지가 숨어 있다.

한국 창세신화의 심층 사유

그런데 <창세가>로 대표되는 한국 창세신화를 이해하려면 심층의 사유 구조를 더 살필 필요가 있다. <창세가>에는 나타나지 않지만 <천지왕본풀이>에는 이런 대목이 있다. 대별왕은 저승으로 떠나면서 '저승이 맑고 깨끗한 법'이 있는 곳이라는 말을 남긴다. 소별왕이 이승을 차지했지만 그 때문에 이승은 온갖 악행이 만연한 곳이 될 것인데 내가 가는 저승은 그 반대라는 역설적 발언을 던지고 있다. 이를 저승과 이승, 좋은 것과 나쁜 것이라는 이원적 대립관계라고 부를 수 있을 것이다.

같은 맥락에서 제주도 신화를 더 살피면 이 대립 관계가 흥미롭게 변주된다는 것을 알 수 있다. 아이의 출산과 산육을 관장하는 삼신할미 신화인 <삼승할망본풀이>는 저승과 이승의 이원적 대립을 다시 역전시키는 신화 구조를 보여준다. <삼승할망본풀이>에는 두 할망신이 등장한다. 구(舊)삼승과 신(新)삼승, 다른 이름으로는 저승할망 동해용궁따님애기와 이승할망 멩진국따님애기이다. 대별왕과 소별왕처럼 둘은 삼승할망이 되기 위해 경쟁한다. 이들의 경쟁 종목 역시 꽃피우기 내기인 것을 보면 <삼승할망본풀이>는 <천지왕본풀이>의 세계관에 연결되어 있다.

그런데 둘의 내기에서는 착한 멩진국따님애기가 이겨 이승의 삼승할망이 된다. 삼신할미로서의 자격이 부족한 데다 마음씨도 악한 동해용궁따님애기는 저승의 삼승할망이 된다. 그래서 제주굿에서는 생명꽃을 상징하는 동백나무가지로 아이를 점지한다. 이승의 삼승할망이 꽃으로 아이를 점지하면 저승할망이 그 꽃을 꺾어 생명을 회수해 간다고 상상하는 것이다. <삼승할망본풀

이>의 맥락에서 보면 선신(善神) 대별왕이 다스리는 저승에 악한 저승할망이, 악신(惡神) 소별왕이 다스리는 이승에 선한 삼승할망이 있는 구도이다. <삼승할망본풀이>는 <천지왕본풀이>를 보완하는 신직 배치를 통해 소별왕이 다스리는 악한 세상을 살아갈 힘을 준다.

이런 제주 신화의 구조와 세계관으로 봐야 함흥 <창세가>에 사족처럼 덧붙어 있는 이야기를 이해할 수 있다. 미륵님이 저승으로 떠난 후 3일 만에 석가님이 삼천 명의 중과 일천 명의 거사를 거느리고 미륵님을 찾아 나선다. <창세가>에는 정보가 없지만 다른 창세신화를 참조하면 미륵님이 일월을 가지고 저승으로 가버렸기 때문이다. 이 추격 과정에서 석가님을 따르던 무리 가운데 두 중이 석가님과 함께 구워 먹던 노루고기를 던져버리며 성인(聖人)이 되겠다고 선언한다. 석가님에 정면으로 맞선 것이다. 석가님은 떠나버리고 뒤에 남은 중들은 죽어 산마다 있는 바위와 소나무가 되었다고 이야기한다.

이 이상한 후일담 속의 중의 정체는 무엇인가? 제주도 창세신화의 맥락에서 보면 두 중은 악신 소별왕이 다스리는 이승의 선신인 삼승할망이다. 그렇다면 <창세가>의 성인이 되겠다고 선언한 중들은 이승에 있는 미륵님이라고 볼 수밖에 없다. 강춘옥이 구연한 창세신화에 <셍굿>이라는 제목이 붙어 있는데 '셍'이 성인(聖人)이다. 이들이 바위가 되었다는 것은 한반도 도처의 미륵바위에서 확인되듯이 이승의 미륵님으로 변신했다는 뜻이다. 미륵신앙의 표현인 미륵바위는 이승에 현현한 저승의 미륵님이다. 그래서 오랫동안 한국인들은 미륵바위를 보면서 태평한 세상이 오기를 기원한 것이다.

창세신화의 구조와 역의 철학

창세신화에 표현되어 있는 신들의 관계에서 우리는 상보적 대립구조 (complementary binarism)를 발견할 수 있다. 이원론이지만 상보성을 지닌 이원론, 『역(易)』에서 '한번 음이 되고 한번 양이 되니 그것을 일러 도'라고 했던 음양론이 바로 이것이다. '음지가 양지된다', '달도 차면 기운다'와 같은 속담에 담겨 있는 세계관도 같다. 미륵님과 석가님은, 대별왕·소별왕 형제처럼 쌍둥이다. 석가님은 창세에 동참하기는 하지만 주도권을 지니지 못했던 신, 미륵님의 그늘에 있던 신이다. 내기를 통해 석가님이 전면에 나서자 미륵님은 석가님의 그늘, 곧 저승으로 물러난다. 이런 창세신들의 형상을 역의 철학에서는 도(道)라고 했다.

———— 더 읽어보기

손진태, 『조선신가유편(朝鮮神歌遺篇)』, 향토문화사, 1930.
김헌선, 『한국의 창세신화』, 길벗, 1994.
박종성, 『한국 창세서사시 연구』, 태학사, 1999.

한국의 건국신화

시조신화와 건국신화

건국신화는 국가와 그 건립자를 신성하다고 이야기하는 신화이다. 고대국가들은 국가적 의례에서 국가의 신성한 기원을 설명하고 이를 구성원들에게 선포하기 위해 건국의 서사시를 만든다. 서사시 형식으로 구연되던 건국 이야기는 역사서의 편찬 과정에서 각국 역사서의 첫머리를 장식한다. 이 산문 형식의 기록을 건국신화라고 부른다. 『삼국유사(三國遺事)』 등에 인용되어 있는 『단군고기(檀君古記)』, 『고구려본기(高句麗本紀)』 등이 그런 사례이다.

건국신화는 시조신화를 바탕으로 만들어진다. 고대국가는 대개 강력한 힘을 지닌 특정 부족이 다수의 부족을 통합하면서 설립된다. 고구려의 5부, 신라의 6부 등의 존재가 그것을 입증한다. 이때 각 집단은 자신들의 종족적 기원을 이야기하는 시조신화를 가지고 있다. 건국신화는 국가 건립의 주도 세력이 자신들의 시조신화를 바탕으로 다른 시조신화들을 통합하면서 만들어진다.

고조선 건국신화에는 환웅으로 대표되는 부족과 웅녀나 호랑이로 대표되는 부족이 등장한다. 신화 자체에는 부족에 대한 정보가 없지만 그간의 신화학적 연구를 통해 이들이 각 부족을 상징하는 존재임을 알 수 있다. 하늘에서 내려와 신시(神市)를 연 환웅은 말을 타고 유목하면서 하늘을 숭배하는 집단의 상징이고, 곰과 호랑이는 압록강을 비롯한 주변의 숲에 살면서 수렵과 어렵을 하는 집단의 상징이다. 오늘날에도 존재하는 어원커족이나 나나이족은 곰을 시조모로 숭배하고, 우데게이족은 곰과 호랑이를 숭배한다. 이들 집단을 외래자 환웅 집단이 통합하면서 고조선을 건국하는데 건국신화는 각 집단의 시조신화를 지배적 집단인 환웅족의 시조신화를 중심으로 통합했다. 이때 시조신화의 상위에 있는 최고신이 통합의 중심이 된다. 고조선 건국신화의 환인이 그런 존재이다. 이런 통합을 통해 고조선은 최고신 환인의 뜻에 따라 지상에 설립된 신성한 나라라는 건국 이야기가 만들어진다.

한국 건국신화의 자료들

한국의 건국신화 가운데 가장 오래된 것은 『삼국유사』에 기록된 단군신화다. 고조선은 기원전 108년 한나라의 공격을 받아 패망할 때까지 압록강 이북의 요동 지역과 이남의 평양 지역에서 수 세기 동안 존재했던 고대국가이다. 그러나 당대의 기록은 남아 있지 않다. 『삼국유사』는 고조선이 패망한 지 천 년도 더 지나 편집된 책이다. 그런데 『삼국유사』는 「고기(古記)」 등 이전에 존재했던 여러 자료를 근거로 제시해 놓고 있다. 이를 참조하면 고조선 건국신화는 고조선 시기에 형성되어 패망 이후에도 구전으로, 기록으로 전승되다가 『삼국유사』 편집자에 의해 정리되었다는 것을 알 수 있다. 『삼국유사』는 고구려·백제·신라와 가락국 이전에 존재했던 고조선을 민족사의 시작으로 보았기 때문에 고조선의 건국신화를 맨 앞에 기록해 놓은 것이다.

『삼국유사』에 실린 건국신화에는 고조선 외에도 고구려와 신라, 그리고 가락국의 건국신화가 있다. 고구려의 건국은 오늘날 랴오닝성 유역에 있었던 부여계 집단의 남하와 관계가 있다. 그래서 건국주인 주몽의 탄생은 부여 고리왕의 탄생담과 유사하다. 주몽 집단이 남하하는 과정에서 연합한 해씨 부족의 해모수가 아버지로, 하백 부족의 유화가 어머니로 설정되어 있다. 유화가 아버지 하백한테서 쫓겨나 동부여 금와왕의 궁실에서 주몽을 낳은 것도 부여와 고구려의 관계를 시사한다.

신라는 6개 부족의 연맹체로 탄생한 국가인데 고구려와 달리 세 성씨의 통합 건국신화로 구성되어 있다. 그래서 알에서 태어나 6부 조상의 추대로 왕위에 오른 박혁거세, 역시 용성국에서 알로 태어나고 버려져 배에 실려 도래한 석탈해, 경주 시림의 나뭇가지에 걸려 있던 금궤에서 나온 김알지의 신성한 탄생담이 모두 존재한다. 왕위 계승이 김씨로 확립되기 전에는 세 성씨가 번갈아 왕위를 계승했기 때문이다. 12개 이상의 소국으로 존재했던 연맹체인 가락국 건국신화로 『삼국유사』에 실려 있는 것은 금관가야를 세운 김수로왕 신화이다. 김수로왕 역시 알에서 태어난 건국 영웅이다. 고려에 통합되면서 건국신화가 지워진 탐라국 건국신화도 있다. 땅에서 솟아난 고(高)·양(良)·부(夫), 세 성씨가 땅을 나눠 살다가 고씨에 의해 탐라국이 건립되었다는 신화이다.

한국 건국신화의 특징

한국 건국신화는 어떤 특징을 지니고 있는가? 먼저 거론되어 온 것이 삼대기(三代記) 형식이다. 삼대기는 고조선·고구려 건국신화에서 확인할 수 있듯이 '환인-환웅-단군', '천제-해모수-주몽'의 3대에 걸쳐 신화가 전개되기 때문에 얻은 이름이다. 그런데 신라 또는 가락국 건국신화는 환인·천제에 해당하는 존재가 불분명하고, 고려 왕건의 신화는 6대기로 구성되어 있으므로 삼대기 형식만으로는 건국신화의 형식을 다 설명할 수 없다. 건국신화의 심층에 흐르는 집단의식을 파악하려면 구조를 살펴야 한다.

건국신화는 표층적으로는 삼대기 형식을 드러내지만 심층에 있는 것은 3기능 구조다. 건국신화는 파견자를 통해 지고신의 위대한 뜻을 천명하고, 중개자를 통해 새로 구성된 집단의 혈연적인, 혹은 이념적인 동질성을 구현함으로써 집단을 통합하고, 실현자를 그 통합의 표상으로 내세운다. 파견자-중개자-실현자라는 3기능의 관점으로 봐야 혈통이 6대기, 또는 그 이상으로 늘어나도 설명이 된다. 이는 조선 후기에 활성화된 족보가 시조-중시조를 내세우는 시각과 다르지 않다. 족보가 구축한 '나'의 혈연적 정체성은 중시조라는 중개자를 거쳐 시조라는 파견자에 소급됨으로써 확인된다. 건국신화와 족보의 상상력은 구조적으로 동일하다.

다음으로 지적되는 것은 '영웅의 일생'이라는 서사 형식이다. 영웅의 일생은 고귀한 혈통을 지닌 주인공이 비정상적인 방식으로 태어나 어려서 고난을 겪지만 원조자를 만나 고난을 극복하고 마침내 뜻을 이루는 서사 형식을 뜻한다. 고구려 주몽이 유화를 잡아 가둔 금와왕의 궁실에서 태어나 대소를 비롯한 배다른 형제들한테 수난을 겪다가 오이·마리·협보 등의 조력자와 동부여를 탈출하여 마침내 고구려를 창건한 뒤 승천하는 과정이 이 모형을 가장 잘 보여준다. 이 모형을 보편적 시각에서 보는 학자들은 출생에서 죽음에 이르는 삶의 과정 자체가 고난을 극복해 나가는 영웅적 과정이라고 설명한다.

한국 건국신화의 또 다른 특징으로 천부지모(天父地母)의 결합 형식이 있다. 고조선의 환웅과 웅녀, 고구려의 해모수와 유화, 신라의 박혁거세와 알영, 가락국의 수로와 허황옥의 결연이 그것을 잘 보여준다. 이때 남성 쪽이 천신계(天神系), 여성 쪽이 지신계(地神系)에 속한다. 환웅은 천신 환인의 아들이고, 해모수는 천제의 아들이며, 혁거세와 수로는 하늘에서 알 상태로 강림한다. 웅녀는 정체가 곰(신)이고, 유화는 수신 하백의 딸이고, 알영은 계룡의 옆구리에서 출생했기 때문에 역시 수신(水神)의 딸이라고 할 수 있으며, 허황옥은 바다를 건너온다. 여성 쪽은 대지나 대지의 물과 관계된 여성 혹은 여신이기 때문에 지신계에 포괄할 수 있다. 이런 천부지모의 결합을 통한 건국 영웅의 출현은 건국의 주도 세력이 천신을 숭배했기 때문일 가능성도 있고, 부계의 주도성을 표현하기 위해 부계 쪽에 천신을 배당했을 가능성도 있다.

천부지모의 결합 형식이라고 하더라도 한반도 북부와 남부 사이에 차이가 있는 것이 또 다른 특징이다. 북부의 고조선과 고구려의 경우는 천부지모의 결합 이후 건국주가 탄생하여 나라를 세운다. 단군과 주몽이 그렇다. 그러나 남부의 신라와 가락국의 경우는 건국주가 탄생한 이후 건국주의 결혼이 이뤄진다. 박혁거세는 알에서 태어난 후 계룡이 낳은 알영과 결혼한 뒤 6부의 촌장들에 의해 추대되어 건국주가 된다. 김수로 또한 알에서 태어나 9간에 의해 왕으로 추대된 후 바다를 건너온 아유타국의 허황옥과 결혼한다. 남부의 경우 추대의 형식으로 건국주가 되는 데 비해 북부의 경우는 주몽의 사례에서 알 수 있듯이 경쟁과 정복을 통해 나라를 세운다.

이계관(異界觀) 역시 한국 건국신화의 세계관을 잘 드러낸다. 한국신화의 이계에는 하늘·산·바다·땅속, 그리고 이런 공간과 결합되어 있는 관념상의 공간인 저승·서천꽃밭·용궁·강남국·지하국 등이 있다. 한국신화는 이계를 신성성의 근원으로 여기는 경향이 있다. 환웅은 귀중(鬼衆)을 거느리고 천상에서 하강, 태백산을 근거지로 삼아 신시(神市)를 연다. 주몽이나 박혁거세 등도 천제나 천마를 통해 천상과 연결된다. 석탈해와 허황옥, 벽랑국의 세 공주는 모두 바다를 건너온다. 탐라국 세 성씨의 시조들은 삼성혈(三姓穴)이라는 신성한 땅속 공간에서 솟아난다. 건국신화는 외부를 신성성의 근원으로 보는 상상력을 구사하고 있다. 이는 상대적으로 우월한 문화와 권력의 도래를 집단적으로 경험한 결과일 가능성이 높다.

건국신화는 일반적으로 고대국가의 첫 역사로 제작되지만 중세 이후의 국가에서도 나타난다. 『고려사』의 첫머리에 기록된 고려 건국신화가 좋은 사례이다. 고려 건국신화는 고대 건국신화와는 다른 특징을 지니고 있다. 먼저 다양한 신성 계보를 통합하려는 경향을 보인다. 고려 건국신화의 서두에 등장하는 왕건의 6대조 호경은 신라 성골장군 출신인데 백두산에서 내려와 구룡산의 산신이 된다. 신라와 고구려의 신성성을 통합하려는 의도가 있다. 또, 왕가의 신성 계보를 중국에 대려는 의도도 보인다. 왕건의 3대조는 당나라 숙종이다. 중세 문명의 중심인 당나라 천자의 혈통을 통해 고려 왕가의 신성성을 확보하려는 뜻이다.

또 다른 중세 건국신화의 특징은 건국주 자신보다는 선대(先代)를 신화화, 신성화한다는 사실이다. 고려의 경우는 왕건 자신보다 호경-강충-보육-진의(숙종)-작제건-용건에서 왕건으로 이어지는 선대 혈통과 그 사적이 신비화되어 있다. 조선의 경우는 「용비어천가」의 제작자인 세종보다 목조-익조-도조-환조-태조-태종으로 이어지는 6대조 사적이 신비화되어 있다. 이는 신과 신성 동물이 등장하는 고대의 건국신화가 더 이상 수용될 수 없는 중세적 합리성의 기틀 위에서 혈통의 지속성과 예조(豫兆), 또는 풍수지리설과 같은 세계 해석의 이론을 통해 신성성과 왕조의 정당성을 확보하려는 노력의 결과이다.

고대의 건국신화는 집단의 기원을 이야기하기 때문에 근대 민족신화로 재인식되기도 한다. <단군신화>의 단군은 이미 고려대에 와서 삼한과 삼국의 근원으로 인식된 바 있다. 신라·고구려·남옥저·북옥저·동부여·북부여·예·맥이 모두 단군의 후손이라고 읊은 이승휴의 한문서사시 『제왕운기(帝王韻紀)』가 그것을 잘 보여준다. 이런 전례를 보여 준 바 있는 단군은 19세기 후반에서 20세기 초반, 서구와 일본 제국주의의 외침이라는 집단적 위기의식 속에서 단일민족의 기원으로 재인식된다. 그리고 역사 교과서의 편찬을 통한 역사 교육, 민족종교인 대종교 등에 의한 신격화 과정을 거치면서 단군은 민족의 아버지가 된다. <단군신화>에 명시되어 있는 '홍익인간'이 해방 이후 교육이념으로 채택된 이유도 여기에 있다. 고대의 <단군신화>는 단일민족의 신화이자 근대적 민족국가의 건국신화로 재탄생한다.

한국 건국신화의 문학사적 맥락

건국신화는 문학사적으로도 중요한 위치에 있다. 건국신화에 나타나 있는 건국 영웅의 탄생과 건국 과정의 활약상은 이후 소설의 중요한 모티프가 되기 때문이다. 건국 영웅의 일생은 한국 고전소설의 주인공의 탄생과 출세 과정에 그대로 재현된다. 임진왜란과 병자호란 이후 영웅소설이 대거 출현하는데 대표작이라 할 만한 <유충렬전>이 있다. 이 소설의 주인공 유충렬은 부친이 신이한 태몽을 꾼 후 태어났으나 부친이 역신들의 모함으로 귀양을 가는 바람에 목숨이 백척간두에 놓이는 고난을 겪는다. 그러나 천우신조로 조력자를 만나 성장한 뒤 위기에 처한 천자를 구하고 반란군을 토벌하는 공을 세운다. 그 뒤 유배지에서 고생하던 부친을 구하고 헤어졌던 가족을 만나 부귀영화를 누린다. 유충렬은 고구려 건국 영웅 주몽의 영웅적 일생을 따르고 있다. 건국신화의 주인공은 나라를 세우고, 영웅소설의 주인공은 나라를 구하는 차이가 있을 뿐이다.

영웅이 늘 성공만 하는 것은 아니다. 실패한 영웅 이야기 역시 건국신화의 맥락에서 이해할 수 있다. 후삼국의 경쟁자였지만 왕건과 달리 궁예와 견훤은 실패한 영웅이다. 궁예나 견훤은 모두 주몽과 같은 신화적 탄생담을 가지고 있으나 비극적 결말에 이른다. 궁예는 폭압적 군주로 묘사되거나 백성들의 손에 맞아 죽고, 견훤은 자식들한테 배신당하거나 지렁이 아들로 태어났기에 안동 땅을 공격하던 중 소금물에 힘을 잃고 패배한다. 이런 역사적 인물들보다 더 심각한 것이 아기장수 전설이다. 아기장수였던 주몽은 모친의 보호를 받았으나 아기장수 전설의 아기 영웅은 가족들에 의해 살해된다. 아기장수는 반국가적 영웅이 될 가능성을 지닌 존재이기 때문이다.

───── 더 읽어보기

이지영, 『한국 건국신화의 실상과 이해』, 월인, 2000.
조현설, 『동아시아 건국신화의 역사와 논리』, 문학과지성사, 2003.
박상란, 『신라와 가야의 건국신화』, 한국학술정보, 2005.
이규보, 조현설 역해, 『동명왕편 – 신화로 읽는 고구려의 건국 서사시』, 아카넷, 2019.

한국의 민담

나수호

민담이라는 장르의 정의

민담(民譚)은 말 그대로 풀이하면 '일반 사람의 이야기'라고 할 수 있으며 영어의 'folktale'과 독일어의 'Volksmärchen'에 해당하는 개념이다. 더 넓은 개념인 '설화'의 삼분법을 따르면 민담은 신화 및 전설과 구별된다. 학자들에 의하면 민담은 향유 집단 내에서 진실하지도 신성하지도 않은 것으로 인식되고 있다고 한다. 진실이 아니니 다른 설화의 장르와 달리 증거가 필요 없다. 또한 그 시·공간적 배경에 있어서 대체로 특정한 장소나 시간이 언급되지 않고 흔히 '옛날 옛적에 어느 마을에서'와 같은 말로 시작한다. 이야기의 주인공도 일반인이나 동물과 같은 평범한 존재가 등장하는 경우가 많다. 따라서 다른 설화의 장르보다 민담의 전승 범위가 가장 넓으며 인간의 보편적인 관심사를 다루기 때문에 비슷한 이야기가 세계 방방곡곡에서 발견되곤 한다.

다만 염두에 두어야 할 것은 '신화', '전설', '민담'과 같은 장르는 학자들에 의해 규정된 개념이므로 항간에 실제로 전해지는 이야기를 보면 어느 한

범주에 딱 들어맞지 않을 수도 있다는 점이다. 예를 들면 학자들이 '민담'으로 분류한 이야기 중에도 특정한 마을이나 지역에서 벌어진 이야기로 전해지는 것이 많다. 다만 그런 이야기는 대체로 꼭 그 지역을 배경으로 해야만 하는 것이 아니라 어느 지역에서든 벌어질 수 있는 이야기이기 때문에 민담의 기본적 성격을 유지한다고 할 수 있다. 아무튼 '민담'이란 인위적으로 만든 학술용어이며 사람이 전하는 이야기의 의미와 기능을 효과적으로 파악하기 위한 것이지 완벽하게 들어맞아야 하는 개념이 아니라는 사실을 기억하면 된다.

대표적 민담 작품 소개

한국에서 전해 내려오는 민담은 수없이 많다. 잘 알려진 이야기로 <콩쥐팥쥐>, <선녀와 나무꾼>, <꾀쟁이 하인> 등을 들 수 있다. <콩쥐팥쥐>는 계모와 의붓언니인 팥쥐에게 구박을 받으며 고생한 콩쥐의 이야기다. 마을 잔치에 계모가 자신의 딸은 데려가면서 콩쥐에게는 감당하기 불가능한 과제를 내는데 콩쥐는 조력자의 도움으로 그 과제를 완수한다. 또한 선녀가 하늘에서 내려와 옷과 신발을 마련해주어 잔치에 갈 수 있도록 도와준다. 콩쥐는 가다가 신발을 한 짝을 잃어버리지만, 그것을 발견한 원님이 신발 주인을 찾다가 콩쥐를 만나게 되어 청혼한다. 콩쥐의 '해피 엔딩'을 보고 질투에 타오른 팥쥐는 의붓동생을 죽인다. 그러나 콩쥐가 환생하여 원님에게 의붓언니의 죄를 아뢰자 원님이 팥쥐를 처형하고 이어서 계모가 딸의 시신을 보고 충격으로 죽으면서 이야기가 종결된다. 주지하는 바와 같이 <콩쥐팥쥐> 이야기는 세계적으로 분포되어 있는 <신데렐라> 유형에 속한다. 이처럼 민담의 소재나 주제는 보편적이다. 그러면서도 나라마다 '신데렐라' 이야기가 조금씩 차이가 있으므로 보편성과 함께 특수성도 지닌다고 할 수 있다. 또한 서양의 <신데렐라>와 마찬가지로 현대에 들어와 <콩쥐팥쥐> 역시 소설화되어 구비문학과 기록문학의 상호관계 속에서 발전되어왔다.

<선녀와 나무꾼>은 하늘에서 내려온 선녀를 배필로 맞은 나무꾼의 이야기다. 나무꾼이 사냥꾼에 쫓기고 있는 사슴을 구하니 사슴이 그 은혜를 갚는다며 선녀들이 목욕하는 연못의 위치를 알려준다. 사슴의 지시대로 나무꾼이 그 연못에 가서 선녀가 하늘로 올라가지 못하도록 날개옷을 훔치고 집으로 데려와 아내로 삼고 아이를 둘 낳는다. 아이 셋을 낳기 전에는 선녀에게 날개옷을 보여주지 말라고 사슴이 당부했지만, 보여달라고 애원하는 아내를 이기지 못해 결국 날개옷을 꺼내 보여주니 눈 깜짝할 사이에 선녀가 날개옷을 입은 후 두 아이를 데리고 하늘로 날아 올라가 버린다. 이 지점에서 여느 구비문학 장르와 마찬가지로 민담의 또 다른 특징이 보이는데 바로 변이이다. 어떤 이야기는 선녀가 하늘로 올라간 것으로 끝나지만, 어떤 이야기에서는 사슴이 다시 찾아와 하늘에 올라가는 방법을 나무꾼에게 알려줘서 나무꾼이 하늘에서 아내와 아이를 다시 만나 같이 살게 되는 '해피 엔딩'으로 마무리되기도 한다. 그뿐만 아니라 이후 나무꾼이 집에 홀로 남겨진 어머니를 보기 위해 지상으로 다시 내려갔다가 아내의 당부를 어겨서 결국 하늘로 돌아가지 못하고 닭이 되어버렸다는 이야기도 있다. 이처럼 이야기꾼마다 이야기를 달리 해서 그 의미까지 달라질 수 있다. 그리고 <선녀와 나무꾼> 역시 모습을 조금씩 달리하여 세계적으로 분포되어있는 이야기이다. 서양에서 가장 널리 알려진 유형은 <백조의 처녀>인데 날개옷을 입으면 백조가 되고 벗으면 아름다운 여자가 되는 존재를 소개하고 있다. 흥미로운 차이점 중의 하나는 백조녀는 날아서 도망갈 때 아이를 데려가지 않는 게 일반적이라는 점이다.

<꾀쟁이 하인>은 상전을 속여서 골려 먹은 하인의 이야기다. 서울로 올라

가는 상전을 모시고 동행하는 하인은 상전이 주문한 술이나 음식에 콧물을 빠뜨렸다고 하여 차지하는 일부터 서울에 도착한 다음 주인의 말을 팔아버리는 일에 이르기까지 상전을 엄청나게 괴롭힌다. 화가 난 상전이 하인의 등에 편지를 써서 집으로 돌려보내자 가는 길에 아이를 등에 업고 방아에 떡보리를 찧고 있는 여자를 발견하여 그 여자까지 속이기로 삭정한다. 아이를 대신 업고 방아를 찧어주겠다고 하고는 아이를 방아확에 넣고 떡보리를 훔쳐 달아난다. 계속해서 길을 가다가 행인에게 등에 쓰인 편지를 읽어달라고 하여 내용을 확인한 후 '이놈이 집에 오면 당장 죽여라'라는 말을 '이놈이 집에 오면 당장 막내딸과 결혼시켜라'라고 고쳐 상전의 막내딸과 혼인한다. 나중에 집에 돌아와 골칫덩어리 하인이 막내딸과 결혼한 것을 본 상전이 화가 나 하인을 강에 빠뜨리라고 명령하지만 역시 하인이 꾀를 써서 위기를 모면하고 상전과 그 식구(물론 아내가 된 막내딸 빼고)를 강에 빠져 죽게 하고 마침내 승리를 거둔다. <꾀쟁이 하인> 역시 세계 각국에서 발견되는 트릭스터(trickster)라는 인물이 등장하는 이야기이며 이른바 '연쇄담(連鎖譚)'이라고 할 수 있다. 다시 말하면 기본적인 이야기 구조가 같지만 다른 삽화를 잇대어 이야기를 만들 수 있는 것이다. 어떤 삽화는 다른 문화권의 트릭스터 이야기에서 볼 수 있는 것과 비슷하나 <꾀쟁이 하인>은 전체적으로 보았을 때 특수성을 지닌다고 할 수 있다.

민담의 기능과 의미

위와 같은 민담의 기능에 대해서 무엇을 말할 수 있을까? 물론 이야기가 대대로 전승되려면 우선 흥미가 있어야 한다. 다시 말해 이야기가 재미있어야 사람들이 계속 전하고 싶은 마음이 생긴다. 그래서 민담의 오락성과 대인 관계를 형성·유지하는 기능을 무시할 수 없다. 그러나 그것만으로 이야기가 대대로 전승되지는 않을 것이다. 다른 기능이 있을 텐데 많은 학자는 민담의 윤리적 혹은 교훈적인 기능을 지적하기도 한다. 즉 교육적인 기능이 있다는 것이다. 특히 민담의 범주에 포함되는 동화(fairy tale)는 주로 어린이에게 전하는 이야기이므로 어느 정도 설득력이 있는 주장이라고 할 수 있다. 예를 들면 위에서 살펴봤던 <콩쥐팥쥐>와 같은 <신데렐라> 유형의 이야기는 불우한 여주인공의 행복한 결말을 전해주는데 이는 상황이 아무리 절망적이어도 행실을 착하게 하면 하늘이 도와준다는 '동화적 사고'를 심어주는 것으로 해석할 수 있다. 대부분 어린이가 악한 계모와 이복언니 밑에서 고생하는 것에 공감하지 못하더라도 권선징악의 교훈을 이해할 수 있을 것이다. <선녀와 나무꾼>도 어떻게 보면 동물 즉, 약한 자에게 자비를 베풀면 그 선행에 보답을 받는다는 윤리적인 교훈을 전하는 것으로 볼 수 있다. 더 나아가 금기를 어기면 망한다는 해석도 가능하다.

그러나 역시 윤리적·교육적인 측면만으로 민담의 기능을 설명할 수 없는 듯하다. 분명히 교훈을 전하는 민담이 있는 한편 <꾀쟁이 하인>과 같이 교훈을 찾아보기가 힘든 이야기도 많다. 어떻게 보면 주인이 하인을 선하게 대하지 않으면 역으로 당한다는 교훈을 억지로 뽑을 수도 있겠지만, 민담이란 상류층이 아니라 '보통 사람'들이 주고받은 이야기라는 사실을 고려할 때 설득력이 떨어지는 주장이라는 것을 알 수 있다. 게다가 상전이 하인을 먼저 괴롭혔다는 각편도 있기는 하지만 그렇지 않은 각편도 많은 것을 보아 상전의 행실이 핵심적인 요소가 아님을 알 수 있다. 그렇다면 민담의 근본적인 기능과 의미가 무엇이라고 할 수 있을까? 결국, 민담이란 사람의 고통과 실망, 꿈과 염원, 즉 이 세상에서 인간으로서 우리가 경험하는 삶과 희망하는 삶을 담아내는 것이 아닌가 싶다. 마법의 거울처럼 우리의 모습을 보여주기도 하고 마음속으로 우리가 원하는 모습을 보여주기도 한다. 그래서 우리가 민담을 이야기하거나 들을 때 화자나 청자 모두 같은 인간이라는 사실이 확인되고 서로 간에 연대감이 생겨 공동체 의식이 강해지기도 한다.

위에서 살핀 민담을 다시 보면 이런 모습이 잘 드러난다. <콩쥐팥쥐>에는 억울하게 당한 약자가 행복한 결말을 맞는데 똑같은 상황이 아니더라도 억울한 일을 당하는 것에 누구나 공감할 수 있다. 내가 겪는 어려움이 나만의 경험이 아니라 인간의 보편적인 경험이라는 사실을 확인하며 위안을 받고 해피 엔딩을 보면서 카타르시스를 느끼는 것이다. <선녀와 나무꾼>은 하늘에서 내려온 배필 즉, 이상적인 배필에 대한 염원을 표현하기도 한다. 각편마다 이야기꾼의 사고방식이나 성향에 따라서 결말이 행복할 수도 있고 비극적일 수도 있는데 비극적으로 끝나는 이야기에도 중요한 메시지가 있다고 할 수 있다. 표면적으로는 나무꾼이 선녀인 아내를 잃는 이유가 모두 금기를 어겼기 때문인데 여러 가지의 해석이 가능하다. 가장 일차적인 해석은 금기를 어기면 안 된다는 교훈이지만 조금 더 깊이 파고들면 하늘과 땅, 천상의 존재와 지상의 존재, 여자와 남자의 결합이 결코 쉬운 일이 아니라는 이야기도 해준다. 그리고 더 깊이 파고들면 금기를 어긴 일이 나무꾼이 악한 마음을 먹거나 우둔해서가 아니라 결국 정 때문이다. 아내가 날개옷을 보여달라고 애원할 때 그 정을 이기지 못해 금기를 어기고 나중에 지상으로 다시 내려올 때에도 어머니에 대한 정 때문에 땅에 남아 닭이 되어버린다. 정은 비록 비극을 초래할 수 있을지라도 우리의 인간적인 모습 중에 가장 근본적이고 중요한 것이다. 마지막으로 <꾀쟁이 하인>을 보면 일찍이 '민중의 영웅'으로 보는 학자들도 있었는데 이는 계급사회에서 강자에 대한 약자의 억울함과 복수심을 표현하는 것이라고 한다. 물론 그런 염원도 있겠지만 하인이 상전 말고도 불쌍한 하층민까지 속이는 것을 보면 다른 의미가 있을 것 같다. 결국, 꾀쟁이 하인과 같은 트릭스터는 사회의 모든 범주와 위계, 경계를 어기면서 그러한 것이 현 사회구조에 의해 임의로 정해진 것임을 보여준다. 다시 말하면 상하(上下)·귀천(貴賤)·성속(聖俗) 등의 이분법은 인위적이며 언제든지 지금과 다른 모습의 사회가 가능하다는 사실을 말해주는 것이다.

이와 같이 민담에는 깊은 의미가 담겨있다. 그러나 결론을 짓기 전에 중요한 한 가지를 짚고 넘어갈 필요가 있다. 앞에서 언급했듯이 '민담'이라는 말은 '민(民)의 이야기'로 풀이되며 영어의 'folktale'이나 독일어의 'Volksmärchen'과 상통하는 개념이다. 그리고 민담에 관한 서양학자들의 탐구가 한국 민담에도 시사점을 던져준다고 본다. 여기서 고민하고 싶은 질문은 저명한 미국 민속학자인 던데스(Alan Dundes)가 던진 질문과 같은 것인데 '민(民)'이 정확히 누구를 가리키고 있느냐는 것이다. 19세기 유럽의 경우에는 民(folk, Volk)이 농민과 동일시되었다. 다시 말하면 문맹이며 현대사회와 동떨어진 시골 사람들로, 교양이 있고 세련된 도시 사람과 반대되는 집단으로 이해한 것이다. 그렇다고 해서 온전히 부정적인 개념인 것은 아니었다. 도시 사람들이 근대의 사고와 문물을 받아들여 교양이 있고 세련되었을지라도 근대성을 향해 나아가는 가운데 무언가 잃고 있지 않을까 우려하기도 했다. 독일의 헤르더(Johann Gottfried Herder)와 같은 철학가들은 낭만적 민족주의를 이론화하면서 그 '무언가'를 '민족의 정신'으로 정의하고 이것이 그 정신을 보유하는 집단의 국토 즉, 흙과 가장 가깝게 지내는 농민의 이야기와 노래에 담겨있다고 했다. 따라서 근대에 들어서면서부터 민담은 민족주의와 긴밀하게 관련되어 왔다. 물론 이런 생각 그 자체가 무조건 그릇된 것이라고 할 수 없겠지만 상당히 위험한 생각일 수 있다. 20세기 들어 독일 나치당의 구호 중 '피와 땅(Blut und Boden)'은 민족(피)과 국토(땅)의 불가분한 관계를 표현한 것이며 위와 같은 낭만주의적 민족주의에 바탕을 두고 있었다. 나치들의 무기 중에 전투기나 전차 이외에도 민족주의를 표방하기 위해 이용한 민담도 있었다는 사실을 잊으면 안 된다.

맺음말

 물론 오늘날 20세기의 혹독한 교훈을 잘 배웠으리라 생각되지만, 민담을 너무 좁게 보는 시각의 위험을 염두에 두어야 한다. 민담은 지역적·사회적·문화적 특수성을 지니면서도 인간의 보편적인 모습을 보여주는 이야기이다. 한 집단이 독점할 수 있는 이야기가 아니라 모두 공유하면서 서로에 대해 배울 수 있게 해주는 이야기이기도 하다. 나아가 가장 중요한 것은 여느 구비문학과 마찬가지로 민담은 옛날의 유물이 아니라 오늘날에도 살아 숨 쉬는 이야기라는 점이다. 현대인도 <콩쥐팥쥐>, <선녀와 나무꾼>, <꾀쟁이 하인> 등과 같은 민담을 즐기면서 많은 것을 얻을 수 있다. 그뿐만 아니라 사람들이 인간의 경험과 염원을 담아 이야기를 꾸며내려는 욕구를 느끼는 한 민담의 전통은 앞으로도 계속될 것이다.

───── 더 읽어보기

서대석 편, 『한국문학총서3 ─ 구비문학』, 해냄, 1997.
장덕순 외, 『구비문학개설 한글개정판』, 일조각, 2006.
김태우 기획, 『한국민속문학사전 ─ 설화』, 국립민속박물관, 2012.
Stith Thompson, *The Folktale* (1946).
Christa Kamenetsky, "Folklore as a Political Tool in Nazi Germany," *The Journal of American Folklore* 85/337 (1972).
William A. Wilson, "Herder, Folklore and Romantic Nationalism," *Journal of Popular Culture* (Spring 1973).
Alan Dundes, "Who Are the Folk?" *Frontiers of Folklore*, ed. William R. Bascom (1977).
Dan Ben-Amos, "Folktale," *Folklore Cultural Performances, and Popular Entertainments*, ed. Richard Bauman (1992).

한국의 전설

나수호

전설이라는 장르의 정의

전설(傳說)은 민담, 신화와 함께 '설화'의 하위 분류이며 글자 그대로 풀이하자면 '전하여 내려온 이야기'라는 뜻이다. 더 정확하게 정의하자면 특정한 시간과 공간을 배경으로 한 이야기이며 증거물이 남아 있기 때문에 향유하는 사람들이 대체로 사실이라 믿는 것이라고 할 수 있다. 그러나 이것은 일반적인 정의일 뿐이며 모든 전설이 무조건 사실로 간주되는 것은 아니다. 예를 들면 세월이 많이 흘러 전설과 관련된 증거물이 없어지거나 집단적인 기억이 희미해져서 더 이상 사실로 여겨지지 않을 수도 있다. 그리고 어떤 전설에는 초자연적인 요소가 등장하는데 이를 그대로 믿는다고 볼 수는 없고, 중요한 '진실'을 전하는 이야기가 될지언정 '사실'이 될 수는 없을 것이다. 또한, 전설은 특정한 공간을 배경으로 하고 거기에 발견되는 증거물과 연관되어 있으므로 전승범위가 대체로 지역적으로 한정되어 있으나 역시 예외가 있을 수 있다. 예를 들면 특이한 모양의 산과 같이 널리 발견되는 자연현상이 증거물인 경우에 전설이 다른 지역으로 전파될 수도 있고, 혹은 다양한 지역에서 독립적으로 발생할 수도 있다.

위에서 언급했듯이 전설은 어떤 자연현상의 기원을 설명하는 역할을 하기도 하고 조금 더 넓게 보면 관습, 관행 등 문화적 현상의 기원을 설명하는 역할을 할 수도 있다. 그 외에도 특정 인간이 주인공으로 등장하는 인물전설도 있는데 주인공이 역사적 인물일 경우에는 역사와 긴밀한 관계를 지니게 된다. 역사는 지배층이 쓴 것으로 대체로 공식적으로 받아들여진 사실만 기록되는 반면 전설은 역사에서 볼 수 없는 것을 보여준다. 그러나 <삼국사기>나 <삼국유사> 같은 고문헌에 역사와 전설이 한데 어우러져 있는 것을 보면 역사와 전설은 대조가 아닌 상호보완적인 것으로 이해되어온 것을 알 수 있다.

위와 같은 특징으로 전설은 성스러운 이야기인 신화(神話)와 보통 사람의 이야기인 민담(民譚)과 구별된다. 그러나 염두에 두어야 하는 사실은 '신화'와 '민담'처럼 '전설'도 사람의 이야기를 연구하기 위해서 학자들이 만든 용어이기 때문에 실제로 전해지는 이야기 중에 대체로 전설이라고 불리는 이야기에 민담적 혹은 신화적 요소도 포함될 수 있다는 것이다. 결국, 각 이야기가 어떤 의의가 있는지를 보는 것이 중요하다.

대표적 전설 작품 소개

한국에서 전해지는 설화 중에 전설로 분류된 이야기가 많지만, 대부분은 위와 같은 이유로 전승범위가 한정적일 수밖에 없다. 그러나 이야기에 담긴 의미나 메시지가 중요하기에 널리 알려져 대표적인 이야기가 되기도 하는데 그런 이야기 중에 <아기장수>, <아랑의 원혼>, <에밀레종>을 꼽을 수 있다. 먼저 <아기장수>를 살펴보면 불우한 집안에서 비범한 능력을 지닌 아이가 태어나는데 그 비범한 능력의 상징은 겨드랑이에서 나온 날개다. 아이가 날아올라 천장에 붙어 있는 것을 발견한 어머니가 아들이 보통 아이가 아니라는 것을 깨닫게 되고 이런 아이가 태어났다는 사실이 알려지면 가족이 역적으로 몰릴까 하는 두려움에 부모가 아이를 죽이기로 한다. 아이가 죽은 후에 용마가 나타나 죽고 용마가 죽은 자리가 전설의 증거가 되는 경우가 많다. 특정한 곳에서 벌어지는 이야기로 전해지지만 사실 전국적으로 분포된 이야기이다. 그만큼 다양한 모습으로 전개되며 아기장수를 죽이는 주체나 방법도 여러 가지이다. 부모가 직접 살해하는 경우도 있고 관군이 추적해서 살해하는 경우도 있다. 심지어 죽지 않는 각편도 있는데 날개가 잘려서 겨우 살아남는 이야기도 있고 자취를 감췄지만 언젠가 다시 나타날 거란 예언으로 맺는 이야기도 있다. 이 전설은 비범한 영웅이 비극적인 종말을 맞이하는 유형으로 특히 겨드랑이에서 날개가 나와 날아오르는 모티프는 오늘날의 문학에도 계속하여 영향을 주고 있다.

<아랑의 원혼>은 경남 밀양이라는 지역을 배경으로 한 이야기이지만 원혼 전설의 원형으로 널리 알려져 있다. 밀양 부사에게 아름다운 딸 아랑이 있었는데 아랑을 사모하는 사령이 그녀를 밤에 유인하여 겁탈한 후 죽이거나, 혹은 아랑이 끝까지 순결을 지키려다가 죽임을 당한다. 어찌 됐든 아버지인 부사가 상심하여 죽거나 마을을 떠나고 아랑은 원혼으로 남게 되는데 부사가 새로 부임해 올 때마다 아랑의 원혼을 보고 놀라 죽는다. 그러다 마침내 담이 큰 사람이 부사로 밀양에 부임하여 아랑의 원혼을 보고도 놀라지 않고 아랑의 비극적 사연을 끝까지 들어준다. 다음 날 부사가 관원들을 모두 집결 시키니 아랑의 원혼이 나비로 변하여 자신을 죽인 사령 위에 내려앉아 범인 으로 지목한다. 범인이 죄를 자백하고 아랑의 시신이 있는 곳을 털어놓아 부사가 시신을 건져내 장사지내도록 하고 이후 영남루 아래 아랑각을 지어 제사를 지냈다고 한다. 이러한 지역적 증거물 때문에 밀양의 이야기로 알려

져 있는데 각편의 수도 많고 다양한 변이가 보인다. 그 중에 아랑이 기생으로 나오는 이야기도 있고 아랑의 한을 풀어주는 인물로 부사가 아닌 인정받지 못해 주변으로 밀려난 남성이 등장하는 이야기도 있다. 아랑에 관한 전설은 20세기까지 다양한 형태로 전해져 1957년부터 '밀양 아랑제'로 기념되었으며 오늘날에도 '밀양아리랑대축제'의 일부로 계속 전승되고 있다.

<에밀레종> 전설은 신라 시대 봉덕사의 법종 즉, 성덕대왕신종 주조를 배경으로 한 이야기다. 새로이 법종을 주조하는 일이 실패를 거듭하는 가운데 어떤 승려가 종을 주조할 때 사용할 쇠붙이를 시주받으러 다니다가 아이를 업은 여자를 만난다. 그 여자는 너무 가난해 아이밖에 시주할 것이 없다고 농담처럼 말했다. 빈손으로 절에 돌아간 승려는 이후 꿈에서 아이를 쇳물에 넣어야 종을 성공적으로 주조할 수 있다는 계시를 받았다. 그래서 그 여자의 아이를 데려다가 쇳물에 던져 넣어 종을 만들었더니 드디어 종이 아름다운 소리를 냈는데 마치 아이가 엄마를 부르는 소리처럼 들려서 그 종을 '에밀레종'이라 불렀다고 전한다. 여러 각편 중에 위와 같이 여자의 괜한 소리 때문에 아이가 희생되는 이야기도 있지만, 여자가 자발적으로 아이를 바치는 이야기도 있다. 성덕대왕신종은 오늘날에도 증거물로 남아 있으며 이 끔찍한 비극적 이야기는 다양한 현대 문학 작품에 영향을 끼치기도 한다. 여담인데, 실제로 1970년과 1998년에 에밀레종에 대한 성분 조사를 실시한 바가 있다고 하는데, 인체의 성분 검출 여부와 관계없이 이러한 조사를 실시했다는 사실 자체가 전설의 진실성에 대한 사람들의 관심을 방증한다는 점에서 매우 흥미롭다.

전설의 기능과 의미

이와 같은 비극적 이야기들의 의의는 무엇일까? 앞에서 언급했듯이 전설은 설명하는 기능을 하는 경우가 많다. 증거로 자연현상이나 문화적 현상 등이 있으면 그것의 기원을 설명하는 이야기로 볼 수 있다. 예를 들면 <아기장수> 각편 중에 용마가 죽은 곳에 남아 있는 흔적, <아랑의 원혼>의 아랑각, <에밀레종>의 성덕대왕신종 등이 그것이다. 그러나 어떤 현상을 설명하는 것 외에도 전설의 의미가 풍부하다. 전설이란 역사가 말해주지 못한 진실을 전해주고 있는바 역사의 주도권을 쥔 지배체제가 피하고자 하는 불편한 진실을 밝힌다고 할 수 있다. 전설이 민담이나 신화와 달리 대체로 비극으로 끝나는 것도 여기에 한몫한다. 특히 여기서 살핀 전설 세 편은 사회체제에 대한 비판과 이야기꾼의 세계관이 맞물린 메시지를 담고 있다.

먼저 <아기장수>를 보자. 많은 각편에서 다양한 변이가 보이지만 기본적으로 불우한 집안에서 태어난 아이가 비범한 능력을 지니면 부모가 크게 기뻐하는 것이 아니라 오히려 두려워한다. 왜 그럴까? 이는 엄격한 계급사회의 산물이라고 할 수 있다. 영웅이란 대다수를 위해 싸우고 자신을 희생하는 존재인바 권력을 장악하여 다수의 피지배층을 억압하고 착취하는 소수의 지배층이 미천한 출신의 영웅을 반가워할 리가 없다. 자신들의 권력을 유지하려면 그런 자를 '역적'으로 몰아내고 제거하려는 것이 당연하다. 아기장수가 부모에 의해 살해당하는 이야기는 상민이 숨도 못 쉴 정도로 지배층이 권력을 거머쥐고 있는 실상을 보여준다. 그리고 날개가 잘리고 불우한 인생을 보내는 이야기는 피지배층에게는 역적으로 죽든지 아니면 아무런 힘이 없는 존재로 겨우 목숨을 이어가든지 둘 중에 하나를 선택할 수밖에 없는 현실을 강조하고 있다. 반면에 아기장수가 고군분투하면서 영웅으로 살겠다는 의지를 보이거나 어디론가 사라져 언젠가 구세주처럼 다시 나타난다는 이야기는 희망을 잃지 않고 더 나은 세상을 향해 나아가는 세계관을 보여준 다고 할 수 있다. 근본적으로는 세상을 바꿀 힘을 가진 영웅은 고귀한 출신뿐 아니라 미천한 출신도 될 수 있다는, 인간이 평등하다는 믿음을 표현하는 이야기이다.

<아랑의 원혼> 역시 사회체제를 비판하고 있는데 특히 가부장제에 주목하 고 있다. 아랑을 겁탈하고 살해하는 사령의 폭력은 여자가 희생되는 가부장 적 폭력을 상징하는 것이다. 흥미로운 점은 살아생전에 아랑은 아무 말이 없다가 죽은 후에야 말을 하는 것이다. 이것도 그녀의 사연을 들어줄 사람이 있어야 가능하다. 사실 새로 부임한 부사들이 계속 죽었던 이유는 아랑의 원혼이 복수심으로 죽여서가 아니라 그저 자신의 이야기를 들어줄 권력자를 찾고 있을 뿐인데 이젠 인간 사회체제 밖에 있는 귀신이 된 자신을 본 부사들 이 너무 놀라 제풀에 심장이 멈춰 죽는 것이다. 어쨌든 종국에 권위자의 힘을 빌려 원한을 풀게 된다는 점에서 아랑이 사후에도 가부장제에서 벗어나 지 못한 것이라 해석할 수도 있지만, 살아 있을 때보다 죽은 후에 힘을 발휘하 고 목소리를 내어 자신의 원한을 풀 수 있는 것이 사실이다. 역사에는 열녀를 기리는 기록이 있어도 사후에 자신의 목소리를 내는 여성은 있을 수 없다. 그리고 변이 중 주변으로 밀려난 남성이 조력자가 되는 이야기는 사회체제 밖에 있는 인물이어야 아랑을 도와줄 수 있다는 설정으로 그 반체제적 경향 을 더욱 강조한다고 할 수 있다.

마지막으로 본 <에밀레종> 전설은 현대인에게 가장 충격적인 이야기일 것이다. 무고한 아이를 어떻게 끓는 쇳물에 무자비하게 넣을 수가 있는가? 사실 전승 당시에도 충격적인 이야기였을 것이다. 일단 모든 중생이 귀하다 고 표방하는 불교에서 인간을 제물로 바친다는 것은 말이 안 된다. 그것도 가난한 여염집의 어린아이였다. 여기서도 역시 이야기꾼의 입장이 중요하다. 어머니가 농담을 했다가 나중에 아이를 빼앗기는 이야기는 비판적인 입장을

취한다고 할 수 있다. 사찰의 종을 만들기 위해서 중이 가난한 동네까지 돌아다니면서 쇳덩이 등을 시주받는 것을 보면 백성들의 부담이 컸다는 것을 알 수 있다. 아이를 강제로 바친 것은 그 부담과 그에 따른 원성을 극단적으로 표현한 셈이다. 반면에 어머니가 자발적으로 아이를 바치는 이야기는 큰일을 이루기 위해서 그만큼 큰 희생이 필요하다는 견해를 드러낸다. 원시적 주술의 원리를 빌려서 신성성을 표현하는 것이라고 할 수도 있다.

맺음말 ─ 오늘날의 전설

이와 같은 전설은 옛이야기이면서 앞에서 보았듯이 현대인에게도 영감을 계속 주고 있다. 그러나 전설이 옛이야기만으로 국한된 것인가? 다시 말해 오늘날에도 전설이 새로 발생하고 전승되고 있을까? 이는 서양에서 구비문학을 연구하는 학자들이 20세기 전반부터 고민해온 문제이다. 이후 전통 전설과 비슷한 모습을 지니면서도 현대의 산물인 이야기를 '도시 전설(urban legend)'이라고 명명했다. '도시'라는 공간을 언급한 이유는 구비문학이 원래 교양이 없고 현대 문물이 닿지 않은 시골에 속한다는 낡은 의식이 있었기 때문이다. 그러나 오늘날의 전설은 시골에서도, 도시에서도, 교외에서도 발생할 수 있다는 사실을 깨닫고 공간보다는 시간으로 구분하는 게 좋겠다고 생각하여 '현대 전설(contemporary legend)'로 용어를 정정했다. 그리고 세부 사항에 있어서 차이가 있을 수도 있지만 근본적으로는 전통 전설과 현대 전설이 같은 계통의 이야기이며 후자가 전자를 계승하고 있다고 학자들이 주장한다.

그렇다면 한국에도 현대 전설이 있을까? 당연히 있다. 가장 쉽게 떠올릴 수 있는 예는 아마도 귀신 이야기이지 않을까 싶다. 조선시대에 <아랑의

원혼>이 있었듯이 귀신 이야기는 시대를 막론하고 사람들의 입에 오르내린다. 귀신 이야기는 다양한 배경이 설정되는데 학교에 출몰하는 귀신 이야기는 아마도 1998년에 개봉한 <여고괴담>에 영향을 주었을 것이다. 오로지 공포감을 주는 것에 집중한 작품이 아니라 학교라는 사회체제를 비판한 것을 보면 전설의 본질을 잘 반영했다고 할 수 있다. 그리고 현대인은 온라인 생활의 비중이 점점 높아지면서 인터넷에 떠돌아다니는 이야기 중에 전설의 전통을 계승하는 예가 많다. 민담처럼 전설도 옛날 옛적에 박혀서 화석화된 이야기가 아니라 여전히 우리의 세상을 설명하며 공식적인 역사가 말할 수 없는 진실을 말해주고 있다.

──── 더 읽어보기

조동일, 『인물전설의 의미와 기능』, 영남대학교 민족문화연구소, 1979.

서대석 편, 『한국문학총서3 - 구비문학』, 해냄, 1997.

장덕순 외, 『구비문학개설 한글개정판』, 일조각, 2006.

김태우 기획, 『한국민속문학사전 - 설화』, 국립민속박물관, 2012.

Jan Harold Brunvald, *The Vanishing Hitchhiker: American Urban Legends and Their Meanings*, Norton (1981).

Bengt af Klintberg, "Do the legends of today and yesterday belong to the same genre?" *Storytelling in Contemporary Societies*, ed. Lutz Röhrich and Sabine Wienker-Peipho (1990).

구비문학의 자료와 연구방법

나수호

구비문학의 기본 개념

구비문학의 자료가 무엇인지, 그리고 그것을 어떻게 연구해야 할지 논하려면 우선 구비문학이 정확히 무엇인지 먼저 알아야 한다. '구비문학(口碑文學)'이란 영어의 'oral literature'에 해당하는 개념이며 '구전문학(口傳文學)'이라고도 한다. '비석 비(碑)' 자를 사용하는 것은 '비석에 글을 새긴 것처럼 사람의 기억에 말로 새긴 것'이라는 뜻으로 해석할 수 있으며 '구비문학'이든 '구전문학'이든 '오랫동안 입으로 전해 내려온 언어예술'이라는 뜻이라고 할 수 있다. 이처럼 기록성과 구별되는 구술성이 구비문학의 근본적인 특징이라면 여기에 뒤따르는 이차적인 특징도 있다. 특히 현대 통신 기술이 발달하기 이전에는 말로 무언가를 전하려면 구언자와 청자가 같은 공간에 있어야 하니 '현장성' 혹은 '대면성'이 기본적인 특징이 된다. 또한 구비문학이 주로 평민들에 의해 향유되었다는 점에서 '민중성' 혹은 '토착성(vernacularity)'도 구비문학 연구에서 중요하게 여겨왔다.

이러한 특징은 19세기 서양학자들의 구비문학에 관한 생각에 큰 영향을 주었다. 19세기 중반까지는 영국에서 연구대상을 '대중적 유물(popular antiquities)' 혹은 '대중적 문학(popular literature)'이라고 명명했는데 1846년에 톰스(William Thoms)가 'folklore'라는 용어를 제안했다. 엄밀히 말하자면 'folklore'는 관습, 믿음 등까지 포함하므로 '구비문학'에 비해 범위가 넓은 개념이기는 하지만 일반적으로 같은 대상을 가리키는 것으로 이해되고 있다. (참고로 'oral literature'라는 용어는 문학이 기록물이라는 의미를 내포하기 때문에 현재 서양에서 널리 사용하지 않는 용어이다.)

서양에서는 'folklore'라는 용어를 사용하기 전에도 학자들이 구비문학을 소멸될 위기에 처한 것으로 인식하고 있었다. 물론 기본적으로 말로 전하는 것이기 때문에 어떻게 보면 말하는 순간 사라지는 것이기도 하지만 구술성이 소멸 위기의 원인은 아니었다. 오히려 '민중성' 혹은 '토착성'이 그 원인이라고 생각했다. 다시 말하면 '땅에 붙어있는(土着)' 사람들, 즉 농민을 구비문학의 주체로 인식하고 있었고 현대화와 도시화로 인해 그들의 전통적인 생활 방식이 점점 사라진다고 믿었던 시대였다. 그 사라지는 생활 방식 중에 당연히 구비문학도 포함되어 있었기에 학자들은 구비문학을 보존하기 위하여 큰 노력을 쏟아부었다. 19세기 초반에 출판된 그림 형제의 동화(Kindermärchen)가 그런 노력 중의 하나였으며 오늘날까지 세계 문화에 큰 영향을 주고 있다.

구비문학과 기록문학의 관계

그런데 여기에 구비문학의 근본적인 역설이 내포되어 있다. 앞에서 언급했듯이 말로 전해지는 것이기 때문에 본래 일시적이라 연구하려면 어떻게 해서든 기록해야 한다. 기술이 좋아진 오늘날에는 소리를 그대로 녹음하거나 동영상을 찍어서 구연자와 구연 현장의 모습을 어느 정도 포착할 수 있으나 현대의 기술이 등장하기 전에는 글로 채록하여 텍스트로 남길 수밖에 없었다. 게다가 초기 학자들은 구연자나 구연 현장이라는 맥락적인 요소보다 텍스트 그 자체가 구비문학의 핵심이라고 생각했기 때문에 채록하고 연구하는 방법이 오늘날과 사뭇 다르다. 그림 형제도 동화의 서사를 기록하기는 했지만, 구전으로 들은 이야기를 윤문하여 '문학다운 글'을 만들어냈다. 이는 유럽에서만 벌어진 일이 아니다. 한국에서는 사대부들이 기록한 야담이 바로 그러한 예다. 야담 중에 구전되던 이야기를 문학 장르로 윤색하여 기록한 것이 많다. 세월을 거슬러 올라가면 『삼국유사』 등 고문헌에 기록된 건국 신화도 비슷한 맥락으로 볼 수 있다. 이와 같은 작품은 협의의 구비문학에는 들 수 없겠지만 그렇다고 해서 구비문학의 연구에 있어서 의미가 없는 것은 절대로 아니다. 물론 암각화나 부장품과 같은 고고학적 자료를 통해서도 옛날 사람들이 어떻게 살았는지 추측할 수 있겠지만, 그들의 구전 전통(lore)에 대해 단서를 얻으려면 이러한 기록 자료를 탐구해야 한다.

그런데 더 중요한 것은 기록문학과 구비문학의 이분법을 재고해야 한다는 것이다. 문자가 만들어지기 이전에는 구별할 필요 없이 모든 언어예술이 구비문학이었고 문자가 발명된 후에야 기록문학이 출현하여 구비문학과 공존했다. 이러한 공존으로 인해 구비문학은 달라질 수밖에 없었다. 주지하듯이 고대 그리스에서 플라톤이 소크라테스의 입을 빌려 글쓰기의 폐단을 비난했다. 그의 주장의 핵심은 인간이 글을 읽고 쓰면 기억력에 의존하지 않고 외부적인 표기에 의존하게 된다는 것이다. 물론 글쓰기 때문에 문화가 크게 발전한 것은 부인할 수 없지만 사실 플라톤이 틀리지 않았다. 구술문화를 지닌 사회의 구비문학을 보면 긴 이야기나 서사시를 쉽게 기억하기 위해 다양한 서사적 패턴에 의존한 것을 발견할 수 있는데 기록문화의 출현 이후 구비문학의 성격도 조금씩 달라지기 시작했다. 앞에서 봤듯이 구비문학이 기록문학의 소재가 되기도 하지만 기록문학이 이야기꾼에게 영향을 주기도 한다. 일단 이야기꾼이 다른 이야기꾼을 통해 들은 이야기 외에도 책에서 읽은 이야기를 구연하는 경우가 많다. 그러나 그보다 더 근본적인 영향이 있는데 글을 읽고 쓰면서 자란 사람은 구술사회에서 자란 사람과 생각하는 방식이 다를 수밖에 없다는 점이다. 문학 학자이자 철학자인 옹(Walter J. Ong)은 이 현상을 '이차적 구술성(secondary orality)'이라 했다. 옹에 의하면 일차적 구술성은 문자 이전의 사회에서 찾을 수 있는데 기억력이 더 중요시되고 일상생활에 더 가깝고 더 참여적인 문화를 지닌다. 반면에 이차적 구술성으로 특징되는 문자 이후의 사회는 더 개인주의적이며 추상적이다. 우리 현대인이 후자의 사회에 살고 있으므로 오늘날의 구비문학은 문자 생활 및 기록문학과 불가분한 관계에 있다고 볼 수밖에 없다.

진정한 구비문학 자료란 무엇인가?

그러한 까닭에 과거에는 구비문학을 연구하는 학자들이 '진정한' 구비문학과 구비문학의 파생물을 구분하는 데에 관심이 많았다. 이는 구비문학이 땅에 가까우면서 현대 문물에 오염되지 않은 농민의 것이라는 믿음의 여운이라고 볼 수 있겠는데 구비문학의 '원상태' 혹은 '순수한 본질'을 중요시하는 것이다. 20세기 중반에는 저명한 미국의 구비문학자 도슨(Richard Dorson)이 이와 같은 움직임의 일환으로 'folklore'와 'fake(가짜) lore'를 구분하고자 했다. 이는 디즈니 영화나 구비문학처럼 보이는 대중문화 때문에 특히 소수민의 구비문학이 가려질까 우려하는 좋은 의도에서 나왔지만, 그 결과로 대중문화를 무시하게 되었다. 1980년대에는 독일 구비문학자 바우징거(Hermann Bausinger)가 'Folklorismus'라는 개념을 내세우면서 이를 전통과 다른 맥락에 구비문학적인 요소를 재사용하는 것으로 정의했다. 그러면서도

'진정한 구비문학'과 '가짜 파생물' 모두 연구할 필요가 있다고 주장했다. 21세기 들어 포스터(Michael Foster)와 톨버트(Jeffrey Tolbert)는 특정한 구비문학 전통을 재현한 것이 아닌 구비문학의 힘을 빌리기 위해 구비문학처럼 보이게 창조한 대중문화를 'folkloresque'라고 명명하면서 'folkloresque'는 구비문학이 아닐지라도 연구할 가치가 있다는 결론을 내렸다. 결국, 구비문학과 구비문학에서 파생된 대중문화를 구별할 줄 아는 게 중요하겠지만, 하나는 귀한 것으로 존중하고 하나는 가치 없는 것으로 무시하면 안 된다는 것이다. 모두를 연구해야 현대 사회에서 구비문학이 어떻게 작용하고 있는지, 어떤 영향을 끼치는지 알 수 있기 때문이다.

그런데 또 하나의 질문이 떠오른다. 오늘날의 '진정한' 구비문학 자료는 과연 어떠한 모습을 하고 있는가? 물론 아직도 대면적 상황에서 입으로 전해지는 구비문학이 활발하게 이루어지고 있다. 사람들이 설화, 농담, 노래 등과 같은 전통 장르를 구연하며 공유하고 있다. 그러나 현대인의 생활 중에 온라인 생활이 큰 비중을 차지하고 있는 것도 사실이다. 인터넷이나 소셜미디어를 통해 주고받는 이야기 등을 '진정한' 구비문학적 연구대상으로 볼 수 있을까? 요즘 그렇다고 주장하는 학자가 적지 않다. 물론 전통적 구비문학과 분명히 다른 점이 있다. 가장 두드러진 차이점은 비대면성일 것이다. 얼굴을 볼 수 없으므로 많은 경우에는 익명성도 특징이 되며 이름을 알더라도 상대방과의 사회적 관계가 전통적 관계와 다를 수밖에 없다. 또한 구비문학의 즉흥성이 결여된 경우가 많다. 특히 글로 작성될 때 기록문학의 성격을 지닐수 있는 것이다. 그러나 이는 우리의 현주소이며 앞으로도 온라인 생활의 비중이 점점 커질 것이 분명한데 사람 간의 이러한 소통과 창작행위를 무시한다면 스스로 연구대상의 폭을 좁히게 되는 것이 아닌가 싶다. '전통적 구비문학'이라고 할 수는 없겠으나 '디지털 구비문학'이라고 할 수 있다. 그 모습이 달라도 전승 방법, 서사 구조, 사회적 영향 등과 같은 개념을 언급하면서 구비문학적인 입장에서 연구할 수 있는 것이다.

또한 구비문학을 소재로 삼은 콘텐츠 역시 중요한 연구대상이다. 이때 앞서 언급한 'folkloresque' 개념을 빌리면 될 것이다. 근래 들어 전통적인 구비문학 자료를 소재로 하여 드라마, 웹툰, 영화, 게임 등과 같은 매체로 다양한 콘텐츠를 만들고 있다. 이런 콘텐츠는 스펙트럼에 있다고 할 수 있는데 그 한쪽은 전통 설화의 줄거리, 배경, 인물 등을 재해석하면서 콘텐츠를 만드는 것이다. 대개 현대적인 시각에서 전통 구비문학을 비평적 시각으로 보며 재해석하는 것으로 드라마나 영화에서 자주 볼 수 있는 시도이다. 한편 스펙트럼의 반대편에는 어느 특정한 이야기나 자료를 이용하기보다 다양한 구비문학적인 요소를 혼합하여 '구비문학의 향기'가 나게 하는 콘텐츠도 있다. 이는 'folkloresque'에 해당하는 것이며 전통의 힘을 빌려서 사람들에게 어필하려는 의도에 기인한 것으로 볼 수 있다. 특히 게임과 같은 매체에서 이런 방식이 많이 활용되기도 하고 미야자키 하야오(宮崎駿)의 애니메이션도 그 예로 자주 언급된다. 스펙트럼의 어느 쪽에 있든 이와 같은 콘텐츠를 구비문학으로 볼 수는 없겠지만 구비문학과 인접한 자료로 볼 수 있을 것이다. 물론 원자료와 거리가 너무 먼 콘텐츠에 의해 구비문학이 '손상'되고 있지 않나 우려하는 목소리도 있지만, 그렇게 보지 않아도 된다고 생각한다. 전통적 구비문학은 언제나 있을 것이고 우리가 잘 전하고 살리면 될 것이며 구비문학을 이용한 콘텐츠는 독립적인 연구대상으로 보면 될 것이다. 구비문학과의 관계, 구비문학의 힘을 빌려서 어떠한 효과를 냈는지, 구비문학에 관한 대중의 생각에 어떠한 영향을 끼치는지 등 다양한 방면으로 연구할 수 있다.

구비문학 연구의 기본 원칙

그러면 구비문학 자료를 어떻게 연구하면 될까? 구비문학을 연구하면서 학자들이 다양한 이론을 적용해왔는데 그런 이론이나 방법론을 열거하기보다는 연구하면서 염두에 두어야 할 점을 언급하고자 한다. 일단 어떤 자료를 연구하느냐가 중요하다. 많은 연구는 『구비문학대계』와 같은 채록 자료를 이용하여 텍스트를 분석한다. 이럴 때 먼저 서사적 배경과 채록 혹은 기록 당시의 배경을 구별하여 접근해야 한다. 20세기나 21세기에 채록한 전통 설화는 거의 다 조선 시대를 배경으로 하고 있지만, 채록 당시의 시대적인 영향을 고려해야 한다. 서사적 배경이 조선 시대라고 하여 무조건 조선 시대 사람들의 생각을 전한다고 할 수 있을까? 물론 그런 것이 남아 있을 수도 있겠지만 구연자가 조선 시대 사람이 아니라는 점을 잊어서는 안 된다. 같은 맥락으로 『삼국유사』에 기록된 건국 신화는 본래 신화의 모습을 어느 정도 간직할 수도 있겠지만 당시 고려 시대의 사회·정치적 맥락을 고려할 수밖에 없다. 이는 구연자의 생각뿐만 아니라 기록자의 의도까지 생각해야 한다는 점을 보여주는 예이다. 또한 구비문학이란 원래 사람들이 모여있는 구연의 현장에서 전승되지만, 특히 초기에 채록된 자료는 이러한 연행적(performative) 맥락이 결여돼 있다는 점도 기억해야 한다.

연행적 맥락을 포착하고자 할 때 가장 좋은 방법은 물론 현장 조사를 통해 오늘날 사람들이 주고받는 이야기를 듣고 직접 채록·녹음·녹화하는 것이다. 이때 역시 염두에 두어야 할 점이 있는데 아마도 가장 중요한 깃은 구연지에 대한 태도일 것이다. 서양이든 한국이든 초기 연구자들이 이야기꾼이나 노래하는 사람을 가리켜 '제보자(informant)'라 이르곤 했다. 그러나 이러한 용어는 위계질서적인 생각에 기인한다고 본다. 다시 말하면 '학자'나 '연구자'는 권력의 위치에서 '학문'을 하고 '제보자'는 하급의 위치에서 연구자료를 '제공'하는 것이다. 심지어 20세기 중반에 설화를 '제공'한 북미 원주민 '제보자'가 구연 후 이야기가 너무 신성하니 자료를 파괴해달라고 부탁했는데 그 자료를 채록한 학자들이 바로 처리하지 않고 오랫동안 고민했다는 후일담이 전해지기도 한다. 제보자가 이미 제공한 자료라 더는 소유권을 주장할 수 없다고 인식했던 사실을 보여준다. 그러나 '제보자'로 생각하지 않고 '협력자'로 생각하면 관계가 달라진다. 구연자가 단지 자료를 제공하는 도구가 아니라 구비문학의 향유집단이라는 공동체의 일원이며 그 '자료'와 떼려야 뗄 수 없는 관계에 있는 사람일 뿐 아니라 자료를 연구하는 데에 있어서도 중요한 역할을 한다. 이렇게 생각하면 구비문학이 그저 텍스트일 뿐만 아니라 그 공동체의 소중한 문화라는 사실을 새삼스럽게 깨닫게 된다. 하나 더 덧붙이자면 물리학에서 '관찰자 효과'라는 개념은 어떤 현상을 관찰만 해도 그 현상이 영향을 받는다는 것인데 구비문학도 마찬가지이다. 연구자가 자료를 채록할 때 자신이 구연 현장과 과정에 어떠한 영향을 끼치고 있는지를 인식해야 할 것이다.

맺음말

구비문학의 장점은 틀에 박힌 것이 아니라 살아 숨 쉬는 언어예술이라는 것이다. 이처럼 다양한 자료를 연구대상으로 삼고 올바른 태도로 접근하면 과거든 현대든 구비문학을 통해 우리의 사회와 문화에 대한 이해를 넓힐 수 있을 것이다.

───── 더 읽어보기

서대석 외, 『한국인의 삶과 구비문학』, 집문당, 2002.

한국구비문학회 편, 『현대사회와 구비문학』, 박이정, 2005.

장덕순 외, 『구비문학개설 한글개정판』, 일조각, 2006.

Richard M. Dorson, "Folklore and Fake Lore," *The American Mercury* (March 1950).

Walter J. Ong, *Orality and Literacy: The Technologizing of the Word*, Routledge (1982).

Michael Dylan Foster and Jeffrey A. Tolbert, eds., *The Folkloresque: Reframing Folklore in a Popular Culture World*, Utah State University Press (2016).

V

한국 고전문학과
문화교류

삼국유사와 한국문화

서철원

『삼국유사』라는 제목

『삼국유사』라는 제목에서 '유사'는 빠뜨린 일, 남겨둔 일 혹은 버려진 일 등으로 풀이할 수 있다. 그렇다면 어째서 빠뜨린 일들을 애써 모은 것일까? 바로 나라에서 펴낸 역사책인 김부식의 『삼국사기』를 나름대로 의식한 표현이다.

이 때문에 『삼국유사』는 여러모로 『삼국사기』와 비교되곤 하였다. 이를테면 『삼국사기』가 왕권의 강약과 귀족 세력의 부침에 따른 정치사를 바탕으로 서술되었다면, 『삼국유사』는 불교와 고유신앙의 대립과 화해, 향가를 비롯한 문학과 미술 작품, 건축물의 조성 등 종교를 중심으로 한 문화사의 영역을 해명하고 있다. 이에 따라 『삼국사기』가 본기와 열전에 수록된 현실 세계의 역사를 지향하는 것과는 대조적으로, 『삼국유사』는 기이편과 감통편을 비롯한 여러 대목에서 현실 바깥의 존재들을 만나고 체험하는 과정에 관심을 기울여 왔다.

책의 체제를 놓고 보면 『삼국사기』는 일종의 사전에 가까운 책이지만,

『삼국유사』는 짤막한 이야기들을 모아놓은 모음집에 가깝다. 따라서 우리가 『삼국사기』를 읽을 때면 통독하고 나서 필요한 내용을 간추리거나, 검색을 통해 선별해서 읽게 된다. 그러나 『삼국유사』를 읽을 때는 꼭 그렇게 뚜렷한 목적을 지니고 읽을 필요 없이, 아무 곳이나 펼쳐 읽고 이해가 되지 않으면 그런대로 다른 곳을 읽더라도 무방하다. 목적 없는 자유로운 읽기야말로 빠뜨린, 남겨둔, 그리고 버려진[遺] 일을 부담 없이 대할 수 있는 자세이다.

편찬 목적 – 역사 인식의 다양성을 위해

여기서 『삼국유사』를 지은이가 왜 『삼국사기』가 빠뜨린 일들을 굳이 정성스레 모았을지 생각해 보자. 그것은 소박하게 말하자면 다양성을 위한 것이었다. 사람마다 눈이 둘인데도 역사를 보는 눈은 하나뿐이라면 얼마나 부자연스러운 일인가? 특히 공식적으로 출간된 역사책에는 등장하지 않았을, 입에서 입으로 전해졌던 특정한 지역과 계층의 목소리는 시간이 흐르면 이내 사라지고 마는 것들이다. 역사를 보는 눈이 여럿이라면 역적이 민중 영웅이 되는가 하면, 악녀가 여성의 입장을 항변한 입체적 인물이 되기도 한다. 『삼국유사』 자체가 그런 혁신적인 생각의 산물이라 할 수는 없어도, 공식적인 사관의 평만이 유일한 역사의 눈이 되는 것을 경계하기에는 충분하다.

『삼국유사』는 역사 이해의 다양성뿐만 아니라, 세상을 바라보는 다양성을 마련해 주려고도 한다. 좀 낭만적으로 말하자면 '사람의 세상만이 유일하지 않다.', '사람이 세상의 유일한 주인공은 아니다.'라는 관점을 취하고 있다. 읽다 보면 다른 세상에서 온 귀신도 나오고, 도깨비도 나온다. 그러나 그들은 사람을 죽이거나 괴롭히는 괴수가 아니다. 사람을 위해 다리를 놓아주기도 하고, 다른 세상을 오가는 수고를 마다하지 않는 우리 이웃들이었다. 그래서 사람들은 귀신과 도깨비에게 벼슬도 주고 혼인도 시켜서 어울려 살았다. 어떤 연구에서는 처용(處容)을 비롯한 이런 존재들 가운데 일부를 외국인으로 보기도 한다. 그렇다면 『삼국유사』의 세상은 다문화사회이다. 외국인에 대한 편견이 없을 뿐만 아니라, 다른 세상에서 온 존재들까지도 넉넉한 인심으로 대했다. 이러한 '감통'이야말로 오늘날에도 유효한 고전의 가치가 아닐까?

그리하여 『삼국유사』는 모든 것을 인연의 얽힘으로 생각하고, 인연의 원인과 결과가 맞물린 서사를 무엇보다 소중하게 대하고 있다. 이것은 『삼국유사』를 지은이가 불교에 속해서이기도 하겠다. 그렇지만 우리가 유념할 점은 무엇이 세상을 만들어가는가의 문제이다. 물론 제왕과 귀족들의 정치권력, 국가의 흥망성쇠는 『삼국사기』와 『삼국유사』가 함께 중시했던 요소이다. 그러나 『삼국유사』는 이름을 남기지 못한 사람들의 만남과 헤어짐이 무수히 모여 만들어 가는 세상과 역사에도 관심을 남겨두고 있다. 그래서 이름 모를 월명사의 누이를 추모한 <제망매가>가 신라 경덕왕 때의 권력 다툼 못지않은 비중을 지닐 수 있는 것이며, 이 시를 읽으며 추모의 정을 공유한 무수한 사람들의 마음이 <제망매가>에 천년이 넘는 생명력을 주었다. 너무 짧은 허망함 때문에 도리어 더 소중한 인연은 『삼국유사』 속 이야기의 중심을 이루는 서사이기도 하지만, 이 책 바깥세상에서 살아가는 우리가 매일 겪으며 실감하는 일이기도 하다.

체제 — 정치사와 문화사의 통섭

『삼국유사』의 체제는 흔히 왕력편, 기이편과 그 밖의 것들을 모은 나머지를 포함한 셋으로 나눈다. 이 가운데 맨 첫 부분인 왕력편은 연표, 계보에 해당한다고 할 수 있을 텐데, 다른 부분과 성격도 다르고 기이편의 내용과 일치하지 않는 부분도 있어 연구 목적이 아니라면 자주 읽지는 않는다.

기이편은 여느 역사책의 '기(紀)', 그러니까 '본기'에 해당할 부분으로서 임금과 관련된 이야기가 주로 나온다. 그런데 뒤에 '이(異)'가 붙어 현실 속의 권력관계 못지않게 환상 속 존재와의 관계도 상당한 비중을 차지하고 있다. 주목할 점은 '이'에 해당하는 존재들도 어느 정도는 현실 권력에 이바지하거나, 현실 권력을 존재 기반으로 삼고 있다는 점이다. 건국 신화의 신비한 요소들은 물론, 통일 직후 신라 신문왕이 용에게서 얻었다는 '만파식적(萬波息笛)'은 나라를 지키는 새로운 상징물이 되었고, 신라 후기 처용의 가무 활동은 나라가 망하기까지의 과정을 예고하고 경계하는 역할을 맡기도 하였다. 따라서 기이편은 환상 속의 존재들이 현실 세계에 영향력을 행사하는 내용이라 할 텐데, 그들이 무용, 음악 등 문화와 예술을 매개로 활동하고 있다는 점을 눈여겨볼 만하다. 요컨대 이들에 대한 환상, 상상은 문화예술의 사회적 힘을 상징하는 것이며, 그 영향은 후대의 문화예술에까지 끼치고 있다.

*삼국유사의 편목

제목	성격	비고
왕력	연표	왕통(王統) 중심 기록
기이	정치(紀)+환상(異)	
흥법	불교의 전래	본격적인 불교
탑상	신앙의 물질적 근거(탑과 조각)	
의해	신앙의 정신적 토대(경전)	
신주	불교와 주술의 교섭	불교와 비불교적 요소의 만남과 상호 존중
감통	인간과 다른 세상의 소통	
효선	불교와 현실 속 윤리	
피은	불교와 현실 바깥의 은둔	

기이편 이후에는 당나라, 송나라의 고승전과도 유사한 제목을 많이 취하고

있다. 이 때문에『삼국유사』자체를 일종의 고승전으로 보는 시각도 있었지만, 여기서는『삼국유사』에 적극적으로 활용된 비 불교적 요소들을 고려하여 그렇게까지는 보지 않겠다. 각 편의 제목은 흥법편, 탑상편, 의해편, 신주편, 감통편, 피은편, 효선편 등으로 되었다.

이 가운데 흥법, 탑상, 의해편은 본격적으로 불교적인 내용이다. 흥법편은 불교의 전래에 관한 이야기, 탑상편은 불교 신앙의 물질적 근거, 의해편은 경전의 전파와 그에 따른 불교 정신의 정착 과정을 주로 보인다. 한편 신주편은 불교와 주술(보기에 따라서는 밀교)이 병행되는 양상을 보여, 불교의 현실적 권능 혹은 다른 유파와의 교섭 양상을 묘사하고 있어, 앞의 셋과는 그 양상이 다소 다르다. 이어지는 감통편은 다른 세상 및 그에 속한 존재들과의 감응과 소통을 주된 내용으로 삼고 있는데,『삼국유사』후반부에서 가장 중요하며 널리 알려진 이야기 중 다수가 이에 속한다. 끝으로 피은편을 통해 속세를 벗어난 이들을, 효선편을 통해 속세의 윤리를 실천하는 모습을 대비하고 있다. 마지막 두 편은 속세와의 관계를 어떻게 맺어갈지에 대한『삼국유사』의 방향을 시사하고 있는데, 은둔과 실천 양쪽을 모두 존중한 것이라 종합할 수 있다.

『삼국유사』가 제시한 다양성의 문제

이렇게『삼국유사』는 역사와 세상을 바라보는 눈의 다양성을 내세우고 있으며, 본서 자체가 불교와 비 불교의 공존, 정치와 문화의 병행, 인간과 비인간의 화해를 바탕에 깔고 있다. 다양성의 문제는 오늘날의 우리에게도 여전히 유효하며, 분노와 울분으로 가득 찬 우리 세상에 인문학이 어떤 이바지를 할 수 있을지에 대한 고심을 포함하고 있다.

『삼국유사』의 사례: 탈해왕 때 김알지

[혁거세왕의 사신 노릇도 했지만, 탈해에게 집을 빼앗겼던 왜인(倭人)] 호공(瓠公)은 서기 60년 8월 4일 밤에 월성 서쪽 마을로 가다가, 구림(鳩林)이라고도 부르는 시림(始林) 숲에서 큰 빛을 보았다. 자줏빛 구름이 하늘에서 땅으로 드리워졌고, 그 구름 속에 황금빛 상자가 나뭇가지에 걸려 있었다. 빛은 그 상자에서 나오는 것이었다. 그리고 [혁거세왕 때의 백마와 마찬가지로] 흰 빛깔의 닭이 나무 아래서 울고 있었다. 그 상황을 탈해왕께 아뢰니, 임금이 직접 숲으로 행차했다. [탈해왕 자신이 태어났던 때의 일과 마찬가지로] 상자를 여니 사내아이가 누워 있다가 일어났다. 혁거세왕이 태어날 때 "알지거서간(아기 임금)이 한번에 일어났다."고 말했던 옛일과 똑같았으므로, 알지(閼智)라고 이름을 지었다.

알지는 우리말로 아기를 부르는 말이다. 알지를 안고 궁궐로 돌아오니, 날짐승 들짐승이 앞다투어 기뻐 날뛰며 춤추었다. 탈해왕이 날짜를 골라 태자로 삼았지만, 파사(婆娑)에게 양보하고 즉위하지 않았다. 황금 상자에서 나왔으므로 김씨 성이 되었다. 알지는 열한(熱漢)을 낳고, 열한은 아도(阿都)를 낳고, 아도는 수류(首留)를 낳고, 수류는 욱부(郁部)를 낳고, 욱부는 구도(俱道)를 낳고, 구도가 미추(未鄒)를 낳아 미추가 임금이 되었으니, 신라 김씨 왕족은 알지에서 비롯된 것이다.

[ ] 부분은 원문에 없지만 『삼국유사』의 다른 기록에 나와 있는 내용을 바탕으로 보충한 것이다. 신라 왕실은 다른 나라와는 달리 박, 석, 김 등 세 성씨가 왕족으로 이루어져 있는데, 세 성씨의 시조 관계 기록에 모두 호공이라는 왜인이 등장하고 있다. 호공은 혁거세왕의 사신으로 마한 왕을 만나 신라 건국의 정당성을 증명하는가 하면, 석탈해에게 집을 빼앗겨서

석탈해의 트릭스터다운 권능을 입증하기도 한다. 여기서는 김알지를 직접 발견하기도 하니, 세 성씨의 업적과 능력 나아가 존재 자체를 드러내는 역할을 참으로 긴 세월 내내 전담했다. 그런데 이런 중요한 역할을 맡은 호공은 왜인, 나중에 일본이 되는 나라 출신이었다. 김알지 이야기 바로 다음에 연오랑과 세오녀가 일본에 가 임금이 되는 이야기도 나오는 것을 보면, 당시의 한일 관계는 적개심이나 편견이 적었을까?

한편 신라는 낙랑 유민들이 많이 이주했다고도 하며, 김씨 자신들을 흉노 김일제의 후손이라 생각하기도 했다. 그런 걸 보면 일본뿐 아니라 중국이나 다른 기마민족과의 관계도 매우 활발했다. 김씨 왕족의 기원과 북방 문화와의 관련 양상은 신라 왕릉의 금관을 비롯한 다른 유물에서도 꾸준히 확인되고 있다. 한편 김씨 이전에 왕족이었던 석씨의 기원은 어디에 있었던가? 일본보다 더 멀리 용성국이란 나라에서 이주해 왔다. 석탈해는 신라에 정착하기 이전에 가야의 김수로왕과 경쟁하기도 했다는데, 그 김수로왕의 아내 허황옥도 외국에서 왔다. 신라의 첫 임금 박혁거세 역시 신화에 말이 등장하는 등 이주민의 성격을 지니고 있다.

따라서 위 이야기의 호공, 김알지, 석탈해와 허황옥 등 여러 인물의 등장은 한국 사회와 문화가 애초부터 다양한 기원을 지닌 문화 사이의 소통을 통해 이루어졌음을 보여준다. 그리고 어떤 씨족에게 왕족이 될 자격을 부여하는 인물이 외국인이라 해도 이상하지 않을 만큼, 사람의 국적에 따른 폄하가 없었음을 보여준다. 다문화사회로서 한국은 앞으로 이루어 갈 목표가 아니라, 이미 『삼국유사』에서부터 이루었던 일이다. 훗날 어떤 왕조에서 문화의 경향이 독선적이고 비타협적인 쪽으로 흘러가며 많이 달라졌지만, 한국의 기원은 원래부터 다문화였음을 기억해야 한다.

───── 더 읽어보기

일연, 서철원 옮김, 『삼국유사』, 아르테, 2022.
고운기, 『삼국유사의 재구성』, 역락, 2023.
주수완, 『미술사학자와 읽는 삼국유사』, 역사산책, 2022.

삼국유사와 문화콘텐츠의 기반

서철원

키워드: 시간, 현장, 경험

『삼국유사』는 서사 기록이므로 시간의 흐름에 따른 만남과 이별을 다루고 있다. 또 한편으로 여러 지역의 문화유산에 대한 설명이기도 하므로, 지금은 사라진 현장을 묘사하기도 한다. 『삼국유사』의 시간과 현장이 만들어 낸 세상은 옛사람들로부터 지금의 우리에 이르기까지 무수한 체험과 공감을 엮어가기도 한다. 그것을 불교적으로 말하면 인연일 테고, 엄숙하게 말하자면 역사일 테다. 『삼국유사』는 몇몇 건국 영웅의 시대가 아니라면, 이름마저 잊힌 이들의 무수한 경험이 낱낱이 쌓여 역사를 이룬다고 하는 것도 같다. 이런 점에 유의하며 『삼국유사』의 시간, 현장, 경험 등을 떠올려 본다.

시간 속에서의 만남

『삼국유사』의 시간은 흔히 신화와 역사 사이에 걸쳐 있다고도 하며, 기이편의 첫머리를 장식하는 건국 신화가 곧 한국사의 출발점이기도 했다는 점은 이런 인식의 주요한 근거가 된다. 그러나 널리 알려진 남성 영웅의 건국 과정 못지않게, 사라진 건국 신화의 이본들에도 주목할 필요가 있다. 북부 신화에서 웅녀와 유화의 역할이나 남부 신화에서 시조(들)을 낳는 어머니의 비중이 지금보다는 더 컸으리라고 파악했다. 이를 지금껏 우리가 만나지 못했던 '사라진 건국 신화 속 여신들과의 만남'이라 할 만하다. 이 여신들은 캐릭터로서 주목할 속성이 각각 있다.

특히 백제는 시조에 관한 여러 전승(비류, 온조, 구태, 도모 등)이 있어 혼란스러운데, 이들은 고구려와의 관계를 어떻게 설정할지에 따라 시조의 성격이 자못 달라지지만, 그 공통의 기원으로서 소서노(召西奴)가 등장한다. 그러나 고구려에 우호적인 입장에서 소서노는 고구려 시조 주몽을 배신한 인물이었고, 적대적인 입장에서 소서노는 주몽에게 속은 무능한 인물로 보인다. 따라서 소서노는 잊힌 여성 영웅이었으며, 이름도 없이 잊혀 지내야 했던 여성들의 역할을 대표할 만하다. 신라의 시조 남매(이자 부부)를 낳았다고 중국에까지 알려졌던 신라의 선도산 사소(娑蘇) 성모나, 대가야와 금관가야의 시조를 낳았다는 가야산 정견(正見) 모주도 사정은 크게 다르지 않았다. 그러나 신라와 가야는 자식들이 부부가 되거나 각각 나라를 세워 협력, 공존했던 것과 달리, 백제는 형제 갈등의 모습부터 드러났으므로 소서노는 여산신도 되지 못하고 아예 부정되거나 무시당했다.

고구려와 백제도 마찬가지였지만, 신라는 여러 가문이 왕위를 계승할 자격을 갖추고 있었다. 그리고 다른 나라와는 달리 왕족들의 성이 각각 박·석·김이었다고 구체적으로 나와 있다. 따라서 각자 별개의 시조 신화를 지니고 있는데, 종래에는 이들의 상보적 관계에 주목하는 편이 일반적이었다. 그러나 부분적인 연결에도 불구하고 각각의 가문은 뚜렷한 개성도 지니고 있었다. 박·석·김 세 가문을 통해 이들이 서로를 인정하고 정치적 관계를 형성하기까지의 과정을 '한 왕국 속 서로 다른 시조들과의 만남'이라 할 만하다.

나라의 체제가 갖추어지자면 사회 통합을 위한 이념과 사상이 필요하게 된다. 삼국 시대 역시 불교와 유교, 도가사상 등을 차례로 수용해서 고유문화의 특색을 다변화하며 저마다 시대적, 지역적 과제를 해결하고자 하였다. 9세기 최치원의 '풍류'론은 풍류라 불리던 고유문화가 어떻게 유·불·도 3교를 수용했는지 밝히고 있다. 이 자료는『삼국사기』에 실려 있지만,『삼국유사』에 등장하는 화랑의 기원과도 밀접한 관계가 있으며, 삼국 시대사에서 화랑과 통합사상의 역할을 설명하기에 유용한 토대이다. 이 풍류를 토대 삼아 '고유 사상과 동아시아 여러 사상의 만남'을 철학과 문화 교육의 소재로 활용할 만하다.

이렇게 시간을 넘어 여성 건국 영웅들, 한 왕국의 여러 왕족 가문 시조들, 고유문화와 외래 보편사상이 융합한 모습 등을 캐릭터 창작과 교육의 소재로 만날 수 있을 것이다.

현장 속의 사람들

현장이라면 옛 절터와 산악, 거석 등의 사적지가 먼저 떠오를 수도 있겠으나, 사실『삼국유사』에서 문화적으로 가장 중요한 현장은 '바다'였다. 바다를 통해 사람과 사람이 오가고, 그들이 지니고 온 문명과 문명의 여러 요소가 충돌하고 어우러졌다. 일찍이 석탈해와 연오랑·세오녀의 도래와 이주도 그런 성격을 지니고 있지만, 신화시대를 벗어난 수로와 처용의 바다 역시 콘텐츠의 현장이 될 수 있다. 수로는 해룡에게 납치되어 동해로 떠났지만, 처용은 같은 바다에서 우리 세상으로 와서 머물고 싶어 했다. '바다 저편을 오고 가며 소통한 사람들'을 통해 바다라는 현장의 문화적 성격을 알아볼 수 있다.

실제로 수로와 처용의 활동지, 근거지였던 속초와 울산은 공원을 조성하고 축제를 열어 관련 콘텐츠 창작을 독려하고 있다.

그런데 수로와 처용처럼 다른 세상을 오가며 낯선 존재들을 만난 사례는 『삼국유사』뿐 아니라 동아시아 전역에 상당히 많다. 그리고 그저 문명 교류의 대업만을 추구하느라 바빴던 것이 아니라, 사람과 사람 사이에서도 나타나기 어려운 깊고 진지한 사랑을 비인간 이류들과 나누기도 했다. 한·중·일 세 나라의 문화사적 관심사는 매우 달랐음에도, 이들 설화는 그 어떤 인간보다 고결한 마음을 지닌 비인간이 존재할 수 있음을 함께 증언하고 있다. 반면에 인간의 탈을 썼지만 비인간적인 인간들도 등장시켜, 결국 '인간적'이란 건 무엇일까 성찰하게 만든다. 이는 『삼국유사』의 특징이기도 하지만, 설화 문학을 동아시아적 관점에서 바라볼 때 더욱 풍부하게 드러나는 경향이다. 따라서 '다른 세상에 속한 존재들을 사랑한 동아시아 사람들'을 소재 삼아 이루어진 창작물을 통해, 우리는 고대 한국과 동아시아의 인간들이 살아간 무대와 그 현장에 공감할 단서를 얻을 수 있다. 이런 만남은 구연동화나 애니메이션, 창작극 등을 통해 여러 차례 조명되었으며, 유튜브 등의 매체를 통해서도 쉽게 접할 수 있다.

『삼국유사』를 이렇게 지역적 시야를 벗어난 동아시아적 관점에서 바라볼 필요도 있지만, 『삼국유사』와 오늘날 우리와의 관계 역시 이에 못지않게 중요하다. 그러므로 『삼국유사』 대중화에 대한 요청 역시 여러 예술 매체의 현장에서 이루어졌다. 이에 따라 현대인들과 『삼국유사』 사이를 이어주었던 지금까지의 번역본 성향을 대략 분류하고, 그 대중화의 현장이 나아갈 지점도 생각할 필요가 있다는 것이다. 이를 위해 '번역과 대중화를 통해 현장을 재현하는 사람들'을 떠올려 보고, 이들의 노력이 결국 현재의 경주라는 문화적 현장의 조성과 구축에 이바지한 부분까지 검토해야 한다. 이런 현장이 다시 마련된다는 것은 『삼국유사』의 시공간이 현재에 부활한다는 뜻도 있지만, 결국 현대인들의 관심과 입맛에 맞는 쪽으로 특화되기 마련이므로 『삼국유사』 당시와 완전히 똑같게 될 수야 없는 노릇이다. 그 괴리감을 당연한 것으로 받아들일지가 문제이기도 하다.

이렇게 바다, 동아시아, 현대라는 각각의 현장에서 사람들과 다른 세상의 존재들 사이의 소통을 떠올린다면, 한 지역이나 국가의 위인만이 우월하다는 소견을 벗어나 여러 나라에 공감을 얻을 수 있는 콘텐츠를 개발할 수 있을 것이다.

세상 속의 체험

앞서 신화와 역사의 시간, 동아시아라는 지역으로 확장해서 바라보았던 문화사의 여러 유산은, 결국 '다른 세상에 속한 이들을 만나는 체험' 가운데 일부였다. 이런 성과에도 유의하며, 이들과 만나는 체험이 『삼국유사』 전체의 주제와 지향과 맞물린 지점을 돌이켜 본다면, 오늘날 우리가 다양성과 다원성, 다문화를 마주 보는 시선에도 어느 정도 영향을 끼칠 것이다.

다양성을 존중하고 다원성을 긍정하기 위해서는 차별이나 분별을 넘어서는 초월적 인식이 필요하다. 『삼국유사』와 불교는 이를 여러 개념과 용어, 이야기와 시를 통해 힘써 주장하고 있는데, 예컨대 원효가 나오는 여러 편의 설화를 통해 '성자와 범인의 경계를 넘나드는 체험'을 이야기할 수 있다. 원효는 해골물을 마시고 깨끗함과 더러움이 마음먹기에 달렸다는 깨달음을 얻었다고 하면서도, 『삼국유사』에서 관음보살을 만나러 갈 때는 더러운 물을 버리고 깨끗한 물을 골라 마시고 있었다. 이것은 지난날의 성취를 믿고 오만해져서 방심한 것이다. 이렇게 원효뿐만 아니라 자신의 업적을 과신하고 오만한 성자가 한순간에 범인보다 못한 존재로 전락하는 이야기는 곳곳에 남아있다. 이를 창작물을 통해 널리 알릴 수 있다면, 오만과 참회가 서로 넘나드는 인간성 자체를 조명할 수 있겠다.

한 인간이 성과 속을 넘나들기도 하지만, 『삼국유사』의 세상에서는 모든 존재가 이승과 저승을 넘나들기도 한다. 그것을 불교에서는 윤회라고 불렀으며, 다시는 윤회에 들지 않는 영원한 죽음을 정토왕생 혹은 열반이라 할 수 있겠다. 『삼국유사』 속 향가 몇 편은 소멸과 죽음에 관한 통찰을 통해 영원한 죽음에 이르는 체험을 상상해 왔는데, '이승과 저승에 얽힌 종교적 체험'이 여러 편의 향가로 나타났던 양상을 퓨전 국악으로 재창작하거나, 새로운 방식의 현대시로 다시 쓰는 사례가 꾸준히 있어 왔다.

이렇게 『삼국유사』는 상상 속의 환상, 성스러운 존재, 죽음 저편의 공간 등이 우리가 사는 세상과 그리 멀거나 다를 것도 없다는 체험을 제공했고, 문화콘텐츠의 창작 원천으로서 기능을 잃지 않고 있다.

『삼국유사』와 한국적 세계관

신화와 역사의 시간 속에서의 만남, 현실과 비현실이 어우러진 세상에서 살아가는 사람들, 만남과 이별이며 성과 속, 이승과 저승을 넘나들며 경계를 허물었던 체험, 이들은 '삼국유사의 시공과 세상'을 이루며 우리에게 이 시공과 세상에 동참하라고 촉구하고 있다. 이를 위해 동아시아적인 너른 관점과 한국식 세계관을 생각하는 깊이가 함께 필요하다.

문화콘텐츠의 사례: 소서노 여대왕 선발대회

우리나라 최초이자 유일한 여성 건국자인 소서노 여대왕을 널리 알리고, 업적을 계승, 발전시키기 위해 '소서노 여대왕 선발대회'를 개최하였습니다. 본 대회 수상자들은 백제문화 및 대한민국의 홍보대사로서, 나라를 두 개나 세운 여인으로 남성 중심의 역사관 속에 묻힌 주체적이고 당당한 현대 여성을 대변할 수 있는 소서노 여대왕을 선발하는 국내 유일의 백제 의상 한복 모델 선발대회입니다.

소서노 여대왕 선발대회는 총 4개 부문으로 대회가 치러집니다. 또한 각 부문 수상자들은 세계 미인들의 향연인 월드대회에 대한민국 대표로 출전하게 됩니다. 소서노 여대왕 선발대회는 일반 미인대회가 아닌 수상자들과 함께 현대 여성상을 반영하여 수익금 일부 기부와 사회적 약자인 불우이웃을 돕기 위한 각종 봉사활동을 진행하는 자선대회로 진행될 것입니다.

– 대회 개요(출처: http://soseono.net)

2020년부터, 2022년을 제외하고 매년 개최했다. 소서노와 송아리, 모도리, 나르샤 부문 등 세대와 연령별로 세분하여 기혼 여성까지 포함한 시상자를 배출하고 있다. 일찍이 신채호는 소서노를 '여왕', 특히 백제의 시조로 간주하였지만, 그녀는 일부 무속 신앙을 제외하면 그리 주목받지 못하였다. 그러다가 2006년 사극 <주몽>의 여주인공이 되며 고구려와 백제 양국의 탄생에 크게 이바지했던 점이 알려졌고, 외모에만 집착했던 미인대회의 대안이 요청되었던 사회적 분위기와 맞물려 세계대회와 연계되었던 몇몇 행사가 개편되어 소서노 여대왕 선발대회가 출발하게 된 것으로 보인다.

그래도 정착하기까지 시간이 더 필요하고, 소서노라는 캐릭터가 아직은 뚜렷이 규명됐다고 장담하기도 어렵다. 그러나 5만 원권 지폐의 인물 선정

과정에도 드러나듯 현모양처나 자식 교육 잘 시켰던 것으로 한국 여성의 역할은 고정되어 왔다. 이를 타개할 대안으로 고대사의 잊힌 여왕을 다시 소환했다는 점만으로도 놀랍다. 특히 수로부인이나 선덕여왕처럼 기존에 알려진 인물의 지명도에 의존하지 않고, 낯선 만큼 새롭고 파괴력이 큰 캐릭터를 개척하고자 한 것이다. 다만 한복 모델이라는 제한을 벗어나 다른 분야에도 활용될 수 있는 뚜렷한 성격의 캐릭터로 정착하려면, 이 대회에서의 성과 못지않게 인접 분야와의 협력과 소통 역시 중요하겠다.

───── 더 읽어보기

박홍국 글, 안장헌 사진, 『신라의 마음 경주 남산』, 한길아트, 2002.
윤경렬, 『신라 이야기』 1·2, 창비, 1991.
표정옥, 『그곳 축제에서 삼국유사를 만나다』, 연세대 출판부, 2010.

한국 신화와 유라시아 신화

조현설

한국 신화와 유라시아 신화의 관계

신화는 민족 단위나 국가 단위로만 존재하는 것은 아니다. 인류는 생존환경의 변화에 따라 이동하면서 살았을 뿐만 아니라 그 과정에서 이질적인 요소들이 뒤섞이는 문화적 변동을 겪어왔다. 따라서 신화 이해에서 중요한 것은 집단의 이동 과정과 문화권의 공유, 그리고 신화소(神話素)의 유사성이다.

현재의 한국 신화는 유라시아 지역의 신화와 친연성과 유사성을 가지고 있다. 이를 잘 보여주는 사례가 민담 <콩쥐팥쥐>이다. <콩쥐팥쥐>는, 유럽에서 신데렐라(Cinderella)로 부르는 설화의 한국 유형인데 같은 유형의 설화는 근동과 중앙아시아, 남아시아에서 중국과 일본에 이르기까지 널리 분포하고 있다. 신데렐라는 유라시아 대부분의 지역에서 민담으로 전승되고 있지만 그 원형은 신화다.

신데렐라는 재투성이 소녀라는 뜻이다. 이는 신데렐라의 위치가 아궁이 곁이기 때문인데 아궁이는 대장장이의 자리이고, 아궁이로 표상되는 저승을 오가는 샤먼의 자리이다. <콩쥐팥쥐>에서도 연못에 떠밀려 살해된 콩쥐가

연꽃으로, 연꽃에서 아궁이의 구슬로, 구슬에서 다시 콩쥐로 환생한다. 이런 변신 과정은 제주도 신화 <차사본풀이>에도 나타난다. <콩쥐팥쥐> 사례만 봐도 유라시아 신화에 대한 이해 없이 한국 신화를 이해할 수 없다는 것을 알 수 있다.

백조처녀와 브랴트 시조신화, 그리고 선녀와 나무꾼

유라시아 신화와의 관계를 <콩쥐팥쥐>보다 더 잘 보여주는 사례가 <선녀와 나무꾼>이다. <선녀와 나무꾼>은 위험에 빠진 노루를 구해준 노총각 나무꾼이 노루가 보답으로 알려준 대로 금강산 연못에 가서 선녀가 벗어놓은 깃옷을 숨겨 선녀와 결혼하게 되는 이야기다. 그러나 절대로 깃옷을 내어주지 말라는 노루의 금지를 나무꾼은 위반하고 만다. 깃옷을 되찾은 선녀는 자식들을 안고 하늘로 올라가 버린다. 이 이야기는 금강산 연못과 같은 특정한 지명에 얽힌 전설로도 민담으로도 전승되고 있을 뿐만 아니라 결말에 따라 여러 유형으로 변형되지만 본래 신화에 기원을 두고 있다.

<선녀와 나무꾼>의 가장 오래된 기록은 4세기 『수신기(搜神記)』의 「모의녀(毛衣女)」이다. 『수신기』에는 기이한 이야기로 기록되어 있지만 이 유형의 이야기는 현재까지도 몽골 부랴트 족 기원신화로 구전되고 있다. 20세기 초에 제레마이어 커틴이 보고한 자료를 보면 어떤 사냥꾼이 백조 세 마리가 호수로 날아와 깃을 벗고 헤엄치는 것을 본다. 사냥꾼은 그 가운데 한 백조의 깃을 감춰 그 여자와 결혼했고, 아이 여섯을 낳는다. 하루는 여자가 소주를 빚어 사냥꾼을 취하게 하여 깃을 얻어낸 뒤 백조로 변신하여 아이들을 안고 날아간다. 그때 소주를 고던 딸 하나만 지상에 남는다. 천신 에세게 마란의 딸인 백조로부터 바이칼 지역의 브랴트 사람들이 시작되었다는 이야기다.

비슷한 사례가 일본의 『오우미국풍토기(近江國風土記)』에서도 확인된다. 같은 백조 이야기가 이카도미(伊香刀美) 가문의 시조신화로 전승되었던 것이다.

유럽에서 마법담으로 전해지고 있는 <백조처녀이야기(Swan maiden tale)>는 본래 백조를 자신들의 시조로 여기는 민족들에게는 신화였다. 브랴트 족은 지금도 백조가 날아오면 마유(馬乳)와 담배를 바치며 조상을 기리는 의례를 드린다. 이런 이야기 형식을 수조(獸祖)신화라고 한다. 토템이라고 불리는 동물 시조는 수렵문화에서 일반적이다. 어원커·나나이·한티 족 등은 곰을 시조로 숭배하고 있고, 우데게이 족은 곰과 호랑이를 시조로 여긴다. 한국 신화의 경우 고조선의 웅녀가 곰 시조와 관계가 있고, 고구려 건국신화에 등장하는 유화의 형상에도 동물 시조의 자취가 보인다. 유화는 입술이 세 자나 당겨져 새와 같은 모습으로 금와왕의 어부한테 잡혔고, 나중에 큰 알을 낳았기 때문이다.

인안나 신화와 니샨 샤먼, 그리고 차사본풀이

한국 신화와 유라시아 신화의 심층적 소통 관계를 확인할 수 있는 또 하나의 사례가 제주도에서 구전되는 무속신화 <차사본풀이>이다. <차사본풀이>는 저승차사의 기원신화인데 저승차사가 되는 강림의 저승여행 신화소를 추적해 가면 한반도 북부를 거쳐 최소 5000년 이전에 쐐기문자로 기록된 수메르 신화에 도달하기 때문이다.

<차사본풀이>에는 단명의 운명을 지닌 삼 형제가 등장한다. 연명의 방법은 동쪽의 관음절로 가서 삼 년 동안 불공을 드리는 것이다. 삼 년 불공을 마치고 귀가하는 삼 형제한테 스님은 과양 땅을 조심하라는 금기를 준다. 그러나 삼 형제는 피로와 허기를 이기지 못해 과양생이의 집에서 쉬다가

과양생이 마누라한테 살해된다. 시신을 못에 버렸는데 삼 형제는 꽃으로 변해 과양생이 마누라한테 꺾인 뒤 아궁이에 버려졌다가 구슬로 다시 변신해 과양생이 마누라의 입으로 들어가 세쌍둥이로 태어난다. 과양생이 마누라의 아들 삼 형제는 열다섯에 과거에 급제한 뒤 집으로 돌아오자마자 죽어 버린다. 지독한 복수 형식이다.

저승여행 신화소는 여기서부터 출발한다. 아들들을 억울하게 잃었다고 여긴 과양생이 부인은 김치 원님을 찾아가 저승의 염라왕을 잡아 오라고 끈질기게 하소연한다. 원님은 고을 사령인 강림한테 명령을 내리고, 갈 방도가 막막하던 강림은 소박했던 큰 부인의 도움을 받아 저승 여행을 준비한다. 강림은 조왕신과 문전신의 인도 아래 무수한 갈림길로 들어서고, 또 질토래비의 도움을 받아 저승 연추문 앞에 도착한다. 강림은 염라왕을 체포하여 이승을 방문하겠다는 약조를 받아낸 후 돌아온다. 이승에 나타난 염라왕의 재판으로 과양생이 부부는 처벌을 받고 삼 형제는 부활한다. 강림의 재주를 탐낸 염라왕은 강림의 혼을 저승으로 데려가 저승차사로 삼는다.

여러 신화소가 엮여 있지만 <차사본풀이>의 골간은 저승여행과 목적지에 이르는 과정에 필요한 인정, 그리고 저승과 이승 사이의 협상과 조정이다. <차사본풀이>는 망자를 저승으로 인도하는 저승차사 강림의 기원신화지만 차사가 되려면 먼저 망자를 살려내기 위해 저승에 가야 한다. 강림은 떡을 인정으로 바치고 저승의 연추문에 이른다. 인정 걸기는 저승행에 꼭 필요한 행위다. 그래서 굿을 할 때 굿상을 잘 차리고, 반복적으로 인정을 거는 것이다. 강림이 이승으로 돌아올 때 염라왕이 준 흰강아지와 돌레떡도 인정이다. 이 인정을 실마리로 삼아 이승과 저승 사이에 협상이 이루어진다. 삼 형제는 되살아나고 강림은 저승차사로 가는 최종 협상이 타결된다.

함경도 액막이굿에서 불리는 짐가제굿 신화도 같은 맥락이다. 동문수학하던 세 정승의 아들들이 강림골 짐가제 집에 들렀다가 살해되고, 그들의 재물을 차지한 짐가제 부부는 부자가 된다. 죽은 세 도령의 혼이 붕어가 되어 우물에 있다가 짐가제 부부한테 잡힌다. 붕어를 먹은 부인이 임신하여 아들 삼 형제를 낳는다. 삼 형제는 장원급제 뒤 금의환향하여 사당에 절하다가 피를 물고 죽는다. 짐가제가 관가에 들어가 호소하자 관장이 손사령한테 저승차사를 잡아 오라고 명령한다. 아내가 식음전폐한 손사령에게 방법을 알려주고, 떡과 음식을 차려 놓자 열시왕과 삼차사가 나타나 죽은 세 도령을 찾아낸다. 짐가제를 처벌한 뒤 열시왕이 손사령의 혼을 빼간다. 부분적인 차이는 있으나 세 도령의 목숨을 놓고 이승과 저승이 인정을 매개로 협상한다는 점에서는 같다.

제주도와 함경도의 연장선에 만주의 니샨 샤먼 신화가 있다. 로로 마을의 늙은 부자가 힘들여 아들을 얻는데 부친의 만류에도 불구하고 사냥을 나갔다가 병을 얻어 죽는다. 사냥으로 짐승을 많이 죽여 염라왕이 데려갔다는 것이 점괘였다. 발두 바얀은 유명한 니샨 샤먼을 불러 죽은 아들의 혼을 데려와 달라고 한다. 니샨은 저승에 간 서르구다이 피양구의 생명을 회수하기 위해 직접 저승여행을 떠난다. 이 과정에서 니샨은 닭과 개는 끌고, 장(醬)과 종이는 어깨에 메고, 여러 신주(神主)를 거느린 모습으로 저승으로 간다. 저승의 관문을 통과할 때마다 협상에 필요한 인정을 바친 끝에 마침내 수명도 다하지 않은 아이의 혼을 데려간 저승의 잘못을 꾸짖어 돌려받는다. 만주의 니샨 샤먼도 제주도의 강림차사, 함경도의 손사령처럼 저승에 간 아이의 생명을 이승으로 데려온다.

이런 저승여행 신화의 가장 앞 시간에 수메르의 인안나 신화가 있다. 천신 인안나는 저승까지 차지하려고 지하세계로 내려간다. 저승의 왕은 에레쉬키갈이다. 저승의 대별왕과 이승의 소별왕은 형제였는데 에레쉬키갈과 인안나는 자매간이다. 인안나는 저승의 관문을 통과하면서 몸을 장식하고 있던 온갖 보석을 내려놓는다. 다시 말하면 통과를 위해 온몸의 장식물을 인정으로 바치고, 마침내 나신이 된 뒤 살해된다. 저승을 차지하려고 하다가 목숨을 잃고 만 것이다. 이제 필요한 것은 목숨을 되찾는 일인데 저승에서 살아 나가려면 대속물이 필요했다. <차사본풀이>나 <니샨 샤먼>에서 아이들의 목숨을 저승에서 건져내는 데 인정이 필요했듯이 희생물이 필요했다. 그 희생물로 선택된 자가 인안나의 남편 두무지였다. 강림과 손사령이 저승차사 가 되었듯이 두무지가 저승에 붙들려 있고서야 인안나는 저승을 벗어날 수 있었다.

오천 년 이상의 시간이 경과하면서 인안나와 니샨 샤먼, 손사령과 강림차 사의 신화에는 상당한 차이가 생겼다. 그러나 이승과 저승의 관계, 저승여행 의 목적, 그 과정에서 필요한 인정과 협상이라는 심층의 서사는 다르지 않다. 한국 신화를 이해하는 데 유라시아 지역의 신화가 긴요한 비교 대상인 이유 를 여기서도 확인할 수 있다.

한국 홍수신화의 유라시아 맥락

한국 신화와 유라시아 신화의 관계를 다른 맥락에서 생각해 볼 수 있는 사례로 홍수신화가 있다. 문헌 기록이 없기 때문에, 굿에서도 홍수신화는 거론되지 않기 때문에 한국에는 민담 형식의 홍수신화만 전승된다. 하나가 남매혼 형 홍수신화라면 다른 하나는 목도령 형 홍수신화다. 두 유형 가운데 남매혼 유형은 보편적이고 목도형 형은 특수하다. 보편적이라는 것은 한국 이외의 여러 지역에 같은 유형의 홍수신화가 두루 전승된다는 뜻이다. 따라 서 이 유형을 가지고 신화의 교류 문제를 살펴볼 수 있다.

대홍수가 일어나 극소수만 생존하는 한계적 상황에서 홍수신화는 시작된 다. 이 생존자가 오누이 관계라는 것이 남매혼 홍수신화의 문제적 상황이다.

근친혼 금지를 위반할 수밖에 없는 극단적 조건이 주어져 있기 때문이다. 남매혼 홍수신화는 이들 오누이가 맷돌을 굴리거나 연기를 피워 올리는 등 여러 가지 방식으로 하늘의 뜻을 물어 결혼하고 출산하여 새로운 인류가 시작되었다고 이야기한다. 그런데 근친혼은 오누이 사이에서만 일어나는 것이 아니다. 유라시아 지역으로 자료를 확장하면 살아남은 자들의 관계가 부녀나 모자 등으로 다채롭게 나타난다. 그러나 오누이가 주류라는 점은 분명하다.

그런데 한국의 남매혼 홍수신화가 조사된 지역은 한반도 남해안이다. 한반도의 다른 지역에서는 이런 유형의 홍수신화가 발견되지 않는다. 이는 우연으로 보이지 않는다. 같은 유형의 홍수신화가 여와·복희 홍수신화를 비롯하여 중국 남부 지역에서 집중적으로 나타날 뿐만 아니라 남아시아와 폴리네시아 등의 지역에서 주로 전승되고 있기 때문이다. 이런 사실은 백조처녀나 저승차사 신화와는 다른 맥락의 신화적 연관성이 유라시아 지역에 존재할 가능성을 시사한다.

근래의 염색체 연구나 지질학 등의 연구를 종합해 보면 대략 12,000년 전부터 빙하가 녹아 해수면이 급격히 상승하면서 동남아시아에서 폴리네시아에 걸쳐 존재했던 순다랜드의 상당 지역이 바다에 잠겼고, 한반도의 서해와 남해도 현재와 같은 상태로 형성된다. 이 시기의 경험이 홍수신화에 반영되어 근친혼이 기본 모티프로 작용하는 홍수신화 유형이 이 지역에 널리 퍼져 나간 것으로 보인다. 홍수신화는 전 세계적으로 나타나는 신화지만 남매혼을 비롯한 근친혼 유형은 이 지역에 집중적으로 나타난다. 따라서 한국의 남매혼 홍수신화는 유라시아 대륙의 남쪽 해안 지역과 유관한 것으로 보인다.

신화의 전승과 비교신화학

신화는 인류가 처음으로 만든 이야기이고, 지금도 반복되는 이야기이다. 신화는 인류의 이동을 따라 퍼져나갔고, 정착하여 해당 지역의 환경과 교호하면서 여러 유형으로 변형되고 분화된다. 근동 지역의 수메르 신화에 나타나는 저승과 이승의 관계에 대한 상상력과 이야기 형식이 수천 년의 시간을 경과한 뒤에 동아시아 여러 지역에서 확인되고, 바이칼 호수 인근에 거주하는 특정 민족의 기원신화가 한반도를 거쳐 일본 지역에서까지 확인되는 데는 그런 이유가 있는 것이다. 따라서 다른 문학 양식들과 달리 신화는 민족 단위를 넘어 존재한다는 점을 염두에 두어야 한다. 한국 신화 이해에 유라시아 신화가 긴요하고, 비교신화학이 신화학의 기본이 되어야 하는 이유가 여기에 있다.

——— 더 읽어보기

최혜영 외, 『유라시아 신화 여행』, 아모르문디, 2018.

김산해, 『최초의 여신 인안나』, 휴머니스트, 2022.

성백인 역주, 『만문 샤먼 무인전』, 제이앤씨, 2008.

Jeremiah Curtin, *A Journey in Southern Siberia*, New York: America Press, Inc, 1909.

한국 문인과 중국 문인의 교류

이종묵

황화수창의 시대

한자와 한문이라는 동아시아 보편어는 당대 문인들 간의 지적 소통을 가능하게 하였다. 한국과 중국 문인의 교류는 크게 보면 중국의 외교 사절이 한국으로 와서 조선 문인과 교류한 양상과 조선의 문인이 중국으로 가서 그곳 문인과 교류한 양상으로 크게 나누어 볼 수 있다.

고려로 온 중국 문인은 대부분 공식적인 외교 사절이었다. 한국과 중국의 교류는 한치윤(韓致奫)의 『해동역사(海東繹史)』의 「교빙지(交聘志)」에 한나라 때부터 한국에 사신을 파견한 역사가 비교적 소상하게 정리되어 있지만 이들이 한국 문인과 교류를 가진 자취는 분명하지 않다. 다만 청의 문인 왕사정(王士禎)의 『향조필기(香祖筆記)』에 따르면 『고려도경(高麗圖經)』의 저자 서긍(徐兢)이 김부식(金富軾)을 사모하여 그의 이름을 물었다고 하며, 『고려도경』에 김부식의 세가를 기록하고 그 모습까지 그려갔다고 하니, 이들이 문학적 교류를 가졌을 가능성이 높다.

조선에서 한중 문인의 본격적인 교류는 이른바 '황화수창(皇華酬唱)'의 시대에 본격화되었고 그 결실이 『황화집(皇華集)』으로 남아 있다. 1450년 예겸 (倪謙)과 사마순(司馬恂)이 왔을 때 성삼문(成三問)이 신숙주(申叔舟)와 함께 이들과 수창했는데 이를 '황화수창'이라 하였다. 이때부터 조선으로 온 중국 사신이 조선 문인과 주고받은 시문을 모아 『황화집』을 간행하여 가져가는 것이 관례가 되었다. 『황화집』은 1633년 정룡(程龍)이 왔을 때까지 도합 25차례 편찬되었는데 조선 전기 한국과 중국 문인의 직접적인 교류를 증언하거니와, 두 나라 문인들이 벌인 문명의 대결 결과를 모은 시집이라 할 수 있다.

이보다 앞서 예겸(例謙)이 1450년 조선에 와서 조선 문인과 주고받은 시문을 모아 『요해편(遼海編)』을 엮었는데, 이 책을 본 서거정(徐居正)은 예겸의 시문만 높이고 조선 문인의 글을 억누른 것이 너무 심하다고 하고, 『요해편』이 평평한 시문뿐이요, 그다지 뛰어나거나 기이하고 위대한 말이 있는 것을 보지 못하겠다고 하였다. 예겸이 조선 문인을 누르기 위해 지은 「설제등루부 (雪霽登樓賦)」가 아름답기는 하지만, 신숙주(申叔舟)가 여기에 차운한 작품 역시 이에 못하지 않다고 하였다. 수창이 대개 율시로 진행되었지만 대결 의식으로 인해 사부까지 차운하는 일이 생긴 것이다. 서거정도 1476년 기순이 사신으로 왔을 때 그가 지은 「대평관등루부(大平館登樓賦)」 등 사부에 차운한 작품을 지어 기순을 압도하고자 하였다. 중국 문인들은 조선에 오기 전 시를 미리 구상해서 왔을 정도로 그들의 대결 의식이 만만치 않았다.

1539년 화찰(華察)은 소세양(蘇世讓), 김안국(金安國)과의 대결에서 우위를 차지하기 위해 동파체(東坡體)라는 특이한 퀴즈 형식으로 시를 지어 조선 문인의 역량을 테스트하였다. 동파체는 변형하거나 색채를 더하여 한 글자로 여러 글자의 뜻을 나타내게 한 것이다. 소세양과 김안국은 동파체로 된 시에 차운하면서 역시 동파체를 구사하였다.

이러한 대결 의식에서 명에서도 뛰어난 문인들을 파견하였고 또 조선에서는 문헌의 나라, 문학의 나라로 인정받고자 당대 최고의 문사를 선발하였다.

황화수창의 시대 중국에서 파견된 사신은 한림원(翰林院)의 시강(侍講)이나 수찬(修撰) 등 뛰어난 문인 중에 선발하였다. 이들을 맞은 조선 문인들 역시 대부분 사가독서(賜暇讀書)에 선발되어 홍문관(弘文館)에서 근무한 이력이 있으며 훗날 대제학(大提學)에까지 오르게 되었으니, 당시 조선을 대표하는 문인이었다고 할 만하다. 조선에서는 원접사(遠接使), 접반사(接伴使), 선위사(宣慰使) 등의 이름으로 명의 사신을 맞았는데 모두 2품 이상의 관원 가운데서 임명하였다. 또 문학으로 보좌하는 종사관(從事官)을 두었는데 이들도 모두 일시를 대표하는 문사들이었다. '황화수창'이 이루어지던 시절이 조선에서 한시가 가장 성황을 이룬 때라 하여 후대 문인들이 이러한 자리에 참석하지 못한 것을 아쉬워한 바도 있다.

중국에 전해진 한국 한시

명나라의 사신들은 『황화집』과 함께 조선에서 열람한 고려와 조선의 한시를 들고 가서 중국에 이를 소개함으로써, 조선의 한시가 중국에 전파되는 데도 크게 기여하였다. 허균(許筠)은 1606년에 사신으로 온 주지번(朱之蕃)과 깊은 사귐을 맺었다. 주지번은 『황화집』에서 본 이행(李荇), 정사룡(鄭士龍), 이이(李珥) 등의 문집을 구하고자 하였고 또 조선 문인의 시를 필사해달라고 요청하였다. 이숭인(李崇仁), 김종직(金宗直), 어무적(魚無迹) 등의 시에도 관심을 가졌다. 이수광(李睟光)의 『지봉유설』에 따르면 주지번이 조선의 한시를 보고자 하였을 때 최경창(崔慶昌)과 백광훈(白光勳)의 문집을 보여주었고, 주지번은 이를 보고 칭찬한 후 돌아가 강남에서 출판하여 조선의 문물이 성대함을 보이겠다고 말하였다고 한다.

이러한 과정을 거쳐 명말청초 전겸익(錢謙益)의 『열조시집(列朝詩集)』과 주이준(朱彝尊)의 『정지거시화(靜志居詩話)』에는 황화수창의 시대 명과 조선의 문인이 만나 수창한 내용과 함께 조선의 한시를 소개할 수 있었다. 전겸익, 주이준 등 중국 대가에 의해 조선의 한시가 중국에 소개된 계기는 『황화집』의 기록에 따른 것이면서, 다른 한편 임진왜란 때 조선에 원군으로 온 명의 문인들이 조선 문인과 교유하면서 이들로부터 얻은 정보에 바탕한 것이기도 하다. 오명제(吳明濟)는 이덕형(李德馨)의 집에 머물며 신라부터 조선에 이르기까지 100여 인의 문집을 구한 바 있다. 가장 본격적으로 중국인에 의해 편찬한 조선 한시 선집 『조선시선(朝鮮詩選)』이 이런 교유의 결실이다. 오명제(吳明濟)의 『조선시선(朝鮮詩選)』과 관련이 깊은 남방위(藍芳威)의 『조선시선전집(朝鮮詩選全集)』, 지금 전하지 않는 초횡(焦竑)의 『조선시선(朝鮮詩選)』과 왕세종(汪世鐘)의 『조선시(朝鮮詩)』도 비슷한 경로로 편찬되었다.

손치미(孫致彌)의 『조선채풍록(朝鮮採風錄)』도 한국 한시의 중국 전파에 중요한 문헌이다. 손치미는 1678년 조선에 사신으로 와서 이 책을 편찬하였는데, 비록 이 책이 전하지는 않지만, 그와 교분이 있었던 왕사정(王士禎), 주이준, 우통(尤侗) 등이 이 책을 보았기에 그들의 저술 『명시종(明詩綜)』, 『지북우담(池北偶談)』, 『간재잡설(艮齋雜說)』, 『어양시화(漁洋詩話)』 등에 고려와 조선의 한시 45인 60여 수의 작품이 수록될 수 있었다. 한중 문인의 교류가 한국 한시의 전파에도 이렇게 기여한 것이다.

'조천'과 한중 교류

이제 조선의 문인이 중국에 가서 그곳 문인들과 교유한 양상을 알아보기로 한다. 한중 문인의 교류는 통일신라 시기부터 분명하게 드러난다. 최치원은 당나라에 유학할 때 나은(羅隱), 고운(顧雲), 장교(張喬) 등과 교유한 바 있다.

『삼국사기』「최치원열전(崔致遠列傳)」에서 이들과의 교유를 적시하였다. 나은이 자부심이 대단하여 남을 쉽게 인정하지 않았는데, 최치원이 지은 시를 보고 감탄했다는 기사와 함께 고운이 "열두 살 때 배 타고 바다 건너와, 문장으로 중화를 감동을 시켰네(十二乘船渡海求 文章感動中華國)"라는 시를 지어 준 바 있다.

그런데 고려 초 박인량(朴寅亮)이 송나라로 사신 갔을 때 명주(明州)의 상산위(象山尉) 장중(張中)을 만나 사사롭게 시를 창화한 죄로 파직되었다는 기록도 『해동역사』에 보인다. 고려시대 한국의 사신이 송나라 문인과의 사적 수창이 금지된 사정을 알 수 있다. 『예기(禮記)』에서 이른 '인신무외교(人臣無外交)'의 원칙이 강하였음을 확인할 수 있다. 그럼에도 그의 시「송나라에 사신으로 갔다가 사주 귀산사를 지나며(使宋過泗州龜山寺)」가 송나라 때의 문헌에서부터 보이고, 함께 간 김근(金覲)의 시문과 함께 『소화집(小華集)』이라는 이름으로 간행까지 된 것을 보면 고려 전기 한중 문인 교류의 성황은 박인량에게서 찾을 수 있다. 또 송대의 문헌에 고려의 사신 위계정(魏繼廷)과 박경작(朴景綽)이 송 선종(宣宗)에게「관등시(觀燈詩)」를 지어 올린 것을 보면 고려의 사신이 중국 사신으로 가서 공적인 자리에서 시문을 제작하였음도 확인할 수 있다.

원 간섭기 고려의 문인들이 원의 대도(大都)에 체류하면서 그곳 문인들과의 교류가 활발하게 일어났다. 충숙왕이 대도로 이제현(李齊賢)을 불러 당대의 명유 염복(閻復), 요수(姚燧), 조맹부(趙孟頫), 우집(虞集) 등과 함께 종유(從遊)하면서 서사(書史)를 탐구하게 한 일화는 널리 알려져 있다. 또 이곡(李穀)과 이색(李穡) 부자는 원의 과거에 합격하여 그곳에서 관직 생활을 하였으며, 특히 이곡의 문집에는 원나라의 명사와 문인, 학자, 승려들과 주고받은 다양한 작품이 실려 있다.

명나라 개국 이후에는 대리(大理)로 유배되어 가는 도중 객사한 김구용(金九容), 명나라에 구류되어 있던 정총(鄭摠), 조서(曺庶), 명의 수도 남경을 오간 정몽주(鄭夢周), 이숭인(李崇仁) 등도 조선인이 하기 힘든 중국을 체험하였지만, 중국 문인과의 문학적 교류를 가진 흔적은 보이지 않는다. 앞서 말한 대로 '인신무외교'의 장애가 있었기 때문인 듯하다. 권근(權近)이 명 태조의 명을 받아 「응제시(應製詩)」를 남긴 것은 희귀한 예다. 그리고 신숙주, 서거정, 성현(成俔), 이행, 정사룡 등 조선을 대표하는 문인들이 중국으로 가서 「봉사록(奉使錄)」, 「관광록(觀光錄)」, 「북정록(北征錄)」, 「조천록(朝天錄)」 등 다양한 이름의 시집을 남겼지만, 여기에도 중국 문인과 시를 주고받은 예는 희귀하다.

'연행'과 천애지기

조선 문인이 중국 문인과 직접적인 교류를 맺게 된 것은 '조천록(朝天錄)'이 아닌 '연행록(燕行錄)'의 시대에 가능해졌다. 통상적으로 명나라를 오간 문인의 기록을 조천록이라 하고 청나라를 여행한 문인의 글을 연행록이라 부른다. 조천록은 대개 시집의 형태를 띠지만 연행록은 기행시집으로 된 것도 있지만 날짜별 혹은 주제별로 편집하여 산문이 중심이 되는 체재로 된 것이 대부분이다. 김창업(金昌業)의 『노가재연행일기(老稼齋燕行日記)』, 홍대용(洪大容)의 『을병연행록(乙丙燕行錄)』, 박지원(朴趾源)의 『열하일기(熱河日記)』 등이 대표적인 연행록인데 '연휘(燕彙)' 등의 서명으로도 묶여 전한다.

다만 청나라 문인과의 직접적인 교류는 홍대용의 시대에 본격화된다. 조선의 문인들이 청나라 문인들과 맺은 천애지기(天涯知己)의 본격적인 우정은 18세기 이후의 일이다. 청나라가 변방에서 중원으로 들어와 세계 제국의 입지를 확고하게 다지고 그에 따라 북경에 간 조선 문인의 출입이 비교적 자유로워진 18세기 후반, 홍대용이 한족 출신의 엄성(嚴誠), 반정균(潘庭筠), 육비(陸飛) 등과 북경 유리창(琉璃廠)에서 우정을 맺은 것은 잘 알려져 있다.

박지원이 지은 홍대용의 묘지명에 엄성이 죽을 때 홍대용이 선물한 조선 먹을 가슴에 품었다는 일화에서 이들의 감동적인 우정을 볼 수 있다. 홍대용은 자신의 거처 담헌(澹軒)을 중국 벗들의 글로 꾸민 바 있다.

조선과 청의 문인 교류에 필담(筆談)이 중심을 이루는 것이 이때부터다. 홍대용의 「간정동필담(乾淨衕筆談)」은 「회우록(會友錄)」이라고도 하는데 여기서부터 우정론이 이 시기의 중요한 담론으로 등장한다. 박지원이 그 서문에서 "전일 본국에 살 때는 한 마을 살면서도 아는 체하지 않았지만 지금은 먼 만 리 밖에서 사귀고, 전일 본국에 살 때는 같은 종족이면서도 서로 대하지 않았지마는 지금은 다시 만날 수 없는 사람들과 사귀며 전일 본국에 살 때는 언어와 의관이 같으면서도 같이 사귀지 않았지마는 지금은 별안간 서로 말이 다르고 의복이 다른 세상 사람과 마음을 허락한 것은 어찌 된 것일까?"라 한 말이 널리 알려져 있다. 또 마테오 리치가 『교우론(交友論)』에서 "나의 벗은 타인이 아니라 곧 나의 반쪽이요 바로 제 2의 나이다."라 한 말을 받아 박지원이 벗을 '제2의 나'라고 한 언급도 이러한 풍상을 알게 한다.

「회우록」의 서문에 따르면 홍대용이 만난 중국의 벗들은 조선의 문학에 관심을 가졌고 이에 따라 홍대용은 민백순(閔百順)과 기자(箕子)의 「맥수가(麥秀歌)」부터 18세기 당대의 작품에 이르기까지 각체의 시를 선발하여 『해동시선(海東詩選)』을 편찬하였고, 이를 엄성, 육비, 반정균에게 전하였다. 지금 『대동시선(大東詩選)』의 이름으로 전하는 한시 선집이다. 이와 함께 홍대용은 조선의 역사와 문학에 대해 알고자 한 그들의 뜻에 부응하여 『동국기략(東國記略)』을 편찬하여 보내기도 하였다. 천애지기의 우정에 의하여 18세기 한중 교류가 이렇게 진척된 것이다.

조선에서는 사후에 문집을 만드는 것이 일반적이었지만 이 무렵부터 자신의 문집을 편찬하여 중국에 전하여 글을 받거나 중국에서 간행하는 풍속이 생겼는데 이 역시 천애지기의 우정에 기반한 것이었다. 18세기 초반 이병연

(李秉淵)이 자신의 시를 중국에 보내어 산동 사람 위정희(魏庭喜)의 평을 받은 일이 있었거니와, 이후 조선의 문인들은 자신의 시집을 중국으로 보내어 중국 문인의 평을 받아오는 일도 잦아졌다. 또 박제가(朴齊家)의 『정유고략(貞蕤藁略)』, 유득공(柳得恭)의 『연대재유록(燕臺再游錄)』, 이덕무(李德懋)의 『청비록(淸脾錄)』 등의 시문집이 중국에서 간행되었다.

이에 따라 청나라 문인 중 일부는 이들 문집 외에 남공철(南公轍), 신위(申緯), 김정희(金正喜) 등의 중요한 문인의 시집에 대한 정보를 자세히 알고 있었거니와, 한국 한시사를 비교적 소상하게 파악할 수 있게 되었다. 1829년 중국으로 간 박사호(朴思浩)가 만난 청의 문인 오숭량(吳嵩梁)은 당대 조선 대가들의 명성을 들어 알고 있었고 또 신라와 고려, 조선의 작가 역시 파악하고 있었다. 홍대용 이후, 많은 문인이 중국 문인과 직접 교류하면서 청의 문사들 가운데 상당수는 조선의 한시에 대하여 비교적 자세히 알 수 있게 되었다고 하겠다.

이후 조선 문인과 청 문인의 학술적 교류도 이어졌는데 김정희(金正喜)가 청의 대학자 완원(阮元)과 옹방강(翁方綱)의 제자를 자처하면서 학문을 바탕으로 한 우정을 맺었다. 김정희가 이상적(李尙迪)에게 「세한도(歲寒圖)」를 선물한 것이 청나라 문인과 학술적 교류를 매개해준 데 대한 감사의 뜻이었다. 시서화(詩書畵)에 일가를 이룬 신위(申緯)는 김정희의 소개로 옹방강 및 그 아들과의 교유를 이어 나갔다. 이유원(李裕元)이 북경에서 옹방강의 사위로 역시 학자로서의 명성이 높은 섭지선(葉志詵)을 만나 서법에 대하여 토론한 바 있다.

그리고 한중 교류사의 마지막에 김택영(金澤榮)이 있다. 김택영은 1883년 김윤식(金允植)의 소개로 임오군란(壬午軍亂)에 종군한 청말의 문인 장찰(張詧)과 장건(張謇) 형제를 만나 시로 인정을 받았고 그 인연으로 국운이 거의 끝난 1905년, 장건의 도움으로 중국으로 망명하여 남통(南通)을 중심으로 하여 박지원과 신위 등의 문집과 『여한십가문초(麗韓十家文鈔)』를 편찬하여 한국 문학의 뛰어남을 중국에 널리 알렸다.

맺음말

한국과 중국의 문인들은 고대로부터 조선이 멸망할 때까지 지속적인 교류가 있었다. 특히 조선에 파견된 명의 사신과 조선 문인의 황화수창은 한국 한시사가 가장 성황을 이루게 되는 계기가 되었다. 명과의 교류는 대부분 조선에서 이루어진 데 반하여 청과의 교류는 북경을 중심으로 이루어졌으며 필담 형식을 취하였다. 이 과정에서 국경을 초월한 '천애지기'의 우정이 맺어진 것이 큰 의미가 있다. 이와 함께 중국 한시가 일방적으로 수입되는 데서 벗어나 조선의 한시가 중국에 풍성하게 소개된 것도 문학 교류의 결과로 주목할 만하다.

───── 더 읽어보기

김덕수, 「조선 문사와 명 사신의 수창과 그 양상」, 『한국한문학연구』 27집, 2001.
이종묵, 「한시의 보편적 가치와 중국 문인과의 시문 교류」, 『한국시가연구』 30집, 2011.
Lee Jongmook, 「Establishing Friendships between Competing Civilizations: Exchange of Chinese Poetry in East Asia in the Fifteenth and Sixteenth Centuries」 (Richard J. Smith ed. 『RETHINKING THE SINOSPHERE』, CAMBRIA PRESS, 2020).
이종묵 외, 『황화집과 황화수창』, 한국학중앙연구원, 2022.
이춘희, 『19세기 한중 문학교류』, 새문사, 2009.
이혜순, 『전통과 수용』, 돌베개, 2010.

중국과 일본에의 시선
-『해유록』과 『열하일기』

김대중

동아시아 속의 조선

조선은 중국과 일본 사이에 위치한다. 세계체제론의 구도에 놓고 보면, 동아시아 세계에서 중국, 조선, 일본은 각각 중심(core), 주변(margin), 아주변(submargin)에 해당한다고 할 수 있다. 중국과 직접 연결되지 않은 일본은 조선에 비해 개별화에의 지향이 더 뚜렷했던 것으로 보인다. 반면 조선은 중국이라는 중심부와 육로로 직접 연결되어 있었다. 따라서 중심부와의 관계가 일본보다 훨씬 더 복합적이다. 중심부의 보편 문화를 자기화하면서 중심부로 용해되지 않고 조선적 주체성을 모색하는 것이 과제로 주어졌기 때문이다. 문명 중심부의 보편성과 조선적 특수성 사이의 길항이 첨예한 문제로 제기되는 것이다. 흔히 조선에 비해 일본에서는 자국어 문학이 더 발달한 것으로 관찰되지만, 이는 조선이 일본에 비해 몰주체적이어서가 아니라 일본이 조선을 매개로 삼아 중국의 직접적인 영향권에서 벗어난 데 따른 구조적 효과인 면이 크다는 사실에 유의할 필요가 있다.

전근대 동아시아의 국제 질서는 이른바 조공체제에 의해 유지되었다. 조공체제 하의 외교 관계는 흔히 '사대교린(事大交隣)'으로 설명된다. 조선과 중국의 관계는 '사대'에 해당하고 조선과 일본의 관계는 '교린'에 해당한다(지금은 '사대'라는 말이 부정적인 함의를 갖지만 전근대적 맥락에서는 꼭 그렇게 받아들일 필요는 없다). 조선 시대에는 이런 국제 질서를 배경으로 방대한 양의 사행(使行) 문학이 창작되었다. 그중 명작으로 꼽히는 것이 박지원(朴趾源, 1737~1805)의 『열하일기』와 신유한(申維翰, 1681~1752)의 『해유록』이다.

이 두 작품은 모두 동아시아의 전쟁과 평화를 배경으로 한다. 조선과 청나라의 외교 관계는 병자호란 때의 굴욕적인 패배와 더불어 정립되었다. 그 뒤로 조선은 청나라에 매년 사신을 파견했는데 파견 횟수가 총 500여 회에 이른 것으로 추산된다. 청나라에 대해 조선 지배층은 기본적으로 반감과 적개심을 갖고 있었지만 시간이 지남에 따라 청나라를 인정하고 그 발전상으로부터 배울 점을 찾고자 하는 움직임이 생겨나기도 했다. 그리고 청나라 방문은 그 당시 절대 우위를 점한 대제국의 실상을 접할 수 있는 기회가 되었다. 이런 배경에서 청나라 체험을 담은 기록물이 꾸준히 집적되면서 『열하일기』 같은 작품이 등장할 수 있었다.

한편, 조선 전기에는 일본에 정기적으로 통신사(通信使)를 파견했다가 임진왜란으로 인해 국교가 단절되었다. 그 뒤로 1607년에 조선이 다시 통신사를 파견하기 시작했는데 1811년까지 파견 횟수가 총 12회였다. 통신사행은 외교 활동이면서도 문화 교류의 성격을 겸했다. 통신사 중 제술관(製述官)을 두어 일본 사람들에게 시문을 지어주고 그들과 필담을 나누도록 한 것도 그런 이유에서였다. 일본 사람들은 통신사와 필담을 활발하게 했고 그 필담집을 곧바로 상업 출판했다. 조선 지배층은 일본 사행보다 청나라 사행을 선호했지만, 조선 내 신분적 제약이 있었던 서얼 문사들 중에 통신사행을 통해 자신의 문학적 능력을 발휘하고 일본에 대한 학문적·사상적 접근을 심화한 인물들이 등장했다. 이런 배경에서 『해유록』 같은 작품이 나올 수 있었다. 『열하일기』의 작가 박지원이 노론 명문가 출신이었던 것과 달리 『해유록』의 작가 신유한은 서얼이었다.

일본에 대한 긍정과 부정의 이분법을 넘어서―『해유록』

『해유록』은 1719년 기해 통신사행을 배경으로 한다. 기해 통신사의 파견 목적은 도쿠가와 요시무네(德川吉宗)의 쇼군(將軍) 취임을 축하하기 위한 것으로, 통신사는 1719년 음력 4월 11일에 출발하여 1720년 음력 1월 24일에 귀국했다. 『해유록』에는 이국 체험, 일본 문화와 사회에 대한 관찰과 분석, 외교 현장의 긴장, 일본인과의 교류 등이 담겨있다. 이 중 일본 문화와 사회에 대한 관찰을 담은 부분을 예로 들면 다음과 같다.

> 앉을 때 반드시 무릎을 꿇고 앉는 것이 일본의 풍속이다. 남녀노소 및 귀천을 가리지 않고 앉을 때면 반드시 꿇어앉는다. 길가에서 술을 파는 여자건 밭에서 곡식을 거두는 사람이건 반드시 두 무릎을 땅에 대고 옷을 여미고 앉는다. 그들의 법도를 살펴보건대 예의를 차리느라 그러는 것은 아닌 듯하다. 그들이 입는 옷에는 섶이 없고 아래에는 바지나 잠방이가 없다. 그러니 꿇어앉지 않으면 은밀한 곳을 가리기 힘들다. 그래서 부득이하게 꿇어앉는 법도가 생겨났고 그것이 습관처럼 되어 버린 것이니 몹시 우스운 일이라 하겠다.
> 관백의 성에서 정무를 담당하는 신하들과 관백의 측근들은 공복(公服)을 입는다. 나무판을 댄 바지를 입는데 바지가 짧아 꿇어앉기 불편하므로 두 다리 사이에 흰 베를 두어 자 늘어뜨린다. 긴 바지를 입을 때에는 그 길이가 발을 지나 한 자 남짓 나올 정도여서 땅에 질질 끌고 다닌다. 이들이 움직일 때마다

쓱쓱 소리가 나고 자리에 앉으면 옷 때문에 어지러운데도 일본인들은 이렇게 하는 것이 상대방을 공경하는 것이라고 생각한다. 각 주 태수의 집에서도 섭정 이하의 신하들이 모두 이와 같은 복장을 하고 있다. 그 법도를 보건대 일본인들이 날래서 흉기로 사람을 찌르는 데 능하기 때문에 높은 지위에 있는 자들이 무슨 변을 당할까 염려하여 신하로 하여금 걸어다니기 불편하게 하고 몸을 자유롭게 움직이지 못하게 하여 대면한 자리에서 감히 일을 저지르지 못하게 한 것이다.

－신유한, 『해유록』「문견잡록」

일본 사람들이 꿇어앉는 모습은 그 자체로는 공손해 보일 수 있다. 그리고 이런 것이 속류 일본 문화론을 통해 일본에 대한 정형화된 이미지로 유포되기도 한다. 그런데 신유한은 공손한 겉모습 이면을 본다. 꿇어앉는 풍습은 공손한 마음의 발로라기보다는 무가(武家) 사회의 복식 문화에서 파생된 것이며, 무사들이 성안에서 긴 옷을 입게 하는 것도 살해에 대한 경계심 때문이라는 것이다. 신유한은 일본의 꿇어앉는 풍습에서 무가 사회 특유의 불안과 긴장감을 읽어낸 것이다.

일본의 군사 제도는 몹시 치밀하고 강고하다. (…) 신분이 귀한 자는 아무리 변변치 못하더라도 다른 사람들이 그를 비웃지 못한다. 얼굴에 칼이나 창에 맞은 상처가 있으면 용감한 사나이라 하여 녹봉을 받고, 상처가 귀 뒤에 있으면 잘 도망치는 사람으로 몰려 배척받는다. 그 법령이 사람을 이처럼 가혹하게 몰아넣지만 입을 것과 먹을 것을 얻을 수 있는 길이 달리 없다. 그러니 그들이 생명을 가볍게 여기고 죽음을 두려워하지 않는 것은 의로움을 숭상해서 그런 것도 아니고, 또 타고난 성질이 그러하기 때문도 아니다. 사실은 자기 몸 하나 편안해지기 위해서 그렇게 하는 것일 뿐이다. (…) 그러니 장수가 아무리 노둔

하더라도 군사들은 죽음을 두려워하지 않으며, 병졸이 나약하더라도 용감하게 전쟁터로 돌진한다. 이는 비록 오랑캐 종족의 습속이긴 하나 군사를 양성하는 좋은 방법이라고 이를 만하다. (…)

내가 길을 오가며 보니 태수와 봉행 이하 접대하는 신하들 가운데 어리석고 용렬하여 아무것도 모르는 자가 있어도 그 부하들은 감히 쳐다보지 못하고 엎드려 기면서 시키는 일을 한 치도 어긋나지 않게 받들어 행했다. 아랫사람이 칼을 차고 문을 지킬 때에는 문 안에 꼿꼿하게 앉아서 밤새도록 한눈파는 일이 없고, 차를 끓여 올릴 때에는 화로 옆에 앉아 숯불을 피우는데 한시도 떠나지 않고 있다가 부르면 큰 소리로 대답하니 매질을 하지 않아도 일마다 잘 처리된다.

길가에서 통신사 행렬을 구경하는 사람들도 모두 길 밖에 앉았는데, 작은 사람이 앞에 서고 조금 큰 사람이 두 번째 줄에 서며 더 큰 사람은 그 뒤에 서 있었다. 질서정연하게 모여서는 엄숙한 분위기라 떠드는 사람도 없었다. 이러한 인파가 수천 리 길에 이르렀는데 단 한 명도 제멋대로 행동하여 행렬을 방해한 사람이 없었다. 이렇듯 인심과 습속이 모두 엄격히 통제된 군사 같았으니 예법과 교화로써 그리된 것이 아니었다. 관백과 각 주의 태수가 다스리는 법이 한결같이 군사 제도에서 나왔으므로 백성들이 보고 배운 것 역시 모두 군대의 법도와 같은 것이다.

－신유한, 『해유록』「문견잡록」

일본 사회의 질서정연함은 지금도 긍정적으로 언급되는 경우가 적지 않다. 하지만 그 질서정연함이란 것이 외적 강제에 의한 것인지 인간의 자율성으로부터 배양된 것인지 구분할 필요가 있다. 신유한은 통신사 행렬을 구경하는 일본 사람들의 질서정연한 모습이 군사 문화의 소산임을 간파한다. 일본 군사 제도의 효율성과 장점을 인정하면서도 그런 것이 군사 제도의 범위를 넘어 사회 전반의 작동 원리로 확장되는 것에 대한 경계를 늦추지 않고, 일본의 병영 국가적 면모를 예리하게 파고든 것이다.

대청 제국에 대한 착종된 시선 −『열하일기』

『열하일기』는 1780년 진하겸사은별사(進賀兼謝恩別使)의 파견을 배경으로 한다. '진하'는 청나라 건륭제(乾隆帝)의 칠순을 축하한다는 뜻이고, '사은'은 앞서 파견한 동지사(冬至使)에게 답하여 황제가 조서를 내린 것, 그리고 북경 숙소의 실화(失火) 사건에 대해 조선 사신의 책임을 면제해준 것에 대한 감사의 뜻을 표한다는 뜻이다. 박지원은 정사(正使) 박명원(朴明源, 1725~1790)의 자제군관(子弟軍官) 자격으로 사신단에 참여할 수 있었다. 사신단은 1780년 음력 5월 25일에 한양을 출발하여 같은 해 음력 10월 27일에 돌아왔다. 이 당시 청나라는 최전성기를 구가하고 있었는데 건륭제는 자신의 칠순 행사를 북경 자금성이 아니라 열하의 피서산장에서 했다. 그리하여 박지원은 열하를 방문할 수 있는 천재일우의 기회를 얻게 되었다. 박지원이 제목에서부터 '열하'라는 지명을 내세운 것은 이런 이유에서이다.

흔히『열하일기』는 북학론을 개진한 작품으로 언급된다. 북학론은 청나라의 선진 문물을 도입함으로써 낙후된 조선을 발전시키자는 담론을 뜻한다. 그런데 '북학'이란 말은 중국과 그 주변을 각각 중화와 오랑캐로 구분하는 차등적 문명관을 전제로 한 것이라는 점에서 기본적으로 문제가 있는 용어이거니와, 청나라에 대한 박지원의 시각은 대단히 복합적이어서 '북학'이라는 말로 단순화할 수 없는 면이 있다. 박지원의 '북학'을 잘 보여주는 것으로 자주 언급되는 부분을 재검토함으로써 이 문제에 대해 좀 더 구체적으로 생각해 보자.

책문 밖에서 아침 식사를 하고 나서 행장을 정돈해 보니 쌍주머니의 왼쪽 자물쇠가 어디로 갔는지 모르겠다. 풀숲을 샅샅이 뒤졌으나 종시 찾을 수 없었다. 그래서 장복이를 꾸중하며 이렇게 말했다.

"네가 행장에 마음을 두지 않고 항시 한눈을 팔더니만 이제 겨우 책문에 왔는데 벌써 물건을 잃어버렸구나. 속담에 '사흘 갈 길 하루도 못 간다'라고 하더니, 앞으로 이천 리를 가서 황성(皇城)에 거의 도착할 때쯤 되면 네놈의 오장육부까지 잃어버릴까 겁난다. 듣자 하니 구요동(舊遼東)과 동악묘(東岳廟)에 본래 좀도둑이 자주 출몰한다고 하던데, 네가 다시 한눈을 판다면 또 무슨 물건을 잃어버릴지 모르겠구나."

장복이가 민망하여 머리를 긁적이며 말했다.

"소인도 이제 알겠습니다. 그 두 곳에 가서 구경할 때는 소인이 두 눈알을 응당 감쌀 테니 어느 놈이 눈을 뽑아갈 수 있겠습니까?"

나도 모르게 한심한 생각이 들어 "잘한다"라고 대꾸해주었다.

장복이란 놈은 어린 나이에 중국이 초행인 데다 성품이 지극히 어리석고 아둔해서, 동행하는 마두들이 많이 놀려먹고 거짓말로 속였는데 그러면 곧이곧대로 믿는다. 장복이가 매사에 알아듣는 것이 모두 이런 식이다. 먼 길 가는 데 의지해야 할 자가 저 모양이니 참으로 한심한 노릇이다.

책문 밖에서 다시 책문 안을 바라보니 여염집들이 모두 대들보 다섯 개가 높이 솟아 있고 띠 이영으로 지붕을 덮었다. 집의 등마루가 하늘까지 높고 대문과 창문이 정제되었으며, 길거리가 평평하고 곧아서 양쪽 길이 마치 먹줄을 친 것 같았다. 담장은 모두 벽돌로 쌓았고 거리에는 사람 타는 수레와 짐 싣는 마차가 왔다갔다 하며, 진열된 살림살이 그릇은 모두 그림 그린 도자기였다. 그 제도가 어디로 보나 시골 티라고는 조금도 없었다.

앞서 나의 벗 홍덕보(洪德保: 홍대용)가 "규모는 크고 심법(心法)은 세밀하다"(大規模, 細心法)라고 말한 적이 있다. 책문은 중국의 동쪽 변두리임에도 오히려 이와 같으니, 길을 나서서 유람하려다 홀연 기가 꺾여서, 여기서 그만 발길을 돌릴까 하는 생각이 들었다. 나도 모르게 온몸이 화끈해졌다.

　나는 맹렬히 반성하며 말했다. "이것은 질투심이다. 내 평소에 심성이 담박하여 무얼 부러워하거나 시샘하고 질투하는 것을 마음에서 끊어버렸거늘, 지금 남의 나라 국경에 한번 발을 들여놓고 본 것이 만분의 일에 불과할 터인데 이제 다시 망령된 생각이 이렇게 솟아나는 것은 어째서인가? 나의 견문이 좁은 탓이다. 만약 석가여래의 혜안으로 시방세계를 두루 본다면 평등하지 않은 게 없으니, 만사가 평등하다면 질투하고 부러워하는 마음이 절로 없어질 것이다."

　장복이를 돌아보며 말했다. "네가 중국에 태어나면 어떻겠느냐?"

　장복이가 말했다. "중국은 오랑캐인 걸요, 소인은 싫습니다요."

— 박지원, 『열하일기』 「도강록」 6월 27일

여기서 숭명배청론(崇明排淸論)이라는 이데올로기를 맹신한 조선 사대부들이 '눈뜬장님'으로 풍자된다. 청나라 사람은 오랑캐라는 경멸의 말을 되풀이하면서, 청나라의 번영한 실상을 보고도 보지 못하는 장복이의 모습은 곧 숭명배청론을 앵무새처럼 떠드는 조선 사대부들의 모습과 다를 게 없다. 박지원은 여행에서 흔히 있을 수 있는 분실 소동 에피소드를 효과적으로 활용하여 풍자의 효과를 높였다.

그런데 이 글에서 제삼자만 풍자의 대상이 되는 것이 아니라 누구보다 박지원 자신이 성찰의 대상이 되고 있다는 것에 유의할 필요가 있다. 책문(柵門)은 조선 사람들이 압록강을 건너서 처음 딛게 되는 청나라 영역이다. 하지만 청나라 입장에서는 어디까지나 변방에 지나지 않는다. 박지원은 아직 본격적으로 청나라 내지(內地)의 실상을 목도하기 전이다. 그렇건만 책문이 남긴 인상부터가 압도적이다. 그런데 박지원은 곧바로 북학을 설파하지 않는다. 박지원은 청나라로 떠나기 전부터 이미 그의 벗들로부터 청나라의 번영상에 대해 전해 들었고 홍대용(洪大容, 1731~1783)이 『연기(燕記)』에서 청나라 문물의 핵심을 "규모는 크고 심법(心法)은 세밀하다"라는 말로 압축한 것도 익히 알고 있었다. 그러나 자기 눈으로 청나라의 실상을 접하고 나니 기가 꺾이고, 청나라 여행을 하고 싶은 의욕이 사라지고, 오히려 여행을 회피하고 도로 귀국하고 싶은 마음까지 든다. 그리고 온몸이 화끈거릴 정도로 강렬한 정념에 휩싸이고 그 정념의 정체를 스스로 '질투심'이라고 진단한다. 박지원은 북벌론이라는 이데올로기에 대해 비판적인 입장을 취하여 이른바 북학이란 것을 주장했으면서도 청나라를 인정하고 싶지 않아 하는 마음이 저 깊은 곳에 여전히 강고하게 자리잡고 있었던 것이다. 그리고 청나라의 실상을 자기 눈으로 직접 보고 나서야 깊이 숨겨져 있었던 자신의 마음을 생생하게 대면하게 된 것이다.

이런 '자기와의 대면'을 경유한 끝에 박지원은 청나라를 어떤 눈으로 볼 것인가 하는 '봄'과 '시각'의 문제에 대해 맹렬하게 사유하여 청나라를 보는 자신의 관점을 '평등안'으로 개념화한다. 실제로 박지원은 '봄'과 '시각'의 문제를 늘 화두로 붙들고 있었다. 박지원이 청나라의 실상을 관찰하기 위해 피해야 할 태도를 다섯 가지로 정리하고 청나라의 실상을 관찰하는 데 장애물로 작용하는 것을 여섯 가지로 정리하여 '오망육불가론'(五妄六不可論)을 개진한 것이 그 예이다. 조선 사대부가 자신의 하찮은 문벌을 내세워 중국의 유서 깊은 가문을 능멸하는 것, 만주식 의관을 이유로 들면서 청나라의 문화 수준을 얕보는 것, 춘추의리가 쇠퇴했다고 비분강개하는 것 등이 다섯 가지 망령된 태도 '오망(五妄)'에 해당하고, 노상에서 만난 행인을 상대로 중요한 일을 물어볼 수 없음, 슬쩍 물어서는 실정을 알 수 없고 캐어 묻자니 기휘(忌諱)에 저촉되기 쉬움, 금령에 저촉되는 것은 아예 물을 수 없음 등이 여섯 가지 제약 '육불가(六不可)'에 해당한다. 이런 논의를 통해, 박지원이 청나라의 실상을 관찰하는 데 얼마나 구체적으로 고민했는지를 확인할 수 있다.

한국 고전문학과 동아시아

최근에 한국학이 일국(一國)의 한계를 벗어나 동아시아적 차원으로 확장하기 위한 노력이 이어지고 있다. 그리하여 연행록, 통신사행록 같은 문헌이 새로운 연구 대상으로 각광 받고 있으며 비교 연구, 문화 교류 연구 등도 꾸준히 축적되고 있다. 이들 연구를 토대로 한국학이 세계적 지평에서 고양된 자기 인식에 새롭게 도달하기 위해서는 결국 '시각'의 문제에 대한 밀도 있는 고민을 할 필요가 있을 것이다. 따라서 신유한이 일본 사회의 이면을 꿰뚫어 본 것, 박지원이 청나라의 실상을 관찰하기 위해 부단히 고심하고 그 관찰 주체인 자기 자신까지도 다시 관찰하는 이중의 자기반성을 수행한 것은 여전히 중요한 지적 자산이 될 수 있다.

외부(타자)에 대한 인식과 내부(주체)에 대한 인식은 상호적이다. 타자와의 대면 없이는 주체 정립이 불가능하며 주체 의식 없이는 타자와의 교섭이 불가능하다. 타자 인식이 주체 정립으로 이어지고 그렇게 해서 정립된 주체가 더 고양된 차원에서 타자와 관계하고 또 자기 자신과 관계하는 것, 이것이 『해유록』과 『열하일기』가 보여주는 지적 전망이 아닌가 한다.

────── 더 읽어보기

신유한, 이효원 편역, 『조선 문인의 일본견문록』, 돌베개, 2011.
박지원, 김혈조 옮김, 『열하일기』, 돌베개, 2009.
김명호, 『열하일기 연구』, 돌베개, 2022.
이효원, 「『해유록』의 글쓰기 특징과 일본 인식」, 서울대 박사논문, 2015.

동아시아 여성의 자기 탐색과 한글 산문

조혜진

동아시아 여성의 자기 탐색

17세기에 이르면 동아시아에서 여성들이 문자를 통한 자기 탐색을 활발하게 전개하기 시작한다. 중국에서는 명말(明末)부터 여성의 문예 창작이 비약적으로 증가하여 청대(淸代)에 이르면 다수의 시인과 문인이 등장하게 된다. 여성들은 가정 내외에서 시사(詩詞)를 창화하였고, 시사(詩社)를 만들기도 하였으며, 자신의 시집을 편집하여 간행하였다. 명청대 여성의 자기에 대한 글쓰기는 주로 시집의 서문이나 탄사의 서술을 통해서 이루어졌다. 특히, 진단생(陳端生)이나 도정회(陶貞懷) 같은 여성 작가는 『재생연(再生緣)』이나 『천우화(天雨花)』 등의 탄사에 자신의 일생을 적기도 하였다.

일본 에도시대 여성의 자기 기록으로 교코쿠 이지코(京極伊知子)의 『누초(淚草)』, 테이칸니(貞閑尼)의 제목 없는 기록, 다치바나 소메코(橘染子)의 『고지록(故紙錄)』 등이 있다. 『누초(淚草)』는 죽은 남편에 대한 그리움과 자식과의 이별에서 오는 슬픔을 토로한 것이고, 다른 두 편은 자신의 참선 과정에 관하여 기록한 것이다.

이와 달리 한국에서는 17세기에 이르면 양반 여성이 한글로 자신의 일생을 기록하는 경우가 나타난다. 그들은 주로 가사를 통하여 자기 일생을 노래하였는데, 한글 산문으로 자신의 일생을 쓰기도 하였다. 대표적인 작품으로 한산이씨의 『고행록』, 풍양조씨의 『자기록』, 해평윤씨의 『윤씨자기록』 등이 있다. 이들 작품을 통하여 양반 여성의 자기 탐색을 알아보고자 한다.

나에 대해 말하기

한산이씨의 『고행록』

『고행록』은 한산이씨(韓山李氏, 1659-1727)가 만년에 자신의 일생을 돌아보며 쓴 글이다. 작가는 영의정(領議政)과 대제학(大提學) 등을 역임한 이산해(李山海)의 현손녀로, 이조판서(吏曹判書) 등을 지낸 유명천(柳命天, 1633-1705)과 혼인하여 그의 세 번째 부인이 되었다. 한산이씨는 남편의 품계에 따라 32세에 조선 시대 최연소 정경부인이 되었으나 그녀의 삶은 고난의 연속에 가까웠다. 유명천은 숙종 대의 정변으로 인하여 유배를 거듭하였으며, 한산이씨는 남편을 대신하여 집안을 건사하기 위하여 애를 썼다.

이 작품에는 자신의 어린 시절, 남편의 유배 생활, 자식들의 탄생과 죽음, 만년의 외로움 등이 주요 내용으로 담겨 있다. 특히, 세 자녀가 태어났으나 그들이 요절하여 느끼는 슬픔과 괴로움이 섬세하게 그려져 있다. 또한 두 며느리가 거듭 세상을 떠나고 인생에 대하여 한탄하는 내용이 기록되어 있다.

이 글은 두루마기에 기록되어 있는데, 8대 종부가 책으로 다시 베껴 쓰기도 하였다. 여성의 기록이 조상의 필적으로 소중하게 다루어지던 당대의 분위기를 확인할 수 있다. 두 이본은 내용상으로는 거의 같지만 표기법의 차이를 보여주는데, 이를 통해 18세기와 20세기의 표기법이 어떻게 다른지를 확인할 수 있다.

풍양조씨의 『자기록』

『자기록』은 18세기 후반 양반 여성인 풍양조씨(豊壤趙氏, 1772-1815)의 일생에 대한 글이다. 이 작품은 글의 작성 의도를 적은 서문, 자신의 어린 시절과 남편의 병사에 대해 쓴 본문, 아버지와 친정 남동생이 죽은 이후에 쓴 발문, 남편이 죽은 이후 친척들이 쓴 제문과 친정 언니의 필사기로 이루어져 있다.

풍양조씨는 조감(趙瞰, 1744-1804)과 진주하씨(晋州河氏)의 둘째딸이자, 청풍김씨(淸風金氏) 김기화(金基和, 1772-1791)의 아내이다. 그녀의 집안은 조선 후기 명문가였으나 할아버지가 서자였으며, 아버지는 무과에 급제하여 현감을 지냈다. 남편의 집안은 증조부가 무과에 급제하였으나 할아버지, 아버지는 관직에 나가지 못했다. 작가의 친정과 시가는 서울에서 세거해온 무반이라는 공통점이 있다.

『자기록』은 풍양조씨의 어린 시절에서부터 시집 생활과 남편의 투병과 죽음, 그 이후의 삶에 대하여 기록하고 있다. 어린 시절의 기억으로는 주로 친정어머니에 관하여 적고 있다. 친정어머니가 잇따른 출산으로 인하여 쇠약해지고 죽음을 맞이하게 되는 과정을 기술하고 있다.

그다음으로 시집에서의 생활에 대해서 기록하고 있다. 이 중에서 남편 김기화의 병사가 가장 큰 비중을 차지하고 있다. 남편이 병에 걸린 이유부터 병세와 치료 과정, 남편의 장례에 이르기까지 상세하게 서술되어 있다.

『자기록』은 풍양조씨가 '자기'에 대하여 쓴 기록으로 이후 작품에도 영향을 미쳤을 것으로 보인다. 물론 서술의 중심이 자기에 있다기보다는 가족에 있으나 관계 속에서의 자신의 모습과 생각을 그리고 있다는 점이 주목된다. 한편 이 작품에서 18세기 후반 서울 양반가의 풍속을 확인할 수 있다. 작가가 자신의 생애를 서술하는 과정에서 양반가의 결혼 생활, 질병에 대한 대처 등이 자연스럽게 드러나고 있기 때문이다.

해평윤씨의 『윤씨자기록』

『윤씨자기록』은 해평윤씨(海平尹氏, 1834-1882)가 쓴 자기에 대한 글이다. 19세기 양반 여성인 해평윤씨는 부모를 일찍 여의었으며, 젊어서 남편과 사별하고 나서 자신의 인생에 대해서 적었다.

이 작품은 외숙부모를 부모로 알고 자라다가 그들이 친부모가 아니라는 사실을 알게 된 충격, 시집에서 적응하지 못하여 느끼는 외로움, 남편이 병에 걸려서 세상을 떠나서 겪은 괴로움 등을 적고 있다.

『윤씨자기록』에는 인생의 고비마다 겪었던 슬픔과 죄책감이 토로되어 있는 것이 특징이다. 다음은 자신을 기른 사람들이 친부모가 아니라는 사실을 알게 되어 슬픔을 느끼는 장면이다.

> 나는 친부모를 알지 못하고 자라서 14살이 되도록 나를 길러 주신 분들을 친부모라고 생각하였다. 그런데 주변 사람들이 나를 길러 주신 분들이 친부모가 아니라고 하였다. 그래서 어머니 앞에서 무릎을 꿇고 물어보았다. 그러자 어머니가 말씀하셨다.
>
> "나는 너의 외숙모이고 너는 나의 조카딸이다."
>
> 나는 그동안 우리가 혈연이라고 굳게 믿어왔는데, 진실을 알게 되자 마른하늘에 날벼락이 치는 듯하여 큰 소리로 울음을 터트렸다. 마음을 진정하고 어머니의 얼굴을 올려다보니 어머니가 슬픈 얼굴로 나를 위로하셨다.

"그러지 말아라."

나는 어머니 앞에서 울음을 터트린 걸 후회하였다. 그러나 너무나 놀라고 슬펐다. 양부모라는 것을 알게 된 이후에는 부모님이 혼내실 때 전혀 기분 나쁜 표정을 짓지 못하고 부모님이 때리실 때 전혀 눈물을 흘리지 못하였다. 나는 진실을 알게 된 이후에도 전혀 변하지 않았으나 부모님의 반응이 두려웠다. 부모님이 '친부모가 아니어서 저렇게 행동하나?'라고 생각하실까 봐, '나에게 아이가 없는 것이 슬프다'라고 생각하실까 봐 두려웠다. 그렇지만 부모님이 나를 혼내실 때마다 내 처지에 대하여 화나는 것을 감출 수 없었다. 다만 고개를 숙이면 어머니가 한숨을 쉬며 말씀하셨다.

"모녀가 마음이 다르니 어찌하겠느냐?"

그러면 옷이 젖을 정도로 땀이 흘렀다. 어머니에게 마음을 바로잡아 잘못을 저지르지 않고 말씀을 잘 따르겠다고 말하였다. 부모님은 나를 더욱 사랑하시니 사랑이 어떻게 부족하다고 말하겠는가? 그러나 나는 항상 부모님 곁에만 있으며 다른 사람 앞에 나서지 못하였다.

마음이 무거운 날에는 나도 모르게 집안일을 멈추고 한숨을 푹 쉬게 되었다. 스스로 놀라서 호흡을 가다듬고 얼굴빛을 일부러 밝게 하였다. 어머니의 얼굴을 쳐다보아 평소 같은 얼굴빛이면 안도의 한숨을 쉬고 슬픈 얼굴빛이면 두려워하였다.

양부모도 친자녀가 없으시고 나 또한 친부모가 없으니 어떻게 우리 사이에 사랑이 없다고 하겠는가? 그러나 나는 누구이기에 친부모의 얼굴조차 알지 못하는가? 나는 이렇게 혼잣말하였다.

'양부모님의 은혜가 하늘과 같지만, 양부모님이 괴로워하실까 봐 친부모에 대해서 말하지 못하니 슬프구나.'

밤이 되면 베개를 어루만졌다. 이유 없이 친부모를 그리워하는 마음이 일어나 베개를 적실 정도로 눈물을 흘렸다. 그러나 양부모님이 알아차릴까 두려워하며 그분들이 깨어났는지 살폈다. 나는 이렇게 생각했다.

'나는 전생에 죄를 많이 지어서 어려서 부모를 여의고 형제도 없구나.'

내 몸이 바로 친부모님에게서 온 것이니 내 몸을 스스로 어루만지며 슬퍼하였다.

—화성시 역사박물관 소장 『윤시주긔록』, 2a-4a면

작가는 자신을 기른 사람들이 친부모가 아니라는 사실을 알고 마른하늘에 벼락이 내리는 듯한 충격을 받았다고 적고 있다. 이후에는 양부모의 눈치를 보느라 감정을 드러내지 못하였다. 결국 작가는 모두가 잠든 밤이 되어서야 자신의 몸을 어루만지며 친부모를 그리워해야만 하였다.

이처럼 작가가 자신의 근본을 찾는 내용을 기록한 것은 남편을 잃은 위기 상황에서 삶의 의미를 찾고자 했기 때문으로 보인다. 작자는 열(烈)보다는 효(孝)에 가치를 둠으로써 자기 자신에게 살아야 하는 이유를 납득 시키고자 했다.

이 작품은 17세기부터 나타나기 시작한 여성의 자기서사가 19세기에 이르기까지 쓰이고 있었다는 것을 보여준다. 19세기 양반 여성이 문학의 적극적 향유자에서 문학의 생산자가 되었다는 것을 확인케 한다. 『윤씨자기록』에는 소설과 가사의 영향이 보이는데, 작자가 소설과 가사를 적극적으로 향유하여 자신의 일생에 대한 글쓰기에서 활용하였음을 알 수 있다.

다른 목소리로

지금까지 살펴본 작품들은 여성이 자신들의 목소리를 직접 들려준다는 점에서 의미가 있다. 이 시기 남성 작가에 의하여 여성에 대한 글이 활발하게 창작되었다. 열(烈)을 지키기 위하여 남편이 위기에 처하면 자신의 몸을 훼손하거나 남편이 죽으면 목숨을 버리는 여성들에 대한 글이 지어졌다. 그러나 남성 작가에 의한 글은 여성의 입장은 거의 대변되어 있지 않다. 『고행록』, 『자기록』, 『윤씨자기록』과 같은 작품들을 통해 당대 여성들도 자기의 목소리로 자기에 대해서 쓰고 있었음을 알 수 있다.

───── 더 읽어보기

김봉좌, 『고행록, 사대부가 여인의 한글 자서전』, 한국학중앙연구원출판부, 2017.
정병설 외, 『조선시대 화성사람들의 한글사용기』, 화성시역사박물관, 2021.
풍양조씨 저, 김경미 역주, 『자기록』, 나의시간, 2014.

2부

현대문학

I

현대시

한국 현대시의 원천이 되는 토착적 미학

홍승진

들어가며: 3.1운동 이후 문학 지형도

1920년대 식민지 조선 사회를 이해하는 데 빼놓을 수 없는 중대한 사건이 바로 1919년 3.1독립만세운동이다. 이는 각계각층의 사람들이 규합하여 전국적으로, 또 국내외적으로 벌인 근대적 사회 운동이었다. 그 결과 중국 상하이에 대한민국 임시정부가 수립되었으며, 일본 제국은 식민지 통치 전략을 수정했다. 소위 1910년대 '무단 통치' 방식에서 1920년대 '문화 통치'로의 전환은 경제, 사회, 문화 등 다양한 측면에서 이루어졌다. 조선의 농업생산력을 높이기 위해 산미증산계획이 일어났으며, 회사령 및 출판법은 허가제에서 신고제로 바뀌었다. 이러한 변화는 일본의 식민 통치에 의해 조선이 근대화의 혜택을 입고 있는 듯한 착각을 불러일으킬 정도였다. 하지만 문화통치를 표방한 일본 제국의 정책이 결과적으로 식민지 조선의 착취를 더욱 고도화했다는 점을 유념해야 한다. 예컨대, 언론과 출판을 전면적으로 통제했던 1910년대와 달리 1920년대에 들어서면서 민간신문사 『동아일보』, 『조선일보』의 창간이 가능해졌지만, 실상 이들 언론은 강력한 검열의 굴레 속에서 제한적인 정보만 지면에 실을 수 있었다. 1920년대 초에 창간된 잡지 『개벽』, 『신생활』 또한 언론통제 정책에 따라 수차례 정간 혹은 폐간되었으며, 조선어 교육은 축소·제한되고 일본어 교육이 강화되었다.

그럼에도 3.1운동 이후 출판, 언론에 대한 일제의 전면적인 통제가 완화됨에 따라 1920년대에는 한국근대문학이 본격적으로 전개될 수 있었다. 여러 인쇄 미디어가 출간되어 다양한 경향의 작가들이 문단에 나타날 수 있었고, 한국어로 창작된 작품들이 지면을 통해 대중들에게 전해질 수 있었다. 또, 작품을 접한 대중 독자들의 관심이 다시 그 문학작품에 영향을 주게 되면서 문학의 형식과 내용적 차원에서 1910년대와는 질적인 변화가 일어났다. 더욱이 1920년대 등장한 다수의 문인들은 근대교육을 받고, 이를 통해 서구의 문학을 접한 이들이었다. 그들은 문학적 소양을 바탕으로 한국어를 사용한 근대시의 형식, 즉 이미지 활용과 시적 형식, 운율 등을 본격적으로 고민했다. 『태서문예신보』(1918)와 같은 문예지나 『창조』(1919), 『폐허』(1920), 『백조』 (1922) 등의 동인지 발간은 1920년대 한국근대시 발전에 중요한 역할을 했다. 이에 1920년대 한국시는 자유시와 낭만시, 민요시, 신경향시파시 등 다양한 양상으로 구현될 수 있었다. 특히 1920년대 대표적인 문인인 김소월, 한용운, 이상화의 시는 1910년대 시와 뚜렷하게 구별되면서도 시적 완성도를 갖추고 있다고 평가받는다. 이들은 한국 전통시의 형식과 아름다움, 그리고 한국 고유의 사상에 주목해 이를 근대적 양식으로 구현한 시인들이다.

김소월의 시론과 한국적 심성

1920년대를 대표하는 시인은 바로 김소월이다. 그는 김정식이라는 본명보다 '소월(素月)'이라는 필명으로 더 잘 알려져 있다. 평안북도 구성 출생인 김소월은 조부로부터 한학 교육을 받으며 성장하였고, 이후 정주에 위치한 오산학교에서 수학하였다. 1923년 일본으로 유학을 떠났으나 같은 해 9월에 발생한 관동대지진으로 인해 학교를 중퇴한 후 귀국하였다. 김소월은 1920년 동인지 『창조』에 시를 발표하면서 시인으로 활동하기 시작했다.

김소월하면 떠오르는 대표적인 시 「진달래꽃」은 "나 보기가 역겨워 가실 때에는"이라고 시작한다. 여기서 '역겹다'라는 표현이 특이한데, '역겹다'는 '거스르다', '거역하다'의 뜻을 지닌 '역(逆)'과 '그 앞에 오는 말이 넘쳐난다' 라는 뜻의 어미 '겹다'가 합쳐진 단어이다. 즉, "나보기가 역겨워"라고 하는 것은 작중화자 '나'의 존재 전체가 상대방에 의해 부정당하는 상황을 의미한다. 이 비극적인 상황에서 시적화자인 '나'는 부정적으로 반응할 법도 하지만, 오히려 '한 아름(두 팔을 둥글게 모아 만든 둘레 안에 둘 만한 양)' 곧, 자신이 지닐 수 있는 최대한의 꽃잎을 따다 상대방의 가는 길에 뿌리겠다고 한다. '나'의 존재 전체를 부정하는 상대를 향해 분노나 복수가 아니라, 자신이 할 수 있는 최고의 축복을 건네겠다는 것이다. 「진달래꽃」은 이별의 슬픈 상황을 진달래 꽃잎으로 가득한 아름다운 상황으로 변화시키고 있다.

이처럼 흔히 정한(情恨)의 시인으로 알려져 있는 김소월의 시는 그 일반적인 인식과는 달리 '한(恨)'의 정서에만 집중하지는 않는다. 김소월의 시는 비극적이고 한스러운 상황에서 '한'을 노래하는 것에 그치지 않고, 부정적인 에너지들을 희망과 긍정, 사랑과 같은 힘으로 전환하는 모습을 보여준다. 1925년 『개벽』에 발표한 「시혼」은 김소월의 시정신을 살펴볼 수 있게 해주는 중요한 글이다.

우리는 낮에 보지 못하던 아름다움을 밤하늘에서 볼 수 있고 느낄 수 있다. 우리는 적막 한가운데서 더욱 사무치는 환희를 경험할 수 있고 또 고독 안에서 오히려 더욱 부드러운 동정을 알 수 있으며 슬픔 가운데서 더 거룩한 올바름을 느낄 수 있고 죽음에 가까운 산마루에 서서야 비로소 삶의 아름다움이 생명의 봄 언덕에 나부끼는 것을 볼 수 있다.

― 김소월, 「시혼」, 『개벽』, 1925.5.

김소월은 부정적인 상황과 정서 속에서 긍정적이고 희망적인 것들을 발견할 수 있다고 말한다. 인용문에서도 알 수 있듯, 김소월은 단순히 '한'에서 그치는 것이 아니라, 부정적인 것들 뒤에 오는 희망적이고 밝은 것을 공감할 수 있다고 주장한다. 따라서 김소월을 전통적인 '한'의 정서를 다루는 시인이라고만 한다면, 이는 두 가지 차원에서 오류를 저지르는 것이 된다. 하나는 한국의 전통적 정서를 '한(恨)'이라고 규정하는 태도이고, 다른 하나는 김소월이 단지 '한(恨)'의 정서를 잘 표현했기 때문에 한국인의 정서를 대변하는 시인이라고 보는 시각이다. 그렇다면 한국의 고유한 정서와 사유는 무엇이며, 김소월은 시를 통해 무엇을 노래했던 것일까.

김소월의 시 「신앙」은 제목에서 드러나듯, '신'과 '나' 사이의 관계에 대해 노래하는 시다. "그대의 맘 가운데/ 그대를 지키고 있는 아름다운 신"이라는 표현에서는 신이 어디에나 있으며 심지어 우리 마음속에도 있다는 신의 내재론적 관점이 드러난다. 이는 초월적인 신학에 기반한 서구의 기독교적 관점과는 다른 한국의 독특한 사상과 상통한다. 예컨대, 한국의 토착 사상인 '동학'은 내재론적 신학에 기반하고 있다. 동학에서 일컫는 '하늘님'이란 우주를 가득 채운 생명력의 다른 말이다. 우주 만물을 낳고 생성하고 변화시키는 생명력 자체를 동학에서는 하늘님, 곧 신이라고 부른다. 이 때문에 동학에서는 생명을 가진 것 모두가 하늘님과 동일한 존재라는 믿음을 가진다. 모든 존재하는 것들이 하늘님을 그 안에 모시고 있다는 동학적 세계관은 서구의 초월론적 신학 및 이성 중심주의와 대비되는 영성의 논리이다. 인간 이성과 문명의 힘의 논리에 대항하는 김소월의 시 세계는 서구의 핵심 논리를 근본부터 부정하는 것이다. 이러한 김소월의 시는 필연적으로 '민요시'라는 형식으로 계승 발전하게 된다. 한국 민중의 고유한 리듬과 생각, 그리고 정서를 함축한 것이 바로 민요이기 때문이다.

한용운의 생명철학과 '님'

「님의 침묵」으로 널리 알려져 있는 만해 한용운은 시인이자 승려였다. 그는 전통적인 한학 교육을 받으며 성장하였고, 동학농민운동과 갑오개혁이 일어난 지 두 해 뒤인 1896년 출가했다. 이후 1908년에 일본으로 유학을 떠나 서구 근대 문명을 학습했지만, 1910년 일제 강점이 시작된 이래 식민 지배를 정당화하는 서구적 근대화의 논리가 얼마나 폭력적이고 허구적인지를 절감하게 된다. 한용운이 직시한 식민지 조선의 현실은 전통 봉건 질서를 고집할 수도, 일본의 근대화 논리를 무비판적으로 수용할 수도 없는 딜레마에 빠져있었다. 한용운은 구한말의 혼란기에 전근대와 근대의 갈림길에서 자신만의 문제의식을 형성해나갔던 시인이었다.

한용운의 사상적 궤적을 살펴보기 위해서는 그가 1918년 편집·발행했던 잡지 『유심』을 주목할 필요가 있다. 이 잡지는 당시 전 세계적으로 유행하고 있던 '생명철학'에 관한 내용을 수록하고 있다. 1, 2호에는 라빈드라나트 타고르(Rabindranath Tagore)의 에세이 「생의 실현」 제1장을 번역하여 소개하고 있고, 3호에는 '생의 실현'이라는 타고르의 글이 일제의 검열 때문에 게재되지 못했다고 잡지 뒷면의 안내문에 적혀 있다. 대신 3호에는 한용운의 정신적 동지였던 석전 방한영 스님이 쓴 타고르에 관한 글이 실려 있다. 이 글에서 박한영은 타고르를 서양 철학자 루돌프 오이켄(Rudolf Christoph Eucken), 앙리 베르그손(Henri Bergson)과 비교하고 있다.

여기서 생명철학은 서구 근대 문명의 이원론적 사고를 극복하기 위해 제출된 철학의 한 갈래이다. 인간을 제외한 나머지를 모두 물질로 보고, 정신을 가진 인간만이 수동적인 상태의 물질들을 통제하고 조작할 수 있다는 서구철학의 이원론적 사고방식을 생명철학은 비판한다. 생명철학에서는 주체와 대상의 구별이 없는 상태를 생명의 참모습으로 보기 때문에 정신과 물질 또한 나눌 수 없는 하나로 이해한다. 이러한 생명철학에 만해 한용운도 공명하고 있었던 것이다. 스님이라는 신분 탓에 한용운의 작품 세계와 사상은 불교적인 것으로만 이해되기 쉽지만, 한용운은 한국의 토착사상인 동학과 대종교뿐만 아니라, 서구의 생명철학에도 관심을 기울이고 있었다.

생명철학에 대한 한용운의 관심은 그의 시를 통해서도 확인할 수 있다. 한용운의 시집 『님의 침묵』의 「군말」은 이 시집의 서문에 해당하는 작품이다. 여기서 한용운은 구시대적 어휘였던 '님'의 의미를 갱신하고 확장한다.

님만 님이 아니라 기룬 것은 다 님이다. 중생이 불가의 님이라면 철학은 칸트의 님이다. 장미화의 님이 봄비라면 마시니의 님은 이태리다. 님은 내가 사랑할뿐 아니라 나를 사랑하나니라.

연애가 자유라면 님도 자유일 것이다. 그러나 너희는 이름 좋은 자유에 알뜰한 구속을 받지 않느냐. 너에게도 님이 있더냐 있다면 님이 아니라 너의 그림자니라.

나는 해 저문 벌판에서 돌아가는 길을 잃고 헤매는 어린 양이 긔루어서 이 시를 쓴다.

―한용운, 「군말」, 『님의 침묵』, 회동서관, 1926.

1행의 두 번째 문장과 세 번째 문장에서 나열된 짝들은 "기룬 것", 다시 말해 서로가 서로를 그리워하고 연모하는 것들이다. 두 번째 문장에서 중생이란 우리가 살고 있는 현실의 '물질'을 의미하며, 철학이란 '정신'을 의미한다. 세 번째 문장도 동일한 문장 구조를 반복하고 있는데, 장미의 봄비가 '자연'이라면 마치니의 이태리는 '사회'를 가리킨다. 한용운의 「군말」에 등장하는 '님'의 네 가지 요소는 물질과 정신, 자연과 사회를 연계하며, 그것이야말로 생명이 실현되는 참된 조건이다.

이러한 사유방식은 타고르 등의 생명철학과 닮아 보이지만, 한용운의 '님'에서는 '한국적 자아'가 발견된다는 점이 중요하다. '님'이라는 말은 한국의 토착 사상인 동학에서 찾아볼 수 있는데, 동학의 핵심 사상인 '인내천(人乃天)'은 인간적 평등주의일 뿐만 아니라, 개체적인 것이 곧 보편적인 것이며, 현실적인 것이 곧 초월적인 것이라는 존재론적 평등주의이기도 하다. 만물이 만물의 부모이며 만물이 만물의 자식이라는 동학의 사고방식에 따라 「군말」의 2행을 살펴보면 한용운의 근대 문명 비판 정신을 살펴볼 수 있다. 한용운은 서로의 '나다움'을 지켜주는 상생을 강조하면서 당시 유행하던 '자유연애'의 이분법적 세계관을 비판한다. 근대적 자유연애란 결국 자아와 타자를 분리하는 서구 이성중심주의에 근거하고 있다. 이렇게 주어진 자유는 결국 타자를 억압하고 구속하는 방식으로 관계를 구축하기 때문에 근본적인 부자유에 빠질 수밖에 없다. 이 때문에 한용운은 "너희는 이름 좋은 자유에 알뜰한 구속을 받"는다고 비판하는 것이다. 한용운은 <군말>에서 서구 근대의 사유가 가진 한계를 넘어 개체적인 것이 보편적인 것이고, 현실적인 것이 초월적인 것이 되는 동학의 평등주의를 보여준다.

이상화의 토착적 세계관과 제국주의 비판

이상화는 1921년 『백조』의 동인으로 문단에 등단한 이후, 시, 소설, 평론

등 다양한 장르에서 문학 활동을 했다. 이상화는 1922년에 일본 도쿄로 유학을 떠나 프랑스어와 프랑스 문학을 수학했지만, 관동대지진으로 인해 1923년 귀국할 수밖에 없었다. 동인지 『백조』에는 퇴폐적 낭만주의와 허무주의를 주조로 한 작품들이 자주 실리곤 했는데, 초기 이상화의 시도 이들과 맥을 같이한다. 이후 이상화는 조선프롤레타리아 예술가 동맹(KAPF)에 참여해 사회주의 운동을 펼치기도 했다. 1926년 『개벽』에 발표된 이상화의 대표작 「빼앗긴 들에도 봄은 오는가」가 바로 『백조』의 낭만적 허무주의와 일제에 대한 사회주의적 비판의식을 동시에 담고 있는 작품이다. 많은 연구자들은 '빼앗긴 들'을 조선, '봄'을 민족 해방의 은유로 읽으며, 이 시를 일본 제국의 폭압에 대한 '저항시'로 해석한다. 이는 타당한 해석이지만, 다만 이것이 작품에서 궁극적으로 추구하는 바인지는 질문해 볼 여지가 있다.

사실 「빼앗긴 들에도 봄은 오는가」에서 이상화는 '봄'과 조선의 광복을 직접적으로 연결 짓지는 않는다. 오히려 시인은 더 근본적인 차원에서 일본 제국주의의 근대사상에 맞서고 있다. 단적으로 상징적인 구절인 "지금은 남의 땅 빼앗긴 들에도 봄은 오는가"라는 대목만 보더라도 시적화자는 "남의 땅"이 되어버린 "들"에도 "봄"이 오느냐며, 일반 상식을 뒤틀어 자연물과 자연현상 사이의 관계를 되묻는다. 동학에서 일컫는 '천지인(天地人)' 사상에서 보자면, "들"에 "봄"이 오는 것은 자연스럽다. 그러나 "남", 즉 제국에 빼앗긴 '땅(地)'에는 "봄"인 '하늘(天)'이 오지 않는다. 시인은 '들'과 '봄'의 자연스러운 관계를 분리하는 '남'을 드러내고 있는데, 이와 같은 시적 사유의 이면에는 '남'이라고 하는 인간적 존재가 계절과 대지의 관계 맺음에 영향을 미칠 수 있다는 인식이 깔려 있다. 우주관의 차원에서 보자면, 시적 화자는 우주 전체를 하늘과 땅과 사람, 즉 '천지인'이라는 세 요소에 의해 구성되는 것으로 사유하고 있다고 할 수 있다. '천지인' 사상은 하늘과 땅과 사람이 합일을 이루는 세계에 그 바탕에 두고 있고, 이는 근본적인 차원에서 서구 근대 문명 및 일본 제국의 침략 방식과 대립한다. 그렇다면 「빼앗긴 들에도 봄은 오는가」는 한국 민족의 고유한 문화적 기억, 즉 하늘과 땅과 사람이 평화롭고 조화롭게 합일을 이룰 때에야 우주는 우주답고 생명은 생명답다고 하는 사상을 매우 아름답게 표현한 시라 할 수 있다. 이상화의 시적 사유는 일본 제국주의의 논리를 근본적으로 넘어서는 것이고, 그렇기 때문에 이상화의 시가 저항시로 감상될 수 있는 것이다. 이 시에서 불러내는 문화적인 전통의 기억과 그 속에 담긴 생명과 조화의 원리는 제국주의 권력 체제에 대한 아주 근본적인 차원의 저항으로 작동하기 때문이다.

나가며

1919년 3·1운동으로 시작된 1920년대는 일본 제국의 야욕을 향해 한민족의 고유성을 외치는 시기였다고 할 수 있다. 김소월의 경우, 민요라는 전통의 노래 방식을 통해 익숙하면서도 감동을 줄 수 있는 운율로 창작에 임했다. 그는 자신의 필명을 '소월'이라는 기생의 이름으로 삼음으로써 억압받는 자, 소외받는 자의 목소리를 들으려 하는 태도를 취했다. 이러한 태도는 가장 절망적인 상황 속에서도 삶을 긍정하고 도리어 타자에게 축복을 건넬 수 있는 자세로 나아갔다. 한편, 한용운은 당대 다양한 사상적 흐름에 접속하면서 자신의 문제의식을 벼려나갔다. 『유심』을 통해서도 알 수 있듯, 한용운의 관심은 생명의 참된 모습과 조화에 관한 것이었다. 그가 『님의 침묵』의 첫 번째 작품으로 「군말」을 배치한 것은 생명에 관한 철학적 사유를 드러낸 것이라고 할 수 있다. 그는 '물질과 정신', '자연과 사회'라는 네 가지 요소를 참된 생명의 조건으로 제시하면서도, 서로의 '나다움'을 존중하고 지켜주는 상생의 모습이야말로 생명의 참된 모습이라고 역설하였다. 이 역시 일본 제국의 폭력과 종속의 논리를 비판하는 방식이었다. 마지막으로 이상화의 작품 「빼앗긴 들에도 봄은 오는가」에서 발견되는 일본 제국을 향한 비판의식은 '빼앗긴 들=조선', '봄=광복'과 같은 단순한 도식에서 그치지 않는다. 이상화는 하늘과 땅 그리고 인간이 모두 이어져 있다는 한국의 토착 사상인 동학에 닿으며 한국적인 자아를 실현하였다. 이는 자연과 인간 사이에 지배와 종속의 논리를 삽입하는 서구 근대 문명뿐 아니라 일본 제국을 향한 더욱 근본적인 비판이었다.

──── 더 읽어보기

오세영 외, 『한국 현대시사』, 민음사, 2007.

김용직, 『한용운 시집』, 깊은샘, 2009.

홍승진, 「만해의 『유심』 기획과 한국 고유사상의 합류」, 『한국문학논총』 제87집, 한국문학회, 2021.

홍승진, 「이원론적 문명을 넘는 생명사상의 공명─한용운의 타고르 이해에 관한 재고찰」, 『비교문학』 제84집, 한국비교문학회, 2021.

홍승진, 「한용운 시 「군말」 읽기─본래적 생명활동과 그 시적 표현」, 『민족문화논총』 제78집, 영남대학교 민족문화연구소, 2021.

홍승진, 「김소월과 인내천(人乃天)─『개벽』지 발표작에 관한 일고찰」, 『문학과종교』 22권 2호, 한국문학과종교학회, 2017.

홍승진, 「이상화 시의 대종교 미학」, 『한국근대문학연구』 22권 1호, 한국근대문학회, 2021.

방정환과 윤석중의 '어린이주의'와 동시

홍승진

들어가며

소파(小波) 방정환은 한국아동문학사에서 매우 중요한 위치에 놓여 있다. 그는 한국 최초로 순수 아동잡지인 『어린이』를 창간했을 뿐만 아니라, 식민지 시대 아동 인권 운동가로 활동했다. 1899년 서울에서 태어난 방정환은 선린상업학교를 중퇴하고 조선총독부 토지조사국에 취직하였으나, 이후 사직하고 천도교와 인연을 맺는다. 방정환은 1920년 일본 도요대학(東洋大學) 철학과에서 아동예술과 아동심리학을 공부했으며, 1921년 귀국해 어린이 운동을 본격적으로 시작했다. 1920년대만 해도 우리말에 '어린이'라는 단어가 없어 아동은 '애새끼'라는 속된 표현으로 불렸다. 그만큼 어린이는 오랜 시간 동안 존중받거나 보호받지 못하는 사회적 약자였다. 방정환은 이러한 아동을 위해 '어린이'라는 말을 새롭게 만드는 등 식민지 시대 어린이 인권 신장에 힘썼으며, 동시와 동화를 창작하고 해외 아동문학을 번역·번안하는 작업에 힘썼다. 방정환은 근대 아동문학의 선구자로 한국문학사에 독보적인 위치를 차지하고 있다.

식민지 시대 방정환의 어린이 운동에 대한 대중의 호응은 엄청났다. 우리에게 동시 작가이자 동요 작사가로 알려진 윤석중 또한 방정환을 사숙했다. 윤석중은 1923년 보통학교에 다니던 중 심재영, 설정식 등과 함께 소년문예단체를 결성하고 동인지 『꽃밭』을 발간하는 등 일찍부터 소년문예운동에 관심이 많았다. 윤석중은 방정환이 1923년에 『어린이』를 창간할 때부터 그 잡지의 열렬한 애독자로 방정환을 흠모했으며, 그의 사상에 영향을 받았다. 이 글에서는 한국아동문학의 선구자인 방정환과 윤석중의 작품 세계를 살펴보고, 이들이 주장했던 '어린이주의' 의의를 살펴보고자 한다. 또, 방정환이 선포한 '소년 운동 선언'을 바탕으로 어린이 해방 정신과 한국 토착종교인 천도교 사이의 관계를 살펴본다. 이를 통해 오늘날까지 남아 있는 '어린이날'의 의미를 되새겨 볼 수 있을 것이다.

방정환의 어린이주의와 천도교

소파 방정환이 어린이날을 만들었다는 사실은 대중들에게 널리 알려져 있지만, 그가 천도교인이었다는 사실을 아는 사람은 매우 적다. 천도교는 일찍이 '동학'이라 불리던 한국의 토착사상을 바탕으로 세워진 종교인데, 1917년 방정환은 천도교 3대 교주인 의암 손병희의 딸과 결혼했다. 방정환은 1922년 어린이날을 만들었고, 그 이듬해에 '소년 운동 선언'을 발표했다. UN에서 아동의 권리를 포함한 제네바 선언이 선포된 것이 1924년이므로, 방정환의 '소년 운동 선언'은 전세계적으로 선구적인 사상인 셈이다. 이때 중요한 점은 방정환의 '소년 운동 선언'에 천도교와 동학사상이 담겨있다는 것이다.

1923년 방정환이 발표한 어린이 인권 선언의 내용은 크게 세 가지로 볼 수 있다. 첫째는 '윤리적 해방'으로, 이는 어린이를 윤리적 압박으로부터 해방하고, 어린이에게 인격적 예우를 다하라는 주장이다. 다시 말해, 어린이를 어른의 미성숙 단계로 인식하는 것에서 벗어나 하나의 온전한 인간으로서 인격적으로 대하라는 것이다. 둘째는 '경제적 해방'이다. 어린이를 경제적 압박에서 해방하여 만 14세 이하의 아이들에게 무상 또는 유상의 노동을 폐지하라는 것이다. 농업 시대부터 근대 초기 사회까지 어린이들은 노동력으로 치부되며 착취당하는 사회적 약자였다. 특히 식민지 시대에는 다수의 어린이들이 노동의 혹사에 시달리고 있었다. 방정환은 만 14세 이하 모든 어린이들이 노동에서 해방되어 참다운 자유를 만끽해야 한다고 주장했다. 마지막은 '문화적 해방'이다. 이는 어린이들이 배우고 놀 수 있는 가정환경과 사회적 시설을 충분히 마련하자는 주장이다. '소년 운동 선언'은 어린이를 인격적 존재로 대하고 노동에서 해방시키는 것에서 나아가, 어린이들에게 충분한 문화와 놀 거리가 필요하다고 강조하고 있다.

방정환은 선언에 그치지 않고 1923년 어린이날에 「어른들에게 드리는 글」과 「어린 동무들에게 드리는 글」을 함께 발표했다. 두 글은 '어린이날'은 물론 '어린이'라는 표현조차 어색했던 당시에 어린이 인권 운동의 중요성을 강조하기 위해 발표된 것이었다. 먼저, 「어른들에게 드리는 글」에서 방정환은 어린이를 공경하는 태도를 가지고, 이들에게 존댓말을 사용해 달라고 당부하고 있다. 또, 그는 "대우주의 뇌신경의 말초는 늙은이에게 있지 아니하고 젊은이에게 있지 아니하고 오직 어린이 그들에게만 있는 것을 늘 생각하여 주십시오"라고 말한다. 우주를 하나의 거대한 세포 또는 유기체라 볼 때, 가장 섬세하고 중요한 말초 신경이 바로 어린이인 것이다.

다음으로, 「어린 동무들에게 드리는 글」에서 방정환은 어린이가 온 우주의 변화와 운동, 다시 말해 우주의 활동성과 생명력을 느끼는 존재여야 한다고 설명한다. 그에 따르면 어린이의 생명력, 무한한 에너지는 곧 우주의 생명력과 맞닿아있다. 따라서 어린이를 존대하는 마음은 곧 우주의 생명을 존중하는 마음과 같다. 이러한 방정환의 어린이 존중 의식은 세상 만물이 하늘님을 모신 존재이며 그것들의 모든 생명 활동이 하늘님의 표현이라고 여기는 천도교 사상과 맞닿아 있다. 우주는 끊임없이 변화하며 생성하고 활동하는데, 그 우주의 생명력을 집약하고 있는 존재가 어린 존재, 즉 어린이기 때문에 어린이는 고귀하며, 그들을 해방시켜야 한다는 것이다. 이에 어린이를 사랑하라고 하는 것은 우주 만물 모두를 사랑해야 한다는 메시지와 연결된다.

방정환의 동시에 나타나는 '눈'의 생명력

방정환은 총 열네 편의 동시를 창작했는데, 그중 '눈(雪)'이 나오는 동시가 네 편이나 된다. 방정환의 동시에는 '눈'을 비롯하여 유독 자연 사물이나 자연현상이 많이 등장하는데, 그는 어린이의 성장을 자연의 생명력에 비유했다. 방정환의 「첫눈」은 '눈'이 내리는 것을 보고 좋아하는 아이들의 모습을 묘사한 동시이다.

> 펄—펄— 오는 손님
> 하늘님 따님
> 분 바르고 흰옷 입고
> 춤을 추더니
> 보는 사람 부끄러
> 숨어버렸네
> 까만 하늘 높이서
> 멀리 내려와

반겨 맞는 사람의

어깨 툭 치고

인사 한 말 안하고

숨어버렸네

펄—펄— 오는손님

한우님따님

—방정환, 「첫눈」, 『어린이』, 1924.12.

방정환은 아이들이 눈을 좋아하는 이유는 눈이 겨울의 생명력을 드러내는 대상이기 때문이라고 말한다. 생명이 가장 부족하고 움츠러드는 계절이 겨울인데, 그런 겨울에 유일하게 생명력을 드러내는 존재가 바로 눈이다. 눈은 물기를 머금고 지상에 내려 우주가 멈춰있지 않다는 사실을, 생명 활동이 계속되고 있다는 사실을 보여준다. 이 때문에 온 우주의 생명력과 창조력을 품고 있는 아이들은 눈을 유독 좋아하는 것이다. 다른 한편, 방정환의 동시에 나타난 눈은 인간 마음에 있는 본래적인 동정심과도 연관되어 있다. 방정환은 「눈 오는 거리」라는 수필에서 눈이 오면 마음이 고와지고 생각이 부드러워진다고 말한 바 있다. 눈이 곧 우주의 생명력이니, 자연의 생명력을 함께 맞으면서 우리의 고통은 연결되는 것이다. 모든 존재는 생명이라는 하나의 울타리 안에서 서로에게 연결되어 동정심과 연대를 느끼게 된다.

아기들아 너희는 어데 가느냐

새하얀 양초들을 손에다 들고

오늘도 함박눈이 쏟아지시니

새벽의 산골짜기 나무다리가

미끄러워 다니기 위태할텐데

어머님 저희는 가겠습니다

새하얀 이 초에 불을 키워서
이 뒷산 골짜기 깊은 골짝에
눈 속에 떨고 있는 작은 새들의
보금자리를 녹여주러 가겠습니다

　　　　　　　　—방정환, 「눈오는 새벽」, 『어린이』, 1926.2.

　눈이 우주의 생명력이자 동시에 인간 본래의 동정심으로 나타나는 시가
바로 「눈오는 새벽」이다. 이 시에서 아이들은 함박눈이 쏟아지는 가운데
추위에 떨고 있을 어린 새를 위해 양초를 들고 길을 나선다. 이때 '아기',
'작은 새', '양초', '함박눈'과 같은 시어들은 서로 비슷한 속성을 공유하고
있다. '아기'와 '작은 새'는 작고 여린 존재로서 연결되어 있고, '함박눈'과
'양초'는 모두 하얀 빛으로 주변을 가득 채운다는 점에서 유사하다. 시어들
사이의 유기적인 연결은 멀리 떨어진 생명의 고통을 느끼고, 공감하고, 동정
하면서 연민과 연대를 만들어내는 상호작용을 나타낸다. 타자의 고통을 마치
자신의 고통처럼 느끼고, 그것을 없애주기 위해 용기를 내는 따뜻한 마음씨
를 천도교에서는 이천식천(以天食天)이라고 부른다. 직역하면 '하늘이 하늘을
먹인다'는 뜻으로, 이는 우리 모두가 하늘님을 품은 존재로서 서로가 서로의
생명에 깊게 연루되어 있음을 의미한다. 우주는 거대한 연계의 고리로 이루
어져 있고, 우주 전체가 약동하는 하나의 생명체이기 때문에 모든 존재들은
공감을 느껴야 한다는 것이다. 방정환의 동시에 나오는 눈은 끊임없이 활동
하는 역동적인 존재로, 모든 사물을 우주적인 차원에서 서로 소통시키고
연결시킨다. 따라서 이때의 눈의 생명력 또한 '이천식천'처럼 자기 자신을
살리는 활동인 동시에 남을 살리는 활동이 된다.

생명의 약동과 어린이날

윤석중은 방정환이 죽은 후 1933년 5월부터 『어린이』의 편집을 맡게 된다. 언급했듯 두 사람은 무척 가까운 사이였는데, 이는 어린이날의 노래를 윤석중이 작사한 것을 통해서도 알 수 있다.

> 날아라 새들아 푸른 하늘을
> 달려라 냇물아 푸른 벌판을
> 5월은 푸르구나 우리들은 자란다
> 오늘은 어린이날 우리들 세상
>
> —윤석중, <어린이날 노래>

우리에게 <어린이날 노래>로 알려진 이 동시는 1행과 2행에서 각각 하늘과 땅의 '푸름'을 노래하면서, 우주 만물이 모두 푸른빛으로 가득 차있음을 노래한다. 3행에서 '푸르다'라는 속성이 다시 한 번 더 강조되고, 이 '푸름'은 자라나는 아이들과 이미지가 포개진다. 만물이 푸르른 계절, 시기적으로 5월이 푸른 이유는 어린 새순이 돋아나기 때문이다. 이 때문에 푸르른 5월과 자라나는 아이들은 서로 잘 어울린다. 윤석중의 시는 어째서 어린이날이 5월이어야 했는지 짐작할 수 있게 한다. 또한, 천도교 잡지 『개벽』의 1923년 5월호에 실려 있는 「5월 1일은 어떠한 날인가」에서도 5월은 겨울이 끝나고 생명이 기지개를 켜는 시기, 즉 우주 자연 전체의 생일이라고 한다. 나아가 이 글은 인간을 비롯한 천지의 모든 생명이 5월 1일을 제각기 생일로 삼는 것이 어떻겠냐고 제안하는데, 이것이 바로 최초의 어린이날이 5월 1일로 제정된 까닭이다.

같은 잡지에 실린 「개벽 운동과 합치되는 조선의 소년 운동」에서도 어린이를 풀과 나무의 새싹에 비유하며, 이들이 오늘보다 나은 내일을 향해 끊임없이 향상되고 있다고 설명한다. 어린이와 새싹은 이미 완성된 것이 아니라 완성을 향해 끝없이 성장하는 미완성의 존재이고, 그렇기 때문에 우주의 본모습인 변화와 생성의 특징이 어린이에게서 발견된다. 곧, 어린이는 인간 존재의 본질이자 우주 본질의 표현인 것이다. 어린이가 변화와 생성의 본질을 담고 있다는 것은 그들의 모습을 관찰하면 금방 알 수 있다. 성인들은 언제나 익숙하고 안전한 일을 하려고 하는 반면, 어린이들은 끊임없이 새로운 규칙을 창조하며 논다. 그들은 아무것도 없는 곳에서도 몇 가지 규칙을 세워 놀이를 즐길 만큼 창조적이고, 이 창조력이야말로 세상을 발전시키고 낡은 질서를 변화시키는 원동력이다. 방정환과 윤석중의 어린이주의의 핵심은 바로 여기에 있다.

나가며

1923년 발표된 방정환의 '소년 운동 선언'은 어린이에 대한 윤리, 경제, 문화적 해방을 주장한 것으로, UN의 아동의 권리에 관한 제네바 선언보다 한 해 빠르다. 그만큼 방정환은 어린이 인권에 있어 선각자였던 것이다. 더욱이 방정환과 윤석중의 동시 창작은 어린이의 '문화적 해방'을 도모하는 하나의 방편이었다는 점에서 그 사상의 실천이었다고도 할 수 있다. 중요한 점은 이들의 어린이주의가 한국의 토착 사상인 천도교의 영향을 크게 받았다는 것이다. 천도교는 우주를 거대한 하나의 유기적 생명체로 보았고, 그 신경의 말초가 어린이에게 있기에 그들을 존대하고 대우해야 한다고 주장했다. 이러한 입장은 방정환과 윤석중의 작품들을 통해서도 발견할 수 있다. 다만, 어린이가 가진 창조성이 반드시 순수하고 착한 것을 의미하지는 않는다. 천도교와 방정환이 말하는 어린이의 특징은 무한한 가능성으로 이해되어야 한다. 어린이는 가능성으로 가득 차 있기 때문에 얼마든지 나빠질 수도 있고 좋아질 수도 있는 존재이다. 이는 오늘날에도 여전히 중요한 시사점을 지닌다. 곧, 어린이를 범죄와 폭력으로부터 보호하는 것은 단지 그들이 나약한 존재이기 때문이 아니라, 변화와 생성의 존재인 까닭에 쉽게 외부 환경 요인에 영향을 받을 수 있기 때문인 것이다.

──── 더 읽어보기

김제곤, 『윤석중 연구』, 청동거울, 2013.
방정환, 한국방정환재단엮음, 『정본 방정환 전집』, 창비, 2019.
오세영 외, 『한국 현대시사』, 민음사, 2007.
홍박승진, 「방정환의 동시(童詩)와 동학의 자연사상」, 『다시개벽』 제4호, 2021. 가을.
홍승진, 「1933년 이전 윤석중 문학과 한국 구비 동요의 관계」, 『방정환연구』 제10호, 사단법인 방정환연구소, 2023.

1930년대 한국시 속 언어 실험의 가치

홍승진

들어가며

1930년대 식민지 조선의 현실을 이해하기 위해서는 두 가지 사건을 염두에 두어야 한다. 먼저, 국제 정세의 측면에서 중요한 사건은 1929년 미국에서 시작된 세계 대공황이다. 이로 인하여 타격을 받은 세계열강은 식민지 침략주의를 강화하였고, 제국 일본 또한 마찬가지였다. 일본은 군부의 권한을 확대하는 등 동아시아의 경제권을 쥐기 위해 움직였고, 그 결과 1931년 만주사변을 일으켰다. 일본군은 1932년 초 만주 점령을 본격화하였고, 이로 인하여 만주를 거점으로 하던 많은 독립운동가가 활동 반경을 옮겨야 했다. 일본 제국의 파시즘 강화는 식민지 지배 방식에도 변화를 불러와 1930년대 중반 이후 식민지 조선에서는 본격적으로 내선일체, 황국신민화 등의 구호가 내걸리기 시작했다.

한편, 한국현대문학사에 있어 중요한 사건은 1935년 일제 당국에 의한 카프(KAPF, 조선프롤레타리아예술동맹)의 강제 해산이다. 사회주의 문학 운동의 조직적 활동이 어려워지자 조선의 문인들은 점차 소그룹 단위의 동인활동을 시작했다. 1930년 『시문학』 동인지를 발간하기 시작한 '시문학파', 1933년에 『시와 소설』 동인지를 발간하기 시작한 '구인회(九人會)' 등이 대표적이다. 이들의 동인 활동은 문학의 정치적 도구화를 거부하고, 개성과 일상성의 문제를 문학의 중심에 두었다는 점에서 카프와 같은 집단적이고 조직적인 문학 활동과 대비된다. 이 시기 주요 시인으로는 이상, 정지용, 김영랑 등이 있다. 이상과 정지용은 구인회의 동인이었으며, 정지용과 김영랑은 시문학파를 대표하는 시인으로 박용철 등과 한국어를 예술 언어로서 한층 더 격상시켰다.

서구 근대성에 대한 근본적 탐문, 이상

이상은 짧은 생애를 살았으나 획기적이고 뛰어난 작품들을 남겼다. 그는 서구 근대성 비판이라는 자신의 문제의식을 벼려 나갔다. 예를 들어 이상의 대표작 「날개」는 사회의 모든 가치관을 '돈'으로, 다시 말해 '숫자'로 양화(量化)하는 근대 사회의 병폐에 주목하면서, '숫자'의 그물에 걸려버린 '지식인'의 무기력한 모습을 표현한다. 이상이 통찰하고 있는 현대사회의 문제는 모든 가치를 수량화하고, 이를 계산·측정하는 상황 그 자체에 있었다. 이와 같은 문제의식을 바탕에 놓고 보면, 난해하다고 알려져 있는 이상의 시 작품들에서도 일맥상통하는 하나의 흐름을 잡아낼 수 있다.

이상의 「오감도(烏瞰圖)」 연작 가운데 「오감도 시 제1호」에서는 언어의 낭비로까지 보이는 표현의 나열과 반복이 나타난다. 일련번호가 붙여진 '아해(아이)'들은 고유한 존재로 호명되는 것이 아니라, 획일화되고 수량화되어 비춰진다. 사회에 통용되는 모든 가치뿐만 아니라, 인간 존재 그 자체 역시 수치화되어 호명되는 근대 사회의 병폐를 정면에서 조명하고 있는 것이다. 여기서 이상은 시를 하나의 연출된 무대로 상정하여 일종의 사고 실험을 수행한다. 제1부터 제13까지 단순하고 불필요하게 반복되는 문장들은 「날개」의 무기력한 주인공, 곧 돈의 가치에 대해 무지했기 때문에 돈 앞에서 모든 것이 획일화되는 근대 사회의 무서움을 꿰뚫어 볼 수 있었던 주인공과 맞닿아 있다.

> 제1의아해가무섭다고그리오.
>
> 제2의아해도무섭다고그리오.
>
> 제3의아해도무섭다고그리오.
>
> (…중략…)
>
> 제13의아해가무섭다고그리오.
>
> ─이상, 「오감도 시 제1호」, 『조선중앙일보』, 1934.7.24. 중 일부

그런데 이상의 통찰은 근대 사회가 인간의 자아조차 획일화하고 수량화한다는 데에서 그치지 않는다. 그는 여기서 나아가 수량화된 존재들이 사회를 파편화시키고 조각냄과 동시에 그들 사이의 끊임없는 경쟁과 갈등을 낳는다는 것까지 꿰뚫어 본다. 이상이 보기에 근대사회는 '나'와 '너'를 무관계한 별개의 것으로 인식시킴으로써 각각의 자아를 서로 단절되고 고립된 상태로 만든다. 서로가 서로에 대해 무관심하기 때문에 각자도생이라는 경쟁과 갈등 상태가 지속된다. 이는 마르크스의 문제의식과도 상통하는 것으로서, 서구적 근대 문명은 다양한 가치를 하나의 기준, 특히 화폐 가치를 기준으로 줄 세운다. 하지만 마르크스가 대안으로 제시하는 사회주의 또한 근대성의 핵심 문제에서 완전히 벗어나지 못한다. 사회가 생산수단을 공유하고 사회구성원의 수만큼 생산수단을 나눈다고 하더라도, 여전히 인간은 미지수 n으로 수치화될 수밖에 없기 때문이다. 반면, 이상은 시에 등장하는 13명의 아해들을 하나씩 지적하는 언어적 낭비를 통해 인간조차 수량화되는 근대 사회의 국면

까지를 문제 상황으로 지적하고 있다. 바로 이 지점에서 인간을 미지수 n으로 놓고 사회를 파악하려는 모든 시도에 비판적이었던 시인 이상의 태도가 드러난다. 1930년대 이상은 「오감도」 연작을 통해 자본주의 사회를 넘어 근대 문명의 수치화(數值化)와 양화(量化)의 한계점을 극복하려는 태도를 보여주었던 것이다.

이미지와 리듬을 통한 민족 언어의 조탁: 정지용과 김영랑

시를 언어 예술, 즉 시어의 조탁(彫琢)으로 본다면 정지용과 김영랑은 시어로서 한국어의 가치를 한층 높인 시인들이다. 1930년대 정지용과 김영랑 등의 작품이 수록되었던 잡지 『시문학』의 창간호에는 시문학파의 언어관이 나타나 있다. 시문학파 동인이었던 박용철은 창간 후기에서 "한 민족의 언어 발달이 어느 정도에 이르면 구어로서의 존재에 만족하지 아니하고 문학의 형태를 요구한다"라고 주장했다. 즉, 시문학파 시인들은 언어가 단순히 의미 전달만을 목적으로 하는 것이 아니라, 예술적인 것을 표현할 수 있는 능력을 가지고 있다고 생각했다. 그리고 나아가 한 민족의 언어가 오롯이 정립되기 위해서는 예술 언어의 형태가 완성되어야한다고 주장했다. 이미 알고 있는 바와 같이 미술이나 음악과 달리 문학은 언어라는 매체를 통해 표현되는 예술장르이다. 그런데 언어는 추상적이고 개념적인 기호인 반면 예술은 구체적이고 비개념적인 것을 표현한다. 따라서 일상어가 아닌 문학 언어를 정립하기 위해서는 예술과 언어에 대한 고민이 요청될 수밖에 없다. 시문학파의 대표적 시인인 정지용과 김영랑은 시어의 예술성을 위해 각각 한국어의 회화적 측면과 음악적 측면을 발전시켜 나간다.

먼저, 정지용의 시작(詩作)은 언어를 통해 비가시적인 것을 가시적인 것으로 표현하고, 가시적인 것을 통해 비가시적인 것을 드러내는 운동성을 핵심으로 삼았다. 이러한 시작법을 상징적으로 드러내기 위해 정지용은 첫 시집 『정지용 시집』의 표지화로 프라 안젤리코(Fra Angelico)의 <수태고지>를 선택했다. <수태고지>란 하느님의 신성과 인간의 육체성이 결합된 존재인 예수의 잉태를 표현한 것으로, 비가시적인 것(신성)과 가시적인 것(육체성)의 결합을 표현하기에 적당했다. 정지용의 초기 대표작 「유리창 1」에는 가시적인 것과 비가시적인 것의 역동적인 운동성이 잘 드러난다. 이 시는 정지용이 자식을 잃은 후에 썼다고 알려져 있지만, 시적화자는 '슬프다'라는 감정을 떠 올리게 하는 어떠한 발화도 하지 않는다. 오히려 화자는 극도의 감정 절제를 보여주는데, 그 절제가 작품 전반에 슬픈 정서를 드리우게 한다. 창문에 서리는 화자의 입김이 서렸다가 사라졌다 하는 운동 이미지는 죽은 이의 '영혼 같은 것'을 포착하고, 그 '입김'과 죽은 자식의 '영혼'이 겹쳐짐으로써 시적 화자의 그리움과 안타까움이 표현된다.

> 유리에 차고 슬픈 것이 어른거린다.
> 열없이 붙어 서서 입김을 흐리우니
> 길들은 양 언 날개를 파닥거린다.
> 지우고 보고 지우고 보아도
> 새까만 밤이 밀려 나가고 밀려와 부딪치고
> 물먹은 별이, 반짝, 보석처럼 박힌다.
> 밤에 홀로 유리를 닦는 것은
> 외로운 황홀한 심사이거니,
> 고운 폐혈관이 찢어진 채로
> 아아, 너는 산새처럼 날아갔구나!
> ─정지용, 「유리창 1」, 『조선지광』, 1930.1.

다른 한편, 김영랑은 시어의 음악성을 극한까지 추구한 시인이라고 할 수 있다. 박용철의 출판사에서 펴낸 김영랑의 첫 번째 시집『영랑 시집』은 각각의 시를 제목 대신 번호로만 구분하고 있다. 이때 시에 붙어있는 번호는 서양 클래식 음악의 절대음악과 비슷한 효과를 일으킨다. 음악에 제목을 붙여 주제의식을 환기하는 표제음악과 달리, 시를 단지 번호로 구분하는 시도는 김영랑의 시가 외계 현상을 재현하려는 것이 아니라 순수하게 음악적 형식에 집중하려 함을 드러낸다. 흔히「모란이 피기까지는」으로 알려진 시역시 이 시집에서는 작품 번호 "45"로 표시되어있을 뿐이다. 이 시에서 김영랑은 언어의 음악성에 집중하여 각 행에 배분된 음절수를 절묘하게 조절하고 있다. 즉, 단순히 소리를 반복하는 방식이 아니라, 음절수의 증감을 반복시켜 운율을 빚어내는 것이다.

> 모란이 피기까지는
> 나는 아직 나의 봄을 기다리고 있을 테요
> 모란이 뚝뚝 떨어져 버린 날
> 나는 비로소 봄을 여읜 설움에 잠길 테요
> 5월 어느 날, 그 하루 무덥던 날
> 떨어져 누운 꽃잎마저 시들어 버리고는
> 천지에 모란은 자취도 없어지고
> 뻗쳐 오르던 내 보람 서운케 무너졌느니
> 모란이 지고 말면 그뿐, 내 한 해는 다 가고 말아
> 삼백 예순 날 하냥 섭섭해 우옵내다
> 모란이 피기까지는
> 나는 아직 기다리고 있을 테요, 찬란한 슬픔의 봄을
> $\qquad$ ─김영랑,「모란이 피기까지는」,『시문학』, 1934.4.

위의 시를 살펴보면 1행부터 12행까지 음절수의 증가와 감소가 반복된다는 것을 알 수 있다. 이와 같은 음절수의 증감은 시적 긴장감을 만들어내고, 이 긴장감은 모란이 피는 날을 기다리겠다는 시적 화자의 의지와 좌절의 반복을 드러낸다. 즉, 이 시는 내용과 형식 사이의 절묘한 균형을 이룬다. 이로써 작품 「모란이 피기끼지는」은 삶의 생성과 소멸뿐 아니라, 끊임없이 되풀이되는 의지의 발현을 통해서 삶 자체를 긍정하는 것으로 나아간다. 그리고 그것을 아름다운 언어로 담아냄으로써 한국시를 언어 예술의 차원으로 격상시켰다고 할 수 있다.

나가며

1930년대 한국 시문학은 1920년대에 활성화된 시작(詩作) 활동을 바탕으로 시의 내용과 형식에 있어서 한 단계 발전하고 심화된 양상을 보여주었다. 그러나 1930년대는 일제의 군국주의 정책에 의해 식민지 조선에 대한 착취와 억압이 강해지는 시기이기도 했다. 카프의 강제 해산 이후, 조직적인 문학 운동이 불가능해진 당대 작가들은 동인 활동에 집중했다. 이러한 과정 속에서 과격한 정치 이념을 추구했던 태도에 대한 반성이 일어났고, 나아가 시문학 자체의 미학적 원리를 추구하려는 의식이 강해졌다. 이상의 작품 세계 전반에는 근대 문명과 이성 중심주의에 대한 비판 의식이 자리 잡고 있다. 한편, 정지용과 김영랑은 언어 예술로서 시작(詩作)을 모색하면서 한국어의 회화성과 음악성을 탐구했다. 도전적인 형식의 추구와 시어의 조탁, 그리고 한국어 운율의 실험 등은 시대적 요구에 부응한 창작적 모색이었다.

───── 더 읽어보기

오세영 외, 『한국 현대시사』, 민음사, 2007.

이상, 김주현 엮음, 『정본 이상 문학전집1 - 시』, 소명출판, 2009.

홍승진, 「김영랑 시의 음수율과 시학적 의미 - 「모란이 피기까지는」을 중심으로」, 한국
　　현대문예비평학회, 『한국문예비평연구』 제47집, 2015.8.

일제 말기의 시적 저항은 '무엇'이 아니라 '어떻게'이다

홍승진

들어가며: 한국문학의 암흑기

1930년대 후반 일본은 본격적으로 군국주의 체제로 전환한다. 이 시기 식민지 조선의 문학은 소위 암흑기에 접어들어 굴종의 상황에 직면하게 된다. 중일전쟁(1937)이 발발하고 태평양전쟁(1941)으로 2차 세계대전이 본격화되자 일본의 군국주의는 식민지를 더욱 가혹하게 수탈하기 시작했다. 그뿐 아니라 정신적·문화적 측면에서도 식민 정책은 더욱 가혹해졌다. 일본의 군국주의는 '내선일체(內鮮一體)'를 내세우며 표면적으로 일본과 조선 사이에 구분을 두지 않는 듯했지만, 실상은 조선의 완전한 일본화 정책이었다. 일제는 조선인들에게 신사참배를 강요하고 천황에 대한 충성을 맹세하게 하여 조선인의 정신을 일본 군국주의에 종속시키려 했다. 또, 1939년부터 조선인들의 이름을 일본식으로 바꾸는 '창씨개명'이 시행되었다. 이러한 정책들은 조선의 고유성을 인정하지 않고 한국어와 조선문화를 말살하려는 것이었다.

1940년에 이르러 민간신문인 『조선일보』, 『동아일보』가 폐간되었으며, 중요한 문예지였던 『문장』과 『인문평론』이 강제로 통폐합되었다. 1939년

'조선어학회 사건' 이후 축소되었던 한국어 활용은 1941년에 이르러 전면 금지되었다. 태평양전쟁 동안 일제는 '국가 총동원령'이라는 명분하에 식민지 조선을 다양한 방식으로 착취했다. 1943년에 '학도 지원병 제도'를 통해 조선 청년들을 전쟁에 동원했을 뿐만 아니라, 10대 초반에서 40대에 이르는 조선 여성들을 '정신대'라는 이름으로 강제 동원해 군수 공장 등에 차출해가는 만행을 저지르기도 했다. 또한 일본 군대를 위해 여성의 성을 착취하는 위안소 제도를 고안하고 직·간접적으로 운영하였다.

이처럼 정치, 군사, 경제, 문화의 모든 면에 있어서 폭압적인 시기에 한국어로 문학을 창작한다는 것은 그 자체로 위험을 감수하는 일이었다. 따라서 많은 작가들이 살아남기 위해 변절을 하거나 절필을 할 수밖에 없었다. 곧, 당시로선 조선인 작가가 한국어로 문학 작품을 창작한다는 행위 자체가 일제에 대한 저항의 의미를 담고 있다. 윤동주와 이육사는 그 시기에 항일 의식을 가지고 끝까지 한국어를 놓지 않고 시를 쓴 시인들이기에, 그들의 작품은 흔히 일제의 식민 통치를 고발하고 한국의 독립을 바라는 것으로만 해석되기도 한다.

그러나 대표적인 '저항시인'으로 꼽히는 윤동주와 이육사의 시적 표현과 주제의식을 '일제-부정'와 '독립-긍정'의 이항대립으로 환원하여 해석하는 것은 불충분할뿐더러 부적절한 이해이다. 이는 유대인 존더코만도(1938년부터 1945년까지 나치의 절멸수용소에서 홀로코스트의 희생자들을 처리하기 위해 수용자들 중 일부를 차출하여 구성한 부대)가 목숨을 걸고 찍었던, 홀로코스트의 참상을 증언한 네 장의 사진을 보정 없이 긴박한 흔들림 그 자체로 받아들일 때 비로소 그 사진들이 더욱 풍부한 의미와 섬세한 기억을 우리에게 전해줄 수 있는 것과도 같다.

타자에 대한 이해와 자기반성의 시

　윤동주는 두만강과 러시아 연해주 사이에 있는 북간도 명동촌에서 태어났다. 명동촌은 1899년 이후 한반도에서 살기 어려워진 사람들이 이주해 갔던 간도의 조선인 거주 지역이었다. 윤동주는 평양, 용정 등지에서 수학하다가 서울 연희전문학교로 진학하여 1941년 졸업한다. 그는 졸업을 기념하여 시집 『하늘과 바람과 별과 시』를 발간하려 했으나, 그해에는 태평양전쟁까지 일어나면서 한국어로 시집을 발간하는 일이 불가능해졌다. 결국『하늘과 사람과 별과 시』는 광복 후 유고 시집으로 나오게 된다. 연희전문학교를 졸업한 윤동주는 일본 유학을 밟기 위해 '히라누마 도주(平沼東柱)'라는 이름으로 창씨개명을 하게 된다. 시인은 창씨개명한 것에 대한 부끄러움과 괴로움을 안고 유학길에 올랐으나, 대학 생활 일 년만인 1943년 항일 운동을 했다는 혐의로 체포되어 후쿠오카 형무소에 투옥된다. 이후 윤동주는 건강 악화로 수감 생활을 더 견디지 못하고 1945년 2월 16일에 숨을 거두고 만다.

　윤동주의 유고시집『하늘과 바람과 별과 시』의 첫 번째 시이자, 시집 전체의 서문 역할을 하는 「서시」에는 부끄러움의 미학이라 부를 수 있는 작가 특유의 감수성이 나타난다. 「서시」에서 윤동주는 우리가 살아가면서 무뎌지는 작고 사소한 부끄러움조차 허투루 넘기지 않으며, 이에 민감하게 반응하는 모습을 보여준다.

　　　죽는 날까지 하늘을 우러러
　　　한 점 부끄러움이 없기를
　　　잎새에 이는 바람에도
　　　나는 괴로워했다.
　　　별을 노래하는 마음으로

모든 죽어가는 것을 사랑해야지

그리고 나한테 주어진 길을

걸어가야겠다.

오늘 밤에도 별이 바람에 스치운다.

　　　　　　　　　　—윤동주, 「서시」, 『하늘과 바람과 별과 시』, 정음사, 1948.

「서시」의 시적 화자가 보는 "한 점"과 "바람"은 '나'의 내면이 아닌 '나'의 바깥에서 존재하는 것이다. 시적 화자는 외부의 흔들림, 즉 타자의 괴로움을 마치 자신의 것처럼 느낄 수 있는 마음을 갖고 있다. 그렇기에 시적 화자는 "모든 죽어가는 것"을 사랑하겠다고 다짐하는 태도로 나아간다. 살아있는 것은 언젠간 모두 죽기 마련이므로, 여기서 모든 죽어가는 것은 결국 화자 자신을 포함하는 모든 생명을 의미한다. 이때 생명을 '살아있음'이 아니라 '죽어감'이라는 독특한 관점으로 파악하는 것은 저마다의 생명이 저마다의 고통을 가지고 있다는 성찰에서 시작된다. 「서시」의 화자는 '한 점', '잎새에 이는 바람', '별'을 비롯한 작은 것들에 천착하며, 타자의 고통을 자신의 고통으로 여기는 존재로 등장한다. 그리고 이러한 고통에 대한 공감은 곧 '나한테 주어진 길', 다시 말해 시 쓰기로 드러나는데, 이는 윤동주의 시 쓰기가 비롯되는 문제의식을 드러내는 것으로 이해할 수 있다.

　「서시」에는 시집 제목 『하늘과 바람과 별과 시』에 쓰인 '하늘', '바람', '별'이라는 시어가 1~2행, 3~4행, 5~6행에 삽입되어 있다. 다만, '시'라는 단어만이 7~8행에 직접적으로 나타나지 않는다. 아마도 윤동주는 "그리고 나한테 주어진/길을 걸어가야겠다"라는 행위 그 자체를 '시'라고 생각했던 것으로 보인다. 「서시」의 시적 화자가 보여주는 사소한 것에 대한 예민한 반응들, 즉 "한 점"을 바라보고, 거센 바람뿐만 아니라 "잎새에 이는 바람"까지도 느끼는 행위 자체가 '시'인 것이다. 그리고 마지막 2연의 "오늘 밤에도 별이 바람에 스치운다"라는 시구는 작고 하찮은 것처럼 여겨지는 존재들의 고통에 공감하는 행위의 반복이야말로 시인의 사명임을 드러내고 있다.

천고(千古)의 시간 앞에서도 당당한 초인(超人)의 시

이육사는 경북 안동에서 태어나 1925년부터 적극적인 독립운동을 펼쳤다. 그는 짧은 생애 동안 총 열일곱 번의 구금과 투옥을 경험하였으나, 독립을 향한 의지를 꺾지 않았다. 이육사가 본격적인 시 창작을 시작한 시기는 1933년 조선 군관학교를 졸업하고 귀국한 무렵이다. 이후 1942년 서울에서 체포되기 전까지 그는 독립 운동과 문학 창작 활동을 병행했다. 이육사는 서울에서 체포된 이후 북경으로 압송되었으며 이 년 뒤 옥사했다. 1942년 혹은 1943년에 썼으리라 추정되는「광야」는 시인 생전에 발표되지 못하고, 해방을 맞이한 1945년 겨울 『자유신문』에 유작으로 발표되었다.「광야」는 인간의 짧은 삶만으로는 감히 짐작할 수도 없는 아득한 시간적 표지들을 보여준다.

> 까마득한 날에
> 하늘이 처음 열리고
> 어데 닭 우는 소리 들렸으랴
>
> 모든 산맥들이
> 바다를 연모해 휘달릴 때도
> 차마 이곳을 범하든 못하였으리라

끊임없는 광음을
부지런한 계절이 피어선 지고
큰 강물이 비로소 길을 열었다.

지금 눈 내리고
매화 향기 홀로 아득하니
내 여기 가난한 노래에 씨를 뿌려라

다시 천고의 뒤에
백마 타고 오는 초인이 있어
이 광야에서 목놓아 부르게 하리라

—이육사 「광야」, 『자유신문』, 1945.12.17.

　「광야」는 천지가 개벽하던 까마득한 과거를 나타내는 1연과 천고(千古)의 시간이 흐른 미래를 나타내는 5연이 대비되는 구조를 가지고 있다. 뿐만 아니라 1연과 2연, 그리고 2연과 3연 사이에도 인간의 시간을 뛰어넘은 아득한 시간의 흐름이 나타난다. 이 거대한 시간의 흐름 안에서 광야는 그 무엇도 차마 침범하지 못하는 신성한 곳으로 남아있다. 바로 그러한 신성한 땅에 시적 화자 '나'는 "가난한 노래의 씨"를 뿌린다. 작품 전체를 관통하는 아득한 시간의 흐름 속에서 '나'가 뿌린 씨앗은 어떤 변화를 불러일으킬 준비를 하고 있다. 이때 시적 화자가 '노래의 씨'를 심는 순간 향기가 퍼지는 4연의 매화는 예로부터 추운 겨울을 인내하는 꽃으로 여겨져 '군자'를 상징한다. 이 시에서 매화 향기가 숭고하고 아득하게 다가오는 것은 가혹한 환경을 인내하면서 피어나는 꽃이기 때문이다. 매화는 일제 강점기라는 가혹한 환경을 이겨내는 시인을 의미한다.

그리고 5연에서 화자는 미래에 "초인"이 광야에 나타나 '노래의 씨앗'을 '노래'로 바꿀 것이라고 말한다. 여기서 "초인"은 독일 철학자 프리드리히 니체의 개념으로, 이는 영원 회귀를 견딜 수 있는 존재일 뿐만 아니라, 그것을 기꺼워하는 존재이다. 그런데 과연 인간이 영원히 반복되는 시간을 허무해하지 않을 수 있을까. 니체는 시간의 영겁 속에서 끊임없이 의미와 가치를 창조할 수 있다면 허무를 이겨낼 수 있다고 주장했다. 마치 예술가가 새로운 무언가를 창조하는 것처럼, 우리의 삶이 무한한 반복이더라도 그 안에서 차이를 만들어내 새로운 가치를 창조한다면 삶은 긍정의 대상이 될 수 있다는 것이다. 니체의 초인은 자기 존재의 의미, 자신이 존재해야 할 가치를 늘 지상의 삶과 시간 속에서 찾는다. 그렇다면 초인이 찾는 지상이란 이 시의 '광야'처럼 까마득한 시간이 끊임없는 순환하지만, 지속적인 변화를 보여주는 장소일 것이다. 그렇기에 「광야」의 시적 화자는 자신이 비록 지금 "가난한 노래의 씨"를 뿌리는데 불과할지라도 삶을 긍정하려는 강한 의지를 보여준다. 그리고 그 의지는 천고의 시간, 즉 영원 회귀의 시간을 이겨내고 초인이 나타나 "노래의 씨"를 목 놓아 불러 줄 때까지 지속된다. 일제 말기의 가혹한 시대를 누구보다도 맹렬히 살았던 이육사가 그 모진 수난과 시련을 견디면서도 오히려 기꺼워할 수 있었던 정신적 경지를 「광야」를 통해 엿볼 수 있다.

나가며

1941년 태평양전쟁의 발발이 불러온 일제의 전시체제는 식민지 조선에 더욱 가혹한 시련이 되었다. 제국의 강압적인 총동원령은 비단 경제적, 사회적 억압에 그치지 않고 문화적, 사상적 억압으로까지 이어져, 한국어 신문과 잡지를 폐간하기에 이르렀다. 하지만 이런 시기에도 피식민의 언어로 창작 활동을 이어간 시인들이 있었음을 기억할 필요가 있다. 윤동주는 사소한 존재들의 작은 고통에도 귀 기울이는 예민함과 모든 죽어가는 것에 대한 사랑을 보여주었고, 갖은 고초에도 평생 독립을 향한 의지를 꺾지 않았던 이육사는 영겁의 시간을 견뎌내는 숭고한 태도를 보여주었다. 윤동주와 이육사의 저항 의식은 섬세한 윤리 의식, 또는 고통과 시련에 대한 초인적 긍정에 바탕한 시로써 나타났다. 따라서 이들의 시 정신은 일제 말기의 가혹한 시대 상황과 분리될 수는 없지만, 반대로 그들의 문학적 성취를 당대 시대적 상황 속에만 한정해서도 안 될 것이다.

───── 더 읽어보기

오세영 외,『한국 현대시사』, 민음사, 2007.
이육사, 김용직·손병희 엮음,『이육사 전집』, 깊은샘, 2004.
이육사, 박현수 엮음,『원전주해 이육사 시전집』, 예옥, 2008.
윤동주, 왕신영 외 엮음,『윤동주 자필 시고전집』, 민음사, 1999.

시와 혁명이 한 몸을 이루려 한 1960년대

홍승진

들어가며

대한민국 초대 대통령으로 십 년 이상 재임했던 이승만은 1959년 대선에 출마하지 않겠다는 선언을 뒤집고 네 번째 대통령 선거 후보로 입후보하여 부정선거를 저지른다. 3.15 부정선거를 계기로 학생들을 중심으로 한 대규모 시위가 일어났고, 민중의 시위 행렬은 독재자였던 이승만을 대통령의 자리에서 끌어내렸다. 그것이 바로 4.19혁명이다. 이승만 독재 정권에 대한 불만과 민주주의에 대한 민중의 갈망에서 비롯된 혁명의 시대에, 그 혁명정신을 근원적으로 탐색한 시인이 바로 김수영과 신동엽이다. 그들의 문학 세계는 시와 혁명 사이에 어떠한 관계가 있는지를 질문케 한다.

진정한 자유를 향한 전진: 김수영

1921년 서울에서 태어나 해방 직후 활동을 시작한 김수영은 난해하고 어려운 작품을 여럿 남겼다. 특히 그는 구체적인 역사적 상황을 보다 본질적이고 추상적인 차원으로 바꾸어 표현하곤 했기 때문에 그의 시를 정확히 이해하기 위해서는 그가 처했던 역사적 상황을 이해할 필요가 있다.

> 꽃이 열매의 상부에 피었을 때
> 너는 줄넘기 작란(作亂)을 한다
>
> 나는 발산한 형상을 구하였으나
> 그것은 작전 같은 것이기에 어려웁다
>
> 국수-이태리어로는 마카로니라고
> 먹기 쉬운 것은 나의 반란성(叛亂性)일까
> 동무여 이제 나는 바로 보마
> 사물과 사물의 생리와
> 사물의 수량과 한도와
> 사물의 우매와 사물의 명석성을
>
> 그리고 나는 죽을 것이다
>
> —김수영, 「공자의 생활난」, 『새로운 도시와 시민들의 합창』,
> 도시문화사, 1949.

시의 제목에서 단적으로 드러나듯, 「공자의 생활난」이 창작된 해방기는 식량난이 극심하던 때였다. 이 시는 구조적으로 상반된 요소들 간의 대비를 중심으로 짜여 있는데, 특히 주목해야할 부분은 "사물의 우매와 사물의 명석성"을 대비시키는 3연의 마지막 행이다. 여기서 사용된 단어 '명석'은 데카르트(René Descartes)의 인식론과 관련이 깊다. 근대 유럽의 철학자이자 수학자인 데카르트는 우리가 무언가를 올바로 인식한다는 것은 대상을 명석(clear)하고 판명(distant)하게 인식하는 것이라고 주장한 바 있다. 그런데 김수영은 사물의 "명석성"뿐만 아니라 "우매"한 측면까지 함께 보겠다고 말한다. 이때 명석한 것을 데카르트 식의 물질성으로 이해한다면, 우매한 것은 비물질적인 것 또는 수량화될 수 없는 것을 가리킨다고 볼 수 있다.

데카르트로 대표되는 서구 인식론이 "명석성"을 상징한다면, 그 반대편에는 '공자'로 대변되는 동양의 유교와 생명 윤리 사상이 자리 잡고 있다. 아시아의 지식 전통은 서구에서 들어오는 문명화된 근대 학문에 비해 우매한 것처럼 받아들여지기 쉽다. 김수영이 "사물의 우매와 사물의 명석성"을 대비시킨 것은 서구 근대 학문에 비해 상대적으로 평가 절하된 전통적인 유교 사상도 중요하게 여기겠다는 의지로 해석된다. 김수영은 한국적인 것, 서구 물질문명의 명석성과 대비하여 다소 우매하게 보이는 것에서 고유의 특질을 발견하려고 했다. 김수영 시의 출발점은 낡은 것을 무조건 부정하고 새로운 것을 추종하는 것이 아니라, 낡은 것과 새로운 것을 함께 뒤섞어 새로운 가능성을 창조하려는 시도라 볼 수 있다.

이러한 시인의 문제의식은 한국전쟁을 경험한 1950년대 시편에서도 고스란히 드러난다. 북한 의용군으로 끌려갔다가 거제도 포로수용소 생활을 했던 김수영은 한국전쟁의 비극을 몸소 체험했음에도 그것을 부정적인 측면에서만 다루지 않는다. 이들 경험이 긍정적인 가능성으로 돌아올 수 있다고 생각하는 것이다. 김수영은 한국전쟁을 세계사적으로 유례없이 끔찍한 사건 중에 하나라고 규정하면서, 이와 같은 비참함과 후진성 속에서 오히려 가장 새로운 것, 가장 첨단의 것이 탄생할 수 있다는 역설적인 시적 발상을 보여준다. 김수영은 전세계 누구도 경험한 바 없는 냉전을 가장 먼저 경험한 한국인들이 가장 새로운 것에 닿을 수 있다는 의식을 가지고 있었다. 이는 김수영이 포로수용소 체험을 회고할 때에도 일관되게 나타난다. 그는 가장 자유가 부재하는 곳에서 진정한 자유를 사유할 수 있다고 말한다.

그렇다면 4.19혁명은 김수영이 말한 '자유의 역설', 즉 가장 자유가 없는 곳에서 진정한 자유에 대해 깨닫게 된다는 역설이 현실에서 구현된 사건이라 할 수 있다. 김수영은 시론 「시여 침을 뱉어라」에서 다음과 같이 말한다. "내용은 언제나 밖에다 대고 너무나 많은 자유가 없다는 말을 해야 한다. 그래야지만 너무나 많은 자유가 있다는 형식을 정복할 수 있고 그때에 비로소 하나의 작품이 간신히 성립된다." 이는 달리 말하면, 자유가 없다고 말해야만 더 많은 자유가 생기는 형식이 만들어진다는 뜻이다. 김수영은 진정한 자유를 위해 자유가 없어야 한다고 주장하듯, 새로운 사유, 새로운 진리, 새로운 창조를 위해서는 기존의 사유, 진리, 창조를 모두 잊어버리고 다시 써야 한다고 주장했으며, 그것을 가능하게 하는 것이 시의 임무라 여겼다. 김수영이 4.19혁명에 주목했던 핵심적인 이유 또한 혁명의 순간에 허락되는 모든 혼란이야말로 진정한 자유로 이행하는 과정의 필수적인 속성이라 생각했기 때문이다.

동학사상으로 만들어진 4.19혁명: 신동엽

한편, 김수영이 상찬했던 신동엽은 1930년 부여 출생으로 1959년 『조선일보』 신춘문예에 입선하면서 본격적인 문학 활동을 시작했다. 신동엽은 짧은 생을 살다 간 작가이지만, 그의 작품은 1960년대 한국시사에서 매우 중요한 위치에 놓여있다. 널리 알려진 신동엽의 시 「껍데기는 가라」에는 작가의 시세계가 압축적으로 나타난다.

껍데기는 사라.
4월도 알맹이만 남기고
껍데기는 가라.

껍데기는 가라.
동학년 곰나루의, 그 아우성만 살고
껍데기는 가라.

그리하여, 다시
껍데기는 가라.
이곳에선, 두 가슴과 그곳까지 내논
아사달 아사녀가
중립의 초례청 앞에 서서
부끄럼 빛내며
맞절할지니

껍데기는 가라.
한라에서 백두까지
향그러운 흙 가슴만 남고
그, 모오든 쇠붙이는 가라.

ㅡ신동엽, 「껍데기는 가라」

*『시단』 제6집(1964.12.)에 처음 발표 후 『52인시집』(1967)에 재수록되며 개작

「껍데기는 가라」에서는 '4월의 알맹이'와 '동학년 곰나루의 아우성'이 중첩되고 있다. 다시 말해, 시인은 자신이 목도한 1960년 4.19혁명과 과거 1890

년대 일어난 동학농민운동을 연결하고 있는 것이다. 이를 이해하기 위해서는 우선 1960년대 담론장의 '중립화 통일론'에 대해 살펴볼 필요가 있다. 1960년 강력한 반공주의를 내세운 이승만 정권의 독재가 무너지면서 남북통일에 관한 논의는 새로운 국면을 맞게 된다. 사실 남한 단독 정부가 수립 이후 한국전쟁을 겪은 터라 이승만 정권의 반공주의는 더 강력하게 작동할 수 있었다. 이러한 까닭에 제1 공화국 시기에는 북한과의 평화 통일에 대한 담론이 구성되기 어려웠다. 그런데 이승만 대통령이 하야하자 통일 담론이 구성될 수 있는 여건이 마련되었고, 그 담론의 중심은 '어떻게 통일할 것인가'라는 문제가 되었다. 통일 방법에 대한 다양한 논의들 가운데에는 남한으로의 흡수 통일, 북한에 의한 적화 통일 등도 있었으나, 중요한 담론으로 대두되었던 것이 '중립화 통일론'이다. '중립화 통일론'은 한반도 전체를 이념으로부터 자유로운 중립국으로 만들어 통일을 진행하자는 주장이었다. 하지만 4.19혁명의 분위기는 오래가지 못했고, 5.16 군사쿠데타로 집권한 박정희에 의해 남한 사회는 다시금 철저한 반공주의로 되돌아갔다. 중립화 통일론을 주창한 사람들은 박정희 정권 하에 억압과 탄압을 받았다. 다만 이 시에서 노래하고 있듯이 4.19혁명 시기 동안만큼은 당당하게 중립에 대해 말할 수 있었다.

이데올로기 문제를 초월해 조국 통일을 노래한 신동엽은 1960년 4.19혁명과 1894년 동학농민혁명의 정신을 하나의 선 위에 올려놓고 있었다. 신동엽은 혁명을 완성하기 위해서 필요한 것을 "알맹이"라고 하면서, 알맹이가 있으면 "모오든 쇠붙이"가 한반도에서 사라지고 "흙 가슴"만 남게 된다고 노래한다. 이때 쇠붙이는 인류의 물질문명으로, 시인은 "쇠붙이"들을 버리고 인간의 가장 원초적인 것, 흙에서 농사짓고 살던 그 원형만을 남겨야 진정한 통일이 가능하다고 말한다. 따라서 통일이야말로 신동엽에겐 혁명 정신이라 할 수 있다. 나아가 그에게는 한반도뿐만 아니라, 전세계 만연한 물질문명의 폐해를 극복하는 것이 진정한 혁명이다.

「누가 하늘을 보았다 하는가」는 '4.19혁명이란 곧 동학 정신의 부활'이라는 신동엽의 의식을 드러내는 또 다른 작품이다.

누가 하늘을 보았다 하는가
누가 구름 한 송이 없이 맑은
하늘을 보았다 하는가.

네가 본 건, 먹구름
그걸 하늘로 알고
일생을 살아갔다.

네가 본 건, 지붕 덮은
쇠 항아리,
그걸 하늘로 알고
일생을 살아갔다.

닦아라, 사람들아
네 마음속 구름
찢어라, 사람들아,
네 머리 덮은 쇠 항아리.

아침저녁
네 마음속 구름을 닦고
티 없이 맑은 영원(永遠)의 하늘

볼 수 있는 사람은

외경을

알리라

     -신동엽, 「누가 하늘을 보았다 하는가」, 『고대문화』, 1969.5. 중 일부

이 시에서 시인은 하늘을 가리고 있는 것을 치워내고 진정한 하늘을 보게
되면 '외경(畏敬)'을 알게 된다고 쓰고 있다. 외경이란 두려워하고 공경하는
마음을 가리킨다. 그렇다면 '하늘'의 의미는 무엇일까. 이 시에서 '하늘'이
의미하는 바를 알기 위해서는 「누가 하늘을 보았다 하는가」라는 시 자체가
신동엽이 쓴 서사시 「금강」의 제9장 중 한 대목이라는 사실에 주목해야 한다.
「금강」에서 진정한 하늘을 보았던 사람으로 동학의 창시자 수운 최제우가
언급되고 있으므로, 따라서 진정한 하늘이란 최제우가 보았을 하늘일 것이
다. 그렇다면 「누가 하늘을 보았다 하는가」의 '진정한 하늘' 또한 최제우가
동학사상을 통해 나아가고자 했던 이상 세계의 모습이라 해석할 수 있다.
신동엽은 「금강」에서 동학사상을 다음과 같이 표현한다.

사람은 한울님이니라

노비도 농사꾼도 천민도

사람은 한울님이니라

우리는 마음속에 한울님을 모시고 사니라

우리의 내부에 한울님이 살아계시니라

     -신동엽, 「금강」 제4장 중 일부, 『장시, 시극, 서사시』, 을유문화사, 1967.

서사시 「금강」에는 동학혁명을 주도했던 또 다른 인물 전봉준도 등장한다.

신동엽은 그의 목소리를 빌려 「금강」 제16장에서 혁명이 필요한 이유에 대해 역설한다. 시에서 전봉준은 무장봉기를 일으켜야만 하냐는 질문을 받자, 지금까지 몇몇 성인들만 하늘을 보았을 뿐, 일반 백성은 아직 하늘을 보지 못했다고, 곧 구제되지 못했다고 말한다. 그러면서 전봉준은 지구상의 30억 인간들이 모두 하늘을 본다는 것은 결국 사람이 곧 하늘이라는 뜻이라고 말한다. 사람의 마음속에 하늘님이 모셔져 있음을 깨닫고 그것을 실현하는 것이 진짜 하늘을 보는 것인 셈이다. 중요한 점은 신동엽이 이와 같은 동학의 사상을 4.19혁명의 정신에 연결하여, 4.19혁명 정신을 독재 타도라는 협의적인 의미로부터 확장하고 있다는 점이다. 요컨대, 신동엽에게 있어 혁명이란 동학농민혁명부터 이어져 내려오는 것, 즉 인간의 마음속 신성을 느끼고 그것을 역사 속에 구현하는 것, 바로 그것이었다.

나가며

요컨대, 김수영과 신동엽 모두에게 4.19혁명이라고 하는 것은 단순히 이승만 독재 정권을 물리치고 새로운 정권을 만드는 그런 정치적인 수준의 혁명이 아니었다. 김수영은 혁명기의 혼란을 목도하면서 혼란 그 자체를 진정한 자유로 사유하고자 했다. 김수영에게는 특정한 방향이 정해져 있고, 특정한 목표와 범위가 정해져 있는 제한적인 자유가 아니라, 무질서한 혼란처럼 보일지라도 무한정한 자유를 추구하는 것이 중요했다. 그 무한정한 자유야말로 시가 옹호해야 할 가치였던 것이다. 한편, 신동엽은 4.19혁명의 맥락 속으로 동학농민혁명을 계속해서 환기함으로써, 고대적인 것으로부터 면면히 이어져 내려오는 인간의 근원적인 신성을 역사 속에서 구현하려고 하였다. 곧, 두 시인 모두에게 4.19혁명은 단순히 정권을 무너트리는 정치적 수준에

머무르지 않고, 자유와 동학이라는 보다 심층적인 사상의 문제와 관계된
것이었다.

——— 더 읽어보기

김수영, 이영준 엮음, 『김수영 전집』 1권·2권, 민음사, 2018.
신동엽, 강형철·김윤태 엮음, 『신동엽 시전집』, 창비, 2013.
홍승진, 「해방기 김수영 시의 문명 비평적 역사성」, 『한국근대문학연구』 17권 1호,
    한국근대문학회, 2016.

II

현대소설

신소설과 근대 동아시아의 사상

김종욱

들어가며

'신소설'이라는 말이 쓰이기 시작한 것은 1906년 무렵이다. 『대한매일신보』에 실린 『명월기연(明月奇緣)』의 광고에는 '흥미와 취미가 진진하여 독자로 하여금 지겨움을 모르게 하는 그런 현대 걸작의 신소설'이라는 표현이 등장한다. 이처럼 처음 신소설이라는 말은 특별한 의미를 지닌 용어라기보다 기존에 쓰였던 소설과는 다른 '새로운 소설'이라는 정도의 의미로 사용되었던 듯하다. 그런데 신소설이라는 용어가 사용되면서 예상치 못했던 새로운 효과가 나타난다. 그동안 소설이라 불리던 것들 중에서 신소설이 구분되어 나감으로써 그 이전의 소설들은 과거의 소설 혹은 구소설로 새롭게 불렸던 것이다. 소설이 구소설과 신소설로 분기되는 그 출발점에 바로 신소설이라는 용어가 있었던 셈이다. 그렇다면 신소설의 특징은 무엇이며, 신소설은 어떠한 문화적·역사적 맥락 속에서 나타난 것일까. 신소설의 개척자라 일컬어지는 이인직과 소설 『혈의 누』를 중심으로 신소설의 문학사적 의미를 살펴본다.

신소설의 '새로움'

광고 문구로 처음 등장했던 신소설이라는 말이 자리잡으면서 이 용어는 새롭게 나타난 서사 양식을 가리키는 말이 된다. 구소설과 변별되는 신소설의 특징은 첫째, 국문체의 전통을 이어받아 국한문체 내지 보통 사람들이 읽기 쉬운 국문체로 쓰였다는 점이다. 둘째, 과거시제 종결어미의 변화이다. 고전소설이 주로 '~했다더라', '~한다' 등의 종결어미를 취했다면, 신소설은 '-았다/-었다'와 같은 과거시제 종결어미를 취하기 시작했다. 신소설에 나타난 과거시제는 점점 세력을 확장해 이후 근대소설의 일반적 문체로 자리잡는다. 셋째, 시점(視點)의 변화이다. 고전소설은 전지적 시점일 뿐 아니라, 인물의 대화와 서술자의 지문이 구별되지 않는 특징을 보인다. 이에 비해 신소설은 인물의 대화가 따옴표로 처리되어 직접화법으로 나타난다. 넷째, 구성적 측면에서의 차이다. 『숙향전』, 『최척전』, 『조웅전』 등 제목에서 짐작할 수 있듯 고전소설은 대체로 전기적 구성, 즉 주인공이 태날 때부터 마지막 세상을 떠날 때까지의 이야기가 순차적으로 전개된다. 반면 신소설은 이와 같은 구성에서 벗어나 흥미를 유발할 만한 장면에서부터 시작하는 양상을 보인다.

그런데 형식적인 면에서의 새로움은 내용적인 면에서의 새로움과도 결합되어 나타난다. 고전소설이 선악의 대결을 주된 갈등으로 삼으면서 선을 권하고 악을 징계하는 권선징악의 구조를 띠고 있다면, 신소설은 이러한 권선징악의 구도에 더하여 새로운 것을 선한 것으로, 옛 것을 악한 것으로 받아들이는 경향이 드러난다. 즉 권선징악과 권신징구(勸新懲舊)가 결합하면서 새로운 것 또는 근대적인 것을 예찬하고, 문명개화를 주장하는 주제의식이 표출되는 것이다. 개화라든가 계몽과 수렴되는 이러한 주제의식은 대체로 과거를 부정적으로 인식하고 현재 또는 미래를 긍정적으로 바라보는 태도를 보여준다. 문제는 이러한 의식이 진보적인 역사관을 구성하지만, 다른 한편

엘리트 중심적인 사고방식과 불가분의 관계를 맺고 있다는 점이다. 근대적인 것을 먼저 깨우친 사람들이 전근대적 상태에 있는 대중들을 이끌어가거나 깨우쳐 나간다는 의미의 계몽 의식에 바탕을 둔 것이다.

이후 신소설이 서사양식의 주류가 되면서, 즉 더이상 구소설과 대립하지 않게 되면서 그 명칭에서 '신'을 떼어버리고 그냥 소설 내지 근대소설이라 불리게 된다. 신소설이 근대소설로 이행되는 과정에서 고전소설이 가지고 있던 구비적인 요소, 달리 말하면 집단 창작적인 요소들은 개인 창작적인 요소로 전환되고, 이에 우리는 이인직, 이해조, 최찬식, 안국선 등과 같은 근대적인 작가들을 만날 수 있게 된다. 그전에는 이름이 알려지지 않은 사람들이 함께 판소리 형태로 소설을 만들었다고 한다면, 신소설 단계로 접어들면서 비로소 개인 창작자들이 등장했던 것이다.

신소설 작가 이인직의 언론인, 유학자로서의 면모

최초의 신소설이라 일컬어지는 『혈의 누』의 작가 이인직은 문학인이기에 앞서 언론인으로서 많은 활동을 펼쳤는데, 그의 행적은 소설의 역사적·문화적 맥락을 이해하는 데 매우 중요하다. 이인직은 1862년 경기도 안성 양반가문에서 태어나 어려서부터 한학, 유학을 접했다. 이인직의 초년기 모습은 아직 밝혀지지 않았으나, 1900년쯤 일본의 동경정치학교에 다녔다는 기록을 찾아볼 수 있다. 그는 정치학교에서 공부하면서 신문에 관심을 가졌으며, 재학 중에 『미야코 신문(都新聞)』의 견습생으로 일했던 사실도 알려져 있다. 당시 『미야코 신문』에는 견습생 이인직의 활동을 담은 기사가 실려 있다. 그 시절 이인직은 「과부의 꿈」이라는 단편을 발표하기도 하고, 또 한국에서 신문 창설의 뜻을 담은 「한국 신문 창설 취지서」와 같은 글을 발표하기도 한다. 그리고 1903년 정치학교를 졸업한 뒤에는 러일전쟁에 참전한 일본군 통역관으로 조선에 들어온다. 이후 러일전쟁이 끝날 무렵 이인직은『미야코 신문』을 통해 발표했던 신문 창설의 목표를 실현해 나간다.

이인직이 언론인으로 활약할 수 있었던 것은 조선을 둘러싼 국제 정세의 변화가 영향을 끼쳤다. 러일전쟁이 끝나고 일본이 승리하면서 조선은 일본의 보호국 신세로 전락했다. 일본군 통역 출신의 이인직은 1906년 통감부가 설치된 직후부터 몇 개의 신문사를 만들어 주필이 된다. 가장 먼저 참여했던 것이 일진회 기관지였던『국민신보』이고, 그다음이 천도교 기관지였던『만세보』이다. 1907년에는『대한신문』사장으로 일하면서 후원자였던 이완용 내각의 시책을 국민에게 선전하는 역할을 맡았다. 이와 같은 이인직의 행적은 오늘날 많은 비판을 받는 대목이다.

그런데 친일이라 하더라도 그 내부의 상이한 집단과 정치노선은 섬세하게 이해될 필요가 있다. 이인직이 중심이 되었던『대한신문』은 주로 이완용과 조중응의 후원을 받던 곳으로, 전통적 양반 세력을 대표하던 신문이었다. 반대로『국민신보』를 통해서 적극적으로 친일 활동을 펼친 이용구나 송병준 같은 인물들은 일진회와 관련되어 있어 주로 하층 계급의 이익을 대변했다. 그러니까 같은 친일 성향을 보여줬다고 해도『국민신보』와『대한신문』은 경쟁관계에 있었으며, 또 양반과 하층 계급이라는 상이한 집단을 기반으로 삼고 있었던 셈이다. 이와 같은 친일 신문에 대항했던 것이 신채호가 참여했던『대한매일신보』였다. 1906년 이후 조선의 언론계는 세 개의 신문이 삼파전을 펼치고 있었다.

『대한신문』은 이완용의 후원을 받았는데, 사실 그 배후에는 조선 통감 이토 히로부미가 있었다. 이토 히로부미는 당시 2만 원이라는 큰돈을 대주며 이완용 중심의 유학단체 대동학회를 만들었다. 사회의 지도층인 유학자들을 포섭하기 위해서였다. 대동학회는 처음엔 학회 활동을 했으나, 금방 공자교

회라 하는 종교 단체로 변모했다. 이인직은 공자교회의 발기인으로 참여하다, 후에는 지방부 책임자를 맡아 각 지방을 돌면서 지방 유생들을 설득했다. 이렇듯 이인직은 개화파를 대표하는 신소설 작가이면서도 유학을 종교화하고자 했던 공교운동에 적극 참여했던 유학자였다. 조선의 국권이 침탈된 후 이인직이 성균관을 대신한 경학원의 사성(司成)이 된 것도 이러한 활동 덕분이었다.

『혈의 누』의 정치성과 캉유웨이의 영향

이인직은 신문사 사장으로서 친일 논설을 발표하는 한편, 『혈의 누』, 『귀의 성』, 『은세계』, 『치악산』 등을 발표했다. 이 작품들은 단순한 소설이라기보다는 이완용 내각의 시책을 알리는 일종의 정치소설이었다. 대표작인 『혈의 누』는 1906년 7월부터 10월까지 『만세보』에 연재된 후, 이듬해 3월 같은 제목으로 광학서포에서 발간되었다. 발간 당시 '신소설'이라는 글자가 적혀 있어 신소설로 발표된 최초의 작품으로 알려졌지만, 연재 당시에는 그냥 '소설'이라고 되어 있다. 소설은 청일전쟁 평양성 전투에서 시작하여 십 년 남짓의 시간 동안 평양, 일본 오사카, 미국 샌프란시스코와 워싱턴으로 이어지는 옥련의 삶을 다룬다. 주인공 옥련은 청일전쟁 중에 일본인 이노우에 군의의 도움을 받아 일본으로 건너갔다가 일본에서 조선인 구완서를 만나 미국 유학을 떠나는데, 청나라 사상가 캉유웨이(康有爲)를 우연히 만나 공부를 계속할 수 있었다. 이렇게 일본과 미국에서 유학하면서 옥련은 조선 여성의 계몽이라는 뚜렷한 삶의 목표를 가지게 된다.

이때 옥련이 위기 상황에서 만난 외국인 구원자들은 작가 이인직의 정치 감각을 국제적 지평에서 살피게 한다. 먼저, 옥련은 평양성 전투로 가족과 헤어지고 일본군 이노우에 군의의 도움을 받는다. 여기서 일본과 청나라의 대립은 문명 대 야만의 구도로 이해되고, 일본은 조선을 도와주는 문명국으로 나타난다. 청나라와 일본의 패권 다툼이 왜 조선 땅에서 조선 사람들의 삶을 파괴하며 일어난 것인지 묻는 대신 조선이 문명 국가인 일본의 도움을 받는 듯한 인상을 주는 것이다. 이는 작가 이인직의 친일적인 면모를 보여주는 대목으로 자주 언급된다. 한편, 이노우에 소좌의 뒤를 이어 구원자로 등장하는 이는 청나라 사상가 캉유웨이다. 미국에 도착한 구완서와 옥련은 영어를 하지 못하여 난감한 상황이었는데, 샌프란시스코에서 우연히 청나라 사람을 만나 필담을 나눈다. 그는 구완서와 옥련이 워싱턴에서 공부할 수 있도록 도와준다.

　흥미로운 점은 소설의 다른 인물들이 작가에 의해 창조된 인물임에 반해, 캉유웨이는 청나라 말기 변법자강운동을 주도한 실존인물이라는 점이다. 변법자강운동이란, 서양을 배워 근대화를 이루려 했던 양무운동이 실패한 뒤, 캉유웨이, 량치차오(梁啓超) 등이 서양의 물질문명뿐만 아니라 우수한 정치제도를 받아들여 중국을 대대적으로 개혁하려던 시도였다. 하지만 서태후의 쿠데타로 인해 변법자강운동이 실패로 돌아가자, 캉유웨이는 일본, 미국, 캐나다, 영국 등을 돌아다니며, 세계 각국의 지지를 호소했다. 따라서 소설에 그려진 것처럼 1898년 무렵 구완서와 옥련이 캉유웨이를 만나는 것이 불가능한 것은 아니었다. 그만큼 작가 이인직은 캉유웨이의 실제 행적에 관심을 가졌다고 짐작된다.

　캉유웨이의 소설적 등장은 하나의 우연한 사건을 넘어 『혈의 누』를 보다 풍부하게 독해하는 중요한 단서가 된다. 캉유웨이는 이상적 사회로 대동세상을 제시하는데, 대동세상의 첫 번째 조건은 바로 국가 간의 경계를 없애는 것이다. 캉유웨이는 가족이 모여 나라를 만들고 나라가 모여 제국을 만드는 방식, 곧 작은 것들이 모여 큰 것을 이루는 방식으로 국경을 없앨 수 있다고 주장한다. 그런데 이는 소설 속에서 구완서가 얘기하는 '연방도'의 개념과 상통한다. 일본, 조선, 중국이 더 큰 연방국가를 만듦으로써 국가의 경계를 허물 수 있고, 궁극적으로는 국가 없는 새로운 세상을 꿈꿀 수 있기 때문이다. 특히 소설 속에서 구완서가 캉유웨이의 도움을 받아 공부한 것으로 미루어 구완서의 이상은 캉유웨이의 사상과 연관되어 있는 듯하다.

그런데 캉유웨이의 대동사상은 새로운 것처럼 보이기도 하고, 또 낯익은 것처럼 보이기도 한다. 왜냐하면 캉유웨이의 이상 사회는 과거의 유학을 재해석한 것이기 때문이다. 사실 캉유웨이는 대동세상을 요순시절에 비유한다. 이는 동양에서 매우 익숙한 이상향인데, 달라진 것이 있다면 그 이상 사회를 과거에 사라진 것이 아니라 앞으로 만들어가야 할 것으로 제시한다는 점이다. 동양이 전통적으로 순환론적 역사관을 견지했다면, 캉유웨이는 서구의 발전론적 역사관처럼 현재보다 더 나은 미래로 대동세상을 인식하는 것이다.

다만, 이러한 이상론의 이면에는 약육강식의 논리가 내포되어 있다. 큰 나라가 작은 나라를 지배하는 것을 정당화하거나 수긍하는 사회진화론적 인식을 무의식적으로 수용하고 있는 것이다. 사실 이러한 태도는 조선의 개화파 인사들에게서 흔히 발견된다. 특히 동양의 가치관과 문화를 지키면서 서양의 기술과 기기를 받아들이자는 동도서기론자들의 경우, 문명개화를 어지러운 세상에서 태평한 세상으로 나아가는 유일한 방법으로 이해한다. 더구나 황제를 국가와 동일시했기 때문에 민족 혹은 국민과 같은 개념을 외면한 채 황제를 보호한다는 명분 아래 일본의 침략 논리를 수용하는 결과로 이어진다. 이 지점이 바로 이인직의 정치의식의 한계였던 것이다.

나가며

20세기 초에 활동했던 신소설 작가들은 개화파로 규정됨으로써 전통적인 유학과 무관하거나 대립하는 것으로만 파악되는 경향이 있다. 서구의 근대적 종교 개념이 유입되면서 전통적인 유학 역시 새롭게 재편되는 과정을 겪었고, 진화론적 사유라든가 평등사상에 따라 유학을 재해석하는 작업이 지속적으로 이루어졌음을 간과했던 것이다. 사실 신소설의 작가들은 자신들의 기반이었던 양반계급 내지 유학을 배반하지 않았다. 비록 서자라고 해도 양반계층 출신으로 유학을 배우면서 성장했던 이인직 또한 개화를 통한 국가혁신을 꿈꿀 때조차 유학적 사유에서 벗어날 수 없었다. 그런 점에서 보자면 이인직의 소설이나 사회활동 속에서 중국 최후의 유학자였던 캉유웨이의 흔적을 발견하는 것은 낯선 일이 아니다. 캉유웨이는 유교적 전통에 기대어 있으면서도 봉건시대에는 상상할 수 없었던 새로운 이상을 제시했다. 사실 이인직의 소설은 물론이고, 이해조의 「자유종」에서도 캉유웨이의 이름이 직접 거명되거니와, 등장인물 간의 대화에서도 당시 유학자들의 논쟁이 나타난다. 그런 점에서 보자면, 신소설에 나타나는 근대 기획은 서구 혹은 일본뿐만 아니라 전통적인 유가사상 내지는 그것을 개신하려고 했던 개혁사상과 연관된다. 『혈의 누』를 비롯한 여러 신소설을 단순히 서구적인 문학 개념만이 아니라 전통적인 관념 속에서 살펴볼 때 균형 잡힌 시선을 마련할 수 있을 것이다.

───── 더 읽어보기

김종욱, 「캉유웨이(康有爲)의 맥락에서 이인직 다시 읽기」, 『한국문학의 연구』 65호, 한국문학연구학회, 2018.

권영민, 『서사양식과 담론의 근대성』, 서울대출판부, 1999.
이인직, 권영민·김종욱·배경열 편, 『한국신소설전집』 1~3, 서울대출판부, 2003.

한국문학의 근대 이행과 이광수

방민호

들어가며

한국에서 문학, 특히 소설의 근대적 변화가 어떤 형태로 이루어졌는가를 고찰하는 문제는 언제나 중요한 주제로 다루어져 왔다. 과연 한국 현대문학이 어느 정도의 독자적 가치를 가지고 있는지, 한국문학의 고유성과 보편성은 어떻게 설명될 수 있는지 하는 것이 현대문학 연구의 중요 과제였던 것이다. 한국문학의 근대 이행이라는 문제를 사고함에 있어서 많은 연구자들이 선택해왔던 입장은 이식론이었다. 일제 강점기의 문학사가 임화로부터 출발하는 이 입장은 근대초기의 양식들, 즉 신소설이나 역사전기소설을 일본 정치소설의 결여태나 수용의 결과로 파악한다. 나아가 이광수의 소설 또한 서양의 '노블'을 일본을 통해 들여온 것이라 이해한다. 그러나 이식론적 설명 모델은 한국에서의 현대문학을 마치 불모지에 외래 농작물을 옮겨 심은 것과 같은 문학상의 트랜스플랜테이션(transplantation)으로 이해하게 한다. 과연 이러한 개념이 한국에서의 문학사 이행 문제를 얼마나 효과적으로 설명해줄 수 있을까.

이 글은 이식론적 관점이 가진 한계를 뚜렷하게 인식하고 비판적으로 사유함으로써 새로운 관점을 제시하고자 한다. 그것은 마치 감을 얻기 위해 고욤나무에 감나무 가지를 접붙이는 것처럼, 한국문학의 근대 이행을 접붙이기(graftation) 모델로 이해해 보는 것이다. 이는 한 문화(또는 문학)의 내적 형질을 무시하지 않으면서도 그것이 외래의 문화(또는 문학)와 접합되는 양상을 설명할 수 있는 이점을 가진다. 이때 이광수의 초기 문학론 「문학이란 하오」(『매일신보』, 1916.11.10.~23.)와 근대소설의 기념비적 작품인 『무정』(『매일신보』, 1917.1.1.~6.14.)에 대한 고찰은 한국문학의 근대 이행 문제를 새롭게 인식하는 데 좋은 계기를 제공한다. 「문학이란 하(何)오」가 한국근대문학을 위한 이광수의 기초 설계를 가늠하게 한다면, 이 시기에 쓴 장편소설 『무정』은 문학이론의 구체적인 산물이라 할 수 있다. 두 텍스트는 상호 참조적으로 독해될 필요가 있으나, 비평적 논리를 곧바로 소설의 내적 논리로 치환하는 것은 경계해야할 독법이다. 이 글은 이광수 초기 문학론의 실상으로서 「문학이란 하오」의 논점을 면밀히 살피고, 이것이 『무정』과 어떤 내면적 거리를 함축하는지 살펴보면서, 이광수 문학에서 '내재적인 것'과 '외삽적인 것'이 관계 맺는 방식을 살펴볼 것이다.

「문학이란 하오」를 둘러싼 두 가지 논점

「문학이란 하오」는 이광수의 초기 문학 논리를 보여주는 대표적인 평론이다. 그는 이 글에서 문학 자체의 개념부터 당면한 조선문학의 과제까지 실로 총체적인 논의를 개진한다. 「문학이란 하오」를 둘러싼 논점은 크게 두 가지인데, 하나는 'Literature의 역어로서의 문학'이라는 이광수의 주장을 중심으로 거론되는 이식문학론적 양상이다. 이광수는 이 글에서 '문학'이라는 말을 그대로 사용하여도 그 말뜻이 옛날과 다를 수밖에 없다고 주장했다. 이제 '문학'은 서양의 'Literature'의 뜻을 가진다는 것이다. 이광수는 일본이 예로 부터 국문학을 가졌던 데 반해 우리에게는 국문학이 없다시피 했다고 단정한 다. 그에 따르면 조선에서의 국문학은 근대 이전에는 대부분 번역문학으로 존재했을 뿐이고, 그 외에『심청전』,『춘향전』과 같은 "전설적(傳說的) 문학" 과 시조, 가사 등이 있었을 뿐이다. 이렇게 왜소한 국문학이 새로운 부흥기를 맞이한 것은 서양에서 기독교가 들어오고 새로운 서양번역문학이 생겨나면 서부터다. 그는 이러한 문학사 인식을 바탕으로 그 자신을 새로운 문학의 건설자로 제시하고자 한다. 곧, 조선의 근대문학은 울긋불긋한 장정의 딱지 본 신소설과 조중환, 이상협의 번역문학을 거쳐 자신에 이르렀다는 것이다.

여기서 이광수는 새롭게 발흥해야 할 문학, 즉 명실상부한 조선근대문학의 요건을 몇 가지로 나누어 제시하는데, 무엇보다 그는 이 글의 곳곳에서 근대 문학이란 '정(情)의 문학'이 되어야 한다고 주장한다. 이것이 바로「문학이란 하오」에 관한 두 번째 논점이다. 이광수는 문학을 인간 마음의 세 가지 작용, 곧 '지(知)·정(情)·의(意)' 가운데 특히 '정'을 담보하는 것으로 이해하고, 종래 의 조선문학이 도덕에 치우쳐 '정'을 고취하지 못하였던 바, 새로운 문학은 '정'을 고취하는 데 그 목적이 있어야 한다고 주장한다. 그런데 '지·정·의'론 에 바탕한 '정'이라는 것이 칸트에게서 연유하는 것임을 의식해 보면,「문학 이란 하오」는 넓게 보아 서양에서 유래한 근대문학 또는 근대철학의 개념들 에 기대어 근대 조선문학의 위상을 새롭게 수립한 것이라 이해되면서 다시금 이식론의 문제로 회귀되는 양상을 띤다. 그런 점에서 이광수의 문학론과 『무정』의 핵심 개념인 '정'을 이해하기 위해서는 이광수의 사상적 배경을 보다 세밀하고 복합적으로 살펴볼 필요가 있다.

이광수의 '정'과 칸트의 사상

고전문학자 정병설은 이광수의 장편소설『무정』을 전통적인 '정'의 맥락에서 새롭게 고찰하였다.[1] 그는『무정』과 고전소설『춘향전』,『옥루몽』,『숙향전』 등과의 관련성을 상세하게 검토한다. 특히『무정』에 나타난 어린 영채의 수난 과정은『숙향전』을 도외시 하고는 제대로 이해될 수 없다고 지적한다. 이러한 검토 위에서 그는 근대소설로서의『무정』의 성취는 계몽사상이나 사실적 묘사보다 내면 심리의 형상화에 있다고 평가한다. 곧, '정의 고취'라는 이광수의 정육론(情育論)을 근대소설로서『무정』의 새로움의 핵심으로 파악하는 것이다. 그렇다면 다시금 이광수의 '정'의 사상이 어디에서 발원하였는지가 중요한 논점이 된다.

정병설이 보기에, '정'의 발현이 관습이나 도덕보다 중요하고, 그 종점에 생명이 있다는 이광수의 '정'은, 동정으로서의 '정'이 아니라 감정으로서의 '정'이다.『무정』을 통해 이광수가 제안하는 '정의 발견'이란 감정의 발견, 감정의 육성이다. 지금까지 이와 같은 이광수의 정육론은 다카야마 조규(高山樗牛)의 낭만주의적 본능론의 영향을 받은 것이라 이해되기도 하였으나, 정병설에 따르면 이는 이광수의 '정'과는 거리가 멀다. 정병설은 이광수의『무정』이 다카야마 조규의 사상을 그대로 받아들인 것이라기보다 감정과 욕망을 억압하고 통제하라는 존천리멸인욕(存天理滅人慾)의 유교 사상에 대한 공격을 감행한 것이라 본다. 이광수의 정육론은 감정과 욕망을 억압, 통제한 조선 유학의 사상을 수정함으로써 근대적인 개혁을 이루고자 한 문제의식의 산물이라는 것이다. 정병설의 시각은 이광수 정육론의 조선 내부적인 토양을 제시한 것이라는 점에서 주목할 만하다.

---

1   정병설,「『무정』의 근대성과 정육」,『한국문화』 54, 서울대학교 규장학한국학연구원, 2011.

그러나 이광수가 '정'을 강조하고 나설 수밖에 없는 조선의 전통적인 필요성을 강조한다고 해도, 그가 어떤 경로를 거쳐서 '사단(四端)'과 '칠정(七情)'이라는 유교적 이항대립적 구조를 '지·정·의'의 삼분법적 구조로 대체했는지는 온전히 설명되지 않는다. 특히 '지·정·의'의 삼분법은 칸트(Immanuel Kant)의 『순수이성 비판』, 『실천이성 비판』, 『판단력 비판』의 '3비판서'에 엄밀히 대응한다. 그렇다면 논의의 초점은 칸트의 삼분법적 구도가 어떻게 해서 이광수에 다다를 수 있었던 것인가 하는 데 모아진다.

이와 관련하여 눈여겨볼 인물은 이광수가 와세다 대학에 유학했던 시절 교수로 재직하고 있었던 하타노 세이이치(波多理精一)이다. 그는 1899년 동경제대 철학과를 칸트의 『순수이성 비판』 서문에 관한 논문으로 졸업하고, 1900년부터 1917년까지 와세다 대학의 전신에 해당하는 도쿄전문학교 강사로 재직했다. 1904년경부터 1906년경까지 독일의 베를린 대학, 하이델베르크 대학 등에 유학하기도 했으며, 1918년에는 칸트의 『실천이성 비판』을 공역으로 번역·출판하였다. 그는 신칸트주의 서남독일학파를 대변하는 빌헬름 빈델반트(Wilhelm Windelband), 하인리히 리케르트(Geinrich Richert) 등과 사상적 교호관계에 있었던 것으로 알려져 있다. 하타노는 교토학파를 주도한 인물 가운데 한 사람이었으며, 일본의 칸트 이해에 있어 빼 놓을 수 없는 인물이다.

이광수가 1916년 와세다 대학으로 제2차 일본 유학을 나섰던 것을 상기하면, 하타노와의 영향 관계를 어렵지 않게 추측할 수 있다. 더욱이 일본의 서구 사상 수용의 문제를 다룬 한단석은 하타노 세이이치의 칸트적 비판주의가 형식적 이상주의이자 반지성주의적 특징을 가진다고 주장하는데,[2] 이때

---

2   한단석, 「일본 근대화에 있어서 서구 사상의 수용과 그 토착화에 관하여」, 『인문논총』 19, 전북대학교 인문학연구소, 1989.

반주지주의적 특징은 이광수의 '정'의 문학론과 관련하여 음미해 볼 만하다. 즉, 칸트의 비판철학을 '반주지주의'로 이해한다는 것은, 칸트 철학이 데카르트 철학의 이론적 지성 중심주의에 반하여 '지'만이 아니라 '정'과 '의'의 활동이 풍부한 전인격적 인간이야말로 인간 본연의 모습을 보여주는 것으로 인식했음을 의미한다. 지성만을 인간 이성의 영역으로 파악하는 관점에 대하여 칸트는 예술과 종교와 도덕까지도 전인격적 인간의 정당한 활동 영역으로 간주했다. 이와 같은 맥락에서 이광수의 '정'의 문학론, 곧 정육론은 칸트적 반주지주의와 관련있는 것으로 이해할 수 있다. 이광수 역시 칸트의 선례를 따라 인간 활동 영역을 '지·정·의'로 삼분하고 그 각각의 활동을 모두 평등하게 인식하는 전인격적 인간상을 제시하면서 특히 '정'의 의미와 가치를 높여 인식하고자 했던 것이다.

그러나 하타노 세이이치와 이광수의 영향 관계를 상정하더라도, 이것이 곧 이광수가 단순히 그의 학생임을 의미하는 것은 아니다. 문화는 동서고금을 막론하고 이곳에서 저곳으로 부단히 흘러 다니는 것이며, 이것은 이른바 선진국이든 후진국이든 다를 것이 없다. 기실 칸트의 '지·정·의'론, 그리고 그에 입각한 '진·선·미'론 또한 고대 문화의 중심이었던 그리스의 사상을 변방의 독일 철학이 근대적으로 번역한 것이라 할 수 있다. 이러한 맥락에서 이광수는 당대의 지적 흐름인 신칸트주의적 사고법을 자신의 문학이론에 접맥하려 한 것이며, 그 결과물이 바로 「문학이란 하오」였다고 할 수 있다. 그러나 이광수의 문학에 대한 사유를 '지·정·의'론의 맥락에 국한하는 것은 이식을 합리화하는 논리에 빠져드는 우를 범할 수도 있다. 이광수의 '정'의 문학론의 의미를 더욱 깊이 이해하기 위해서는 「문학이란 하오」와 달리 소설 형태로 나타난 '정', 즉 『무정』을 새로운 차원에서 논의해 볼 필요가 있다.

다성악적 소설 『무정』

이광수의 『무정』은 오랫동안 본격적인 근대소설로 평가받아온 문제적인 소설이다. 그런데 근대성이라는 추상적인 개념에 합당한 요소를 추출하려는 의도는 『무정』을 매우 성글게 읽어내는 결과를 낳게 된다. 『무정』이 지닌 문학 작품으로서의 가치를 살펴보기 위해서는 등장인물 각각의 내면 묘사가 다성악적으로 나타나고 있음에 주목할 필요가 있다. '다성악적 소설(polifoničesij roman)'이란 바흐친이 도스토예프스키 소설을 분석하면서 사용한 용어로, 작품 안에 여러 이질적인 소리가 공존하는 소설을 의미한다. 바흐친의 분석에 따르면, 도스토예프스키의 소설에서는 화자가 인물의 생각에 대한 판정을 내리지 않으며, 작가조차 주인공이나 그 밖의 인물들의 내면세계를 섣불리 규정하지 않고 그들로 하여금 자신의 생각과 가치 의식을 끝까지 밀어붙이도록 한다. 이로 인해 도스토예프스키 소설은 이질적인 말들이 흘러넘치면서 서로 뒤얽히는 투쟁의 장이 된다.

이광수와 도스토예프스키를 곧바로 비교할 수는 없겠지만, 『무정』이 한국 문학사에서 처음으로 보는 내면성들의 투쟁의 장이었음을 부정할 수는 없다. 소설의 백미라 할 수 있는 104~118회의 장면, 곧 남대문 정거장에서 형식과 선형이 기차에 오름으로써 낯선 세계를 향해 움직이는 한 공간에 세 사람이 함께 머물게 된 장면에서는 세 사람의 서로 다른 '우주적' 내면들이 시시각각 그 자태를 드러낸다. 상호 교차적으로 묘사되는 인물들의 고민의 과정은 『무정』의 인물들을 저마다 각기 어떤 관념을 품고 있는 존재로 나타나게 한다. 여기서는 상대적으로 내면의 용적이 작았던 선형조차 자기의식을 품고 있는 존재로 적극 부상한다.

그러나 『무정』의 내면 묘사의 중심점은 역시 형식에 초점이 맞추어져 있다. 작중에서 형식이 '참사람'에 대한 사유를 전개하는 27~28회, 영채의 자살기도에 대해 뜯어 생각하는 53~54회, 작중 노인과 노파의 삶의 의미를 냉철하게 진단하는 63회와 73회, 영채를 버린 자신의 행위를 두고 번민하다 마침내 고민에서 벗어나기에 이르는 65~66회, 4년간의 경성학교 교사 생활을 반성하는 70회, 김장로의 인물됨을 품평하는 79회, 차중에 영채가 탄 것을 알게 된 후 자기 사랑의 의미를 곱씹어 생각하는 107회와 114~115회 등은 깊이 음미해 보아야 할 부분들이다. 이러한 장면들에서 볼 수 있는 주인공의 깊은 내면성이 바로 『무정』의 깊이를 가능케 한 것이다.

「문학이란 하오」와 『무정』의 거리, 또는 두 개의 '정'의 접목

『무정』은 조선에 문명을 주기 위해 교육과 실행으로 나아가야 한다는 계몽주의적 발상으로 결말을 맺고 있으나, 여기에 소설의 주제를 한정하는 것은 이 작품을 너무 좁게 평가하는 일이 된다. 일련의 사건들을 겪으며 성찰을 거듭한 끝에 형식은 한층 성숙한 면모를 가진 인물로 거듭나는데, 이는 조선에 대한 인식의 변화에서 잘 드러난다. 곧, 형식은 조선을 고아의 표상으로 인식한 데서 나아가, 과거와 현재를 두루 살펴 미래를 준비해야 할 곳으로 여기게 된다. 그는 '문명한 나라'를 향한 동경을 품고 있지만, 그럼에도 주체적인 자기 인식을 향한 자발적 실행의 면모를 보여준다. 형식은 자신이 조선의 과거와 현재를 모르고 역사를 보는 안목을 갖추지 못하고 있다고 생각하고, 또 사상의 전통은 다 잃어버리고 외국 사상의 홍수 속에 휩쓸려 있다고 깨닫는다. 특히 스스로를 일컬어 '어린애(어린ᄃᆡ)'라 하는 데에는 자기 자신의 힘으로 생각하고 길을 찾아야 한다는 자각이 담겨 있다.

여기서 우리는 다시 한 번 이광수를 칸트주의자로 재발견하게 된다. 왜냐하면 이 '어린애'란 칸트의 짧은 명문 「계몽이란 무엇인가에 대한 답변」에 나오는 '미성년' 상태를 번역한 것으로 추측되기 때문이다. 칸트는 이 글의 첫 문장을 "계몽이란 우리가 마땅히 스스로 책임져야 할 미성년 상태로부터 벗어나는 것"이라고 했다. 여기서 미성년 상태란 "다른 사람의 지도 없이는 자신의 지성을 사용할 수 없는 상태"를 말한다.[3] 이광수는 이와 같은 칸트의 '미성년'을 '어린애'로 옮기면서 자기 주체적인 생각을 갖지 못한 형식의 정신 상태에 결부시킨다. 이광수에게 있어 미성숙 상태로부터 벗어나 계몽된다는 것은 남의 사상의 홍수 속에서 길을 잃어버린 현재 상태에서 벗어나 참된 자기 인식, 조선에 대한 명철한 인식으로 나아감을 의미한다. 이것이 『무정』에 빈번히 나타나는 바, '참사람'이 되는 것이며, '속사람'이 깨어나는 것이다. 『무정』에서 '참사람'이 된다 함은 용기와 결단을 통해서 스스로를 새로운 세계 인식을 획득한 인간으로 재정립함을 의미한다. 그리고 이러한 참사람의 가장 중요한 덕성이 바로 '정'이다. 『무정』은 '정'을 가진, 유정한 인간들이 건설하는 유정한 세계를 이상으로 제시한다. 이것이 바로 『무정』의 마지막의 의미이다.

　『무정』을 칸트와의 관련성을 염두에 두고 읽을 때, '정'이라는 용어와 인식의 맥락이 실로 복잡다단한 구성물이라는 점을 다시 한 번 주목할 필요가 있다. 칸트의 '지·정·의' 겸비의 전인격론은 『무정』에서는 영육 겸비의 전인격론으로 변형되어 나타난다. 『무정』을 보면 '전인격' 또는 '전인격적'이라는 말은 네 번에 걸쳐 등장하는데, 『무정』에서 전인격적 사랑이란 영육을 합한 사랑이요, 문명의 세례를 받는 사랑이다. 여기서 중요한 것은 『무정』의 '정'은 칸트적 의미의 '정', 즉 삼분법 체계 속에서 작동하는 '정'만이 아니라, 정병설이 주장하는 바, 사단칠정론의 정, 즉 이분법 체계 속에서의 '정'에

3　임마누엘 칸트, 이한구 역, 「계몽이란 무엇인가에 대한 답변」, 『칸트의 역사철학』, 서광사, 2009, 13면. 그 의미 해석에 관해서는 최준호, 「「계몽이란 무엇인가?」에 함축된 욕망에 대한 칸트의 견해」, 『철학』 101, 한국철학회, 2009 참조.

대한 인식 또한 분명하게 나타난다는 사실이다. 곧, 『무정』은 서양과 동양의 서사 양식뿐만 아니라 다양한 학설을 종합하여 자기 세계를 창조하고자 한 천재적인 작가의 존재를 말해준다. 따라서 논자에 따라 『무정』에서 다이쇼 시대의 생명주의의 흐름을 발견하기도 하고, 또 근대문학 사상이 형성되는 시점의 일본의 사상적 분위기가 감지하기도 한다. 나아가 『무정』에 흐르는 생명 사상은 하타노 세이이치, 니시다 기타로(西田幾多郞)로 대표되는 교토학파의 학설들과 사상적 교호 작용을 상상할 수 있게 한다.

『무정』의 제목은 영채를 버리는 형식의 무정함을 가리킨다. 새로운 세계사적 조류, 새로운 관념과 이상, 새로운 가치 체계가 들어오면서 전통적인 것, 낡은 것은 밀려 나가 버렸다. 이 밀려나가는 과거적 세계의 사람들를 대변하는 인물이 바로 영채다. 역사를 통찰하는 작가 이광수의 시점에서 보면 영채는 형식에게 버림받지 않을 수 없다. 그러나 과거를 물리치고 부정하는 새로운 조류들, 그것을 추수하는 사람들, 형식이나 선형으로 대변되는 현재적 세계의 사람들이 이 세계를 바르게, 풍요롭게 만들어 가고 있느냐 하면 그렇지도 못하다. 영채를 버리고 선형을 택한 형식의 무정함, 바로 그와 같은 무정 세계를 유정 세계로 만들어 나가야 한다는 것이 이광수의 생각이다. 그가 생각하는 유정한 세상은 그러므로 미래 속에 과거와 현재가 함께, 그 어느 쪽도 버림받지 않은 상태로 새로운 관계를 수립한 상태를 가리킨다. 만약 『무정』이 묘사하고 있는 현실이 이광수가 생각한 '근대'의 모습이라면, 『무정』은 그러한 근대성을 넘어선 '탈근대적' 지평을 작품 안에 함축하고 있다고도 말할 수 있다.

나가며

「문학이란 하오」에서『무정』으로 나아가는 과정은 한국문학의 근대 이행이라는 문제를 새롭게 인식하도록 한다. 이광수의 문학평론과 소설을 살펴보면 그것이 양식적, 사상적 측면에서의 풍요로운 종합을 꾀한 것이었음이 드러난다. 무엇보다『무정』은 서양에서 발원한 노블 양식과 동아시아 공통의 유산인 소설의 양식적 결합 양상을 뚜렷하게 보여준다. 주지하듯 동아시아의 중세는 한자를 바탕으로 한 공동문어 문학의 시대였고, 소설은 동아시아 한문 문어문명권의 공동의 문화적 유산 가운데 하나였다.『무정』은 이러한 전통 속에서 전개되어 온 다양한 소설 작품들의 영향력을 보여준다. 뿐만 아니라『무정』은 이광수가 섭렵한 다양한 서양 작품들과의 관련성을 도외시하고는 충분히 설명될 수 없는 것이기도 하다. 다른 많은 연구들이 보여주듯 이광수의 작품은 다양한 텍스트들과의 연관성을 함축하고 있고, 이러한 풍요로운 상호텍스트성이야말로 이 작품으로 하여금 한국 소설의 근대 이행을 가리키는 기념비적 저작물로 정립될 수 있도록 했을 것이다.

사상적 측면에서도『무정』은 다양한 조류의 동서양 사상을 종합하는 면모를 지니고 있다. 본론에서 거론하지 않았지만『무정』에서 말하는 '사람'의 문제, '참사람'이 되고, '속 사람'이 눈을 뜬다는 것은 천도교가 말하는 '사람성(사람性)'과도 내적 관련성이 있을 것으로 추정된다.『무정』이 보여주는 사상적 종합 양상을 규명하는 일은 결코 간단치 않을 것인데, 이 글에서는『무정』에 나타나는 '정'이 중의적이면서도 혼합적인 의미를 내포하고 있음을 보여주고자 하였다.『무정』에는 칸트적인 '지·정·의'론의 '정'의 의미에서 논리를 전개하는 부분도 있으나, 주제 제시에 이르면 전통적인 의미에서의 '정'의 의미와 가치를 새롭게 부각시키는 측면도 나타난다. 결말에서 이광수는 전통적인 사단칠정론에 의해 억압된 '정'을 활성화하여 무정 세계에서 벗어나 새로운 세계, 유정한 세계를 창조해야 한다는 메시지를 전달하고자 한다. 주제와 관련된 '무정', '유정'이라는 말에는 '지·정·의'론의 '정'이 아닌 전통적인 '정'의 의미가 보존되어 있다.

이광수 초기 문학이론과 그 실천으로서의 창작 사이에는 어떤 거리, 낙차 또는 상충이 있다. 또 그의 문학은 많은 이질적인 문학 양식들, 사상적 조류들을 종합하고자 한 산물이기도 하다. 『무정』의 복잡다단한 특성은 한국문학의 근대 이행을 조명하는 두 이항 대립적 관점, 즉 이식론과 내재적 발전론을 지양한 새로운 논리를 상상해 볼 수 있게 한다.

───── 더 읽어보기

방민호, 「「문학이란 하오」와 『무정』, 그 논리구조와 한국 문학의 근대 이행」, 『춘원연구학보』 5, 춘원연구학회, 2012.

미하일 바흐친, 김근식 역, 『도스또예프스키 시학』, 정음사, 1988.
임마누엘 칸트, 이한구 역, 「계몽이란 무엇인가에 대한 답변」, 『칸트의 역사철학』, 서광사, 2009.
정병설, 「『무정』의 근대성과 정육」, 『한국문화』 54, 서울대학교 규장각한국학연구원, 2011.
최준호, 「「계몽이란 무엇인가?」에 함축된 욕망에 대한 칸트의 견해」, 『철학』 101, 한국철학회, 2009.
한단석, 「일본 근대화에 있어서 서구 사상의 수용과 그 토착화에 관하여」, 『인문논총』 19, 전북대학교 인문학연구소, 1989.

일제강점기 페미니즘 문학의 두 양상

손유경

들어가며

페미니즘(feminism)은 사회, 문화, 정치, 경제의 각 영역에서 일어나는 성차별과 불평등, 그리고 그것이 원인이 되어 발생하는 착취와 억압을 해소하기 위해 만들어진 이론이다. 19세기 프랑스에서 시작된 페미니즘은 한국에서는 여성해방론, 여성해방주의 등으로 번역되어, 시대와 맥락에 따라 다양한 경향으로 세분화되어 나타났다. 한국문학 역시 페미니즘 운동 및 이론에 영향을 받으며 근대 여성 문학의 흐름을 형성하였다. 근대화되고 문명화된 식민지 조선에는 신식 교육을 받은 신여성들, 여학생들이 대거 출현했고, 이들은 새로운 문화의 중요한 주체가 되었다. 또한 리얼리즘과 모더니즘 같은 예술 사조의 측면에서도 페미니스트의 영향력을 무시할 수 없었다. 특히 식민지 시기에는 자유주의 페미니즘과 사회주의 페미니즘 경향이 함께 한국문학에 영향을 미쳤는데, 이 글에서는 식민지 시기 각 페미니즘의 경향을 대표하는 여성 문인인 나혜석과 강경애를 통해 1920~30년대 한국 페미니즘 문학의 양상을 살펴본다.

'여성 산책자'의 전복적 시선, 나혜석

우리나라 최초의 여성 서양화가이자 문필가로 잘 알려진 나혜석은 자유주의적 페미니즘의 경향에서 살펴볼 수 있는 작가이다. 1896년 수원에서 태어난 나혜석은 1914년 도쿄사립여자미술대학교에 입학하여 미술 공부를 했던 당대 최고의 엘리트 여성이었다. 1919년 3.1운동 당시에는 아주 열성적으로 독립운동에 참여하여 5개월간 옥고를 치른 경험도 있고, 1921년에는 만삭의 몸으로 유화 개인전을 개최하여 언론의 주목을 받기도 했다. 또, 1927~29년에는 남편 김우영과 함께 유럽 여행을 하며 센세이션을 일으켰다. 나혜석은 유럽 여행 당시 민족운동가 최린을 만나게 되는데, 그와의 스캔들 때문에 남편과 이혼하게 된다. 이후 경제적 자립을 위해 미술학원을 열어보지만 곧 실패하였고, 1930년대 말에는 문단과 미술계에서 점점 잊혀졌다. 해방 후엔 안양의 한 양로원에서 홀로 생활을 하다가 결국 1948년 행려병자로 사망하게 된다. 나혜석의 삶은 자극적 스캔들과 비극적 말년으로 기억되곤 하지만, 정작 주목해야 할 점은 그녀의 급진적인 삶과 사상이다.

우선, 나혜석은 보수적인 당대 사회에서 모성에 대한 급진적 사유를 보여준 여성이었다. 자신의 출산 경험을 공론화한 「모된 감상기」(『동명』, 1923.1.1.~21.)에서 그녀는 여성성 또는 모성이라는 것이 신비화되어서는 안 된다고 주장한다. 즉, 모성은 경험과 시간을 통해서 깊어지는 감정이지, 동물적으로 주어진 본능이 아니라는 것이다. 더욱이 이 글에서 나혜석은 어머니가 됨으로써 개인적 시간을 가질 수 없고, 사회적 활동에 제약을 받는 데 대한 억울함을 토로하면서, '자식이란 모체의 살점을 떼어가는 악마'라고 표현하기도 한다. 현모양처 역할의 수행이 여성의 당연한 덕목으로 여겨지던 사회에서 「모된 감상기」는 발표되자마자 즉각적인 비판에 직면한다. 이에 나혜석은 임신과 출산이라는 개인적 경험에 대한 감상임을 재차 강조하는데, 이는 나혜석의 글쓰기가 여성 개개인의 내밀한 경험을 공론화하는 실천임을 의미한다. 그녀는 「모된 감상기」를 통해 다른 여성들 역시 자신의 경험에 대해 공적으로 말할 수 있는 기반을 마련하고자 했던 것이다. 이처럼 나혜석은 당시 한국문학장에서 최초로 페미니즘 비평의 가능성을 시험해 본 여성 예술가라고 할 수 있다.

또 하나 주목해야 할 점은 '여성 산책자'로서 나혜석의 면모이다. 나혜석은 유럽 여행을 다녀온 뒤 그 경험을 여러 매체에 발표했다. 사실 당시 저널리즘은 관음증적으로 신여성의 사생활을 훔쳐보고 폭로하는 데 많은 지면을 할애했는데, 이때 여성은 보이는 대상으로 한정되곤 했다. 보들레르의 『악의 꽃』이 보여주듯, 군중을 관찰하고 세상을 관조하는 댄디한 시선은 남성 산책자의 것이었다. 한국문학에서도 박태원의 「소설가 구보씨의 일일」(『조선중앙일보』, 1934.8.1.~9.19.)이 이를 잘 보여준다. 주인공 구보는 경성 시내를 돌아다니며 거리의 풍경과 사람들의 행동, 그리고 신여성의 외양과 신체를 관찰한다. 그런데 나혜석은 유럽 여행기를 통해 여성이 시선의 주체가 되는 모습을 아주 풍부하고 극적으로 보여준다. 보이는 대상이 아니라 스스로 살펴보고 관찰하는 시선의 주체가 된다는 것은 매우 중요한 예술가적 경험이다. '여성 산책자' 나혜석은 화가이자 문필가로서 자신이 접하는 대상들을 미적으로 관찰하는 동시에, 조선 여성이라는 주변적인 정체성을 성찰적으로 돌아보게 된다. 그 결과 나혜석은 서구 사회를 맹목적으로 동경하지도, 반대로 조선 사회를 무조건 낙후된 타자로 바라보지도 않으면서, 두 사회의 외면과 내면을 두루 파악하고자 하였다.

여성 산책자의 문제성은 시선의 젠더적 역전에 있는 것만은 아니다. 철학자 발터 벤야민(Walter Benjamin)이 분석한 바에 따르면, 보들레르(Baudelaire)는 군중 속에 섞여 있으면서도 그들로부터 스스로를 구분해 내는 오만하고 영웅주의적인 산책자였다. 이처럼 보들레르적 산책자는 자기 자신이 관찰하고 있는 환경에 포섭되기를 거부하지만, 이와 달리 나혜석의 여성 산책자는 자기 자신을 둘러싸고 있는 대도시의 인정과 풍속을 자기 것으로 만들기 위해 애쓰는 인물이다. 다시 말해, 여성 산책자는 대도시 전체를 한눈에 꿰뚫어 보려고 하는 판옵틱한 시선이나 위에서 아래를 굽어보고 통계나 수치로 그 도시 전체를 조망하려는 관점을 가지는 것이 아니다. 그보다는 각각의 도시를 그 내부로부터 파악하고, 자기 자신이 과연 어떤 자리에 서 있는가를 문제 삼는 성찰적인 시선을 유지한 인물로 보인다. 중심부와 주변부를 더욱 입체적으로 조망하려는 노력을 보인 인물이 바로 여성 산책자라고 할 수 있다.

나아가 여성 산책자는 일제강점기 신여성에 대한 일반적 인식을 획기적으로 바꿔 놓을 수 있다는 점에서 중요하다. 식민지 시기 신여성에 관한 연구는 상당히 축적되어 있으나, 이들 연구는 주로 남성적 시선에 의해 왜곡된 여성상에 초점을 맞추고 있다. 이는 타당한 관점이지만, 이와 같은 비판은 여성을 시선의 주체로 이해할 수 있는 길을 여는 데에는 한계가 있다. 그런 점에서 여성 예술가 나혜석이 시선의 주체로서 일제강점기 문학과 문화를 어떻게 향유하고 또 생산하였는지 살펴보는 일은 큰 의미를 지닌다. 더욱 중요한 점은 나혜석이 식민지 조선 여성이라는 불변하는 주체의 위치에 붙들려 있지 않았다는 것이다. 나혜석은 무언가를 관찰하고 재현하는 과정에서, 그러니까 스스로가 시선의 주체가 되는 경험을 통해서 비로소 여성이라는 젠더 정체성을 획득하고 있다. 요컨대, 나혜석의 유럽 여행기는 시선의 주체가 되는 경험과 그것을 통한 재현의 작업 속에서 여성의 젠더 정체성이 어떻게 구성되는지 보여주는 매우 흥미로운 텍스트라 할 수 있다.

1934년 나혜석은 연애부터 이혼까지 이르는 자신의 경험을 소상히 밝힌 「이혼 고백장」(『삼천리』, 1934.8.~9.)을 발표한다. 이 글에는 남편 김우영과 연인 최린의 감춰진 면모가 폭로되어 있기도 하고, 아이들을 향한 절절한 그리움과 좋은 어머니가 되고 싶었다는 아쉬움이 나타나기도 한다. 사실 당시 '공개장'이라는 형식은 여성 작가의 사생활을 폭로하고, 여성 문인들을 문단에서 주변화·타자화하는 데 이용되던 글쓰기 형식이었다. 나혜석은 '공개장'이라는 폭력적인 글쓰기 형식에 맞서서 '고백장'을 발표한 것이자, 당대 저널리즘의 관행에 과감하게 도전한 것이라 할 수 있겠다. 이와 같은 용기는 서구 대도시를 마음껏 배회한 파격적인 경험과 더 나은 삶에 대한 단련된 감각에서 비롯된 것일 테다. 나혜석은 상황이 허락된다면 다시 한 번 그림 공부를 하러 파리로 가겠다는 말을 여러 번 했다. 생의 막다른 골목에서 그녀는 조선의 역사적 발전이 아니라 파리로의 탈출을 꿈꿨으나 이러한 코스모폴리탄적 감수성은 그녀가 재생하는 데 도움을 주지 못했다. 조선의 바깥에서 키워졌던 보는 주체의 열정은 식민지 조선에서 또다시 세간의 조롱거리가 되었기 때문이다. 그러나 나혜석은 실패한 삶, 비극적인 삶을 산 것이 아니라 그야말로 찬란한 예술을 살았던 인물로 새롭게 기억될 필요가 있다.

'자본주의-가부장제' 이중 억압에 대한 투시, 강경애

강경애는 사회주의 단체였던 카프(KAPF)의 문인들로부터 중요한 리얼리즘 작가로 높은 평가를 받은 여성 작가였다. 강경애는 1906년 황해도 송화에서 가난한 농부의 딸로 태어났다. 아버지가 일찍이 사망하고, 어머니가 개가함에 따라 강경애는 장연으로 이주하게 된다. 1913년에는 구소설을 독파하고 동네에서 '도토리 소설쟁이'라는 별명을 얻었다고 한다. 강경애는 장연소학교를 거쳐 1921년 평양 숭의여학교에 입학하게 된다. 1923년 문학강연회를 통해 알게 된 양주동과 연애를 시작했고, 동맹휴학을 주도하여 퇴학을 당한 뒤에는 서울에서 양주동과 동거생활을 시작했다. 1925년에서 1926년 사이

양주동과 헤어진 강경애는 간도 용정에서 도피 생활을 하였고, 이후 근우회 장연지회에서 활발한 활동을 벌이기도 한다. 그리고 1931년 결혼을 하면서 장연, 인천, 간도 등지로 삶의 터전을 옮겨 다니게 된다. 강경애는 1932년부터 1939년 사이 주요 작품들을 발표하게 되는데, 이 시기 소설로는 「소금」(1934), 「인간문제」(1934), 「원고료 이백원」(1935), 「지하촌」(1936) 등이 있다. 강경애는 간도 체험을 기반으로 식민지 민중이 겪는 빈궁 문제를 뛰어나게 형상화한 작가였고, 이에 카프 또한 그녀를 중요한 리얼리즘 작가로 손꼽았다. 그러나 강경애는 일생 동안 카프뿐만 아니라 중앙 문단과 늘 거리를 둔 작가였다. 1930년대 후반 강경애는 신병이 악화되어 장연과 경성을 오가며 치료를 받았으나, 1944년 이른 나이에 작고하였다.

강경애의 대표작 「인간문제」(『동아일보』, 1934.8.1.~12.22.)는 식민지 시기 지주의 횡포에 신음하는 농민 문제를 정면으로 다룰 뿐만 아니라, 중요 인물들의 활동무대를 전반부의 농촌에서 후반부의 도시, 즉 인천의 공업지대로 전환했다는 점에서 큰 관심을 받은 작품이다. 특히 고향을 떠난 주인공 첫째가 인천의 노동 현장에서 계급 의식을 획득하며 정치적으로 각성하는 인물로 그려졌다는 점이 중요하게 여겨졌다. 그러나 이 글이 좀 더 주목하는 인물은 여자 주인공 선비이다. 소설 속 선비의 아버지는 지주인 정덕호에게 맞아 죽고, 이에 충격을 받은 어머니도 죽고 만다. 이렇게 오갈 데 없는 처지가 된 선비는 하는 수 없이 정덕호의 집에서 살게 되지만 정덕호에게 강간을 당하게 된다. 선비는 자신과 같은 피해를 입고 고향을 미리 떠나있는 친구 간난이를 찾아서 결국 집을 떠난다. 이후 선비는 간난이와 함께 인천대동방적공장에 취직을 하여 여공으로서의 새로운 삶을 시작한다. 그러나 선비는 이곳에서도 공장 감독이 휘두르는 성폭력의 피해자가 된다. 이처럼 강경애는 선비가 겪는 성차별과 성폭력, 그리고 계급 차별을 통해 자본주의와 가부장제가 어떻게 맞물려 돌아가는지를 보여주면서, 강렬한 사회주의 페미니즘의 지향성을 드러낸다.

「인간문제」는 첫째와 선비라는 하층민 주인공들이 자신들만의 순수한 분노와 열정을 차근차근 키워나가는 모습을 감동적으로 그려냈다는 점에서 문학사적 의의가 크다. 사실 식민지 시기 노동소설에서 자생적인 노동조합이 그려진 경우를 찾는 일이 의외로 쉽지 않은데, 이는 사회주의 계열의 작가들이 지식인의 분노와 하층민의 분노를 차별적으로 사유한 것과 관련된다. 다시 말해, 지식인이 느끼는 분노는 정치적 가능성을 향해 열려 있지만, 하층민이 느끼는 분노는 본능적이고 개인적인 복수심에 불과하여 별다른 정치적 가치를 지니지 않는다는 작가의 판단이 개입되어 있었던 것이다. 물론 「인간문제」의 첫째와 선비 또한 유신철이라는 지식인 인물이나 간난이 같은 선배 노동자를 만나기 전까지는 비애와 분노를 제대로 표출될 기회를 갖지 못한다. 그러나 첫째는 유신철의 도움으로 정치적으로 각성하고 부두노동자 파업 투쟁의 주동자가 되며, 선비는 자신과 같은 처지에 있다가 노동자로 거듭난 간난이를 만난 이후 지주나 공장 감독을 자신의 적으로 인지하게 된다.

나아가 강경애는 지식인 유신철을 결국 제국의 법 앞에서 전향하게 만듦으로써 무대에서 퇴장시킨다. 아마도 강경애는 바로 여기까지가 지식인 유신철의 역사적 임무라고 생각했을 것이다. 유신철의 전향은 법이라는 이데올로기적 국가 기구의 위력을 상징하는 동시에, 스스로를 '고향 없는 자'로 표현했던 첫째가 이번에는 '앞으로 나아갈 수밖에 없는 자'로 스스로를 의미화하는 결정적 계기가 된다. 즉 지식인 유신철의 지도 없이도 첫째는 당당히 앞으로 나아가게 된 것이다. 이처럼 강경애는 지식인의 개입을 중시하면서도 그 개입된 주체의 진실을 적나라하게 폭로하고, 끝내 그 개입의 결과물을 노동자의 손에 쥐여준다. 「인간문제」는 노동자 첫째를 무대 위에 홀로 당당하게 세워 놓는다.

나가며

식민지 조선 사회는 여성 문인에게 어머니와 예술가의 삶 중 하나를 선택하도록 강요했다. 그러나 나혜석은 어머니, 여인, 아내, 예술가, 지식인 등 여러 입장에 자신을 열어 놓은 채로 두었다. 하나의 입장은 다른 하나의 입장을 수정하거나 반추하게 하였으므로 나혜석에게는 이 모든 정체성이 필요했다. 그런가 하면 강경애는 여성 사회주의 문인으로서 여성의 노동과 섹슈얼리티 문제를 깊이 있게 다루었다. 이들은 매우 다른 삶의 조건 속에 놓여 있었고, 그런 만큼 상이한 시각에서 여성의 문제를 다루었지만, 자신의 경험에 기반하여 당대 여성들이 겪는 중층적인 고통을 소설과 산문 등 다양한 글쓰기 실천을 통해 드러내었다는 공통점을 지닌다. 나혜석과 강경애의 텍스트는 1920~30년대 한국 페미니즘 문학의 성취를 보여주는 것이자, 나아가 이들이 가부장적 사회에 어떻게 저항을 했는지, 또 자본주의 문화나 제국주의 권력에 어떻게 맞섰었는지, 그리고 무엇보다 이들이 어떤 치열한 노력을 통해서 자기 삶의 주인공이 되고자 했는지 감동적으로 전달한다.

────── 더 읽어보기

손유경, 「나혜석의 구미 만유기에 나타난 여성산책자의 시선과 지리적 상상력」, 『민족문학사연구』, 민족문학사학회, 2008.
손유경, 「삐라와 연애편지-일제 하 노동자소설에 나타난 노동조합의 의미」, 『현대문학의 연구』, 한국문학연구학회, 2011.

1920년대 소설에 나타난 계급화한 고통과 동정

손유경

들어가며

1920년대 한국 문단에서 유행한 '신경향파'라는 용어는 주로 사회주의적 색채를 띤 문학 작품과 신흥 문학을 가리키는 표현이었다. 이 시기의 대표적인 비평가 중 한 사람이었던 박영희는 '신경향파 문학'이란 가난과 고통의 생활상을 최대한 자연스럽게 담아내는 것을 특징으로 삼는다고 보았다. 이후 사회주의 예술단체인 카프(KAPF)가 조직되고 창작방법론에 대한 논의가 활발히 전개되면서, 계급문학은 사상운동이나 조직론, 혹은 비평적 논쟁을 중심으로 이해되어 왔다. 이 글에서는 기존의 관점을 넘어 부르주아의 미온적 동정에 맞서 대두한 '뜨거운 동정'이라는 낭만적 발상과 마르크스주의 이념의 관련 양상을 살펴본다. 하층민 주인공들 간에 형성된 형제애와 지식인 주인공들이 열정적으로 추구하는 자기희생의 의미를 집중적으로 탐색하여, 주요 인물의 이념보다는 이념을 향한 열정의 의미를, 현실에 대한 이데올로그로서의 신념뿐만 아니라 그러한 신념이 수반하는 비극적 파토스의 문제를 탐구해 본다.

하층민 고통 체험의 이중적 의미

1920년대 중반을 전후한 시기부터 본격적으로 창작되기 시작한 신경향파 소설 및 초기 프로소설에는 개인이 당하는 수난과 고통에 대한 주요 인물들의 반응이 사적인 동정을 넘어 공분(公憤)과 결합되는 양상을 보이는 경우가 많다. 무산자의 개인적 불행이 그가 속한 무산계급 공통의 경험으로 의미화되는 경우, '눈물'의 동정을 넘어선 '피'를 나눈 형제애가 이들의 결속을 가능케 하는 힘으로 묘사된다. 문제는 이러한 형제애가 이들이 행사하는 분노와 폭력을 통해 그 강도를 더해간다는 점이다. 이때 분노와 폭력을 분석하기 위해서는 이를 인간 본능의 영역으로 이해하는 기존의 통념을 점검할 필요가 있다. 우리가 바꿀 수 없는 상황, 예컨대 천재지변이나 질병 앞에서 분노하지 않듯, 하층민 주인공들의 분노는 자신이 처한 조건이 잘못되었다는 인식과 이것을 바꿀 수 있다는 믿음에서 비롯된다. 분노와 폭력이 사라지지 않는 것은 그것이 본능이기 때문이 아니라 유효하기 때문이다. 이처럼 분노와 폭력을 생물학적 필연성, 즉 인간 본능의 영역으로부터 떼어 놓을 때 비로소 이를 윤리적 문제로 성찰할 수 있는 시각이 확보된다.

박영희의 초기 소설은 불행한 체험을 공유한 인물들 간의 동정이 불의에 대한 분노로 전환되는 과정을 잘 보여준다. 여기서 주목해야 할 점은 고통과 분노의 공유 과정에서 투쟁과 관련된 이미지들이 동원된다는 것이다. 제목부터 싸움을 환기하는 소설 「전투」(『개벽』, 1925.1.)에서는 동정에 기초한 자연스러운 우정이 강력한 동지애로 변하게 되는 실질적 계기로 '싸움'이 나타난다. 순복은 애보개로 팔려간 정애가 주인에게 당한 학대를 듣자 분함을 이기지 못하고 주인네 패와 싸움을 벌인다. 순복이 패는 경찰에 잡혀갈지도 모른다는 사실을 알게 되지만, 이는 오히려 그들의 애정을 더욱 두텁게 한다. 이와 유사하게 이효석의 「깨뜨려지는 홍등」(『대중공론』, 1930.4.), 주요섭의

「살인」(『개벽』, 1925.6.), 「개밥」(『동광』, 1927.1.) 등과 같은 작품들도 인간성 회복을 위해 폭력을 행사하는 주체로 하층민 주인공을 형상화한다. 이들은 모순을 무릅쓰지 않고서는 달리 생존의 방안을 갖지 못한 인물이라는 점에서 사회주의 혁명의 전망이 실제 삶에서는 불가피하게 비극적으로 나타날 수밖에 없음을 드러낸다. 무엇보다 가난한 사람들의 '적'은 살해되면서 인간이 아닌 하나의 물체로 여겨지고, 잔인성은 또 다른 잔인성으로 응징된다. 인간성이 철저히 부정된 하층민의 복수심은 '적'으로 표상된 다른 인물들의 인간성을 부정함으로써만 충족되는 것이다. 그런 점에서 가해자의 폭력에 맞서 하층민 주인공이 택한 또 다른 폭력은 개인적 원망의 충족이 아닌, 폭력의 악순환이라는 역사적 중압감의 상징으로 해석할 수 있다.

그러나 하층민 주인공이 등장하는 작품에서 분노보다 더 중요한 문제는 등장인물들의 무감함 또는 무정함이다. 마르크스가 지적했듯, 자본주의 제도는 인간의 모든 감각을 소유 충동 하나로 대체한다. 달리 말해, 소유에 대한 예민한 감각을 제외하고는 여타의 지적·정서적 감각과 민감한 반응 능력을 기대하기 어렵다는 뜻이다. 생존의 절박성에 붙들려 있는 하층민 주인공들에게서 타인의 고통에 대한 윤리적 감수성을 기대하기 어려운 것은 이 때문이다. 즉, 이들이 박탈당한 것은 무엇보다도 '느끼는 능력'인 것이다. 더구나 육체적 고통의 철저한 개별성과 이에 대한 인간적 종속은 하층민 주인공들로 하여금 서서히 인간성을 상실하고 무감동한 인물로 변해가도록 강제한다. 따라서 같은 계급을 향한 형제애와 '적'에 대한 강렬한 복수심을 불태우는 인물뿐 아니라, 더이상 동정하지도 분노하지도 못하는 하층민 주인공들 또한 주의 깊게 살펴볼 필요가 있다.

김기진의 「붉은 쥐」(『개벽』, 1924.11.)는 무감한 군중의 모습을 강렬한 필체로 그린 대표적인 작품이다. 절망과 체념에 휩싸여 있는 주인공 형준은 공원에서 우연히 피 묻은 쥐의 사체를 보고 소스라치게 놀란다. 이때 형준은 목숨을 내어놓고 먹을 것을 구하러 돌아다니는 쥐들이 불쌍한 인간의 무리와 같다고 생각한다. 때마침 극심한 허기를 느낀 형준은 이상한 흥분 상태 속에서 다짜고짜 도적질을 시작하고, 순사에 쫓기다 소방차에 치여 비참한 최후를 맞는다. 이 소설에서 가장 충격적인 장면은 형준의 갑작스러운 죽음이 아니라, 음식과 물건을 얻으려 형준의 끔찍한 시체 옆으로 사람들이 몰려드는 장면이다. 시체에서 먹을 것을 구하려 덤비는 사람들의 무리에서 인간적 동정을 기대하기란 불가능하다. 더 큰 문제는 이러한 무정한 시선이 익명의 타인만을 향하지는 않는다는 점이다. 최서해의 「기아」(『여명』, 1925.9.)의 아내는 굶주림이 심해지면서 남편과 자식에 대한 연민을 상실해가고, 남편은 그러한 상황을 아들과 아내에 대한 폭력으로 대응한다. 생명의 위협이 느껴질 정도의 절박한 상황은 타인의 고통을 돌볼 겨를을 허락하지 않으며, 이는 종종 또 다른 약자에 대한 폭력으로 이어지게 된다. 지옥을 방불케 하는 하층민의 현실을 다룬 일련의 소설에서 동정이라든가 분노 같은 인간적 감정은 자리할 데가 없다. 고통의 공유가 인간의 결속을 보장한다는 믿음을 근본에서부터 흔들고 있는 것이다.

육체적 고통이 공유될 수 없는 것이라면, 그것을 극복할 수 있는 유일한 방식은 나의 힘을 극대화하여 그것을 견디는 데서 찾아질 수밖에 없다. 최서해의 소설에는 육체적 고통을 자신의 힘에 대한 무한한 긍정으로 이어가는 하층민 주인공들이 등장한다. 예컨대, 「설날밤」(『신민』, 1926.1.)의 강도, 「누가 망하나?」(『신민』, 1926.7.)의 거지 등이 보이는 비범함이나 냉혹함은 고통이 철저히 자신만의 것이라는 인식에 기인한다. 하층민 고유의 삶의 에너지를 포착하고 있는 일련의 소설들은 소외와 억압에 의해 병든 인간의 능력을 되찾아주고자 하는 마르크스의 낭만적 휴머니스트로서의 신념을 문학적으로 형상화하고 있다는 데 그 일차적 의미가 있다. 그러나 보다 주목해야 할 점은 인간적 힘의 해방이 무조건 긍정적으로 묘사되고 있는 것은 아니라는 점이다. 구걸하는 거지를 동정하기는커녕 그들의 나약한 신체에 발길질을 가하는 '힘 있는' 「설날밤」의 주인공이 보여주듯, 인간의 능력 중에는 살인을 하고 강도를 저지를 수 있는 능력도 포함되어 있는 것이다.

지식인의 동정과 이념의 문제

객관적 조건으로서의 공유된 체험이 인물 간의 동정과 연대를 자동적으로 보장하지 않는다면, 변화에 대한 욕구와 연대의 문제는 다시 주관성의 영역으로 돌아온다. 마르쿠제(Herbert Marcuse)는 사적 유물론이 주관성의 역할을 설명하지 않는다면 그것은 통속적인 유물론의 아류에 불과하다고 지적한 바 있다. 즉, 개인의 주관적인 의식과 무의식의 영역조차 계급 의식으로 환원된다면, 급진적인 변화 욕구의 바탕이 되는 개인들의 열정과 추진력은 간과된다는 것이다. 그런 점에서 무산계급 전체를 향해 동정을 불태우는 지식인 주인공의 경우, 그 내면에서 살아 움직이고 있는 윤리 의식과 열정의 계기에 주목할 필요가 있다. 지식인을 주인공으로 내세우고 있는 최서해의 단편에는 전 인류를 향한 동정과 그들의 구원이라는 이상을 실현하기 위해 열정을 불태우는 인물이 다수 등장한다. 그런데 여기서 이들이 열렬히 추구하는 인류애는 아이러니하게도 인간에 대한 사랑이 아니라, 그 인간을 구할 수 있다는 이념에 대한 사랑의 모습을 띠고 있다. 이때 중요한 점은 이념을 향한 주인공의 열정이 종종 가족에 보이는 그의 무정함을 통해 힘을 얻는 양상을 보인다는 것이다.

최서해의 대표작인 「탈출기」(『조선문단』, 1925.3.)는 가족을 버리고 탈가한 박군이 김군에게 보내는 편지 형식으로 되어 있다. 박군은 부지런하고 정직하게 살아왔지만 나날이 빈곤해졌고, 그의 임신한 아내는 길가에 버려진

굴껍질을 주워먹기에 이른다. 비참한 상황을 견디다 못한 박군은 사회의 모순을 그저 둘 수 없어 탈가 후 ××단에 가입하게 된다. 중요한 점은 ××단의 가입으로 상징되는 박군의 결행이 남겨진 가족들의 현실적 고통을 외면함으로써 얻어진 결과라는 것이다. 이 외에 「향수」(『동아일보』, 1925.4.6.~13.), 「해돋이」(『신민』, 1926.3.)에도 탈가한 인물이 등장하는데, 주인공들이 보이는 의지와 결단력은 타인의 수난을 슬퍼하고 그들이 당한 침해에 분개하는 동정과 의분이라기보다, 오히려 이념을 향한 주인공의 열정이 동정과 의분을 압도함으로써 얻어진 것이라 할 수 있다. 배고픔에 신음하는 가족을 향한 애끓는 동정은 지극히 인간적인 이끌림에 지나지 않으며, 따라서 그것은 사회주의 사상에 대한 헌신을 위해 얼마든지 배척될 수 있다. 주인공들이 열정적으로 사랑하고 헌신한 것은 고통 속에서 신음하는 구체적 인간이 아닌, 그러한 인간을 구원할 수 있다는 추상적 이념이었던 것이다.

전 인류의 구원을 위해 비정함을 보여야 했던 주인공들과 달리 비참한 삶을 목도한 후 그에 대한 깊은 동정에 촉발되어 계급적 각성을 얻는 주인공들도 있다. 이들은 불행한 광경과 사연들에 민감한 반응을 보이고 이를 기초로 삶의 목표를 수정한다는 점에서 인간보다 이념을 사랑한 앞의 지식인 주인공들과 구분된다. 한설야의 「합숙소의 밤」(『조선지광』, 1928.1.)의 탄광노동자 '나'는 합숙소에서 외상밥을 얻어먹다가 한 늙은이가 감독 앞에서 뺨을 맞는 장면을 목격한다. '나'는 노인을 방으로 데려와 그가 만주로 건너오게 된 사연을 듣고, 학대받는 그를 보며 자신의 부모를 떠올린다. 그런데 이 소설에서 가장 문제적인 지점은 노인을 향한 '나'의 시선이다. '나'는 하늘을 원망하는 노인을 보며 그의 무지를 동정하지만, '나'는 그 무지로 말미암아 그와 자신이 하나가 될 수 없다고 생각한다. '나'는 노인에게 기차 삯 오십 전을 선뜻 내어주지만, 이 행동의 이면에는 노인의 삶을 살아있는 교재로 삼겠다는 '나'의 의지가 전제되어 있다. 다시 말해, 무지한 노인이 당하는 고통을 사상 학습의 산 교재로 삼겠다는 주인공의 신념은 타인의 고통에 대한 철저한 관조자로서의 태도에 말미암은 것이라 할 수 있다. 이처럼 하층민의 수난을 보거나 들음으로써 촉발된 동정이 분노를 거쳐 계급 의식으로 변모하는 양상을 보이는 작품들에서 주인공의 눈과 귀는 분명 세상과의 소통을 향해 열려있지만, 동시에 이들은 타인의 삶을 표본화하여 자아의 관념을 강화하거나 확대하는 인물로 형상화되어 있다.

나가며

지금까지 마르크스주의 이념과 동정이라는 시대적 감수성의 만남이 1920년대 신경향파 및 초기 프로소설의 인물 형상화에 어떠한 영향력을 미쳤는지 살펴보았다. 굶주림, 질병과 같은 개인의 불행을 자신이 속한 계급 전체의 수난으로 인식하는 하층민 주인공이 등장하는 소설들은 공통의 고통 체험이야말로 연대를 위한 진정한 동정의 근간이 된다는 지식인 동정 담론의 기조를 여러 각도에서 비판하고 있었다. 하층민 인물들이 공유하는 궁핍이나 질병의 체험은 공분의 감정과 폭력의 행사를 거쳐 '피'를 나눈 형제애로 승화되는 양상을 보이지만, 다른 한편 이들이 겪는 극심한 육체적 고통은 생존의 절박함에 붙들린 무정한 인간형을 창출하는 결과를 동시에 초래했다. 지식인 주인공이 등장하는 작품의 경우, 무산계급 전체를 향한 지식인의 뜨거운 동정이 나타나지만 이 열정은 그 계급에 속한 개인들이 겪는 구체적 고통의 사상(捨象)을 전제한 상태에서 불태워질 수 있었던 것이다. 또한 각성한 노동자 및 준지식인형 인물이 등장하는 작품에 형상화된 동정과 시선의 문제를 통해 하층민의 삶을 동정하는 관조적 인물의 윤리적 모순도 다루었다. 결론적으로 이상의 소설들은 고통의 공유라는 이상적 원리가 드러내는 윤리적 함정과, 불행한 무산계급의 구원이라는 지식인의 이상이 갖는 낭만적 속성을 드러냄으로써, 1920년대 경향문학을 둘러싼 당대 지식인의 동정 담론을 비판적으로 상대화하고 있음을 알 수 있다.

─── 더 읽어보기

손유경, 『고통과 동정』, 역사비평사, 2008.

권영민, 『한국 계급문학 운동사』, 문예출판사, 1998.
박상준, 『한국 근대문학의 형성과 신경향파』, 소명출판, 2000.

1930년대 모더니즘 문학과 새로운 '현실'의 발견

김종욱

들어가며

비평가 최재서는 「리얼리즘의 확대와 심화―'천변풍경'과 '날개'에 관하여」(『조선일보』, 1936.10.31.~11.7.)라는 평론을 발표하여 문단에 충격을 주었다. 그는 "작가가 주관세계를 재료로 쓰면 주관적이고 객관세계를 취급하면 객관적이라는 소박한 논법을 우리는 무엇보다도 먼저 폐기치 않으면 아니될 것"이라고 하면서 문단의 주류를 형성하고 있던 카프의 리얼리즘을 겨냥한다. "예술의 리얼리티는 재료, 즉 외부세계나 내부세계에 한해 있는 것이 아니라 객관적 태도로 관찰하는 데 있다"는 것이다. 그가 「천변풍경」과 「날개」를 리얼리즘의 확대와 심화로 평가한 것은 이 때문이다. 박태원은 객관적 태도로서 객관세계를 바라보았고, 이상은 객관적 태도로서 주관세계를 바라보았다는 것이다.

리얼리즘에 대한 최재서의 새로운 접근은 기존의 인식과는 크게 다른 것이었다. 리얼리즘에 따르면, 현실은 객관적으로 인식할 수 있는 그 무엇이다. 감각에 의해 포착된다 하더라도 인간의 이성은 본질, 혹은 필연성과 법칙성의 차원에서 현실을 재구성할 수 있기 때문이다. 따라서 객관적 반영이란 현상의 이면에 숨겨진 본질의 인식이다. 하지만 최재서는 본질적 현실로 접근하는 대신 카메라 같은 냉정한 태도만을 객관적인 것으로 인정한다. 인간 바깥의 객관세계든 인간 내면의 주관세계든 감각적으로 지각된 현실을 객관적으로 포착하는 것만으로도 리얼리티는 성립되는 것이다. 그렇다면 이제 리얼리즘 작가는 본질적인 현실을 찾아 멀리 헤맬 필요가 없다. 자신의 경험을 얼마나 객관적인 태도로 바라보느냐가 관건이기 때문이다. 이로써 소설적 형상화에서 배제되었던 사적 경험들은 예술적 묘사의 대상으로 부상하게 된다.

절망적인 세계 앞에 선 개인의 내면 풍경 ─ 이상과 최명익

1930년대 중반 이후 모더니즘이 성장할 수 있었던 원인은 문단 내부의 상황과도 무관하지 않다. 1930년대에 접어들면서 만주사변 등을 통해 제국의 확장을 꾀하기 시작한 일본은 식민지의 저항 운동을 철저히 억압하기 시작한다. 두 차례에 걸친 카프 검거 사건이 그 좋은 예이다. 이처럼 일제의 탄압으로 사회주의 문학 운동이 침체에 빠졌을 때 그 공백을 메운 것이 구인회로 대표되는 모더니스트 그룹이었다. 1933년 8월 이종명, 김유영, 이효석, 이무영, 유치진, 조용만, 이태준, 김기림, 정지용 등 9명의 문인 친목단체로 출발했던 구인회는 저널리즘과 결합하면서 점차 자신들의 영역을 확장한다. 특히 이종명, 김유영, 이효석 대신에 박태원과 이상이 참여하면서 소설 창작의 새로운 흐름을 대표하는 세력으로 자리매김한다.

이상은 모더니즘의 특성을 뚜렷하게 드러내는 시, 소설, 수필을 발표한다. 초기에 발표한 「12월 12일」(1930), 「휴업과 사정」(1931), 「지도의 암실」(1932)

등은 대칭적인 구조를 통해 개인적 사정을 소설화한 작품들이다. 이후 「이상한 가역반응」, 「오감도」, 「삼차각설계도」, 「건축무한육면각체」 등을 통해서 일상적인 언어질서를 부정하고 자신의 관념을 통해 고유의 기호와 담론구조를 창출하려는 시도를 보여준다. 그의 작품들은 전통적인 문학 양식을 거부하고 불안과 공포에 사로잡힌 현대인의 내면풍경을 담았다. 구인회의 구성원들이 대체로 잘 짜인 소설들을 추구한 것과 비교한다면 상당히 특징적인 면모라고 할 수 있다.

「날개」(『조광』, 1936.9.)의 화자는 매춘부 아내에게 기생하며 권태롭게 살아가는 허약한 지식인 '나'이다. 직업도 없이 고독하게 살아가는 '나'를 외부세계와 연결시켜주는 유일한 통로는 아내이다. 이러한 관계는 아내의 방과 '나'의 방으로 분할된 작품의 공간과 상응한다. '나'는 햇빛이 들지 않는 윗방에서 초라하게 살아가는 데 비하여, 아내는 햇빛이 드는 아랫방에서 화려한 삶을 살아가는 것이다. '나'는 아내가 수상한 외출을 하거나 낯선 남자를 불러 들여도 분노할 줄 모르며, 오히려 착한 어린아이처럼 군다. 더하여 아내의 육체를 매개로 한 '돈'에 대해서도 전혀 알려 하지 않는다. '나'에게 은화는 반짝거리는 장난감에 지나지 않는다. 이러한 의도적인 무관심은 궁극적으로 현실을 지배하는 화폐의 위력에 대한 거부로 이어진다.

이러한 의식은 작품의 결말 부분에서 극적으로 제시된다. '나'는 감기에 걸려 아내가 준 흰 알약이 아스피린이 아닌 아달린이라는 사실을 깨닫는 순간, 아내에 대한 신뢰는 깨지고 부부관계도 파국을 맞는다. 아내로 상징되는 현실 혹은 화폐의 위력 앞에서 자신이 죽어가고 있는지도 모른다는 의식이 '나'의 탈출을 이끌어내는 것이다. 결국 '나'는 아내가 준 돈을 슬며시 놓고 밖으로 나와 미쓰코시 백화점 옥상으로 올라간다. 소설의 서두에서 주인공이 보여주는 무기력한 삶이 '박제'로 표현되었다면, 결말 부분에서 새로운 삶에 대한 의지는 '날개'로 상징된다.

이처럼 이상의 작품은 1930년대 현실을 새롭게 천착했다는 점에서 커다란 의미가 있다. 의식과 무의식, 서술과 독백의 무작위적 혼합은 외부세계에 적극적으로 대응하지 못한 채 내면적 자아로 침잠하던 1930년대 지식인들의 상황을 표현한다. 파시즘의 위협에 처한 1930년대 후반의 정신적 상황은 최명익, 유항림, 허준 등의 작품을 통해서 더욱 첨예하게 드러난다. 그들의 작품에서 현실은 이미 긍정적인 변화를 기대하기 어렵다. 따라서 절망적인 상황 속에서 어떻게 자신이 지녀왔던 삶의 태도를 지키며 살아갈 것인가라는 문제에 강박적으로 집착하게 된다.

최명익의 작품에서 일련의 계열체를 이루는 주인공들은 속물로 가득한 세계에 적응하지 못한다. 소설에 자주 등장하는 '창', 혹은 '승차'와 '산책' 같은 모티프는 이러한 속악한 세계를 거부하려는 작가의식을 반영한 것이라고 할 수 있다. 즉 닫힌 창을 통해 바깥 풍경을 바라보는 모습은 현실과 거리를 둠으로써 속물성에 포섭되지 않으려는 태도를 드러낸다. 주인공들이 지향하는 독서와 그 은유적 등가물로서의 서점, 도서관, 은둔의 생활양식 역시 마찬가지이다. 「비오는 길」의 주인공 병일에게 독서는 "내용이 없는 형식"일 뿐임에도 불구하고 주인공에게는 유일한 존재 의미이다. 타인과의 만남을 통해서 존재 의미를 발견하려 했던 주인공은 이제 독서라는 방편을 통해서만 삶을 겨우 지탱할 수 있다.

대표작인 「장삼이사」(『문장』, 1941.4.)는 이러한 절망적인 세계인식을 잘 보여준다. 이 작품은 화자인 '나'가 삼등열차를 타고 가면서 평범하고 다양한 사람들(장삼이사)의 모습을 관찰하는 형식으로 이루어져 있다. 열차의 승객들은 중년 신사를 둘러싼 작은 소동에 주의를 기울였다가 옆자리에 있는 여자에게 눈을 돌리지만, 곧이어 모두 자신의 삶으로 되돌아간다. 서로에게 일시적으로 관심을 보일 뿐 그들은 서로 아무런 관계도 맺지 않는다. 이 같은 익명성은 소설 속 인물들이 '당꼬바지', '가죽재킷', '구두', '곰방대 노인'처럼 사물화된 이름으로 불리는 것에서도 잘 나타난다.

그런데 '나'가 바라본 현실은 평범한 일상의 풍경이 아니라 폭력으로 점철된 세계이다. 말쑥한 차림의 중년 신사는 아들의 뺨을 때리고, 아들은 여자에게 분풀이를 한다. 그런데 폭력의 악순환보다 더 문제적인 것은 이러한 폭력적 상황을 목격하고 있는 승객들의 반응이다. 그들은 중년 신사가 화장실에 간 사이 험담을 늘어놓다가도 술을 얻어먹은 후로는 금세 한패가 된다. 승객들은 좌석의 취흥을 돋우거나 공통 화제를 찾으려고 도망치다 붙잡혀온 색시를 희롱한다. 그런 점에서 승객들 역시 폭력을 묵인하고 동조하며, 더 나아가 폭력을 행사하는 존재라고 할 수 있다. 기차 안에서의 우연한 만남이라는 익명성에 의해 '하나'의 집단으로 묶였던 그들은 무력한 여성을 대상으로 무차별적인 공격성을 보여주는 것이다.

이러한 세속적인 삶을 바라보는 '나'는 방관자적인 시선을 고수한다. 그렇지만 '나'는 여자가 받은 정신적인 상처에 민감하게 반응한다는 점에서 기차 안에 있는 익명의 폭력집단과는 구별된다. 특히 그는 여자가 중년 신사의 아들에게 뺨을 맞고 눈에 눈물이 고인 채 화장실로 사라지자 그녀가 자살할지도 모른다는 예감에 불안해한다. 하지만 이러한 예감은 배반당한다. 여자는 화장을 깨끗하게 하고 직업적인 웃음을 흘리며 전과 다름없는 모습으로 돌아왔던 것이다. 그뿐 아니라 자기와 함께 도망쳤던 옥주 역시 잡혀왔다는 소식을 듣고 '반갑겠다'는 말로 자신의 현실로 되돌아간다. 결국 일상적인 인간들이 만들어내는 폭력적인 현실과 거리를 둔 채 냉철한 시선으로 현실을 바라보던 '나'의 자의식은 현실과 유리된 감성적인 유희에 불과했음을 인정할 수밖에 없다. "나는 웬 까닭인지 껄껄 웃어보고 싶은 충동"에 사로잡히는 것이다. 이처럼 최명익의 소설은 군국주의로 접어드는 일제 말기 지식인의 무기력과 절망감, 소외의식을 잘 보여준다.

식민지근대성의 상징, 경성의 발견-박태원

이상과 최명익이 포착한 지식인의 자의식이 1930년대 모더니즘 소설의 한 경향을 대표한다면, 박태원의 다양한 실험은 모더니즘 소설을 더욱 풍요롭게 만들었다. 그의 소설은 문체와 표현 기교에서 과감한 실험을 보여준다. 소설 전체를 단 하나의 문장으로 구성한 「방란장 주인」에서 잘 드러나듯, 박태원은 작품의 내용보다는 문장 자체의 예술성을 중시하는 한편, 인물의 내면을 묘사하기 위해 몽타주 같은 새로운 기법을 도입한다. 대학노트 한 권을 끼고 서울 시내를 답사하면서 써 내려간, 이른바 '고현학(考現學)적 방법'을 실험하고 있는 「소설가 구보씨의 일일」(『조선중앙일보』, 1934.8.1.~9.19.)은 초기 모더니즘 소설의 특성을 잘 보여준다. 소설가 구보가 도시를 배회하는 과정에서 겪는 단편적 사건들이 계기적으로 연속되어 나타나는 이 소설은 경성의 모습을 담고 있다. 소설에 포착된 경성은 미쓰코시 백화점, 화신상회가 대표하는 근대적인 공간과 전차와 버스라는 근대적인 교통체계로 이루어져 있고, 주인공은 이러한 근대적 공간인 경성을 배회하면서 자신의 옛 기억을 떠올린다.

그런데 구보의 배회를 경성의 풍경을 묘사하기 위한 방편으로만 이해하는 것은 적절하지 않다. 왜냐하면 구보는 청계천변에서 조선은행에 곧바로 이르는 길을 마다하고 수많은 우회로를 거쳐 조선은행 앞에 있던 다방 낙랑에 도착하기 때문이다. 다방 낙랑이 있던 곳은 경성의 일본인을 위해 형성된 상가인 본정 입구였다. 본정은 경성부청, 조선은행, 경성우편국 등의 관공서와 조선호텔, 미쓰코시 백화점 등 상가 건물들이 자리잡은 중심부로서 경성의 '긴자'로 불릴 만큼 화려했다. 그런데 주인공은 이처럼 근대적인 풍물을 한꺼번에 보여줄 수 있는 직선로를 선택하지 않고, 반대로 화신백화점 앞에서 순환 전차를 타고 조선은행으로 향한다. 주인공은 경성을 순환하는 전차와 함께 목적지에 이르는 과정을 '지연'시키고 있는 것이다.

이처럼 시간을 낭비하면서 먼 우회로를 배회하는 주인공을 통해 근대화 이면에 놓인 식민지의 초라한 모습이 포착된다. 하릴없이 웅숭거리고 앉아 있는 지게꾼의 맥없는 모습, 굳은 표정을 한 시골 노파의 쇠잔한 모습, 황금에 사로잡힌 금광 브로커들의 들뜬 모습, 중학 시절 열등생이었던 전당포집 둘째아들의 저열한 모습 등을 만나는 것이다. 경성이 근대화와 식민지화라는 모순을 겪었듯이, 그곳에서 살아가는 사람들의 모습에서도 부조리가 발견된다. 한편에서는 생계조차 유지하기 어려운 도시 빈민층이 있는가 하면, 다른 한편에서는 물질적 풍요를 누리려는 인물이나 육체적인 쾌락을 추구하는 인물들이 있었던 것이다.

이러한 불균등발전 상태가 가장 폭넓게 포착된 작품이 장편소설 『천변풍경』이다. 『천변풍경』은 원래 중편 형식으로 『조광』에 1936년 8월부터 10월까지 연재되었으며, 이듬해 1월부터 9월까지 「속 천변풍경」으로 다시 연재되었다. 이 작품은 전통적인 의미의 장편소설과는 뚜렷이 구분된다. 한약국 주인, 포목점 주인, 신전집 주인, 창수, 귀돌 어멈, 만돌 어멈, 한약국집 아들 부부, 평화 카페 여급인 기미꼬와 하나꼬, 금순이, 민 주사와 안성댁, 전문학교 학생, 이쁜이 모녀, 점룡 모자, 그리고 재봉이 등등, 청계천변에서 살아가는 70여 명의 인물들이 펼쳐가는 사소하면서도 평범한 일상을 교차시켜 한편의 이야기로 구성하고 있다. 각 서사 단락들은 내적 완결성을 갖추었으며, 다른 단락과 긴밀한 관련을 맺지 않고 독립적으로 존재한다. '풍경'이라는 제목이 암시하듯 오십 개의 짧은 절로 분절화된 개별 에피소드들이 전경화되면서, 장편소설에서 흔히 요구되는 일관된 플롯을 찾아보기 어렵다.

『천변풍경』에서 산만하게 존재하는 인물들과 사건들을 하나의 서사구조에 통합할 수 있었던 형식적인 요건은 공간의 단일성이다. 소설이 진행되는 동안 서술자는 거의 청계천변을 벗어나지 않으며, 등장인물 역시 이 공간을 벗어나지 않는다. 청계천변은 일본 제국주의의 권력과 경제의 중심부였던 경성 한복판에 있다. 조선인 중심의 상업지대였던 종로와 일본인 중심의 상업지대였던 본정통 사이였다. 하지만 천변은 종로나 본정에 비하면 상대적으로 비근대적이기도 하다. 이처럼 비근대적인 것과 근대적인 것이 공존하는 천변의 면모는 제국주의에 의한 식민지 근대화 과정에서 파생된 것이다.

조선의 도시는 자본의 기형적인 집중과 농민층 분해 과정에서 형성된 까닭에 적정한 수준을 넘어선 과잉발전 양상을 띠었다. 농촌에서 경제적 기반을 상실한 많은 농민들은 일자리를 얻을 가능성이 아주 적음에도 불구하고 무조건 도시로 밀려들었다. 이러한 과잉발전은 필연적으로 도시공간의 비균질화를 수반한다. 근대적인 경제 부문에 포섭되지 못한 채, 상대적으로 저개발 상태에 놓인 주변부 공간이 형성되는 것이다. 이러한 도시 내부의 지리적 불균등성은 제국주의 본국과 식민지, 그리고 도시와 농촌이라는 공간적 위계화를 반영한다. 즉 개발과 저개발, 근대와 비근대라는 이분법적 구도 속에서 새롭게 태어난 공간인 것이다.

작가 박태원은 이렇듯 복합적인 천변공간에서 근대적 삶을 살아가는 민주사를 부정적으로 그리는 반면, 전근대적 의식 속에서 살아가는 인물들을 대체로 긍정적으로 묘사한다. 그리고 천변을 따사로움과 인정이 넘치는 공간으로 구성한다. 등장인물이 천변에서 이탈했을 때 불행에 빠지고, 천변으로 돌아왔을 때 행복을 되찾는 식이다. 예컨대 하나꼬와 이쁜이는 결혼하여 천변을 벗어나는 순간 불행에 빠지지만, 천변에 돌아온 금순이는 행복한 생활을 시작한다.

박태원은 「소설가 구보씨의 일일」을 통해서 근대성의 타자로 규정된 예술가의 자아를 발견한 데 이어 『천변풍경』을 통해 자신이 살아가고 있으며 앞으로 살아갈 수밖에 없는 현실을 발견한다. 천변이라는 공간 속에서 발전과 변화의 근대적인 시간성은 큰 의미가 없다. 시간은 오히려 전근대적인 시간 질서 속에서 흘러간다. 봄, 여름, 가을, 겨울이라는 사계절의 변화가 작품의 주요 시간 축을 형성하고 있는 것이다. 이러한 순환적 시간과 직선적 시간의 착종 현상은 근대적인 경제체계에 강제로 편입된 도시 주변부 인간들의 운명인 동시에, 생존을 위해 자본주의적 근대에 적응할 수밖에 없었던 식민지 주민의 운명이기도 하다는 점에서 많은 것을 시사한다.

나가며

한국 모더니즘이 태동했던 1930년대에 접어들면서 역사의 발전에 대한 신뢰는 붕괴되기 시작했다. 이 과정에서 직선적으로 진행되는 공적·사회적 시간 대신에 사적·경험적 시간이 전면에 부각된다. 이상과 최명익, 박태원의 소설에서 과거와 현재, 미래는 구분되는 것이 아니라 현재의 의식 속에서 통합된다. 근대성의 타자로 존재하는 룸펜 인텔리의 생활과 의식은 가능성의 상실, 곧 미래 전망의 결여에 의해 규정되어 있다. 이때 현재적 자아의 의식 세계에서는 현재는 과거와 직접 연결되어 있다. 의식의 흐름 속에서 과거의 기억과 현재의 경험 사이에는 단절이 아니라 지속이 나타나는 것이다. 따라서 현재는 과거에서 미래로 흘러가는 단순한 통과점이 아니라, 과거의 기억과 미래의 기대가 통합되는 풍요로운 시간으로 재인식된다. 이러한 과거와 현재의 지속과 통합은 『천변풍경』에서 전근대적인 것과 근대적인 것이 공존하는 '천변'으로 외현된다. 요컨대 1930년대 한국 모더니즘 문학은 도시라는 근대적 공간뿐만 아니라, 그 내부의 억압되고 배제된 공간을 발견하는 과정이 잃어버린 과거를 탐구함으로써 자기 정체성을 확인하는 과정과 나란히 진행되는 것이다.

───── 더 읽어보기

김종욱, 민족문학사연구소 엮음, 「식민지근대성과 모더니즘문학」, 『새 민족문학사 강좌』 2, 창비, 2009.

강상희, 『한국 모더니즘 소설론』, 문예출판사, 1999.
서준섭, 『한국 모더니즘 문학 연구』, 일지사, 1995.

일제말기 '사소설'의 의미

방민호

들어가며

1941년 7월 7일 조선문인보국협회 주최의 '성전(聖戰)' 4주년 기념행사가 개최되었다. 박태원, 임화, 김기림을 비롯한 일본과 조선의 문학인 50여 명은 오전 9시부터 12시까지 용산의 호국신사의 어조영지에서 봉역 행사를 치렀다. 봉역 행사를 거행한 후에는 용산중학교로 이동하여 전국에 중계된 경성방송국 녹음 행사에 참석해야 했다. 이것이 다가 아니었다. 이날의 봉역 광경은 조선문화영화사에 의해 촬영되어 영화가 상영될 때마다 선전용 자료로 상영되었다. 이러한 일상적인 동원 이외에 문학인들이 어떤 취급을 받았으며 그 속에서 그들이 어떤 고민을 해나갔는가는 채만식의 잘 알려진 소설 「민족의 죄인」(『백민』, 1948.10.-11.)을 비롯하여 많은 작가들의 기록에 생생하게 보존되어 있다.

이런 동원 시스템 속에서 문학인들의 저항은 과연 어떤 형태로 가능했던 것일까? 아마도 그것은 침묵과 같은 형태가 되어야 할 것이다. 또는 야만적 체제가 허용한 협소한 문학 생산 메커니즘 속에서 감시의 시선이 미처 미치지 못하는 곳에서 반란을 도모하는 형태가 되어야 했을 것이다. 마지막으로 그것은 문학적인 상징, 비유를 비롯한 여러 형태의 '보이지 않는' 장치와 기법을 통해 체제가 따져 물을 수 없는, 함축적이고 이차적인 의미를 발산하는 형태의 것이 되어야 했을 것이다.

일제말기 천황제 파시즘은 일종의 판옵티콘이었다. 그러나 어떤 일망감시 체제도 통제와 감시를 완벽하게 이루어낼 수는 없다. 구조물 자체에 틈새와 허점이 존재할 뿐만 아니라, 구조의 태내에서 구조를 허물어나가는 행위 주체들의 집합적인 노력이 펼쳐지기 때문이다. 또한 천황제 파시즘의 거대논리들이라는 것, 국체니 신체제니 대동아니 하는 것부터가 처음부터 공포와 갈등과 분열을 내포하는 까닭에 판단 여하에 따라서 이 틈새와 허점은 결코 비좁지 않은 저항 공간을 제공한다.

천황제 파시즘 아래서 권력의 통제를 받는 신문과 잡지에 게재된 작품들을 포스트콜로니얼리즘의 시각에서 독해한다는 것은 바로 이러한 양상을 드러내고 평가하는 것으로 나아가야 한다. 저항의 입지가 처음부터 그다지 넓지 못했다고 생각할 수도 있지만, 식민지 체제의 문학 통제 매커니즘의 바깥에서 사유하고 활동하는 방법을 쉽사리 상상하지 못했던 문학인들이라고 해서 제국적인 체제의 위압적인 논리에서 전혀 자유롭지 못했다는 관점을 반복적으로 드러내는 것은 가학적이다 못해 차라리 자학적이다. 나아가 이것은 체제의 일망감시적 통제에서 벗어나기 어려웠던 문학인들이 보여준 모색과 실험을 정밀하게 독해하지 않으려 한다는 점에서 문제적이다. 그런 점에서 우리가 일제말기 텍스트에서 공들여 발견해야 할 국면은 일망감시적 체제의 한계를 넘어서고자 한, 텍스트 외적, 내적인 어떤 '운동'이다.

대일협력적 장편소설과 '사소설'의 거리

일제말기 문학사에서 가장 두드러진 현상 가운데 하나는 '사소설'이 우세한 소설적 양식으로 자리잡아 나갔다는 점이다. 채만식, 이태준, 이효석, 박태원 등 1930년대 중반만 해도 문학적 경향이 현저히 달랐던 작가들은 1940년을 전후로 저마다 '사소설'로 전향하는 양상을 보여준다. 가족적인 삶의 테두리 안에 갇혀 살아가는 자신을 주인공으로 내세운 채만식의 「근일」(『춘추』, 1941.12.), 「집」(『춘추』, 1941.6.), 「삽화」(『조광』, 1942.7.) 등의 3부작, 이태준의 「패강랭」(『삼천리문학』, 1938.1.), 「토끼 이야기」(『문장』, 1941.2.), 「무연」(『춘추』, 1942.6.), 「석양」(『국민문학』, 1942.6.) 등 작가를 상징하는 이름을 가진 주인공이 등장하는 작품들, 「합이빈(哈爾濱)」(『문장』, 1940.10.), 「풀잎」(『춘추』, 1942.1.), 「일요일」(『삼천리』, 1942.1.) 같은 이효석의 독특한 자전적 소설들, 이른바 자화상 시리즈로 널리 알려져 있는 박태원의 「음우(陰雨)」(『조광』, 1940.1.), 「투도(偸盜)」(『조광』, 1941.1.), 「채가(債家)」(『문장』, 1941.4.), 「재운(財運)」(『춘추』, 1941.8.) 연작 등은 그 대표적인 작품들이다.

이 '사소설' 현상은 작품을 발표한 작가들이 모두 일제시대 한국문학을 대표할 만한 훌륭한 작가들이라는 점에서 매우 문제적이다. 이들은 이르면 1938년경, 늦어도 1940년경이 되면 일제히 사소설로 '전향'하게 되는데, 이러한 현상은 1942년경까지 지속되는 양상을 보인다. 흥미로운 점은 이 작가들이 앞서 열거한 '사소설'을 발표해 나가는 한편으로 총독부 기관지 『매일신보』를 위시한 신문, 잡지에 대일협력적인 색채가 있는, 혹은 그러한 것으로 오인될 수 있는 장편소설들을 연재해 나갔다는 점이다. 채만식의 『아름다운 새벽』(『매일신보』, 1942.2.10.~7.10.), 『여인전기』(『매일신보』, 1944.10.5.~1945.5.17.), 이태준의 『사상의 월야』(『매일신보』, 1941.3.4.~7.5.), 『왕자호동』(『매일신보』, 1942.12.22~1943.6.16.), 『별은 창마다』(『신시대』, 1942.1.~1943.6.), 이효석

의 『창공』(『매일신보』, 1940.1.25.~7.28.), 『녹의 탑(綠色 の塔)』(『국민신보』, 1940. 1.7.~4.28.), 박태원의 『원구』(『매일신보』, 1945.5.17.~8.14.) 등은 연재 시기상 다소 차이가 있지만, 이들이 대일협력과 아예 관련 없는 작가들이 아님을 보여준다.

이러한 '사소설'과 대일협력적인 장편소설의 동거 양상은 이 두 유형의 양식 사이에 모종의 관계가 수립될 수 있음을 시사한다. 다시 말해, 대일협력적인 장편소설을 연재해 나가야 했던 작가들의 내적 고민이 '사소설'에 응축되어 있으리라는 것을 상상해 보는 일은 어렵지 않다. 여기서 '사소설'은 천황제 파시즘의 일망감시적인 시선이 완전히 미치지 못하는, 마치 독방의 그들과 같은 역할을 했을 것으로 해석된다. 이 독방은 완전히 밀폐되어 있지 않다. 간수들의 느닷없는 방문을 겪어나가지 않으면 안 되는 불안한 개체들의 방이다. 문이 열려있는 독방이다. 고도로 완성된 오늘날의 판옵티콘과 달리, 첨탑 위에서 자기를 내려다보는 감시자의 존재를 나날이 의식해나갈 수밖에 없었던, '원시적인' 판옵티콘 속에서 작가들은 저마다 독방을 자기의 것으로 지켜내기 위한 논리를 창출하고자 은밀한 노력을 펼쳤으니, 이것이 바로 일제말기의 '사소설'의 논리를 구성한다고 규정해 볼 수 있을 것이다.

'사소설', 저항과 협력의 틈새

항상적인 감시의 시선은 그들의 심리를 위축시키고 뒤틀리게 하며 자기가 믿는 진실을 그대로 진술하지 못하게 한다. 직설적일 수가 없고 생각하는 대로 말할 수가 없다. 은밀한 은유, 상징, 환유의 자물쇠로 독방에 빗장을 걸어 놓음으로써 그가 열쇠를 배분해준 사람들, 이 열쇠를 가지고 들어와도 그에게 위해를 가하지 않을 사람들만이 독방 안의 풍경을 알아볼 수 있도록

한다. 물론 시도 때도 없이 간수가 열쇠뭉치를 절렁거리며 문을 벌컥 열고 들이닥치는 사태에 대비해 감옥에서 교화용으로 배부해준 전시용 책자를 책상 앞에 얹어 놓는가 하면 적당히 끄적거린 노트 같은 것을 일부러 눈에 띄게 펴놓는다. 간수로 하여금 자신의 감시 대상이 이상적인 인간형으로 개조되어 가고 있다고 믿을 수 있도록. 그는 이 위장이 언제까지 성공할지 알 수 없다. 위장이 누적된 나머지 무엇이 진짜 독방의 풍경인지 알 수 없는 상황에 빠져들어 버릴 수도 있다. 낮이 가고 밤이 찾아들면 이 독방의 주인은 비로소 깊이 감추어 둔 자기만의 진실이라는 것을 꺼내 들고 그것에 자기 모습을 비추어 보기도 하고, 대체 이것을 어떻게 처리해야 좋을지 몰라 고민하기도 한다. 그래도 그는 이것을 버려둘 수만은 없다.

이 독방이 바로 '사소설'이다. '사소설'은 작가들의 은밀하고 복잡한 내면 풍경을 표출하는 공간의 의미를 갖는다. 이 공간의 존재 자체가 천황제 파시즘의 야만적 특질에 대한 하나의 환유일 뿐만 아니라, 이 공간의 은밀하고 복잡한 구조, 표층과 심층의 거리, 언표된 것과 언표되지 못한 것 사이의 거리라든가 은유적, 비유적, 상징적인 언어들을 통해 말하면서 말하지 않고, 말하지 않으면서 말하는 방식들 전체가 체제에 대한 심리적 거리감과 어떤 저항의 의미를 내포한다.

그러므로 이태준의 「토끼 이야기」에서 일인칭 화자로 하여금 토끼를 기르는 일이 시대가 메가폰으로 소리쳐 요구하는 명랑하고 진실한 생활일 수도 있다고 생각하게 했다고 해서 이것이 곧 작가의 본마음일 것이라고 추단할 수만은 없다. 작가를 상징하는 '준보'라는 인물이 등장하는 이효석의 「풀잎」역시 미묘한 해석적 차이를 불러일으킨다. 여기서 준보는 아내가 세상을 떠난 후 다른 여인을 만나 사랑하게 된다. 그는 방공연습으로 등화관제를 실시하고 있는 밤거리를 사랑하는 여인과 함께 산책한다. 그러면서 그는 자기에게 이런 사랑의 행위가 허용되어야 한다고 생각한다. 인류가 자멸의 길을 버리고 창조의 길을 찾아야 한다는 준보의 생각에서 작가의 반전적인 태도를 읽어내는 것은 어렵지 않다. 조선어로 발표된 그의 '사소설'들은 체제를 정면에서 부인하지는 않았지만, 전쟁정책과 동원, 국민문학론과 같은 정치주의 담론이 횡행하는 현실에 대해 명백히 부정적인 태도를 견지하고 있었다.

　이러한 점들은 이태준, 이효석 같은 작가들에게 '사소설' 형식이 모종의 저항 및 투쟁 공간으로 기능했음을 말해준다. 그들은 작품의 무대를 현실 및 '실외 공간'에서 생활 및 '실내 공간'으로 옮겨 놓음으로써 작가의 내면세계에 육박해 들어오는 정치 일원론적인 체제의 위압에 저항하거나, 그것을 우회해 나가거나, 최소한 그러한 힘이 내면적 자유를 파괴해 나가는 과정을 지연시키려 했다. 이 점에서 이들의 '사소설'은 일본의 사소설과는 그 성격이 아주 다른 것이다. 다야마 가타이(田山花袋), 시마자키 도손(島崎藤村), 나츠메 소세키(夏目漱石) 등에서 발원하여 시가 나오야(志賀直哉), 다자이 오사무(太宰治) 등에서 뚜렷한 줄기를 형성한 일본의 사소설이 단단한 자아 관념에 입각하여 사회를 무대로 삼은 자기 드라마를 구축해 나간 것이라면, 이태준, 박태원, 이상 등의 구인회 그룹에 의해서 조선 문단에 방법론으로 제출된 한국의 '사소설'은 이태준의 「달밤」(『중앙』, 1933.11.), 박태원의 「소설가 구보 씨의 일일」(『조선중앙일보』, 1934.8.1.~9.19.), 유고로 발표된 이상의 「실화」(『문장』, 1939.3.) 같은 작품들이 보여주듯이, 작품 내부와 외부를 연결하는 기호적 장치들을 다양하고 복잡하게 고안, 배치함으로써 작가 자신을 문제적 개인으로 직접 제시하는 양상을 보여주었다.

은밀한 저항과 탈주의 욕망

　1940년경을 전후로 하여 작가들에 의해서 새롭게 형성된 '사소설' 경향은

1930년 중후반에 형성된 한국적인 '사소설' 형식을 천황제 파시즘, 신체제라는 정치적 상황에 대응하기 위한 창작 방법으로 적극적으로 활용하면서 나타난 것이다. 따라서 여러 작가들에 의해 발표된 '사소설'들은 많은 경우 판옵티콘과 같은 폐쇄된 현실에 대한 은밀한 저항과 '탈주'의 욕망을 함축하게된다. 이러한 양상을 가장 극명하게 보여주고 있는 작품 가운데 하나는 바로 박태원의 「채가」이다.

「채가」는 박태원의 '자화상' 연작의 제3화에 해당하는 작품인데 여기서 작가는 교묘한 환유, 인유의 체계를 구축함으로써 폐쇄된 현실을 비틀고 뒤틀어 보여주고자 했다. 그는 창씨개명과 '국어 상용'이 강요되는 1940년경 천황제 파시즘 체제를 일본인에게 빚을 지고 괴로워하는 작가의 '자화상'의 형태로 드러냈다. 얼핏 보아서 이 작품은 자기 딸을 유치원에 보내야 하고 일본인 전주에게 돈을 빌리고 갚는 와중에 생겨난 문제로 시달리는 작가 자신의 생활을 자연주의적 수법으로 묘사해 나간 것처럼 단순하게 읽힌다. 그러나 그 이면에는 정치경제적인 측면은 물론 사회문화적인 차원에까지 일본과 일본인의 지배가 실질적인 것이 되고 전면화 되어 있는 시대에 대한 작가의 고민이 함축되어 있다.

여기서 창씨개명과 '국어[일본어] 상용'이 강요되는 천황제 파시즘 시대를 살아나가는 '나'의 복잡한 심경은 좀처럼 실체를 드러내지 않는 일본인 전주(錢主)와 '나'의 관계를 묘사해 나가는 과정을 통해 '은밀하게' 드러난다. '나'는 돈을 처음 빌릴 때 브로커 역할을 했던 사람이 중간에서 이자를 가로채는 바람에 어쩔 수 없이 그를 만나야 하는데도 어떻게든 이 일을 회피하고 싶어한다. 일본인 전주를 만나러 가야 하는 일이 그로 하여금 우울에 시달리도록 하는 것이다.

여러 가지 노력이 수포로 돌아간 가운데 '나'는 결국 와타나베라는 일본인 전주를 찾아 돈암정에서 신당정으로의 짧은 '여행'을 시도해야 하는 상황으로 내몰린다. 이 '여행'은 일종의 심리적 월경과 같은 상징적 의미가 있다. 「소설가 구보 씨의 일일」에서 남촌과 북촌의 점이지대인 다옥정을 중심으로 경성의 도심 한 가운데를 가로지르던 '구보'는 이제 처자를 거느리고 생활의 문제를 고민해야 하는 '복상'이 되어 경성의 외곽지대에서 일본인 거주지역 으로 '월경'을 시도하게 된다. '구보'가 '복상'이 되어 있다는 것, 구보의 예술 가적 이상을 둘러싼 고민이 생활을 위한 고민의 문제로 대치된 것처럼 나타 난다는 것, 조선인 지대인 종로를 중심으로 펼쳐지던 구보의 행로가 일본일 지대로의 '월경' 쪽으로 나아간 것 등은 「소설가 구보 씨의 일일」과 이 작품 을 여러모로 비교해 볼 수 있도록 한다. 이때 중요하게 부각될 수밖에 없는 것이 바로 이 일본인과의 만남이다.

> 그러나, 내가, 진작 찾아오지 못하고, 두 번씩이나 사람을 보내게 하여 미안
> 하다고, 그러한 뜻의 말을 하였을 때,
> 『아, 내지어를 아시는구면요?』
> 하고 그는 가장 뜻밖의 일이나 되는 듯싶게 놀라고, 다음에 짐방꾼이 방문
> 을 반쯤 열고, 그 아무렇게나 생긴 얼굴을 그 사이로 데밀자,
> 『아니, 그만 둬라. 나는, 널더러 통역을 부탁할까 했던 것인데, 이 손님께서
> 잘 아시는 모양이니까……』
> 하고, 그는, 혼자서 한차례 승거웁게 웃는 것이었다.
> —박태원, 「채가」, 『문장』, 1941.4, 111면.

이 장면은 「채가」의 이면적 주제를 분명하게 부각시킨다. 마치 카프카의 『성』처럼 좀체로 실체를 드러내지 않는 일본인을 찾아가는 복상의 여정은 멀고 고단하다. 그는 미로처럼 뒤얽힌 골목길을 여러 번 잘못 빠져들면서 헤매다닌 끝에 겨우 와타나베의 집을 찾아낼 수 있게 된다. 그러나 그의

집은 우람한 담에 둘러싸여 있고, 거대한 대문은 아무리 두들겨 봐야 담 너머 깊숙이 자리잡고 있는 안채에까지 소리가 전달될 것 같지 않다. 그러나 갑자기 어디선가 개가 나타나 사납게 짖고 마침내 집안에서 사람이 나온다. '나'는 그에게 자신을 '보꾸'라고 소개하고 마침내 집안으로 들여보내진다. 그러고도 한참을 기다려서야 비로소 '나'는 와타나베를 만나게 된다. 거대한 채무에 집을 저당 잡힌 '복상'과 마침내 모습을 드러낸 '와타나베'가 일본어로 대화를 나누는 장면은 보일 듯 말 듯 감춰져 있던 이 작품의 주제를 마침내 수면 위로 떠오르게 해준다.

이 무렵에 박태원은 한 설문에서 새로운 시대를 맞아 건전하고 명랑한 작품을 쓰겠노라고 했다. 그러나 「채가」는 이러한 공언과는 달리 결코 건전하거나 명랑하지 않다. 나아가 고리에 찌들린 생활을 이어가면서 그것이 과연 참다운 생활일 수 있는지 고민하면서도, 오직 처자를 위하는 일이라면 얼마든지 비굴하여도 관계치 않다고 비장한 결심을 한다. 이처럼 복상의 우울한 심리에 대한 주석들은 「아세아의 여명」(『조광』, 1941.2.) 같은 작품이 작가 자신의 예술적 신조와는 관련 없는 날품팔이에 지나지 않는다는 것을 암시한다. 작가 자신이 그것을 잘 알고 있었던 것이다.

작중에서 복상은 일본인 거주지대로의 고단한 '여행'을 마치고 집에 돌아와 유치원에 원서를 낸 딸이 창씨개명을 '하지 않은' 탓에 입학이 어렵게 되었다는 것을 알게 된다. 여기서 '채가'란 단순히 돈을 빚진 집을 의미하지 않는다. 작가는 이 소설을 통해서 마치 무거운 빚을 짊어진 사람처럼 일본인, 일본자본, 일본어, 일본적인 씨 제도에 저당 잡힌 조선인의 삶을 보여주었던 것이다. 그럼으로써 '사소설'이라는 독방의 소설은 체제에 대한 심리적 저항감을 은밀하게 비틀어 보여주는 수단이 된다. '사소설'은 지극히 비정치적인 분위기에 감싸여 있지만, 오히려 그 비정치적인 의장 이면에서 통치와 동화의 메커니즘만이 존재하던 어두운 시대를 상징과 대조와 아이러니의 수법으로 은밀하게 부각하고 있다.

나가며

1940년을 전후로 가혹해진 식민지 파시즘 통치 아래에서 현실비판적인 태도를 명료하게 드러내 글을 쓴다는 것은 거의 불가능한 일이었다. 이 글은 이러한 사실을 중시하면서 여러 작품의 외면에 나타나는 대일협력적 포즈 이상의 심층적 태도를 살펴보았다. 사물은 어떤 시각에서 보느냐에 따라 그 양상이 다르게 나타난다. 국민문학론의 담론적 '실천'의 맥락에서 보면 모든 작가들이 어떤 형태로든 국민문학론에 포섭되어 있거나 천황제 파시즘의 동화적인 힘에 짓눌려 있는 것처럼 보이지만, 그러한 판옵티콘적인 체제와 논리 역시 하나의 불안정한 구조물이며 이러한 구조를 내부로부터 허물거나 새로운 구조로 나아가게 하는 노력들이 펼쳐지기 마련이다. 또한, 아예 이러한 담론적 구조물의 '외부'에 서 있는 문학들이 있었음을 부인할 수 없다.

이 글에서 특히 중시하고자 한 것은 국민문학론을 선도하거나 이에 적극적으로 협력한 사람들이 아니라 협력과 저항의 틈새에서 고민하면서 그 자신의 문학적 가치를 보존하고자 한 작가들이다. 이들은 특히 최근 들어 협력에 귀착한 작가들로 분류되곤 하지만, 그러한 협력적인 포즈의 이면에는 만만치 않은 문제의식이 담겨 있는 경우가 많다. 이들은 '사소설'의 환유적 기법을 활용하여 식민지 체제에 역설적인 비판을 가하거나, 일본어 소설을 쓰면서도 여러 환유적, 상징적 장치를 통해서 체제에 포섭되지 않는 정신의 가능성을 실험해 나갔다. 채만식, 이태준, 박태원, 이효석 같은 작가들의 이면에 대한 탐구는 한국문학을 정치적인 것으로 밀어붙이는 분석적 시각에 대하여 '문학적' 가치에 대한 고민과 실험이 일제말기의 야만적인 체제 아래에서도 여전히 존재했음을 알 수 있게 해 준다.

─────── 더 읽어보기

방민호, 「일제말기 문학인들의 대일 협력 유형과 의미」, 『한국현대문학연구』 22, 한국현대문학회, 2007.
방민호, 『일제말기 한국문학의 담론과 텍스트』, 예옥, 2011.

한국 전후의 이데올로기 문제와 아프레게르

나보령

들어가며

1945년 제2차 세계대전이 종식되면서 일본 제국으로부터 해방된 한반도는 새로운 국면을 맞이하게 된다. 강대국들의 결정에 의해 북위 38도선을 중심으로 남과 북에 각각 미군과 소련군이 분할 주둔함으로써 국토가 분단된 것이다. 통일 정부를 위한 노력은 무산되었고, 1950년 6월 25일에 한국전쟁이 발발한다. 한국군은 소련의 지원을 받은 북한군의 군사력에 크게 밀리다가 유엔 결의에 따른 국제사회의 개입으로 전세를 역전하게 된다. 1951년 1월경 연합군이 한반도의 북쪽 경계선에 다다르며 통일이 달성되는 듯했지만, 중공군이 개입하며 휴전에 이르는 1953년 7월 27일까지 전선이 오랜 교착상태에 빠졌다. 36년에 이르는 시간 동안 일본 제국의 억압과 착취로 몸살을 앓던 한반도는 해방된 지 채 5년도 지나지 않아 민족상잔의 전쟁으로 초토화됐다. 여기서는 한국전쟁으로 심화된 일련의 이데올로기 문제와 전쟁에 노출되면서 변화한 한국의 사회상에 대한 문학적 양상을 살펴본다.

먼저 김수영 시인과 최인훈 작가를 통해 전후 불거진 전쟁포로 문제와

'중간파'를 허용하지 않는 극단적인 흑백논리에 휩싸인 그 당시 이데올로기 문제에 대해 살펴본다. 김수영 시인의 사례를 통해서는 포로 심사와 송환이라는 문제가 부상하게 된 배경과 의미를 알아본다. 한국전쟁이 비록 포로가 스스로 거취를 결정할 수 있는 자유를 보장했던 최초의 전쟁이었음에도 불구하고 그 배경에는 강대국들의 이데올로기 대결이 자리하고 있다. 이는 상호 적대적인 이념을 기준으로 국민과 비국민을 가르는 냉전적 국민국가 건설의 원칙과 긴밀하게 결부되어 있다. 최인훈의 소설『광장』은 바로 이러한 기준과 원칙에 대한 비판적 내용을 담고 있다. 중립국으로 향하길 선택하는 주인공 이명준을 통해 최인훈은 남북한 사회를 모두 비판하고 있다.

다음으로는 전쟁 이후의 혼란과 상흔 속에서 새로운 삶을 모색하고 있는 아프레게르의 모습을 작가 황순원, 손장순, 강신재의 소설을 통해 알아본다. 아프레게르는 본래 '전후', '전후파'를 가리키는 프랑스어다. 주로 제1차 세계대전 이후 프랑스에 일어난 문학예술에서의 새로운 경향이나 분위기를 가리키는 표현이었다. 그러던 것이 제2차 세계대전을 거치면서는 전쟁 이전의 관습이나 도덕, 사상 등에 구애받지 않고, 자유분방하며 때때로 무궤도하게 행동하는 당대 젊은이를 가리키는 표현이 되었다. 한국에서 사용된 아프레게르의 맥락은 이와 조금 다른 양상을 갖는데, 여기서는 1950~60년대 아프레게르 풍조의 소설들을 통해 전후 세대의 삶과 심리를 확인하고, 복합적이고 다채롭게 펼쳐지는 한국 전후의 풍경들을 살펴본다.

포로 체험을 통해 보는 한국전쟁과 이데올로기

한국전쟁은 내전인 동시에 국제전이었다. 따라서 군사적인 쟁점뿐만 아니라, 정치적, 국제법적인 쟁점도 복잡하게 맞물려 있었는데 이를 가장 잘 드러내는 것이 바로 포로 문제다. 특히 포로들의 송환이 중요한 문제로 떠올랐으며, 이는 한국전쟁이 장기지속 되는 결정적인 원인이 되었다. 한국전쟁기의 포로 송환 문제는 자유주의 대 공산주의라는 이념국가 건설의 원칙과 국민 형성의 과정과도 연결되어 있었다. 사회학자 김학재의 저서 『판문점 체제의 기원』에 따르면, 한국전쟁은 포로들 개개인에게 송환 의사를 묻고 동의하는 경우에만 본국으로 송환하는 '자원 송환 원칙(voluntary repatriation)'을 따르는 최초의 전쟁으로 기록된다. 그에 따르면, 이러한 원칙이 사용된 배경에는 한국전쟁기에 대량으로 발생한 '민간인 억류자' 문제가 놓여있다. 예컨대, 북한군에 의해 강제로 동원되었다가 포로가 된 한국인들이 그러하다. 자신의 의지와 상관없이 강제로 징집된 경우였기 때문에 그들이 일괄적으로 북에 송환되는 것을 막아야 했던 것이다.

1950년 9월 이후로 거주지가 삼팔선 이남이면서 신분이 확인된 포로들을 석방하라는 지시가 떨어지자, 11월부터 포로심사위원회가 운영되게 된다. 그런데 이 당시 포로들에 대한 심사는 문제가 많았다. 이 시기에 이뤄진 심사는 무분별하고 불법적인 처벌과 학살 문제와 뒤얽혀있었다. 남한 정부에 의해 이뤄진 심사는 출신 지역과 신원을 확인하는 기초 조사일 뿐만 아니라, 정치적 반대 세력과 '부역자'를 솎아내고, 반대로 '반공 포로'들만을 석방토록 하는 방식으로 운영되었다. 그래서 '민간인 억류자'로 분류된 반공포로들은 아이러니하게도 억울하게 북한군에게 강제 동원된 사람들이라기보다 사상 심사를 통과한 열렬한 반공주의자들로 구성되어 있었다.

한국전쟁기 이와 같은 포로 문제는 문학을 통해서도 살펴볼 수 있다. 1921년에 서울에서 출생한 김수영이 그 대표적인 예이다. 해방 이후 모더니즘 시인으로 이름을 알리면서 작품 활동을 한 김수영은 북한군에 의해 강제로 징집된 경험이 있다. 그의 회고에 따르면, '문화 공작대'라는 이름으로 차출되어 평안남도 개천 지역에서 혹독한 군사훈련과 사상교육을 받았다고 한다.

1950년 10월 28일, 북한군에서 탈출한 김수영은 이후 부산의 야전병원과 거제도 포로수용소를 오가는 2년 정도의 포로 생활을 하게 된다. 그리고 1952년 11월 28일에 민간인 억류자 자격으로 석방된다. 김수영은 민간인 억류자 신분으로 석방된 후에도 남한 사회에서 받아들여지기 위해 끊임없이 반공주의자로서 자신을 증명해야만 했다. 김수영은 포로 체험 수기와 탈출기를 여러 글로 남기면서 포로를 일컬어 그 어떤 사람보다도 비참한 사람 혹은 '인간이 아닌 존재'라고까지 쓰고 있다.

'중립'의 환상 ─ 최인훈의 『광장』

최인훈은 1934년 함경북도 회령에서 태어났다. 회령은 한반도 최북단 지대의 변방으로, 유년시절을 이곳에서 보낸 최인훈은 해방 후인 1947년 원산으로 이주했다. 원산고교 시절 그가 겪은 혹독한 자아비판에 대한 일화는 이후 그의 작품에서 반복적으로 나타난다. 일종의 원체험인 것이다. 또 한 가지 최인훈의 작품을 살펴보기 전에 염두에 두면 좋을 에피소드는 피난 경험이다. 그는 고교생일 때 한국전쟁을 겪었는데 항구도시인 원산에서 미군의 상륙함을 타고 남쪽으로 탈출했다. 폭격이 떨어지는 상황에서 펼쳐진 대규모의 철수 작전은 최인훈에게 강렬한 피난민 의식을 심어주었다. 생명의 위협에 떠밀려 살던 곳을 떠난 경험은 최인훈이 스스로를 '뿌리 뽑힌 존재'로 규정하게 만들었다. 바로 이 피난 과정에서 최인훈 문학의 핵심 사상이 배태되었다고도 볼 수 있다.

이때 최인훈이 한국전쟁기 월남피난민으로서의 특수성보다 세계적이고 보편적인 난민의식을 강조하고 있다는 점은 인상적이다. 최인훈은 그의 문학을 통해 월남 체험으로만 국한되지 않는 존재, 즉 국가와 체제에 소속되지 못한 채, 추방되고 배제된 모든 존재들을 다룬다. 그 속에는 살던 곳을 떠날 수밖에 없는 존재들의 보편적 불안, 공포, 슬픔이 나타나 있다. 최인훈의 문학세계는 이처럼 개인에 대한 체제의 폭력이 없는 세계와 자유, 사랑, 인간 다움의 가치를 추구하고 또 그 가능성을 시험해나간 실천들로 구성된다.

최인훈은 1959년 「그레이구락부 전말기」라는 작품이 추천되어 등단한 이 듬해에 「광장」을 발표했다. 「광장」이 발표된 1960년에는 4.19혁명이 벌어졌다. 4.19혁명은 냉전 상황 속에서도 「광장」과 같은 작품이 논의될 수 있는 분위기를 만들어주었다. 「광장」은 철학과 대학생 이명준이 월북과 월남을 모두 경험한 뒤 진정한 광장과 밀실을 찾아 중립국으로 떠난다는 줄거리를 담고 있다. 여기서 '광장'과 '밀실'은 인간에게 꼭 필요한 두 가지 공간을 가리키는데, 명준은 남한과 북한 어느 곳에서도 이 공간들을 찾을 수 없었다. 그렇다고 중립국으로 향하는 명준의 미래가 밝다고 볼 수도 없다. 명준 역시 이러한 사실은 인식하고 있다.

이와 관련해 국문학자 방민호는 '사랑'에 대한 최인훈의 사유에 주목해볼 것을 제안한다. 작가는 이념 갈등 서사의 또 다른 한편에 '사랑의 서사'를 배치하고 있다. 소설 속에서 명준이 사랑한 두 여인 윤애와 은혜는 '광장'도 '밀실'도 찾을 수 없었던 명준에게 있어서 유일한 희망이었다고 할 수 있다. 중립국으로 향하는 배에서 바다로 투신하는 명준의 마지막 모습은 명준이 사랑하는 존재들에 대한 기억을 간직하고 그 사랑에 응답하기 위한 몸부림이 었다고 할 수 있다. 요컨대, 소설 속 '사랑'의 가치는 민주주의에 대한 열망으로부터 지펴진 4.19혁명의 불씨가 도달해야 할 총체적인 변혁과 새로운 사회의 근본 원리를 문학적으로 그려낸 것이라고 볼 수 있다.

전후의 혼란 속에서 새로운 삶을 찾는 시도

아프레게르(après-guerre)는 서구에서 전쟁 이전의 관습이나 도덕, 사상 등에 구애받지 않고, 자유분방하고 때로는 무궤도하게 행동하는 당대 젊은 세대를 가리키는 표현으로 사용된다. 그런데 한국에서 아프레게르가 유행하기 시작한 것은 한국전쟁 이후부터다. 이런 시차가 발생한 이유에 대해 방민호는 한국에 연속되고 중첩된 '두 개의 전후'가 있었기 때문이라고 본다. 첫 번째 전후는 제2차 세계대전의 종전을 의미한다. 그런데 한국에서는 제2차 세계대전의 종전이 '전후'의 의미보다는 '해방'의 의미로 받아들여졌다. 여기에 더해 한반도로 귀환하는 사람들의 육체적, 정신적으로 피폐, 일본군 '위안부' 여성처럼 침묵을 강요받은 존재들의 경우로 말미암아 전후에 대한 문학적 재현은 상당히 지연되었다. 게다가, 곧이어 발발한 한국전쟁의 여파는 첫 번째 전후의 의미를 덮어버리기에 충분했다. 한국의 아프레게르는 곧 한국전쟁 이후의 혼란스럽고 퇴폐적이고 일탈적인 사회적 분위기를 가리키게 되었다. 그리고 그 안에서 성장한 젊은 세대의 사고방식이나 행동방식, 윤리 의식, 감수성 등을 대변하는 표현이 되었다.

작가 황순원은 1915년 평안남도 대동 출생으로 식민지 시기에 일본 와세다대학 영문과에서 유학했으며, 1931년에 시로 처음 등단했다가, 해방 이후부터는 소설을 창작했다. 그는 해방기에 월남했는데, 한국전쟁 때는 부산으로 피란하여 고등학교 영어교사로 근무하며 창작을 지속했다. 전쟁이 끝난 뒤에는 월남작가들이 모여 만든 『문학예술』이라는 잡지에서 주로 활동했다. 황순원의 장편소설 『나무들 비탈에 서다』는 종합잡지 『사상계』에서 1960년 1월부터 7월까지 연재되었다. 황순원은 이 소설을 통해 자신들의 의지와 무관하게 전쟁으로 내몰린 청춘들의 삶을 조명했다. 전쟁이 끝난 뒤에도 일상에 뿌리내리지 못하는 청춘들의 모습을 가파른 비탈에 선 나무에 빗댔다.

황순원 작품의 인상적인 부분은 청춘들을 단지 트라우마에 고통받는 피해자로만 재현하지 않는다는 것이다. 작가는 이들의 가해자성에 대한 죄의식과 자기 처벌 의지 역시 분명하게 보여준다. 전쟁이라는 가혹한 상황을 통과하면서 누군가에게 상처를 주고, 범죄를 저지른 채 살아남은 이들의 가해자성에 대해 말하고 있는 것이다. 나아가 강간으로 잉태된 생명을 감당하기로 결심하는 여성인물을 통해서는 전쟁이 가한 폭력과 죄악을 극복할 회복과 재생의 문제를 제시한다. 죽음과 폐허의 공간에서도 생명을 통해 갱생과 재생을 추구하는 이 작품이 지닌 역사에 대한 성찰의 깊이는 전후문학을 더욱 풍성하게 만들어준다.

한편, 작가 손장순은 1935년에 태어난 서울 토박이로 최인훈과 같은 세대다. 휴전된 후 서울대학 불문과에 입학했고, 1958년 김동리의 추천에 의해 『현대문학』에 소설 「입상」과 「전신」이 실리면서 창작활동을 시작했다. 손장순의 독특한 점은 언급했듯, 서울 토박이라는 점이다. 해방 이후 한국문단은 월남작가나 지방에서 상경한 작가들이 대부분이었기 때문에 손장순에 의해 포착된 서울의 모습은 각별하다. 손장순의 「입상」은 전쟁의 폐허 위로 재건된 현대 도시 서울에서 코스모폴리탄적인 삶을 향유하는 여성을, 기성의 제도에 구속받지 않는 철저한 개인으로서 그려낸다. 손장순의 문학에서 또 한 가지 주목할 것은 그의 소설이 당대 비평적 관점에서 크게 주목받지 못한 주변적 성격을 가지고 있다는 점이다. 그럼에도 불구하고, 그의 문학 작품은 당대인들이 향유했던 삶의 모습이나 문화, 예술을 폭넓고 섬세하게 재현한다는 점에서 탁월성을 지닌다. 손장순의 문학은 한국의 아프레게르 세대의 의식과 지향, 애정 윤리를 감각적으로 다루고 있어 한국 전후가 가진 다채롭고 풍부한 결을 드러낸다는 의의가 있다.

「입상」은 손장순을 아프레게르형 작가로 주목받게 만든 작품이자 아프레게르형 여성 주인공을 내세운 소설이다. 손장순 소설에 나타난 여성상은 크게 세 가지 관점에서 기존 한국문학에서 제시되던 여성상과 구분된다. 첫째 철저한 개인으로서의 여성을 다룬다는 점, 둘째 주인공이 '행동'하는 여성으로 제시된다는 점, 셋째 주인공이 한국문화에 스며든 서구식 문화를 적극적으로 향유하는 인물이라는 점이다. 「입상」의 주인공 '지연'은 가족이나 결혼 같은 전통적 관습에서 자유롭고 인간관계나 사회적 시선, 경제적 문제에도 구애받지 않는 자유로움을 지녔다. 그녀에게는 특별한 결핍이나 갈등도 없으며, 삶의 기쁨을 향유하는 모습을 보여준다. 과감하게 자신의 삶을 창조하려 하고, 실천에 주저함이 없는 모습에서는 진정한 실존의 모습을 읽어낼 수 있다. 같은 시기 대부분의 한국 작가들이 젊은 여성들의 애정이나 윤리 문제를 통속적인 것으로 치부하며 등한시 했던 것과 달리, 손장순은 이를 직시할 뿐만 아니라 긍정적인 의미를 부여하려고 시도했다. 손장순은 기성의 제도, 전통, 인습 권위를 추종하는 대신 자신만의 고유하고 새로운 삶을 창조해 나가려 했던 청춘들의 강한 의지에 주목한 것이다. 이와 같은 선구자적인 여성상, 시대 위로 솟은 '입상'의 이미지를 제시한다는 점에서 손장순 소설의 의의를 찾을 수 있다.

강신재는 1924년 함경북도 청진에서 태어났다. 같은 또래 여성 작가로는 박경리를 예로 들 수 있다. 이처럼 1920년대에 출생한 세대는 태평양전쟁과 한국전쟁을 연달아 겪은 세대라는 점에서 전중파 세대라고도 불린다. 강신재는 1949년 『문예』에서 김동리의 추천에 의해 등단하게 된다. 강신재가 주목받기 시작한 것은 단편 「젊은 느티나무」를 발표하게 되면서부터다. 이 소설은 황순원의 『나무들 비탈에 서다』와 나란히 『사상계』 1960년 1월호에 실렸다. 또한 「젊은 느티나무」는 그해 발표된 작품 중 뛰어난 작품만 추려 출판된 『한국전후문제 작품집』에도 수록되었는데, 이러한 사실은 이 소설이 당대 평단에서 단순한 하이틴 로맨스가 아니라 전쟁과 죽음, 폐허, 이념 갈등의 시대 이후를 살아가는 새 세대의 회복력과 지향을 제시하는 작품으로 읽히고 있었음을 시사한다.

이 소설은 두 남녀가 이복 남매 사이가 되는 데서 오는 갈등을 다룬다. 주인공 숙희는 겉으로 보기에는 고요하고 충족된 삶을 사는 것처럼 보이지만 그의 내면에서는 사춘기 소녀의 변덕과 격정이 소용돌이치고 있다. 「젊은 느티나무」의 숙희는 「입상」의 지연이 그랬던 것처럼 외부의 시선이나 소속 감보다는 자신의 내적 감정에 전념하는 인물이다. 여기에 더해 소설의 배경에 전쟁의 흔적이 드러나지 않는 것도 특징적이다. 전쟁과 피란을 충분히 기억할만한 나이임에도 숙희의 과거 회상에서는 전쟁의 모습이 등장하지 않는다. 작가에 의해 의도적으로 배제되었다고 봐야 할 것이다. 전쟁으로 피폐해진 시대를 살아간 아프레게르 세대는 그동안 부모 세대의 고통과 피해를 대물림받는 것으로 그려지는 것이 일반적인 한국문학의 문법이었다. 그런데 이 소설은 과거, 역사와 단절하는 태도를 취한다. 소설에서 숙희 그리고 현규로 표상되는 아프레게르 세대는 전통적이고 규범적인 가정의 모습, 가족 제도로부터 결별하려고 시도한다. 이러한 경향은 소설 속에서 두 사람이 근친상간이라는 사회적 금기를 위반하는 양상으로 나타난다. 숙희와 현규 두 사람은 금기 위반에 대한 죄의식을 갖지 않을 뿐만 아니라, 그들의 사랑을 부정적인 것으로 의미화하려고 하지도 않는다. 이처럼 이 소설은 금기와 제도에 맞서 자신들의 사랑을 지키고 회복하려는 청춘들의 의지를 그린 소설이라고 할 수 있다. 나아가 「젊은 느티나무」는 당시 아프레게르 세대가 품고 있던 새로운 사회, 정치체제에 대한 열망을 대변하는 것으로 해석해볼 수 있다. 즉 기성세대의 제도와 인습, 정치에 맞서는 신세대의 새로운 연대와 윤리의 알레고리를 제시한 작품으로 읽을 수 있는 것이다.

나가며

한반도는 제2차 세계대전의 종전과 함께 일본 제국으로부터 해방되었다. 그러나 해방으로부터 채 5년도 되지 않아 다시 전쟁의 불길에 휩싸이게 된다. 이 점을 고려했을 때 한국 사회에서 '전후'라는 개념은 좀 더 복잡하게 논의될 필요가 있다.

전반부에서는 전쟁포로를 통해서 한국전쟁과 이데올로기의 문제를 살펴보았다. 한국전쟁은 포로를 민족과 국가라는 집단의 일원이 아니라, 자유로운 의사를 가진 한 명의 개인으로 취급해서 포로송환을 결정한 최초의 전쟁이었다. 그런데 이러한 자원 송환의 원칙은 냉전의 맥락에서 부상한 것이기도 했다. 남한 정부가 담당한 포로 심사 절차와 송환 결정은 상호적대적인 이념을 기준으로 국민과 비국민을 가르는 냉전적 국민국가 건설의 원칙과 결부되어 있었다. 그와 같은 시대상을 담은 작품으로서 최인훈의 『광장』에서는 주인공의 중립국행을 통해 진정한 광장도, 밀실도 존재하지 않는 남북한 사회 모두를 비판적으로 바라볼 수 있는 제3의 길의 가능성과 '사랑'의 의미에 대해 살펴보았다.

후반부에서는 한국전쟁 이후의 상흔, 빈곤, 혼란 속에서 새로운 삶을 모색했던 아프레게르의 모습을 포착하고 있는 일군의 작가들을 만나보았다. 한국전쟁 이후 사용된 아프레게르라는 용어는 혼란스럽고 퇴폐적이고 일탈적인 사회 분위기를 가리키는 표현으로 자리 잡았다. 뿐만 아니라, 그 속에서 성장한 젊은 세대의 사고방식, 행동양식, 윤리 의식, 감수성을 대변하는 방식으로도 사용되었다. 황순원은 자신들의 의지와 무관하게 전장으로 내몰리고, 또 전후의 일상에도 제대로 뿌리 내리지 못하는 청춘들의 모습을 그렸다. 그는 또한 청춘들의 가해자성에도 주목하는 한편, 전쟁 이후의 회복과 재생을 이야기했다. 손장순은 전쟁의 폐허 위로 재건된 현대 도시 서울에서 코스모

폴리탄적인 삶을 향유하는 여성을, 기성의 제도에 구속받지 않는 철저한 개인으로 그려냈다. 마지막으로 살펴본 강신재는 금기를 넘어서는 사랑과 새로운 가족 만들기 서사를 통해 기성세대에 맞서는 신세대의 연대와 새로운 윤리의 문제를 제기하였다.

───── 더 읽어보기

권보드래, 『아프레걸 사상계를 읽다』, 동국대학교출판부, 2009.

김학재, 『판문점 체제의 기원』, 후마니타스, 2015.

방민호, 『아프레게르와 손장순 문학: 손장순 문학 연구』, 서울대학교출판문화원, 2012.

방민호, 「"데가주망"의 논리 − 최인훈 장편소설 『회색인』」, 『어문론총』 67권, 한국문학
        언어학회, 2016.

방민호, 『문학사의 비평적 탐구』, 예옥, 2018.

월남문학의 세 유형

방민호

들어가며

1945년 해방을 맞이한 한국은 그 기쁨을 온전히 누리지도 못한 채, 미국과 소련의 군정, 남북 단독 정부 수립 등 분단의 과정을 겪게 되고, 곧이어 1950년 발발한 6.25전쟁으로 인해 또다시 수난을 겪게 된다. 1957년 7월 27일 휴전협정은 남북 분단을 공식화하는 동시에, 전후체제가 현재에 이르기까지 해소되지 못한 것임을 보여준다. 그런데 한국현대문학사에서 이러한 연속적인 역사적 시간은 각각 '해방공간(1945.8.15.~1948.9.8.)', '남북 단독 정부 수립(1948.9.9.~1950.6.24.)', '6.25전쟁(1950.6.25.~1953.7.27.)'으로 분절된 채 각기 고립적으로 이해되어 온 경향이 있다. 그러나 일제강점기와 이후 현대문학사의 연계 양상을 종합적으로 시유하고, 특히 포스트콜로니얼리즘의 맥락에서 한국현대문학사를 고찰하기 위해서는 해방 이후 8년의 시간을 하나의 연속적인 현상으로 범주화할 필요가 있다.

해방 후 8년의 시간을 연속선상에서 살필 때, 가장 중요한 문학적 사건 중 하나는 문학인들의 월북과 월남이었다. 1980년대 후반부터 '월북문학'이라는 개념은 빈번히 사용되어왔으나, '월남문학'은 충분히 정식화되어 있지 않다. 특히 월북문학이 정치주의적인 체제 옹호의 문학으로, 곧 현재의 북한 어용문학에 흡수되어 불모성을 띤 것에 비추어 볼 때, 월남문학은 체제 반응적인 문학의 수준을 뛰어넘고 있어 주목할 필요가 있다. 특히 월남문학의 근원적인 문제에는 고향 상실이 자리하고 있다는 점이 중요하다. 이념적인 이유로든, 혹은 또 다른 이유로든 월남문학인들은 해방 후 8년사의 어느 시기에 이북에서 이남으로 월경해 왔고, 또 그러한 상태를 어떤 형태로든 문학적으로 표현해 왔다는 점에서 월남문학은 곧 고향 상실의 문학이라고 규정할 수 있다. 따라서 월남은 이데올로기 선택 이전에 장소의 상실이자, 장소성 회복의 욕망을 야기하는 원천적 경험이라 할 수 있다.

그리스어로 '흩어짐'을 뜻하는 '디아스포라(διασπορά)'는 본래 고향을 떠나 세계 각지로 흩어진 유대인들을 지칭하는 개념이었다. 오늘날 이 개념은 고향을 떠나 타지에서 자신들의 규범과 관습을 유지하며 살아가는 사람들 혹은 그들의 거주 지역을 가리키는 용어로 확장되었다. 월남문학은 이러한 디아스포라의 의미를 충족할 만한 요소들을 함축하고 있다고 볼 수 있을 것이다. 월남문학에는 고향을 떠나온 사람들로서 그곳으로 회귀하고자 하는 경향, 현실 공간에 적응해야 하는 문제, 그리고 더 보편적인 세계로 나아감으로써 상실을 보상받으려는 경향 등이 혼재되어 있다. 월남이라는 행위는 이데올로기 선택의 문제 이전에 장소 상실이자, 장소성 회복을 위한 '형언할 수 없는' 욕망을 야기하는 아주 원천적인 경험이라고 할 수 있다. 그러나 여기서 살펴볼 월남문학의 사례들은 고향으로의 단순 회귀 또는 귀환을 목표로 하지 않고, 미지와 미래, 이상향을 향한 나아감을 발견할 수 있다는 점에서 의의를 지닌다. 이 글에서는 월남문학의 고향 상실 또는 그 극복의 양상을 세 가지 유형으로 나누어 살펴본다.

형언할 수 없는 고향에의 그리움 – 선우휘의 경우

첫 번째 유형으로는 장소성을 회복하려는 경향을 가진 월남이다. 이는 고향에 대한 향수로 쉽게 설명될 수 있는데, 1922년 평안북도 정주에서 태어나 1946년 월남한 선우휘의 작품이 대표적이다. 선우휘의 「십자가 없는 골고다」(『신동아』, 1965.7.)는 정신병원에 수감되어 있는 K·김과 '나'의 대화, 그리고 K·김의 술회를 중심으로 전개된다. K·김의 이야기에 따르면, 그는 반체제 지식인 "H옹"이 정부 당국에 구속될지 말지를 두고 지인들과 내기를 벌였다. 이때 순교자가 되고자 하는 H옹에 대한 당국의 처분 방식을 놓고 이들이 벌이는 내기는 예수가 십자가에 못 박힐 때 그 밑에서 로마 병사들이 예수의 옷을 걸고 주사위를 돌린 일에 비유된다. 당국이 H옹을 체포할 것이라고 주장하여 내기에 진 K·김은 H옹의 글을 뛰어넘는 깜짝 놀랄 행동이 필요하다며, 한반도 남쪽을 국제입찰에 부쳐 방매해 버려야 한다는 주장을 편다. 이렇게 땅이 팔리고 나야만 민족서사시가 쓰일 수 있다는 것이다. K·김의 이런 비현실적인 주장은 자신들의 땅을 잃고 세계 곳곳에 뿔뿔이 흩어져야 했던 유대인들의 디아스포라에 연결된다. 유대인들의 엑소더니, 디아스포라, 팔레스타인 귀환열을 빌려온 K·김의 한국 정치 현실의 희화화는 그를 믿고 따르는 대장장이 젊은이의 실제 행동으로 비화된다. 대장장이는 K·김의 주장대로 한반도를 국제입찰에 부치기 위한 서명운동에 돌입하고, 여기에 성난 군중들은 젊은이를 매국노라 몰아붙여 불태워 죽인다.

그런데 작품 결말에 이르러 이 모든 사건이 K·김의 과대망상일 수도 있다는 가능성이 제기되고, 나아가 K·김이라는 인물이 '나'의 분신일 수도 있다는 가능성이 시사된다. 이에 소설은 일종의 분신담으로 해석될 수 있는 계기를 마련하게 된다. 사실 K·김은 '나'로 표상되는 텍스트 바깥의 작자 자신, 즉 선우휘의 이력과 아주 흡사하다. 선우휘를 상기시키는 K·김의 이력의 끝에는 '권태'가 자리 잡고 있고, 이 소설을 일종의 분신담으로 파악하는 한에서 권태는 비극을 지향하는 '나', 곧 작가 자신의 본질주의적, 근본주의적 성격을 퇴락시키는 무서운 요인으로 작용함이 드러난다. 이처럼 이 소설을 일종의 분신담으로, 또 작가 자신의 타락과 권태에 대한 성찰 및 그 회복의 문제로 보면, 소설은 남한체제에 '감금되어' 체제내화 되어 가는 자기 존재에 대한 구원에의 희구로까지 상징적으로 읽힌다. K·김이 상상하는 대민족적 서사시로서의 엑소더스 및 미래의 새로운 귀환은 자기 정화라는 문제를 민족적 상태에 투사시킨 산물이다.

한편, 「망향」(『사상계』, 1965.8.)은 월남이라는 행위가 부과한 장소 상실을 보상받고자 하는, 월남민의 의사(擬似) 귀향과 그 비극을 그린 문제작이다. 작중에서 '나'는 같은 월남민 친구인 이중환의 부친을 찾아뵈었던 일을 떠올린다. 충주 가까운 시골에 정착한 이중환의 부친은 고향에 대한 충족될 길 없는 그리움을 보상받으려는 마음에서 고향과 흡사한 지형을 가진 곳에 이북의 집과 꼭 같은 모양의 집을 마련한다. 신축이면서도 몹시 낡아보이도록 지은 그 집은 '나'의 전신에 소름이 돋게 할 만큼 고가의 디테일한 부분까지도 재현해 놓았다. 그러나 구체적인 경험으로 형성되는 장소성이란 본디 시공간적 맥락을 떠나서는 성립할 수 없다. 따라서 이중환과 그의 부친은 고가를 똑같이 본 뜬 그 집에서 생소함과 낯섦을 느낀다.

「망향」의 문제적 성격은 바로 그 이중환 부친의 충족될 수 없는 고향 회복의 염원이 작중의 '나', 즉 '나'로 표상되는 텍스트 바깥의 작가 선우휘 자신의 것이라는 데 있다. 이중환 부친의 의사 회귀의 실패는 선우휘 자신의 고향 회복이라는 측면에서의 어떤 절망을 표상하며, 진정한 의미에서의 귀환이 불가능하다면 고향 상실이라는 문제와 관련하여 작가에게 남은 선택지가 별로 없음을 의미한다. 그런 점에서 선우휘의 반공주의는 이러한 고향 상실의 심화 내지는 극단화 속에서 얻어진 하나의 현실 적응적 태도였다고 해석해 볼 수 있다.

적응해야 할 현실의 부정적 형상 – 이호철의 경우

　두 번째 월남문학의 유형은 고향으로의 회귀 욕구를 최대한 억제하고 고향을 떠난 현실 그 자체에 적응하고자 시도하는 유형이다. 두 번째 양상은 반공주의를 비롯한 남한 체제 옹호 이데올로기와 결합하는 양상을 보일 수도 있고, 다른 한편에서는 남한 사회에 적응하려는 시도와 함께 그러한 과정 자체를 비판적으로 사유하는 깊이를 보여주기도 한다. 이호철의 장편소설 『소시민』(『세대』, 1964.7.~1965.8.)의 주인공이 두 번째 유형에 해당하는 인물이라고 할 수 있다. 이호철은 1932년 함경남도 원산 출생으로, 6.25가 발발하자 인민군으로 동원되어 참전한 경험을 가지고 있다. 그는 후퇴하는 과정에서 포로로 붙잡혔다가 구사일생으로 살아나 원산으로 돌아갔다. 그리고 미군의 원산 철수에 합류하여 LST를 타고 부산으로 오게 된다. 『소시민』은 월남문학의 고향 상실 양상을 전형적으로 보여주는 소설로, 이는 전쟁과 월남이라는 원체험으로부터 십여 년이 지난 시점에서 과거의 경험을 성찰적으로 조명하고 있다.

　『소시민』의 주된 배경이 되는 피난지 부산은 소시민화한 인간들의 도시로 나타난다. 소설에 나타난 소시민은 타락과 뗄 수 없는 연관을 맺고 있고, 이 타락은 어디서 어떻게 밀려들어왔는지 모르는 사람들의 생존을 위한 불가피한 훼손이다. 그런 점에서 이 소설은 뛰어난 도시소설의 면모를 가진 작품이라 할 수 있다. 도시가 그 도시를 살아가는 사람들의 삶에 미치는 영향력이 잘 드러나기 때문이다. 좌익 활동 전력이 있는 강 영감이나 정 씨, 태평양전쟁 때 지원병으로 버마까지 끌려갔다 온, 곧 일제강점기라는 과거를 상징하는 신 씨, 지칠 줄 모르는 계층 상승 욕구와 그에 상응할 만한 도덕적 불감증을 가진 김 씨, 그리고 육체적 욕망에 충실한 제면소 사장 부인, 반대로 기독교주의에 경사된 정옥, 도덕적 인습에 얽매이지 않고 퇴폐적 타락을 통해 기성세대에 도전하는 전형적인 아프레 걸 매리 등은 당대의 사회적 혼란과 뒤얽힘을 각기 다른 방식으로 대변하면서 한국 사회의 변화의 방향을 암시한다.

그렇다면 이러한 다양한 인물의 삶의 모습 가운데, 월남인 '나'는 어떻게 남한 사회의 일원이 될 수 있을까. 이 소설의 결말 부분에서 '나'는 영장이 나오자 함께 도망가자는 제면소 사장 부인의 제안을 뿌리치고 훈련소로 향한다. 주인공의 입대는 곧 국가의 자유민으로 거듭나기 위한 일종의 통과제의로 보인다. 그런데 인민군에 들어가 남한 쪽과 싸운 전력을 가지고 있는 작가 이호철은 사실 월남한 뒤 오랫동안 징집 기피자로 살았다. 소설에 비추어 보자면 실제 작가는 국가의 자유민으로서 자격을 구비하지 못한 자였다고 할 수 있다. 소설 『소시민』의 주인공인 '나'는 현실 속의 작가와는 다르게 국가의 소환에 응낙함으로써 시민, 곧 자유민이 되는 길을 선택한 셈이다.

주인공 '나'의 현실 적응 문제는 소설 바깥의 실제 작가의 이념적 세계관의 조정이라는 문제에 연결되어 있다. 이호철은 『소시민』을 통해 부산 피난지의 삶을 사회과학적인 안목으로 도해하고 있는데, 이는 해방 이후부터 6·25전쟁에 이르기까지 북한 체제 아래서 학창 시절을 보낸 작가의 경험에 기인하는 바가 크다. 원산에서 중고등학교 우수생이었던 작가는 이미 『레닌 열전』이나 『볼셰비키 당사』, 또 러시아 계급문학 작가들의 작품을 읽었고, 나아가 베른슈타인이나 카우츠키의 수정주의 등에 대한 비판적 안목을 가지고 있었다고 한다. 사회과학적 지식에의 탐사는 월남 이후에도 식지 않았고, 바로 이러한 독서 경험이 『소시민』의 곳곳에 투영되어 있다. 그러나 작가는 이제 전후 남한 체제에서 살아가야 할 존재로서 자신의 세계관과 체제 평가를 그러한 당위에 걸맞게 조정하지 않으면 안 되었다. 월남과 함께 맞딱뜨리게 된, 부산으로 대표되는 남한의 현실, 그 혼란과 타락의 소용돌이를 지극히 비판적으로 관조하면서도 그러한 세계의 일원이 되기 위해 징집에 응하는 주인공의 사유와 행위에는 작가 자신의 내적 고민이 담겨 있다고 할 수 있다.

'지금 여기' 없는 이상향을 찾아서 ─ 최인훈의 경우

마지막 세 번째 유형은 생래적으로 부여된 고향과는 다른 차원의 고향 지향이 수반되는 월남이다. 월남을 일종의 엑소더스 또는 디아스포라 상태로 규정할 수 있다면, 세 번째 유형은 고향으로 돌아가고자 하는 대신 더이상적인 고향, 상실된 과거로서의 고향보다 더 나은, 미래의 고향, 미지의 고향을 지향한다. 이를 가장 극적으로 보여주는 작가가 최인훈이다. 1936년 함경북도 회령에서 태어난 최인훈은 원산중학교를 거쳐 원산고등학교 재학 중 한국전쟁을 만나, 그해 12월 LST편으로 전 가족이 월남했다. 최인훈은 한국전쟁을 중심으로 한국현대사의 문제를 집요하게 질문해 나간 가장 전형적인 '전후 문학인'이라 할 수 있다.

최인훈 문학의 본질에 다가서기 위해서는 그 계통 발생상의 마지막 단계에 해당하는 『화두』(민음사, 1994)에서 시작할 필요가 있다. 『화두』의 1부 1장은 작가의 평생에 걸친 문제가 무엇인지 두 에피소드를 통해 드러내고 있다. 하나는 벽보에 쓴 글이 발단이 되어 지도원 선생에게 폭력적으로 자아비판을 요구받은 것이고, 다른 하나는 국어시간에 조명희의 「낙동강」을 읽은 감동과 그 감상을 글로 써 국어선생님께 칭찬을 받은 일이다. 이 상반되는 에피소드에서 발생하는 질문이 바로 최인훈의 문학의 출발점이 된다. 가장 아름다운 인류적 이상의 이미지를 가진 이념이 어떻게 한 개체를 향한 가장 공포스러운 폭력으로 작용할 수 있는가? 최인훈 문학은 이상과 공포의 공존이라는 그 모순적 질곡에서 벗어날 수 있는 가능성을 찾아가는 과정인 셈이다. 그러한 맥락에서 『광장』에서 『서유기』로, 여기서 다시 『화두』로 나아가는 계단을 문제 삼을 수 있다.

먼저 『광장』은 이른바 '광장'과 '밀실'의 이분법으로 쓰인 장편소설이라 할 수 있다. 여기서 광장이란 사람과 사람이 만나서 교류하거나 교감을 나누는 장소 또는 그 관계를 의미하고, 밀실은 자아의 장소 또는 상태를 의미한다. 남쪽에서 이명준은 월북한 부친으로 인해 국가 폭력에 노출되며 그로써 광장의 공포를 경험한다. 한편으로 월북한 이명준에게 가해지는 자아비판 요구는 소년 최인훈이 북한에서 겪은 원체험적 공포가 사실적으로 재현된 것이다. 이렇듯 이명준에게 남쪽과 북쪽은 공히 광장의 공포 메커니즘이 작동하는 곳이며, 이러한 구조적 질곡에서 벗어날 수 있는 길 또는 개체적인 진정한 기쁨을 맛볼 수 있는 광장이란, 남쪽에서는 윤애와 사랑을 나누던 바닷가의 '분지', 북쪽에서는 은혜와 6·25 전쟁 중에 재회하여 사랑을 나누던 '동굴' 같은 장소뿐이다. 사랑 또는 사랑의 장소만이 이명준에게는 고독한 자아가 소외와 공포를 경험하지 않을 수 있는 광장인 것이다. 따라서 소설의 결말에서 주인공이 끝내 죽음을 택한 것도 남과 북의 환멸적인 현실 때문이라기보다 그가 사랑의 대상을 상실해버렸기 때문이다. 역사의 압력 아래 살아갈 수밖에 없는 개체에게 사랑이라는 최후의 광장이 사라졌을 때 그 자아의 진정한 처소란 존재할 수 없다는 것, 이것이 『광장』의 결말의 의미이다.

　소설의 결말부에서 작가는 '부채'의 비유를 통해 다시 한번 주제를 드러낸다. 부채의 바깥쪽 넓은 테두리는 구체적·역사적 현실을 의미하며, 개인들은 바로 이 광장을 살아간다. 그런데 부채의 안쪽, 곧 작가가 요점이라 표현한 손잡이 쪽으로 뒷걸음질 친다는 것은 그러한 구체적 역사의 압력을 관조할 수 있는 추상의 위치로까지 물러섬을 의미한다. 그러므로 요점에 다가갈수록 역사의 압력은 작아지고 대신에 개체의 자아가 분명하게 드러난다. 이명준으로 대표되는 인간 개체가 역사의 구체적 현장에서 뒷걸음질 쳐 마침내 요점에까지 이르러 뒤로 돌아섰을 때, 이제 그의 앞에는 무한한 백지, 그 가능성의 공간이 펼쳐져 있을 뿐이다. 이로써 그는 역사 또는 마르크시즘으로 대변되는 역사주의의 압력에서 벗어나 실존적 자유를 획득할 수 있다. 그러나 이 지점에서 그는 그 무한한 가능성의 공간을 향해 나아가기를 멈추고 부채꼴 역사의 안쪽에 놓여 있는 사랑의 존재들을 기억하고, 그들과 함께 죽음을 맞는 길을 선택한다. 만약 이명준에게 고통을 가한 정통 마르크시즘의 논리를 인간에 대한 이성중심적, 정신주의적인 이해의 대표라 할 수 있다면, 작가는 이명준의 선택을 통하여 사랑이라는 탈이성적, 탈정신주의적인 새로운 해방의 기획을 제시한 셈이 된다.

한편, 『서유기』의 단계에 이르러 최인훈은 『광장』에서 제시한 이른바 부채꼴의 사상을 새롭게 재편해 보이려는 시도를 한다. 즉, 『서유기』에 나타나는 W시를 향한 주인공의 회귀는 『광장』의 이명준이 부채의 요점으로 뒷걸음질 치는 행위에 대응된다. W시를 향한 독고준의 의식의 여행에서 그는 한국사의 문제성을 드러내는 여러 인물들, 예컨대 논개, 이순신, 조봉암, 이광수 등과 같은 인물들을 차례로 만나 이야기를 나누게 된다. 그리고 그는 마침내 자신을 괴롭히는 기억의 원점으로 진입해 '지도원' 교사와 대면하고 또 법정에 서서 심판을 받는다. 결국 소설은 작가의 소년 시절의 심리적 트라우마에 대한 치유를 겨냥하는 것이다.

그러나 치유는 단순한 심리학적, 의학적 치료, 즉 권력의 힘과 권위를 수긍하는 수동적 주체를 재정립하는 것으로는 이루어질 수 없다. 그것은 작가스스로 창조해 나가는 야심찬 담론의 기획을 완성하는 행위를 통하여 가능하다. 작가는 주인공 독고준의 의식을 매개로 이성주의 철학과 병리학을 거부하고, 작가적 자아의 바깥에 폭력적으로 군림하는 역사를 해체하여 새롭게 재구성하고자 한다. 소년 시절에 그에게 원초적 트라우마를 제공한 북한식 공산주의와 그 근본적 연원으로서의 일제의 식민지배, 더 나아가 한국의 문화 형성에 작용해온 요인들로서의 전통적인 의식체계들, 국학, 유학, 불교 등은 물론 유럽적인 전통과 인식 방법들 전체를 향한 싸움이자 대화가 바로 그것이다. 『서유기』는 그 투쟁, 대화의 '기록'이다. 이 야심찬 시도 앞에서 일본, 일본적인 것, 일본의 식민 지배, 그리고 전후 일본의 새로운 양상 같은 것들은 보편에 귀결되어야 할 잡다한 개별들 가운데 하나일 뿐이다.

소설 속에서 독고준은 끝내 고향의 재판정에서 무죄 석방된다. 고향에서의 방면이라는 모티프는 이 소설이 월남 작가의 고향 상실의 소설이자 고향을 회복하려는 소설임을 가리킨다. 그러나 석방되고도 독고준은 고향의 거리에 효수된 듯한 부끄러움을 맛본다. 작중 인물의 수치, 부끄러움이 사라지지 않았으므로 『서유기』의 서사는 끝났으되 작가 자신의 서사는 아직 끝날 수 없다. 이것이 그가 『화두』로까지 나아가야 했던 이유일 것이다.

『화두』에 이르면 최인훈은 자신의 문제의식을 20세기 인류사에 대한 성찰이라는 근본적인 차원으로 옮겨가고자 시도한다. 제1부에서는 화자가 인류를 공룡에 비유하는 장면이 삽입되어 있다. 인류가 공룡이라면 민족은 공룡의 꼬리이며, 개인은 공룡의 비늘에 지나지 않는다는 이 비유는 역사의 의미를 캐내려고 하는 화자의 목적을 드러내며, 인류사에 대한 작가의 관점이 이전과 비교해 대단히 확장되고 있음을 보여주는 예시라고 할 수 있다. 인류사적 경험이 우주론적 시야로 확장되는 『화두』의 내용은 제2부에 등장하는 '풀' 이야기를 통해서 확인할 수 있다. 풀을 바라보는 '나'는 자기 자신과 풀이 함께 생물구성체를 구성하고 있다고 인식하지만, 다른 한편에서 '나'는 인간인 까닭에 자신이 짊어진 사회구성체의 의미를 부각한다. 풀이 소속된 유구한 생명공동체로서의 의미가 화자로 하여금 사회구성체적 존재인 인간 삶의 이질성을 냉정하게 사유할 수 있는 토대가 된 것이다. 이런 맥락에서 화자는 자신이 소년 시대에 직면했던 사회주의의 두 얼굴에 대한 물음과 사유를 이어나간다. 그 여정은 러시아에서 조명희와 관계된 팜플렛을 찾는 데서 일단락되는데, 팜플렛에 담긴 내용으로부터 '나'는 조명희의 목소리를 빌려 주체성 회복의 요청을 받는다. 이 요청은 '나'로 하여금 결정론적 사고와 허무주의를 기각하고 새로운 유토피아를 향해 나아가는 문제를 생각하게 한다. 현실 사회주의 체제는 역사적으로 몰락하고 말았지만, 바로 그러한 이유로 제3의 고향, 유토피아적 삶의 양태를 찾기 위한 '나' 자신의 탐색은 새로운 출발점 위에 서게 된다.

나가며

월남문학을 단순히 체제 반응적인 문학 수준을 뛰어넘는 것으로 고찰하고 자 할 때 '고향 상실'이라는 문제는 근원적인 문제로 부각된다. 이념적인 이유로든 또는 상상할 수 없는 또 다른 이유들로든 월남문학인들은 해방 후 8년사의 어느 시기에 이북으로부터 이남으로 월경해 왔고, 지금까지 고향 으로 돌아갈 수 있는 기회를 얻지 못했다는 의미에서, 또 그러한 상태를 어떤 형태로든 문학적으로 표현해 왔다는 점에서 월남문학은 고향 상실 문학 이라고 규정할 수 있다. 그리고 그것은 김동리, 조연현, 서정주 등의 '고향을 가진 자'들의 문학과 대별된다. 월남문학을 일단 이렇게 고향 상실 문학이라 고 규정하게 되면 해방 후 8년사와 그 이후의 문학사적 과정에 대한 이해가 더욱 풍부해지고 심층적으로 전개될 수 있을 것이다. 나아가 이와 같은 관점 은 본문에서 다룬 선우휘, 이호철, 최인훈뿐만 아니라 다른 월남 작가, 시인, 비평가들의 위상과 의미 또한 더욱 명료하게 드러낼 것이다.

───── 더 읽어보기

방민호, 「월남문학의 세 유형」, 『통일과평화』 7집 2호, 서울대학교 통일평화연구원, 2015.

산업화 시대 성장서사의 의미

손유경

들어가며

1970년대 한국 사회에서는 성인 남성이라는 모델이 산업화·근대화의 주체로 확고한 지위를 점하게 된다. '산업 역군'이라는 관용구가 잘 보여주듯 힘 있는 남자 어른이 이끌어가는 산업화는 남녀노소를 불문한 전국민적 열망이었다. 그런 점에서 여성과 미성년자는 1970년대 문학 연구가 공들여 발굴해야 할 타자들이다. 그간 심화된 젠더 인식을 바탕으로 개발독재시대의 여성에 대한 논의는 꾸준히 이어졌으나, 산업화에 가까스로 적응한 주체가 억압해 온 '자기 안의 타자'에 대한 고찰은 충분히 이루어지지 못했다. 1970년대 이후 활발하게 작품 활동을 한 일군의 작가들은 자신의 유·소년기 전쟁체험을 형상화하는 기억서사를 다수 발표했다. 이들 기억서사는 주로 성장소설로 이해되어 왔지만, 여기에 등장하는 아이가 아이이기만 한 것은 아니라는 점을 주목할 필요가 있다. 성장소설에 등장하는 아이는 어른이 된 '나'의 기억 속 존재하고 있으므로 기억하는 '나-어른'과 기억되는 '나-아이' 사이에는 끊임없는 긴장과 갈등이 빚어진다. 현재의 '나'는 과거의 어떤 '나'를 의도적으로 은폐하기도 하고, 망각됐던 과거의 어떤 '나'는 현재의 '나'를 위협하면서 '나'의 의지와 상관없이 회귀하기도 하는 것이다. 이 글은 초등학교 입학 전후의 유년기 인물이 등장하는 윤흥길의 「황혼의 집」(『현대문학』, 1970.3.), 황석영의 「잡초」(『월간중앙』, 1973.3.), 오정희의 「유년의 뜰」(『문학사상』, 1980.8.)을 대상으로 하여, 1970년대 성장서사에 등장하는 아이의 타자성에 주목한다. 전쟁을 겪은 과거의 '나-아이'가 1970년대라는 현재의 '나-어른'과 맺고 있는 관계를 드러내고, 전쟁의 기억이 산업화 시대 삶의 조건을 어떻게 흔드는지 살펴본다.

성장신화가 은폐한 점액질의 유년기

윤흥길의 「황혼의 집」, 황석영의 「잡초」, 오정희의 「유년의 뜰」에 등장하는 주인공들의 공통점은 모두 취학 전 어린이라는 것이다. 소설 속 어린이 주인공에게 입학, 등교를 비롯한 학교생활은 큰 의미를 얻지 못한다. 그 대신 빨치산과 전투를 벌이는 "토벌대"(「황혼의 집」)나 극심한 좌우익 대립으로 늘 벌어지는 길거리 "패싸움"(「잡초」)의 광경, 혹은 먼 데서 들리는 "쿵쿵하는 대포 소리"(「유년의 뜰」)가 이들의 일상을 구성한다. 유소년 화자의 눈에 비친 전쟁은 그 참혹함을 극적으로 드러내는 동시에 인식의 한계를 노정한 것으로 이해되어 왔지만, 이들 소설을 자세히 들여다보면 이 안에 펼쳐지는 세계가 동화적이라고 하기 어렵다는 점을 깨닫게 된다. 무엇보다도 이 기억 서사의 주인공은 아이(기억되는 '나')인 동시에 어른(기억하는 '나')이기도 하므로 이 아이-어른을 순수하고 투명한 시선의 소유자로 간주하기도 어렵다. 실제로 「황혼의 집」, 「잡초」, 「유년의 뜰」이 그리는 유년기는 동화적이기는커녕 끈끈한 점액질의 정조로 가득 메워진 어두운 시공간으로 형상화된다.

언제나 해질녘-그것은 몹시 두려우면서도 **끈적거리는 흥분과 호기심**에 싸여 기다려지는 시간이었다. (강조-인용자)

　　　　　　　-윤흥길, 「황혼의 집」, 『현대문학』, 1970.3;

　　　　　　　『황혼의 집』, 문학과지성사, 2010, 17면.

지금도 내게는 죽음이 뜨거운 뙤약볕과 직결되어 있고 **점액질과 같은 끈적끈적한 느낌** 가운데 있는 듯이 여겨진다. 그 **끈끈한 죽음의 느낌**은 세계가 화려하게 번창하고 있는 여름의 열기 가운데 도사리고 있는 듯했다. (강조-인용자)

　　　　　　　-황석영, 「잡초」, 『월간중앙』, 1973.3; 『삼포가는 길』, 창비, 2011, 196면.

밤의 저잣거리는 늘 재미있었다. 나는 밤이 되어도 식지 않는 더위에 치마를 걷고 언니 또래 틈에 쥐새끼처럼 끼여 앉아 밤거리에 음험하게 끓어오르는 알 수 없는 열기, **끈끈한 정념**으로 가득 찬 달착지근한 공기를 들이마셨다. (강조-인용자)

　　　　　　　-오정희, 「유년의 뜰」, 『문학사상』, 1980.8;

　　　　　　　『유년의 뜰』, 문학과지성사, 2010, 25면.

점액질(phlegmatic)이라는 형용사는 끈끈한 액체라는 물리적 형태와 둔감하고 냉담한 기질적 특성을 동시에 가리키는 단어이다. 주목해야 할 점은 위 소설들이 주인공의 유년기를 끈적끈적한 공간으로 그리고 있을 뿐만 아니라, 그 공간 속의 아이들을 무디고 냉담한 점액질의 존재로 묘사하고 있다는 것이다. 소설 속 아이들은 주위의 자극에 대단히 느리고 소극적으로 반응하며, 특히 고통에 대한 반응이 눈에 띄게 위축되어 있다. 대표적으로 「유년의 뜰」의 주인공 노랑눈이는 웃지도 않고 말도 하지 않아 그녀의 어머니는 노랑눈이가 '좀 모자라는 게 아닌지' 걱정할 정도다. 끈끈한 촉감이나 알 수 없는 냄새, 은은한 포성과 같은 감각적 이미지, 그리고 무디고 냉담한 점액질의 심성으로 묘사되는 유년기. 이러한 과거의 편린들은 성인이 된 '나'가 망각하고자 했으나 끈질기게 살아남아 현재의 '나'에게 말을 거는 '무의지적 기억'이라 할 수 있다.

그렇다면 1970년대식 계몽의 신화를 삶의 조건으로 수락할 수밖에 없었던 산업화 시대의 어른들이 억압하고 부인해온 과거란 무엇일까. 현재의 '나'가 지금껏 잊고 있었으나 불현듯 '나'를 위협하며 회귀한 점액질의 끈끈한 감각은 이들이 망각하고자 했던 과거의 상처가 무엇이었는지 뚜렷하게 보여준다. 이들이 잊고자 했던 것은 전쟁이 가져다 준 직접적인 고통이라기보다는 그러한 고통에 제대로 반응조차 하지 못했던 점액질의 심성, 즉 무디고 둔감하며 잔뜩 위축돼 좀체 공감할 줄 모르는 인간의 내면이었던 것이다. 일상적인 폭력에 노출된 유년기의 아이가 갖는 특유의 둔감함이 '끈끈함'이라는 강렬한 이미지로 주체를 위협하는 순간, 유년기 전쟁체험 세대 작가들은 각자의 방식대로 개발독재시대의 성장신화가 은폐한 점액질의 주체를 그 기원에서부터 폭로한다. 그것은 바로 지척에 널린 고통과 슬픔에 무디게 반응하는 점액질의 심성이 자신의 내면에서 무섭게 자라났다는 사실이다. 자신에게 말을 거는 유년기의 어두운 기억-이미지와 만난 주인공들은, 성장(발전)이라는 산업화 시대의 모토가 실제로는 점액질의 유년기로 상징되는 무디고 위축된 주체의 조건을 망각하게 하는 허울이 아닌지 자문하게 되었을 것이다. 점액질로 포착된 유년기의 기억-이미지는 성장신화에 갇힌 개발독재시대의 어른들에게 자신의 과거와 현재를 다시 돌아보게 하는 인식과 성찰의 계기를 마련한다.

놀이의 리얼리티와 '진짜'에 대한 감각

흥미로운 점은 이처럼 둔감하고 냉담한 점액질의 내면이 폭로되는 과정에 유년의 놀이에 대한 기억이 수반되고 있다는 사실이다. 예컨대,「황혼의 집」의 경주와 '나'는 철공소 부근 빈터에서 볼록렌즈를 들고 개미를 하나씩 태워 죽이는 장난에 쾌감을 느낀다. 특히 경주는 산 참새의 털을 모조리 뽑고 다리를 부러뜨릴 뿐 아니라 생쥐의 몸에 불을 붙여 언제 죽는지 시험해보는 걸 장난으로 알 정도이다. 이들 소설을 성장소설이라는 범주에 묶어 논한다면, 잔혹해 보이는 장난을 즐기는 아이의 내면에 전쟁으로 인한 폭력성이 각인되면서 아이가 비로소 비정한 어른의 세계로 편입하게 된다는 해석을 할 수 있을지도 모른다. 그런데 과연 아이들의 놀이는 성장을 위한 행위일까? 성장을 사회가 요구하는 어른(특히 성인 남성)의 질서를 내면화하는 과정으로 일원화할 수 있을지도 의문이려니와 아이들의 놀이가 이러한 내면화의 기제로 작용한다는 주장도 수긍하기 어렵다. 놀이는 그 본성상 어른이 되기 위한 도구일 수 없다. 주변 사물을 어떤 이해관계나 목적의식 없이 바라보는 심미적 태도인 '무관심성'이야말로 일상 바깥에서 벌어지는 놀이의 특성이기 때문이다.

그렇다면 이 소설들이 유년기의 놀이, 그것도 특히 잔혹해 보이는 장난에 대한 기억이라는 한결같은 설정에 기대고 있는 것은 왜일까.

부서진 공장터와 집터마다 잡초가 을씨년스럽게 자라났으며, 아이들 사이에서는 한창 불놀이와 전쟁놀이가 유행하고 있었다. …… **전쟁놀이를 하노라면 아이들은 예전과 달랐다.** 그전에는 땅, 하고 쏘면 제자리에 잠시 쪼그려앉거나 손을 들고 서 있는 법이었는데, 이제는 목을 뒤로 꺾고 땅 위에 벌렁 나뒹굴어버리는 것이었다. 또한 정한 계급을 엄정히 지킬 줄을 알았다. 내가 너보다 높잖아, 하면 곧 기가 죽어서 항의를 그치는 것이었다. **그래야 진짜 같으니까.**

—황석영, 「잡초」, 앞의 책, 197면.

전쟁 통에 무감각해져버렸다고 고백한 「잡초」의 주인공은 점차 진짜처럼 진화하는 전쟁놀이를 즐기면서 일상의 재미를 찾는다. 주인공이 무심결에 덧붙인 "그래야 진짜 같으니까"라는 말이 단적으로 드러내듯, 전쟁 탓에 무감각해진 점액질의 아이들에게 정말 필요했던 것은 '진짜'에 대한 생생한 감각을 복원하는 일이었다. "아이들이 난리를 [난리로] 실감하지 못했다"라는 「잡초」의 한 구절이 시사하듯, 나뒹구는 시체를 향해 침을 뱉는 아이들의 행위는 이들의 심성이 잔혹해졌다는 것을 입증하기보다 아이들이 현실을 현실로 인식하지 못하고 있음을 방증하는 것으로 읽어야 한다. 생쥐 몸에 불을 붙이는 경주는 폭력적인 아이라기보다 무엇이 '진짜' 고통인 줄 모르는 점액질의 아이다. 한없이 위축되고 위축되어 마침내 냉담해져버린 내면을 소유한 이 아이는, 고통과 쾌락을 고통과 쾌락으로 실감하지 못하는 것이다. 중요한 점은 아이들이 이런저런 쾌락이나 고통을 상실했다는 것이 아니라, 쾌락이나 고통을 바로 그 쾌락과 고통으로서 경험하게 되는 틀을 상실했다는 것이다.

놀이가 중요한 것은 실감을 회복하는 힘이 놀이에 깃들어 있기 때문이다. 「잡초」의 아이들의 전쟁놀이가 보여주듯, 잔혹한 장난에 몰두할 때조차도 아이들은 폭력을 내면화하기보다는 진짜에 대한 감각을 익히려 한다. 「황혼의 집」의 경주와 '나'는 온갖 잡동사니가 가득한 철공소를 놀이터로 삼는다. 이 잡동사니들을 장난감으로 변용시킨 아이들에게 물건의 과거와 현재는 뒤섞이고 매 순간 새로운 사건으로 다가온다. '나'와 경주는 찾아낸 물건을 다음날을 위해 전과는 다른 장소에 묻어두고, 다음날 새로 찾아내는 재미를 만끽한다. 이처럼 기억 속의 놀이하는 '나-아이'가 갖는 전복의 에너지, 다시 말해 오래된 것을 새롭게 만들어 즐기고, 지금 일어나는 사건을 '진짜'로 감각하게 하는 파토스는 점액질의 '나-아이'가 냉혹하고 둔감한 '나-어른'으로 성장하지 않을 가능성을 제시한다. 요컨대 아이들은 성장하기 위해 노는 것이 아니다. 오히려 성장신화에 갇힌 주체를 해방하는 힘이 다름 아닌 자기 자신(전쟁기의 '나-아이')에게 있었을지 모른다는 사실을 일깨움으로써 놀이하는 유년의 기억-이미지는 산업화 시대의 '나-어른'에게 다른 삶의 가능성을 상상하게 한다.

허물어진 삶과 죽음의 경계

오정희의 「유년의 뜰」에 등장하는 어린 여자아이 노랑눈이가 얻고자 애쓰는 '진짜'의 감각은 이와는 조금 다른 차원과 관련된다. 노랑눈이의 욕망과 호기심은 외부의 사건이나 대상을 어떻게 실감할 것인가가 아니라, 진짜의 나란 무엇인가라는 실존적 질문으로 열려있다. 이 같은 의문을 품고 있는 노랑눈이의 가장 큰 특징은, 죽음에 대해 아무런 선입견이 없으며 오히려 죽음을 매우 가깝고 친숙한 것으로 여기고 있다는 데 있다. 말수가 적고 식탐이 많으며 잘 웃지 않는 점액질의 특성을 고루 갖춘 아이지만, 노랑눈이는 유독 죽음을 향해서만은 대단히 예민한 촉수를 뻗고 있다. 이는 노랑눈이가 즐겨하는 놀이에서도 나타나는데, 아이는 전쟁놀이가 아니라 진짜로 죽은 체하는 연극놀이를 즐겨 한다. 작은오빠가 의사, 언니가 천사, 노랑눈이는 병자가 되는 이 놀이는 병자가 치료 중에 죽어서 천사와 함께 하늘에 오른다는 줄거리를 가지고 있다. 그런데 놀이가 끝나도 노랑눈이는 좀처럼 일어나지 않는다. 노랑눈이는 죽음에의 동화와 이화를 반복하면서 죽음놀이가 주는 쾌락에 심취하기도 하고, 여기저기서 흔히 발견되는 애기무덤을 보면서 업으면 검불처럼 가벼운 동생도 언젠간 죽으리라 생각한다.

「황혼의 집」이나 「잡초」의 아이들과 노랑눈이를 구별해주는 것이 바로 이러한 죽음에 대한 상상력이다. 노랑눈이의 시간 안에서 삶과 죽음을 가르는 경계는 보잘것없이 낮다. 그러면서 노랑눈이는 시시때때로 몰려드는 두려움, 슬픔, 분함, 서러움에 늘 동요하는 모습을 보인다. 실상 노랑눈이의 유년기는 알 수 없는 서러움들로 가득 차 있는데, 이런 감정은 대체로 죽음과 상실을 공기처럼 자연스러운 일로 겪어나가거나 심지어는 그것을 예견하는 과정에서 솟아난다. 따라서 노랑눈이의 내면에 포착된 '진짜의 나'에 관한 질문은 아이가 느끼고 있는 삶과 죽음의 거리에서 이해될 수 있다. 즉, 노랑눈이의 관점에서 '나'는 그저 살아있는 존재가 아니라 삶과 죽음 사이의 비좁은 틈바구니에 잠시 끼여 있는 존재에 불과할 수 있다. 노랑눈이(였던 '나')의 '성숙'은 유년의 기억, 그러니까 성공이나 성장 따위의 가치가 어쩌면 주체의 자기 위안이나 계몽의 신화에 불과할지 모른다는 것을 본능적으로 알고 있었던 유년의 기억이 현재의 '나-어른'을 일깨운 각성의 순간에 '내'가 그것을 꽉 붙들고 늘어졌다는 데서 비롯되었을 것이다.

나가며: 회상의 형식, 각성의 순간

「황혼의 집」과 「잡초」, 「유년의 뜰」은 유년의 기억이 '나-어른'에게 말을 거는 각성의 순간에 대한 성실한 문학적 응답이다. 유년의 '나-아이'가 의식의 수면 위로 떠오르는 순간 그 아이를 꽉 붙들지 못했더라면, 점액질의 불행한 유년기를 거친 '나-어른'은 어떻게 되었을까. 결국 이 세 소설은 성장 서사의 전형적인 문법, 그 중에서도 특히 '잡초'처럼 자라난 남자아이는 세속적인 성인 남성의 세계로 '입사'해가는 반면, '화초'처럼 자라난 여자아이는 기껏해야 이런 식의 성장을 거부하거나 미쳐버리는 '반(反)성장'의 궤도에 오른다는 도식적인 구도 너머로 우리의 사유를 진전시킨다. 누가 더 비루해졌는가를 놓고 겨룰 것이 아니라, 진짜의 나를 찾는 데 누가 더 치열함을 보였는가를 기준으로 한 인간의 '성숙'한 정도를 파악하는 일이 가능해진다면, '유년의 뜰' 안에서 자라난 여자아이나 '잡초'처럼 자라난 남자아이들을 성장/반성장의 대립 구도 안에 가두는 일 자체가 무의미해질 것이다. 요컨대 세 소설은 성장 혹은 각성이란 (남자)어른이 의식적으로 기술하는 일관된 서사의 '내용'이 아니라 비의지적으로 회귀하는 유년기 무의식에 정직하게 반응하는 회상의 한 '형식'이라는 것을 역설한다. 이러한 회상의 형식이 산업화 시대와 밀접히 교호함으로써 1970년대 성장서사(성장신화)의 무의식의 일단이 드러난다.

───── 더 읽어보기

손유경, 「유년의 기억과 각성의 순간」, 『한국현대문학연구』 제37집, 한국현대문학회, 2012.

발터 벤야민, 조형준 역, 『방법으로서의 유토피아─아케이드 프로젝트 4』, 새물결, 2008.
알렌카 추판치치, 이성민 역, 『실재의 윤리-칸트와 라캉』, 도서출판b, 2008.
요한 호이징거, 김윤수 역, 『호모 루덴스』, 까치, 1993.
우에노 치즈코, 이미지문화연구소 역, 『근대가족의 성립과 종언』, 당대, 2009.

노년소설과 여성

손유경

들어가며

제아무리 결핍 없는 '완전한' 인간일지라도 언젠가는 노인이 된다. 점점 더 많은 사람들이 점점 더 오래 살게 된 지금, 나이는 성별, 인종, 계급, 지역을 가로지르며 새로운 억압과 지배를 주조해 내는 중심 문제로 부상하고 있다. 나이 듦이라는 인간의 조건에 대한 문학적 탐구도 이러한 맥락에서 이해할 필요가 있다. 인간은 누구나 늙어가지만, 계급과 젠더, 지역, 인종에 따라 그것을 다르게 경험하기에 누구의 어떤 입장에서 노년의 시간을 경험하는지가 중요하다. 이 글은 노년기에 대한 등장인물의 자의식이 두드러지는 박완서와 오정희의 소설에서 노인 인물, 특히 여성 주인공이 노년의 시간을 견디는 양상에 주목한다. 여기서 주안점은 '노인 문제'로 통칭되는 사회적 이슈가 아니라, 노년기에 접어든 주인공의 자기 인식과 감각이다. 곧, 늙어감이라는 인간적 조건에 대한 인문학적 성찰을 시도해 보려는 것이다. 보부아르는 노년기의 특징을 '무지'라 지적한 바 있다. 내면의 명백한 영구불변성과 외면의 확실한 변모 사이에서 주체는 자기 자신이 누구인지 '모른다'. 그런 점에서 노인 문제는 나와 타인 사이에서가 아니라, 나와 나 사이에서 발생한다. 늙어가는 내가 협상해야 할 상대는 바로 나인 것이다. 이 글은 박완서와 오정희의 대표적 노년소설 속 주인공이 자기 자신과 불화하고 자기로부터 멀어지는 고통스러운 과정을 어떻게 통과하는지 살펴본다.

노년의 거울 단계와 조각난 신체상

박완서의 노년소설에서 등장인물이 상대방이나 자신의 노화를 알아차리는 방법은 다름 아닌 늙음을 '보는' 것이다. 나이 듦은 인물의 내적 변화가 아닌 시각적 발견 또는 충격으로 그려진다. 「너무도 쓸쓸한 당신」(『문학동네』, 1997년 겨울)의 '나'는 아들 졸업식을 앞두고 별거 중이던 남편을 다시 만나 호텔을 가게 된다. 그런데 '나'는 늙은 남편의 흉한 몸을 발견하고는 혐오의 감정조차 느끼며, 그와는 다시 살을 대고 살 수 있을 것 같지 않다는 절망감을 확인한다. 아내가 남편의 몸에서 늙음을 '보는' 것이다. 이와 같은 충격은 몸에 대한 혐오가 배우자나 부모가 아닌 자기 자신을 향할 때 더 크게 다가온다.

거울 앞에 선 노인을 묘사하는 박완서 소설의 몇몇 대목을 관찰해보면, 흥미롭게도 라캉의 그 유명한 거울 단계를 패러디하는 듯 보이는 장면을 만나게 된다. 라캉에 따르면, 아이는 거울에 비친 통합된 자기 이미지와 스스로를 동일시하면서 신체 상태를 자각하고 자기의식을 갖게 된다. 그렇다면 거울 앞에 선 노인은 어떨까.

몸에서 물이 떨어져 발밑에 타월을 깔고 뻣뻣이 서서 전화를 받다 말고는 나는 하마터면 아니 저 할망구가 누구야! 하고 소리를 지를 뻔했다. 문갑 옆 경대는 시집올 때 해가지고 온 구식 경대여서 거울이 크지 않았다. 거기에는 하반신만 적나라하게 비쳤다. (중략) 어제 오늘 사이에 그렇게 된 게 아니련만 그 추악함이 충격적이었던 것은 욕실 안의 김 서린 거울에다 상반신만 비춰보면 내 몸도 꽤 괜찮았기 때문이다. (중략) 그때 나는 급히 바닥에 깔고 있던 타월로 추한 부분을 가리면서 죽는 날까지 그곳만은, 거울 너에게도 보이나 봐라, 하고 다짐했다.

－박완서, 「마른 꽃」, 『문학사상』, 1995.1;

『그 여자네 집－박완서 단편소설 전집 6』, 문학동네, 2015, 35~36면.

라캉 이론 속 유아와 달리 「마른 꽃」에서 '나'는 상반신과 하반신으로 자기 신체의 이미지를 의도적으로 조각냄으로써 가까스로 충격과 공포에서 벗어난다. '나'는 아직 "꽤 괜찮은" 상반신과 추악한 하반신으로 자신의 몸을 나누고는 죽는 날까지 하반신은 거울에 비춰보지 않으리라 결심한다. 아마 이 주인공도 유년기에는 통일된 유기체라는 환상(거울 이미지) 덕분에 착각과 오인 속에서나마 자아의식을 획득하고 남과 구별되는 자신을 사랑했을 것이다. 그러나 노년의 '나'는 사랑스런 부분과 혐오스런 부분으로 그 이미지를 나누어야 가까스로 자기를 자기로 인정할 수 있다. '나'는 자신의 몸을 더이상 하나의 전체로 상상할 수 없다. 아니, 그런 환상을 거부한다.

「마른 꽃」의 주인공이 자신의 몸을 상하로 나누어 인식했다면, 오정희의 「옛우물」(『문예중앙』, 1994년 여름)에서 주인공은 목욕탕의 늙은 여성들을 마치 러시아 전통 인형 마트료시카처럼 여러 겹짜리 몸으로 상상한다. '나'의 머릿속에서 노파의 몸은 표면의 늘어진 살가죽과 이면의 고운 피부, 또 한 겹 아래의 더 어린 살갗으로 켜켜이 층을 이루고 있다. 그런데 이와 같은 인식은 결정적으로 타인(남성)의 시선에서 기인한다. '나'는 무의미하고 건조하게 스쳐가는 남자의 시선에서 자신이 더이상 젊은 여자가 아님을 감각한다. 유아에게 자신의 시선만 있다면, 노인에게는 타인의 시선만 남는 것이다.

보부아르는 일생 내내 성기에서 자신의 분신을 발견하는 남성과 달리, 여성은 어렸을 때부터 자기 신체의 전체적인 모습과 자기를 동일화하는 경향이 있다고 분석한 바 있다. 자신의 늙은 몸의 이미지를 위, 아래로 구분하거나 여러 겹으로 나누어 버림으로써 가까스로 견뎌내는 박완서와 오정희의 여성 인물들은 매우 역설적인 방식으로 보부아르의 분석에 동의하고 있는 셈이다.

거울 속 노인의 조각난 신체상에 대한 소설적 상상력은 장애 문제를 환기하는 데로 나아간다. 오정희의 「동경(銅鏡)」(『현대문학』, 1982.4.)은 노인의 몸에 틀니나 염색약 같은 '무생물'과 주름진 피부가 상징하는 '생명'이 공존하고 있는 장면을 묘사하고 있다.

> 치약 묻힌 칫솔로 표면에 달라붙은, 칼국수를 먹고 난 뒤의 고춧가루 따위 찌꺼기를 꼼꼼히 닦아내자 틀니는 싱싱하고 청결하게 빛났다. (중략) 거울 속으로, 청년처럼 검은 머리는, 무너진 입과 좁아든 인중, 참혹하게 파인 볼 때문에 더욱 젊어 보였다.
>
> ―오정희, 「동경(銅鏡)」, 『현대문학』, 1982.4; 『바람의 넋―오정희 컬렉션』, 문학과지성사, 2018, 264면.

튼튼하고 정결한 틀니와 염색으로 검어진 머리카락은 이곳저곳 무너지고 좁아들고 푹 파인 그의 얼굴과 조화를 이루지 못한다. 틀니는 심지어 잔혹하게 번득이는 차가운 무생물로서 그에게 두려움을 몰고 온다. 썩지 않는 물건에 대한 등장인물의 공포는 박완서의 소설에서도 두드러진다. 「빨갱이 바이러스」(2009)에서 '마모도 소멸도 안 되는 것들에 대한 병적이고도 비밀스러운 혐오'가 등장하는가 하면, 「나의 가장 나중 지니인 것」(1993)에서는 아들 잃은 어머니는 썩지도 타지도 않는 물건들 때문에 숨이 답답해진다고 탄식한다.

박완서와 오정희의 노년소설이 암시하는 바, 젊은이가 세상과 불화한다면 노인은 자신과 불화한다. 젊은이는 불화 끝에 어떤 화해를 추구하지만 노인은 다만 그것을 견딘다. 「너무도 쓸쓸한 당신」에서 남편을 혐오하는 나를 견딜 수 없어 하는 것은 바로 '나'이다. 또한, 더이상 젊지 않은 「옛우물」의 여성 주인공은 이렇게 묻는다. 나도 나를 견디기 힘든데 당신은 나를 어떻게 견디나.

죽음의 목격자로 산다는 것

박완서는 죽음을 노화의 끝자락에 놓은 것이 아니라 도처에 묻힌 지뢰 같은 것으로 파악한다. 이는 한국전쟁 중 오빠와 숙부를 잃고, 1988년에는 아들을 사고로, 같은 해 남편을 병으로 떠나보내야 했던 작가 자신의 생애에서 비롯된 인식일지 모른다. 「그 살벌했던 날의 할미꽃」(『문예중앙』, 1977년 겨울)이나 「복원되지 못한 것들을 위하여」(『창작과비평』, 1989년 여름)에서는 참혹하고 때 이른 죽음들로 기억되는 한국전쟁이 그려진다. 그렇기 때문에 박완서의 인물들은 '고운 죽음'에 대한 희망도 품고 산다. 빨갱이로 고발당해 억울하게 맞아 죽은 아버지와 좌익 활동을 하다 반동분자로 지목되어 총살당한 오빠의 원혼을 오랜 세월이 지난 후에야 제대로 달랠 수 있게 된 「부처님 근처」의 주인공은 곤히 잠든 어머니를 안고 처음으로 혐오감 없이 죽음에 대해 생각해 볼 수 있게 된다.

> 거칠고도 말랑한 손의 희미안 온기, 손목에서 뛰는 약한 맥박, 그것만 없다면 지금 내 품의 어머니는 꼭 죽어 있는 것 같았다. 오오, 죽은 사람, 참 이렇게 고운 사상(死相)도 있겠구나! (중략) **고운 죽음**이 얼마나 큰 축복이 될 것인지를

나는 알고 있다. **흉한 죽음**이 얼마나 집요한 저주인지를 알기 때문에. (강조-인용자)

—박완서, 「부처님 근처」, 『현대문학』, 1973.7; 『부끄러움을 가르칩니다 — 박완서 단편소설 전집1』, 문학동네, 2015, 107~110면.

고운 죽음이란 제 수명을 다한 노인의 죽음, 왜 죽는지(죽어야 하는지) 아는 이들의 죽음을 의미한다. 「저문 날의 삽화 5」의 아내는 흉한 죽음의 저주에서 벗어나기 위해 간절히 기도하는데, 남편은 아내의 가족사를 떠올리며 비로소 순서대로 죽지 못한 집안 꼴에 대한 아내의 한을 짐작하게 된다. 그러나 박완서 소설은 '고운 죽음'이 기실 환상에 불과하다는 사실을 가차없이 폭로해 버린다. 순서대로 죽게 해달라는 아내의 소원(「저문 날의 삽화 5」)은 소설 막바지에 이르러 아들 내외의 차 사고 소식으로 처참히 깨어지고, 젊은 딸이 어머니를 향해 꾸었던 '고운 죽음'의 꿈(「부처님 근처」)은 말기 암환자로 대소변도 못 가리게 된 어머니의 참혹한 말년(「길고 재미없는 영화가 끝날 때」)이 잔인하게 앗아가 버린다. 삶을 죽음의 관점에서 바라보는 것이 일상의 실용적 관점과는 다른 시각에서 삶을 발견하는 계기가 된다고 한다면, '흉한 죽음'의 목격이라는 역광 속에서 박완서가 발견한 삶의 의미는 '고운 죽음'에 깃든 지독한 아이러니에 있었는지도 모른다. 비명횡사하지 않고 오래도록 시간과 마찰하며 늙고 병들어 간다는 것은 축복이다. 다만 노화와 질병은 그 축복받은 당사자에게 종종 '참을 수 없는 치욕'(「길고 재미없는 영화가 끝날 때」)을 남긴다는 것이 함정이다.

박완서가 '고운 죽음'에 대한 인간적 동경과, 그 희망을 잔인하게 앗아가는 현실의 적나라한 양상을 동시에 묘파해냈다면, 오정희는 눈부신 어린 생명과 무기력한 노인의 일상을 대위법적으로 배치하는 전략을 취한다. 「동경」에 등장하는 노부부는 옆집 사는 유치원생 여자아이 앞에서 내면의 혼란을 수습

하지 못해 전전긍긍한다. 옆집 아이는 작은 거울 조각에 햇빛을 반사 시켜 남자의 몸 이곳저곳에 함부로 빛을 쏘아대는데, 이에 남자는 공포를 느끼고 결국 그 거울 조각으로 만든 아이의 만화경을 훔쳐버린다. 아이에게 공포와 노여움을 느끼기는 아내도 마찬가지다. 마당의 꽃을 함부로 꺾어대는 아이를 아내는 항상 성가셔하고 의심한다.

아이를 향한 노부부의 이런 적의는 어디서 비롯되는 것일까. 우선 두 사람은 아이의 활기를 감당하지 못하는 것처럼 보인다. 아이가 자전거를 타며 즐기는 현기증 나는 속도감, 거울 놀이를 하며 반사시키는 눈부신 빛과 같은 것들을 이들은 좀처럼 견뎌내지 못한다. 그러나 무엇보다 이 노부부가 약동하는 어린 생명을 사심 없이 바라볼 수 없는 것은 스무 살에 죽은 아들 영로가 땅에 묻혀 있기 때문이다. 남자는 아들을 묻고 나서 그 자신이 묻고 돌아선 것이 영로의 시체가 아니라 '한 조각 거울'이라고 생각했다. 여기서 거울은 자신의 분신이자 생명의 빛을 상징하는 물건일 것이다. 곧 죽음을 맞이할 노년의 자신을 녹슨 구리거울(동경(銅鏡))로, 젊디젊은 나이에 세상을 등진 아들 영로를 반짝이는 한 조각 거울로 상상하는 그는 '땅에 갇혀 아우성치는' 생명의 빛(영로)을 차마 마주 보지 못한다. 옆집 아이의 거울 조각에 반사된 빛은 그의 가슴에 칼처럼 박혀 있는 영로의 생명력 그 자체일 것이므로 그는 자신의 얼굴에 번지는 하얀 빛에 공포를 느낄 따름이다. 소설 말미에 이르러 아이는 새로 마련한 거울 조각으로 이번에는 아내의 얼굴에 장난질을 시작하는데, 아내 또한 남편과 마찬가지로 공포를 느끼며 필사적으로 빛을 피하려 한다. 옆집 아이가 노부부를 괴롭히는 반복되는 장면에서 감지되는 것은, 적어도 이들의 공포는 자신들에게 다가올 죽음에서 비롯된 것은 아니라는 사실이다. 죽음이 두려운 것이 아니라 삶이 저주스러운 노부부에게 생명의 빛은 너무 강렬해서 바라볼 수조차 없는 것이다.

나가며

지금까지 박완서와 오정희의 노년소설에 등장하는 노인 인물들이 자신과 세계를 어떻게 인식하고 감각하는지 살펴보았다. 이들은 노년을 내면의 변화가 아닌 시각적 충격으로 체험하며, 통합된 신체 이미지의 환상을 거부하고 위, 아래 또는 여러 겹으로 조각난 신체상에 의지함으로써 가까스로 '나'를 '나'로 받아들인다. 이 노년의 주인공들이 보여주듯, 죽음에 가까워져서가 아니라 죽음을 너무 많이 목격하고도 살아내야 하는 것이 노년의 삶이라면, 보부아르의 말마따나 우리는 노년이 평온함을 가져다준다는 편견에서 벗어날 필요가 있다. 우리는 아이에게는 순수함을, 노인에게는 평온함을 기대하지만, 이는 사실 우리 자신이 지니지 못한 미덕을 아이와 노인에게 전가하는 것이다. 박완서와 오정희의 노년소설에서 나이 든 인물은 자신과의 불화를 견뎌야 한다. 그들은 또 죽음의 역광이나 생명의 섬광에 의한 일시적 눈멂 혹은 눈부심을 참아야 한다. 노년은 나와 내가 점점 더 멀어져 노인이 되어가는 시간이며, 우리는 이 낯선 나를 받아들이지 않을 도리가 없다, 죽을 때까지. 오로지 겪어낼 뿐, 반추하거나 계획할 수 없는 노년의 시간은 '견딤'에 대한 우리의 감수성을 시험한다.

───── 더 읽어보기

손유경, 「노년의 시간과 '견딤'의 감각─박완서와 오정희를 중심으로」, 『한국현대문학연구』 68, 한국현대문학회, 2022.

시몬 드 보부아르, 홍상희·박혜영 역, 『노년』, 책세상, 2020.
자크 라캉, 민승기 편, 민승기·이미선·권택영 역, 『자크 라캉 욕망 이론』, 문예출판사, 1993.
장 아메리, 김희상 역, 『늙어감에 대하여』, 돌베개, 2021.

1990년대 한국소설의 마이너리티와 그 양상들

노태훈

들어가며

1990년대는 한국뿐만 아니라 세계사적으로도 매우 큰 변화가 있던 시기다. 이를 두고 미국의 한 작가는 "90년대는 20세기와 작별을 고하는 시기이자, 인간이 기술을 지배할 수 있었던 마지막 시대이기도 했다"[1]고 말했다. 한국 사회 역시 이와 비슷한 양상이 펼쳐졌다. 1990년대는 현재 우리가 경험하고 있는 많은 사회적 현상과 문제들이 시작된 시기이면서도 잃어버린 향수가 남아 있는 시기이기 때문이다.[2] 1990년대는 1980년대와 2000년대 사이에 끼어 있는 과도기, 전환기, 이행기로 파악될 수 있으며, 90년대 한국문학 역시 이러한 시대적 조건과 긴밀하게 맞닿아 전개되었다. 이러한 90년대를 관통하는 문화적 관심의 키워드를 꼽으라면 단연 '대중문화'의 등장이라고 할 수 있다. 1987년 6월에 일어난 민주항쟁과 이 시기 급속도로 발전한 정보

---

1   척 클로스터만, 임경은 역, 『90년대』, 온워드, 2023, 13면.
2   윤여일, 『모든 현재의 시작, 1990년대』, 돌베개, 2023, 11면.

통신기술로 말미암아 대중문화가 크게 발달할 수 있었다. 컴퓨터와 인터넷의 발달은 디지털 문화의 발달을 촉진했을 뿐만 아니라 대중문화의 핵심으로 자리잡았다. 이는 문화 유통 구조의 변화를 불러왔고, 대중의 일상적인 문화 수용 방식이나 소비 양상을 크게 변화시켰다.

1987년 민주화 체제 이후 빠르게 재편된 문학장에는 여러 기대와 전망들이 넘쳐났다. 90년대 문학에 대한 활발한 비평적 논의들은 이 당시 문학을 향한 여러 관심들을 대변한다. 예컨대 리얼리즘 논쟁, 신세대 작가 논쟁, 포스트모더니즘 논쟁 등의 비평적 논쟁들은 90년대 한국문학 담론이 가진 가능성을 탐구하려는 시도들로부터 촉발된 것이다. 90년대 한국문학을 이해하기 위해 짚고 넘어가야 할 개념들 중에는 '후일담'을 빼놓을 수 없다. 후일담 문학은 80년대 민주화 운동에 뛰어들었던 학생, 노동자들이 운동의 시기가 끝난 뒤 어떤 행로를 걷게 되는지에 관한 서사라고 할 수 있다. 90년대에는 하나의 '장르'로 받아들여질 만큼 많은 후일담 소설들이 발표되었으며, 이것은 '진정성'이라고 하는 또 다른 90년대적 키워드와 연결된다. 일상과 내면이 강조되고, 탈정치적, 탈역사적 담론이 확산되었던 90년대는 거대 서사가 퇴조하는 경향을 보였다. 이와 더불어 90년대 한국문학에서 또 한 가지 중요한 변화는 문학적 '주체'의 변화라고 할 수 있다. 특히 '계몽'의 주체였던 지식인, 사상가 작가에서 '가벼운 문학주의'로 무장한 이야기꾼 작가로의 이동이 나타났다. 한편 인접한 문학들이 서로 결합하여 다양한 장르적 변이들이 일어나기도 했다. 여성 창작자들이 폭발적으로 늘어난 것 역시 90년대였으며, 과학기술과 정보통신의 발달에 의해 새로운 문학 매체가 부상하게 된 것도 이 시기에 나타난 중요한 변화였다고 할 수 있다.

남성성의 균열과 소수 주체의 가시화

1990년대를 이해하는 핵심적인 관점 중 하나는 '역사'가 권위를 잃어버렸다는 것이다. 그러므로 "기원, 본질, 역사를 묻는 것은 승산이 없"고 "개인들에게 확고한 정체성을 보증해 주는 서사란 없다"는 지적은 90년대 문학의 특징을 아주 적절하게 짚어내는 문장이라고 할 수 있다.[3] 한편 노동자와 민중을 창작 주체로 내세웠던 1980년대 소설과 달리, 90년대로 접어들면서 작가에 대한 인식은 계몽적 지식인, 사상적 실천가에서 '직업적 이야기꾼'으로 이동한다. 이는 컴퓨터 글쓰기, PC통신의 익명성 등이 서로 결합하면서 이끌어낸 텍스트 유통 양상의 변화와 밀접한 관련이 있다. 여기서 1990년대의 매체적 변화를 단순히 글쓰기 도구의 변화로 파악해서는 안 된다. 프리드리히 키틀러의 논의에 따르면, 기계를 통한 글쓰기는 '탈성화(脫性化)'를 수반한다.[4] 90년대에 여성 작가의 활동이 폭발적으로 늘어난 것도 이런 매체 변화의 특성과 무관하지 않다. 나아가 텍스트를 종이가 아닌 화면으로 인식하게 되었다는 것, 텍스트가 통신 시스템을 통해 실시간으로 공유되기 시작한 점은 문학의 패러다임을 완전히 뒤바꾸었다. 즉 컴퓨터를 통해 문자는 텍스트가 아닌 '데이터'가 되면서 시청각적 기호와 형식적으로 '동일'해졌다.

이러한 변화 속에서 새로운 문학적 세대와 감각이 피어났다. 90년대에 일어난 매체적 전환은 포스트모더니즘 담론과 결합하면서 저자성(authority) 혹은 익명성(anonymity)의 문제를 제기하게 된다. 이러한 일련의 과정은 기존의 문학성 전반에 대한 강력한 도전이었다. 이로써 작품의 원천이자 독창성을 보장하던 저자의 정체성이 텍스트와의 관계망 속에서 그것을 써낼 뿐인

---

3   황종연 외, 『90년대 문학 어떻게 볼 것인가』, 민음사, 1999, 21면.
4   프리드리히 키틀러, 유남주·김남시 역, 『축음기, 영화, 타자기』, 문학과지성사, 2019, 377–345면.

필사자로 변화하였다.[5] 90년대 소설 속에서 보이는 균열은 곧 계몽적 지식인으로 간주되었던 작가의 주체성, 정체성이 매체적 흐름 속에서 무너져갔던 현상에 다름 아니다. 또 1987년 10월 문화공보부가 판매금지도서를 해제하고, 출판 및 잡지의 신규 등록을 자유화한 일은 출판 산업의 '붐'을 일으켰다. 독자의 소비력 증대, 베스트셀러의 치솟는 판매량, 도서 제작 과정의 간소화와 단가 하락 등이 맞물리면서 글쓰기는 지식과 교양을 갖춘 남성의 영역에서 조금씩 이탈하게 된다.

전형적 남성성의 균열은 필연적으로 소설의 주체로 소수자를 호명하게 했다. 이를 대표하는 90년대의 작가가 장정일과 백민석이다. 장정일의 『아담이 눈 뜰 때』(미학사, 1990)는 소설 장르에 있어서 90년대적인 것을 말할 때 빠지지 않는 작품이다. 미성년 동성애를 다루고 있는 『그것은 아무도 모른다』(열음사, 1988) 역시 그에 못지않은 문제작이다. 장정일의 '센세이셔널'한 90년대 작품들은 새로운 문학적 자유와 해방을 도모하는 데 크게 기여했다. 하지만 그와 동시에 욕망에의 탐닉과 성적 금기에 대한 해방, 세기말적 인식이 '포르노'라는 형식을 통해 재현됐다는 점에서, 그 시대적 한계를 고려하더라도 젠더적 고민이 부족했다는 아쉬움을 지적하지 않을 수 없다. 한편 백민석은 이러한 장정일의 세계로부터 '문화적 스펙타클'을 더한다. 『내가 사랑한 캔디』(문학과지성사, 1997), 『헤이, 우리 소풍간다』(문학과지성사, 1995), 『16 믿거나말거나박물지』(문학과지성사, 1997) 등의 작품을 통해 그가 강조하는 것은 '비디오-키드'다. 1990년대 초 텔레비전은 가정에 보급되면서 중요한 매체로 부상했다. 비디오는 그 대중성, 동시성, 다형성으로 하나의 예술 영역에 자리잡지만, 무엇보다 그것의 시청이 사적(私的)이라는 점에서 주목된다.[6]

5   롤랑 바르트, 김희영 역, 『텍스트의 즐거움』, 동문선, 1997, 31면.
6   그레고리 배트코크, 채장석 역, 『포스트모더니즘과 비디오 예술』, 인간사랑, 1995, 29~31면.

1990년대에 등장한 새로운 세대는 물론 이러한 텔레비전과 비디오 매체 경험에 익숙해져 있었다. 수많은 비디오 대여점들, 소규모 상영 공간, 비디오 카메라의 보급과 비디오 플레이어를 통한 녹화 등 소리, 영상, 문자를 모조리 재연할 수 있는 매체적 환경 속에서 소설은 쓰여야 했던 것이다. 그리고 이들 작품의 서사를 주도하는 인물이 '아이'라는 점 역시 간과하기 어렵다. 이들 소설에 나타난 '아이'들은 완전히 새로운 세대의 등장을 의미하는 것이었다. 여기서 '아이'는 아이/어른, 부모/아이, 성년/유년 등의 대립 속에서 파악되는 개념이 아니다. 1990년대에 중요한 '미디어 소비자'로 떠오른 '십 대 청소년'들은 영화, 게임, 뮤직비디오 등 다양한 시청각 컨텐츠들을 감각 지향적으로 즐기는 존재로 나타났다. 그러면서 한편에서는 '아이'를 오염과 위반, 일탈과 해체로부터 보호하려는 관점 역시 존재했다. 그래서 '아이'들은 정상성의 관점에서 우려와 규제의 대상이 되곤 했다. 하지만 이들이 가진 마이너리티는 단일한 정체성과 통일된 목소리를 거부하고 그 내적 균열을 강조하면서 대안적 주체가 될 수 있는 가능성을 보여준다고 할 수 있다.

소수자-되기의 전략과 여성 서사

1990년대는 여성 문학이 급부상한 시기로도 여겨진다. 여성 작가의 양적 증가와 더불어 여성 주체에 의한 새로운 서사가 대거 등장하면서 1980년대부터 이어져오던 민족·민중문학의 논리는 정치성, 계급성에 더해 여성의 문제를 의식하지 않을 수 없게 되었다. 무크지 활동을 통해 다양한 정체성을 서사화해나갔던 1980년대 여성 문학인들의 활동 이후, 1990년대에 접어들면서는 이윽고 여성이 그 자체로 남성 가부장제 사회의 착취와 억압을 견뎌온 소수자였음이 드러나면서 본격적인 페미니즘의 시대로 접어들게 된다.『여성과 사회』, 『또 하나의 문화』 등을 통해 활동을 시작한 여러 여성 비평가들은 비록 그 수는 적었으나, 페미니즘 이론을 바탕으로 동시대의 여성 시인, 작가들과 함께 여성 문학을 만들어나갔다. 1994년을 전후하여 등장한 신경숙, 김인숙, 양귀자, 공지영, 은희경, 공선옥, 한강, 권여선 등에 의해 한국소설은 여성 문학의 관점에서 하나의 분기점을 맞이하게 된다. 1990년대 여성 서사에서 주목해야 할 지점은 여성 주체의 존재론적 탐색이다. 대체로 남성적 특권으로 여겨지던 존재론적 서사는 여성의 관점에서 새로운 영역을 개척하게 되는데 대표적인 것이 후일담류 작품이다. 『새들은 제 이름을 부르며 운다』(민예당, 1994)의 김형경, 『궤도를 이탈한 별』(민음사, 1997)의 김이태 등은 '데모'의 공포로부터 이탈하여 떠도는 여성의 이야기를 통해 시대의 억압에서 벗어나고자 한다. 이들 작품은 운동권 대학생(지식인)의 고뇌와 로맨스를 결합한 전형적인 후일담 서사라고 할 수 있으며, 인도, 칠레, 영국 등 이국의 공간이 중요하게 활용된다는 특징을 갖고 있다.

한국 사회는 산업화, 도시화, 독재, 군사정권을 통과하는 동안 이념과 생존의 내부적 투쟁을 중요한 지향점으로 삼게 되었다. 그러나 폭압적 현실을 극복하기 위한 문학적 모색 안에서 여성은 주로 시대의 피해자, 희생자로 등장한다. 여기서 여성은 상처와 고통을 드러내는 존재, 혹은 관찰자의 모습으로 동원되었다. 1990년대에 이르면 한국 사회가 급격하게 개방화, 국제화, 세계화되면서 외부적 시선이나 조건 등이 다시금 중요하게 부각되었다. 이러한 시대 상황이 여성주의의 광범위한 전개와 결합하면서 본격적인 여성 주체의 존재론적 탐색이 가능할 수 있었다. 여기에서 주목할 점은 이국적 시공간을 통한 여성 주체의 이방인 경험이다. 90년대 여성 주체의 '자발적 망명'이 중요한 이유는 역사로부터의 이탈이라는 의미를 갖기 때문이다. 자신이 살아온 시공간을 떠나는 일은 개인적·사회적 역사를 벗어나는 행위임과 동시에 낯설고 새로운 역사로의 이동이라고 할 수 있다. 이는 더 크고 근원적인 시공간적 인식을 도모하게 하고 나아가 존재론적 여정에 맞닿는다. 그래서 이민의 형태로 실현된 자발적 망명은 적극적은 '소수자-되기'의 과정이라고 할 수 있다. 1990년대 소설 중 이러한 자발적 망명의 양상을 본격적으로 서사화한 작품으로 허수경의 『모래도시』(문학동네, 1996)를 들 수 있다. 독일에서 고고학을 전공하며 살아갔던 허수경의 삶은 이후 작품 세계와 연결되어 대지의 상상력과 젠더적 사유가 결합한 독특한 서정성을 형성해냈다고 평가받는다. 특히 『모래도시』는 여성 주체에만 머무르지 않고 다양한 이방인들에 의해 서사화됨으로써 성별이나, 민족, 인종, 계급 등을 가로지르며 세계사적 동시성을 확보했다고 할 수 있다.

한편 작가 배수아는 한국문학의 전통이나 흐름과는 무관하게 스스로로부터 발현된 서사의 욕망을 거침없이 드러내면서 한국 문단에 등장했다. 배수아는 새로운 여성-서사의 장면들을 연출하기 시작했는데, 첫 소설집 『푸른 사과가 있는 국도』(고려원, 1995)를 비롯해 『랩소디 인 블루』(고려원, 1995) 등의 초기작에서는 많은 '여자아이'가 등장한다. '여자아이'는 배수아 소설 전반에서 매우 중요한 인물 형상으로 재현되는데 단순히 어린 여성을 뜻하지 않는다. 배수아 소설에서 여자아이는 어떤 미지의 존재이자 스스로 여성이라는 것을 분명히 자각하고 그 정체성에 기반하여 해방을 꿈꾸는 주체로 등장한다. 배수아 작품의 흥미로운 지점은 '성장'을 거부하는 이야기라는 점이다. 여기서 말하는 '성장'이란 미성숙함과 의존성에서 벗어나 정상성과 독립성을 획득하는 것을 가리키지 않는다. 배수아의 작품 속에서 인형처럼 영원히 자라지 않는 여자-아이는 그저 정보를 축적하고, 누적된 정보를 바탕으로 계속 떠돌아다닐 뿐이다. 즉 수직적인 자람이 아니라 수평적인 확장이 존재론적 핵심이라는 것이다. 미성숙한 자아를 성숙하게 만드는 근대적 남성 서사가 아니라 수많은 미성숙함 속에서 그 차이들로 삶을 지속할 수 있는 여성 서사가 1990년대 배수아를 통해 재현되고 있다.

소수자 영토의 확장과 마이너리티의 형식들

말하기에서 쓰기로, 구술성에서 문자성으로 이동해 온 문학(화)사는 1990년대를 전후하여 컴퓨터라는 매체와 결합하게 된다. 컴퓨터 글쓰기는 입력과 동시에 즉각적인 공유가 가능한 환경을 제공했다. 이를 통해 글쓰기라는 문학의 본질적인 수행성이 완전히 뒤바뀌는 계기를 맞이한다.[7] 특히 1990년대 문학에서 '컴퓨터 글쓰기'가 중요한 의미를 갖는 이유는 그것이 통신망을 통해 새로운 형태로 유통되었기 때문이다. 시공간적 한계를 뛰어넘어 매우 빠른 속도로 많은 양의 문자를 공유할 수 있다는 점은 문학 유통의 새로운 장을 열었다. PC통신망 보급 이후 인터넷 시대를 거치면서 문자의 효율성, 문학의 더 큰 가능성을 상상할 수 있게 된 것이다. 컴퓨터 글쓰기의 변화된 생산방식은 논리적 구조의 변화와 함께 사물을 인식하는 방법을 뒤바꿔 놓게 되었다.[8] 이런 변화를 잘 보여주는 작가로 송경아를 꼽을 수 있다. 첫 장편 『아기 찾기』(민음사, 1997)는 워드프로세서를 타이핑하는 장면으로 시작한다. 이는 키보드를 통해 워드프로세서를 사용하는 것이 더이상 '입력'이 아니라 통신망을 활용한 '소통'이라는 점을 잘 보여준다. 특히 여성의 타이핑은 '기계'의 소수성과 연결되면서 남성을 통해 타자화되는 여성의 몸이 아닌 더 넓은 스펙트럼의 몸, 즉 젠더/장애/인종/국가 등을 가로지르는 다양체로서의 몸이 글쓰기에 있어 본질적인 변화를 가져오게 된다.

건장한 남성 신체가 전통적인 합리적 이성의 세계에서 유일한 주체로 여겨지던 것과 달리 변화하는 테크놀로지에 의해 '괴물'들이 등장하게 된다. 그래

---

7   안드레아스 뵌·안드레아스 자이들러, 이승훈·황승환 역, 『매체의 역사 읽기』, 문학과지성사, 2020, 235-248면.
8   김진송, 「압구정동: 꼴라주된 환영의 현실」, 강내희 외, 『압구정동: 유토피아 디스토피아』, 현실문화연구, 1992, 113면.

서 이러한 사유들이 소설의 영역에서 SF로 연결되는 것은 어찌보면 당연한 일이다. PC통신 및 컴퓨터의 발달, 멀티미디어, 인공위성, 이동통신 등 사회 전방위적으로 일어난 변화 속에서 SF 장르 역시 문학적 관심사로 부상했다. 한국에서 SF장르가 유통되기 시작한 것은 20세기 초반으로 거슬러 올라간다. 한국SF의 효시로 불리는 김동인의 「K박사의 연구」(1929)와 해방 후 한낙원 등에 의해 명맥을 이어오던 SF소설은 1965년 문윤성의 『완전사회』가 등장하면서부터 본격적인 전기를 마련했다. 이후 대체로 아동·청소년 대상의 작품을 통해 간헐적으로 이어지던 SF의 흐름은 1990년대 PC통신의 등장으로 완전히 새로운 계기를 맞이한다. 1989년 최초의 PC통신 문학 작품으로 언급되는 이성수의 『아틀란티스 광시곡』(햇빛출판사, 1991)을 시작으로 임준홍, 염승호, 김도현 등을 비롯한 작가들의 작품이 다양한 앤솔로지로 기획되었다. 90년대는 해외의 SF작품도 활발하게 소개되는 시기였다. 아서 클라크, 아이작 아시모프, 로버트 하인라인, 조안나 러스, 어슐러 르 귄 등 대표적인 SF 작가드의 작품들이 번역되기도 했다. 1990년대는 본격적인 '팬덤'의 형성이 시작된 시기이기도 하다. 특히 문화예술 장르에서 각자의 취향과 기호에 맞는 장르를 선택하고 관심과 애정을 공유하면서 정보를 주고받는 장이 PC통신을 통해 펼쳐졌다. 하이텔의 <이야기나라>, <바른통신모음> 등의 문학 동호회를 비롯해서, 천리안의 <멋진신세계>, 나우누리의 <SF2019>, 유니텔의 <SF Odyssey>와 같은 SF 동호회가 활발한 활동을 벌였다. 이들은 작품 생산과 유통뿐만 아니라 비평적 기능까지도 함께 수행했다. PC통신의 SF 동호회는 국내창작 SF, 해외 SF의 번역과 선집 출간을 비롯해 2000년대 이후로 이어지는 과학 소설 문학장에서 지대한 영향력을 행사했다.

매체 변화에 따른 감각의 이동에서 중요한 것은 소재적 상상력이나 유통 공간의 전환이라기보다는 글쓰기 자체의 에피스테메라고 할 수 있다. 즉 1990년대에는 다양성과 소수성을 기반으로 한 문학적 재현의 감각이 매체의 변화를 통해 확보되기 시작했다. 이를테면 PC통신의 '동호회' 문화는 기존의 관계망이나 소속, 권위, 책임감 등이 통용되지 않는 '탈영토화'된 공간이다. 각자의 취향과 관심에 따라 자유롭게 소통하는 소규모 공동체는 여전히 검열과 삭제가 이루어지던 90년대 문학장의 현실 속에서 매우 큰 의미를 갖는다. 송경아의 『성교가 두인간의 관계에 미치는 영향에 대한 문학적 고찰중 사례 연구 부분인용』(여성사, 1994) 같은 작품은 당시 PC통신 문학의 여러 특징들을 잘 보여준다. 예컨대 소설 속에 <작가의 말>을 두 차례 삽입하여 작가 스스로가 작품에 대해 자세히 설명하고 있다는 점, 해설의 자리에 "평론가도 아니고 유명 작가도 아닌 한 젊은이의 글"을 실은 점 등이 그러하다. 이러한 경험은 '문학적'이라고 여겨지던 장벽과 신비를 걷어내는 감각을 작가나 독자 모두에게 제공한다. 90년대 한국소설은 PC통신을 매개로 유통되면서 기존의 관습적, 전통적 주체가 아닌 마이너리티의 감각을 조금씩 획득할 수 있었다. 이런 맥락에서 가장 주목받는 작가는 듀나(DJUNA, 이영수)다. 그는 서구 SF문학과 영화 등을 충분히 파악한 상태에서 PC통신 공간의 메커니즘을 능숙하게 이용했던 당시 거의 유일한 작가였다. 듀나는 장르적 문법과 매체에 관한 독보적인 장악력을 바탕으로 현실 역사 인식과의 대립 속에서 국가적 경계, 세대적이거나 젠더적인 편견을 부수는 서사를 창작할 수 있었다. 이때 SF라는 장르와 마이너리티가 밀접하게 연결되어 있었음은 물론이다. 그의 첫 단독 창작집 『나비전쟁』의 경우, SF의 장르 코드와 문법을 한국(적) 현실 공간에 결합시킴으로써 흥미롭고 독특한 장면들을 창조해내고 있다.

나가며

1990년대라는 시대를 중심에 두고 문학사적 흐름을 고찰하면서 그 변화의 중심에 '마이너리티'가 있음을 살펴보았다. 90년대 한국소설의 특징을 소수성의 가시화에서 찾고, 그것이 정치, 사회, 문화적 변화와 맞물려 여러 문학의 가능성과 한계를 동시에 보여주고 있는 장면들을 확인했다. 특히 90년대 한국소설에서는 성숙한 남성성의 형식이라 여겨지던 근대적 교양소설을 전복하는 양상이 두드러졌다. 요컨대 관습적 정상성으로부터 벗어난 여성, 아이, 퀴어 등의 소수 주체가 가시화되고 나아가 적극적인 '소수자-되기'의 서사로 나타나면서 다양한 마이너리티가 90년대 한국소설을 통해 문학사에 등장할 수 있었다. 각각의 마이너리티가 상호 교차하면서 전통적 관념의 근대성, 근대소설을 해체하고 확장시키는 흐름 역시 포착된다.

장정일과 백민석 등의 작가를 통해서는 전형적 남성성에 대한 균열을 확인하고, 본격적으로 소수적 다양성이 한국문학사에 편입되는 시초가 되었음을 보이고자 했다. 특히 퀴어-아이의 정체성은 결핍이나 부재가 아니라 보편성과 대비되는 단일적 주체로 재현되면서 새로운 감각의 서사를 만들어내기도 했다. 대안적 주체로 가시화된 여성이 1990년대 소설에서 어떻게 재현되었는지도 살펴보았다. 마이너리티에 대한 인식을 토대로 자발적으로 자신의 영토를 떠나고자 했던 소수자의 형상을 허수경과 배수아의 작품을 통해 알아보았다. 그들의 작품에 나타난 여성 주체의 자발적 망명은 역사로 포섭되지 않으면서 마이너리티라는 본질적인 사유로 향하는 모습을 보여줬다. 다음으로 문학의 새로운 유통을 가능하게 했던 PC통신 문학과 컴퓨터 글쓰기에 대해 알아보았다. 송경아는 이야기로서의 소설을 젠더적 상상력과 흥미롭게 결합시켰으며, 듀나라는 익명의 작가는 주류 문단의 바깥에서 한국문학의 영역을 확장시키기도 했다. 이러한 변화를 토대로 발생한 형식적 변화와 함께 문학의 소수적 영토가 만들어질 수 있었던 순간에 대해 살펴보았다.

1990년대 한국 사회는 자유롭고 개성적인 주체의 탄생과 동시대적 문화의 개방·교류로 말미암아 다양한 마이너리티가 가시화되는 시기였다. 거대한 역사의 바깥에 서 있던 소수자가 자신의 이야기를 꺼내기 시작했고, 90년대 소설은 이를 파편적이고 혼종적으로 재현함으로써 문학적 전환을 이뤄냈다고 평가할 수 있다. 매체의 영향력이 증가하고 글쓰기의 감각이 기계적인 것으로 변화하면서 그것이 젠더적 사유와 결합하는 양상은 총체적인 문학의 변화를 예고하는 것이기도 하다. 페미니즘, 퀴어, SF 등 유예되었던 문학사의 마이너리티가 '리부트'되고 있는 현재의 관점에서 보자면 90년대 문학은 한국문학의 형질적 전환을 가져온 일종의 은폐된 기원이라고 할 수 있다.

───── 더 읽어보기

강내희 외, 『압구정동: 유토피아 디스토피아』, 현실문화연구, 1992.

그레고리 배트코크, 채장석 역, 『포스트모더니즘과 비디오 예술』, 인간사랑, 1995.

노태훈, 「1990년대 한국소설과 소수성 연구」, 서울대학교 박사학위논문, 2022.

롤랑 바르트, 김희영 역, 『텍스트의 즐거움』, 동문선, 1997.

안드레아스 뵌·안드레아스 자이들러, 이승훈·황승환 역, 『매체의 역사 읽기』, 문학과지성사, 2020.

척 클로스터만, 임경은 역, 『90년대』, 온워드, 2023,

프리드리히 키틀러, 유남주·김남시 역, 『축음기, 영화, 타자기』, 문학과지성사, 2019.

황종연 외, 『90년대 문학 어떻게 볼 것인가』, 민음사, 1999.

III

극/영화

신연극의 전개

양승국

들어가며

한국에서 '연극'이라는 용어는 언제부터 쓰였을까. 조선 시대에 연극이란 용어는 발견되지 않고 공연의 개념으로는 '연희(演戱)'가 일반적이었다. 연극이라는 용어가 활발히 사용되기 시작한 것은 1908년 이후이다. 당대 신문기사의 용례를 살펴보건대, '연극'은 종래의 '연희'의 개념에서 극장 공간에서의 공연으로 차차 구체화된다. 그러나 '연극'은 '연희'와 함께 <은세계> 이전의 공연 전반을 지칭하는 용어로 혼용되기도 한다. 기존의 연희와는 구분되는 공연을 가리키는 말로는 '신연극'이 보다 제한적으로 사용되었다. 물론 '신연극(新演劇)'이란 말 그대로 '새로운 연극'을 의미하므로 특정 장르나 형태의 연극에만 엄밀하게 사용된 것은 아니다. 한국 최초의 서양식 극장이라 일컬어지는 원각사, 즉 '신연극장'에서 공연된 <은세계>가 '신연극'이라 불렸다. 그런가 하면 <수궁가>라 하더라도 무대장치와 소품들이 새로울 때 '신연극'이라 선전되기도 했다. 이후 신파극이 수입되어 주목을 받게 되자 신연극은 곧 신파극을 가리키는 개념으로 사용되기도 한다. 요컨대, '신연극'

이란 창극이든 신파극이든 새롭다고 받아들여진 일부 연극을 가리키는 말이었던 것이다. 그렇다면 이 '새로움'의 다양한 양상과 조건을 살펴보는 것이야말로 한국 현대극이 출발을 탐구하는 일이 된다.

극장의 설립과 <은세계>

먼저 실내 극장의 설립과 공연을 살펴보자. 1876년 개항 이후 한성부에는 다수의 외인(外人)이 거주하면서 상업 활동이 활발히 전개되었다. 이들은 서울 각지역에 집단 거주지를 형성하였는데, 특히 청국과 일본 거류민들을 통해 연희 문화가 유입되기 시작했다. 1890년대 청인들에 의해 펼쳐진 경극, 전통 음악극 공연은 많은 조선인들이 관람했을 뿐만 아니라, 이후 조선의 '창극'에도 많은 영향을 미쳤다. 러일전쟁 이후인 1905년부터는 일본인 극장도 다수 조선에 설립되었다. 한편, 조선 자체적으로는 1890년대 후반부터 한성부에 전통연희패와 왈자들에 의한 상업적 공연이 활발히 이루어졌다. 보다 많았을 것으로 추정되지만 신문지상에서 확인되는 것은 아현동의 무동연희장(1899)과 용산의 무동연희장(1900) 정도가 있다. 1900년을 전후하여 철도 교통망 주변에 설치, 운영되었던 무동연희장은 대한제국의 도시계획과 근대적 자본의 이윤추구가 맞물려 이루어진, 대중적 연희 공연의 출발이었다.

민간에서 운영된 공연의 한편에는 국가적 차원에서 운영된 공연도 있었다. 1900년 장례원(掌禮院) 산하에 속해 있던 협률과(協律課)가 교방사(敎坊司)로 승격·개칭되면서, 교방사는 국가 행사를 감당하기 위하여 기생을 확보하고 기예를 가르치는 업무를 맡게 된다. 이를 위해서는 많은 예산뿐 아니라 예인들이 연습할 공간이 필요했는데, 교방사는 연희 회사인 협률사(協律社)를 조직하고, 공연 공간을 건설하는 등의 업무를 수행했다. 고종과 일부 관료들의 출자에 의해 설립된 협률사(協律社)는 1902년 10월부터 소속 창부(唱夫)들을 대여해주는 공연 기획을 하다, 12월 최초의 대중 공연인 '소춘대유희(小春臺遊戲)'를 개최한다. '소춘대유희'란 특정 작품의 이름이 아니라 기녀들의 춤, 판소리, 명창들의 소리, 재인(才人)들의 무동춤 등이 복합된 연희를 가리키는 것이었다. 이들의 공연은 1904년 러일전쟁 발발 이전까지 길지 않은 시간 동안 이루어졌으나, 그 의의는 적지 않다. 협률사 활동은 공연 기반이 가설무대에서 실내극장으로 이동하는 계기가 되었으며, 가변적 공간의 비일상적 행위가 아닌 고정된 장소에서 행해지는 일상적 여가의 일부로 공연에 대한 인식을 변화시키게 되었다. 이후 1906년 3월부터 협률사는 일본에서 들어온 자본을 바탕으로 활동을 재개하였으나, 곧바로 궁내부를 사칭한 영업이라는 비판을 받았다. 또, 일본계 자본이 관여한 극장이라는 사실이 알려지자 본격적으로 협률사 혁파에 대한 논의가 제기되었다. 결국 협률사는 12월 하순경, 더이상의 수지 악화를 견딜 수 없어 자진 폐관한다. 이후 협률사의 영업은 종료되었으나, 희대에서의 극장 영업은 '관인구락부'라는 이름으로 이어지게 된다.

협률사는 관인구락부에 의해 연희장으로 사용되기도 했으나, 이마저도 곧 중지되고 연설회, 자선부인회 행사 등 다양한 용도로 사용되다가 1907년 원각사(圓覺社)로 재편되었다. 원각사는 김상천, 박정동, 이인직의 주도로 1908년 7월 26일부터 공연을 시작하였다. 다른 조선인 대중극장들이 주로 전통연희의 공연 활동에 중심을 두었다면, 친일 자본을 토대로 운영된 원각사에서는 연극개량론에 근거한 '신연극'의 공연을 의도하였다. 그 최초의 공연이 바로 이인직의 소설 <은세계>였다. 원각사는 수용인원 5~6백 명 정도의 중극장으로 회전식 무대를 갖추고 있었으며, 외관은 원형의 붉은 벽돌의 2층 구조로 되어 있었다. 원각사는 1908년 11월 이인직의 <은세계> 공연을 시작으로 주로 창극을 공연하였으나, 1912년 9월 건물의 노후로 인가 취소되어 폐관되고 만다.

　원각사에서 1908년 11월 15일부터 12월 1일까지 공연된 <은세계>는 본래 이인직의 동명의 소설로, 소설『은세계』는 1908년 11월 20일 발간되었다. 원각사의 신연극 기획이 발표되었던 1908년 7월, 이미 소설『은세계』는『대한신문』에 연재를 마친 후 단행본 판매 광고가 이루어지던 참이었다. 단행본 표지의 소설 제목이 '신(新)', '연(演)', '극(劇)'의 집자(集字)로 이루어졌음을 보면, 이는 처음부터 신연극의 공연을 의도하고 창작되었다고 할 수 있다. 그러나 작가 이인직이 공연에 깊게 관여하지는 않았던 것으로 보인다. 당시 신문 기록을 보면, <은세계> 공연이 행해지던 시기 이인직은 일본에 체류하고 있었던 것으로 나타난다. 신연극 <은세계>에 있어서 이인직의 역할이 대본 제작 과정에 그친 것이다. 이러한 점에서 <은세계>는 일본의 신파극 또는 신극과는 직접 관계없이 전통 연희의 광대들을 중심으로 하여 공연되었다고 볼 수 있다. 그렇다면 <은세계>의 '신연극'적 성격은 내용 면에서는 두드러지지만, 그 형식적인 면에서는 종래의 창극 형식을 더욱 세련되게 다듬은 정도에 그쳤으리라 짐작할 수 있다. 즉, <은세계>는 창작 대본에 의거하여 전통 연희 담당자들에 의해 자생적으로 공연된 작품이었고, 따라서 공연 이후에 연극의 내용과 형식의 새로운 발전이 전개될 수 있었다. <은세계>의 공연이 있었기 때문에 그 이후 창극의 본격적인 발전이 가능할 수 있었고, 한편으로 신파극이라는 또 다른 '신연극' 공연의 토양도 생성될 수 있었던 것이다.

창극의 성립과 연극개량론

　그런데 <은세계>가 종래의 창극 형식을 세련되기 다듬은 것이라면, <은세

계>는 어떤 면에서 '신연극'으로 받아들여졌던 것일까. 이에 답하기 위해서는 우선 창극의 성립 과정을 개관할 필요가 있다. 언급했듯, 협률사 초창기에는 '소춘대유희'라는 기녀와 광대의 종합 공연을 설행했다. 협률사 공연은 처음 기녀의 가무에서 점차 광대의 연극으로 중심이 변해갔고, 나중엔 광대가 없는 공연은 인기를 잃기에 이른다. 특히 초창기 협률사의 공연에 대한 기사에서 <춘향가> 대목의 의복과 무대장치를 묘사하는 것으로 보건대, 협률사 공연 초기부터 판소리는 일인창이 아닌 그 '어떤 연극'으로 공연되고 있었음을 짐작할 수 있다. 1907년 5월 기사에는 광무대의 <춘향가> 공연이 과거의 <춘향전>과는 달리 '살아 움직이는 모습을 볼 수 있어 황홀하였다'는 감상평이 실린다. 요컨대, 판소리는 연극의 형식으로 전환되고 있었던 것이다. 이러한 개념의 공연은 '원각사'의 출발로 더욱 분명하게 확립된다. 1908년 7월 원각사의 출발을 알리는 신문광고는 공연이 '창부 40명을 동원'한다고 선전한다. 이는 새로움을 강조한 원각사의 공연이 종래의 판소리창과는 다른, 다수의 등장인물이 출연하는 그 어떤 연극 형태였음 보여준다. 그리고 그 결과가 <은세계> 공연이었다고 할 수 있다. 그렇다면 <은세계>가 최초의 창극은 아닌 셈이며, 따라서 <은세계>의 새로움 즉 '신연극'적 특성은 다른 데서 찾아야 한다.

원각사가 설립되기 전인 1907년 11월, 종래의 '음무추태'와 '음탕황탄'의 연극이 아닌 '심지를 유쾌하게 하며 애국의 정신을 고취케' 하는 연극을 공연해야 한다는 '연극개량론'이 주장된다. 즉, 연극개량론의 핵심은 그 형식적 방법에 대한 모색 보다는 계몽적 기능의 강화에 놓여 있었다. 이에 부응하여 원각사에서 '신연극'의 공연을 예고하였고, 극장도 '신연극장'이라 선전하였던 것이다. 그러나 처음부터 '신연극'이 쉽게 공연될 수는 없었다. 가령, 당대 기사에는 '이인직이 연극개량한다고 선전하더니 영웅 또는 역사적 인물을 극화하지 않고 여전히 <춘향가>, <심청가>, <적벽가>만 공연한다'라는 비판이 이어졌다. 이 비판에서 연극개량의 개념 역시 애국계몽의 내용적 혁신을 의미한다. 주목해야 할 부분은 이와 같은 비판이 1908년 <은세계> 공연으로 수그러든다는 점이다. 즉, <은세계>는 바로 이러한 신연극의 개념에 충실한 연극이었으며, 그럼으로써 당대의 주목을 받을 수 있었던 것이다. 그러나 이인직 외에는 전문적인 대본 작가가 전무하였고, 판소리 광대들은 새로운 '창극'을 스스로 만들어낼 능력이 부족했기 때문에 제2, 제3의 <은세계>는 창작될 수 없었다. 또한, 한일합방으로 더이상 문화운동론이 불가능해 졌기 때문에 신연극의 정신은 쇠퇴한 채 창극만 성행하게 된다.

한국 신파극의 전개

신파극은 일본에서 만들어진 연극 양식으로서 전대의 가부키 형식을 개량하여 신흥 기분과 정치의식을 담아 공연한 과도기적 연극이다. 이는 1894년 청일전쟁을 계기로 주로 전쟁극, 군사극, 탐정극의 형식으로 공연되었고, 1904년 러일전쟁 이후에는 소설을 각색한 가정비극이 큰 인기를 얻었다. 1900년대 이후부터는 가부키에 종사하던 전문 연극인들이 '새로운 연극'을 공연하기 시작하였는데, 이들의 연극을 가리키는 용어로 비로소 '신파(新派)'라는 명칭이 사용되었다. 이후 '신파극'은 서양 근대극의 형식을 수용하여 공연한 '신극(新劇)' 시대에 이르기까지 일본 근대 연극사의 중요한 공연 양식으로 자리 잡았다. 그런 점에서 한국 연극사에서 '신파극' 또는 '신파'라는 용어를 사용할 때에는 주의할 필요가 있다. 1910년대 일본의 신파극이 유입된 이후, 한국의 대중극 공연을 비하하거나 멜로드라마의 특성을 강조하기 위하여 '신파'라는 말을 사용하는 경우가 많기 때문이다. 그러나 '신파적'이라는 말과 달리 '신파극'이라는 양식적 명칭은 1910년대에 성행했던 특별한

'신연극'을 가리키는 용어로 사용되어야 한다.

한국 신파극의 출발은 임성구(林聖九, 1887~1921)의 혁신단(革新團)으로부터 시작한다. 1909년에 성립된 이 극단은 추정컨대 일본 신파극 <무사적 교육(武士的 敎育)>을 모방하여 1911년 일본인 극장 어성좌에서 공연하면서 본격적인 활동을 시작한 것으로 보인다. 혁신단은 자신들이 '신파연극 원조'임을 부단히 강조하며 <육혈포강도> 공연을 통해 한국 신파극의 대표 주자로 군림한다. 이후 1910년대 신파극계는 가히 혁신단의 독무대였다고 할 수 있다. 임성구의 혁신단을 필두로, 윤백남·조일재가 중심이 되어 결성한 문수성(文秀星), 동경물리학교 출신 이기세가 일본 교토에서 연극 공부를 하고 고향 개성에 돌아와 조직한 유일단(唯一團), 이후 이기세가 윤백남과 조직한 예성좌(藝星座), 혁신단에서 탈퇴한 김도산이 창극 배우들과 신파배우들을 규합하여 조직한 개량단 등의 신파극단이 활동했다.

혁신단으로부터 출발한 신파극은 1910년대 말까지 전성기를 맞는다. 그 레퍼토리는 주로 군사극, 탐정극, 가정극으로 초기에는 일본 신파극을 직수입하여 공연하였으나, 차츰 창작 레퍼토리가 공연되기 시작했다. 1913년 4월 혁신단의 <쌍옥루> 공연을 시작으로 신문 연재소설의 극화가 활발해졌다. 당시 지면을 통해 확인할 수 있는 신파극 레퍼토리는 약 100여 편에 이르며 특히 신소설의 각색 공연이 인기를 끌었음을 알 수 있다. 신파극은 자선 공연을 베푸는 등 공익 봉사를 목적으로 내세워 전 국민적 성원을 받았다. 이에 다양한 주체의 신파극 공연이 이루어져, 한국 최초의 여류 극단 '부인연구단(婦人研究團)', 아동극단 연미단(演美團), 변사극단 등이 조직되었다. 그러나 신파극의 인기는 반복되는 레퍼토리와 많은 극단들 사이의 경쟁으로 인해 저물어 가게 된다. 결정적인 몰락의 계기는 연쇄극(連鎖劇)의 등장이었다. 연쇄극은 무대 위에서 실연하기 어려운 장면을 스크린으로 보여주고 결정적인 장면만 배우들의 실연으로 극을 진행하는 형식으로, 최초의 연쇄극은 1919년

10월 27일 상연된 신극좌(新劇座)의 <의리적 구토>로 알려져 있다. 연쇄극이 인기를 끌고, 1921년에 신파극을 이끄는 핵심 인물 김도산과 임성구가 사망하면서 신파극은 구심점을 잃게 된다.

나가며: 창작 희곡의 등장

지금까지 살펴본 것처럼 1900~1910년대 '신연극'의 '새로움'은 극장의 설립과 창극의 형성, 그리고 신파극의 수용과 전개를 통해 형성되었다. 그런데 다른 한편 1910년대 지면에서는 새로운 문학 형식으로서 희곡이 창작되고 있었다. 당시 지식인들이 연극을 알게 되면서 차츰 희곡의 가능성을 인식하게 되었던 것이다. 최초의 창작 희곡은 이광수의 「규한(閨恨)」(『학지광』, 1917. 1.)으로, 이는 분량이 짧고 갈등 구조도 단순하여 공연에는 부적합하지만 당대의 자유연애 사상의 일면을 압축적으로 드러내고 있다. 이광수의 「규한」이 구여성의 비극을 그리고 있다면, 반대로 최승만의 「황혼(黃昏)」(『창조』, 1919.2.)은 신여성과 연애하는 유부남의 자살이라는 결말을 보여준다. 이 작품은 설교조의 대화와 작위적인 구성으로 그 한계가 분명하지만, 1918년 12월 하순 동경유학생학우회 송년회에서 공연됨으로써 지면에 발표된 최초의 공연대본이라는 의의를 지니게 된다. 그에 비해 유지영의 「연(戀)과 죄(罪)」(『매일신보』, 1919.9.22.~26.)는 자유연애의 의지 속에 세대 간의 갈등과 경제적 불평등의 문제성을 드러내고 있다. 이는 기본적인 희곡의 틀을 갖춘 데다 공연성도 적절히 지니고 있어 주목할 필요가 있는 작품이다. 1910년대 창작 희곡은 비록 공연을 위한 대본으로서의 완성도는 지니지 못하였으나, 1910년대 말부터 서양의 근대극 형식에 근거한 희곡이 창작되기 시작한다. 이에 1920년대 본격적으로 근대극이 출발하게 된다.

────── 더 읽어보기

양승국, 『한국현대극 강론』, 연극과인간, 2019.

프롤레타리아 연극운동의 전개

양승국

들어가며

1919년 3.1운동의 좌절 이후 민족 독립운동의 이념은 학생층을 중심으로 민족 문화 운동의 방향으로 전개된다. 독립을 위한 실력 배양 운동이 다양하게 전개되는 가운데 계몽적 목적을 달성하기 위한 방안의 하나로 강연, 연설 등과 함께 연극이 적극적으로 활용되기 시작한다. 학생극은 소인극(素人劇, 전문 배우가 아닌 사람들이 하는 연극) 운동의 중심을 차지하면서 1920년부터 전국 각지에서 활발히 전개되었고, 이 가운데 일부가 자생적으로 진보적인 색채를 띠어 갔다. 여기에 일본에서 공부하고 돌아온 진보적 의식의 문인들의 합세하면서 국내외 프롤레타리아 연극운동은 출발하게 된다.

프롤레타리아 연극운동의 전개 과정

프롤레타리아예술에 대한 분명한 의식을 가지고 연극에 관여한 최초의 단체는 염군사(焰群社)이다. 이는 1922년 송영, 이적효, 이호, 박세영, 김홍파 등이 주도하여 조직한 최초의 사회주의 문화단체로, 송영의 희곡 「백양화(白洋靴)」가 『염군(焰群)』에 발표되었을 뿐 그 외 연극 활동이 구체적으로 드러난 바는 없다. 연극을 염두에 둔 최초의 진보적 단체로는 1926년 김기진, 안석주, 김동환, 윤심덕, 김을한 등이 결성한 백조회(白鳥會)가 있다. 이들은 <인형의 가>를 공연하려 하였으나 뜻을 이루지 못하였다. 구성원의 면모로 미루어 단체의 진보성을 짐작할 수 있을 뿐, 구체적인 성격이 드러나지는 않는다. 1927년 기사에서 확인되는 불개미극단 또한 구성원 면면으로 보아 프로연극단체의 색채가 드러나지만, 구체적인 실천의 모습을 찾아보기는 어렵다. 1927년 11월 최초의 진보적인 연극 공연이 이루어지게 되는데, 그것은 종합예술협회의 <뺨 맞은 그 자식>이다. 이 공연은 김복진, 박길용 등이 무대장치를 맡고, 강홍식, 복혜숙, 이월화, 김명순 등이 출연하여 큰 성황을 이루었다. 그러나 작품 자체가 신비주의적인 내용이었던 까닭에 당시 프로연극운동가들의 기대에는 미치지 못하였다.

본격적인 프로연극운동은 일본에 거주하고 있던 조선인들의 활동에서 비롯된다. 이들은 1925년 조선프로극협회를 창립하고, 카프(KAPF) 결성 이후 동경지부의 프로극장 순회공연을 계획하는 등 그 역량을 발휘했다. 물론 계획 중이던 레퍼토리 일부가 공연 금지를 당하여 활동은 무위로 돌아가고 말았지만, 이들의 계획은 당시 조선 내의 운동가들에게 큰 영향을 주었다. 또한, 이들은 귀국 후에도 연극운동을 계속하여 국내에서의 운동 기반을 마련해 주었다. 이러한 노력을 바탕으로 전국 각 지방에는 프롤레타리아연극의 목적을 분명히 하는 극단이 대거 조직되게 된다. 평양의 마치극장(1930.3.)을 시작으로 대구의 가두극장(1930.11.), 개성의 대중극장(1931.3.), 해주의 연극공장(1931.4.), 원산의 조선연극공장(1931.4.), 함흥의 동북극장(1932.2.) 등이 창립되었다. 이들 극단 중 원산의 조선연극공장의 공연 활동만이 확인되는데, 당시 공연평을 보면 그 수준이 제법 높았음을 짐작할 수 있다. 각 지방에서의 운동은 1930년 4월 카프의 조직 개편과 함께 연극부 책임자에 김기진, 신응식, 안막 등이 임명되면서 카프의 조직적인 운동방침과도 연관되어 이후 보다 활발하게 전개된다. 비록 공연 활동은 활발하지 못하였으나, 지방 극단들의 대두는 비로소 프로연극의 구체적인 운동 현태를 보여주고 있다는 점에서 의의가 있다.

지방의 연극운동에 비할 때 중앙에서의 활동은 상대적으로 미미한 형편이었다. 중앙의 검열 조건이 더 까다롭기도 했거니와 무엇보다 소인극 활동의 역량이 지방에서 더 축적되어 있었기 때문이다. 서울에서는 1931년 4월 임화, 안막, 김남천, 이귀례, 송계숙 등에 의해 청복극장이 결성되어 공연 계획을 세웠지만 무산되었고, 이후 11월 결성된 이동식소형극장에 의해 구체적인 공연 성과를 얻게 된다. 유진오, 이효석, 김유영, 하북향 등이 참여한 이동식소형극장은 1932년 3월 함흥에서 공연을 한 뒤 얼마 지나지 않아 그해 5월 말 해소되고 말지만, 이들의 활동은 카프 중앙 조직에서 자체 역량으로 펼친 최초의 프로연극운동이라는 의의를 가진다. 또한, 이 활동을 기반으로 극단 메가폰, 신건설의 결성이 가능해 졌으며, 카프 내의 연극운동에 대한 지도노선도 확보될 수 있었다.

신건설은 1932년 8월 신고송, 송영, 권환, 이상춘, 강호 등이 참여하여 결성한 프롤레타리아 연극단체다. 이들은 1933년 2월 제1회 공연을 준비하던 중 사회주의 이념을 선전하였다는 혐의로 단원 일곱 명이 구속되는 등의 어려움을 겪지만, 1933년 11월 23일과 24일 양일간 레마르크 원작의 <서부전선 이상 없다>을 창립공연으로 무대에 올렸다. 제2회 공연 또한 레퍼토리 교체와 개막 연기, 검열 등으로 어려움을 겪다가 결국 1934년 5월 1일부터 이틀 간 왕십리 광무극장에서 <서부전선 이상없다>, <누가 제일 바보냐>(위트 포겔), <신임이사장>(송영) 등의 레퍼토리를 무대에 올렸다. 이후 신건설은 송영의 <산상민(山上民)>으로 3회 공연을 계획하였으나 검열 불통과로 중지당하고, 1934년 5월부터 단원들에 대한 검거가 시작되어 이후의 공연 활동은 불가능해지고 만다. 좌익활동에 대한 일본 제국의 검거 활동이 본격화됨에 따라 카프가 해산되고, 신건설 역시 해산의 수순을 밟는다. 이로써 국내에서의 프롤레타리아 연극운동은 5년여의 활동을 마감하게 된다.

한편, 재일 조선인이 조직한 조선프로극협회는 1928년 카프 조직 개편에 따라 동경지부 소속 극단이 되었으나, 뚜렷한 활동을 보이지는 않았다. 1929년 11월 카프 동경지부가 해체되고, 동경의 프로문예운동이 정치적 진출을 목적으로 설립한 합법적 출판사 '무산자사(無産者社)'로 근거를 옮김에 따라 재일본 연극운동 또한 이를 중심으로 전개된다. 최병한, 한원래, 이화삼, 윤상렬 등은 1930년 6월 동경조선프롤레타리아연극연구회를 조직하고, 1931년 2월 일본프롤레타리아극장동맹(이하 프로트PROT)에 가맹하면서 명칭을 삼일극장으로 변경하여 활동을 전개하였다. 20여 명의 단원으로 구성된 삼일극장은 1932년 2월 국제 연극데이 프로트 동경 지방 소속 극단 경연대회에 참가하고, 동경을 중심으로 한 조선인 연극서클을 조직하는 등 활발한 활동을 펼쳤다.

1934년 프로트가 해체되자 삼일극장은 고려극단으로 이름을 바꾸고 여러 책임자들을 재정비하는 과정을 거치지만, 극작가 및 기술자 부족으로 창립한 지 3개월여 만에 해산된다. 고려극단의 해산 이후 최병한, 김선홍 등은 1935년 2월 동경신연극연구회를 창립하여 조선 민족의 고유문화를 재연구하여 신연극의 확립할 것을 목표로 삼았다. 그러나 구체적인 활동은 1회 공연에 그치고 만다. 한편, 동경신연극연구회에 참가하지 않은 고려극단 멤버 김보현 등은 1935년 5월 조선예술좌를 조직하고, 6월에 기관지 『우리 무대』를 창간, 11월 25~26일 간 일본 축지소극장에서 공연하는 등 활발한 활동을 보였다. 이후 이들 두 극단은 '재일본 조선민족의 연극운동을 수행하여 일본에 있는 조선인의 문화적 요구를 충족하는 동시에 조선의 진보적 연극의 수립을 기한다'는 목적 아래 1936년 1월 '조선예술좌'로 흡수 통합된다. 조선예술좌는 연극을 통해 민족 전선의 통일을 도모하고, 재일본 조선민중에게 자본주의에 의한 착취와 억압을 이해시켜 그들을 해방 전선으로 유도하는 역할을 담당하고자 하였다. 그러나 1회 공연 이후 일제의 검열에 의해 공연 활동이 어려워지고, 이에 이들은 연구회 활동으로 방침을 전환하였으나 곧이어 주요 간부들이 검거되면서 와해되고 만다.

삼일극장 존립 당시 이에 영향을 받아 재동경 조선인 학생들이 1934년 6월 조직한 동경학생예술좌는 조선에 진정한 극예술을 수립하기 위해 조선 방문 공연과 조선 향토예술의 일본 소개를 목표로 삼았다. 이들은 1935년 6월 축지소극장에서 제1회 공연을 하고, 기관지 『막』을 3회에 걸쳐 발간하는 등 활동을 이어 나갔으나, 1940년 12월에 1일에 해산되었다. 이들 동경학생 예술좌의 일부 멤버가 1939년 7월 프로연극연구회를 조직한 뒤 세력을 늘려 같은 해 10월 형상좌를 설립하였으나, 1940년 5월 일제히 검거되었다. 이상의 재일 조선인 연극운동은 그들 중 많은 수가 국내의 연극운동에 직·간접으로 관여한다는 점에서 주목할 필요가 있다. 특히, 조선예술좌와 동경학생예술좌의 회원들은 1930년대 후반 카프 해산 이후 국내에 새로운 신극운동의 활력을 불어넣으며 연극계를 주도해 나갔다.

프롤레타리아 연극운동의 이론과 공연방법의 모색

최초의 프로연극운동론은 카프의 '문예운동의 볼셰비키화', 즉 목적의식을 지니고 방향전환을 시작하는 과정에서 제기된다. 연극의 계몽적 기능이 무산계급에 대한 선전·선동의 필요성과 만나 투쟁 수단으로써 연극운동이 강조된 것이다. 이는 종합예술협회의 <뺨 맞는 그 자식> 공연 이후 본격적으로 제기된 것으로 문예대중화론과 맞물려 보다 구체적으로 전개되었다. 사실 지면(紙面)의 발표만으로 그 임무를 마치는 문학과는 달리 연극은 공연 (performance)의 행위로만 존재하는 것이기 때문에 연극에서의 대중화론은 관객의 참여 없이는 불가능하다. 따라서 연극운동 이론에서 계급주의적 목적 의식을 강조한 방향전환론은 관객조직론과 연동되고, 동시에 식민지 시기 연극 활동의 열악한 조건을 고려한 공연방법론의 모색과도 밀접한 관계를 맺는다.

프롤레타리아 연극운동의 방법론을 제시한 대표적인 글은 1931년 7월 일본에 있던 신고송이 발표한 「연극운동의 출발-현단계의 프롤레타리아연극」 (『조선일보』, 1931.7.29.~8.5.)이다. 당시 카프 중앙 본부는 지방 각지에서 대두되기 시작한 프로연극운동과 볼셰비키적 연극대중화운동에 어떠한 지도 방침도 내리지 못하던 상황이었던 터라, 프로트의 지침을 바탕으로 작성한 신고송의 이 논문은 국내 프로연극운동의 구체적인 방향성을 제시하게 된다. 그 내용을 개괄적으로 살펴보면, 신고송은 우선 '예술운동에 노동자·농민의 이니셔티브(주도권)를 발휘하라'는 볼셰비키적 대중화론의 방침을 확인하고, 구체적인 실천 방안을 제시한다. 그 방안 중 하나는 '이동적 활동'이다. 프롤레타리아 연극은 노동자·농민의 주도로 이루어져야 하지만, 극장 임대의 비싼 비용이나 일제의 검열을 고려하면 프로연극운동이 '공연' 활동에만 안주하고 있을 수 없다. 따라서 노동자·농민에 허락된 이동적 활동, 즉 쟁의, 피크닉, 기타 집회 등에서 간편하게 할 수 있는 이동극을 장려할 필요가 있다는 것이다.

또 다른 방안은 '소인극'이다. 소인극은 1920년대부터 전국 각지에서 각양각색으로 이루어지고 있는 연극 활동이므로 비단 프로연극에서만 강조한 방법론은 아니다. 프로연극이 강조하는 바는 단순히 소인극을 하자는 것이 아니라, 어떻게 하면 소인극을 노동자·농민의 연극으로 만들 것인가이다. 신고송은 농민조합 청년동맹 등에 이동극부를 설치하여 평소에 연습을 하고 기회가 생겼을 때 소인극회를 개최할 것을 주문한다. 요컨대, 노동자·농민과 함께하는 (이동적) 소인극을 연극 활동의 구체적 방침으로 강조하고 있는 것이다.

그런데 이와 같은 방법론은 대규모 관객을 동원하는 극장 공연의 대안이기 때문에 '관객조직'에 대한 별도의 방안을 요청하게 된다. 신고송은 노동자·농민을 대상으로 하는 프로연극에서 후원인을 통한 관객조직은 어려우므로 노동자·학생 일반을 조직화할 수 있는 '드라마리그' 방안을 제시한다. 신고송의 논의로 말미암아 한국에서의 프로연극은 비로소 구체적인 지도 방침을 지닐 수 있게 되며, 아울러 신고송 또한 이러한 논의를 통해 프로연극계의 지도적인 위치를 차지하게 된다. 그러나 그의 주장은 여전히 실천이 결부되지 않은 당위론적 문제 제기의 수준에 지나지 않았다. 특히 프로트의 방침이 한국에 소개될 무렵에 이미 일본에서는 운동노선을 둘러싼 논의에 이어 조직 개편이 착수되고 있었다. 따라서 한국의 프롤레타리아 연극운동론은 수용과 동시에 시행착오를 겪지 않을 수 없게 되었다.

그렇다면 연극방법론의 구체적인 실천 양상은 어떠했을까. 이론을 토대로 얻어낸 대표적인 실천적 활동이 바로 '이동식소형극장'이다. 앞서 소개했듯, 1931년 유진오·김유영·이효석 등이 조직한 이 극단은 1회 공연이 얼마 지나지 않아 해소되고 말지만, 미흡한 대로 연극방법론을 실천했다는 점, 극장 공연 활동이 거의 불가능한 상황에서 가장 효율적인 방법을 시도했다는 점에서 큰 의의를 지닌다. 이후 이동연극은 계속해서 연극운동의 대중화 방안으로 제시되었고, 메가폰과 신건설로 이어지며 꾸준히 실행되었다. 또한, 소인극을 위한 구체적인 기법이 논의되고, 소인극·이동극 각본 모집도 이루어졌다.

한편, 이동극과 소인극이 '노동자·농민의 선전·선동'이라는 프로연극운동의 목적을 향하는 과정에서 경제적·정치적인 조건에 의해 제기된 대안이라면, 반대로 동일한 목적을 추구하되 전문적인 연극 집단의 '비이동적' 형식의 공연 방식이 시도되기도 했다. 그것은 바로 야외극과 쉬프레히콜 방식이다. 야외극은 말 그대로 실외에서 이루어지는 공연 형식을 의미하는데, 이는 사실 근대 이전 공연의 일반적인 형식이었을 뿐 아니라, 당시 일부 학생극에서 시행하던 방식이다. 프로연극계는 '극장 공연'의 한계를 타파할 수 있는 방법으로 야외극을 모색한 것이었으나, 이 주장은 구체적인 실천을 획득하지 못하고 일회적 논의로 그치고 만다. 반면, 쉬프레히콜(Sprech-chor)은 카프 연극부의 공연 방법론으로서 1932년부터 제기되고 또 실천된 방안이다. 이는 독일어의 '말하다'(sprechen)와 '합창'(chor)의 합성어로 시를 합창 풍으로 낭독하는 독일 노동자연극의 형식을 가리킨다. 신고송은 일본에 소개된 쉬프레히콜을 배워 한국에 소개했던 것이지만, 실제 쉬프레히콜의 시도는 그다지 성공적이지 못했던 것으로 보인다. 1933년의 연극평들은 공통적으로 메가폰의 쉬프레히콜 시도에 의문을 제기한다. 조선의 현실에서 이러한 새로운 형식이 과연 효과를 얻을 수 있느냐는 것이다. 쉬프레히콜의 공연은 메가폰에 의한 단 1회의 시도로 끝나며, 1932~33년에 발표된 쉬프레히콜은 더이상 공연 대본의 임무를 수행하지는 못했다.

프로레타리아 희곡과 송영

프롤레타리아연극은 실천 방안으로 1막으로 된 창작극을 주장하였지만, 실제로 공연된 사실이 거의 없고, 그마저도 희곡으로 전해지는 작품은 극히 드물다. 이는 작가의 능력 부재와 일제 치하의 가혹한 검열에 따른 것이라 보아야 할 것이다. 그러나 그런 가운데서도 송영과 같은 뛰어난 극작가를 만날 수 있다는 것은 다행이다. 송영(宋影, 1903~1978)은 배재고보를 중퇴한 후 1922년 염군사에 참여하여, 검열로 발행되지 못한 잡지 『염군』에 소설과 희곡을 실었다고 알려져 있다. 1922년 가을, 일본으로 건너간 송영은 노동자 생활을 통해 얻은 프롤레타리아 계급 의식을 바탕으로 소설과 희곡 창작에 매진한다. 송영의 본격적인 문단 생활은 『개벽』에 「늘어가는 무리」(1925.7)가 3등으로 입선하면서부터 시작된다. 초기 희곡 작품인 「정의와 칸바스」(1925), 「아편쟁이」(1930) 등에는 일본에서의 노동 경험이 실감 나게 반영되어 있으나, 계급 의식과 목적의식이 직접적으로 노출되어 있어 오히려 선동·선전의 힘을 상실하고 있다. 그러나 「호신술」(1931) 이후부터는 주제의식이 풍자의 수법으로 형상화되면서 송영은 1930년대 대표적인 프롤레타리아 극작가로 자리잡게 된다.

송영의 대표적인 희곡인 「호신술」(『시대공론』, 1931.9.~1932.1.)은 이동식소형극장과 극단 메가폰의 제1회 공연 작품으로, 반민족 자본가를 풍자한 희극이다. 공장주 김상룡은 노동자들의 파업에 대비하여 호신술을 배운다. 그는 다른 가족들에게도 호신술 배우기를 강요하는데, 그 과정에서 자본가는 희화화된다. 김상룡의 반민족성과 허위의식이 웃음 속에서 폭로되는 중에 파업 노동자들이 몰려오고, 김상룡은 허둥대며 경찰의 힘만 기다리게 된다. 창밖에는 노동자들의 힘찬 함성이 메아리친다. 작가는 노동자들을 전면에 내세우지 않으면서도 자본가의 속성을 비판하고 노동자들의 승리에 대한 전망을 제시하고 있는데, 이는 검열을 피하면서 소기의 목적을 달성하기 위한 풍자의 극작술이라 할 수 있다. 계급투쟁을 무대 전면에 내세우지 않고 부정적 인물을 희화화하는 풍자의 방식은 1930년대 강화된 검열에 맞서 공연을 성사시키려는 카프의 연극 대중화 정책의 실천 형태라고 할 수 있다.

이 외에 프롤레타리아 계급의 이데올로기를 반영하여 계급 혁명을 성취시키는 것을 목적으로 한 '프로희곡'으로 유진오의 「박첨지」(『시대공론』, 1932.1.),

이기영의 「그들의 남매」(『조선지광』, 1929.1.~1930.1.), 김남천의 「조정안」(『카프작가칠인집』, 1931), 백철의 「수도(隧道)를 걷는 무리」(『제일선』, 1933.3.) 등이 있다. 프로희곡은 주로 자본 계급과 노동 계급 간의 갈등을 부각하고 자본 계급에 대한 노동 계급의 승리를 전망하는 내용을 담고 있으나, 일제의 검열로 인하여 갈등 구조가 분명히 드러나기 어려웠다. 이로 인해 1930년대 이후에는 노동자/자본가의 갈등 구조가 내면화되고 배경화될 수밖에 없었다. 더하여, 악한 자본가와 선한 노동자라는 도식적인 갈등 구조와 작가 이데올로기가 등장인물을 통해 일방적으로 전달되는 경향도 프로희곡의 대표적인 특징이다. 도식적인 갈등 구조 속에서 뚜렷한 현실 인식이나 개연성 없이 노동자들의 승리로 귀결되는 낭만적인 전망은 프로희곡의 멜로드라마적 성격을 드러낸다.

나가며

프로연극운동은 비록 일본 프로연극운동의 활동 방침을 수입함으로써 시행착오를 겪긴 했지만, 종래의 지식인 연극운동에서 탈피하여 노동자·농민이 중심이 되는 연극운동을 도모하였다는 점에서 큰 의의를 지닌다. 식민지 조선의 현실 속에서 연극방법론을 모색하고, 열악한 조건에서나마 그것을 구체적인 실천으로 옮겼다는 점 또한 기억될 필요가 있다. 프로희곡의 극작가들은 카프 해산 이후 거의 모두 당시의 대중극 활동에 몸담았고, 그중 일부는 1940년대 국민연극 활동에도 적극적으로 참가하였다. 대중극은 관객의 호흡을 정확히 읽어내는 기교가 필요하고, 국민연극은 파시즘 이데올로기를 내면화된 형태로 드러내어야 했으므로, 역설적으로 이 시기 극작가들의 극작술은 매우 높아질 수 있었다. 해방 직후 우수한 희곡이 다수 창작될 수 있었던 것은 이와 같은 시대를 통과한 결과라고 할 수 있다.

───── 더 읽어보기

양승국, 『한국현대극 강론』, 연극과인간, 2019.

1930년대 극예술연구회의 신극운동

양승국

들어가며

1931년 6월 18~24일, 극영동호회가 주최하고 동아일보사가 후원한 연극영화전람회가 대성황을 이루자 여기에 참여했던 홍해성, 윤백남, 서항석, 유치진, 이헌구 등은 모임을 확대하여 그해 7월 8일 극예술연구회(이하 '극연')를 창립한다. 처음 극연은 열두 명으로 조직된 '동인제'였으나, 1932년 12월 2회의 공연을 끝낸 후 '회원제'로 변경하여 김광섭, 박용철, 심재홍, 조용만, 윤정섭, 이무영, 모윤숙 등을 추가로 받아들인다. 극연의 초기 인적 구성을 살펴보면, 그 멤버가 해외문학파와 상당히 겹친다는 것을 알 수 있다. 해외문학파란 1926년 일본 동경 유학생들을 중심으로 구성된 해외문학연구회 회원들과 1927년 1월 서울에서 창간된 『해외문학』지의 집필진들을 가리키는 말로, 이들은 주로 해외문학을 번역·소개·연구했다. 『해외문학』은 1927년 7월 2호로서 종간되었으나, 여기에서 활동하던 많은 이들이 1931년 11월 종합 문예지 『문예월간』을 창간하였고, 또 극예술연구회에 참여하게 되었다.

그런데 극연 구성원의 다수가 해외문학파라는 점은 연극 단체로서 극연의 비전문성을 말해주기도 한다. 사실 해외문학파들은 해외문학 소개의 연장선에서 연극에 관심을 두었던 것에 지나지 않았으며, 그 관심도 연극·영화에 대한 딜레탕트적 취미 이상을 넘지 못했다. 후에 김광섭이 가입함으로써 '연구회'의 성격이 강해지기는 하지만, 연극 이론에 대한 접근은 여전히 극연의 영역 밖에 있었다. 그리하여 이들의 주요 활동은 각본의 번역과 해설, 그리고 특정 작가에 대한 특집란 장식에 머물 뿐이었다. 다만, 극연 회원 중 '연극 전문'을 맡은 홍해성과 유치진이 있었기에 극연은 극단으로 운영될 수 있었다. 극연의 신극운동은 한극연구사에 중요한 부분이기도 하지만, 이는 한편으로 당대 저널리즘의 후원에 의해 과대평가된 측면도 없지 않다. 그러한 의미에서 극연의 연극운동론에 대한 평가는 보다 객관적인 자료에 근거하여 재검토될 필요가 있다.

극예술연구회의 공연 활동

극연의 공연 활동은 크게 3기로 나누어진다. 제1기는 주로 홍해성이 연출을 담당한 1932년 5월부터 1934년 12월까지이고, 제2기는 홍해성이 동양극장으로 옮긴 뒤 주로 유치진이 연출을 담당한 1935년 11월부터 1938년 2월까지, 그리고 제3기는 '극연좌'로 명칭을 바꾸어 공연한 1938년 5월부터 이듬해 5월 해산되기까지이다. 1932년 5월 극연의 제1회 <검찰관>(고골리 작) 공연은 조선에서 진정한 '신극운동'의 출발이라는 평가를 받을 만큼 성공을 거두었다. 그러나 제2회 공연의 하나였던 표현주의극 <해전>(괴링 작)은 관객의 수준을 고려하지 않은 극본 선택, 표현주의극에 대한 이해 및 기술의 부족 등으로 실패하고 만다. 그리고 이러한 실패는 제3회 <우정>(카이젤 작)의 공연에서 또다시 반복된다. 극연에 대한 당대 평가를 참고할 때, 극연의 공연 수준은 매회가 고르지 못했던 것으로 짐작된다.

반면, 극연 최초의 창작극 공연이었던 제3회 <토막>(유치진 작)은 관객으로부터 대단한 환영을 받았다. 그러나 <토막>의 성공은 공연 수준에서 비롯된 것이 아니라, 제재의 현실성에서 비롯된 것이었다. 이에 비해 제5회 공연 작품 중 유치진의 창작극 <버드나무 선 동리의 풍경>은 당대 현실을 바탕으로 하였다는 내용적 측면뿐 아니라, 연출과 연기 등 공연수준에서도 호평을 받았다. 두 창작극의 성공은 그간 극연에 가해졌던 비판, 곧 해외문학파의 연장이라 할 만큼 외국의 근대극에 치중하였다는 극계의 비판에 강변할 수 있게 주었다. 극연은 번역극의 공연이 어디까지나 창작극 계발을 위한 토대였음을 주장하며, 동시에 제2기 활동의 공식적인 내부 방침으로서 창작극을 강조한다. 실제로 극연의 2기 활동(8회, 1935.11.~17회, 1937.4.)에서는 총 17편의 작품(재공연 포함) 중 창작극이 10편으로 번역극보다 더 큰 비중을 차지하게 된다.

그러나 극연의 창작극 공연의 성과는 그다지 만족스럽지 못했다. 당대 비평을 참고하건대, 창작극의 극작 기술과 연출·연기의 미흡은 여전히 극복되어야 할 과제로 남아있었던 듯하다. 이러한 문제는 11회 <자매>(유치진 작) 공연에서 어느 정도 극복되고, 이 역량은 제12회 <춘향전> 공연을 성공적으로 이끄는 한 요인이 된다. <춘향전>의 공연은 부민관의 천팔백 석이 부족하여 보조의자 이백여 개를 준비할 만큼 조선 초유의 기록적인 성공을 거두었다. 그러나 공연이 명절과 맞아 떨어진 데다, <춘향전>은 연극이든 영화든 성공을 보증하는 작품이라는 점에서 <춘향전>의 대성황이 곧 극연의 발전이라고 해석하기엔 무리가 있다. 오히려 <춘향전>의 흥행은 극연이 상업극단화하는 계기가 된다. 이후 극연의 상업극단화는 저널리즘으로부터도 외면을 당하여 극연좌로 명칭을 바꾼 후엔 점차 평단의 주목도 받지 못하게 된다.

극연은 결성 초기부터 전문연극인의 기반이 약하였고, 연극의 수준보다 저널리즘을 통해 극계에 자리를 잡은 경향이 있다. 그러나 이들이 <토막>, <버드나무 선 동리의 풍경> 등 창작극을 공연한 것, 그리고 비록 실패하였지만 <소>의 공연을 시도한 것 등은 극연의 민족주의 연극의 지향을 보여준 귀감으로 높이 평가받을 만하다. 또한 극연의 활동을 통해 유치진, 함세덕 등 수많은 극작가가 배출될 수 있었다는 점도 극연이 한국연극사에 남긴 중요한 공적이다. 극연은 번역극 위주의 제1기와 창작극 위주의 제2기를 거쳐 극연좌의 시기까지 모두 24회의 공연으로 한국에 근대극의 개념으로서 신극운동을 정착시키려 하였다.

'번역극 우선론'에서 '창작극 위주'로의 전환

앞서 지적했듯, 극연은 처음부터 뚜렷한 이념을 지닌 연극운동 조직이 아니었다. 조직의 강령이나 행동 방침이 표명된 적도 없고, 단지 '신극 수립'이라는 관념적 목표만이 여기저기서 반복되었을 뿐이다. 극연 회원 중 비평 활동이 두드러지는 이들로는 김광섭, 서항석, 유치진, 이헌구, 정인섭 등이 있었으나, 이들의 평론에서도 신극 수립에 대한 구체적인 견해는 나타나지 않는다. 다만, 극연의 '극문화 수립론'에서 가장 공통되는 논지는 '번역극 우선론'이다. 그러나 번역극 우선론 또한 그 전제가 되는 한국 연극 전통에 대한 인식은 회원들 사이에 차이를 보였다. 한국에는 역사적으로 연극의 전통이 없으므로 서양식의 연극을 소개해야 한다는 극단적 주장과, 오늘날 상실한 과거의 전통극을 발전시키면서 서양의 연극을 수용해야 한다는 절충적인 입장이 있었던 것이다.

절충적 입장의 대표적인 인물이 유치진이다. 그는 극연에 참여하기 전부터 연극 전통 찾기에 관심을 지니고 있었고, 이는 우리 가면극을 계승하자는 논의로 발전하게 된다. 이와 같은 인식의 연장선상에서 유치진은 번역극 수용이 어디까지나 창작극의 생산을 위하여 있는 것이라 주장한 것이다. 유치진과 비슷한 견해를 지닌 이로는 정인섭이 있었는데, 그 또한 가면극의 계승을 주장하였다. 그러나 그의 전통극 수용론은 어떤 연극적 근거에서 비롯된 과학적 주장이기보다는 연극의 '대중성'을 강조하는 방편일 뿐이라 그다지 설득력을 갖지 못했다. 반면, 번역극 우선론의 근거로 '연극전통전무론'을 내세운 대표적인 논자는 이헌구와 김광섭이다. 김광섭은 1933년 한 평론에서 외국극 상연이 극문화 수립의 '유일한' 길이라고 주장하기에 이른다. 김광섭은 프로연극 측으로부터 즉각적인 비판을 받았으나, 제대로 반박하지 못했다. 이는 결성 초기부터 노정되어 있던 극연 연구부의 한계가 여실히 드러난 장면이다.

물론 번역극 상연에 대한 무조건적 비판은 문화 수용의 면에서 바람직한 사항은 아니다. 문제는 극연이 주장하고 있는 '번역극 시대' 다음에야 '창작극 시대'가 온다고 하는 단계론적 입장과 당시까지 조선에는 연극[창작극]은 없다고 하는 전제의 타당성이다. 김광섭은 번역극 수용의 논거로 일본의 축지소극장의 사례를 들고 있지만, 축지소극장이 번역극 위주의 방침을 표명할 수 있었던 것은 일본에서 이미 '창작극·번역극 논쟁'이 있었고, 또 1800년 대 말부터 신파극이 등장했기 때문이다. 극연은 1924년 시작된 축지소극장의 운동을 1932년부터 한국에서 시도한 것이라 할 수 있는데, 사실 한국에서도 십여 년 이상 신파극이 존재해 왔고, 외국극을 상연한 토월회의 전례도 있어서 그 토양은 어느 정도 형성되어 있었다고 할 수 있다. 즉, 극연은 자신들의 공연 근거가 되는 한국에서의 연극 전통을 완전히 무시해 버리는 모순을 범하고 만 것이다. 더욱이 축지소극장은 1926년 처음 창작극을 상연한 후 프로연극도 상연하는 등 진보적인 자세를 보였으나, 극연은 이와 같은 축지소극장의 후반기 변모과정은 도외시한 채 초기 1, 2년 번역극 공연 활동만

본받았다. 결국 극연의 '번역극 우선론'은 프로연극뿐만 아니라 흥행극 측으로부터도 비난을 받게 되고, 제2기의 활동을 맞아서는 '창작극 위주'의 방침을 표명하고 방향 전환을 모색하기에 이른다.

1934년 12월 <앵화원>의 공연을 끝으로 연출가 홍해성이 동양극장의 전속으로 옮겨가고, 극연의 연출을 유치진이 맡게 되면서 제2기 활동이 시작된다. 그리고 이 무렵인 1935년 여름, 극연 창립 4주년을 맞아 극연은 공식적 방침으로서 '창작극 위주론'을 표명한다. 그렇다면 극연 제2기 활동의 성패가 달린 창작극 위주의 방안은 어떻게 실천되었을까. 유치진은 이 무렵 「역사극과 풍자극」(『조선일보』, 1935.8.27.)을 발표하여 역사극과 풍자극의 창작을 제안한다. 이는 <소>의 공연 불가 판정을 받은 이후 창작 방향을 새로이 모색한 하나의 방안이었는데, 역사극과 풍자극은 이미 연극계 일반에서 활발히 공연되고 있던 형식이었던 터라 유치진의 주장은 쉽게 극연의 방침으로 수용될 수 있었다. 여기서 주목할 점은 역사극의 한 형식으로 창극에 관한 관심이다. 유치진은 그 중에서도 역사극에 한층 더 관심을 기울이면서 가면극, 인형극, 창극 등 전통극의 수용을 주장한다. 앞서 지적했듯, 그는 일찍부터 우리의 전통극에 관심을 가져왔고, 이러한 관심이 극연의 제2기 활동을 맞아 역사극의 창작으로 구체화된 것이다. 그리고 그 결실이 바로 <춘향전>의 창작이다.

그런데 과연 <춘향전>을 역사극이라 할 수 있을까. 또한 <춘향전>은 전통극의 형식과 어떻게 연관될 수 있을까. 사실 이헌구는 극연 초기에 흥행극의 통속적·역사적 소재를 지적하면서 <춘향전>을 비판한 바 있다. 그런데 제12회 공연으로 극연이 <춘향전>(1936.9.)을 공연하자 이번에는 역사극이라 옹호한다. 이는 극연이 지닌 역사극의 개념이 얼마나 자의적인 것인가를 보여주는 것이자, 극연의 논리가 그들의 상연 레포토리를 합리화하는 것일 뿐 통일성을 갖춘 이론이 아님을 드러낸다. 유치진 역시 역사극을 '옛날 이야기

연극' 정도로밖에 이해하지 못하고 있었으며, 전통극에 대한 관심조차 <춘향전> 창작과 관련하여 주장될 뿐 지속적인 논의로 발전되지 못한다. 이렇듯 극연은 제2기 활동을 맞아 창작극 위주의 방침을 천명하나 그 실천의 성과는 비교적 미미하였다. 그러나 미흡하나마 극연이 초기의 무주견적인 번역극 우선의 방침에서 탈피하여 창작극 위주의 공연 방침을 주창하고 이를 실천에 옮긴 것은 극단의 질적 발전이라 평가할 수 있다. 비록 극연의 공연 수준이 그다지 우수하지 못하여 창작극 공연이 주목을 받지 못하였다 하더라도, 오늘날 문학성을 평가 받고 있는 이광래, 김진수, 이서향, 함세덕 등 신인 극작가를 발굴한 점은 높이 살 부분이다. 무엇보다 이들의 창작극 위주론과 그 실천은 1930년대 중반 이후 다양한 공연 활동이 모색되는 중요한 계기를 마련해 주었다는 점에서 한국연극사에 중요한 의의를 지닌다.

나가며: '극연좌'로의 변모와 해산

극연이 제2기 활동을 펼치면서 창작극 위주의 공연 방침을 표명했다고는 하나, 번역극 공연을 완전히 버린 것은 아니었다. 이에 번역극 공연을 위한 새로운 모색도 함께 시도되는데, 유치진은 그 타개책으로 '관중본위'를 내세운다. 번역극이란 외국인의 생활 감정을 그린 것이어서 우리 관중을 감정적으로 붙들지 못하므로 관중본위로 한 번역극 대본의 제작과 상연이 필요하다는 것이다. 이러한 관중본위론은 사실 소극장 운동에 대한 부정적 시각과 극연의 경제난을 극복하기 위한 '전문극단'으로의 전환, 그리고 로맨티시즘의 창작 방법 모색 등 일련의 연극운동 구도에 따라 제기된 것이었다. 이상의 논의를 종합한 실천적 형태가 바로 <춘향전>인데, 문제는 부민관에서 성황리에 공연된 <춘향전>이 신극의 개념과는 거리가 매우 멀다는 점이다. 결국 유치진의 '전문극단'은 극연의 신극으로부터 일탈을 합리화하기 위해 등장한 용어인 셈이다. 이 전문극단의 의도는 1935년부터 분명히 드러나고, 유치진 자신도 1936년 4월 대극장 부민관 공연부터 극연이 전문극단화하였다고 진술한다. 다만, 극연이 '극연좌'로 명칭을 바꾼 것은 1938년 4월부터이다.

극예술연구회에서 극연좌로의 변모는 '연구회'라는 꼬리표를 떼어 버린 것으로 전문성 강화이자, 일제 강압에 따른 전업 연극인들 조직으로 전환이었다. 유치진은 '전문극단'이라는 용어를 '소인극'과 상대적인 개념으로 파악한다. 그동안 극연의 연극을 소인극으로 파악하고, 이를 극복하여 전문극단으로 활동하는 것을 새로운 목표로 삼은 것이다. 이는 사실상 극연의 자부심을 송두리째 부정하는 것이지만, 이를 무릅쓰면서도 전문극단으로 나아가지 않을 수 없는 현실인식이 담겨있는 것이기도 하다. 이때 연극 현실이란 유치진 개인적으로는 창작 방법론의 수정이고, 연극 환경적으로는 동양극장의 설립에 따른 흥행극계의 발전이다. 극연의 전문극단 개념은 결국 직업극단화였고, 따라서 기술 문제에서 흥행극보다 얼마나 뛰어날 수 있느냐가 성패의 결정적인 요소가 되었다. 그러나 극연은 1936년 내분을 겪은 데다, <춘향전> 이외엔 흥행에도 성공을 거두지 못하여 '전문극단'으로의 변신은 그 의미를 상실하고 만다. 이후 극연[극연좌]은 상업화의 길과 신극 정신 사이에서 방황하다 1939년 5월의 공연을 마지막으로 해산된다.

──── 더 읽어보기

양승국, 『한국현대극강론』, 연극과인간, 2019.

한국영화 100년의 역사

양승국

들어가며

세계영화사는 1895년 12월 프랑스 뤼미에르 형제의 영화로부터 시작되었다. 그렇다면 한국에서 처음 영화가 상영된 것은 언제일까. 남아있는 자료가 많지 않아 확실하지는 않지만 1903년 6월경으로 보는 것이 일반적이다. 당시 사람들은 영화를 '활동사진'이라 불렀는데, 1903년 6월 24일자 『황성신문』에 '활동사진' 광고가 발견되는 것으로 미루어 한국영화의 시작을 그 즈음으로 추측하고 있다. 당시엔 아직 전문 영화관이 존재하지 않았기 때문에 '활동사진'은 서울 동대문에 위치한 전기회사 창고에서 상영되었다. 이때의 '활동사진'은 사실상 '움직이는 그림'에 지나지 않았지만, 열흘 사이 수천 명이 몰려들 정도로 인기가 높았다고 한다. 1900년대에 접어들면서 한국에도 상설 실내극장이 설립되기 시작한다. 제대로 된 시설을 갖춘 최초의 영화관은 1907년 서울 종로구에 세워진 단성사다. 1910년대에 가장 인기 있던 대중문화 양식은 일본에서 수용된 '신파극'이었는데, 신파극단 중 하나인 신극좌의 김도산이 새로운 형태의 신파극으로 '연쇄극(kino drama)'을 단성사에서 공연하면서 한국영화사가 출발하게 된다. '연쇄극'은 무대에서 보여주기 힘든 장면은 영화로 찍어 스크린으로 보여주고, 중요한 장면은 무대에서 배우가 직접 등장해 연기하는 극 형식이었다. 1919년 10월 27일에 공연된 <의리적 구토>가 최초의 연쇄극으로 알려져 있으며, 연쇄극의 인기는 1930년대까지 이어졌다. 연쇄극이 아닌 완전한 형태의 영화로는 1923년 윤백남의 <월하의 맹서(맹세)>가 첫 자리로 기록되어 있다. 비로소 한국에 무성영화의 시대가 열린 것이다.

일제강점기: 무성영화의 전성기와 영화인 나운규

사실 윤백남의 <월하의 맹서(맹세)>는 총독부의 제작 지원으로 만들어진 계몽영화였으나, 여기에 많은 관심이 쏠리면서 본격적으로 상업영화가 제작 되기 시작했다. 하지만 부족한 인력과 기술로 인해 최초의 상업영화는 일본 인에 의해 제작되었다. 1923년 10월에 개봉한 <춘향전>이 바로 그것이다. <춘향전>의 흥행에 힘입어 단성사에 소속된 영화 촬영부가 1924년 9월 또 다른 고전소설을 바탕으로 한 <장화홍련전>을 제작했다. 단성사의 주인인 박승필이 제작하고, 박정현이 감독을 맡았으며, 이필우가 촬영과 편집을 담 당했다. 배우들도 모두 한국인이었다. 이렇게 해서 <장화홍련전>은 한국인 의 자본과 기술, 인력으로 만든 최초의 영화라는 타이틀을 가지게 되었다.

한편, 최초의 전문 영화사는 1924년 7월에 설립한 조선키네마다. 이는 <춘향전>과 <장화홍련전>의 성공에 고무된 일본인 의사, 변호사 등이 투자 하여 세운 회사로 <해의 비곡>이라는 멜로드라마 영화를 제작하여 3,000원 가량의 흑자를 내었고, 이를 바탕으로 윤백남에게 제2회 작품 <운영전> 제작 을 맡긴다. 윤백남은 <운영전>의 성과에 자신감을 얻어 자신의 이름을 붙인 윤백남프로덕션을 설립하고 1925년 <심청전>을 제작하기에 이른다. 비록 <심청전>은 좋은 평가를 받지 못했지만 이 영화에 조감독으로 참여한 이경손이 1925년 이광수의 소설을 원작으로 하는 영화 <개척자>를 만들어 한국 문예영화의 시발점이 된다. 이렇게 1925년부터 약 십 년간 한국영화사는 무성영화 전성기를 맞이한다.

이 시기 주목받은 영화를 꼽으라면 1926년에 발표된 나운규 감독의 <아리랑>을 빼놓을 수 없다. 나운규는 윤백남의 <심청전>, 조선키네마의 <농중조(새장 속의 새)>(1926)에 출연하여 배우로서 호평을 받았고, 이에 조선키네마는 나운규의 실력을 믿고 영화를 맡겼다. 800여 명의 엑스트라가 동원되어 3개월 만에 완성된 <아리랑>은 전에 없던 대흥행을 이끌어냈으며, <아리랑>을 상연하기 위해 전국 곳곳에 가설극장이 들어설 정도였다. 필름이 남아있지 않아 영화의 전모를 살필 수는 없지만, 전하는 글들을 통해 보건대 영화는 강한 민족적 색채를 띠고 있었던 것으로 파악된다. 일본 제국의 검열이 매우 심했던 당시에 이러한 영화를 만들고 상영할 수 있었다는 것은 매우 놀라운 일이라 할 수 있다. 영화 <아리랑>은 독창적인 영화기법을 구사하면서도 민요 '아리랑'을 주제가로 내세워 민족 정서를 고취한 식민지 시기 최고 걸작으로 손꼽힌다. 이러한 성공을 바탕으로 나운규는 <풍운아>(1926), <금붕어>(1927), <들쥐>(1927) 등을 감독, 주연하였고, 나운규프로덕션을 창립한 1927년부터 1929년까지 5편의 영화를 더 제작하였다. 나운규는 1930년에 회사가 해체된 다음에도 사망할 때까지 배우 및 감독으로서 왕성하게 활동하며 일제 강점기를 대표하는 최고의 영화인으로 남게 된다.

이밖에도 일제강점기 영화사에는 카프가 이끌었던 영화운동과 일제 말기 제작된 어용영화가 남아있다. 1919년 3.1운동의 좌절 이후 사회주의 사상이 전파되면서, 이를 수용한 지식인, 문학인들을 중심으로 조선프롤레타리아문학동맹(KAPF)가 조직되었다. 카프에 소속되었던 일부 영화인들이 조선영화

예술협회를 조직하여 1928년 김유영의 <유랑>을 시작으로 1931년까지 5편의 영화를 제작했다. 그러나 이들 영화는 큰 호응을 얻지는 못했으며, 이후 일제에 의해 단체가 강제 해산됨에 따라 사회주의 영화운동은 사라지고 만다. 제국주의의 통제가 극심해진 1940년에 이르면 '조선영화령'의 공포로 영화의 제작과 배급뿐만 아니라 영화 관계 업종에 취업하는 일까지도 허가를 받아야 하는 상황이 된다. 1941년에는 전쟁 수행을 위한 어용 영화 제작을 목적으로 한 특수법인 조선영화주식회사가 설립되었고, 1945년 일제 패망까지 14편의 전시 어용 영화가 제작되었다. 민간 상업영화사에서도 일본 제국의 국책을 선전하는 영화만 만들 수 있었기 때문에 1940년대는 식민지기 한국영화사의 암흑시대로 남게 된다.

해방~1960년대: 전쟁으로 인한 침체에서 문예영화 시대로

1945년 8월 15일, 일본이 전쟁에서 패하면서 한국은 해방을 맞이하나, 곧 남북으로 나뉘어 각각 미군과 소련군의 군정에 놓인다. 해방 후부터 1948년 8월 15일 남한의 단독 정부 수립까지, 여러 악조건에도 불구하고 일제 치하에 저항했던 애국지사들의 활동이나 국가 재건에 대한 의지, 분단의 비극과 사상적 갈등 등을 다룬 영화들과 꾸준한 인기를 끌었던 통속영화들이 모두 81편이 만들어졌다. 그러나 이러한 노력에도 불구하고 곧이어 터진 한국전쟁은 한국영화계를 포함하여 사회 전반에 막대한 피해를 입혔다. 영화 생산 설비가 거의 모두 파괴되고 영화인들이 납북되는 등 1950년대 전반 한국영화계는 기록영화와 반공·계몽영화를 약간 제작하는 데 그친다. 전쟁으로 인한 상처는 한국인들의 인식구조를 크게 변화시켰는데, 이에 현실비판과 함께 현실도피와 자유주의적 풍조가 유행하면서 통속극에 대한 관심이 높아지기도 했다. 대표적으로 1955년 한형모의 <자유부인>은 유부녀의 자유 연애를 다루면서 가정 윤리의 문제를 사회적 이슈로 확대시켰다.

1950년대 주목받은 감독으로는 신상옥, 김기영, 유현목을 들 수 있다. 유현목은 <교차로>(1956)와 <잃어버린 청춘>(1957)에서 한국전쟁 후의 사회 현실을 예리하게 보여주었고, 이는 그의 대표작 <오발탄>(1961)을 통해 여실히 드러난다. 1955년에 데뷔한 김기영은 <초설>(1957), <10대의 반항>(1959)을 통해 전쟁으로 상처 입은 인간상을 그려내며 주목받았고, 신상옥은 1952년 데뷔하여 <꿈>(1955), <지옥화>(1958) 등의 영화로 한국적 로컬리티를 가진 자신만의 영화세계를 구축했다. 이들의 활약을 바탕으로 1955년부터 1959년까지 영화 제작이 활발해지고, 영화제작사도 비약적으로 증가하면서 한국영화의 질적 수준도 크게 향상되었다. 한국영화계는 통속극과 유치한 코미디에서 벗어나 현실인식을 반영한 개성 강한 영화들을 다수 배출하여 대중의 사랑을 받았다. 이 시기 특기할 사항으로는 박남옥의 등장이 있다. 한국영화사 최초의 여성 감독인 박남옥은 1955년 데뷔작 <미망인>에서 거친 현실을 헤쳐나가는 여성상을 구현해 주목받았다. 이후 여성감독의 계보는 1962년 <여판사>로 데뷔한 홍은원으로 이어진다.

1960년 4.19혁명은 한국 사회를 억누르고 있던 각종 규제와 억압을 철폐하였고, 이에 영화계의 활동 또한 한층 활발해졌다. 극장 수와 연간 관람객 수가 크게 증가했고, 영화 산업의 구조도 혁신되어 기업형 제작사들이 설립되기 시작했다. 또, 1961년에는 대형화면의 컬러영화 시대가 열렸다. 그러나 영화계의 이와 같은 양적, 질적 성장은 1961년 5월 16일 벌어진 군사쿠데타와 박정희 정권의 영화 정책에 의해 다시 가로막힌다. 군사정부는 1962년 1월 영화법을 공포하여 영화 수입을 통제하고, 64개에 달하던 영화사를 16개로 통폐합해버린다. 동시에 촬영 이전의 영화 각본을 심의하고 촬영 후에는 필름을 심사하는 이중 검열제도를 실시하여 영화계를 크게 위축시킨다. 현실을 부정적으로 묘사했거나, 정치적 비판 요소가 있다는 이유로 기존에 상영되었던 영화들마저 가위질 당하는 경우가 많았다. 가혹한 정부의 통제는 통속적 취미에 영합하는 애정 통속극으로 영화계 전반을 치우치게 만들었다. 1960년대에 가장 많이 제작된 영화의 절반 이상이 통속적 소재의 작품이다. 이 시기 제작된 영화들은 경제발전의 성과와 젊은이들의 진취적 기상을 보여주는 건전하고 명랑한 코미디 영화가 주를 이루게 된다.

이 시기 무엇보다 주목되는 경향은 다수의 감독들이 문학적 완성도가 보장된 소설을 각색하여 소재의 한계를 극복하고 영화의 질적 향상을 도모했다는 점이다. 이런 경향을 들어 1960년대 영화사를 '문예영화의 시대'라고 규정하기도 한다. 신상옥 감독의 <사랑방 손님과 어머니>(1961), <벙어리 삼룡이>(1964), 유현목 감독의 <오발탄>(1961), <잉여 인간>(1964), <카인의 후예>(1968), 김수용 감독의 <갯마을>(1965), <안개>(1967) 등 많은 문예영화들이 호평받았다. 이중에서 1960년대 한국영화사의 한 획을 그은 작품이라고 한다면 김기영 감독의 <하녀>(1960)를 꼽을 수 있다. 성실한 가장이 하녀의 적극적인 도발로 불륜을 저지르고, 한 가정이 파멸에 이르는 과정을 참신한 연출로 풀어낸 이 영화는 제한된 공간에서 벌어지는 인물들 사이의 갈등과 심리 묘사로 극적 긴장을 부여한다. 뿐만 아니라 세트와 의상, 음악 등의 만듦새가 뛰어나 1960년대 작품이라고는 믿기 어려운 감각을 보여준다. 1960년대 한국 사회의 산업화 분위기와 여성 노동자의 실태를 반영하고, 중산층 가정에 침투한 하층계급 여성의 신분상승을 향한 욕망과 이에 대한 중산층의 경계심을 노골적으로 형상화했다는 점에서 당대 관객들에게도 큰 충격을 주었다.

1970~80년대: 외국영화 전성시대에서 민주화 시대로

한국현대사에서 1970년대는 격동의 시대였다. 정치적으로는 1961년 박정희 정부의 독재가 이어졌고, 사회적으로는 산업화·근대화가 본격화되었다. 도시문제, 노동문제가 주요 사회적 이슈로 떠올랐다. 사상과 표현의 자유가 위축되고, 향락과 퇴폐적 경향이 짙어지던 1970년대 한국의 복잡한 정치적, 사회적 맥락 안에서 한국영화 산업은 쇠퇴하는 양상을 보였다. 1970년부터 영화 제작 편수가 급격히 줄어들었고, 영화의 수준도 1960년대에 비해 떨어지게 되었다. 영화 제작사들은 좋은 영화를 만들기보다 돈을 벌어줄 외국영화 수입에 열을 올렸다. 1970년대는 외국영화 전성시대가 된 것이다.

이런 경향은 한국 정부의 잘못된 정책에 기인한다. 정부 당국이 직접 나서서 영화의 주제와 제작 방향에 간섭했고, 영화인들은 이에 따를 수밖에 없었다. 1966년 8월 공포된 영화법은 모든 영화관이 1년에 90일 이상 한국영화를 상영하게 하는 '스크린 쿼터제'를 시행했고, 동시에 수입영화에 대해서도 쿼터제를 시행했다. 당시 영화사들은 한국영화를 일정 수 이상 만들어야만 돈벌이가 되는 외국영화를 수입할 권리를 획득할 수 있었다. 따라서 이 시기 많은 한국영화들이 짧은 기간에 적당히 만들어져 개봉도 못한 채 창고에 버려지게 되었다. 이렇게 해서 한국영화는 점점 더 관객의 외면을 받게 되었고, 1970년대 이후 텔레비전 수상기가 급속도로 보급되면서 관객들은 더욱 영화관을 찾지 않게 되었다. 심지어 1970년대 한국정부는 우수영화제도를 실시해 국가안보의식을 강화하는 국책영화 제작을 장려하기도 했다. 여기에 선정되면 외화 쿼터도 더 많이 받을 수 있어서, 영화사들은 울며 겨자먹기로 재미없는 영화를 만들어내야만 했다. 그 외에 검열에서 비교적 자유로운, 폭력적이거나 외설적인 통속영화들도 양산되었다.

그러나 열악한 조건 속에서도 유현목, 신상옥, 김기영, 김수용, 이만희,

하길종, 변장호 등 장인 의식을 가진 감독들의 문제작이 발표되면서 1970년대 한국영화의 명맥이 이어졌다. 대표적으로 1960년에 <하녀>로 주목받았던 김기영 감독은 1971년에 <화녀>를, 1972년에 <충녀>를 발표했다. 또, 1970년대 영화의 특징적 경향으로 십대 청소년들의 우정과 사랑을 그린 하이틴 영화를 들 수 있다. 1975년 김응천 감독의 <여고 졸업반>, 1976년 문여송 감독의 <진짜 진짜 잊지마>를 대표작으로 꼽을 수 있을 것이며, 1977년에 발표된 석래명 감독의 <고교 얄개>는 25만 8,000여 명의 관객을 동원하였다.

박정희 정권의 개발 독재 정책의 성공에 힘입어 1970년대 한국 경제는 급속히 팽창하였고, 국민 소득 역시 점차 증가하였다. 많은 사람들이 몰린 서울은 퇴폐와 향락의 산업이 성황을 이루었고, 다른 한편으로는 독재에 항의하는 시위로 최루탄의 매운 연기가 자욱했다. 또, 미국의 팝 문화를 수용한 젊은이들의 낭만도 넘쳐났다. 청바지를 입고 생맥주를 마시며 기타 반주에 맞춰 노래를 부르는 것이 새로운 청년문화로 자리 잡았고, 1970년대 영화는 이러한 젊은이들의 감각을 스크린에 수용하기 시작했다. 대표적인 작품이 1975년 발표된 하길종 감독의 <바보들의 행진>이다. 검열로 인해, 30분 이상의 필름이 잘려나간 채 상영된 이 영화는, 남녀 대학생들의 꿈과 절망을 리얼하게 보여 주어 153,780명의 관객을 불러 모았다.

1970년대의 영화계는 1974년 이장호 감독의 <별들의 고향>으로 새로운 전환점을 맞이한다. 최인호의 1972년작 동명의 소설을 각색한 이 영화는 46만 4천여 명의 관객을 동원하며 그때까지 한국영화사 최고 흥행 기록을 세운다. 이는 백만 부 이상 팔린 원작소설의 인기에 힘입은 바가 크지만, 기존의 애정 윤리를 뛰어넘은 파격적 소재를 특유의 영화적 감각으로 형상화한 이장호 감독의 연출력 또한 큰 몫을 했다. 이 영화의 성공으로 최인호는 1980년대까지 흥행을 담보하는 대표적인 대본 작가로 인정받게 된다. 1975년 하길종 감독의 <바보들의 행진>, 배창호 감독의 1984년 작 <고래 사냥>과

1985년의 <깊고 푸른 밤> 등이 대표적이다. <별들의 고향>에 이어 김호선 감독은 1975년 조선작의 소설을 각색한 <영자의 전성시대>, 1977년 조해일의 소설을 원작으로 한 <겨울여자>를 잇따라 흥행시킨다. <겨울 여자>는 그때까지의 최고 흥행 기록을 세운 <별들의 고향>을 훨씬 뛰어넘는 58만 5,775명의 관객을 동원하였다. <별들의 고향>이 자본주의 사회의 그늘진 면을 보여 주었다면, <겨울 여자>는 새로운 성윤리의 문제를 정면으로 제시했다는 점에서 파격적이었다고 할 수 있다. 이러한 대표적인 세 영화가 흥행에 대성공하자, 뒤에 '여자'라는 단어가 붙은 제목의 영화가 유행처럼 제작되는 등, 이른바 '호스티스' 영화는 1970년대 영화계를 대표하는 아이콘이 된다.

1979년 박정희 정권의 갑작스러운 몰락은 전두환 군부 정권으로 이어졌고, 이 과정에서 1980년 5.18 광주민주화운동이라는 한국전쟁 이후 최대의 민족적 비극을 겪게 된다. 이러한 비극에도 군부 독재에 대한 저항을 굽히지 않았던 한국 민중은 1987년 6월 민주화 운동을 성공시켜 전두환 정권을 무너뜨리기에 이른다. 1980년대 한국 역사에서 주목할 만한 국제 행사로는 1986년 아시안 게임과 1988년 올림픽 개최를 들 수 있다. 특히 올림픽은 한국이 소련을 비롯한 공산주의 국가들과 정식으로 외교를 맺고 경제, 문화의 문호를 개방하는 계기로 작용했다. 이때 문학과 예술 부문에서도 소재와 표현의 범위가 넓어지는 상황이 만들어졌다. 무엇보다 1980년 12월부터 시작된 컬러 텔레비전 시대는 영화계의 새로운 변화를 요구하고 있었다. 1985년 7월부터 영화 제작이 자유화되고, 외화 수입 쿼터제가 폐지되면서 영화의 수출·입이 자유로워지는 한편 미국 영화들이 한국 시장에 직접 배급을 시작하면서 상대적으로 압력이 거세지는 계기가 되기도 했다.

이 시기 한국영화계는 다각도로 대책 마련에 몰두했다. 새로운 촬영과 녹음 기술을 습득하고, 1984년에 '영화아카데미'를 설립하여 우수 인재 육성의 기틀을 닦았다. 덕분에 1980년대 중반 이후 새로운 감각을 지닌 신예

감독들이 대거 등장하게 된다. 1982년 <여자는 안개처럼 속삭인다>의 정지영, 1983년 <X>의 하명중, 1984년 <수렁에서 건진 내 딸>의 여성 감독 이미례, 1985년 <밤의 열기 속으로>의 장길수, 1986년 <겨울 나그네>의 곽지균 등을 예로 들 수 있다. 새로운 중흥기를 맞이한 한국영화계 안에서도 단연 임권택 감독의 활약상은 두드러진다. <만다라>(1981), <안개마을>(1982), <길소뜸>(1985), <티켓>(1986), <씨받이>(1986), <아다다>(1987), <아제아제 바라아제>(1989) 등 한국영화사에 길이 남을 역작들이 이 시기에 만들어졌다.

　한국영화가 차츰 세계의 주목을 받기 시작한 것도 1980년대에 들어서면서부터라고 할 수 있다. 1980년 <피막>으로 베니스 영화제 특별상을 받은 이두용 감독은 1984년 <물레야 물레야>로 한국영화 최초로 칸 영화제 비경쟁부문인 '주목할 만한 시선'에 선정되었으며, 하명중이 연출하고 주연을 맡은 <땡볕>은 1985년 베를린 영화제 본선에 진출한다. 1986년 베를린 영화제 경쟁부문 본선에 임권택 감독의 <길소뜸>이 오른 것도 특기할 만하다. 1987년 제44회 베니스영화제에서 강수연은 임권택 감독의 <씨받이>로 한국영화 사상 최초의 최우수 여우주연상을 수상하는 영예를 차지하기도 하였다. 이후 <아제아제 바라아제>, <아다다> 등이 해외 영화제에서 주목받으며 임권택은 세계적인 감독으로 떠오르게 되고, 이와 함께 한국영화의 위상도 높아졌다.

1990~2000년대: 한국영화의 양적, 질적 팽창

　1995년 3월 케이블 텔레비전 방송이 시작되었다. 극장 관객을 빼앗길 것이라는 우려가 컸으나, 예상과 달리 이는 영화시장이 넓고 다양해지는 계기가 되었다. 또, 1996년 영화 대본의 검열이 위헌 판결을 받게 되면서 영화의 소재와 표현의 폭이 한층 넓어지게 되었다. 1996년에는 한국 최초의 국제영화제인 부산국제영화제가 창설되었고, 1998년에는 처음으로 멀티플렉스 영화관 CGV강변11이 신설되었다. CGV강변11은 열한 개의 상영관을 모아놓은 대규모 시설로, 24시간 전산 예매와 좌석 선택이 가능한 시스템을 구비하여 한국 관객의 영화 관람 방식을 획기적으로 바꾸어 놓았다. 또, 1998년에는 일본 대중문화가 한국에 개방되면서 교류가 활성화되었고, 한국영화의 일본 진출이 활발해지는 긍정적인 효과를 낳기도 했다. 1999년 강제규 감독의 <쉬리>가 일본에서 130만 달러, 2000년에는 박찬욱 감독의 <공동경비구역 JSA>가 역시 일본에서 200만 달러의 수익을 올렸다.

1990년대 영화는 한 마디로 '다양성'이라는 키워드로 설명할 수 있을 것이다. 먼저 로맨틱 코미디의 경향으로는 김의석 감독의 <결혼 이야기>(1992), 강우석 감독의 <미스터 맘마>(1992)와 <마누라 죽이기>(1994), 신승수 감독의 <가슴 달린 남자>(1993), 이광훈 감독의 <닥터봉>(1995) 등이 대표적이다. 이와는 달리 장윤현 감독의 1997년의 영화 <접속>은 PC 통신이라는 새로운 매체를 통해 소통하는 젊은이들의 로맨스를 잔잔하게 묘사하여 이전의 애정영화와는 완전히 다른 감성을 보여 주었다. 이러한 새로운 감각의 멜로드라마는 이정국 감독의 <편지>(1997), 김유진 감독의 <약속>(1998), 허진호 감독의 <8월의 크리스마스>(1998) 등을 들 수 있다.

액션 영화들도 인기가 높았다. 1990년 6월 개봉된 <장군의 아들>은 특이하게도 임권택 감독이 연출한 액션 영화로, 서울에서만 68만여 명의 관객을 모아 그해 흥행 1위를 기록하였다. 일제 강점기 독립운동가 김좌진 장군의 아들 김두한의 행적을 담은 이 영화는 세 편의 시리즈로 제작되어 2편이 1991년, 3편은 1992년에 연속적으로 개봉되었다. 이 영화들은 일제의 억압에 맞서는 김두한의 저항 민족의식을 호쾌하게 그려내어 인기를 얻었는데, 훗날 한국영화의 액션과 스턴트 연기의 모델로 자리 잡는다. 액션 영화의 계보는 장현수 감독의 <걸어서 하늘까지>(1992), <게임의 법칙>(1994), <본 투 킬>

(1996) 김성수 감독의 <비트>(1997) 등으로, 또 '한국형 느와르'라고 불리는 조직 폭력배 소재의 영화로 이어지는데, 특히 이창동 감독의 <초록 물고기>(1997)와 송능한 감독의 <넘버 3>(1997)가 주목을 받았다.

사회 비판 영화도 활발히 발표되었다. <칠수와 만수>(1988), <아름다운 청년 전태일>(1995)의 감독 박광수는 <그들도 우리처럼>(1990)에서 탄광촌을 소재로 하여 감독 특유의 비판의식을 이어 나갔다. 김유진 감독은 <단지 그대가 여자라는 이유만으로>(1990)에서 성폭행의 문제를, 정지영 감독은 <하얀 전쟁>(1992)에서 베트남 전쟁의 상처를 본격적으로 다루며 큰 충격을 안겼다. 또 장선우 감독은 <꽃잎>(1996)에서 그동안 금기시되었던 1980년 5월 광주민주화운동의 후유증을 한 소녀의 시점에서 보여 주어 주목받기도 했다. 이러한 사회비판의식은 1999년 제4회 부산국제영화제의 개막작으로 먼저 선보이고, 2000년 1월 1일에 개봉한 이창동 감독의 <박하사탕>에서 정점을 이른다. 짙은 정치의식과 시간을 거슬러 가는 독특한 스토리 구조를 바탕으로 85만여 명의 관객을 동원한 이 영화는 당대 최고의 문제작으로 꼽혔다.

마지막으로, 시기에는 투자자의 간섭에서 벗어나 기획, 자본, 촬영, 편집까지 감독이 전적으로 책임지는 독립영화의 열기도 높았다. 1993년 처음으로 박광수 감독이 '박광수필름'을 설립하고 <그 섬에 가고 싶다>를 독립영화로 제작하였다. 독립영화의 가능성을 확인한 강우석, 배창호, 김의석 감독 등이 가세하여 독립영화사는 이후 10여 개로 늘어났다. IMF 금융위기로 말미암아 큰 성과를 내진 못했지만 이 흐름은 현재의 한국영화에까지 이어지고 있다.

나가며: 2000년대 이후 '웰 메이드' 영화와 관람방식의 변화

2000년대 이후의 영화들은 아직 역사적 평가의 대상이 될 수는 없다. 다만 최근 한국영화의 흐름을 확인해 볼 수는 있을 것이다. 2000년대 이후 영화계에 새롭게 자리잡은 개념은 '웰 메이드' 영화다. 그전까지의 영화가 상업성을 중심으로 한 기획 영화 시스템 안에서 제작되었다면, 2003년을 기점으로 자본의 성격이나 규모보다는 프로덕션 과정에서의 기획력이나 창작자의 개성을 중시하는 방향으로 제작 방향이 변모하는 양상이 나타난다. 2003년 봉준호 감독의 <살인의 추억>, 장준환 감독의 <지구를 지켜라>, 김지운 감독의 <장화, 홍련>, 임상수 감독의 <바람난 가족>, 이재용 감독의 <스캔들-조선남녀상열지사>, 그리고 박찬욱 감독의 <올드 보이> 등의 문제작을 계기로 이후 다양한 웰 메이드 영화가 만들어졌다. 이로써 상업영화와 작가영화 사이에 균형을 잡은 '잘 만든(well made)' 영화가 주류를 이루게 된다. 1990년대의 기획 영화가 젊은 감성에서 시작해서 로맨틱 코미디나 액션, 멜로드라마 등으로 이어지는 양상이었다면, 웰 메이드 영화는 멜로드라마, 역사물, 느와르, 범죄 스릴러, 재난 영화 등의 여러 장르에서 전방위적으로 일어난 것이 특징이다. 2016년 이후부터는 본격적으로 넷플릭스, 왓챠, 디즈니 플러스, 애플tv와 같은 OTT 서비스가 한국에 제공되기 시작하며 관객들의 관람 방식을 크게 변화시켰다. 여러 나라의 다양한 영상 컨텐츠를 접할 기회가 늘어남에 따라 한국 관객들이 한국영화에 기대하는 수준도 더욱 높아졌다. 한국영화는 관객들의 이러한 기대에 부응하기 위해 더욱 발전하게 될 것이다.

───── 더 읽어보기

한국영화데이터베이스(https://www.kmdb.or.kr/)
김종원, 『우리 영화 100년』, 현암사, 2001.

세계로 나아가는 한국영화

양승국

들어가며

봉준호 감독의 <기생충>은 제92회 아카데미 작품상, 감독상, 각본상을 비롯하여, 제72회 칸 영화제 황금종려상, 제77회 골든 글로브 외국어영화상 등을 수상하면서 한국영화의 우수성을 전세계에 알리는 사례로 영화사에 남았다. 동아시아 끝에 위치한 인구 약 5,000만 명에 불과한 분단국가에서 어떻게 이런 영화가 탄생할 수 있었을까. 한국영화에 관한 객관적인 이해를 위해서는 한국영화산업의 전반, 즉 구체적으로 한국에서 얼마나 많은 영화가 만들어지고, 얼마나 많은 관객들이 감상하는지, 또 외국으로는 얼마나 수출되고 있는지 등을 살펴볼 필요가 있다. 또, 한국에서 개최되는 국제영화제들은 한국인들이 영화에 대해 가지고 있는 관심뿐 아니라, 한국영화에 대한 국제적인 관심을 보여준다. 세계적으로 주목받고 있는 한국영화의 힘이 어디에서 기원하는지 그 문화적 토양과 제반 인프라를 다각도로 살펴보자.

한국영화의 세계진출과 지역별 양상

1956년 제7회 베를린 국제영화제에 출품된 이병일 감독의 <시집가는 날>이 최초로 국제영화제에 선보인 한국영화라면, 1961년 제11회 베를린 국제영화제 은곰상을 탄 강대진 감독의 <마부>는 최초로 국제영화제에서 수상한 한국영화라 할 수 있다. 이외에도 임권택의 <씨받이>는 1987년 베니스 국제영화제에서 배우 강수연에게 여우주연상의 영예를 안겼다. 이처럼 한국영화의 세계 진출은 일찍이 이루어졌지만, 본격적으로 세계의 주목을 받기 시작한 것은 2000년 이후이다. 2001년부터 2021년까지 세계 3대 영화제인 베를린, 칸, 베니스 영화제뿐만 아니라, 로카르노 영화제, 로테르담 영화제 등 주요 국제영화제의 다양한 부분에서 한국영화들이 꾸준히 수상하고 있는 것을 확인할 수 있다. 봉준호 외에도 임권택, 이창동, 박찬욱, 홍상수 등 익숙한 감독들의 이름과 김호정, 문소리, 전도연, 정재영, 김민희, 손현주, 기주봉, 송강호 등 배우들의 이름도 수상자 목록에서 발견할 수 있다. 뿐만 아니라 칸 영화제 특별상인 벌칸상을 받은 류성희, 신점희 등은 한국의 영화 제작 기술이 국제적으로 인정받고 있다는 사실도 알려준다. 2020년 코로나 팬데믹에 따른 사회활동의 저하가 영화산업에 큰 타격을 주었으나, 그 이전까지 한국영화산업의 매출은 꾸준히 증가하는 추세를 보여왔다. 이는 앞으로도 한국영화의 시장성이 확장될 것이라는 기대를 품게 하기에 충분하다. 더불어 팬데믹 이후 새로운 영상 소비 형태로 자리잡은 OTT 시장에서도 한국영화와 텔레비전 드라마의 인기는 거듭 확인되고 있다.

한국영화에 대한 각 지역별 선호도는 여러 요소들로 인해 상이한 양상을 보인다. 먼저, 북미 지역의 경우, 전체 영화에서 한국영화가 차지하는 비율은 미비하지만, 판타지, 액션, 코미디 등 다양한 장르의 한국영화가 개봉되고 있다. 온라인 OTT를 통한 한국영화 소비의 증가나 할리우드 영화사의 한국

영화의 리메이크는 북미 지역의 한국영화에 대한 관심을 보여준다. 일본의 경우, 2003년 텔레비전 드라마 <겨울연가>의 흥행에 힘입은 한류붐이 있기 전까지 한국영화의 흥행 지표는 미비한 편이었다. <쉬리>(일본에서 2000년 1월 개봉)와 <공동경비구역 J.A.S>(일본에서 2001년 5월 개봉)만이 10억엔 이상의 수익에 도달했을 뿐이며 2005년에 개봉한 <내 머리 속의 지우개>가 30억엔이라는 이례적인 흥행 성적을 거두었다. 아마도 한국영화에 내포된 주제나 정서가 일본인의 일반 취향과는 어울리지 않았기 때문인 것으로 보인다. <기생충>은 47억 4천만 엔의 흥행 수입으로 15년만에 <내 머리 속의 지우개>의 기록을 넘어서는 쾌거를 보여주었다.

중국의 한국영화 수용 양상은 다소 복잡하다. 중국에서 한국영화의 극장 개봉은 2006년이 되어서야 본격적으로 시작되었으나, 중국의 외화수입 규제 정책, 검열제도로 말미암아 한국영화 상영은 좀처럼 활성화되지 못했다. 2012년부터 2016년까지 개봉된 한국영화 가운데 가장 많은 수입을 거둔 영화 <미스터 고>조차 300만 명 조금 넘는 관객을 동원한 정도이다. 중국의 거대한 인구를 감안한다면 이 숫자는 극히 미미한 수준에 불과하다. 여기엔 여러 요인이 있겠지만, 한국영화가 저가 상품으로 인식되어 불법 DVD로 관람하는 풍조가 강한 데서 기인하는 바가 크다. 이에 따라 한국영화 제작자들도 다양한 현지화 전략을 시도하였다. 국가 간의 컨소시움과 현지 제작 방식을 통해 영화 제작비의 일부 혹은 대부분을 투자하거나, 한국 배우가 주연에 기용될 수 있게 힘썼다. 또, CG 및 VFX 기술을 담당하는 방식으로 중국 영화 시장에 참여하기도 했다. 하지만 최근 세계에서 한국영화가 주목을 받으면서 중국으로의 영화 수출도 비약적으로 증가하였다. 이에 따라 중국은 2021년 한국영화의 최대 수출 대상 국가가 되었다.

독일, 프랑스를 비롯한 유럽에서 한국영화에 대한 대중적 관심은 아직 미미하다고 할 수 있다. 한국영화는 주로 특정 행사를 통해, 또는 '작가주의 감독'의 특정 작품들을 소개하는 아트 하우스 프로그램을 통해 일부 수용되고 있다. 특히 프랑스의 시네마테크 프랑세즈에서 종종 한국영화 기획전을 개최하여 소개한다는 점이 고무적이다. 시네마테크 프랑세즈는 1936년에 설립된 세계 최초의 시네마테크로서, 전 세계에서 가장 큰 규모의 영화자료 보관소이자 예술영화 상영관의 상징이 된 공간이다. 이러한 시네마테크 프랑세즈에서 홍상수 감독의 회고전이 2011년과 2023년에 두 차례 열린 바 있다. 예술영화의 중심지라고 할 만한 유럽에서 한국영화는 상대적으로 전문적이며 제한적으로 수용되는 양상을 보인다.

한국영화의 현실과 대중의 관심

그렇다면 '작은 나라' 한국의 영화를 세계적으로 주목받게 한 문화적 토양은 무엇일까. 한국영화의 생산과 소비 환경을 알아보기 위해서는 한국영화산업의 주요 통계 지표를 살펴보는 것이 유익하다. 한국에서는 매년 1,000편 이상의 영화들이 개봉되는데, 그 중 독립영화와 예술영화도 매년 20% 이상의 비율을 차지하고 있다. 한국은 인구 대비 많은 영화들이 만들어지는 나라일 뿐만 아니라 한국영화의 두 배 이상에 달하는 외국영화들이 개봉되고 있다. 한 해에 관객들이 만나볼 수 있는 영화의 수는 실로 대단한 것이다. 영화관의 통계를 살펴보자면, 2021년 기준, 한국에는 총 542개의 영화관이 존재하며, 스크린의 수는 전국적으로 3,254개에 달한다. 대부분의 스크린이 서울과 경기도를 비롯한 수도권에 집중되어 있으며, 계속 늘어나는 추세에 있다. CJ CGV, 롯데 시네마, 메가 박스, 씨네Q 등 대형 회사들이 영화관을 운영하며, 이 중 30%가 넘는 1,212개의 스크린을 CJ CGV에서 보유하고 있다. 한국의 영화 관람객 수는 코로나 팬데믹 이전인 2019년까지 한 해

평균 2억 명 이상이 집계되었다. 곧, 한국인 1명이 한해 평균 4회 이상 영화관을 찾은 셈이라고 할 수 있다. 이는 단연 세계 최고 수준의 수치다. 한국영화의 관객 수와 관련하여 주목할 만한 부분은 외국영화의 상영 편 수가 더 많음에도 불구하고 한국영화를 관람한 관객이 실질적으로 더 많다는 점이다. 이처럼 외국영화보다 자국영화를 선호하는 경향은 중국과 인도, 일본을 빼고는 찾기 어려운 특징이다.

디지털 문화 강국인 한국은 재미있는 영화에 대한 소식이 빠르게 전파되는 나라이다. 어느 영화가 재미있다는 소문이 나면 그 즉시 전국의 거의 모든 스크린에서 그 영화를 상영하게 된다. 이는 대규모 영화사들의 스크린 독점과도 밀접히 연결되어 있는 부분이다. 따라서 오늘날 한국에서 성공한 영화라면, 천 만 명 이상의 관객을 유치한 것을 의미한다. 역대 천만 명 이상의 관객 동원에 성공한 영화 순위를 살펴보면, 2003년 개봉작 <실미도>부터 2022년 개봉작 <범죄도시 2>까지 모두 28편의 영화가 올라있다. 오천만 명의 인구에서 천만 명 이상의 관객 수를 동원한 영화가 28편이나 된다는 점에 주목할 만하며, 특히 28편 중 8편만이 외국영화인 점도 한국영화 시장의 특징을 보여주는 것이라 할 수 있다. 이처럼 한국인이 가진 한국 문화 상품에 대한 사랑은 국민성이나 애국심으로 설명되지 않는 부분이 있다.

2000년대에 들어서기 전까지만 해도 젊은이들은 미국 팝송과 홍콩 영화, 일본 만화 혹은 드라마에 심취해 있었다. 이런 문화 소비 경향은 2000년대를 기점으로 크게 변화하여 한국 가요, 영화, 연극, 텔레비전 드라마의 인기가 뚜렷하게 증가하는 경향을 보여준다. 이러한 변화의 원인을 한 마디로 설명하기는 어렵다. 여기에는 한국의 경제적 발전에 따른 개인 소득 증가라는 표면적인 이유 외에도 다양한 정치, 사회, 문화적 배경이 작용하기 때문이다. 그럼에도 몇 가지 원인을 꼽아보자면, 정치적으로는 1987년 6월 항쟁 이후 한국에서 민주화 운동이 성공하면서 언론과 표현의 자유가 신장되고, 검열과 같은 각종 규제가 풀린 것을 들 수 있다. 이로써 다양한 주제의 영화, 연극, 텔레비전 드라마들이 제작될 수 있는 여건이 마련되었다. 또, 2002년 한일 월드컵은 한국 대중에게 자신감과 자긍심을 안겨 주었고, 이는 애국적 문화 소비로 이어졌다. 무엇보다 대중적 문화 상품이 한국인의 사상과 감정을 리얼하게 그려내면서도 동시에 인간성 회복이라는 인류 보편적 가치의 주제를 내포하고 있었기 때문이다.

역설적으로 1980년대 전두환의 독재정권에서 시행된 유화적 정책들이 2000년대 젊은이들의 진취적인 사고방식을 형성하는데 긍정적인 영향을 미쳤다고도 볼 수 있다. '빨리빨리' 문화에 익숙한 한국인들의 습관은 문화 상품의 질적 향상을 유도하는 방향으로 작용하기도 했다. 디지털 문화에 익숙한 신세대가 문화 소비 주체로 떠오르게 되면서, 여기에 어울리는 한국적 문화 상품의 생산이 활발해졌고, 나아가 세계적인 추세를 이끌게 되었다. 한류가 2000년대 초기에 시작되었던 사실도 이러한 변화의 결과물이라고 생각해볼 수 있다.

한국의 국제영화제와 위상

한국인의 한국영화에 대한 애정과 자긍심은 국제영화제 개최로 현실화된다. 대표적인 축제의 장 중 하나가 부산국제영화제(BIFF: Busan International Film Festival)라고 할 수 있다. 1996년 9월에 설립된 이 영화제는 매년 10월 첫째 주 목요일부터 열흘간 부산 해운대구에 자리한 영화의 전당을 중심으로 개최된다. 부산국제영화제는 할리우드 영화부터 주요 영화제의 수상작, 애니메이션을 비롯한 독립영화, 예술영화, 단편영화 등 다양한 영화들이 참여하는 한국 최대의 비경쟁 영화제다. 부산국제영화제의 대표 프로그램으로는

'갈라 프리젠테이션'이 있다. 세계적으로 주목받은 화제작, 동시대 거장들의 신작을 상영하고 감독과 배우들이 관객과의 만남을 가지는 형식으로 구성되어있다.

부천국제판타스틱영화제(BIFAN: Bucheon International Fantastic Film Festival)는 매년 7월 경기도 부천시에서 개최되는 한국의 국제 장르 영화제다. 1997년 시작된 이 영화제는 아시아 최대, 최고의 장르 영화제로 호러, 스릴러, SF 등 세계 각지의 판타스틱 장르 영화뿐만 아니라, 로맨스, 액션 영화들도 소개하며 관객에게 다양한 영화 감상의 기회를 제공한다. 대표적인 섹션 '부천초이스'에서는 장르 영화의 수준과 새로운 경향을 평가하는 자리로 마련되어 있다.

2000년에 출범한 전주국제영화제(JIFF: Jeonju International Film Festival)는 전라북도 전주시 완산구에서 매년 4~5월에 개최되는 영화제로 '자유, 독립, 소통'을 슬로건으로 내세워 '관객과 함께 성장하는' 영화제를 모토로 삼고 있다. 출범 당시에는 생소했던 '디지털 영화', '대안영화', '독립영화'는 지금까지도 전주국제영화제의 정체성을 대표하는 표지로 남아 있다. 한국에 잘 알려지지 않은 비주류 작품, 독립영화를 중점적으로 다룸으로써 영화 마니아들과 독립영화 감독들, 평론가들 사이에서 사랑받는 영화제이다.

2005년부터 매년 8월 중순에 충북 제천시에서 개최되는 제천국제음악영화제(JIMFF: Jecheon Internatioanl Music&Film Festival)는 상영작 대부분이 음악을 중심으로 한 작품들이다. 앞서 소개한 영화제들에 비해 출발은 늦었지만, 차별화에 성공하여 안정적으로 운영되고 있다. 제천국제음악영화제는 '영화프로그램'과 '음악프로그램'으로 구분된다는 점이 특별하며, 영화와 음악을 중심으로 한국과 세계가 교류하는 장이 되고 있다. 이밖에도 한국에서는 크고 작은 국제영화제들이 약 10여 개 이상 운영되고 있다. 단편영화에 특화된 광화문국제단편영화제(GISFF)와 부산국제단편영화제(BISFF), 다큐

멘터리에 특화된 EBS 국제다큐영화제(EIDF)와 DMZ국제다큐멘터리영화제 (DMZ Docs), 국내외 여성 영화인의 네트워크를 활성화하고 여성영화를 지원 하는 서울국제여성영화제(SIWFF), 애니메이션에 중점을 둔 부천국제애니메 이션페스티벌(BIAF)과 서울국제만화애니메이션페스티벌(SICAF), 퀴어 영화 를 전문으로 상영하는 서울국제프라이드영화제(SIPFF) 등이 있다.

한국에서 개최되는 국제영화제들은 단순히 영화를 쉽게 관람하게 하는 소비시장이 아니라, 한국의 관객과 영화인들을 자극하여 양질의 영화 제작을 촉발하는 일종의 생산기반으로서 의미를 지닌다. 소개된 대부분의 영화제들 이 20년이 넘는 긴 역사를 가지고 있다는 것은 <기생충>에서 비롯된 한국영 화에 대한 관심과 평가가 단발적인 성과로 이루어진 것이 아님을 입증한다.

영화 <기생충>과 한국영화의 우수성

2000년대 이후 한국영화는 세계에서 주목받기 시작했고, 마침내 2020년 2월 9일 <기생충>이 제92회 아카데미 시상식에서 작품상을 수상함으로써 한국영화의 우수성은 세계에서 확실하게 인정받았다. 하지만 한국영화로서 <기생충>은 결코 '특별한' 작품이라고 할 수는 없다. <기생충>은 한국관객에 게는 '익숙한', 잘 만든, 재미있는 영화들 중의 하나일 뿐이다. 이러한 영화 <기생충>이 세계 관객으로부터 찬사를 받은 이유는 과연 무엇일까. 혹시 한국관객에 느끼는 '익숙함'이야말로 세계적 보편성을 갖춘 한국영화의 은 밀한 매력이 아닐까.

<기생충>은 기우 가족이 생활하는 '반지하' 공간을 비추며 시작한다. 반지 하란 한 공간의 절반은 지상에, 다른 절반은 지하에 위치하고 있는 한국만의 특수한 주거 공간을 의미한다. 방안에서 일어섰을 때 겨우 창문 밖으로 외부

의 풍경이 보이는 구조로서, 바깥의 사람들 발 높이에 반지하의 채광창이 놓인다. 반지하 내부의 채광창을 통해서 외부 세계의 풍경을 보여주는 것이 <기생충>의 첫 화면과 마지막 화면을 구성하는 중요한 프레임이다. 이러한 화면 구성은 동익(박사장, 이선균)의 집 거실에서 확 트인 창을 통해 넓은 정원을 내다보는 프레임과 매우 대조적이다. 영화는 이와 같은 대조적 장치를 곳곳에서 활용한다.

두 가족의 생활환경을 단순히 대조하는 것으로 목적을 삼았다면, 이 영화는 자본주의 사회의 빈부 격차를 부각하는 데에 그쳤을 것이다. 하지만 반지하의 삶을 고통스럽게 여기지 않고 오히려 낙천적인 모습까지 보이는 기우 가족의 삶은 과거의 상처가 현재의 사건 진행에 지대한 영향을 미치는 사회성 짙은 현실 비판 영화들과도 그 기조를 달리 한다. 기우 가족의 삶이 보여주는 긍정성은 영화에 코믹함을 가져오고, 후반에 이르러서는 비극성을 강화하는 심리적 장치로 기능한다. 궁핍한 경제적 현실에서 벗어나려 발버둥치는 것이 아니라 현실에 순응하고 적당히 타협하는 기우 가족의 모습이 오히려 일반적인 서민들의 일상사를 대변한다고도 볼 수 있다. 기우 가족의 이러한 특징은 동익의 집에 스며들면서 더욱 부각된다. 이들은 자신들이 맡은 새로운 역할을 처음부터 자기 것인 양 받아들이고, 죄의식도 느끼지 않는다. 자신들 때문에 일자리를 잃었거나, 잃게 될 사람들에게도 뻔뻔한 모습을 보여주는데, 이 점이 바로 영화가 말하고 싶었던 '기생'의 의미일 것이다.

사건의 변곡점은 우연히 찾아온다. 동익의 가족이 아들 다송의 생일을 기념하는 캠핑을 떠나자 기우 가족은 각각 자기만의 방식으로 이미 익숙해진 동익 가족의 공간에 자연스럽게 스며든다. 그들이 동익의 귀한 술을 마음대로 꺼내 마시며 '박사장 되기' 놀이에 심취해 있던 순간 극적 전환의 사건이 발생한다. 쫓겨난 가사도우미 문광(이정은)이 재등장한 것이다. 이는 반지하보다 더 깊은 지하세계로부터 새로운 삶의 주체의 출현이라 할 수 있다.

하지만 더 큰 위기는 폭우로 인한 동익 가족의 갑작스런 귀가이다. 그리하여 영화 속의 핵심 인물들이 모두 한 공간에 놓이게 된다. 지상의 세계를 욕망하다가 도로 지하실에 갇힌 문광 부부, 반지하에서 나왔지만 동익의 저택의 거실 테이블 밑에 숨어 있어야 하는, 다시 반지하 처지에 놓인 기우 가족, 그리고 자신의 발 끝에 기우 가족이 웅크리고 있다는 사실도 모른 채 소파 위에서 성적 쾌락을 탐하는 동익 부부, 이들 세 가족이 보여주는 존재의 위치는 현대 자본주의 사회의 경제적 계급구조를 보여준다.

하지만 그렇다고 해서 이 영화가 빈부 격차, 계급 갈등과 같은 문제의식을 직접적으로 제기하는 것은 아니다. 이 장면에서 관심을 가져야 할 부분은 동익 부부가 어떻게 조금 전까지 벌어진 커다란 사건을 모를 수가 있을까 하는 점이다. 지하실의 존재는 처음부터 몰랐으니까 그럴 수 있다고 하더라도, 비가 오는 날 집 안에서 네 명이 함께 모여 술 파티를 벌였는데 어떻게 그 냄새를 못 맡았을까. 어린 아들 다송은 기우와 기정(제시카 선생님, 박소담)에게서 똑같은 냄새가 난다는 것을 처음 만난 순간 바로 알아차리지 않았던가. 사실 이 영화에서 후각은 극적 사건의 발동 계기로 작동한다. 기우 가족이 동익의 집을 겨우 빠져나와 자신들의 집에 돌아왔을 때, 반지하의 공간은 빗물에 잠기고, 하수가 역류하여, 다시 자신의 집을 버리고 나올 수밖에 없었다. 그들은 그렇게 피난처에 모인 다른 반지하 주민들과 더 짙은 그들만의 냄새를 축적하게 된다.

다음 날, 날이 화창하게 개었을 때, 동익은 전날 비 때문에 다하지 못한 아들 다송의 생일파티를 개최한다. 이 파티에 기우 가족 또한 각자의 역할로 참석한다. 생일파티가 무르익는 순간, 동익의 저택 지하실에서 빠져나온 근세(박명훈)가 갑자기 등장하여 기정(제시카 선생님, 박소담)을 칼로 찌르고, 그런 근세를 충숙(기우 엄마)이 꼬챙이로 찌르는 사건이 벌어진다. 그런데 이 아비규환의 소동에서 유독 기우가 동익을 칼로 찌르는 행동은 언뜻 이해되지 않는다. 왜 운전기사인 기우 아버지는 자신의 고용주 동익(박사장)을 찌른 것일까. 바로 이 답에 영화의 주제 의식이 드러난다. 사실 동익은 칼부림 사건에 놀랐다기보다 지하실의 남자에게서 풍기는 견딜 수 없는 냄새에 더 놀랐다. 비로소 동익의 후각이 깨어난 것이다. 그런데 코를 움켜쥐고 경멸의 표정을 짓는 동익의 이 행동을 기택이 그 찰나의 순간에 파악한다. 기택 얼굴의 클로즈업 쇼트는 동익의 모습에 분노한 그의 심리 상태를 잘 보여준다.

아무리 신분 상승 의지가 강하다고 해도, 적절히 다른 삶을 살아갈 수 있다고 해도, 결국 자신이 몸담고 있는 물질적 현실을 벗어날 수 없다는 것, 이에 대한 인식은 절망과 분노를 만든다. 반지하에 사는 기우 아버지 기택과 동익의 운전기사 기택 중 누가 '진짜' 기택일까. 아무리 애를 써도 반지하의 냄새를 떨쳐버릴 수 없다는 것, 비로소 이러한 현실을 깨달은 기택의 선택은 무엇이어야 할까. 이렇게 이 영화는 '나는 누구인가?' 뿐 아니라 '누가 나인가?' 하는 정체성에 대한 물음을 던진다. 이 영화의 우수성은 현대 사회의 빈부 격차 문제를 제시하는 것에 그치지 않고, 나는 누구이며, 인간답게 산다는 것은 어떤 것인가의 문제를 인식시켜 준다는 데에 있는 것이다. 과연 기우 가족은 기생충이었는가? 지하실의 남자도 기생충인가? 동익은 기생충이 아닌가? 영화 <기생충>은 궁극적으로는 '누가 기생충인가?'라는 물음을 통해서 현대 자본주의 사회를 살아가는 인간의 정체성에 대한 의문을 제기하는 수작이다.

나가며

지금까지 한국영화산업의 과거와 현재의 양상을 살펴보았다. 구체적으로는 한국에서 영화가 얼마나 많이 만들어지고, 얼마나 많은 관객들이 감상하는지, 그리고 외국에 얼마나 많이 수출되는지 등을 알아보았다. 더하여 한국에서 개최되는 국제영화제들의 면면들을 살펴봄으로써 한국영화가 주목받게 된 배경을 조금이나마 이해해보는 시간을 가졌다. 2000년대 이후부터 주목받기 시작한 한국영화는 이제 세계에서 그 우수성을 인정받고 있다. 그 대표적인 사례로 봉준호 감독의 영화 <기생충>을 통해 한국영화의 힘과 매력을 살펴보았다. <기생충>은 단순히 빈부격차의 문제를 사실적으로 보여주는 것을 넘어, 인간 존재의 정체성까지를 묻고 있다는 점에서 뛰어난 영화이다. 하지만 <기생충>은 특별히 뛰어난 것이 아니라, 한국 관객에게는 '익숙한', 잘 만든, 재미있는 영화들 중의 하나일 뿐이다. 그리고 그 '익숙함'이야말로 앞으로 더욱 발전할 한국영화의 문화적 토양일 것이다.

───── 더 읽어보기

한국영화진흥위원회, 《2022년도판 한국영화연감》, 2022.10.

IV

비평

리얼리즘 문학담론과 발자크

김종욱

들어가며

프랑스의 소설가 오노레 드 발자크(Honoré de Balzac)가 처음 한국에 소개된 것은 1920년대 초이다. 이후 일제강점기 동안 발자크의 이름은 끊임없이 사람들의 입에 오르내리면서 한국문학을 풍요롭게 만들었다. 비록 발자크 작품에 대한 한국어 번역은 거의 이루어지지 않았지만, 일본을 통해 발자크가 수용되면서 한국문학사 전개에 적지 않은 영향을 미쳤다. 일본에서의 발자크 수용은 1920년에 『골짜기의 백합』(新潮社)을 시작으로 『결혼의 계약(結婚の契約)』(東京堂書店, 1924), 『발자크 걸작총서(バルザック 傑作叢書)』(新潮社, 1924) 등이 번역되면서 본격화되고, 1930년대에 정점에 이르게 된다. 더불어 1930년대에는 발자크 연구서들이 발간되면서 일본의 평론계에 커다란 영향을 주었다. 이 과정에서 발자크에 대한 평가가 변화하면서 한국의 비평가와 소설가들이 발자크 문학에 대한 인식 역시 변화했다. 박영희와 김남천의 비평적 논의에 주목하는 것도 이 때문이다. 그들은 비록 발자크에 대한 총체적인 이해에는 미치지 못했을지라도 당대적인 문맥 속에서 발자크를 창조적

으로 이해하기 위해 노력했던 것이다.

1920년대 김억의 발자크 소개

발자크가 한국문단에 정식으로 소개된 것은 1922년 무렵이다. 김억은 1921년 7월부터 『개벽』에 「근대문예-자연주의, 신낭만주의, 부(附) 상징파 시가와 시인」이라는 글을 연재했는데, 이 가운데 발자크에 관한 짤막한 언급이 등장한다. 이 글에서 김억은 루소(Jean Jacques Rousseau)에서 플로베르(Gustave Flaubert), 졸라(Emile Zola), 모파상(Guy de Maupassant)으로 이어졌던 자연주의를 대표하는 작가로 발자크를 소개한다. 흥미로운 점은 김억이 발자크가 "다른 자연파 작가와 같이 주관을 무시하고 순객관적인 태도가 없"는 대신 "상상으로 사실을 미화도 시키고, 순화·과장"하는 태도를 보여준다고 언급하면서도 발자크를 자연주의의 창시자로 규정했다는 사실이다. 물론 이를 김억의 실수나 오해라고 말하기는 어려울 듯하다. 당시 일본에서 사용되던 자연주의라는 개념은 내용, 제재, 방법의 모든 측면에서 서구적 의미와는 구별되었기 때문이다.

'자연주의'라는 용어를 둘러싼 혼란은 1920년대 중반까지 지속된다. 『동아일보』에 연재된 「근대 문호 소개」(1925.4.21.~7.21.)는 모파상과 랭보(Arthur Rimbaud), 구르몽(Rémy de Gourmont), 뮈세(Alfred de Musset), 도데(Alphonse Daudet), 르낭(Ernest Renan´), 발자크, 모레아스(Jean Moréas´), 몰리에르(Molière) 등을 소개하는데, 6월 8일과 9일 이틀간에 걸쳐 발자크의 문학적 업적과 작품들이 간략하게 언급된다. 이 글의 필자는 밝혀져 있지 않으나, 1년 여 뒤에 김억의 이름으로 발표된 「등하만필」과 상당한 유사성이 발견된다. 더욱이 김억이 1924년부터 『동아일보』 학예부 기자로 활동했다는 사실을 염두에 둔다면, 이 글을 김억의 것으로 보는 데 큰 무리가 없을 것이다. 또한, 「근대 문호 소개」 이후 김억이 「문사와 빈궁(『조선문단』, 1926.4.)을 발표하고, 이어서 『동아일보』의 「등하만필」 난에 「발자크의 착각」(1926.11.9.), 「발자크의 가난」(1926.11.12.), 「발자크와 작품」(1926.11.13.) 등을 발표한 것이 이러한 추론을 뒷받침한다.

이처럼 1920년대 한국 문단에 발자크의 이름을 적극적으로 소개한 이는 김억이었다. 그는 서구 문학을 소개하는 과정에서 여러 차례 발자크의 문학적 특징과 업적에 관해 소개한다. 하지만 김억의 발자크 소개는 여러 한계점을 지니고 있다. 그는 시인이었던지라 소설에는 문외한이었고, 발자크에 대한 소개 역시 김억의 문학적 생애에 거의 영향을 미치지 않는다. 실제 창작과는 무관하게 문학사적 지식의 나열에 불과한 듯한 느낌을 주는 것이다. 또한 발자크에 대한 소개 역시 깊이를 거의 지니지 않아 문단 가십 내지는 에피소드 차원에 머물고 있다는 점도 아쉬운 점이다.

서구의 다양한 문예사조가 한꺼번에 몰려들던 1920년대 한국 문단에서 발자크에 대한 관심이 적었던 또 다른 원인은 일본 자연주의의 독특한 성격에서 비롯된 것으로 보인다. 일본에서 사소설적 경향의 자연주의가 지배하던 다이쇼 데모크라시 기간 동안 많은 관심을 끌었던 작가는 모파상이었다. 더하여 발자크의 작품세계가 장편 중심으로 이루어져 있다는 사실도 문학적 수용 과정에서 적지 않은 어려움을 안겨 주었다. 식민지 조선보다 훨씬 앞선 번역 문화를 자랑했던 일본에서도 1920년에 들어서야 발자크의 작품이 번역되기 시작했다. 따라서 일본을 통해서 서구 문학을 수용하고 있던 한국에서 발자크의 작품을 본격적으로 수용하기에는 적지 않은 시간이 필요했다.

창작 방법 논쟁과 엥겔스의 「발자크론」

1930년대에 접어들면 지금까지 자연주의 작가로 규정되었던 발자크에 대한 평가가 바뀌게 된다. 현대적인 의미에서 리얼리즘 작가로 인식되기 시작한 것이다. 이러한 변화를 촉발시켰던 것은 엥겔스(Friedrich Engels)가 하크니스(Margaret Harkness)에게 보낸 편지였다. 이에 따라 1920년대 소련에서의 문예이론을 지배하던 편협한 계급환원주의 내지 속류 사회학주의가 비판되고, 창작에 있어서 세계관의 문제가 새롭게 제기되기에 이른다. 철학자 유진(П. Юдин)과 비평가 우시에비치(Е. Усиевич) 등이 엥겔스의 「발자크론」을 근거로 라프(RAPP)의 유물변증법적 창작 방법을 비판한 것이다. 그 결과 "예술은 형상을 통한 인식"이라는 미적 반영론이 확립되었고, 소비에트작가동맹에서 사회주의리얼리즘을 공식화하기에 이른다.

우리나라에서 사회주의리얼리즘에 대해 처음 언급했던 이는 백철로 알려져 있다. 그는 「문예시평」(『조선중앙일보』, 1933.3.2.~3.8.)에서 사회주의리얼리즘의 성립 과정을 소개하면서 한국에서의 수용 가능성을 타진했다. 이후 카프를 주도하던 소장파 안막 역시 「창작 방법문제의 재토의를 위하여」(『동아일보』, 1933.11.29.~12.7.)에서 사회주의리얼리즘에 대해 관심을 표시한다. 이 글에서 안막은 발자크와 톨스토이(Leo Tolstoy)를 예로 들면서 반동적인 세계관에도 불구하고 객관적인 현실을 진실하게 반영했던 역사적 경험, 곧 세계관과 창작 방법 사이의 모순에 대해서 언급한다. 그들이 역사적으로 진보적인 계급의 세계관을 견지했더라면 한층 더 시대의 진실을 형상화할 수 있었겠지만, 그럼에도 올바른 세계관을 견지하면서도 예술적 형상화에 실패한 경우보다 우월하다는 사실을 인정해야 한다는 것이다. 요컨대, 이 글에서 안막은 철저한 마르크스주의적 세계관보다 현실의 객관적 형상화를 우선하고 있다. 세계관과 창작 방법을 구별하고, 더 나아가 창작 방법을 세계관보다 중요시하는 것이다.

엥겔스의 「발자크론」은 여러 비평가에게 세계관과 창작 방법 사이의 모순에 대한 새로운 접근을 요구한다. 이후 사회주의리얼리즘을 둘러싼 논쟁의 와중에서 발자크의 이름은 셀 수 없을 만큼 자주 언급된다. 거의 클리쉐에 가까울 만큼 발자크와 톨스토이는 짝을 이루어 세계관과 창작 방법 사이의 모순을 보여주는 작가로 거론되었다. 많은 평론들에서 발자크가 언급되는 것은 작가의 세계관과 창작 방법론 사이의 모순에 대한 인식이 엥겔스의 「발자크론」과 레닌의 「톨스토이론」에 의해서 촉발되었던 상황을 반영한다.

발자크가 정치적으로 왕당파의 세계관을 지녔음에도 불구하고 객관 현실의 반영에 성공할 수 있었다는 소위 '리얼리즘의 승리'는 그 역설적 의미 때문에 다양한 스펙트럼으로 한국 비평에 영향을 미치게 된다. 사회주의리얼리즘 논쟁은 유물변증법적 창작 방법이 견지했던 세계관과 창작 방법 사이의 연속적인 사유방식을 비판하고, 세계관과 창작 방법의 모순적인 관계를 새롭게 규정해야 한다는 점에서 출발했지만, 전향론과 맞물리면서 유물변증법적 창작 방법의 복귀, 사회주의리얼리즘의 수용, 혁명적 로맨티시즘으로 전환 등 다양한 양상으로 전개된 것이다. 물론 이 시기 발자크에 대한 논의는 엥겔스의 「발자크론」에 대한 메타비평적인 성격을 지니고 있어서 발자크와 비교문학적 영향 관계를 확인하기는 쉽지 않다. 당대의 비평가들은 엥겔스의 「발자크론」과 소비에트 러시아에서 이루어졌던 논의를 수입하여 세계관과 창작 방법의 모순을 해결하는데 여념이 없었다. 당시 일본에서는 이미 발자크 소설들이 다양하게 번역되는 등 발자크에 대한 폭발적인 관심을 보였기 때문에 이들 역시 발자크의 작품을 직접 읽었을 가능성이 높았지만, 발자크에 대한 직접적인 언급은 거의 찾아보기 어렵다.

박영희의 전향론과 발자크의 「알려지지 않은 걸작」

1930년대 중반 발자크의 수용 과정에서 주목을 끄는 이는 박영희다. 그는 발자크의 작품에 대한 독자적인 해석을 시도한다. 「민나 카우츠키에게 보내는 편지」를 인용하면서 '살아있는 인간'의 창조와 부르주아 문학 유산의 계승에도 관심을 드러낸다. 카프 제2차 검거 사건에 연루되어 체포되기 직전에 쓴 「작품에서 보는 발자크 예술관의 편린—산 인간 묘사 문제에 관련하여」(『개벽』 복간 2, 1934.12.)에서 발자크의 단편을 분석한 것도 이와 무관하지 않다. 여기서 박영희는 현대문학이 역사적, 사회적 임무에 심취한 나머지 작품의 등장인물들이 생명력을 잃어버리게 된 상황에 대해 지적한다. 이러한 지적과 함께 박영희는 '살아 있는 인간'의 예로 발자크의 소설 「알려지지 않은 걸작」에 대해 언급한다.

박영희가 말하는 「알려지지 않은 걸작」은 발자크의 『인간희극』의 제2부인 '철학적 연구'에 속하는 짧은 단편이다. 이 작품에는 가공의 인물인 프렌호퍼(Frenhofer)와 함께 역사적 실존 인물인 포르뷔스(Frans Porbus)와 푸생(Nicolas Poussin)이 등장한다. 주인공인 프렌호퍼는 오랫동안 꿈꾸어왔던 완벽한 아름다움을 여인의 그림으로 완성했다고 믿는다. 그리고 자신이 창조해낸 여인의 초상화를 다른 사람에게 보여주지 않은 채 혼자 간직한다. 다른 사람의 눈에 드러나는 즉시 그림 속의 여인이 더럽혀진다고 생각했기 때문이다. 하지만 그는 자신의 걸작품을 완벽한 모델과 비교해보려는 욕망을 갖게 된다. 그래서 예술 창조의 비밀을 알고 싶어 하는 푸생에게 자신의 그림을 보여주는 대가로 그의 애인 질레트를 만나게 해 달라고 요구한다. 그런데 푸생이 프렌호퍼의 캔버스에서 발견한 것은 여인의 발 한 쪽뿐이었다. 프렌호퍼는 데생보다는 색채를 우위에 두어야 한다고 믿었고, 그래서 10여 년 동안 한 작품에 덧칠만 계속해왔던 것이다. 결국 위대한 걸작의 환상에서 깨어난 프렌호퍼는 그날 밤 자신의 그림을 불태우고 자살한다.

　소설 속에 등장하는 화가들은 서로 다른 예술적 태도를 보여주고 있거니와, 특히 프렌호퍼와 포르쉬스는 예술 창조에 있어서 형이상학적 관념과 구체적인 작업 사이의 긴장관계를 보여준다. 먼저, 프렌호퍼는 예술의 절대성을 추구하는 존재로, 작품을 그리기보다 회화의 원리나 예술의 조건을 생각하는 데 몰두하다가 창조적 능력을 소진해버린 인물이다. 반면, 포르뷔스는 창작을 위한 구체적인 조건을 탐구하는 인물이다. 이와 같은 대립 구조 속에서 박영희가 관심을 가졌던 이는 프렌호퍼였다. 박영희는 프렌호퍼의 입을 빌어 "예술의 임무는 자연을 모방하는 것이 아니라 그것을 표현해 내는 것"이라고 말한다. 이 글에서 박영희가 '살아 있는 인간'을 강조했던 이유는 소설 창작을 질식 상태에 빠뜨렸던 유물변증법적 창작 방법을 비판하기 위해서였다. 하지만 유물변증법적 창작 방법에 대한 비판을 통해 계급문학의 새로운 방향을 모색하려는 다른 비평가들과는 달리 박영희는 계급문학으로부터의 전향을 시도하고 있었다.

　이를 좀 더 깊이 있게 이해하기 위해서는 당대의 상황을 살펴볼 필요가 있다. 박영희는 카프 제1차 검거 사건에 연루되어 고문을 받다 불기소처분을 받게 되고, 석방 후 1932년 5월 16일 안막, 김기진, 권환, 한설야 등과 함께 카프중앙위원을 사임한다. 그리고 1933년 10월 7일 서기국을 장악하고 있던 임화에게 퇴맹원을 제출하고, 1934년 초에 「최근 문학이론의 신전개와 그 경향」을 발표하여 카프 탈퇴를 대내외에 밝힌다. 그런데 박영희가 퇴맹원을 제출했다고 하더라도 프로문학으로부터 완전히 이탈한 것은 아니었다. 「최근 문예이론의 신전개와 그 경향」에서 유물변증법의 일방적인 해석과 그 규제에 의한 예술활동의 비예술화 경향을 비판했을 뿐, 프로문학의 정당성 자체를 의심하지는 않았다. 1934년 말까지 박영희는 여전히 고리키를 배울 것을 주장하고 있었고, 창작 방법으로서의 사회주의리얼리즘을 제창하고 있었다. 박영희의 발자크 언급은 이러한 상황 속에서 전개되었다. 박영희는 발자크의 「알려지지 않은 걸작」을 통해서 프로문학을 지배하던 유물변증법적 창작 방법의 속류 사회학주의를 비판하고자 했던 것이며, '살아 있는 인간'을 매개로 프로문학의 새로운 방향을 모색하고자 했던 것이다. 그래서 박영희는 「알려지지 않은 걸작」에 등장하고 있는 여러 인물 중에서 프렌호퍼에 관심을 가진다.

사실 발자크 소설에서 프렌호퍼는 복합적인 의미를 지닌다. 그는 세계를 형상화함에 있어서 그 자체를 반영하거나 재현하지 않고, 그것을 '재창조'하거나 상상의 비전에 의해서 '재구성'한다. 따라서 예술가는 자연의 모방자가 아니라 세계를 창조하는 자다. 그런데 창조자로서 예술가는 사유의 과잉에 의해서 피로, 불확실, 예술적 불임성에 빠져든다. 작품을 그리는 대신에 미적 원리만 탐구했고, 재료를 연구하는 대신에 순수예술의 조건만을 탐색한다. 결국 프렌호퍼는 창조적 능력을 소진한 채 사유의 노예가 되고 말았다. 그런데 박영희는 프렌호퍼의 양면성을 단순화시킨다. 프렌호퍼의 예술관이 작가로서의 창조력을 소진시켰다는 사실을 무시하는 것이다. 언뜻 보기에 이론적 지성만을 강조함으로써 창작의 질식을 가져왔던 유물변증법적 창작 방법론이라든가, 예술의 절대성에 대한 맹목적 추구가 빚어내는 자기 소외 등을 소거한 채 표현과 창조를 예술의 목적으로 설정하는 반사실주의자로서의 면모만을 부각하는 것이다. 결국 박영희는 표면적으로는 '살아 있는 인간'이라는 개념을 매개로 전대 문학에서 나타난 사회학주의를 비판하고 있지만, 내면적으로는 반영론적 문학관으로부터 표현론적 문학관으로의 전향을 도모했다. 현실과 문학의 연속성과 동일성을 추구하는 리얼리즘을 거부하고 예술의 절대성을 전향문학론의 문맥 속으로 끌어들이는 것이다.

김남천의 「발자크 연구 노트」와 리얼리즘의 한국적 양상

언급했듯 1930년대 중후반 사회주의 리얼리즘 논쟁에서 엥겔스의 「발자크론」은 레닌의 「톨스토이론」과 함께 '리얼리즘의 승리'라는 측면에서 주로 고찰되었다. 그러나 엥겔스의 논의는 세계관과 창작 방법 사이의 불일치만을 언급하고 있는 것은 아니었다. '전형적 상황에서의 전형적 인물의 형상화'라는 리얼리즘의 원칙이 만들어진 것도 이 글이었다. 이러한 전형성의 문제에 대해 고민했던 비평가가 바로 김남천이다. 김남천이 발자크에 대해 언급하기 시작한 것은 1935년 무렵이다. 조선공산주의자협의회 사건에 연루되어 옥고를 치른 탓에 카프 제2차 검거 사건에서 벗어난 그는 『조선중앙일보』 기자로 활동하면서 사회주의리얼리즘 논쟁에 참여하게 된다. 그 무렵 발표한 평론 「최근의 창작」(『조선중앙일보』, 1935.7.21.~8.4.)에 처음으로 발자크의 이름이 등장하는데, 엥겔스의 「발자크론」에 기대고 있다. 이후 이어지는 비평들 또한 이와 크게 다르지 않다.

김남천이 엥겔스의 「발자크론」이라는 프리즘을 벗어던지고 직접 발자크의 작품에 접근하기 시작했던 것은 1939년 무렵이었다. 그는 자신이 편집장으로 있던 『인문평론』에 「발자크 연구 노트」(1939.10.~1940.5.)를 4회에 걸쳐 발표한다. 1, 2회는 발자크의 「인간희극」 중에서 '풍속 연구'에 속하는 「고리오 영감」과 「으제니 그랑데」를 중점적으로 고찰하고 있으며, 3, 4회는 발자크에 대한 여러 비평적 업적을 참조하면서 자신의 관찰문학론을 전개시킨다. 이러한 논의는 당시 일본에서 이루어지던 논의를 폭넓게 받아들이고 있다는 점에서 일제강점기 발자크 수용의 한 정점이라 할 수 있다. 물론 김남천은 발자크의 「인간희극」 가운데 장편 「고리오 영감」과 「으제니 그랑데」, 그리고 단편 「파치노 카네」 등만을 언급하고 있긴 하지만, 1935년 무렵이나 되어야 일본에서 『발자크 전집』이 발간된 점, 그리고 「발자크 연구 노트」에서 일본어로 번역된 발자크 비평을 두루 살피고 있는 점을 볼 때 김남천의 발자크 연구는 매우 폭넓고 깊이 있게 이루어졌던 것으로 보인다.

일본어 번역을 토대로 김남천은 발자크 작품을 분석적으로 접근한다. 발자크의 리얼리즘이 자본주의적 생산양식과 밀접하게 연관되어 있다는 점에 착목한 김남천은 「인간희극」에 등장하는 편집광과 악당이야말로 자본주의가 낳은 전형적인 성격으로 파악했다. 특히 그는 「고리오 영감」의 으제느 드 라스티냑에 주목하여, 출세욕과 허영심을 묘사한 것이야말로 발자크의 탁월함이라고 평가한다. 즉, 리얼리즘의 원칙이란 작가가 인물의 속물성을 비웃는 것이 아니라, 속물 그 자체를 강렬하게 구현하고 있는 인물을 창조해야 한다는 것이다. 이에 따라 적극적이고 긍정적인 인물을 창조해야 한다거나, 사상가를 주인공으로 삼아야 한다는 등의 기준들은 비판의 대상이 된다. 대신 지금까지 문학에서 거부되었던 각층의 인간을 풍부하고 치밀하게 그려내는 것이 중요해진다.

이는 김남천이 발자크에 깊이 빠져들었던 이유를 짐작하게 한다. 김남천은 「발자크 연구 노트」에서 성격에 대한 투철한 사상이나 수법이 확립되지 못한 당대 문학을 비판하면서 성격의 복잡성과 다양성이 보다 깊이 있게 탐구될 필요가 있다고 주장한 바 있다. 곧, 김남천의 발자크론은 성격론에 대한 관심과 창작 방법으로의 구체화를 위해 쓰인 것이다. 김남천은 여기에서 1930년대 중반 이후 자신이 펼쳐왔던 문학론을 발자크적인 것과 결합시킨다. 이제 발자크는 세계관과 창작 방법의 모순을 보여주는 작가가 아니라 괴테나 톨스토이를 능가하는 소설가의 전범으로 부각된다. 카프 해체 이후 김남천은 자기고발론-모랄론-도덕론-풍속론-로만개조론 등을 거치면서 끊임없는 변신을 보여준 바 있다. 그 과정에서 실천적 의지를 지니지 못한 우유부단한 소시민적 지식인으로서의 자기 모습을 발견했던 김남천은 리얼리즘에 도달할 수 있는 유일한 가능성으로서 발자크를 발견한 것이다. 그는 발자크적인

'관찰'의 방법을 통해서 올곧은 세계관을 획득할 수 있다고 믿었고, 그것이야 말로 자신의 절망적인 소시민성으로부터 탈출하는 길이자, 어두워지는 시대 현실 속에서 자신의 신념을 지켜나갈 수 있는 유일한 방법이라고 생각했던 것이다.

김남천이 작가를 사회적 존재 방식에 따라 두 가지로 구분했던 것도 이와 관련되어 있다. 그에 따르면 체험적 작가는 자기검토와 자기개조를 중심에 두고, 자기의 체험에서 문학 내지는 작가의 사회적 생존을 주장한다. 이 경우 작품은 작가의 개인적 행동과 분리될 수 없다. 반면, 관찰적 작가는 투철한 통찰과 가혹한 관찰로서 사회의 모순과 갈등, 길항과 기만을 묘사하는 가운 데서 사회적 생존의 이유를 발견한다. 이 경우 작가란 문학작품을 떠나서는 아무것도 없으며, 작품은 작가 개인의 행동이나 체험을 떠나서 존재할 수 있게 된다. 이러한 구분을 설득력 있게 제시하기 위해 김남천은 마르크스·엥 겔스와 라살레(Ferdinand Lassalle) 사이의 논쟁에서 대두되었던 쉴러적 방법 과 셰익스피어적 방법에 자신의 논의를 중첩시킨다. 주관적 경향성에 이끌려 현실을 이상화하고 왜곡하는 쉴러적 방법을 체험적 작가와 연결하고, 역사적 진행과 그 방향의 내적 모순을 그대로 드러내는 셰익스피어적 방법을 관찰적 작가에 연결하는 것이다. 그리하여 관찰은 몰아성과 객관성을 획득하기 위한 방법이며, 모더니즘 작가들이 즐겨 사용했던 고현학적 방법과는 다른 전형을 창조할 수 있는 리얼리즘적 계기로 파악된다.

김남천은 파시즘화되는 현실 속에서 관찰의 태도를 통해 현실에 대한 최소 한의 응전력을 키워나갈 수 있다고 생각했던 듯하다. 완벽한 인간은 아니었 지만 뛰어난 작품을 산출할 수 있었던 발자크에 기대어 소설가 김남천은 평론가 임화와는 다른 길을 걸었다. 김남천에게 있어 붓 한 자루는 소설가의 소임을 다하는 것일 뿐만 아니라 나폴레옹의 창검에 견줄만한 사회적 힘을 가진 것이기도 했다. 따라서 묘사에서 존재 의의를 발견하지 못하는 작가는 전업하는 것이 마땅하다고 일갈했던 것이다.

나가며

1920년대 초에 처음 한국문단에 소개되기 시작한 프랑스의 소설가 오노레 드 발자크는 일제강점기 동안 한국소설의 발전에 적지 않은 영향을 미쳤다. 비록 발자크의 작품이 대부분 장편이었던 탓에 소설 번역은 거의 이루어지지 않았지만, 일본 문단이라는 전신자를 통해서 발자크의 작품이 수용되면서 소설사와 비평사의 전개 과정에 커다란 영향력을 행사했다. 특히 카프 해산을 전후하여 펼쳐졌던 전 문단적 규모의 창작 방법 논쟁에서 발자크는 비판적 리얼리즘을 대표하는 존재로 자리 잡으면서 박영희와 김남천의 비평적 논의의 중심 키워드로 부각되었다.

일찍이 박영희는 발자크의 「알려지지 않은 걸작」을 분석하면서 프렌호퍼를 통해서 표현론적 문학관으로의 전향을 도모했던 적이 있다. 박영희가 프렌호퍼에 깊이 빠져들어가던 무렵 김남천은 「건전한 사실주의의 길」에서 '나파룐의 칼'에 대해서 언급한다. 그 당시에 '나파룐의 칼'은 반동적 측면과 진일보적인 일면을 엄연히 간파하는 '움직이지 않는 세계관'과 같은 것이었다. 그러나 그 후 김남천은 발자크를 만나 나파룐의 칼을 내던지고 발자크의 붓을 붙잡는다. 이는 달리 말하면, 김남천은 포르뷔스가 푸생에게 했던 "작업을 하시오! 화가는 손에 붓을 들고서만 숙고해야 합니다"라는 충고를 실천하는 존재가 되었다고 할 수 있다. 이제 그는 작품을 만들어가는 과정에서 예술에 대해 성찰할 뿐, 예술에 대한 성찰을 창작보다 앞세우지 않는다. 창조의 원인으로서 사유와 창조의 결과로서 작품 사이에 깊은 관계가 있긴 하지만, 결과를 원인으로 소급할 수 없기 때문이다. 김남천은 포르뷔스가 되었던 것이다.

_____ 더 읽어보기

김종욱, 『한국 현대문학과 경계의 상상력』, 역락, 2012.

김남천, 정호웅 편, 『김남천 전집』 1~2, 박이정, 2000.

박영희, 이동희·노상래 편, 『박영희 전집』 1~3, 영남대학교 출판부, 1997.

박영근, 『발자크의 연구』, 중앙대학교출판부, 1993.

이 철, 「발자크의 극장에 오른 세 개의 작품」, 『사라진느』, 문학과지성사, 1997.

조영철, 「발자크의 세 소설에 나타난 천재와 광기의 딜레마」, 『한국프랑스학논집』 24, 한국프랑스학회, 1998.

오노레 드 발자크, 이철 역, 『사라진느』, 문학과지성사, 1997.

홀거 지이겔, 정재경 역, 『소비에트 문학이론』, 연구사, 1988.

김기림 비평의 문명비평론적 성격

방민호

들어가며

김기림은 한국문학의 근대성 문제를 동양 및 서양이라는 심상지리학과 밀접하게 관련지어 논의를 전개한 비평가다. 그의 비평에 나타난 문명비평적 성격은 특히 일제말기 동아협동체론, 동아신질서론, 대동아공영론 등 동양 담론이 활발하게 제기되는 시기를 전후로 하여 새롭게 변모하면서 이 '주류적' 담론들에 대한 비판적 담론으로 기능하였다. 나아가 해방 이후의 좌우익 대립 및 분단 과정에서 그로 하여금 독자적인 문학적 선택과 전망을 가능케 하는 바탕을 이룬 것으로 보인다. 지금까지 김기림은 문명비평적 시인이자 평론가로 주목받긴 했으나, 그의 비평에 내재된 시대 비판적 측면은 보다 세밀하게 논의될 필요가 있다. 문명비평적 성격은 김기림의 근대성에 관한 논의의 핵심 가운데 하나로서 김기림의 비평적 궤적을 전반적으로 이끌어가는 중요한 요소다. 이러한 인식에 기초하여 이 글에서는 김기림 비평의 전개 과정을 그 문명비평적 성격을 중심으로 새롭게 재구성한다.

초기 비평에 나타난 서양과 동양의 이분법과 그 지양

김기림의 초기 비평은 감각을 두 가지 카테고리로 나눈다. 하나는 다다이즘 이후에 찾아온 초조한 말초신경과 퇴폐적인 감각이며, 다른 하나는 프리미티브(primitive, 원시적)하고 직관적인 감각이다. 이러한 판단은 아직은 예술의 차원에 국한된 것이지만, 근대성의 추이에 대한 평가를 드러내고 있다는 점에서 음미해 볼 만하다. 그는 현대예술의 위기에 대해 '시의 원시적 명랑성'의 옹호를 요청하면서, 근대문화 일반과 프리미티브한 감각을 연관 짓는다. 그의 첫 번째 시집인 『태양의 풍속』은 이러한 태도의 소산이라고 할 수 있다. 이처럼 김기림의 비평과 시는 초기부터 문명비평적인 양상을 드러낸다.

그런데 이렇게 시를 근대성의 추이와 밀접하게 관련지어 파악하는 김기림의 태도에는 양면성이 존재한다. 그것은 한편으로는 외부로 향하는 개방성을 지닌다. 김기림의 평론 「시에 있어서의 기교주의의 반성과 발전」(『조선일보』, 1935.2.13.)은 그의 시론이 미래를 향해 열려 있으며 그 전개의 진폭이 넓음을 보여준다. 그의 비평이 몇 가지 한계에도 불구하고 변화하는 현실에 탄력적으로 대응해 갈 수 있었던 것이 바로 이러한 개방성이다. 그러나 이는 동시에 동양과 서양을 이분법적으로 구별하는 오리엔탈리즘적 사고에 기반을 두고 있다는 문제점을 노출한다. 김기림은 「오전의 시론―동양인」(『조선일보』, 1935. 4.25.)에서 서양인은 지성적인 데 반해 동양인은 그렇지 못하다고 썼다. 서양인은 밝고 명랑하지만 동양인은 어둡고 음울하다. 이처럼 동양, 동양인, 동양적인 것을 서양, 서양인, 서양적인 것에 대한 이분법적 대립물로 치환하는 경향이야말로 전형적인 오리엔탈리즘적 사유에 해당한다.

김기림의 오리엔탈리즘적 논리는 두 가지 계기를 통해 구축된다. 먼저 그는 서양의 근대문화가 음울하고 퇴폐적인 단계에서 명랑하고 건강한 단계로 이행해 간다고 주장하고, 다음으로 그는 동양이 서양이 거쳐 간 음울한 퇴폐의 단계에 머물러 있음을 주장한다. 이로써 동양은 서양의 과거, 즉 서양이 지양해 버린 부정적 타자로 위치지어진다. 그 결과로서 동양은 서양적 근대가 획득한 프리미티브한 명랑성을 따라잡아야 한다는, 모방과 추수로서의 근대화 명제가 제출된다. 유럽적 담론의 대상으로서 동양은 있는 그대로의 것이 아니라 말 그대로 동양화된 동양이라는 에드워드 사이드의 지적은 이제 널리 알려져 있는데, 여기서 나아가 네그리와 하트는 이질적인 존재들의 집합인 동양 사회를 동질화하고 본질화하는 오리엔탈리즘의 기획이 유럽적인 근대성 형성과 밀접한 관련을 맺고 있다고 지적한다. 다시 말해, 동양적 타자는 유럽적 근대성 개념의 필수적인 구성 부분인 것이다. 이는 동양에서 근대성 또는 탈근대성을 생각한다는 것은 탈식민적 의제 설정과 분리불가한 관계를 맺어야 함을 의미한다.

　김기림 비평의 논리는 오리엔탈리즘적 구조 안에 갇히게 될 위험성을 내포하고 있지만, 김기림 특유의 변증법적 종합은 논리적 결함을 보완해주는 일종의 해독제로 작용한다. 그런데 문제는 변증법적 종합 논리 역시 양가적이라는 점이다. 다시 네그리와 하트에 기대 설명하자면, 변증법은 무수한 미분적 차이들을 양극으로 극단화하면서 이항대립에 기초한 지배를 가능하게 하는 논리로 기능한다. 이와 같은 관점에서 보자면 김기림의 변증법적 종합 논리 역시 그 자신의 서양 중심적 근대성의 논리를 완성하는 측면이 있다고 말할 수 있다. 반면, 김기림의 변증법적 종합논리는 비록 오리엔탈리즘적으로 구축된, 따라서 근본적으로 서양의 이니셔티브 아래 형성된 동양이라는 담론적 한계에도 불구하고 그 안에서 서양과 동양을 종합하는 새롭고 높은 차원을 상정한다는 점에서 서양 중심적 근대성의 논리를 지양하는 유토피아적 측면을 함축하고 있었던 것으로 파악된다.

우리들 내부의 센티멘탈한 동양인을 깨우쳐서 우리는 우선 지성의 문을 지나게 하여야 할 것이다. 만약에 시가 피동적으로 현대문명을 반영하므로써 만족한다면 흄이나 엘리엇의 고전주의가 바른 것이 될 것이다. 그러나 우리의 시 속에서 현대문명에 대한 능동적인 해석-비판을 구한다면 그것은 그 속에 현대문명의 발전의 방향과 자세를 제시하고야 말 것이다.

　　　　－김기림, 「오전의 시론－고전주의와 로맨티시즘」, 『조선일보』, 1935.4.28.

위 인용문은 김기림이 자신의 비평 작업 초기부터 서양과 동양의 변증법적 종합이라는 더 높은 국면을 상정하고 있음을 보여준다. 이러한 종합의 논리는 그의 문명비평이 서양과 동양의 이분법적 구도 아래서 서양 중심적 근대성 논리를 승인하고 그것의 모방과 추수를 주장하는 것에 국한되지 않을 가능성을 이미 가지고 있었음을 시사해준다.

일제 말기의 동양 담론에 대항하는 유토피아적 논리

김기림의 문제적 평론 「모더니즘의 역사적 위치」(『인문평론』, 1939.10.)에서 그는 다시 한 번 특유의 변증법적 종합의 논리를 제시한다. 그가 설명하는 조선근대시사의 발전과정을 도식적으로 표현해 보면, '로맨티시즘 및 센티멘탈 로맨티시즘 → 경향파적 편내용주의 → 모더니즘 →(전체시)'라는 순차적 상승의 과정이 되는데, 이는 동양적인 것에 대한 서양적인 것들의 이중의 부정을 통한 종합이라는 목적론적 상승 과정으로 설명된다. 이 과정에서 동양적인 전근대적 가치는 폐기되고, 경향파와 모더니즘으로 대변되는 서양적인, 따라서 근대적인 두 가치가 서로를 지양함으로써 고차적인 종합의 과정에 도달하게 된다. 따라서 그의 변증법은 동양적인 가치를 순차적으로 부정하고 지양하면서 서양적인 가치에 의해 지배되는 근대성에 근접해 가는 과정으로 나타난다. 그리고 이것은 그의 변증법적 종합의 논리가 변증법 일반의 논리적 함정에 빠질 위험성을 내포하고 있음을 시사한다.

한편, 1939년에서 1940년으로 나아가는 과정은 숨 막히는 시대의 병목이다. 1935년 5월경의 카프 해산을 전후로 하여 서서히 현실화되기 시작한 천황제 파시즘의 공세는 1937년 7월 중일 전쟁의 발발, 1938년 10월경 무한 삼진 함락을 거쳐, 세계 제2차대전 발발의 단초를 연 1939년 9월 독일의 폴란드 침공, 그리고 이후에는 1940년 벽두의 신체제론 대두, 1940년 6월의 파리 함락, 1941년 12월의 태평양전쟁 발발 등으로 이어지는 급박한 양상을 보이게 된다. 식민지 조선의 문학인들은 이러한 상황에 어떤 형태로든 반응하지 않을 수 없었는데, 여기서 김기림 역시 새로운 논리적 전환을 꾀하고 있음을 볼 수 있다.

「조선문학에의 반성」(『인문평론』, 1940.10.)에서 김기림은 '파리 함락(1940년 독일의 프랑스 침략)'에 충격을 받았음을 감추지 않으면서, 이것을 근대의 파산이라는 명제로 연결시킨다. 근대와 서양을 등치적으로 파악하고 있던 김기림에게 있어 근대의 파산이란 곧 서양적 근대의 파산을 의미할 수밖에 없다. 그는 이와 같은 국면을 '세계사의 전환'으로 파악하면서 새로운 원리의 발견이라는 문제를 제기한다. 근대로부터 버릴 것과 취할 것을 취사선택하는 근대의 결산이 필요하다는 것이다. 여기서 김기림은 자신이 일관되게 옹호해 온 과학정신만은 보존해야 한다는 논리를 비치고 있지만, 이보다 중요한 것은 바로 민족의 발견이다.

이 글에서 민족은 새로운 원리의 발견이나 역사적 결산을 위한 유일한 방식으로 이해되는데, 이는 두 가지 점에서 의미가 크다. 첫째, 김기림이 줄곧 서양 중심적인 근대성 논리에 입각한 문명비평적 주장을 펼쳐왔다는 점을 상기할 때, 이와 같은 민족 원리의 발견은 중요한 비평적 전환에 해당한다. 둘째, 1940년은 신체제론이 본격적으로 활성화되면서 대동아공영의 논리가 전면에 나서는 지점이므로 이와 같은 민족적 위기의 상황에서 역설적으로 민족의 원리를 주장한 것은 천황제 파시즘에 대한 협력을 유보한 수준을 넘어 적극적인 대항 논리를 펼친 것에 해당한다고 할 수 있다.

대동아 논리는 메이지 유신 이래로 일본이 추구해온 아시아 패권 전략의 핵심으로서, 만주사변과 만주국 건설을 거쳐 중일전쟁과 태평양전쟁 전후의 시점에 이르면 일본 제국주의의 핵심적 논리로까지 부상한다. 유럽이 아시아라는 타자에 의존하여 자기 정체성을 수립했듯, 아시아에서 유일하게 제국으로 성장한 일본은 일본을 제외한 아시아 국가들을 부정적 타자로 수립하는 과정을 통해서 근대적 자기 정체성을 형성했다. 나아가 서양이 동양을 자기의 과거로서, 따라서 자기를 따라 근대화되어야 할 타자로 간주했던 것과 마찬가지로, 일본 역시 자기 아닌 아시아 각국을 자기의 과거로서, 따라서 그 자신에 의해 문명화되어야 할 타자로 간주했다.

그런데 오리엔탈리즘의 일본적 재구성은 유럽적인 오리엔탈리즘과 달리 아시아 국가에 대해 주도적인 힘을 행사하기 위해서 지탱된다. 따라서 1930년대 중후반 이후 미국 등 구미 각국과 일본의 갈등이 심화됨에 따라 대동아론은 일본과 아시아 식민지 각국의 차이를 대립적으로 파악하는 논리 대신 일본에 의해 대표되고 옹호되는 아시아라는 논리를 강조하는 쪽으로 이동해 간다. 그 결과 1940년경 전후에 이르면 대동아론은 대동아라는 일자적 개념 아래 엄연한 민족적 차이들을 동질화함으로써 그 자신의 제국주의 전쟁에 아시아 각국을 동원하는 논리로 탈바꿈한다. 대동아 공영이란 식민지 조선의 민족적 아이덴티티를 일본이라는 근대 국민국가 내부의 일개 지방성으로 재배치하고 피차별 상태에 놓여 있는 식민지민을 천황의 신민으로 새롭게 호명함으로써 그들을 일본이 벌인 범죄적 전쟁에 동원하고자 한 새로운 논리였던 것이다.

이러한 맥락에서 보면 김기림이 제기하고 있는 민족의 원리라는 것이 대동아 공영의 논리에 정면으로 대응하는 의미를 내포하고 있었음이 분명하게 드러난다. 기실 파리 함락이라는 것이 민주주의에 대한 나치즘의 승리를 상징하는 것이고, 이것이 서양적 근대의 파산을 의미하는 것이라면, 나치즘의 독일과 동맹적 관계를 맺고 있는 천황제 파시즘의 일본의 승리라는 것 역시 일본적인 근대의 파산을 의미하는 것이 될 수밖에 없다. 이러한 논리적 귀결점은 서양 근대의 파산이라는 김기림의 진단이 제국주의 일본에 대한 비판의 의미를 함축하고 있음을 말해준다. 서양적 근대와 마찬가지로 일본적 근대 역시 파산 위기 앞에 서 있다는 것, 이것이야말로 김기림이 「조선문학에의 반성」의 행간에서 감추면서 동시에 은연중에 드러내고 있는 판단이었을 것이다.

『문장』 폐간호에 게재된 「동양에 관한 단장」(1941.4.)은 이러한 판단이 구체화된 것으로 보인다. 이 글에서 김기림은 서양적 근대의 파산을 계기로 동양에의 귀의와 몰입을 주장하는 견해들을 신랄하게 비판한다. 태평양전쟁을 목전에 둔 급박한 상황에서 김기림은 동양에의 귀의나 몰입에 내포된 위험성을 함축적으로 비판해 나간다. 동양에의 경사가 서양에의 경사나 마찬가지로 감상주의적 태도에 지나지 않는다는 견해는 그 자신의 비평적 과정에 대한 총괄적 반성과 더불어 당대의 관제 논리들에 대한 날카로운 비판을 함께 수행한 것이라고 할 것이다.

그렇다면 이제 파국에 직면한 세계 문명은 어디로 어떻게 나아가야 하는 문제가 남는다. 김기림은 다시 그 특유의 변증법적 종합을 통해 이제 창조될 문화는 '근대문화보다 더 높은 함축 있고 포괄적인 것'이어야 한다고 주장한다. 근대의 파국 위에서 수립될 신문화는 서양의 과학적 유산과 동양의 문학 및 예술이 새로운 차원에서 종합됨으로써 나타나게 되는 바, 이것을 그는 '동양문화와 서양문화의 결혼'이라고까지 지칭한다. 이러한 종합의 논리는 여전히 서양과 동양에 대한 오리엔탈리즘적 사고를 보여주는 것이고, 따라서 관념적이고 추상적인 종합이라는 한계를 면치 못한다. 그가 말하는 서양과 동양이라는 말 자체가 하나의 관념이므로 이러한 개념적 가면들의 종합을 통해 시대의 폐색 상태를 실질적으로 타개해 나가기란 어려운 것이다.

그러나 이러한 종합 논리는 당대의 상당수 문학인들이 앞을 다투어 동양의 재발견을 매개로 한 대동아 공영논리에 함몰되는 양상을 보였던 것에 비추어 보면, 천황제 파시즘의 전쟁 동원 논리에 공명하거나 협력하지 않으려는 의지를 표명한 것으로 해석될 수 있다. 그의 종합 논리는 현실적 적용력이 있었다고는 할 수 없지만, 한 사람의 문학인으로서 시대와 체제에 대한 굴종을 거부하는 데는 충분한 것이었던 셈이다.

해방 이후 민족 논리의 새로운 전개와 문명비평론의 귀추

해방 공간은 한계에 직면해 있던 김기림의 비평적 논리를 새롭게 구축해 나갈 수 있는 가능성을 열었다. 해방 이후 김기림은 인민민주주의론을 지렛 대 삼아 자신의 민족 개념의 내포적 의미를 새롭게 확장하고자 했다. 그 결과 김기림의 민족은 일련의 과정을 거치면서 인민을 실질적인 주체로 삼는 공동체로 논리화된다. 1947년 발표된 평론 「시와 민족」은 김기림의 사유가 해방 이후에도 지속적으로 서양적 근대의 파산이라는 1940년경의 인식의 연속선상에 있음을 보여준다. 김기림에게 인민적 공동체로서의 민족은 근대 의 파산 위에 새로운 문화를 창출할 수 있는 현실적, 실천적 주체이자 방법론 으로 간주된다. 그러나 민족국가의 실질적 주체로 호명되는 인민이란 자연적 이고 공동체적인 주체가 아니라 국민국가의 이데올로기적 맥락 안에 존재하 는 특수한 개념임을 기억할 필요가 있다. 하나의 헤게모니적 집단이 전체

주민을 대표한다는 관념 아래서 인민은 그 내부에 존재하는 내재적 차이를 가리고, 이질적 존재들의 배제를 수행하는 또 다른 독재 개념이 될 수 있다. 따라서 김기림이 관념적 차원에 머물러 있던 그 자신의 민족의 개념을 이렇게 인민의 공동체로서 실체화하는 순간 민족의 원리는 공동체적 원리의 외관을 띠기는 하지만 실상은 비공동체적인 지배의 원리로 전락할 가능성이 농후해진다.

김기림이 이러한 위험성을 얼마나 깊이 있게 자각했는가를 보여주는 자료는 별로 없다. 다만, 해방공간의 급류 속에서 인민 개념에 내포된 획일적 성격을 직관하고 인민에 의해 대표되는 민족 개념 대신 민족으로서의 민족 개념으로 회귀한 심리적 정황을 시사해주는 서신이 남아 있을 뿐이다. 「평론가 이원조군—민족과 자유와 인류의 편에 서라」(『이북통신』, 1950.1.)에서 김기림은 자신이 월북하지 않고 남쪽에 남은 이유, 계급 대신에 민족을 선택한 이유를 피력한다. 이 글에서 인상적인 부분은 '편석촌 대 김기림'이라는 대립 구도이다. 문맥상으로 보면 편석촌은 계급 범주에 이끌렸던 자기를 의미하고, 김기림은 민족 범주에 귀착된 자기를 의미하는 것으로 파악된다. 그는 이렇게 민족 범주에 귀착한 김기림의 입장이란 다시 인간성 본연의 소리에 충실하는 인류적 입장으로 통하는 것이라고 한다. 이 서신은 체제 압력에 따른 불가피한 행위로 이해되는 경우가 많지만, 그는 이 글에서 자신의 비평적 고민을 두 자아의 대립으로 극적으로 표현하고 있거니와 1948년경 가족을 서울로 데리고 오는 등의 이력을 참조할 때 그는 자발적으로 남한 체제를 선택하는 결단을 보였다. 즉, 편석촌과 김기림이라는, 두 갈래로 분기되어 갈등하던 그의 이성은 김기림 쪽의 손을 들어주었다고 볼 수 있다.

그러나 남한 체제 역시 '민족의 죄인'들이 인민 위에 군림하는 또 다른 독재 체제였다면, 김기림은 무엇을 근거로 남한을 선택하였을까 하는 문제가 남는다. 이 서신에서 주목되는 또 다른 어구가 바로 "국제정국의 선풍"이다.

이 어구는 체제 선택이라는 중대한 국면 앞에서 김기림이 오랫동안 견지해 왔던 서구적인 개방성에 대한 신뢰가 결정적인 작용을 하고 있었음을 시사해 준다. 나아가 한국전쟁이 발발하던 해 봄에 발표한 「문화의 운명」(『문예』, 1950.3.)에 이르면 김기림은 문명비평론의 견지에서 민족 문제를 새롭게 파악하는 폭넓은 논의를 전개한다. 그에 따르면 이제 종합은 과학을 낳은 서양의 지성과 동양의 지혜 사이에서 이루어지는 것이 된다. 이 지점에 이르러서도 서양을 과학과 연결시키고 동양을 그 대립적 타자로 설정하는 본질주의적 사고는 여전하지만 그럼에도 불구하고 동양은 서양의 지성에 맞먹는 지혜의 소지자로 격상된다. 인류는 지성과 지식이라는 두 개의 방법적 도구를 가지고 자기 운명을 개척해 나가게 되는 것으로 설정된다.

「문화의 운명」에서 김기림은 인류를 낙원에서 추방된 존재라는 초월적 구도로 설명하지만, 곧이어 문화 자체가 원래 신에 대한 항의라는 식의 내재성의 구도로 초월성에 대한 승인을 보상하는 태도를 보여준다. 요컨대, 문화의 운명이란 한편으로 숙명이지만 다른 한편으로는 반성과 전망이 내포된 개척일 수 있다는 것이다. 실로 유럽적 근대성이라는 것이 인간의 삶에 대한 초월성과 내재성의 대립으로 점철된 것이고, 그 역사라는 것이 초월성 구도에 대한 내재성 구도의 도전과 반작용의 과정이었다면, 김기림은 비평의식의 극점에 유토피아를 설정하는, 변증법적 종합이라는 도구로써 천형과 같은 20세기 전반기의 오리엔탈리즘을 지양해 간 문제적 비평가였다고 평가할 수 있다.

나가며

지금까지 김기림의 비평활동 과정에 내재된 문명비평적 성격을 살펴보았다. 특히 김기림 비평에서 동양과 서양, 민족과 인류와 같은 대립적 개념들이 어떠한 방식으로 작동해 갔는가를 보여주면서, 김기림 비평의 문명비평적 성격이 그 특유의 변증법적 종합 논리와 상호 긴장한, 또한 상호 조절해 나간 양상을 구체적으로 드러내고자 하였다. 이에 따르면 김기림은 비평 활동의 초기부터 서양과 동양이라는 오리엔탈리즘의 이항대립적 구도에 입각하여 서양문화 및 서양 근대의 이니셔티브를 강조하는 입장을 취하였지만, 1939년에서 1940년으로 나아가는 시대의 고비를 계기로 민족 원리를 발견하고, 이를 통해서 일제의 대동아 공영론이 주류화되는 유행적 양상에 저항하는 논리를 구축했던 것으로 판단된다.

한편으로 이 글에서는 해방 전후의 김기림의 비평의 전개 과정을 그 단절적 측면에도 불구하고 이면에 흐르는 연속성을 중심으로 새롭게 파악하고자 하였다. 김기림이 보여준 인민민주주의론으로의 경사는 당대의 혁명이론의 영향이자 동시에 1940년경에 그가 획득하고자 했던 민족의 원리를 구체화하고자 한 노력의 소산이기도 하다. 또한 이러한 경사에도 불구하고 그가 인민민주주의론을 승인하고 지지하는 것에 귀착하지 않고 남한 체제 안에서 새로운 가능성을 찾고자 한 것은 특유의 문명비평론적 사고가 새로운 조절 작용을 한 결과였던 것으로 보인다.

────── 더 읽어보기

방민호, 『일제말기 한국문학의 담론과 텍스트』, 예옥, 2011.

김학동, 『김기림 평전』, 새문사, 2001.

전후 문학 비평과 프랑스 실존주의

김종욱

들어가며

해방 이후 가장 먼저 국내로 수입된 문예사조는 실존주의라고 할 수 있다. 해방 직후에 본격적으로 소개되기 시작한 실존주의는 1960년대 말까지 한국 문학에 커다란 영향력을 행사한다. 이 무렵 실존주의가 우리에게 널리 수용 되었던 것은 '전후'라는 상황과 무관하지 않다. 흔히 전후 세대라고 불리는 새로운 세대는 한국전쟁 이전의 식민지 세대와는 분명히 다른 세대의식을 가지고 있었다. 이들은 대부분 식민지 체제가 공고해진 이후 출생하고 성장 했기 때문에 일본 문화에 이미 익숙해진 세대였다. 따라서 식민지 하의 억압 속에서 조국 독립이라는 공동체적 당위성을 가지고 있던 식민지 세대와는 차이가 있었다.

전후 세대를 하나의 동질성으로 묶어주는 것은 한국전쟁 체험이라고 할 수 있다. 이들은 전쟁에서 죽음을 간접 경험함으로써 인간의 유한성에 부딪 히게 되고, 자연스럽게 '실존'에 관심을 가지게 된다. 공동체의 목표가 사라 지고 가치관이 흔들리는 자리에서 그들은 오로지 하나의 '개인'으로서 그 자신만의 고독한 실존에 직면하게 된 것이다. 자명한 것으로 인식되던 가치 체계가 무너지고 어떤 확고한 것도 가질 수 없다는 생각은 전후 세대로 하여금 극단적인 위기감을 느끼게 했다. 이에 전후 세대는 당시의 황폐한 상황을 가장 잘 반영하고 따라서 그것을 해결할 수 있는 가능성으로서 실존주의에 기대를 걸었다. 실존주의는 그 이전의 어떠한 철학보다도 인간 이해에 목표를 두고 있는 사상이며, 인간의 유한적 구조를 가장 날카롭게 드러내는 것으로 이해되었던 것이다.

실존주의의 전개와 세대 논쟁

해방 후 이데올로기의 대립 상황을 겪어야 했고, 새롭게 들어온 미국 문화로 말미암아 정신적 혼돈을 경험했던 세대들은 한국전쟁을 통해서 그 이전의 세대와 결정적으로 단절하게 된다. 그들은 자신들을 이전 세대와 구별하여 '신세대'라 자칭했고, 구세대와 다른 점을 부각시킴으로써 문학사적 위상을 획득하고자 했다. 사실 기존의 가치관이나 도덕과 다른 새로운 질서는 전쟁을 경험한 개인이 삶의 균형을 이루기 위해서도 필요한 것이었다. 그러므로 새로운 질서를 수립하는 것은 전후 세대의 실존적인 현실과 맞물려 있는 것이며, 개인의 중압적인 경험을 문학으로 표출하는 일과 동일시되었다.

전후 세대가 새로운 질서를 만들고자 했을 때, 가장 염두에 두었던 것은 '동시대성'을 회복하는 것이었다. 여기서 '동시대성'이란 '전후'라는 시대적인 상황의 동일성을 전제로 이에 대한 서구 지식인들의 대응 방식을 따르는 것을 의미했다. 전후 문인들은 자신들이 처한 상황을 서구 지식인들과 동일시하고, 그들의 행동을 모방하는 것이 곧 '동시대성'을 획득하는 것이라 여겼던 것이다. 그래서 당시 비평가들의 글에는 세계사적인 의의가 특히 강조되어 있다. 이들의 의식 속에서 6·25는 '전후'라는 세계사적 공통성을 담보할 수 있게 하는 중요한 계기였다. 그들은 전쟁 체험이 1, 2차 대전과 스페인 내전 등 세계사적인 문제들과 동궤에 있는 것이라 생각했고, 한국전쟁을 겪음으로써 전세계적인 불안 사조를 경험했다고 생각했다.

이 때문에 1950년대 문예지와 문학조직의 실권을 장악하고 있던 서정주-김동리-조연현의 삼두체제와 신세대 문학인들과의 대립과 갈등이 끊이질 않았다. 비평계의 논쟁에서 처음 눈에 띄는 것은 최일수와 오상원의 논쟁이다. 최일수는 「실존문학의 총화적 비판」(『경향신문, 1955.4.13.~14.)에서 실존주의가 파시즘에 직면한 소부르주아지의 자기분열에 기반한 이데올로기며, 역사적 전망을 상실하고 자유를 개인의 문제로 축소함으로써 개인주의로 전락했다고 비판한다. 곧, 실존주의의 계급적 기반을 문제삼는 것이다. 이에 오상원은 「실존주의는 개인주의인가」(『한국일보』, 1955.5.12.~12.)에서 앙드레 말로의 행동주의 문학에 입각하여 최일수와 맞선다. 그는 사르트르의 실존주의가 결코 개인주의적 관념의 소산이 아니라고 주장한다. 몇 달이 지난 후 다시 최일수는 「니힐의 본질과 초극정신」(『현대문학』, 1955.10.)에서 말로(Andre Malraux), 까뮈(Albert Camus), 사르트르(Jean-Paul Sartre)의 '니힐'이 초극을 특징으로 하지만, 주관적이어서 불안과 허무를 진정으로 극복할 수 없는 데카당스와 큰 차이를 지니지 못한다고 비판한다.

전후 실존주의에 대한 세대간의 차이는 김동리와 이어령 사이에서 벌어진 논쟁을 통해서 분명히 드러난다. 이 논쟁은 구세대와 신세대를 대표하는 인물들 사이에 벌어진 것으로 작품의 구체적인 해석을 둘러싸고 벌어졌다는 데 그 의의가 있다. 논쟁은 김동리가 한말숙의 「신화와 단애」와 추식의 「인간제대」에 대해 실존성 및 극한상황이라는 개념을 통해 긍정적인 평가를 내리면서 시작된다. 김동리의 평가에 신세대 비평을 대표하던 김우종이 비판을 가하자 김동리가 반박하고, 여기에 이어령이 가담하여 김동리를 비판함으로써 논쟁은 최고조에 달한다. 그러나 이어진 두 사람의 논쟁은 최초에 제기되었던 문제의식을 망각하고 인신공격성 발언으로 이어지면서 발전적인 결과를 도출하는 데 실패하고 만다.

논쟁의 초점은 한말숙의 「신화와 단애」에서 과연 실존성을 발견할 수 있는가, 그리고 추식의 「인간제대」가 극한상황을 표현하고 있는가라는 문제였다. 이들 작품에서 각각 실존성과 극한상황이라는 개념을 발견할 수 있다는 김동리의 견해에 대해, 이어령이 이는 실존 개념을 명확히 이해하지 못한 채 실존성이라는 조작어를 사용한 것이라 비판하자, 김동리는 실존성의 출전을 밝히는 것으로 맞섰다. 이처럼 논쟁은 개념에 대한 지식을 자랑하는 방향으로 왜곡되고 말았다. 신세대를 대표하는 이어령은 구세대에 대한 강렬한 부정의식, 혹은 자신의 표현을 빌리자면 화전민 의식을 표현하기 위해 김동리의 논의를 무조건적으로 부정하려는 태도를 보여준 것이다. 이러한 구세대와 신세대 사이의 문단 헤게모니 다툼은 삼년이 지난 후에 반복된다. 조연현과 정명환 사이에서 이루어진 논쟁에서도 실존주의에 대한 이해의 깊이를 문제 삼기보다는 문단 권위자의 지위에 도전하는 신세대 비평가에게 질 수 없다는 아집과 오기가 먼저 눈에 뜨일 뿐이다.

휴머니즘과의 결합과 참여 개념의 변용

1960년대에 접어들면 실존주의의 중심 이슈가 '참여'의 개념과 결합하면서 새로운 국면으로 전개된다. 사르트르는 인간 조건에 대한 분석을 통해서 실존주의를 휴머니즘으로 확장시킨다. 그에 따르면 인간이 참으로 인간답게 될 수 있는 것은 어떤 해방이라든가 어떤 일의 실현이라든가 그러한 목적을 자기 밖에서 찾음으로써이다. 전후 비평가들은 전후에 작가가 무엇을 할 수 있으며, 어떻게 살 것인가라는 문제의 해답을 실존주의에서 찾아야 했던 것이다.

이와 관련하여 1957년 6월 『사상계』에 실린 「문학자·철학자가 오늘과 내일을 말하는 좌담회 – 휴머니즘을 중심으로」는 실존주의의 한국적 수용에서 주목할 만한 것이다. 1957년 4월 13일에 열린 이 좌담회에는 안병욱, 박종홍, 손우성, 이종우, 최재서가 참석했다. 해방 이전부터 실존주의에 관심을 가진 철학자와 문학자가 망라되어 있었기 때문에 당시 우리 지성계의 휴머니즘 논의, 그중에서도 좌담 후반부에 이루어지고 있는 실존주의 논의는 많은 시사점을 던져주고 있다.

이 좌담에서 박종홍은 한국 지성계의 실존 개념이 서양의 그것과 같을 수 있는지 의문을 제기한다. 서양에서 실존주의에 대한 요구는 근대 문명에 대한 회의로 제기되었는데, 한국 사회는 그러한 역사적 경험을 갖지 못했다는 것이다. 이러한 근본적인 비판에도 불구하고 이 좌담회를 통해서 실존주의는 휴머니즘이라는 과제와 결합된다. 그 결과 현실적 부조리를 제거하는 것이 실존주의를 표방하는 지식인의 사회적인 책무로 부각된다. 비민주적인 정치체제, 가난과 궁핍으로 얼룩진 경제 상황, 봉건적인 의식에서 벗어나지 못하는 정신적 후진성을 넘어서기 위해 사회 각 분야에서 지식인의 현실 참여가 요구되는 것이다.

이와 관련하여 주목받는 인물은 김붕구이다. 김붕구는 1955년 12월에 발표한 「증인문학 – 앙드레 말로의 경우」에서 전후 세대의 생생한 전쟁 체험에서 비롯한 '체험', '행동'을 강조하면서, 이를 전후 세대가 획득한 세계사적 동시성으로 파악한다. 이러한 인식은 「증언으로서의 문학」(『사상계』, 1960.5.)에서 더욱 분명하게 드러난다. 그는 문학작품을 '현실과 타협하는 위안으로서의 문학'과 '현실과 대결하는 사상적 또는 윤리적 문학'으로 나누고, 전자는 현실을 미화함으로써 독자로 하여금 현실에서 눈을 돌리게 하고, 후자는 독자를 일깨워 현실과 대결하게 만든다고 한다. 그렇다면 작가는 증인이 되어 자기가 본 것을 그대로 발언할 수 있는 용기를 갖추어야 한다. 그리고 이러한 진실의 증언이 정치권력의 사회적·정치적 부조리를 고발하는 경우 더욱 투철한 용기가 필요하다는 것이다.

이러한 증언으로서의 문학은 「지성인과 독재」(『사상계』, 1960.6.)에서 증인으로서의 지식인론으로 확대된다. 김붕구는 우선 지성인과 전문인을 구별하고 지성인의 요건으로 진보적일 것, 현실과 접촉할 것, 자유인일 것을 제시한다. 그는 지성인의 최대의 적은 부조리이며, 현대인이 당면한 가장 긴박한 사회적 부조리는 독재라고 규정한다. 그리고 지식인의 본령은 "자유인으로서의 편견 없는 비평정신"에 있으며, 부정과 정치적 불의에 관해 증언·고발함으로써 사회에 참여하고 행동하는 데 있다고 한다. 이것이 곧 진정한 '앙가주망(engagement)'이라는 것이다. 앙가주망을 정치적 부조리에 맞서 시대의 현실을 증언하는 행위로 이해한 것이다.

그런데 「작가와 증언」(『사상계』. 1964.8.)은 앙가주망의 의미에 중대한 변화를 보여준다. 그는 글의 서두에서 자신이 발표했던 「증인의 문학」(1955)과 「증언으로서의 문학」(1960)에 대한 정리의 필요성이 생겼다고 말하면서, 앙가주망과 증언을 구별한다. 앙가주망이 작가가 거리로 뛰어나간다든가 시사적인 사건을 즐겨 다룬다는 식의 얄팍한 통념으로 해석된다면, 증언은 그보다 훨씬 심각하고 근원적인 문제를 다루는 문학이라는 것이다. 그래서 시사적인 사건이나 정치문제에 소원한 듯 보이는 음악·미술·시 등의 순수예술이 오히려 19세기 말부터 문화사적인 측면에서 자체 혁명을 실현했다고 강조한다. 이러한 주장은 지성인론과 결부되어 있던 '증언으로서의 문학'과는 분명히 다른 모습이다. 4월 혁명이 전개되던 무렵 문학인의 앙가주망을 지식인 일반으로 확대하면서 참여의 당위성을 주장했지만, 1964년에 이르러서는 그것을 포기한 셈이다.

이러한 모습은 비단 김붕구에게만 한정되는 것은 아니다. 1950년대 말부터 60년대 초반에 걸쳐 앙가주망을 외치던 문인들의 상당수가 이전과는 다른 모습을 보여준다. 1968년 2월 『사상계』에서 이루어진 선우휘와 백낙청의 대담 「문학의 현실 참여를 중심으로」라든가 김수영과 이어령이 펼쳤던 '불온시 논쟁' 등에서 과거에 앙가주망론을 적극 펼쳤던 선우휘, 이어령, 김붕구 등이 모두 '새로운' 참여문학의 반대자로 등장하고 있다는 사실은 매우 아이러니컬한 부분이다. 불과 십 년도 되지 않은 기간 동안 그들은 사르트르의 참여문학론에서 출발하여 그 반대진영으로 옮겨갔다.

나가며

해방 이후 1960년대에 이르기까지 신문, 잡지를 통해 발표된 프랑스 관련 기사와 평론은 카뮈와 사르트르를 포함한 실존주의에 관한 것이 대부분이었다. 카뮈와 사르트르의 논쟁으로 대변되는 실존주의 내부의 입장 차이를 둘러싼 해석의 문제, 1960년대 초반부터 1970년대 후반까지 간헐적으로 이어지는 순수문학과 참여문학의 논쟁 등 1950년대와 1960년대의 실존주의 소개는 한국문학이 안고 있던 중심 문제들과 긴밀한 관계를 이루며 전개되었다. 실존주의는 작품을 저울질하는 잣대이기도 했고 작품의 방법론이기도 했으며 작품의 소재이기도 했다.

그러나 활발한 작품 번역에 의한 실존주의 소개와는 달리 이론적인 이해는 당시의 전후 냉전 분위기와 얽혀서 왜곡된 양상으로 나타났다. 곧, 이 시기의 실존주의적 참여론에 대한 이해는 공산주의나 프롤레타리아 혁명과 연관되어 이루어졌다. 사르트르의 사회참여 이론은 공산주의와 혼동되었고, 현실의 모순을 폭로한다는 것 역시 공산주의에 의한 프롤레타리아혁명을 전제하는 것이라는 식의 이해로 이어졌다. 1960년대에서 1970년대에 걸쳐 이루어졌던 순수문학과 참여문학의 대립도 참여문학을 지지하는 문인들의 이론적 기반이 사르트르에 있다는 이유로 실존주의에 대한 진정한 이해를 가로막는 요소가 되었다. 전후의 냉전 분위기 속에서 사르트르의 참여론이 좌경 사상으로 매도되었기 때문이다. 해방 후의 좌우익 대립과 6·25전쟁이라는 참화를 겪은 지식인들의 피해의식, 자유주의적이고 비판적인 지식층을 두려워해 온 역대 정권들의 강압적 통치방식과 그에 기인한 문화적 불모가 자리잡았던 것이다. 하지만 실존주의론은 휴머니즘론과 결부되면서 지식인의 사명의식을 고취시키고 민족의 정치적·경제적·문화적 근대화의 논리로 귀결되었다. 따라서 많은 지식인들이 보여주었던 앙가주망의 포기라는 표면적인 의미의 변화에도 불구하고 실존주의와 휴머니즘 사이에서 일정한 연속성을 찾을 수 있다.

───── 더 읽어보기

김종욱, 『한국 현대문학과 경계의 상상력』, 역락, 2012.

김건우, 「현대 한국문학의 실존주의 수용에 있어 '참여(engagement)'의 의미 변화에 대한 연구: 1955-1962년경의 문학 비평을 중심으로」, 『비교문학』 제29권, 한국비교문학회, 2002.
장 폴 사르트르, 방곤 역, 『실존주의는 휴머니즘이다』, 문예출판사, 1981.

1970년대 민족문학론과 제삼세계 문학론의 위상

김종욱

들어가며

개항 이후 한국의 근대는 전통문화와 외래문화가 대결하는 과정에서 형성되었다. 이것은 문학의 분야에서도 마찬가지이다. 전통적인 문학 양식들이 서구의 문학과 만나 변용, 굴절, 왜곡되면서 근대적인 문학으로 발전한 것이다. 이러한 서구문학의 영향과 수용은 특히 문학 비평 분야에서 두드러진다. 한국에서의 문학 비평은 외국의 이론을 고스란히 들여왔다고 해도 지나친 말이 아닐 것이다. 사회주의 문학이 문단을 지배했던 1920~30년대에는 러시아 문학이 적지 않은 영향을 미치기도 했지만, 서구의 문학이 우리 문학에 지배적인 영향력을 행사했다는 사실을 부인하기 어렵다. 해방 이후에는 영어가 언어적 매개의 중심으로 떠오르고, 반공이데올로기가 확고한 이념으로 자리 잡으면서 문화적 편식 현상은 더욱 심해졌다. 특히 1950년대 이후 도입된 뉴크리티시즘의 방법론이 문학 연구의 영역에서 규범적인 지위를 차지하면서 한국문학은 다양성의 확장과 심화라는 세계문화의 흐름으로부터 소외된 듯한 인상마저 풍기게 된다. 그런데 1970년대 말에 접어들면서 한국문학은 서구 이외의 문학에 대해 관심을 갖기 시작한다. 1960년대 말부터 간헐적으로 나타났던 아시아, 아프리카, 라틴아메리카에 대한 관심이 1978년을 전후로 하여 민족문학 진영의 중심적인 아젠다로 자리 잡았던 것이다.

1970년대 말부터 제삼세계에 대한 관심이 폭발적으로 증가한 것은 한국 사회의 구조적 모순이 심화되면서 나타난 현상이다. 1960년대 압축적인 근대화와 함께 진행된 생활과 의식의 서구화는 민족적 아이덴티티의 혼란을 초래했고, 이로 말미암아 민족담론은 1970년대의 모든 담론행위에서 의식적·무의식적 기반을 형성했다. 유신체제라는 비민주적인 관주도의 민족주의뿐만 아니라, 이에 저항했던 민주주의 운동에서도 '민족'은 주도적인 담론적 지위를 차지하고 있었다. 문학의 영역에서도 이러한 상황은 크게 다르지 않다. 즉, 전통론에 기반한 체제유지적 민족문학론과 민족의 생존과 민주주의 발전을 모색하던 체제저항적 민족문학론이 날카롭게 대립하고 있었다. 이러한 대립 속에서 체제저항적 담론들이 자신의 정당성과 보편성을 확인받으려는 욕구에서 비롯된 것이 제삼세계에 대한 관심이라고 할 수 있다. 따라서 제삼세계 문학론은 민족문학 진영의 이론적 실천이자 실천적 이론으로서의 의미를 지닌다. 제삼세계는 서구의 (신)식민주의의 경제적·문화적 침탈로 말미암아 민족적 위기의 상황에 처한 우리의 모습을 객관적으로 비춰주는 거울이었던 것이다.

저항과 연대의 담론으로서 제삼세계 문학론

1970년대 민족문학론에서 제삼세계에 대한 관심이 구체적으로 나타나기 시작한 것은 백낙청의 「현대문학을 보는 시각」(『문학과 행동』, 태극출판사,

1974)이다. 이 글에서 그는 로렌스(D.H. Lawrence)가 서구 문명의 한계를 인식하는 과정을 설명하면서 제삼세계 문학의 전위성에 대해 언급한다. 로렌스는 서구 문명의 위대성과 한계성을 자각함으로써 서구적 한계를 극복하기 위해 백인문화권 바깥의 삶에 깊은 관심을 보였지만, 자신이 소속된 사회와 정신적·육체적 단절을 극복하지 못함으로써 풍요롭고 원숙한 문학적 성취에 도달하지 못했다는 것이다. 여기에서 백낙청은 파농(Frantz Fanon)의 논리에 따라 주체적 생존을 위한 제삼세계 투쟁이 곧 새로운 인류 역사 창조의 핵심적 과업임을 주장하고, 서구문학의 한계를 넘어설 수 있는 구체적인 사례로 네루다(Pablo Neruda)를 제시한다. 그는 네루다의 시가 초현실주의적 방법을 채택하고 있음에도 불구하고 서구의 그것과 달리 민중지향적인 면모를 지니고 있음에 주목한다. 네루다는 칠레의 현실과 토착적 전통에 뿌리박음으로써 라틴 아메리카의 역사적·사회적 현실을 있는 그대로 파악하고 그 모순을 주체적으로 극복하고 있다는 것이다. 백낙청은 네루다가 리얼리즘과 반리얼리즘이라는 서구 문학의 딜레마를 새로운 차원에서 해결하고 있다고 평가한다.

백낙청의 제삼세계 문학에 대한 관심은 민족문학론에 대한 구상과 밀접하게 연관되어 있다. 이듬해 발표된 「민족문학의 현단계」(『창작과비평』, 1975년 봄)에서 백낙청은 관주도의 민족주의가 "민족적 전통의 어떤 부분만을 편리한 대로 보존·전시하면서 국민 생활의 현재와 미래에 대한 애매한 낙관론을 고취"하고 있다고 비판한다. 이 시기에 지배적인 담론을 형성하고 있던 관주도의 민족주의는 서구에 대한 모방 전략을 작동시키면서도 박제화된 전통을 통해 민족적 아이덴티티의 혼란을 은폐하고자 했다는 것이다. 이를 민족의 존엄성과 생존이 위협받는 위기로 인식하면서 서구의 제국주의와의 대결 전략을 모색한다. 따라서 신식민주의적 질서 속에 놓여 있는 한국의 문학은 제삼세계 문학과 등가의 관계에 놓이게 되고, 한국의 민족문학론은 제삼세계를 발견함으로써 국수주의적 민족담론이 아니라 세계사적 보편성을 획득한 민족담론으로 확장된다. 즉, 제삼세계 문학에 대한 관심은 국제적 연대를 통해 관주도의 폐쇄적 민족담론과 대결하는 동시에 세계문학에 능동적으로 참여하려는 기획의 소산인 셈이다.

이처럼 민족문학론의 정당성을 확인하기 위한 비평적 전략에서 비롯된 제삼세계 문학론은 민족문학론의 자기갱신 과정과 밀접하게 연관되면서 진행된다. 초기의 시민적 민족문학론을 극복하고 문학적 창조의 원천으로서 민중을 발견하게 되면서 제삼세계 문학론 역시 민중주체적 시각 아래에서 재편성된다. 그리고 이 과정에서 민중적 연대성의 원리에 따른 제삼세계 문학에 대한 관심이 명확하게 드러난다. 이때 제삼세계적 시각과 민중적 입장은 세계를 바라보는 동일한 관점이다. 후진국 및 피압박민족의 해방운동이 국가 내부로 환치되었을 때 피억압계층, 곧 민중의 자기 해방 운동 역시 정당성을 부여받기 때문이다. 따라서 민족해방운동과 민중해방운동은 동일한 과정의 두 가지 양상으로 통합된다. 이처럼 1970년대 민족문학론은 제삼세계 문학과의 연대를 통해 일국적인 시각에 매몰된 민족담론이 아니라 전지구적 시각에 기반한 문학임을 천명한다. 그리고 제삼세계 문학론은 민중적 관점에서 민족적 현실을 파악하려는 태도의 연장선상에서 나타난 것이다.

저항과 연대의 원리로서 제기된 제삼세계 문학론은 미학적으로 리얼리즘론으로 귀결된다. 소위 '제삼세계적 리얼리즘'의 가능성 문제를 전면으로 부각하면서 실천적 의의를 확인했던 것이다. 그런데 서구의 리얼리즘적 전통과 구별되는 제삼세계 리얼리즘에 대한 언급에도 불구하고 백낙청에게 있어리얼리즘은 제삼세계의 특수성에 대한 깊이 있는 천착으로 나아가지 않는다. 대신 19세기 서구에서의 비판적 리얼리즘의 정신의 계승이라는 측면에 주목하고 있는 듯 보인다. 이러한 관점에서 백낙청은 마르케스(Gabriel Garcia Marquez)나 보르헤스(Jorge Luis Borges) 같은 작가들에 대해서 부정적인 평가를 내린다. 예컨대, 마르케스의 『백년 동안의 고독』은 기법면에서나 작가의 관심이 지나치게 고급스런 이면을 지니고 있으며, 이 작품에 투영된 토속 세계라는 것도 넓은 의미의 지배층에 속하는 일가가 그 중심이 되어 있다고 평가한다. 백인 정착 사회의 소외 상태를 온전한 리얼리즘에 미달하는 차원에서 제시한 작품이라는 것이다.

제삼세계 문학과의 연대를 위해서는 개별 민족국가의 역사경험이 상이한 데서 오는 차이를 이해하고 인식하는 것이 필요하다. 서구 제국주의의 식민화 역사를 경험했다는 점에서 제삼세계 문학은 공통점을 지니지만, 실제로는 많은 차이점 또한 지니고 있다. 예컨대, 언어적 동질성의 측면에서 독자적인 언어를 사용하고 있는 국가와 이중언어를 쓰고 있는 국가, 그리고 제국의 언어에 포섭된 국가 사이에는 많은 차이점이 있다. 한국은 일본의 식민지를 통과했음에도 불구하고 독립 이후 언어적 독자성을 회복하는데 성공한 특수한 경우이다. 다른 대부분의 제삼세계 국가들은 독립된 이후 언어적 혼재로 말미암아 심각한 민족적 정체성의 위기를 경험한다. 어떤 말로 쓰는가의 문제가 글쓰기의 핵심적인 문제였던 마르케스나 보르헤스 또한 마찬가지이다. 그들이 사용하는 언어는 스페인어라는 식민 제국의 언어이다. 따라서 기존 언어 관습과의 차별화 내지는 새로운 형식의 모색을 통해서 식민 제국의 언어로부터 벗어날 수 있었다. 언어는 다양한 세계관, 제국주의와 탈식민주의의 충돌 현장이었던 것이다.

제삼세계 국가와 민족이 처해 있는 구체적인 상황에 대한 면밀한 탐구 없이 마르케스나 보르헤스의 형식적 실험을 '엘리트 문학'으로 규정짓는 태도는 리얼리즘에 대한 강박관념이 빚어낸 것이다. 네루다의 시에 나타난 토착적 전통과 민중적 현실 사이의 모순에 주목하여 초현실주의의 리얼리즘적 성격을 발견했던 초기 감식안에서 벗어나 19세기 서구의 리얼리즘에 과도하게 기울어진 것이다. 결국 한국에서의 제삼세계 리얼리즘론은 민중적 관점에서 민족적 현실을 파악하려는 문제의식을 반복하는 것에 만족하고 만다.

그것은 민족담론의 외연적 확장의 형태를 취함으로써 스스로 방법론적 한계를 드러낸 것이다. 이에 따라 제삼세계 리얼리즘론은 19세기 서구 리얼리즘의 비판적 계승이라는 모습으로 귀결된다. 결국 제삼세계를 통해 세계사적 동시대성을 파악하려는 '파생'(filiation) 전략은 도리어 19세기 서구 리얼리즘에 역사적 전통을 부여하는 '제휴'(affiliation)의 양상을 띠게 되었던 것이다.

분단체제의 인식과 식민지 경험의 소멸

제2차 세계대전 이후 과거 식민지 국가들은 서구 제국주의의 식민지 통치에서 벗어나 정치적으로 독립했으나, 서구세계의 주변부에 위치하고 있다는 의식으로부터 자유로울 수 없었다. 특히 식민주의의 어두운 역사적 흔적으로 토착적 전통과 외래적 문명이 서로 충돌하고 혼효된 문화적 복합성 문제를 지니고 있었다. 이 점을 염두에 둘 때, 김종철의 제삼세계 리얼리즘론은 많은 시사점을 준다. 그에게 있어 식민주의는 과거완료형이 아니라 현재진행형이다. 제삼세계 국가는 독립 후에도 경제적·문화적 예속 상태로부터 벗어나지 못하고 있었다. 따라서 식민화된 일상과 제국주의의 정신적 흔적들, 즉 내면화된 서구적 가치로부터 벗어나지 않고서는 제삼세계 민중의 해방은 이루어질 수 없다. 제삼세계 리얼리즘은 민중적, 제삼세계적 현실의 단순한 반영이 아니라 서구 제국주의에 의해 침윤된 욕망으로 벗어나기 위한 '의식화 작업'을 통해 달성될 수 있다. 김종철은 민중의 건강성에 대한 낙관적인 기대를 넘어서 민중의 모순성에 주목한다. 하지만 그의 논의는 이후 민족문학론의 전개 과정에서 심도 있게 검토되지 못했다. 제국주의 속에 내재한 인종주의적 타자화 전략을 비판적으로 검토한 그의 문제의식은 민족담론 영역을 벗어나지 못하고 있는 한국 문단에서 반향을 불러일으키지 못했을 뿐 아니라,

그 자신도 '전통적인' 리얼리즘론으로 회귀한다. 식민주의가 가져온 모순적 의식의 문제는 리얼리즘의 확립이라는 목표 아래에서 사장되고 만 것이다.

올바른 민중적 주체를 건설하기 위해서는 과거의 식민주의에 대한 철저한 부정이 요구된다. 식민지 문화를 재구성하여 제국주의 침략에 따른 역사적 단절을 회복하고, 서구 중심의 제국주의 역사가 아닌 민족의 정체성을 탐색해야 하는 것이다. 이러한 탈식민주의적 전통의 확립에 대한 요구는 문학사에서 반제국주의투쟁에 앞장섰던 문학인들에 대한 미학적 재평가 작업으로 나아갔다. 한용운, 윤동주 등에 대한 집중적 관심이 바로 이러한 문제의식을 반영한다. 그런데 흥미로운 사실은 문학사 연구와 달리 이 시기 발표된 문학 작품들에서 식민의 경험을 다루고 있는 작품을 발견하기가 쉽지 않다는 사실이다. 많은 리얼리즘 작가들의 작품은 두 가지 방향으로 나타났는데, 황석영, 김주영이 조선 후기 민중의 역사적 삶을 복원하는데 집중하고 있었다면, 이문구, 김원일 등은 이데올로기의 대립이 빚어낸 인간적인 삶의 훼손이라는 문제에 관심을 집중했다. 더하여 당대적 삶을 다루고 있는 여타의 작가들에서도 유신체제 아래에서 반민주적이고 반민족적인 현실의 근원에 분단 문제가 놓여 있다는 의식을 보여주었다.

분단 문제에 대한 문학적 관심은 해방 이후를 '분단시대' 혹은 '통일 운동의 시대'로 명명하면서 분단 문제에 대한 깊이 있는 인식을 지향했던 당시 역사학의 문제의식과 일맥상통한다. 실제로 백낙청을 위시한 민족문학론자들은 유신체제의 폭압적 현실이 자유민주주의와 사회민주주의의 이데올로기적 대립에서 비롯한다는 현실 인식을 보여준다. 반민주적, 반민중적 민족현실의 근원에 분단체제가 놓여 있는 것이다. 후에 '분단체제론'으로 이름 붙여지는 이러한 문제의식은 민족문학론의 발전 과정에서 분명 소중한 것이다. 즉, 분단의 극복이야말로 우리의 구체적 현실 속에서 추구해야 할 민족문학으로서의 현실적 과제이자, 제삼세계 문학으로서의 실천적 의의를 부여받

왔던 것이다. 그러나 통일이라는 '세계사적 과제'를 짊어지는 순간, 제삼세계 문학의 공통적 기반이라고 할 수 있는 식민지의 경험은 한국문학에서 사라지고 만다. 동시대를 지배하는 사회적 모순은 궁극적으로 한국전쟁으로 소급되고, 식민지 경험은 '오욕의 역사'로 어두운 기억의 저편에 깊이 묻혀버린다. 달리 말하면, 세계사의 보편적 경험으로서의 식민주의를 외면하고 오히려 예외적인 경험으로서의 분단 문제를 전면에 내세움으로써 한국문학은 여전히 세계문학의 변방에서 서성거리게 된다.

나가며

제삼세계 문학론은 민족문학론의 발전과정에서 세계사적 보편성을 확보하려는 시도에서 나타나게 된 것이지만, 동시에 민족적 아이덴티티를 새롭게 규정하고자 한 욕망에서 비롯된 것이기도 하다. 제삼세계 문학과의 연대를 통해 한국문학은 주변성을 소외되고 타자화된 장소가 아니라 세계사적 모순을 짊어진 중심적인 위치로 재구조화했다. 이러한 전략적인 위치 설정은 한국문학 내부에서의 민중적 관점과 함께 해방적인 의의를 확인하는 데 크게 기여하게 되었다. 하지만 모순을 극복하는 과정에서 등장한 새로운 민중적 주체는 자신들이 그토록 부정하고 싶어 했던 중심을 그대로 복제하고 있는 듯한 인상을 준다. 식민지 경험과 내면화된 식민지 의식을 소거해버림으로써 역으로 우리 내부에 은밀하게 작동하고 있는 식민주의적 의식에 면죄부를 부여해버린 셈이다.

이러한 맥락에서 비서구 사회의 정체성 문제는 여전히 핵심적인 문제이다. 제삼세계를 형성하고 있는 식민지 국가의 민족문학은 제국주의의 역사적 상황에서 주변적 담론으로만 존재해 왔던 것이 사실이다. 그런데 문화적인 다원성이 부각되면서 자신들의 고유한 문화적 정체성을 탐색하려는 시도는 큰 의미를 지니게 된 것이다. 제삼세계는 바로 서구의 문화적 침탈이 이루어지고 있는, 그리고 자국의 문화적 아이덴티티를 지키기 위한 비서구 사회의 저항이 나타나는 장소이다. 비서구를 객체화, 대상화, 예속화시키는 인식론적 패러다임에 맞서 문화적 헤게모니를 되찾으려는 비서구의 주체화 투쟁의 공간인 것이다.

이 과정에서 가장 중요하게 떠오르는 것은 서구, 근대성, 중심부, 의식 등의 개념과 다른 방식으로 주체를 구성하는 것이다. 중심부의 승인을 받을 필요도 없겠지만, 그렇다고 해서 주변부를 새롭게 구성함으로써 중심부로 진입하려 할 필요도 없을 것이다. 끊임없이 주변으로 자신의 위치를 전략적으로 규정하는 것, 근대적 인식론에 의해 타자화됨으로써 분열되어 버린 의식 내지 주체성을 인정하는 것, 그리고 분열을 분열로써 표현하는 다양성을 확보하는 것이야말로 우리가 진정 세계문학의 일원으로 서게 하는 원동력이 될 것이다. 식민의 경험은 더이상 부끄러워 해야 할 역사적 경험이 아니라 우리가 근대성의 모순을 넘어서는 데 있어서 소중한 자산이다. 분단의 경험 역시 그런 맥락에서 식민의 변형적 연속에 지나지 않는 것인지도 모른다. 1970년대의 제삼세계 문학론은 그런 맥락에서 우리에게 주변성의 전략적 의의를 일깨워주고 있다고 할 것이다.

───── 더 읽어보기

김종욱, 『한국 현대문학과 경계의 상상력』, 역락, 2012.

김윤식, 『운명과 형식』, 솔, 1992.
백낙청, 『민족문학과 세계문학』, 창작과비평사, 1978.

V

한국문학의
세계사적 교류

근대 동아시아 문화권의 재편과 번역

김종욱

들어가며

19세기에 이르러 동아시아는 서구 제국의 도전을 받으며 심각한 위기에
처한다. 근대 이전 세계 문화의 발신자 위치에 있던 동아시아가 서구 유럽
문화를 수용하는 수신자로 위치로 바뀐 것이다. 이와 같은 세계사적 흐름에
가장 빠르게 대응한 나라는 일본이었다. 일본은 메이지유신을 통해 서둘러
국가 개조에 나섰으며, 정치와 경제의 영역뿐 아니라 문화의 영역에서도
서구를 수용하는 데 주저함이 없었다. 그 결과 동아시아 내의 문화적 헤게모
니는 중국에서 일본으로 이전되었고, 이와 함께 지역 내부의 문화 구조도
재편되었다. 근대 이전 동아시아는 각 민족의 고유한 언어와 문화를 유지하
면서도 한자/한문을 매개로 하나의 문화권을 형성하고 있었으나, 서구에서
비롯된 새로운 국제질서, 곧 국가를 단위로 한 베스트팔렌 체제가 새로운
패러다임으로 받아들여지면서 민족 단위로 균열되기 시작했다.

공통문화권이 민족 혹은 국가 단위로 분할되면서 예전에 볼 수 없었던
현상이 나타났다. 그것은 바로 번역의 문제이다. 동아시아의 문화적 헤게모

니가 상실되고 서구의 낯선 문화를 수용하는 처지가 되면서 번역의 문제가 새롭게 부각된다. 더하여 민족 내지 국가에 대한 의식이 확산되면서 공통 문어였던 한문 대신 민족언어의 중요성에 대한 인식이 높아지게 되었다. 결국 19세기 이후 동아시아에서는 과거와 달리 개별 민족언어로 서구의 문화를 번역하는 일이 가장 중요하고도 시급한 국가적 목표가 되었다. 번역은 곧 서구의 선진문물을 수입해 국가 경쟁력을 높이는 일이었고, 동아시아 지역 내의 문화적 패권을 장악하는 일이기도 했기 때문이다. 동아시아에 '번역의 시대'가 열린 것이다.

서구문화의 득세와 매개자로서 일본

한국문학사에서 번역의 시대를 가장 압축적으로 보여주는 단어는 '문학' 이다. 오늘날 이 말은 널리 사용되는 말이지만, 백여 년 전만 해도 생소한 용어였다. 이에 춘원 이광수는 「문학이란 하오」(『매일신보』, 1916.11.10.~11. 23.)에서 '문학'이라는 말에 대한 설명을 시도한다. 이 글에서 이광수는 '문학'이라는 단어가 독일어 리터라투르(literatur) 혹은 영어 리터러쳐(literature) 의 번역어라고 말한다. '문학'을 '번역어'라고 설명하는 데에는 이 개념이 우리의 지적 전통과 접맥되지 못한 채 외부에서 이입된 것이자, 동시에 생소하고 불편한 것이라는 뜻이 내포되어 있다. 이광수는 서양의 개념에 기대어 '문학'이라는 말을 익숙한 용법에서 분리하여 낯선 개념으로 제시하고자 했던 것이다.

그렇다면 외부에서 도입된 '문학'이란 무엇일까. 아주 간략하게 소개하자면, 이광수는 '문학'이란 '특정한 형식 하에 사람의 사상과 감정을 문자로 기록'한 것이라 정의한다. 즉, 문학은 형식적인 측면에서 문자로 기록되어야 하고, 시·소설·극·평론 등 장르 규범을 따라야 하며, 내용적 측면에서 사람의 사상과 감정을 기록한 것이라야 한다. 이광수는 이처럼 문자언어를 특권화하면서 구비전승 문학을 배제하는데, 여기서 나아가 한문으로 표기된 것을 '조선문학'에서 배제한다. 한국어 고유의 표기체계로서 한글은 15세기 세종대왕에 의해 창제되었으나, 19세기 이전까지 기록문학의 중심적 지위는 한자/한문이 차지하고 있었다. 한글이 국가 공식 표기로서 위상이 높아지게 된 것은 19세기 말에 이르러서이다. 1894년 갑오개혁을 통해 국한문체가 국가 공용어로 자리잡게 되자 한글문학은 크게 발전을 이루어 한문문학 대신 문학의 중심이 된다. 이러한 역사적 변화 속에서 이광수는 과거 동아시아의 공통 문어로 막강한 위세를 간직하고 있던 한문 대신에 한국어를 표현할 수단으로서의 한글의 가능성을 높이 샀다. 곧, 이광수의 「문학이란 하오」는 중국 중심의 제국질서가 붕괴되고 민족 간 경쟁과 각축의 시대로 진입하는 역사적 전환기를 목도하면서 한글로 쓴 기록문학을 특권화했던 것이다.

문학의 근대적 전환은 매체뿐만은 아니었다. 이광수가 문학이라고 번역했던 '리터러쳐'가 현재와 유사한 의미를 가지게 된 것은 그리 오래지 않았다. 조나단 컬러(Jonathan Culler)에 의하면, 영어권에서 리터러쳐라는 말이 현재와 같은 체계를 갖춘 것은 1800년 전후라고 한다. 그 이전에 리터러쳐라는 말은 동아시아의 '문(文)'의 개념과 크게 다르지 않은 의미, 곧 저작이나 기록, 혹은 지식과 같은 의미로 사용되었다. 그런데 19세기를 전후해 리터러쳐라는 말이 부각되면서 시나 소설 같은 하위장르를 포함하는 개념으로 새롭게 조정되었다. 이 과정에서 전통적인 의미와 새로운 의미 사이의 혼란과 갈등이 있었던 것은 당연한 일이었다. 어렵사리 형성된 리터러쳐라는 개념은 철학의 하위분과인 미학의 발전과 함께 지식의 측면을 완전히 배제하고 상상력의 영역을 관장하는 개념으로 정착되었다.

이렇게 정착된 리터러쳐라는 개념은 19세기 일본에서 쓰보우치 소요(坪內

逍遙)라든가 시마무라 호게츠(島村抱月) 등에 의해 수입되어 일본에 정착되었고, 일본에 유학을 갔던 이광수에 의해 다시 조선에 도입되었다. 이러한 양상은 중국의 경우에도 크게 다르지 않았다. 19세기 중엽 중국에서는 영어권 선교사들에 의해서 새로운 문학 개념이 전해졌지만, 허구를 높이 평가하지 않는 중국의 전통적인 문학관 때문에 쉽게 받아들여지지 않았다. 이후 이 개념은 전통적인 '문(文)'의 관념이 약화되고 서구의 문화적 주도권이 보다 강화된 19세기 말, 일본에서 유학했던 양궈웨이(王國維), 저우쭤런(周作人) 등에 의해 도입된다. 이때 근대적인 의미의 '문학' 개념이 동아시아에 정착하게 되는 과정은 근대 동아시아에서 지식이나 학문의 유통 과정을 잘 보여준다. 문화적 주도권을 장악한 서구의 지적 성과물들은 동아시아의 선두주자인 일본을 거쳐 중국이나 한국으로 퍼져나갔다. 일본은 서구와 동아시아 사이의 문화적 매개자로서 지위를 차지하게 된 것이다.

감추어진 매개로서 중국문학

동아시아에서 일본이 차지했던 매개자로서의 지위는 오랫동안 지속된다. 특히 일본의 식민지로 전락한 한국에서는 일본을 통한 지식과 문화의 수용 양상이 더욱 심화된다. 러일전쟁에서 승리한 일본은 대한제국을 본격적으로 식민화하면서 보통교육의 영역에 일본어를 도입했고, 주권을 완전히 박탈한 뒤에는 조선교육령을 제정하여 식민지 교육정책을 본격적으로 시행했다. 식민지 교육이 시행되면서 일본어는 '국어'로서의 지위를 차지하게 되었고, 한국어는 '조선어'라는 이름의 지방어로 밀려나게 되었다. 한국어의 위기는 대동아공영을 내건 침략전쟁이 제2차 세계대전으로 확대되면서 더욱 심화되는데, 이제 일본어는 지식을 전하는 언어로서만이 아니라 일상에서도 쓰이는 생활어가 되어야 했다. 이처럼 제국과 식민지, 국가어와 일상어, 일본어와 한국어 사이의 권력관계를 염두에 둔다면, 한국어문학과 일본어문학 사이의 영향 관계 또한 일방적인 방식으로 진행될 수밖에 없었으리라 짐작할 수 있다. 실제로 일제강점기 동안 한국문학에 대한 일본문학의 영향력, 곧 비교문학적 방법론의 용어를 빌려 그 원천(source)을 밝힌 연구들을 살펴보면 민족적 열패감에 휩싸이기도 한다.

그런데 이는 한국문학이 성장하고 발전하는 데 영향을 준 것을 일본문학으로만 한정하는 선입견에 따른 결과이기도 하다. 물론 일제 식민지를 경험한 한국문학에 있어 일본문학의 영향력은 부인할 수 없는 사실이다. 하지만 이를 인정한다고 해도 일본문학만이 원천의 역할, 혹은 매개자의 역할을 했던 것은 아니다. 특히 한국근대문학이 성립되던 시기를 살펴보면, 일본문학 못지않게 중국문학이 중요한 영향력을 행사했음을 알 수 있다. 19세기 말, 20세기 초만 하더라도 지식인 대부분이 한문 해독 능력을 보유하고 있었기 때문이다. 서구문학에서 일본문학을 거쳐 한국문학으로 전해진다는 선입견과는 달리 훨씬 다양한 양상을 띠고 있었다. 어떤 경우에는 일본문학의 자리를 중국문학이 차지해서 서구문학에서 중국문학으로, 중국문학에서 한국문학으로 전해지는 양상이 나타나기도 하고, 또 어떤 경우에는 서구문학에서 일본문학, 중국문학을 거쳐 한국문학으로 이어지기도 한다.

이와 관련해서는 쥘 베른(Jules Verne) 소설의 번역 양상이 매우 적절한 사례가 될 수 있다. 당시 쥘 베른의 소설에 대한 관심은 동아시아의 공통적인 현상이었다. 먼저, 일본은 여러 사람들에 의해 쥘 베른의 작품이 번역되었다. 1878년 가와시카 추노스케(川島忠之助)는 프랑스 체재 경험을 바탕으로 『80일간의 세계 일주(八十日間世界一周)』를 일본에 소개한 이후, 쥘 베른의 소설에 깔린 과학주의 정신을 널리 알리는 것이 근대 국가 건설에 도움이 될 것이라는 생각에 여러 작품을 번역했다. 이러한 상황은 중국도 크게 다르지 않았다.

1900년 여류시인이었던 쉬샤오훼(薛紹徽)가 남편 첸쉬오펑(陳壽彭)의 도움을 받아 『80일간의 세계일주(八十日環游記)』를 번역한 후, 쥘 베른의 소설이 연이어 중국에 소개된다. 그녀가 번역한 『80일간의 세계일주』는 역술(譯述)이 유행하던 당시의 일반적인 번역 태도와는 달리, 영역본에 근거하여 원문을 충실히 번역한 것이었다. 이 시기 중국과 일본에서는 쥘 베른의 대표작들이 거의 번역되었다.

일본과 중국에서 쥘 베른의 소설이 큰 관심을 끌었던 것은 서양의 과학문명을 수용하여 부국강병을 도모하려는 시대정신 때문이었다. 잘 알려져 있다시피 쥘 베른은 19세기 자연과학의 발흥에 따른 학문적·기술적 지식을 이용하여 과학소설이라는 장르를 발전시킨 작가이다. 따라서 서구의 자연과학을 수용하여 시대적 과제를 해결하고자 했던 동양의 지식인들은 쥘 베른의 작품을 통해서 자신들의 계몽적 목적을 달성하고자 했다. 서세동점의 위태로운 국제 정세 속에서 국가적 독립의 길을 모색해야 하는 시대적 요청이 과학소설에 대한 관심을 불러일으킨 것이다.

한국의 지식인 또한 마찬가지였다. 1907년 3월부터 1908년 5월까지 『태극학보』에 「해저여행」이라는 제목으로 「해저 2만리(Vingt mille lieus les mers)」의 일부가 번역되었고, 1908년 11월에 회동서관에서 『철세계(鐵世界)』라는 이름으로 『인도 왕비의 유산(Les cinq cents millions de la Begum)』이 번역되었으며, 1912년 2월 5일에는 동양서원에서 『십오소호걸』이라는 제목으로 『십오소년 표류기(Deux ans de vacances)』가 번역되었다. 이 가운데 「해저 2만리」를 번역한 이는 당시 일본에 유학 중이던 박용희인데, 그가 저본으로 삼았던 것은 다이헤이 산지(太平三次)가 일본어로 번역한 「오대주중 해저여행(五大洲中海底旅行)」이었다. 상·하권으로 발행된 이 책은 총 39회로 나뉘어져 있고 각 회에는 제목이 붙어 있는데, 이 제목들은 박용희 번역의 「해저여행」과 대부분 일치한다. 일본어 번역본의 순서에 따라 매 회 축약하여 번역하면서,

번역자의 의도에 따라 내용을 삭제하거나 첨가한다. 번역자가 독자의 수준에 맞게 상당 부분을 첨삭하여 출판하는 것은 당대의 번역 관행이었다. 박용희 역시 계몽적인 의도를 달성하기 위해 자의적으로 수정하거나 첨삭하는 역술의 방식을 따르고 있다.

「해저여행」이 연재된 지 얼마 지나지 않아 쥘 베른의 또 다른 작품이 이해조에 의해 번역되어 출판된다. '과학소설'이라는 표제를 달고 있는 『철세계』(회동서관, 1908)가 바로 그것이다. 이 소설의 원작은 『인도 왕녀의 오억 프랑』으로, 1887년 모리다 시겐(三田思軒)이 영역본 *The Begum's Fortune*(1880)을 저본으로 하여 일본어로 번역한 바 있다. 이는 처음에 「불만이학사의 이야기(佛曼二學士の譚)」라는 제목으로 『우편보지신문(郵便報知新聞)』에 1887년 3월부터 5월까지 연재되었으나, 같은 해 9월 동경 집성사(集成社)에서 단행본으로 간행될 때에는 『철세계(鐵世界)』로 제목이 바뀌었다. 이후 모리다 시겐의 일본어 번역본 『철세계』는 1903년 6월 중국 작가이자 번역가인 바오티엔샤오(包天笑)에 의해 중국어로 번역되어 상해 문명서국에서 출간된다.

그렇다면 1908년 11월에 번역된 이해조의 『철세계』는 일본어 번역본과 중국어 번역본 중 무엇을 저본으로 삼았을까. 한국과 중국, 그리고 일본에서 번역·출간된 세 작품의 목차를 비교해 보면, 일본어 번역본과 중국어 번역본 사이에는 적지 않은 차이가 있지만, 중국어 번역본과 한국어 번역본 사이에는 차이를 거의 발견할 수 없다. 이해조가 일본어에 능숙하지 않아 『화성돈전』, 『윤리학』, 『십오소호걸』 등을 번역할 때 모두 중국어본을 참조했던 것을 미루어 보건대, 『철세계』 또한 중국어 번역본을 참조했다고 보아야 할 것이다. 따라서 쥘 베른의 『인도 왕녀의 오억 프랑』(1879)은 영역본(*The Begum's Fortune*(1880))에서 일역본(『佛曼二學士の譚』/『鐵世界』(1887)), 그리고 중국어본(『科學小說 鐵世界』(1903))을 거쳐 한국어본(『鐵世界』(1908))으로 번역되었던 셈이다.

이처럼 언뜻 보기에 일본문학을 매개로 한 경우처럼 보이더라도 실제로는 중국문학을 거친 경우를 이해조만으로 한정지을 필요는 없다. 신채호, 박은식과 같이 대한제국기에 활동했던 많은 지식인들은 일본보다는 중국에 사상적인 친연성을 가지고 있었고, 독서의 원천 역시 중국에 뿌리를 두고 있었다. 일제강점기 이후에 이루어진 이중언어 상황으로 말미암아 한국문학의 원천을 일본문학에서만 확인하는 관행이 일제강점기 이전을 바라보는 시선에까지 영향을 미쳐 사실과는 다른 모습으로 문학사를 구성했던 것이다. 대한제국기는 말할 것도 없고, 일제강점기에 이르기까지 한문을 지식인의 소양으로 여겼던 인물이 적지 않았기 때문에 중국문학은 숨은 매개자 역할을 꾸준히 수행하고 있었다고 보아야 할 것이다.

나가며

우리는 흔히 국가나 민족의 문화 속에 고유한 것이 존재한다고 믿지만, 사실 모든 문화는 끊임없이 다른 문화와 교류하면서 자신의 영향력을 확장하려는 속성을 가지고 있다. 고유한 것을 지킨다는 것, 그래서 다른 문화를 배타시하는 폐쇄성을 지닌다는 것은 어쩌면 문화로서의 생명력을 잃어버리는 일이다. 살아있는 문화는 다른 문화 속에서 긍정적인 요소를 수용하고, 자신이 간직하고 있는 요소들과 융합하여 새로운 문화로 변화하는 까닭이다. 각 문화의 정체성은 고정된 것이 아니라 변화의 과정에서 드러날 수 있으므로 외국문화의 수용이나 모방은 부정적인 의미보다는 긍정적인 의미를 지닌다. 이처럼 모방 관계 속에서 개별 문화들이 서로 교류하고 영향을 주고받는 것이라면, 문화 교류를 원천과 모방의 관계로 바라보는 고정된 인식은 재고될 필요가 있다.

초창기 한국근대문학 연구에서 가장 중요한 인물로 평가받는 임화는 한국근대문학을 서구문화의 일방적인 이식과 모방의 과정이라고 정의했다고 알려져 있다. 임화의 '이식문학론'은 한국문학사의 콤플렉스를 불러일으키며 한국문학계의 논쟁을 촉발해왔다. 그런데 간과하지 말아야 할 점은 임화가 근대문학을 이렇게 정의하면서도 서구문학과 한국문학의 관계를 일방적인 영향 관계로 환원하지 않았다는 점이다. 외래문화에 의해 고유문화가 해체되고 패배하는 과정을 정치적 침략의 정신적 표현이라고 본 임화는 이식문학사의 형성과 함께 내재적으로 이식문학사를 해체하는 과정 또한 진행되고 있다고 말한다. 다시 말해, 외래문화가 일차적으로 이식된다고 하더라도 이차적으로는 고유문화와 교섭이 이루어진다는 것이다. 따라서 우리가 쉽게 오해하는 것처럼 이식문학론을 무조건적인 영향 관계로 이해할 필요는 없다.

임화에게 있어 낡은 문화로부터 새로운 문화로 나아가는 창조 과정은 고유문화와 이식문화의 역사적 교섭이며, 이것이 바로 '이식'이라는 과정 자체의 변증법적 성격이라고 할 수 있다. 만약 서구의 동양 진출, 그리고 이에 편승한 일본의 한국 침략이 없었더라면, 우리는 자생적으로 근대화의 길에 들어설 수 있었을지도 모른다. 하지만 자생적인 근대화의 길이 갑오농민전쟁의 실패와 함께 폐쇄된 대신 반민중적이고 외세 의존적이었던 갑오개혁이 이루어지면서 새로운 문화의 탄생 역시 이식의 역사로 이어졌다. 그러나 이식은 그 자체로 멈추지 않는다는 점을 기억할 필요가 있다. 역사적 주체를 통해 고유문화와 이식문화가 교섭하면서 계속해서 새로운 문화를 창조해 나가기 때문이다. 전통과 외래, 고유와 이식, 모방과 창조는 결코 고정된 방식이 아니라 시간 속에서 역사적으로 이해될 필요가 있다.

─── 더 읽어보기

김종욱, 「쥘 베른 소설의 한국 수용과정 연구」, 『한국문학논총』 49, 한국문학회, 2008.

김병철, 『한국근대번역문학사연구』, 을유문화사, 1975.

상하이 임시정부와 한국문학

김종욱

들어가며

제1차 세계대전 직후 열린 1919년 파리 강화회의에서 당시 미국 대통령이었던 윌슨은 '민족자결주의'를 주창했다. 이는 원리적으로는 식민지나 점령지역의 민족에게도 정치적 미래를 결정할 수 있는 자결권을 인정해야 한다는 주장이었으나, 실제로는 패전국의 식민지에만 적용되는 원칙이었다. 다시 말해, 제1차 세계대전에 연합국으로 참전한 일본의 식민지에는 해당될 수 없었던 셈이다. 이처럼 반쪽짜리 내셔널리즘이었다고는 하나 민족자결원칙은 세계 개조론의 핵심으로 부상했고, 이에 새로운 세계 체제가 출범한다. 파리강화회의 베르사유 조약, 그리고 국제연맹으로 이어지는 급변하는 세계 정세에 조응하여 한국에서도 3.1운동이 일어나게 된다.

3.1운동의 결과 국내외에는 여러 임시정부가 수립되었다. 가장 먼저 3월 17일 연해주에서 대한국민의회가 성립되었고, 4월 11일에는 상하이에서 대한민국임시정부가, 4월 23일에는 서울에서 임시정부가 수립되었다. 그리고 여러 개의 임시정부는 1919년 9월에 이르러서 대한민국 임시정부가 통합정

부 형태로 수립된다. 이때 중요한 점은 임시정부가 민주공화제라는 국체를 표방했다는 것이다. 돌이켜 보건대 민주공화제는 한국의 역사에 한 번도 존재하지 않았던 형태였다. 과거 대한제국이라고 하는 국가가 존재했었으나, 그것은 민주국이 아니라 군주국이었다. 그런데 대한제국이 멸망한 지 10년 만에 대한민국이 새롭게 수립되면서 그 주권이 군주가 아닌 일반 국민에게 있음을 천명한 것이다. 3.1운동은 독립운동이기도 하지만, 동시에 한국의 민주주의 발전에 있어서 가장 획기적인 사건이기도 했다. 이렇듯 3.1운동이 끝난 이후 독립운동가들이 민주주의에 대한 열정을 갖게 되었을 때, 그것이 가장 집약된 곳이 바로 대한민국 임시정부가 있던 상하이였다. 이로써 정치인들뿐 아니라 많은 문학인들이 상하이로 모이게 되었다.

상하이로 간 문인들 1: 이광수

상하이에 모였던 여러 정치인 중에 한국문학에 가장 큰 영향을 미쳤던 인물은 도산 안창호이다. 안창호는 1913년 5월 미국 샌프란시스코에서 흥사단이라고 하는 단체를 만들었다. 흥사단은 대한제국 시절 신민회 산하의 청년학우회를 계승한 단체로 "우리 민족 전도 대업의 기초를 준비함"을 목적으로 삼았다. 흥사단이 만들어진 후 약 6년 여의 시간이 지난 후 안창호는 미국에서 3.1운동 소식을 듣게 되고, 이에 4월 초 미주 지역 한인들을 대표하는 자격으로 샌프란시스코를 출발하여 약 두 달만에 상하이에 도착한다. 이후 안창호는 6월 28일 상하이 임시정부의 내무총장으로 취임하여 본격적인 활동을 펼친다.

내무총장으로서 안창호의 활동 가운데 문학인들과 긴밀한 관계가 있었던 것은 특히 두 가지다. 첫 번째가 사료편찬위원회를 구성한 일이다. 사료편찬위원회는 국제연맹이 만들어지면서 거기에 제출할 목적으로 「한일관계사료집」, 즉 일본이 부당하게 조선을 식민지로 만들었던 역사적 사실을 담은 사료집을 편찬하게 되는데, 당시 저명한 문학가였던 이광수를 주임으로 내세우고, 신진 문학인이었던 주요한 등을 참여시켰다. 사료편찬위원회는 「한일관계사료집」 네 권을 만들고 해산한 뒤 임시정부 기관지 『독립신문』의 창간으로 이어진다. 『독립신문』 또한 이광수가 중심이 되어 사장 겸 주필을 맡았고, 주요한은 동인지 『창조』의 실무를 맡았던 경험을 살려서 출판부장으로 일하게 된다.

안창호는 사료편찬위원회와 『독립신문』을 거쳐 상하이 지역에 흥사단 원동임시위원부를 조직한다. 미주 지역에만 국한되어 있던 흥사단 조직을 상하이 지역까지 확장한 것이다. 『독립신문』 사장이었던 이광수는 1920년 2월 무렵 단우번호 103호로 흥사단 단원이 된다. 상하이 지역에서는 첫 번째로 가담한 흥사단 단원이었지만, 미주 지역까지 고려하여 103번째 단원이라는 뜻이다. 그리고 주요한이 104호 단원으로 가입하게 된다. 이렇게 상하이를 중심으로 흥사단 원동임시위원부가 출범하면서 한국문학에 흥사단의 이념이 깊은 영향을 미치게 된다.

흥사단 원동임시위원부 시절 이광수와 주요한은 다양한 활동을 펼친다. 먼저, 이광수는 독립신문사 주필 겸 사장으로 있으면서 여기에 여러 작품을 발표했다. '기월'이라는 필명으로 발표된 소설 「피눈물」은 학계의 연구를 참조하건대 이광수의 작품으로 추정된다. 이 소설은 1919년 3월 5일 서울을 배경으로 만세 시위를 주도했던 학생단 대표 윤섭과 여학생 정희를 남녀 주인공으로 삼고 있다. 정희는 본래 민족의식이 옅은 인물이었으나 몇몇 사건을 거치면서 민족적 각성을 이루어 마침내 학생 만세 시위에 적극적으로 참여하게 된다. 그녀는 시위대의 맨 앞에 섰다가 헌병에게 두 팔이 잘리고, 그 광경을 본 윤섭이 도와주려다 죽음에 이른다. 이 소설의 마지막 대목

"총과 칼이 우리 육체는 죽일지언정 정신은 못 죽이리라. 우리는 죽거든 귀신으로 대한 독립의 만세를 부르리라"는 당시 일본 제국에 맞서 독립을 추구했던 이광수의 결기를 짐작하게 한다.

이광수는 창작을 통해 민족의식을 고양하는 한편으로, 주필로서의 활동에도 적극적이었다. 『독립신문』 창간호부터 14회에 걸쳐 연재되었던 「개조」라고 하는 논설도 주목할 만한 글이다. '장백산인'이라는 필명으로 발표된 이 글은 이광수가 독립운동을 이끌어가는 여러 노선 중에서 실력양성론에 기대어 있음을 보여준다. 예컨대, 이광수는 우리 민족이 독립을 하기 위해서는 일본이 스스로 우리 땅을 뱉어낼 만큼 힘을 가져야 하며, 동시에 세계 열강이 대한의 독립을 승인할 만큼 충분한 실력을 갖추어야 한다고 역설한다. 또, 대한민국 임시정부가 독립전쟁의 해로 선포한 1920년에는 「전쟁의 해」라는 논설에서 임시정부의 공식 입장을 따르고는 있지만, 그는 전쟁을 내세우면서도 그 전쟁을 성공적으로 이끌기 위해서 준비가 필요하다는, 곧 안창호의 노선이라 할 수 있는 전쟁준비론을 설파한다.

이처럼 이광수는 『독립신문』 사장 겸 주필로서 임시정부의 노선을 충실하게 대변하는 언론인으로 활동하면서도 시와 소설을 창작하는 문학인의 꿈을 버리지 않았다. 『창조』 동인으로 참여하여 시 「미쁨」(『창조』 6, 1920.5.), 「강남의 봄」(『창조』 7, 1920.7.), 수필 「H군에게」(『창조』 7, 1920.7.), 논설 「문사와 수양」(『창조』 8, 1921.1.) 등을 발표한 것이다. 이 가운데 「문사와 수양」은 문학인으로서 이광수의 내면을 추측하게 하는 중요한 글이다. 우선 이 글에는 '문사'라는 낯선 용어가 등장하는데, 이는 안창호의 흥사단과 관련이 있어 보인다. 안창호는 흥사단에서 선비를 만들어야 한다고 주장하면서, 그 선비를 정신적 능력을 갖춘 '문사'와 힘을 가진 '무사'로 구분한 적 있다. 즉, 문사와 무사를 통틀어 선비가 되고, 그 선비들을 길러 나가는 것이 흥사단의 목표였던 것이다. 따라서 이광수가 『창조』에 참여하면서 문사의 삶을 강조하는 대목은 무사의 길을 접어두고 문사의 길을 걷고자 했던 이광수의 내면으로 읽을 여지가 충분하다. 실제로 이광수는 1921년 4월 무렵 독립운동가의 삶을 그만두고 상하이에서 귀국한다. 당시 『조선일보』에는 이광수가 귀순증을 휴대하고 의주에 도착했다는 기사가 실리기도 하는데, 이로 인해 이광수는 상하이 임시정부를 버리고 일제 총독부에 귀순했다는 비난을 받는다. 「민족개조론」(『개벽』, 1922.5.) 역시 이러한 의혹과 비난을 부채질한다.

국내에서 많은 비난을 받아야 했던 이광수는 1922년 2월 흥사단 국내 지부 형태로 수양동맹회를 결성한다. 이때 흥사단의 설립 목적이었던 "우리 민족 전도 대업의 기초를 준비함"이라고 하는 구절이 총독부 허가를 받지 못할 것임을 알고, "조선 신문화 건설의 기초를 준비함"이라고 바꾸게 된다. 민족의 전도 대업이 조선 신문화 건설이라는 목표로 바꾼 것은 안창호가 이끌던 흥사단 노선과 균열을 내포한 것이었다. 이광수가 문화의 영역에서 벗어날 수 없었다는 것을 수양동맹회의 설립 목적에서 짐작해 볼 수 있는 것이다. 이후 수양동맹회는 평양에서 만들어진 동우구락부와 합쳐져 1926년 1월 수양동우회가 되고, 흥사단 국내 지부로서의 성격을 얻게 된다. 이광수가 서울에 수양동맹회를 만들고 김동인의 형 김동원이 평양에서 동우구락부를 만들어 흥사단 이념을 따르는 두 개의 조직이 분열되어 나타나자 안창호가 이광수를 베이징에 불러 두 단체의 합동을 제안했던 것이다.

상하이로 간 문인들 2: 주요한

이광수와 함께 흥사단 원동임시위원부에 참여했던 또 다른 문학인은 주요한이었다. 주요한은 1913년 동경 유학생 선교 목사가 된 아버지를 따라 일본에 건너갔고, 일본 메이지학원 중등부 시절부터 문학에 관심을 가지고 일본어 시를 창작했다. 1915년 무렵엔 당시 일본의 저명한 시인이었던 가와지 류코(高川之)의 문하에서 시를 공부했고, 1918년에는 가와지 류코의 추천으로 『현대시가』잡지에「미광(微光)」이라는 시를 실었다. 그러나 이 무렵부터 주요한은 일본어 대신 한국어로 시를 쓰기로 결심하고, 당시 유학생들의 잡지인 『학우』에 「에튜드」를 발표한다. 또, 1919년에는 『창조』에 우리나라 최초의 자유시로 평가받는「불놀이」를 발표한다.

주요한의 문학에 대한 열정은 3.1운동을 거치면서 다른 방향으로 흘러간다. 동경제일고보는 동경제대 예과의 성격을 띠었기 때문에 이 학교만 졸업한다면 동경제대에 진학하는 것이 보장되어 있었다. 달리 말해, 출세가 보장되어 있던 것이다. 그러나 주요한은 안락한 길 대신에 상하이 임시정부에 합류하는 길을 선택한다. 1919년 봄 주요한이 고향에 돌아왔을 때, 일본에서 『창조』를 만들었던 김동인, 일본에서 함께 유학 생활을 했던 주요섭이 모두 3.1운동에 참여했다가 투옥되어 있었다. 이에 그는 임시정부가 수립되었다는 일본 신문의 기사를 보고 무작정 상하이로 떠난다. 그리고 상하이 임시정부에서 안창호, 이광수를 만나 대한민국 임시정부의 사료편찬위원회, 임시정부 기관지 『독립신문』 창간 멤버로 합류하게 되고, 마침내 1920년 2월에는 이광수의 뒤를 이어 흥사단 단원이 되었다.

『독립신문』의 출판부장을 맡았던 주요한 또한 이 신문에「가는 해 오는해」,「즐김 노래」,「조국」,「새해 노래」등 여러 편의 시를 실었다. 여기에 실린 시들은 주요한의 전작들과 시풍을 달리하는데, 가령「불놀이」가 최초의 자유시로 평가받을 만큼 고정된 율격에서 벗어나 개인의 내면을 드러내고 있다면,『독립신문』에 실린 시편들은 보다 격정적 어조에 반복적인 율격으로 독립운동의 정당성을 노래한다. 훗날 주요한의 회고에 따르면, 당시 『독립신문』 발간에 전념하느라 문학적 실험을 하기는 어려웠다고 한다.

1920년 4~5월 주필이었던 이광수가 병으로 일을 할 수 없게 되자, 주요한은 그를 대신해 「정치적 파공」, 「적수공권」 두 편의 논설을 발표한다. 특히 「적수공권」은 영국에 대하여 독립전쟁을 벌이고 있는 아일랜드를 염두에 두고 쓴 글로, 여기에서 주요한은 평화적 전쟁에 대한 나름의 방법을 제시한다. 관리가 되는 것을 거부하고, 납세를 거절하며, 그다음에는 정치적 파업을 벌여야 한다는 것이다. 그런데 「적수공권」은 『독립신문』이 폐쇄되는 빌미가 된다. 일본 영사관에서 「적수공권」의 논조가 매우 과격하다는 것을 이유로 프랑스 조계에 항의를 하게 되고, 프랑스 당국이 이를 받아들여 『독립신문』을 3개월 간 폐쇄한 것이다. 1921년 초 이광수가 귀국한 뒤 주요한은 『독립신문』 주필을 맡아 본격적으로 논설을 발표하지만, 1921년 6월 무렵 『독립신문』이 다시 한번 폐쇄 명령을 받게 되면서 『독립신문』을 떠나 후장대학 공업화학과에 진학하게 된다.

이후 주요한은 후장대학 학생으로서 활발한 활동을 한다. 축구부, 야구부 같은 운동 서클에서도 활동하고, 학교 교지였던 「천뢰(天籟)」의 편집겸 총무를 맡기도 했다. 또, 흥사단 계열의 화동유학생연합회에서 활동하다가 1922년 4월에는 화동유학생연합회 대표 자격으로 베이징에서 열린 만국기독교청년대회에 참석하기도 했다. 그리고 1923년 임시정부 개조를 위한 국민대표회의가 열리게 되자 유학생 대표로서 이들을 환영하는 연설을 했다. 하지만 국민대표회의가 끝내 성과를 내지 못하고 결렬되자, 주요한은 여기에 참여했던 여러 정치가들에게 환멸을 느끼며 다시 문학의 길로 돌아오게 된다.

이처럼 상하이 임시정부에 참여해서 독립운동의 꿈을 가지고 있었던 이광수와 주요한이었지만, 이들은 다른 한편 문학에 대한 열정 또한 완전히 포기하지는 못했다. 두 사람 모두 문학과 정치 사이에서 흔들리다 다시 문학인의 길로 돌아왔지만, 이후 이들이 걸었던 길은 다르다. 주요한이 귀국한 것은 흥사단의 기관지를 발간하기 위해서였다. 흥사단이 미국의 미주본부와 상하이의 원동임시위원부, 그리고 이광수가 주도한 국내의 수양동우회 이렇게 세 개의 조직으로 확장되자 세 입장을 통일하기 위한 기관지가 필요했던 것이다. 그런데 흥사단의 기관지『동광』을 맡았던 주요한은 이광수와 견해 차이를 보인다. 이광수가 수양동우회를 수양단체로서 고수하고 그래서 신간회와 같은 정치 조직에의 가입을 반대했던 것과 달리 주요한은 수양동우회도 정치 단체의 성격을 가질 수 있고 그래서 신간회에 가입해야 한다는 입장을 견지했다. 즉, 수양동우회의 성격을 수양 단체로 볼 것인가 정치 단체로 볼 것인가 하는 데서 두 사람의 입장은 차이가 있었던 것이다.

결국 두 사람의 갈등 속에서 1929년 11월 수양동우회는 앞에 '수양'을 떼고 동우회라는 이름으로 바뀌게 된다. 수양의 성격을 줄이고 정치 단체로서의 성격을 드러냈다는 점에서 주요한의 노선이 좀더 설득력을 얻었음을 보여준다. 또, 이전에 수양동우회가 조선 신문화운동을 내세웠다면, 동우회는 신조설 건설을 전면에 내세웠다. 이렇게 1920년대 말 수양동우회를 둘러싸고 이광수와 주요한은 입장 차이를 보였고, 이는 주요한의 노선이 승리한 것처럼 보였다. 그러나 1930년대 후반 동우회가 일제 탄압을 받게 되면서 주요한의 노선 또한 비판을 받게 된다. 만약 이 단체가 수양동우회로 남아 있었더라면, 곧 정치 단체로 변화하지 않았더라면 흥사단의 본래 목적을 달성할 수 있지 않았을까 하는 아쉬움이 있었던 것이다.

나가며

안창호의 흥사단은 이광수와 주요한에게 서로 다른 모습으로 이어졌다. 주요한의 노선이 한때 승리한 것처럼 보였지만, 일제 탄압과 함께 그 활동을 할 수 없게 되자 최종적으로는 이광수의 노선이 흥사단의 중심으로 자리 잡게 되었다. 흥사단을 정치 단체가 아니라 수양 단체로 바라보는 이러한 태도는 이후 우리가 한국문학사에서 흥사단의 이념을 준비론으로 한정 짓는 중요한 원인이 된 듯하다. 하지만 안창호의 노선이 이광수의 노선과 동일한지에 대해서는 여전히 의문스럽다. 주요한은 이광수와는 달리 안창호를 해석하였고, 또 흥사단 단원이었던 주요한의 동생 주요섭 또한 다른 입장을 보여 준 바 있다. 따라서 상하이에서 있었던 흥사단 원동임시위원부의 활동을 곧바로 이광수와 일치시키는 것은 당대의 다양한 사상적 모색을 단순화하는 것다. 이광수와 주요한, 혹은 더 나아가 주요섭까지 함께 고려해야만 안창호와 흥사단이 한국근대문학에 미친 영향을 분명하게 알 수 있을 것이다.

—— 더 읽어보기

김종욱, 『한국문학의 동아시아적 지평』, 역락, 2022.
김종욱, 「이광수, 신민회 그리고 량치차오」, 『춘원연구학보』 12호, 춘원연구학회, 2018.

귀환의 여로와 식민주의 의식의 극복

김종욱

들어가며

1910년 일본의 국권 침탈은 한국인의 해외 이주를 본격화하는 계기가 되었다. 토지조사사업 등을 통해 일본의 식민지 수탈이 본격화되면서 생존의 위협을 느낀 많은 이들이 해외로 떠났다. 또, 어떤 이들은 국권 회복을 꿈꾸며 망명의 길을 떠나고, 어떤 이들은 일확천금의 꿈을 꾸며 만주로 건너가기도 했다. 1940년대에는 징용과 징병에 동원되어 강제로 해외에 끌려간 경우도 적지 않았다. 해방 직전 해외에 거주했던 사람이 450여 만 명에 이른다고 추정하는 연구가 있을 만큼 해외 이주민의 숫자는 많았다. 그런데 일본 제국이 붕괴되자 정반대의 현상이 나타난다. 한국의 경우, 일본 본토 혹은 만주 등지로 떠났던 사람들이 다시 한반도로 돌아오기 시작한다.

귀환이 하나의 사회 현상이 되자 문학도 자연스럽게 여기에 관심을 가졌다. 예컨대, 엄흥섭의 「귀환일기」는 일본에서 귀환하는 하층민 여성의 애환을 그리고 있고, 김동리의 「혈거부족」이나 계용묵의 「별을 헨다」, 채만식의 「소년은 자란다」 등은 만주에서 돌아오면서 품은 해방에 대한 기대, 그러나 그것들이 좌절되는 현실을 그리고 있다. 귀환을 다룬 작품 가운데 허준의 「잔등」은 해방 이후의 현실 속에서 새롭게 발견되는 지배와 복종, 폭력과 반폭력, 원한과 복수 그리고 화해의 문제를 다루고 있는 수작이다. 이 글은 허준의 「잔등」에 나타난 식민주의 의식에 대한 비판과 반성을 살펴보고, 해방의 참된 의미를 살펴본다.

추방의 역사와 귀환의 여로

「잔등」(『대조』, 1946.1.~6.)의 주인공이자 초점화자인 '나'는 창춘을 떠나 길림을 거쳐 회령에 도착한다. 이튿날 '나'는 회령역에서 차를 놓치는 바람에 창춘에서 함께 온 '방'과 헤어진다. 다행히 트럭을 얻어 타고 청진 인근의 수성에 도착한 '나'는 이곳에서 뱀장어를 잡는 소년과 국밥 파는 노파 두 사람을 만난다. 다음 날 '방'을 다시 만나 그의 누이 집에서 머물다 서울을 향해 출발한다. 이처럼 「잔등」의 여로는 공간적으로는 창춘에서 서울까지, 시간적으로는 한달 남짓이다. 주인공의 여정은 창춘에서 회령, 회령에서 청진, 그리고 청진에서 서울로 분절된다. 만주에서 회령까지의 길은 '방'과 함께 하는 귀환이고, 회령에서 청진까지는 '방'과 헤어져 혼자 경험한 길이며, 다시 청진에서 서울까지는 '방'과 동행한다. 이때 「잔등」의 서사적 핵심은 시간적으로는 '방'과 헤어졌다가 다시 만날 때까지의 만 하루 동안의 시간이며, 공간적으로는 회령에서 청진에 이르는 길이다.

그런데 「잔등」의 주인공이 삶의 터전이었던 만주를 떠나 국내로 귀환하는 목적은 분명하지 않다. '나'는 귀국의 동기를 본능적인 향수의 차원에서 설명할 뿐이다. '나'는 강가에서 뱀장어를 잡는 소년을 만나는데, 그가 모래밭에 던져 둔 뱀장어가 본능적으로 물을 찾는 모습을 보며, 사람뿐 아니라 동물도 모두 근원을 향한 향수에 사로잡혀 있다고 여긴다. '나'는 물고기의 생명에 대한 본능적 지향이나 이주민들의 고향을 향한 그리움을 모두 보편적인 '철리(哲理)'로 받아들인다. 그러나 뱀장어 잡는 소년은 이러한 '나'의 믿음을 깨트린다. 소년은 뱀장어를 사 먹을 수 있을 만큼 경제적인 여유를 지닌 일본인을 찾아내는 역할을 담당하고 있었다. 소년에게 있어서 일본인은 한마디로 '미꾸라지 새끼'에 불과하다. 그리고 미꾸라지 새끼는 소년의 삼지창 아래에서 무참하게 죽어가는 뱀장어의 이미지와 중첩된다. 일본인, 그리고 그것의 은유적 등가물로서의 뱀장어에 대한 소년의 적개심은 '나'에게 모순적인 반응을 일으킨다. 이 땅에서 쫓겨나는 일본인의 모습이 만주에서 쫓겨나 고국으로 돌아오는 자신의 모습과 유사하기 때문이다.

사실 일본 관동군이 건설했던 만주국에서 조선인의 위치는 이중적이다. 그들은 일본인의 지배 아래 놓여 있었지만, 다른 한편으로 일본인을 대신하여 만주인을 식민 경영함으로써 자신들의 우월성을 증명하고자 했다. 만주국에 이주한 조선인들은 새로운 지배의 대상을 발견함으로써 권력의 의지를 실현했다. '일본인-조선인-만주인'이라는 위계질서 속에서 이주 조선인들은 지배자인 동시에 피해자라는 속성을 지니고 있었다. 따라서 만주인들에게 있어 조선인은 일본인과 다를 바 없이 외부에서 강제로 이식된 존재들이었고, 또한 식민의 역사를 상징하는 존재들이었다. 그러나 일본의 대리인이었던 조선인은 태평양전쟁의 종결과 함께 만주국에서 차지하고 있던 우월적 지위를 상실하게 된다. 일본의 패망은 만주국이 붕괴되는 과정이었으며, 이에 따라 만주 토착민에게는 식민의 역사를 되돌려야 한다는 역사적 책무가 부여된다. 이제 조선인들은 서둘러 이곳을 떠날 수밖에 없다. 이주민들은 축출되고 토착민들이 새로운 주인이 되어야 하기 때문이다. 이주민들에 대한 토착민의 복수를 견디지 못한 조선인들은 이제 자신의 조국으로 돌아와야만 했던 것이다.

만주에 갔던 '선량한' 조선인의 경우도 이러한 추방의 역사로부터 자유로울 수 없다. 사촌 매부처럼 일제의 수탈정책으로 말미암아 고향을 잃고 만주로 이주했던 많은 조선인들은 일본 제국주의의 피해자라고 할 수 있지만, 토착 만주인의 입장에서는 침략자 일본과 마찬가지로 자신들의 영토를 침해한 존재들이기도 했다. 그래서 일본의 패망과 함께 조선인들은 "무사할 길 없는" 존재가 된다. '나'가 서울로 돌아오는 지름길인 안봉선(安奉線)을 택하지 않고 먼 길을 돌아온 이유 또한 여기에서 비롯된다. 일본의 패망 이후 초래된 권력의 공백 상태에서 식민 대리자였던 조선인들은 비교적 안전하게 지날 수 있는 길을 선택해야 했기 때문이다. '나'와 '방'의 초라하고 유머러스한 행색 역시 이러한 역사적 상황의 산물이다. '방'이 만돌린을 입고 '나'가 짐 속에 호복을 감춘 것은 조선인 이주민이 겪을 수밖에 없었던 추방의 역사와 관련된다. 추방과 폭력의 대상이었던 조선인들이 목숨을 구하기 위해 선택했던 위장술이었다.

「잔등」의 주인공 '나'는 이러한 역사적 경험을 지니고 있는 까닭에 일본인을 향한 소년의 잔혹한 행동에 모순적인 반응을 보인다. '미꾸라지'와 같은 일본인을 향한 소년의 적개심은 삼지창 아래에서 무참하게 죽어가는 뱀장어를 통해 구체화된다. 그런데 일본인에 대한 소년의 잔인한 복수가 용납된다면 만주에서의 조선인에 대한 추방 역시 용납되어야 한다. 반대로 만주에서 조선인의 삶이 지속되어야 한다면 한국에서의 일본인의 삶 역시 보장되어야 한다. 만주에서의 조선인들이나 조선에서의 일본인들이나 모두 식민의 역사를 상징하는 이주민들이기 때문이다. 제국 일본의 패망이 식민지 토착민을 역사의 주체로 정립하는 계기라고 한다면, 만주에서 쫓겨나는 조선인이나 한국에서 쫓겨나는 일본이나 논리적으로 동등한 차원에 속할 수밖에 없다.

이처럼 일본인과 소년 사이의 갈등과 대립은 만주에서의 경험과 중첩됨으로써 복합적으로 구성된다. 그런 점에서 만주국 체험이 「잔등」에서 암시적인 형태로만 드러나는 것은 만주로부터의 추방이 일본인을 대신하여 식민정책을 수행했던 부끄러운 기억을 떠올리게 하기 때문일 것이다. '추방'은 '향수'로 대체되어 의식의 수면 밑에 깊이 은폐되는 것이다. 만주국에서 있었던 식민의 기억은 억압되어 은폐되거나 혹은 일본 제국주의에 의한 피해의 민족사로 재구성될 뿐이다.

원한의 극복과 피난민 의식

「잔등」의 주인공 '나'가 바라본 해방의 모습은 기존의 지배자들이 사라진 공간에서 펼쳐지는 원한과 복수의 드라마였다. 소년의 외모에서 풍겨나오는 오만한 태도나 부러울 만한 열렬함은 민족적 타자로서의 잔류 일본인에 대한 적개심과 폭력 위에서 성립된 것이었다. '나'는 청진 시내에 들어온 이후에도 쫓겨 가는 일본인들을 관심 있게 지켜본다. 청진 시내 일본인 특별 관리구역에서 우물물로 허기를 채우는 모습이라든가, 시장 좌판에서 일본 여인이 보여준 처량한 모습 등이 그것이다. 해방의 감격과 환희는 원한과 복수라는 폭력의 과정으로 새롭게 문맥화되고 있었다.

그러나 '나'는 국밥집 노파를 만나면서 해방의 또 다른 의미를 발견한다. 국밥집 노파는 남편과 자식을 잃고 오직 유복자인 아들에 의지하여 살았는데, 단 하나 남은 유복자마저 사회주의 운동을 하다가 해방 직전에 옥사하고 말았다. 자세히 나타나진 않지만 남편 또한 기미독립운동 때 잃은 것으로 보인다. 노파의 가족은 모두 일본 제국주의에 의해 희생되었다. 그런데 그녀는 일본인에 대해 맹목적인 적개심을 보여주는 소년과 달리 일본인에게 따뜻한 연민을 보여준다. 노파의 이러한 태도는 아들의 동지였던 일본인 '가토'의 존재에서 비롯된 것이다. "일본 사람은 일본 바다에서 나는 멸치만 잡아먹어도 넉넉히 살아갈 수 있다"라고 믿었던 '가토'의 말의 의미를 오년 만에 해득했다는 노파는 아오지에 끌려가는 일본인들이 '가도오의 종자'라 믿고 그들을 위해 밤늦게까지 국밥집의 불을 밝힌다. '나'는 이러한 노파의 연민과 동정의 자세에서 크나큰 경이와 너그러운 슬픔을 발견한다.

'나'는 이렇듯 국밥집 노파와의 만남을 통해 해방의 환희 속에 숨겨진 면을 발견하게 된다. 해방의 환희가 지배자였던 일본인에 대한 잔혹한 복수를 통해서 감득되는 것이라면, 폭력에 대한 민감한 감수성을 지닌 예술가 '나'의 시선은 그 환희의 이면에 존재하는 인간적 가치를 재발견하고 있다. 국밥집 노파는 바로 이런 약자·피해자에 대한 연민과 동정을 통해서 해방과 함께 새롭게 등장하는 강자·지배자·주인의 도덕적 허위를 비춰준다. 소년이 표상하는 것은 앞으로 이 사회를 지배할 새로운 힘을 상징한다. 실제로 해방 공간에서 지배적인 담론으로 부상한 것은 원한에 가득 찬 복수의 담론이다. 그것은 '나라 만들기'라는 이름 아래 또다시 지배와 피지배, 억압과 피억압의 역사를 반복한다. 노예의 반란은 새로운 주인의 등장일 뿐, 주인과 노예라는 권력 구조 자체가 파괴된 것은 아니었던 것이다.

허준은 「잔등」에서 소년에 대비되는 노파의 존재를 통해 주체성 내지는 민족국가 건설이라는 과제를 수행하는 과정에서 나타나는 문제적 현실, 곧 또 다른 의미에서의 토착민과 이주민 사이의 민족 갈등을 극복하고자 한다. 노파가 식민지 경험을 즉자적인 형태가 아니라 정신적인 형태로 승화시킬 수 있었던 것은 민족을 넘어선 연대의 경험 덕이다. 아들과 가토의 연대 투쟁은 민족적 차이에 근거한 맹목적인 적개심이 끼어들 여지를 제거해 버린다. '나'가 청진역에서 소련 국적을 가진 조선 사람의 모습을 보면서 떠올린 민족 간의 공존이라는 테마가 단순히 사회주의로 보기 어려운 점도 이 때문이다. 그것은 사회주의 인터내셔널리즘과 중첩되어 있지만, 허준이 궁극적으로 형상화하고자 했던 것은 소비에트 연방 내에서의 민족 공존이었던 것으로 보인다.

　「잔등」에서 서술되는 것은 불과 하루 남짓한 짧은 시간이지만, 이 시간 동안 '나'는 '방'과 함께 하는 여행에서 보지 못했던 것을 경험할 수 있었다. '방'과 엇갈려 떨어져 있는 동안 '나'는 소년과 노파를 만나 예기치 못한 반전을 경험했다. 이는 해방공간을 바라보는 '나'만의 독특한 시각을 형성하게 한다. 그것은 '제삼자의 시선'으로 이름 붙여진 피난민 의식이다. 이제 '나'는 더이상 자신의 고국으로 돌아온 존재가 아니라 '피난민'으로 인식된다. 이는 땅과 영토를 둘러싸고 벌어지는 민족 간의 투쟁과 갈등에서 벗어날 수 있는 가능성을 보여준다. 동시에 식민의 기억을 제거한 채 타자에 대한 복수를 통해 민족적 주체를 건설하려는 맹목적인 태도로부터도 벗어나게 한다. 이로써 국밥집 노파와의 만남을 통해서 '나'의 내면적 여행은 끝이 난다. '방'의 여행이 서울에 도달할 때까지 유보된 물리적인 것이었다면, '나'의 여행은 청진에서 해방된 조국의 과거·현재·미래를 발견하는 정신적인 것이었던 셈이다.

비식민주의적 역사의 상상

　「잔등」은 창춘-청진-서울의 여로로 구성되어 있거니와 이것은 좀더 포괄적으로 말한다면, 만주와 조선이라는 공간적 범주와 과거와 미래라는 시간적 범주를 가로지르면서 진행된다. 따라서 회령에서 청진까지 '나'의 여행의 과정에서 만난 소년과 노파의 대칭적 관계에는 수많은 의미가 삼투된다. 유년과 노년, 남성과 여성, 복수와 화해, 가해와 피해 등의 대립적인 이미지들을 함축하는 것이다. 이것은 해방 정국의 여러 삶의 양상을 보여주는 상징들이다. 민족성과 계급성, 폭력적인 것과 인간적인 것, 동일성과 차이 등 서로 대립하는 개념들이 깊이 얽혀 있다. 그것은 또한 소멸하는 것과 출현하는 것 사이의 역사성을 함축하고 있기도 하다.

소년은 식민지적 억압의 경험을 갖지 않음에도 불구하고 일본인에 대한 맹목적인 적개심을 보여준다. 독립된 국가의 건설이라는 주체화의 논리는 항상 예속적 존재, 즉 억압받을 대상을 필요로 한다. 민족적 차이에 근거를 둔 국가 건설의 논리가 가져올 위험성은 명약관화하다. 그것은 제국주의로부터 독립이라기보다는 제국주의의 답습에 지나지 않는다. 제2차 세계대전 후 독립한 많은 제삼세계 국가의 경험이 이를 증명한다. 따라서 복수의 정념에서 벗어날 수 있을 때, 우리는 비로소 제국주의의 규정성 내지는 식민주의 의식으로부터 자유로울 수 있을 것이다. 해방 직후의 문학 풍경 중에서 「잔등」이 여전히 문제 될 수 있다면, 바로 이러한 식민주의 의식의 문제를 만주·조선·일본의 관계 속에서 섬세하게 제기하고 있기 때문일 것이다.

───── 더 읽어보기

김종욱, 「식민지 체험과 식민주의 의식의 극복」, 『현대소설연구』 22, 한국현대소설학회, 2004.

국가의 형성과 재일 조선인 디아스포라

김종욱

들어가며

김석범의 문학 세계가 처음 한국에 소개된 것은 1970년대 초반이었다. 『사상계』 주간을 지낸 바 있던 지명관은 해방 직후의 사회주의 활동이 한국 현대사에서 망각되어 왔음을 지적하면서 일본 문학에서 역사적 기억을 복원하고 있는 김석범 문학에 의미를 부여한다. 하지만 반공 이데올로기에서 벗어나지 못한 상황에서 4·3사건에 대한 관심은 불온시되기 일쑤였고, 김석범 문학 역시 1980년대 중반에 이르기까지 이념적 금기지대에 놓여 있었다. 1987년 대통령 선거를 전후하여 4·3 사건 진상 규명 문제가 사회적 쟁점으로 떠오르면서 비로소 소설집 『까마귀의 죽음』(소나무, 1988)과 장편소설 『화산도』(실천문학사, 1988)가 한국어로 번역되었고, 작가도 42년 만에 고국을 방문할 수 있었다.

오랫동안 「화산도」가 한국문학에서 관심을 끌지 못한 것은 4·3사건을 금기시했던 반공주의에 가장 큰 원인이 있을 테지만, 이와 함께 이 작품이 '일본어'로 창작되었다는 사실과도 무관하지 않은 듯하다. 「화산도」가 한국어로 번역되지 못했기 때문에 한국문학 연구자들이 텍스트에 접근하는 데 어려움을 겪었을 뿐 아니라, '한국문학'에 내재한 언어민족주의적 태도는 일본어로 창작된 「화산도」를 한국문학의 영토에서 배제했다. 이에 「화산도」에 대한 학계의 관심은 초기 제주 4·3사건의 역사적 진실이 어떻게 문학적으로 형상화되었는가를 살펴보는 것을 넘어 과거 식민종주국의 언어였던 일본어로 글을 쓴다는 것이 지니는 의미, 그리고 일본 사회에서 마이너리티로 존재하는 '재일 조선인'으로서의 정체성 문제를 중심으로 심화·확장되었다.

이 글에서는 「화산도」의 주인공인 남승지와 이방근을 중심으로 '나라 만들기' 과정에 나타난 억압과 배제의 메커니즘을 살펴보고자 한다. 그동안 여러 연구를 통해 밝혀진 것처럼 4·3사건은 이념대립 과정에서 빚어진 것이긴 하지만, 한 지역공동체가 근대적인 국민국가로 통합되는 과정에서 나타난 비극적 사건이기도 하다. 오랫동안 독자성을 지니고 있었던 제주도의 문화가 단일한 국민적/국가적 정체성으로 강제 통합되는 과정에서 폭력이 발생했던 것이다. 「화산도」는 대한민국이 형성되던 시기를 배경으로 삼아 여러 마이너리티에 대한 국가권력의 강요와 억압을 담고 있다. 미국과 결탁하여 38선 이남 지역의 권력을 장악하려는 정치집단에 맞서 자주적인 통일정부를 꿈꾸었던 주인공이 끝내 이 땅에서 축출되는 과정은 신생 독립국가가 건설되는 과정에서 무엇을 억압하고 배제했는가를 보여준다.

재일 조선인의 귀환과 재망명

1945년 8월 15일은 일본이 패전을 선언함으로써 한민족에게 독립의 서광이 깃든 날이자, 동시에 동아시아에서 민족대이동의 서막이 올랐던 날이기도 했다. 19세기 말부터 타이완, 조선, 만주 등에 구축한 식민지가 붕괴되면서 식민지배자의 위치에서 쫓겨난 일본인은 자신들의 땅으로 돌아가야 했다. 이와 함께 자의에 의해서건 타의에 의해서건 일본, 만주, 그리고 남양군도로 이주했던 조선인들 역시 한반도로 돌아오게 되었다. 실제로 이 시기에 약 450만 명에 이르는 해외 이주 한국인들이 한반도로 이주했고, 특히 200만 명에 이르던 재일 조선인 중 3/4 정도가 현해탄을 건너 귀환하게 된다. 8·15 직후에 시작된 민족대이동은 '대동아공영권'이 내포하고 있던 다민족적·제국적 성격이 붕괴되고 동아시아가 민족적 질서에 따라 재편되는 과정이었던 셈이다.

「화산도」에서도 일제강점기 동안 일본에서 생활하다가 해방을 맞이하여 귀환한 인물들이 등장한다. 주인공 남승지는 1925년 무렵 제주도에서 태어나 소학교 3학년을 다니던 중 고향을 찾아온 사촌형 남승일을 따라 일본으로 건너가 오사카와 고베에서 성장했다. 그 후 조선이 해방되자 1945년 11월 무렵 어머니와 누이동생을 일본에 남겨둔 채 혼자 현해탄을 건넌다. 일제강점기 동안 일본 제국 내에서 내지와 외지, 제국주의 일본과 식민지 조선을 구분 짓는 지역적 경계에 불과했던 현해탄은 해방 이후 국가 내지 민족의 경계로 변모한다. 현해탄이라는 경계를 넘나드는 것은 한 개인에게 자신의 민족적 정체성을 선택하는 과정이기도 했다. 제주도에 돌아온 남승지와 일본에 남아 있는 이용근의 경우를 비교해 보면, 현해탄을 가로지르는 공간적 이동이 어떤 의미를 지니는지가 드러난다.

제주도 유력 인사의 장남이었던 이용근은 일본에서 의학 공부를 하다 일본 여성과 결혼한 후 창씨개명을 하고 아내의 호적에 입적한다. 이는 일제강점기 때 흔히 볼 수 있는 사례이지만, 해방 직후 이용근이 민족대이동에 참여하지 않고 일본에 남게 되자 제주도의 가족들은 그를 일본인으로 규정하고 가족구성원에서 제외한다. 해방 이후 한국인이 되기 위한 적극적인 행위, 곧 현해탄을 건너오지 않았다는 사실 때문에 이용근은 일본인 취급을 받게 된 것이다. 반면, 남승지는 오사카에 가족을 두고 홀로 귀환하였으나 민족적 주체로 호명된다. 그리고 친일파들이 다시 권력을 장악하는 상황에 직면하여 사회운동에 적극 참여한다. 1946년 10월 항쟁을 전후하여 학생자치회의 유인물 제작에 참여하고, 이어 광주학생사건 기념일 직전에는 삐라를 붙이다가 체포되기도 한다. 결국 남승지는 남로당 결성 직후 당원이 되어 격동하는 조국의 정세 속에서 직접 혁명에 참가할 결심을 하게 된다.

그러나 남승지를 포함한 재일 조선인들은 한반도에 귀환한 후에도 이 땅에 정착하는 데 어려움을 겪는다. 남승지에게 있어서 한반도는 정신적인 안식처로서의 역할을 담당하지 못하기 때문이다. 남승지는 위기에 봉착할 때마다 어머니가 살고 있는 오사카의 이카이노(猪飼野)를 떠올린다. 오사카 동남부에 자리 잡은 이곳은 본디 히라노 강의 잦은 범람 때문에 사람이 살기에 적당하지 않은 곳이었지만, 1920년대 운하 공사가 시작되면서 많은 조선인들이 정착하게 된다. 특히 1923년 말 제주에서 일본 오사카를 연결하는 정기항로가 취항하자, 매년 1만 명에 가까운 제주도민들이 이곳에 모여들면서 코리안타운을 형성하기에 이른다. 이카이노는 일본이라는 국민국가의 영토 내에 존재하면서도 비국민으로 차별받았던 식민지 출신들의 공간이었다. 형식적으로는 '국민'이면서도 실질적으로는 국민의 권리를 박탈당했던 조선인의 삶, 달리 말하면 제국과 식민지의 관계를 제국 내부에서 재현하는 내부식민지(internal colony)인 셈이다.

남승지가 제주도 태생임에도 불구하고 이카이노를 정신적인 안식처로 여기는 모습은 재일 조선인이 처해 있는 복합적인 정체성의 문제를 암시한다. 물론 피식민자의 후손이면서도 지배자의 땅을 안식처로 여기는 아이러니컬한 운명은 일본 제국주의의 식민지 경영에 의해 배태된 것이다. 문제는 일본의 패망과 함께 동아시아가 민족 질서에 의해 재편된다고 해도 제국 일본에 살고 있는 피식민자들은 여전히 정체성의 혼란을 벗어나기 어렵다는 점이다.

남승지는 이카이노와 제주도, 어머니의 땅과 아버지의 땅 '사이'에 놓인 존재이기 때문이다. 소설 속에서 남승지는 제주도에서 태어나 소학교 3학년 무렵까지 성장했음에도 제주도에서 보냈던 유년시절의 기억을 갖고 있지 않다. 이처럼 기억이 없는 고향 제주도는 육체의 탄생지에 불과하기 때문에 끊임없이 위화감을 불러일으킨다. 남승지가 일본에서 귀환한 직후 '왜 돌아왔느냐'는 물음에 독립한 조국이니까 돌아왔다는 단순한 대답밖에 할 수 없었던 것도 이 때문이다. 결국 남승지는 정체성의 균열을 극복하기 위해 육체적인 고향이던 제주도를 정신적인 '조국'으로 재구성한다. 제주도에 내려와 사회운동에 적극 투신하면서 제주도의 운명과 자신의 삶을 완전히 일치시킨다.

이렇듯 육체적 고향에 불과했던 제주도를 정신적 조국으로 만들었던 것은 제주도의 공간적 성격이 이카이노가 보여주는 내부식민지로서의 모습과 닮았기 때문이다. 제주도는 한반도에서 떨어진 섬이라는 지리적 특수성을 지니고 있으며, 이 때문에 정치적으로 소외된 한편 문화적으로 독자성을 지닐수 있었다. 뿐만 아니라 그 지역에 살고 있는 사람들이 하나의 공동체를 구성하고 있다는 점에서 이카이노와 유사하다. 물론 오사카의 이카이노는 제주도민들이 일본에 건너가 건설한 것이기 때문에 제주도와 닮을 수밖에 없다. 따라서 제주도에서 태어나 이카이노에서 성장한 남승지는 제주도를 '조선의 이카이노'로 재발견하면서 육체적인 고향과 정신적인 고향, 조국과 모국 사이의 균열을 극복할 수 있게 된다.

하지만 이러한 노력에도 불구하고 제주도에 귀환했던 재일 조선인들은 끝내 이 땅에 뿌리내리지 못한 채 다시 일본으로 망명해야 하는 신세로 전락한다. 유격대 활동에 적극적으로 참여했던 남승지는 무장투쟁의 실패와 함께 다시 일본으로 돌아가야만 했다. 4·3사건은 본토와 멀리 떨어진 채 독자적인 문화적 전통을 형성한 제주 지역에 대한 무지와 편견, 그리고 두려움이 결합하면서 일어난 것으로, 제주 지역은 신생 독립국가 대한민국의 이념적·정치적 정체성을 거부한 대가를 치러야 했다. 더욱이 재일 조선인들은 동아시아가 민족적 질서에 따라 재편되는 과정에서 어느 곳에도 속할 수 없는 '경계인'이었을 뿐만 아니라 신생 독립국가가 그토록 잊고 싶어 했던 식민의 기억을 떠올리게 하는 거북스러운 존재였던 것이다.

윤리적 주체의 죽음

「화산도」에서 남승지가 조선과 일본 사이에 놓인 공간적 경계인이라면, 이방근은 해방 이후 일본 제국주의를 대신하여 권력을 장악한 부르주아 계층에 속해 있으면서 4·3 사건의 주도세력과도 연결되어 있는 이념적 경계인이라고 할 수 있다. 이방근은 제주도에서 자동차 회사를 운영하는 이태수의 차남으로, 소학교 5학년 때에는 '교육칙어'와 '어진영(御眞影)'을 모신 봉안전 담벼락에 방뇨한 사건으로 퇴학 처분을 받았고, 일본 유학 중이던 1938년에는 도쿄 A대학에서 민족주의 그룹의 일원으로 활동하다가 경찰에 체포되어 유치장 신세를 지기도 했다. 이후 조선에 돌아오던 중 부산에서 조선인 유학생 좌익연구그룹 사건으로 체포되어 서울 서대문형무소에서 미결수로 복역하게 된다. 이 과정에서 이방근은 사회주의운동에 가담하지 않겠다는 전향 의사를 밝히고 석방되어 한라산 기슭에 있는 관음사에 은거하다가 해방을 맞이한다.

그런데 해방을 맞이한 후에도 이방근은 타락한 삶을 살아간다. 그것은 일제의 강압에 못 이겨 자신의 신념을 포기하고 전향 선언을 했다는 부끄러움 때문이었다. 일본 제국주의가 몰락했다는 이유로 다시 과거의 이념으로 회귀하는 것 역시 이념의 포기를 선언한 전향과 마찬가지로 자신에 대한 또 다른 배반으로 여겨진 것이다. 이방근은 자신을 일본 제국주의에 적극

맞서지 못하고 오히려 그들의 요구에 굴복한 비윤리적 주체로 규정한다. 이에 따라 비윤리적 주체에 걸맞게 타락한 생활을 영위하면서 자기모멸을 가하고 있다. 사회주의로부터의 전향이 타인의 삶에 피해를 남기지 않은 개인적인 행위였기에 해방 이후 얼마든지 자기합리화를 시도할 수 있었음에도 이방근은 자기에게 엄격한 윤리적 책임을 부과하고 있는 것이다.

이러한 윤리적 책임의식은 해방을 기회로 일제와 결탁했던 과오를 은폐한 채 또다시 신생국가의 권력을 장악하려는 인물들을 멀리하는 이유이기도 하다. 실제로 일본 제국주의의 패망과 함께 청산되리라 믿었던 친일세력들은 자유민주주의라는 이념을 내세워 부활에 성공한다. 제주도에서 지도층으로 행세하고 있는 인물들은 대부분 친일적인 경력의 소유자들이다. 이방근의 아버지 이태수는 전시체제 하에서 큰 재산을 모은 인물이며, 제주경찰서 경무계장을 맡고 있는 정세용은 일제강점기 때 조선인 학우를 밀고하여 목포 경찰서 순사부장까지 했던 인물이다. 제주도의 새로운 권력자로 부상하고 있는 서북청년회의 마완도 부회장 역시 해방 전 함흥경찰서에서 고등계 형사로 활동했던 전력을 지니고 있다. 이 같은 친일 전력은 우익 인사들에 한정되는 것만도 아니다. 남로당 비밀당원이기도 한 유달현 또한 내선일체 정책에 적극적으로 협력하여 창씨개명을 했을 뿐만 아니라 총력전을 옹호하는 '협화회'에 적극적으로 참여하여 경시청으로부터 표창을 받기도 했다. 하지만 그는 해방 이후 사회분위기에 편승하여 재빨리 사회주의자로 변신했다.

친일파들이 해방 후에 좌우익 세력의 지도층으로 변신한 것은 일본 제국주의에 맞서 투쟁한 바 있던 이방근의 삶과 비견될 수 있다. 그들은 신념과 무관하게 개인적인 이해득실을 따지면서 친일파에서 민족주의자 혹은 사회주의자로 거리낌없이 '전향'하고 있지만, 이방근은 자신의 이념을 실현할 기회가 찾아왔음에도 불구하고 '재전향'을 거부하고 있는 것이다. 전향을 신념에 대한 이탈, 곧 '배신'의 징후로 여기는 엄격한 윤리 의식은 유달현과 정세용의 기회주의적 처신과 대비된다. 토벌대의 대대적인 공세로 말미암아 유격대 활동이 곤경에 처하자 유달현은 정세용에게 조직 정보를 팔아넘기고, 정세용은 이를 바탕으로 제주 성내 조직원을 일망타진하게 된다.

그런데 제주도민들의 희생을 초래한 유달현과 정세용의 결탁과 공모는 개인적인 비윤리성의 문제이기도 하지만, 38선을 경계로 분단체제가 성립되는 과정을 닮았다. 실제로 남한 단독 정부 구성을 위한 총선거에 반대하여 시작된 제주 4·3사건은 군대와 경찰력으로 대표되는 공권력과 서북청년회로 대표되는 사적 폭력에 의해 무차별적으로 진압당했다. 이 과정에서 대한민국 정부에 의해 제도적 학살이 이루어졌지만, 그것은 남한과 마찬가지로 단독 정부 수립 과정에 있었던 조선민주주의인민공화국의 무관심 때문에 가능했던 일이기도 하다. 그런 점에서 정세용과 유달현의 공모는 개인적인 결탁을 넘어 단독 정부 수립을 통해 분단 체제를 구성한 남북한 정권의 암묵적인 공모와 상동적이다. 4·3사건은 남북한 정권이 역사의 제단에 바치는 거대한 희생물이었던 셈이다.

소설의 결말 부분에서 이방근이 죄책감과 모멸감으로 얼룩진 윤리적 자폐증의 세계에서 벗어나 적극적인 행동으로 나아갈 수밖에 없었던 것은 역사에 대한 회의와 환멸 때문이었다. 이방근은 토벌대와 유격대 사이에서 시도되었던 4·28 평화협상을 결렬시킨 정세용을 사살하고, 일본으로 밀항하려던 유달현조차 살해함으로써 수많은 제주도민을 희생시킨 책임을 묻는다. 결국 이방근의 살인은 자신의 이익만을 추구하는 비윤리적 인물에 대한 응징인 동시에 민중들의 희생을 초래한 역사에 대한 비판이라고 할 것이다.

정세용과 유달현을 응징한 이방근은 결국 자신의 살인에 책임을 지고 자살을 선택한다. 일제강점기 동안 친일행위를 했음에도 불구하고 그것을 은폐하고 망각한 인물들이나, 4·3사건이 진행되는 과정에서 수많은 양민을 학살하고도 자기합리화에 급급했던 인물들과 달리, 이방근은 비록 역사적으로 정당했다고 할지라도 자신의 복수 행위에 대해서 철저하게 윤리적 책임을 묻고 있는 것이다. 표면적으로는 가장 타락한 삶을 영위하는 것처럼 보였던 이방근은 자신의 선택에 가장 엄격했고 자신의 행위에 무한한 책임을 지는 윤리적인 주체였던 것이다. 따라서 자살은 반민족적·비윤리적 세력들에 의해 장악된 이 땅에서 더이상 자신의 신념을 지켜나갈 수 없었던 한 윤리적 주체의 최후의 선택이라고도 말할 수 있을 것이다.

나가며

일본에 거주했던 조선인들이 '재일'이라는 굴레를 끝내 벗어던지지 못한 채 조국과 모국 사이에서 선택을 강요받는 현실이 남승지의 몫이었다면, 과거 식민잔재의 유산이라고 할 수 있는 일본적인 것이 한반도에 뿌리내리는 현실은 이방근의 몫이었다. 미군정의 방조 아래 친일파가 정치적인 헤게모니를 장악하는 현실에 비판적이었던 이방근은 끝내 이 땅에서 자신이 발 디딜 수 있는 현실을 발견할 수 없었다. 과거의 식민주의를 청산하고 새로운 민족국가를 건설하려는 열망이 친일파에 대한 개인적인 응징과 자살이라는 결과로 나타났던 것이다. 오랫동안 민족적 차별을 받아왔기에 해방과 함께 기꺼이 민족적 주체로 호명되기를 원했던 남승지와 일제의 요구에 굴복하여 전향을 선언했다는 자책감 때문에 민족적 윤리에 민감했던 이방근이 서로를 이해할 수 있었던 것은 여전히 식민 질서에서 벗어나지 못하고 있는 모순적인 민족현실 때문이었다. 하지만 남한 단독 정부가 수립된 후 그들은 이 땅에서 추방당해 일본으로 망명하거나 자살을 선택할 수밖에 없었다. 이처럼 자기의 땅에서 추방당한 남승지와 이방근의 모습은 대한민국이 건국되는 과정에서 배제된 것이 무엇인지 상징적으로 보여준다.

───── 더 읽어보기

김종욱, 「국가권력의 폭력성과 디아스포라의 양상 ─ 김석범의 「화산도」론」, 『비교한국
　　　　학』 18-3, 국제비교한국학회, 2010.
이광규, 『재일한국인』, 일조각, 1995.

김대중 서울대학교 국어국문학과 교수

김지윤 서울대학교 국어국문학과 강사

나수호 서울대학교 국어국문학과 부교수

방민호 서울대학교 국어국문학과 교수

손유경 서울대학교 국어국문학과 교수

유인선 한림대학교 미래융합대학 조교수

정길수 서울대학교 국어국문학과 부교수

조해숙 서울대학교 국어국문학과 교수

조혜진 충남대학교 국어국문학과 조교수

홍승진 서울대학교 국어국문학과 조교수

김종욱 서울대학교 국어국문학과 교수

나보령 서울과학기술대학교 교양대학 초빙교수

노태훈 인하대학교 국어교육과 조교수

서철원 서울대학교 국어국문학과 교수

양승국 서울대학교 국어국문학과 명예교수

이종묵 서울대학교 국어국문학과 교수

정병설 서울대학교 국어국문학과 교수

조현설 서울대학교 국어국문학과 교수

채윤미 전남대학교 국어교육과 조교수

한국문학의 이해 한국어문학의 심화와 확산

초판 1쇄 인쇄 2024년 5월 1일

초판 1쇄 발행 2024년 5월 10일

기획 서울대학교 한국어문학연구소

지은이 김대중 김종욱 김지윤 나보령 나수호 노태훈 방민호 서철원 손유경 양승국
유인선 이종묵 정길수 정병설 조해숙 조현설 조혜진 채윤미 홍승진

펴낸이 이대현

편집 이태곤 권분옥 임애정 강윤경

디자인 안혜진 최선주 이경진 | 마케팅 박태훈 한주영

펴낸곳 도서출판 역락 | 등록 1999년 4월 19일 제303-2002-000014호

주소 서울시 서초구 동광로46길 6-6 문창빌딩 2층(우06589)

전화 02-3409-2060(편집부), 2058(영업부) | 팩스 02-3409-2059

전자우편 youkrack@hanmail.net | 홈페이지 www.youkrackbooks.com

ISBN 979-11-6742-739-7 93810

이 저서는 2021년 대한민국 교육부와 한국학중앙연구원(한국학진흥사업단)을 통해 K학술확산연구소사업의 지원을 받아
수행된 연구임(AKS-2021-KDA-1250006)